Claire Winter
Kinder ihrer Zeit

# Claire Winter

# Kinder ihrer Zeit

Roman

**DIANA**

Sollte diese Publikation Links auf Webseiten Dritter enthalten, so übernehmen wir für deren Inhalte keine Haftung, da wir uns diese nicht zu eigen machen, sondern lediglich auf deren Stand zum Zeitpunkt der Erstveröffentlichung verweisen.

Von Claire Winter sind im Diana Verlag erschienen:
*Die Schwestern von Sherwood*
*Die verbotene Zeit*
*Die geliehene Schuld*
*Kinder ihrer Zeit*

Penguin Random House Verlagsgruppe FSC® N001967

Taschenbucherstausgabe 10/2021
Copyright © 2020 und dieser Ausgabe
© 2021 by Diana Verlag, München,
in der Penguin Random House Verlagsgruppe GmbH,
Neumarkter Straße 28, 81673 München
Dieses Werk wurde vermittelt durch die
Literarische Agentur Thomas Schlück GmbH,
30161 Hannover.
Redaktion: Carola Fischer
Umschlaggestaltung: t.mutzenbach design, München
Umschlagmotive: © Shutterstock.com
(Hintau Aliaksei; Syda Productions);
Arcangel Images (Rekha Arcangel; Laura Kate Bradley);
© CollaborationsJS/Trevillion Images;
akg-images/picture-alliance/dpa
Satz: Leingärtner, Nabburg
Druck und Bindung: GGP Media GmbH, Pößneck
Printed in Germany
Alle Rechte vorbehalten
ISBN 978-3-453-36108-9

www.diana-verlag.de

*Für M.*
*und*
*die, die auf der Flucht*
*in die Freiheit ihr Leben verloren haben*

# PROLOG

*Wien, zwei Monate vor dem Mauerbau in Berlin, Juni 1961*

ER SCHOB SICH DURCH DIE dichte Menschenmenge, die sich vor der Absperrung des hochherrschaftlichen Hotels IMPERIAL drängte. Köpfe reckten sich in der Nachmittagssonne nach links und rechts, um einen Blick auf die illustren Gäste zu erhaschen, falls diese erneut das Gebäude verließen. Auf der Straße stand eine Kolonne von abfahrbereiten Limousinen und Motorrädern der Gendarmerie. Davor Sicherheitsleute in schwarzen Anzügen, acht Mann, einer hielt ein Funkgerät in der Hand und wartete auf eine Anweisung. Er konnte nichts dagegen tun, dass er im Vorbeilaufen jedes dieser Details wahrnahm. Es war eine Gewohnheit, die ihm in den letzten Jahren in Fleisch und Blut übergegangen war.

Den Hut tief in die Stirn gezogen, schlängelte er sich weiter an den Wartenden vorbei. Die Sonnenbrille verdeckte einen Teil seines Gesichts, dennoch war ihm klar, welches Risiko es bedeutete, hierhergekommen zu sein. Die Aktentasche unter den Arm geklemmt, bemühte er sich, einen zügigen Schritt vorzutäuschen, wie jemand, der trotz der hochrangigen Ereignisse in der Stadt weiter seinem Alltag nachzugehen hatte. Er hatte gelernt, sich unauffällig zu bewegen und in der Menge zu verschwinden, sodass er keine Aufmerksamkeit erregte. Dennoch stellte Wien in diesen Tagen eine besondere Herausforderung dar. In keiner anderen Stadt der Welt war das Aufgebot an Presse und Polizei zurzeit so hoch wie hier. Von dem Heer der

Geheimagenten, die sich vermutlich seit Tagen vor Ort aufhielten, ganz zu schweigen.

Er war froh, dass er die Stadt von einem früheren Besuch her kannte. Von dem gemächlich entspannten Lebenstempo, das er bei dem damaligen Aufenthalt zu schätzen gelernt hatte, war heute indessen nichts zu spüren. Die Stadt befand sich im Ausnahmezustand. Kein Wunder – es war ein historischer Moment: In Wien fand das erste Zusammentreffen zwischen dem amerikanischen Präsidenten John F. Kennedy und dem sowjetischen Regierungschef Nikita Chruschtschow statt. Ein Hoffnungsschimmer angesichts der jüngsten Spannungen des Kalten Krieges, die sich in den letzten Wochen und Monaten derart verstärkt hatten, dass die ganze Welt in Furcht vor einem neuen Krieg den Atem anhielt.

Noch vor zehn Tagen hätte sich auch sein eigenes Interesse vollständig auf dieses Gipfeltreffen konzentriert. *Vor zehn Tagen.* Er verspürte einen bitteren Geschmack im Mund und sah unwillkürlich wieder den Zeitungsartikel mit dem Foto vor sich. Im ersten Augenblick hatte er geglaubt, er müsse sich täuschen. Doch es bestand kein Zweifel – es war ihr Gesicht, das er darauf erkannt hatte. Sie stand etwas am Rand der Pressekonferenz, die im Vorfeld des Gipfeltreffens stattgefunden hatte. Zurückhaltend, als wäre es ihr unangenehm, dass man sie mit aufgenommen hatte. Ungläubig hatte er auf das Bild in der Zeitung geblickt – auf die Frau, die sein Leben und seine gesamte Existenz zerstört hatte. Sie war in Wien!

Seit Tagen hatte er sie in Berlin gesucht, hatte versteckt in der Nähe ihres Hauses ausgeharrt. Aber sie schien wie vom Erdboden verschluckt. Nun verstand er, warum.

Kalte Wut durchflutete ihn, und es kostete ihn Mühe, jetzt auf der Straße nicht die Faust zu ballen, als er wieder daran dachte, was sie getan hatte. Er hatte sich mit seinem gefälschten Pass eine Fahrkarte nach Wien besorgt und war sofort aufgebrochen.

Hier angekommen, war es nicht schwer gewesen herauszufinden, in welchem Hotel sie abgestiegen war. Er hatte sich den Weg auf dem Stadtplan am Nachmittag so oft angesehen, bis er ihn auswendig kannte. Wie blind lief er jetzt auf der Ringstraße entlang, bog auf der Höhe der Oper rechts ab, ging weiter ein Stück geradeaus und nahm schließlich die zweite Straße nach links.

Ein paar Presseleute standen rauchend draußen vor dem Eingang des Hotels zusammen, das er schon von Weitem sehen konnte. Natürlich sprachen sie über Kennedy.

»Ein Foto von Jackie, und niemand interessiert sich mehr für den hässlichen kleinen Russen«, hörte er jemanden sagen, als er näher kam. Die anderen lachten.

Er ging an ihnen vorbei und betrat die Hotelhalle, in der emsiger Betrieb herrschte. Die Rezeption befand sich rechts. Für einen kurzen Moment blieb sein Blick an dem samtbezogenen Brett dahinter hängen, an dem auf Messinghaken ordentlich aufgereiht die Zimmerschlüssel hingen. Ein Hotelangestellter wandte sich ihm zu.

»Grüß Gott, der Herr. Kann ich Ihnen helfen?«

»Ich möchte für jemanden eine Nachricht hinterlassen!«

»Gern. Bittschön.« Der Mann hinter der Rezeption reichte ihm Stift und Zettel.

Er schrieb etwas auf und faltete den Zettel, bevor er ihn dem Mann zurückreichte und noch den Namen der Frau nannte. Dabei bemühte er sich um ein höfliches Lächeln. »Leider weiß ich die Zimmernummer nicht mehr.«

»Das ist kein Problem, mein Herr.« Der Rezeptionist sah kurz in einer Liste nach, notierte eine Zahl auf einem Umschlag und steckte die Nachricht hinein. Anschließend winkte er einen Pagen herbei.

Ein kurzer Blick hatte ihm gereicht, um die Zimmernummer zu erkennen. »Vielen Dank noch mal.«

»Gerne, mein Herr.«

Er zwang sich, einen Augenblick in der Lobby zu warten, und blätterte in einer Zeitung mit einem großen Foto auf der Titelseite, auf dem Kennedy Chruschtschow die Hand reichte. Die Welt dachte, Berlins Schicksal hinge von diesen beiden Männern ab, doch im Grunde war es längst entschieden.

Aus den Augenwinkeln bekam er mit, dass der Page zurückkehrte. Er ging zum Fahrstuhl und fuhr in den vierten Stock. Der Flur war leer. Er lauschte, und als von nirgendwoher Stimmen oder Geräusche zu hören waren, öffnete er auf dem Weg zum Zimmer vorsichtig seine Aktentasche.

Vor der Zimmernummer 421 blieb er stehen und zwang sich, jede Emotion auszuschalten. Er hatte keine Wahl, er musste es tun.

Dann klopfte er.

Schritte waren zu hören.

»*Ja*?«

»Zimmerservice.«

Die Tür wurde geöffnet. Sie trug einen Bademantel und musste sich gerade die Haare gewaschen haben, denn sie waren feucht.

»Ich habe nichts bestellt … « Sie verstummte abrupt, als sie ihn erkannte. Ihr Gesicht wurde blass, und sie wollte etwas sagen, doch kein Ton kam aus ihrem Mund. Erst da bemerkte sie die Waffe in seiner Hand. Entsetzt blickte sie ihn an.

# TEIL 1

# FLUCHT

# ROSA

### 1

*Ostpreußen, sechzehn Jahre zuvor, Januar 1945*

EIN FEINER DICHTER SCHNEE TRIEB auf der vereisten Landstraße vor ihnen her und hüllte alles in ein einheitliches Weiß,
das die Sicht zunehmend erschwerte. Die Grenze zwischen Straßen und Feldern verwischte genauso wie die Linie zum Hori-
zont, und man konnte kaum noch etwas erkennen. Nur die
Bäume und Sträucher stachen noch mit ihren dunklen Stämmen
und Zweigen aus der Landschaft hervor.

Rosa heftete den Blick auf die alten Eichen vor sich, die die
Straße säumten, und versuchte sich ihren beiden Töchtern gegenüber nichts von ihrer Unruhe anmerken zu lassen. Hatte sie
doch zu lange gewartet? Bei diesem Wetter würden sie nur langsam vorankommen. Der Schnee hatte ihre Kleidung schon halb
durchnässt, und sie hatten noch einige Kilometer vor sich, bevor sie überhaupt die nächste Ortschaft erreichten, geschweige
denn einen Bahnhof. Sie fasste rechts die Hand von Alice fester,
die ungewöhnlich still war, und zog auf der anderen Seite entschlossen den schweren Handkarren hinter sich her. Die Wehrmacht hatte die beiden Pferde vom Hof bereits vor einigen Wochen konfisziert. Jeder hat seinen Beitrag zu leisten, hieß es.
Aber sie hatte für sich und ihre beiden kleinen Töchter ohnehin nicht viel mitgenommen. Ein Koffer mit ein paar Habseligkeiten und eine Tasche mit Proviant lagen auf dem Karren. Rosa
verbot sich den Gedanken daran, was sie alles hatten zurücklassen müssen.

»Emma?« Sie wandte den Kopf herum und sah, dass ihre andere Tochter einige Schritte hinter ihnen zurückgefallen war. Normalerweise war sie die Anhänglichere der beiden Zwillinge. Doch heute hatte sie ihrer Schwester den Platz an der Seite ihrer Mutter überlassen. Ihr kindliches Gesicht war mit ernster Miene gen Boden gerichtet, während sie hinter ihnen herstapfte.

»Trödle nicht, Emma«, sagte sie, strenger, als sie es eigentlich wollte.

Emma hob den Kopf. Schneeflocken hatten sich in einer feinen weißen Schicht auf ihrem Mützchen und dem Mantel niedergelassen, der über den zwei Lagen Kleidung wie ausgebeult wirkte. Folgsam lief sie schneller, bis sie auf ihrer Höhe war.

Die Räder des alten Handkarrens rollten knirschend über den Schnee und vermischten sich mit dem Geräusch ihrer gedämpften Schritte. Ansonsten herrschte eine beinah gespenstische Stille. Auf den Feldern waren ihnen einige Male herrenlos umherirrende Kühe und Schweine begegnet, und vor gut einer halben Stunde hatten sie einen Fuhrwagen überholt. Er war auf der Strecke liegen geblieben. Ein Achsenbruch. Unter der zurückgeschlagenen Plane war er mit Möbeln und anderen Habseligkeiten beladen gewesen, und eine ganze Familie hatte darauf gesessen – Großeltern und kleine Kinder, die sie mit großen Augen angeschaut hatten. Sie hatte nur stumm einen Blick mit ihnen gewechselt, während sie an ihnen vorbeigelaufen war. Es herrschte noch immer Fluchtverbot. Nicht einmal die Kinder durften evakuiert oder auch nur Gepäck verschickt werden. Die Worte des Gauleiters Erich Koch, die man im Radio hören und in den Zeitungen lesen konnte, waren unmissverständlich. Wer Ostpreußen verließ oder auch nur wagte, die Flucht zu planen, beging Verrat und würde bestraft werden. Sie taten noch immer so, als wäre der Krieg zu gewinnen. Rosa verzog mit bitterer Miene den Mund. Als könnten sie nicht geschlagen werden. Von der Wunderwaffe, die Hitler bald einsetzen würde, war die Rede und davon, dass die Bevölkerung wie ein Mann zusammenstehen müsse, um den großen Sieg zu erreichen. Doch die resignierten Gesichter der erschöpften Wehrmachts-soldaten, deren geschrumpfte Kompanien man gelegentlich sah, sprachen eine andere Sprache. Der Russe war nicht mehr aufzu-halten. Bereits im Herbst war die Rote Armee im Nordosten das erste Mal kurz über die Grenze Ostpreußens vorgestoßen. Rosa versuchte nicht daran zu denken, was man sich über das Massa-ker in Nemmersdorf erzählte – von der Rachelust, der unvor-stellbaren Brutalität, den Vergewaltigungen und den vielen To-ten, die es innerhalb weniger Stunden gegeben hatte. Danach hatten sich die russischen Soldaten wieder zurückgezogen. Es hieß, die Wehrmacht habe sie siegreich von deutschem Boden verdrängt, und tatsächlich hatte man seit Wochen keinen Ge-fechtslärm mehr gehört, aber das war nur die Ruhe vor dem großen Sturm, der schon bald über sie hinwegfegen würde. Hinter den Grenzlinien hatte die Rote Armee Position bezogen, das wussten sie alle, und an der Memel lagen sich Deutsche und Russen mit ihren Gewehren an den Flussufern gegenüber. Die Russen warteten nur den richtigen Zeitpunkt ab, um loszuschla-gen – den Frost. Einer der älteren Männer, der alte Sigmund, der in den vergangenen Wochen noch mit den letzten Alten im Dorf zum Volkssturm einberufen worden war, um die Befes-tigungen zu verteidigen, hatte es gesagt. Die Flüsse und Seen und der morastige Boden bildeten ein natürliches Hindernis, hatte er erklärt, das ein Vorankommen für die Soldaten nahezu unmöglich machte, aber sobald der Boden und die Gewässer ausreichend gefroren waren, würde sie nichts mehr aufhalten. Rosa hatte aufmerksam zugehört und war seitdem jeden Mor-gen und Abend zum Teich gegangen, der hinter dem Hof lag, um die Eisschicht zu prüfen – voller Unruhe, wenn sie dicker wurde, und erleichtert, wenn sie bei milderen Temperaturen wieder ein wenig schmolz. Schon vor einigen Wochen hatte sie vorsichtshalber die wenigen Wertsachen, die sie besaß, in den Saum ihres Mantels eingenäht, einen Koffer mit den wichtigsten Dingen gepackt und den Mädchen erklärt, dass sie vielleicht verreisen würden. Als sie gestern wieder zum Teich gegangen war, hatte sie festgestellt, dass die Eisdecke so fest war, dass sie ihr Gewicht trug, und sie wusste – sie durfte nicht länger warten. Der kleine Hof, den sie seit dem Tod ihres Mannes nur mit der gelegentlichen Hilfe eines alten Gesellen bewirtschaftete, lag außerhalb eines Dorfs am östlichen Rand von Ostpreußen – in malerisch idyllischer Umgebung, aber nur unweit des knapp dreißig Kilometer breiten Grenzgürtels, der zur Frontzone geworden war. Man brauchte weiß Gott kein militärischer Experte zu sein, um vorherzusehen, dass sie die Ersten sein würden, die von den Russen überrollt und ihre Rache zu spüren bekommen würden.

Ihre beiden Töchter waren erst elf, noch Kinder, und sie musste sie in Sicherheit bringen. Daran würde sie auch der Gauleiter nicht länger hindern, hatte Rosa entschieden. Sie würde mit den Mädchen so weit wie möglich nach Westen Richtung Küste gehen, nach Elbing oder Braunsberg. Von dort konnte man den Zug nach Berlin oder das Schiff nach Danzig nehmen, wenn es zum Äußersten kam. Rosa presste die Lippen aufeinander. Wenn die Russen erst hier waren, würde der Gauleiter nichts mehr zu sagen haben. Falls sie kontrolliert werden würde, hatte sie sich eine Geschichte von einer kranken Cousine in Braunsberg zurechtgelegt, die ihre Hilfe bräuchte. Bei Morgengrauen hatte sie Emma und Alice geweckt. Die Mädchen hatten keine Fragen gestellt, als sie sie zur Eile angetrieben und ihnen befohlen hatte, zwei Lagen Kleidung übereinander anzuziehen. Anschließend hatte sie ihnen schnell noch etwas zum Frühstück gegeben, bevor sie aufgebrochen waren.

Rosa wandte den Blick nach rechts, zu einem schmalen verschneiten Weg, der in einiger Entfernung in einen Wald führte. Die Äste der Bäume waren oben zusammengewachsen und so ineinander verschlungen, dass sie an ein Tor erinnerten. Rosa kannte den Weg. Mit dem Pferd konnte man bei gutem Wetter von ihrem Hof aus in zwei Stunden hierhergelangen. Im Sommer konnte man in dem Wald wilde Brombeeren und Himbeeren finden. Köstlich süße Früchte. Wie die Erinnerung aus einem anderen Leben kam es ihr vor, wenn sie jetzt daran dachte. Kurz nach ihrer Hochzeit war sie mit Erwin manchmal am Sonntag hierhergeritten, und auch später in seinem letzten Heimaturlaub hatten sie diesen Ausflug einmal unternommen, als er schon so müde und resigniert war und in den Nächten diese schrecklichen Albträume gehabt hatte. Schweißgebadet war er aus dem Schlaf hochgefahren. »Wir haben so Furchtbares getan, so unendlich viel Furchtbares«, hatte er im Bett geflüstert. Leichenblass wie ein Geist war er gewesen. Sie hatte versucht ihn zu beruhigen. »Aber du kannst nichts dafür. Du hast nur getan, was man dir befohlen hat«, hatte sie gesagt. Doch er hatte sie nur angeschaut, als würde sie nichts verstehen. Am nächsten Tag hatte sie ihn überredet, mit ihr in die Wälder zu reiten. Sie hatte einige der süßen Himbeeren gepflückt, und während seine Augen ihr gefolgt waren, hatte auf seinen Lippen ein wehmütiges Lächeln gelegen, als hätte er schon da gespürt, dass dies ihr letztes Beisammensein sein würde.

Rosa starrte zu den verschlungenen Bäumen, und für einen Moment befiel sie das Gefühl, sie müsse sich das Bild der Landschaft, die dabei war, unter dem Schnee zu verschwinden, noch einmal gründlich einprägen, weil sie all das hier vielleicht nie wiedersehen würde. Konnte das sein? Dass sie nie wieder zurückkehren würden?

Plötzlich spürte sie einen Zug an ihrer Hand.

»Mutti?« Alice war neben ihr stehen geblieben. Rosa zog sie

entschlossen weiter mit sich. »Wir haben keine Zeit stehen zu bleiben, Alice.«

»Aber ich kann nicht mehr!«

»Na komm. Ein bisschen wird es schon noch gehen«, sagte sie und bemühte sich, die Kleine aufmunternd anzuschauen. Als sie in ihr Gesicht blickte, erschrak sie jedoch. Für einen Außenstehenden waren die Zwillinge schwer auseinanderzuhalten, aber sie selbst hatte ihre Töchter immer mühelos unterscheiden können. Alice war die Lebhaftere und Wildere der beiden, die stets ein übermütiges Funkeln in den Augen hatte. Doch jetzt war ihr Blick glasig, und sie wirkte erschreckend müde. Ihr Gesicht war gerötet, und eine unheilvolle Ahnung ergriff Rosa, als sie ebenfalls stehen blieb und hastig ihren Handschuh abstreifte, um die Hand auf die Stirn ihrer Tochter zu legen. Ihre Finger fühlten eine unnatürliche Wärme, die sie angesichts der eisigen Kälte und der Schneeflocken, die die Stirn des Mädchens benetzten, doppelt beunruhigte. Das Kind hatte Fieber! Panik erfasste sie. Zurück konnten sie unmöglich gehen. Nicht nur wegen der Russen, sie waren auch schon viel zu lange unterwegs. Sie zwang sich, ruhig nachzudenken. Der Weg nach Hause war auf jeden Fall weiter, als wenn sie versuchten die nächste Ortschaft zu erreichen.

»Ihr war schon heute Morgen nicht gut«, sagte Emma, die die Hand ihrer Schwester gefasst hatte.

Rosa erinnerte sich, dass die beiden ungewöhnlich still gewesen waren, doch sie hatte es auf die Anspannung und Müdigkeit der Mädchen geschoben und sich nichts dabei gedacht. Sie nahm eine Flasche Wasser aus dem Beutel mit den Lebensmitteln und gab Alice etwas zu trinken. »Wir gehen etwas langsamer, ja?«, sagte sie, ohne sich ihre Sorge anmerken zu lassen.

Alice nickte, aber schon nach ein paar Schritten merkte Rosa, dass dem Mädchen die Kraft fehlte. »Komm, setz dich einfach in den Karren.« Sie half Alice aufzusteigen und war dankbar, dass sie daran gedacht hatte, den Koffer und den Beutel mit dem

Proviant mit einem Stück Plane abzudecken, die sie nun über die Beine des Kindes zog. Dann liefen sie weiter. Sie blinzelte gegen den Schnee, als sie die nächste Kreuzung erreichten, und beschloss, nicht weiter Richtung Allenstein zu laufen, sondern die Straße nach rechts zu nehmen, um zu einem der nächsten Dörfer zu gelangen. Sie gab sich Mühe, trotz des zusätzlichen Gewichts nicht langsamer zu werden.

»Wie weit müssen wir denn laufen? Es ist so kalt«, sagte Emma fröstelnd.

»Nicht weit«, erwiderte sie knapp, obwohl sie keine Ahnung hatte, wie lange sie brauchen würden. Der Schnee schnitt ihnen noch immer kalt ins Gesicht, und sie nahm wahr, wie Emma sich wieder mit unglücklicher Miene zu ihrer Schwester drehte, die die Augen geschlossen hatte.

»Sie schläft.«

Rosa nickte.

Obwohl sie die Mutter war, blieben ihr ein Teil der inneren Verbundenheit der beiden und die Art, wie beide Schwestern spürten, was in der anderen vorging, ein Rätsel. Sie stritten bei der kleinsten Auseinandersetzung und waren auch eifersüchtig aufeinander, aber wenn eine von ihnen kränkelte oder traurig war, litt die andere, schlich niedergeschlagen herum und tat alles, damit es der anderen wieder besser ging.

Auch Rosa warf im Laufen einen Blick nach hinten. Ihre Brust schnürte sich vor Beklemmung zusammen, als sie sah, wie unregelmäßig sich Alices Oberkörper hob und senkte. Das Kind musste so schnell wie möglich in die Wärme.

Sie wagte nicht, eine Pause einzulegen, und war dankbar, dass Emma nicht protestierte, als sie ihre Schritte beschleunigten, obwohl sich ihre Füße wie Blei anfühlten und ihr Rücken und die Arme vom Ziehen des schweren Karrens schmerzten. Voller Sorge stellte sie fest, dass es draußen bereits dunkel zu werden begann. Die Tage im Januar waren kurz.

Als sie nach gut einer Stunde endlich in einiger Entfernung ein paar Häuser erkennen konnte, hätte sie vor Erleichterung beinah geweint.

## 2

Ein beladener Wagen war ihnen in der Dämmerung entgegengekommen, aber ansonsten sprachen die Lichter in den verstreuten Häusern dafür, dass die wenigsten Bewohner die Flucht gewagt hatten, sondern ausharrten, als hofften sie noch immer, das Unabänderliche wäre aufzuhalten.

Emma konnte sich vor Erschöpfung kaum noch auf den Beinen halten, und Rosa steuerte deshalb den ersten Hof an, der etwas abseits lag. Es war ein ärmliches Bauernhaus mit einem Stall. Die Fenster waren dunkel, und einen Moment lang war sie sich nicht sicher, ob überhaupt jemand hier wohnte, doch dann sah sie, dass aus dem Schornstein Rauch aufstieg und unten in einem der hinteren Fenster ein schwaches Licht flackerte.

Sie setzte erleichtert den Karren ab und nahm Alice vorsichtig auf den Arm, die kaum die Augen öffnete. Eine kalte Angst erfasste sie. Das Gesicht der Kleinen glühte.

»Was machen wir, wenn es ihr so schlecht geht, Mutti?«, fragte Emma leise. Im Blick ihrer elfjährigen Tochter lag ein unerwartet erwachsener Ernst, und sie sprach aus, was Rosa sich die letzten zwei Stunden bei jedem Schritt selbst gefragt hatte. Wie konnte man mit einem kranken Kind fliehen? Noch dazu bei dieser eisigen Kälte. Es war alles ihr Fehler, sie hätte viel früher aufbrechen müssen.

»Vielleicht ist das Fieber morgen schon besser«, sagte sie jedoch, um Emma zu beruhigen. Sie lief mit Alice zum Eingang und betätigte mehrmals den schweren Türklopfer. Es dauerte eine Weile, bis sie aus dem Inneren des Hauses Schritte und eine murmelnde Stimme hörte. Die schwere Tür öffnete sich quietschend einen Spalt.

»Ja?« Das Gesicht einer alten Bäuerin mit Kopftuch wurde sichtbar, die sie abweisend musterte.

»Entschuldigen Sie, dass ich störe, aber ich bin mit meinen zwei Mädchen auf dem Weg nach Braunsberg, und meine Tochter ist krank geworden. Sie hat Fieber, und ich brauche einen warmen Platz für sie. Bitte …«, stieß sie verzweifelt hervor.

Die Augen der Bäuerin wanderten von Alice zu Emma. Einen Augenblick lang schwieg sie. Ein müder Ausdruck lag auf dem Gesicht der alten Frau, und Rosa befürchtete schon, sie würde sie wegschicken, doch dann nickte sie. Quietschend öffnete sie die Tür. »Kommen Sie rein, hier ist genug Platz.«

Rosa folgte ihrer knochigen Gestalt, die mit schleppenden Schritten voranging, ins Haus. Sie gelangten in einen Raum mit einem Kamin, der die Wohn- und Essstube zu sein schien. Er wirkte trotz der Möbel leer und unwirtlich – vielleicht weil keine Lichter brannten. Lediglich auf einem kleinen viereckigen Tisch, der mit einem Stuhl vor dem Fenster stand, leuchtete schwach eine Gaslampe. Ein zerknülltes Taschentuch lag auf dem gehäkelten Spitzenuntersetzer. Rosa spürte, wie Emma sich dicht neben ihr hielt, als wäre ihr die Umgebung unheimlich.

»Neben dem Ofen ist es warm«, sagte die Bäuerin und deutete mit dem Kopf zu einem gelbbraunen Sofa.

»Danke.« Rosa ließ Alice auf dem verschlissenen Bezug nieder und knöpfte ihrer Tochter den Mantel auf. Die Kleine murmelte etwas. Rosa strich ihr beruhigend über die Wange. Sie hoffte, dass sie nur eine Erkältung hatte und das Fieber genauso schnell weggehen würde, wie es gekommen war. So wie es oft bei Kindern war. Sie drehte sich zu der Bäuerin. »Ich weiß nicht, was ich ohne Ihre Hilfe tun würde … Ich bin übrigens Rosa Lichtenberg, und das sind meine Töchter Alice und Emma.«

»Berta Paschke, aber nennen Sie mich einfach Berta. Ich werde der Kleinen einen Tee gegen das Fieber machen, und etwas Suppe habe ich auch noch«, sagte die Bäuerin, die wirkte, als würde sie sich aus einer inneren Apathie reißen. »Ansonsten ist das Essen bei mir leider knapp. Ich habe fast alles, was wir hatten, meinem Mann mitgegeben. Er wurde letzte Woche noch zum Volkssturm gerufen ...« Ihre Stimme klang plötzlich brüchig.

Rosa schaute sie betroffen an. Einen Augenblick hingen die unausgesprochenen Worte zwischen ihnen im Raum. »Das tut mir leid.«

Die Bäuerin schwieg. Ihr Blick glitt zu Emma, die sich neben Alice aufs Sofa gesetzt hatte und die Hand ihrer Schwester nahm. »Zwillinge, ja?«

Rosa nickte.

»Hübsche Mädchen. Sie tun gut daran, sie weit weg von hier zu bringen. Aber lassen Sie sich besser nicht im Dorf blicken. Der Bürgermeister und der Gutsherr hier sind eifrige Parteigenossen«, sagte Berta noch, bevor sie in die Küche verschwand. Rosa starrte ihr hinterher.

Etwas später brachte die Bäuerin den Tee für Alice, und sie aßen alle die heiße Suppe. Dazu verspeisten sie die Brote aus dem Proviantbeutel, den Rosa zuvor zusammen mit dem Koffer ins Haus geholt hatte. Den Handkarren hatte sie auf Anraten von Berta in die Scheune gebracht, damit er von niemandem gesehen wurde.

Die alte Frau hatte Wolldecken für die Mädchen geholt, und Emma, die schon beim Essen kaum die Augen aufhalten konnte, war neben ihrer Schwester auf dem Sofa in einen tiefen Schlaf gefallen. Alices Stirn war noch immer heiß, aber ihre Atemzüge hörten sich regelmäßiger an.

Rosa saß mit Berta an dem kleinen Tisch vor dem Fenster. Die Bäuerin hatte eine Flasche mit einem Rest selbst gebranntem

Zwetschgenschnaps hervorgeholt und ihnen einen Schluck eingegossen. Die Schärfe des Alkohols trieb Rosa die Tränen in die Augen, bevor sich eine wohltuende Wärme in ihren Adern ausbreitete, die sie wenigstens für einige Augenblicke ihre Angst vergessen ließ. Ihr Blick fiel auf ein Foto, das auf dem Fensterbrett stand – es war mit einem Trauerflor umrahmt und zeigte einen jungen Soldaten.

Voller Mitleid schaute sie die Bäuerin an. »Mein Mann ist auch gefallen. Im letzten Sommer«, sagte Rosa leise.

»Kurt, unser Sohn, ist '43 im Herbst bei einem Partisanenanschlag ums Leben gekommen … Und nun ist mein Wilhelm auch noch weg.« Die Bäuerin verstummte und starrte nach draußen. »Zumindest habe ich keine Angst mehr«, sagte sie. »Es gibt nichts mehr, was die Russen mir noch nehmen könnten.«

3

BERTA WOLLTE IHNEN IHR SCHLAFZIMMER überlassen, aber Rosa bestand darauf, mit den Mädchen im Wohnzimmer zu übernachten. Sie schlief schlecht. Während der ganzen Nacht lauschte sie mit einem Ohr immer wieder auf Alices Atemzüge, stand auf, um ihren Puls und ihre Stirn zu fühlen und ihr mit einem feuchten Tuch den Schweiß von der Stirn zu tupfen. Wenn sie dann zwischendurch einschlief, hatte sie Albträume, in denen sie den Gefechtslärm der Russen hörte und sah, wie Soldaten auf sie zustürmten und versuchten ihr ihre Töchter zu entreißen. Zerschlagen wachte sie am Morgen auf. Es schien, als wäre Alices Fieber über Nacht etwas besser geworden, doch das Mädchen war blass und schwach. Die Bäuerin hatte etwas Haferbrei gekocht, und es gelang Rosa kaum, Alice einige Löffel davon zu geben, bevor die Kleine wieder erschöpft in den Schlaf fiel.

An eine Weiterreise war nicht zu denken, erkannte sie niedergeschlagen.

»Sie können bleiben, solange Sie wollen. So schnell werden die Russen schon nicht hier sein …«, sagte Berta.

Rosa nickte und beobachtete, wie Emma unglücklich auf der Sofakante neben Alice saß und ihrer Schwester vorsichtig etwas in die Hand drückte – ein kleines Stofftier. Ein Dackel, den sie Lupus genannt hatte. Er war alt und verschlissen, aber ihr Glücksbringer, den sie immer bei sich trug. Rosa wandte den Blick ab und starrte nach draußen auf das Eis und den Schnee. Welche Wahl hatte sie schon? Selbst die Natur schien sich gegen sie verschworen zu haben.

Ein warmes Dach über dem Kopf war indessen nicht das Einzige, was sie brauchten. Sie benötigten Lebensmittel, wenn sie länger blieben. Berta hatte selbst nur so wenig, dass man nach einem Blick in die Speisekammer glauben konnte, sie wollte freiwillig verhungern, aber nun waren auf einmal drei Menschen mehr in ihrem Haus. Rosa überlegte, trotz Bertas Warnung ins Dorf zu gehen, doch dort gab es nicht einmal einen kleinen Laden, und die meisten Menschen hatten vermutlich kaum mehr als die Bäuerin. Schon im Herbst seien die meisten Vorräte auf Anordnung des Bürgermeisters an die Soldaten der Wehrmacht gegangen, hatte Berta erzählt. Das Übrige hatte man den Jungen und Männern beim Volkssturm mitgegeben. Davon abgesehen war die Gefahr einfach zu groß, dass man ihr Fragen stellen würde. Der Bürgermeister oder einer seiner Schergen könnte ihre Personalien überprüfen lassen, überlegte sie. Wenn man die eingenähten Wertsachen in ihrer Kleidung fand, würde man wissen, dass sie auf der Flucht war. Unter Umständen würde man sie dann nicht nur an einer Weiterreise hindern, sondern sogar verhaften lassen.

»Es gibt vielleicht noch eine andere Möglichkeit. Letzte Woche sind die Neuberts heimlich verschwunden. Nur mit dem

Nötigsten, sodass es niemandem aufgefallen ist. Sie haben zwei Kilometer entfernt von hier auf einem Hof hinter dem Wald gelebt«, berichtete Berta, die nachgedacht hatte. »Bestimmt haben sie nicht alle Lebensmittel mitgenommen. Ich habe sogar einen Schlüssel und könnte Ihnen den Weg dorthin beschreiben. Ich selbst schaffe es leider nicht mehr, so weit zu gehen.«

Rosa blickte zögernd zu Alice.

Die schwielige Hand der Bäuerin legte sich auf ihre. »Ich pass gut auf die Kleine auf, während Sie weg sind.«

Rosa ließ Alice nur ungern allein, aber eine Stunde könnte sie ihre Tochter in Bertas Obhut lassen, beruhigte sie sich. Emma würde sie mitnehmen. Nachdem sie sich warm angezogen hatten, ließ Rosa sich von der Bäuerin genau beschreiben, wo der Hof lag, nahm den Schlüssel der Neuberts an sich, und sie machten sich auf den Weg.

Es schneite nicht mehr, doch dafür war es draußen empfindlich kälter geworden. Der größte Teil der Strecke führte sie quer durch den Wald. Ihre Fußstapfen hinterließen frische Spuren im Schnee.

»Wenn Alice und ich Zwillinge sind, warum wird sie dann krank und ich nicht?«, fragte Emma, nachdem sie eine Weile schweigend neben ihr hergelaufen war.

»Ihr seid eben nicht völlig gleich«, gab Rosa zur Antwort, während sie sich die Umgebung genau einprägte.

»Mutti, Schnee ist doch eigentlich Regen, der gefroren ist, oder?«

Sie wandte den Kopf zu ihrer Tochter und unterdrückte ein Seufzen. Wenn Emma einmal anfing, Fragen zu stellen, fand sie so schnell kein Ende mehr. »Nein, wenn Regen gefriert, wird er zu Hagel.«

»Gibt es denn ein Schneegewitter?«

»Wie kommst du denn darauf?«

»Weil es in der Nacht gedonnert hat.«

Vor ihnen lichteten sich die Bäume, und Rosa konnte in einiger Entfernung den Hof erkennen. »Das hast du bestimmt nur geträumt«, sagte sie. »Komm, da vorn ist es. Lass uns uns beeilen, dann sind wir schneller wieder bei Alice.«

Obwohl sie den Schlüssel hatte, kam sie sich vor wie eine Einbrecherin, als sie das Haus betrat. Die Einrichtung, die Teppiche und Möbel sprachen dafür, dass es den Neuberts gut gegangen war. Alles war liebevoll gepflegt. Im Esszimmer stand noch das benutzte Geschirr auf dem Tisch, und einen Moment sah sie die Familie vor sich, wie sie hier ihre letzte Mahlzeit eingenommen hatte. Sie zwang sich, weiter zur Küche zu gehen, und spürte, wie Emma sich mit ihren zarten Fingern an ihre Hand klammerte.

»Ist hier denn niemand?«, fragte sie flüsternd.

»Nein, die Familie ist verreist. Es sind Nachbarn von Berta. Wie nehmen nur ein paar Lebensmittel mit.«

Sie gingen in die Küche und durchsuchten die Schränke und angrenzende Speisekammer. Die Ausbeute war mager, aber ausreichend, um sie über ein, zwei Tage zu bringen – etwas Mehl, Hafer, eine Handvoll Kartoffeln, ein paar verschrumpelte Äpfel, vier Eier und ein paar eingemachte Weckgläser mit Pflaumen, Kirschen und Kürbis. Rosa packte eilig alles in die leere Tasche, die sie mitgebracht hatte. Sie schickten sich gerade an, zurück zur Haustür zu gehen, als Emma sie aufgebracht am Ärmel zupfte.

»Hörst du, es donnert doch! Obwohl es weder schneit noch regnet, Mutti!«

»Was redest du denn da?«, fragte sie kopfschüttelnd. Und dann hörte sie es selbst. Ein tiefes, dröhnendes Grollen, nicht weit entfernt, gefolgt von einem weiteren Grollen und einem Knall … Sie erstarrte. Das war kein Donner. Plötzlich begriff sie. *O Gott, nein!* Sie riss Emma mit sich und machte sich nicht einmal die Mühe, die Tür hinter sich abzuschließen, sondern stürzte nach draußen.

Wieder ertönten Grollen und Knallen. Gefechtslärm – und er war nicht weit entfernt! Eine kalte Angst schnürte alles in ihr zusammen. *Alice ...* Sie packte Emma an der Hand. »Komm! Du musst so schnell laufen, wie du kannst. Wir müssen zu Alice.« Sie riss das Mädchen mit sich.

»Sind das die Russen?« Emma blickte sie voller Furcht an.

Bisher hatte Rosa alles dafür getan, die Mädchen nicht in unnötige Angst zu versetzen und ihnen so wenig wie möglich über den Krieg erzählt, aber im Dorf und in der Schule war genug über die Russen und ihre Grausamkeiten berichtet worden, auch unter den Kindern. Alice und Emma hatten ihr mehrmals ängstlich Fragen gestellt, denen sie ausgewichen war, doch nun war sie dankbar, dass sie nicht zu viel erklären musste.

»Ja, die Russen!«

Sie ignorierte den entsetzten Ausdruck in Emmas Gesicht, umklammerte die Hand ihrer Tochter – und dann rannten sie. Der Schnee stob zu ihren Füßen, während sie durch den Wald zurückliefen. Rosas Lungen brannten, und sie merkte, wie Emma neben ihr im Schnee mehrmals ins Rutschen kam, aber sich bemühte, sofort weiterzulaufen. Vielleicht waren sie noch weiter weg. Der Schall ließ die Geräusche manchmal trügerisch nah erscheinen, versuchte Rosa sich zu beruhigen. Und kurz schien es ihr, als würden die Explosionen und Schüsse von viel weiter herkommen, aber im nächsten Moment wurde ihr klar, dass die Bäume um sie herum nur die Geräusche dämpften. Im Dorf hatte sie auch manchmal Gefechtslärm aus der Ferne gehört, je nachdem wie der Wind gestanden hatte, doch das hier war anders. Sie nahm wahr, wie bei jeder Explosion der Boden vibrierte. *Alice!* Sie dachte an ihre Tochter. Noch nie in ihrem Leben hatte sie eine solche Furcht empfunden. Sie hätte sie niemals allein zurücklassen dürfen. Rosa spürte, wie Tränen in ihre Augen traten, und betete, dass sie noch rechtzeitig kämen. Sie rannten weiter, der Weg schien ihr endlos. Neben ihr keuchte Emma. Auf ihrem

Gesicht spiegelte sich eine Angst, die Rosa ins Herz schnitt. Endlich begann sich der Wald vor ihnen zu lichten. Sie drehte sich zu ihrer Tochter. »Du bleibst direkt hinter mir und weichst keinen Schritt zur Seite, hast du verstanden?«, sagte sie zu ihr, als sie aus dem Wald heraustraten. Entsetzt blieb sie im gleichen Augenblick stehen. Von hier aus konnte man den Hof von Berta sehen und das Dorf, das etwas weiter oben auf einem Hügel lag. Häuser brannten, und dunkle Rauchschwaden durchzogen die Luft, und auf der Straße, auf der sie selbst gestern Abend hierhergekommen waren, befanden sich überall Soldaten! Viele Soldaten – und Panzer. Ein Schauer lief ihr über den Rücken, und sie zog Emma hastig mit sich hinter einen Baum. Die Explosionen waren zum Stillstand gekommen, aber dafür waren Schüsse zu hören, und das in schneller Abfolge – einer nach dem anderen. Dazwischen waren selbst aus der Ferne die verzweifelten Schreie und Rufe von Menschen zu vernehmen. Oben im Dorf schien ein regelrechter Straßenkampf zu toben. Was sollte sie nur tun? Sie konnten unmöglich über das freie Feld zu Bertas Hof laufen. Auf dem weißen Schnee würde man sie sofort sehen und das Feuer auf sie eröffnen.

»Mutti, wir müssen zu Alice!« Emma versuchte sich von ihr loszureißen, doch Rosas Griff blieb eisern. »Nein, nicht, Emma«, flüsterte sie. Ihr versagte die Stimme. »Wenn wir jetzt zum Hof laufen, werden sie auf uns schießen.«

»Aber was ist mit Alice? Sie ist ganz allein mit Berta!«

Emma weinte verzweifelt. Rosa hielt sie in den Armen, einfach nur in den Armen. Ihre Tochter an sich geklammert, blickte sie voller Grauen zu den brennenden Häusern.

# SERGEJ

## 4

ES WAR NUR EINES DER vielen kleinen Dörfer und Städte, die sie eins nach dem anderen eingenommen hatten, seitdem sie über die Grenze vorgestoßen waren. Sie hatten gewartet – über Tage, die zu Wochen und schließlich zu zwei langen Monaten geworden waren, und nun war ihre Geduld belohnt worden. Der Frost hatte ihnen eine begehbare Ebene in der Landschaft geschenkt – eine Einladung und Aufforderung zugleich, diesen Krieg zu gewinnen. Sergej verspürte eine grimmige Befriedigung, als er aus dem Geländewagen stieg. Sie würden den Deutschen zurückzahlen, was diese ihnen angetan hatten. Mitte des Monats hatten sie mit ihren Armeen den Großangriff an der gesamten Front Ostpreußens begonnen – von der Memel bis zur oberen Weichsel. Sie waren nicht nur in der Übermacht, sondern dank der alliierten Bündnispartner inzwischen auch weit besser ausgerüstet.

In den zurückliegenden Jahren hatte Sergej so viel Leid und Grauen gesehen, dass er manchmal glaubte, jedes Gefühl und jede Empfindung wären in ihm für immer abgestorben. Er war inzwischen Oberst der 3. Weißrussischen Front; war bei der Befreiung von Leningrad dabei gewesen, wo eine Million Menschen während der Blockade elendig verhungert waren; er hatte die Massengräber gesehen, in denen politische Kommissare, Partisanen, Juden und andere unschuldige Zivilisten hingerichtet worden waren, und auf dem Weg nach Ostpreußen hatten sie Konzentrationslager befreit. Bei dem Anblick der bis zum Skelett abgemagerten Gefangenen war selbst hartgesottenen Soldaten übel geworden. Es war zu viel, was sie alle gesehen hatten. Bilder, die man nie mehr vergaß, die sich ins Gehirn einbrannten … Die meisten ihrer Männer waren abgestumpft und verroht, und einzig der Gedanke an Rache und Vergeltung war es, der sie sich noch lebendig fühlen ließ. Dieses Gefühl war so gewaltig und bestimmend, dass es der warnenden Anordnung, mit dem Feind kein Erbarmen und Mitleid zu haben, gar nicht mehr bedurft hätte.

Dabei war es den meisten unter ihnen nur recht, dass die Nazis, selbst nachdem sie diesen Krieg nun verloren hatten, nicht zur Kapitulation bereit waren und bis zum letzten Mann kämpften. Doch jetzt, da sie die Heeresgruppen der Deutschen weiter zurückgedrängt hatten und nach Ostpreußen vorgedrungen waren, trafen sie in den Dörfern und Städten nur auf die Alten, die Frauen und Kinder, die nicht rechtzeitig in Sicherheit gebracht worden waren oder die sie auf ihrer Flucht einholten. Sie waren es, die teuer für alles bezahlen mussten. Es waren keine schönen Bilder: die brennenden Dörfer, die willkürlich Erschossenen, die angstverzerrten Gesichter derjenigen, die man leben ließ, und dazwischen immer wieder die Schreie und das Weinen der vergewaltigten Frauen. Sergej mochte es nicht, wenn Zivilisten in das Kriegsgeschehen hineingezogen wurden. Aber es ließ sich nicht vermeiden, und andererseits – hatten die Deutschen Mitleid mit den Frauen und Kindern in Leningrad gehabt, die vor Hunger starben, oder mit den vielen Unschuldigen, die sie erschossen, vergast oder erhängt hatten?

In ihm regte sich keine Emotion – weder Mitleid noch irgendein anderes Gefühl, als er zu den brennenden Häusern des Dorfes blickte, über deren Dächern dunkle Rauchschwaden in den Himmel aufstiegen. Sie hatten sich aufgeteilt – einige Männer der Kompanie hatten sich den Hof vorgenommen, der vor ihm lag, etwas abseits vom übrigen Dorf. Sie hatten die Tür des Hauses aufgebrochen und waren mit gezogenen Waffen hineingestürmt, obwohl kaum zu erwarten war, dass sich hier noch Soldaten oder wehrfähige Männer versteckt hielten. Die Deutschen hatten selbst die Letzten unter den Alten und Jungen eingezogen. Zu schwach und schlecht ausgebildet, mit kaum mehr als ein paar Patronen in den Gewehren ausgestattet, waren sie leichte Opfer gewesen.

Aus dem Haus waren Schreie und Schüsse zu hören, und Sergej setzte sich in Bewegung, um seinen Männern zu folgen. Im Hof lag ein Stapel Brennholz aufgeschichtet.

Ein Teil der eingetretenen Tür hing noch im Rahmen. Er bückte sich und stieg über das zersplitterte Holz, das unter seinen Stiefeln knirschte. Im Bruchteil weniger Sekunden nahm er die Einzelheiten in dem Raum vor sich wahr – die tote alte Frau, die mit aufgerissenen Augen auf dem Boden lag, das Blut, das den verschlissenen Teppich um sie herum rot gefärbt hatte, die aufgezogenen Schubladen der Kommode und des Schranks und die Soldaten, die vor dem Sofa standen. Sie lachten, auf diese ganz besondere Weise – schmutzig und derb –, sodass Sergej sofort wusste, dass sie eine Frau vor sich hatten. Er wollte sich abwenden, doch dann bemerkte er aus den Augenwinkeln, dass es keine Frau, sondern noch ein Mädchen war, ein Kind, höchstens elf oder zwölf, schätzte er. Die Männer schienen das nicht wahrzunehmen. Sie waren wie trunken, aufgepeitscht vom Kampf und Sieg – und dem Wunsch nach Vergeltung. Einer von ihnen hatte das Kleid des Mädchens im Ausschnitt aufgerissen, und man sah den Ansatz einer Brust, die gerade erst begonnen hatte, eine Rundung zu entwickeln. Der Soldat zog sie grob hoch und sagte etwas zu ihr, das Sergej nicht verstehen konnte, aber er sah die anstößige Geste, mit der der Mann sich den Schritt rieb. Die anderen lachten laut. Das Mädchen wehrte sich kaum, sondern wirkte lethargisch, beinah wie eine Puppe. Als Sergej näher kam, sah er, dass ihre Augen glasig und ihre Wangen unnatürlich gerötet waren. Ihr Haar klebte feucht an ihrer Schläfe, und etwas an ihrer Haltung, an der Hilflosigkeit und benommenen Angst in ihrem Blick berührte ihn unerwartet durch die dumpfe Gefühllosigkeit hindurch in seinem Inneren. Ein Bild drang aus den Tiefen seines Unterbewusstseins empor. Er bemühte sich, die Erinnerung abzuschütteln.

»Lasst sie los!«, befahl er auf Russisch. »Sofort!«

Gedrillt, auf Befehle zu hören, hielten die Soldaten inne. Nur kurz flammte ein widerwilliger Ausdruck in ihren Gesichtern auf, als sie von der Kleinen abließen.

Er richtete das Wort an den Ranghöchsten. »Ist das Haus durchsucht worden, Genosse Soldat?«

Die drei nahmen Haltung an.

»Ja, Genosse Oberst!«

»Dann nehmt euch einige zusätzliche Männer und begebt euch zu dem Bauernhof, der gut einen Kilometer westlich von hier hinter dem Wald liegt. Durchsucht das Haus und die Stallungen nach Waffen und Männern. Der Kampf ist noch nicht vorbei.«

Der Soldat schlug die Hacken zusammen.

»Zu Befehl, Genosse Oberst!«

Sergej sah ihnen hinterher, wie sie durch die Tür verschwanden und dabei nicht einmal mehr einen Blick auf die Leiche der Bäuerin oder das Mädchen verschwendeten. Er drehte sich zu der Kleinen, die zurück aufs Sofa gesackt war. Ihre Finger umklammerten etwas – ein kleines Stofftier, einen Dackel, kaum so groß wie ihre Hand. Sie schaute ihn mit ihren glasigen Augen an. Seltsamerweise ohne Angst, beinah vertrauensvoll. Als wäre er zu ihrer Rettung gekommen. Doch das war er nicht.

Er wollte sich abwenden, sich nicht erweichen lassen, aber etwas in ihrem Blick hielt ihn gegen seinen Willen fest, und er zögerte. Gleichzeitig erfasste ihn eine leise Wut über diese Schwäche. Er hatte nichts mit ihr zu tun, sie war eine Deutsche, versuchte er sich zu sagen, aber die Erinnerung war plötzlich zu groß, fast übermächtig. Er fühlte einen schmerzhaften Stich. In den letzten Tagen, bevor sie gestorben war, hatte ihn Karina oft genauso angeschaut. Obwohl sie kaum noch etwas essen konnte, hatte in ihrem Blick auch dieses Vertrauen gelegen, dieser Glaube, dass er ihr helfen und dafür sorgen würde, dass alles wieder gut wurde. Doch sie hatte sich getäuscht. Ein bitterer Geschmack breitete sich in seinem Mund aus. Er hatte die Armee in den schwersten und ausweglosesten Gefechten zum Sieg führen können, aber bei seiner Tochter hatte er versagt. Gegen ihre Krankheit hatte er nichts ausrichten können. In seinen Träumen verfolgte ihn der Blick von Karina noch immer. Die Kleine auf dem Sofa war im selben Alter wie sie und hatte die gleiche Zartheit, aber es war vor allem ihre Haltung, wie sie sich gegen das Sofa lehnte, und die Erschöpfung, die in ihrem kindlichen Gesicht zu erkennen war, die ihn bis ins Mark trafen. Plötzlich kam es ihm vor, als würde Karina vor ihm sitzen.

Er versuchte sich erneut zu sagen, dass das Mädchen nicht seine Angelegenheit war, aber ein Gefühl, das er seit Monaten, ja seit Jahren nicht mehr gehabt hatte, ergriff ihn: dass es unmenschlich war, sie hier mit der toten alten Frau zurückzulassen, die vermutlich ihre letzte lebende Verwandte gewesen war und die man vor ihren Augen umgebracht hatte. Schließlich zwang er sich mit aller Kraft, umzudrehen und zur Tür zurückzugehen.

Er hatte schon fast die Schwelle erreicht, als er durch das Fenster draußen ein helles, flackerndes Licht sah. Die Männer hatten die Scheune in Brand gesetzt. Die Flammen loderten über den Hof und schlugen Funken. Er dachte an das aufgeschichtete Holz draußen. Das Feuer würde übergreifen.

Dann wandte er sich noch einmal um.

Die Kleine blickte ihn noch immer an. Sie hatte den winzigen Stoffdackel an sich gepresst, und ihre Lippen zitterten.

Er stieß einen leisen russischen Fluch aus. Mit zwei Schritten war er bei ihr, griff nach der Decke auf dem Sofa und legte sie dem Mädchen um die Schultern. Bevor er sie hochhob, fasste er sie am Kinn.

»Du darfst nicht sprechen, kein Wort! Egal was passiert, verstanden«, sagte er auf Deutsch mit starkem Akzent. Doch er war sich nicht sicher, ob das Mädchen ihn überhaupt verstand. Sie lehnte den Kopf gegen seine Schulter und suchte mit ihrer kleinen Hand an einem seiner Arme Halt. Ihr Körper strahlte Hitze aus – sie hatte Fieber. Schnell verließ er mit ihr auf dem Arm das Haus.

# Rosa

### 5

Sie hätte nicht sagen können, wie lange sie versteckt im Wald ausgeharrt hatten, bis sie sich am späten Nachmittag schließlich wieder an den Waldrand wagten. Die Panzer waren verschwunden, und auf der Straße waren auch keine russischen Armeefahrzeuge und Soldaten mehr zu sehen. Doch ihre Erleichterung hielt nur kurz an, denn obwohl sich bereits die Dämmerung über dem Dorf herabsenkte, hingen noch immer dunkle Rauchwolken über den Dächern – als wären die Feuer gerade erst erloschen. Rosa versuchte sich Emma gegenüber nichts von ihrer Panik anmerken zu lassen, als sie wahrnahm, dass auch die Luft über dem Hof von Berta Paschke dunkel geschwängert war. Die Scheune war abgebrannt, das war selbst aus der Entfernung deutlich sichtbar. In ihr zog sich alles zusammen. Sie hätte zurücklaufen müssen, um ihrer Tochter beizustehen und sie zu beschützen. Aber was hätte sie mit Emma tun sollen? Ganz zu schweigen davon, dass die Gefahr, den Russen direkt in die Arme zu laufen und vergewaltigt oder umgebracht zu werden, einfach zu groß gewesen war. Trotzdem wäre sie zurückgelaufen, wenn Emma nicht gewesen wäre. Es schien ihr die schwierigste und grausamste Entscheidung, die ihr das Leben jemals abverlangt hatte, dass sie, um die eine Tochter zu schützen, der anderen nicht hatte zu Hilfe eilen können.

Sie griff nach Emmas Hand. »Wir müssen so schnell über das Feld rennen, wie wir können.«

Die Kleine nickte – und dann rannten sie. Ihre Füße flogen über den Schnee, in dem man noch die Spuren der Soldaten erkennen konnte. Rosa erwartete jeden Moment, doch noch von Soldaten, die sich irgendwo versteckt hielten, von ihren Stimmen oder sogar Schüssen aufgehalten zu werden, aber sie schafften es, unbehelligt über das Feld zu kommen.

Es roch nach verbranntem und verkohltem Holz, und die rußige Luft brannte in Augen und Lunge, als sie näher kamen. Sie befahl Emma, den Schal über den Mund zu ziehen. Rosas Angst verstärkte sich mit jedem Schritt. Die Scheune war tatsächlich bis auf die Grundfesten niedergebrannt – und nicht nur sie. Durch den schwarzen Dunst hindurch konnte man sehen, dass von dem dahinterliegenden Haus nur noch ein Teil der Grundmauern stand, über die sich schwarze Schlieren zogen. Der andere Teil war zu einem Haufen Trümmer und Schutt zusammengefallen. Ihre Kehle schnürte sich vor Entsetzen zusammen, als sie die verkohlten Gegenstände wahrnahm, die dazwischen hervorragten. Vor ihren Augen sah sie die Soldaten, wie sie das Haus anzündeten, die Flammen, die hochschlugen und alles verbrannten … Hatten sie Berta und Alice vorher noch hinausgelassen? Waren sie dem Feuer entkommen? Rosa hatte gehört, dass die Russen die Menschen manchmal zwangen, mit anzusehen, wie ihre eigenen Häuser abgefackelt wurden. Doch würden sie das auch mit einer alten Frau und einem kleinen Mädchen machen, das noch dazu krank war? Alice hatte sich aus eigener Kraft gar nicht auf den Beinen halten können. Sie sah ihre Tochter vor sich, wie sie noch vor wenigen Stunden mit ihren vom Fieber geröteten Wangen dort auf dem Sofa gelegen hatte.

»Wo ist Alice?«, hörte sie Emma neben sich voller Angst fragen.

»Ich weiß es nicht.« Sie merkte, wie ihre Stimme brach, während sie sich suchend umblickte, als könnte sie sie noch irgendwo entdecken.

Dann schaute sie von dem Hof zu den Häusern auf dem Hügel, und trotz der dunklen Rauchwolken über den Dächern schöpfte sie plötzlich Hoffnung. Vielleicht hatten sie sich dorthin geflüchtet und in irgendeinem Keller oder Stall versteckt? Ja, das hatten sie bestimmt.

»Wir müssen hoch zum Dorf.« Sie zog Emma mit sich, die leise schluchzte.

Im Schutz der Bäume, damit sie niemand sehen konnte, hasteten sie am Straßenrand durch den Schnee den Hügel hinauf. Rosa spürte weder Kälte noch Erschöpfung, nicht, dass sie stolperte und zwischendurch immer wieder Emmas Hand verlor, die sich verzweifelt an sie klammerte. Nur ein Gedanke beherrschte sie – dass sie ihre andere Tochter finden musste.

Plötzlich blieb Emma abrupt stehen. »Mutti …«

Sie drehte sich ungehalten um und sah, dass Emma zu dem Graben neben den Bäumen blickte. Vor einem Baum kauerte eine Frauengestalt – mitten im Schnee. Sie hatte die Arme um sich geschlungen, und selbst aus der Entfernung konnte man sehen, dass sie zitterte und an der Lippe blutete. Ihre Kleidung war zerrissen, das Haar hing ihr wirr in die Stirn, und sie hatte eine Schürfwunde an der Wange. Ein angstvoller Ausdruck huschte über ihr Gesicht, als sie zu ihnen hochblickte, bis sie begriff, dass von Rosa und Emma keine Gefahr ausging.

»Können wir Ihnen helfen?«, fragte Rosa leise.

Die Frau, deren Augen rot verweint waren, schüttelte den Kopf und wischte sich übers Gesicht. »Nein, ich brauche nur einen Moment.«

»Kommen Sie aus dem Dorf?«

Die Frau nickte. »Ich konnte entkommen. Danach …« Sie wich ihrem Blick aus.

Rosa wurde plötzlich bewusst, dass sie in derselben Situation hätte sein können, wenn sie nicht mit Emma zum Hof der Neuberts unterwegs gewesen wäre. Sie verdrängte den Gedanken an die Gefahr, in der sie sich auch jetzt noch immer befanden. Sie musste Alice finden.

»Ich suche meine andere Tochter. Sie war auf dem Hof von

Berta Paschke. Alice ist elf und sieht genauso aus wie Emma.«
Rosa deutete auf ihre Tochter. »Sie sind Zwillinge. Haben Sie
Berta oder Alice vielleicht gesehen?«, fragte sie verzweifelt. »Waren Sie oben im Dorf?«

Die Frau hob den Kopf. Ein betroffener Ausdruck glitt über
ihr Gesicht, und sie schien nach den richtigen Worten zu suchen. »Es tut mir leid«, sagte sie dann. »Ein russischer Soldat, er
konnte etwas Deutsch, hat sich damit gebrüstet, dass sie die Bewohner umgebracht hätten, bevor sie den Hof in Brand gesetzt
haben.«

Rosa blickte sie entsetzt an. Nein, das konnte nicht sein! Alice
war doch noch ein Kind. »Vielleicht ist sie im Dorf, und Sie haben sie nur nicht gesehen? Ein Mädchen, das genau aussieht wie
sie.« Sie deutete erneut auf Emma.

Die Frau schüttelte den Kopf. »Nein, oben im Dorf sind nur
noch zwei Greise, die nicht mehr laufen können. Die anderen
haben sie entweder umgebracht oder zusammengetrieben und
mitgenommen. Sogar die Frauen. Sie sollen nach Russland ins
Arbeitslager. Sie haben jedes Haus durchsucht, vom Keller bis
zum Dachgeschoss. Ich konnte nur entkommen, weil mich die
Soldaten vorher in die Scheune gebracht haben.« Sie verstummte
und wirkte einen Augenblick wie erstarrt. Doch dann sah sie
Rosa erneut an. »Ein Mädchen, das so aussieht wie Ihre Tochter,
war nicht unter den Überlebenden«, sagte sie leise. Das Mitleid
in den Augen der Frau ließ keinen Zweifel, dass sie die Wahrheit
sagte.

Rosa glaubte, ihr Herzschlag würde für einen Moment aussetzen, und eine eisige Kälte breitete sich in ihrem Inneren aus,
als sie begriff, was das bedeutete.

# TEIL 2

# NEUANFANG

# EMMA

## 6

*West-Berlin, fünf Jahre später, 1950*

DIE STADT WAR VOLL. MENSCHEN strömten auf dem breiten Bürgersteig entlang, in zügigen, schnellen Schritten, als hätten sie alle etwas zu erledigen, das keinen Aufschub erlaubte: Frauen mit eleganten Hüten; Männer mit Aktentaschen und hochgeschlagenen Mantelkrägen; ärmlich gekleidete Leute, die nach Arbeit suchten, und Angestellte aus den Büros und Geschäften, die auf dem Weg in die Mittagspause waren. Sie eilten vorbei an neu eröffneten Läden, an Restaurants und Cafés, an hohen Reklametafeln und den großen Ankündigungsbannern der Theater und Lichtspielhäuser.

Emma beobachtete, wie ein Autofahrer vor ihr dem Lieferanten eines Meiereiwagens ungeduldig etwas zurief. Zum Unmut der Wartenden hatte er einfach vor einem Restaurant am Straßenrand gehalten und angefangen, seine Milchflaschen auszuladen, sodass der Verkehr ins Stocken geraten war. Ein Omnibusfahrer hupte. Es war das Erste, was Emma damals aufgefallen war, als sie in Berlin angekommen waren – die ständige Eile und Hetze, die in der Stadt herrschten. Selbst zu Fuß musste man an den großen Kreuzungen oft aufpassen, vom Strom der Leute nicht umgerannt zu werden. Alles war anders hier, aber gerade deshalb mochte sie die Stadt so – weil sie nichts an früher, an Ostpreußen erinnerte.

Sie wich auf ihrem Fahrrad einem breiten Riss im Asphalt aus und wandte den Kopf zu den Schaufenstern am Ku'damm, in denen seit dem Ende der Blockade im letzten Jahr wieder opulente Auslagen zu sehen waren – Kleider und Hüte, zartes Porzellan, Möbel oder Delikatessen. Alles unerschwinglich, ihre Mutter und sie würden sich das niemals leisten können, aber trotzdem liebte Emma es, die Schaufenster zu betrachten.

Ihr Blick fiel kurz auf eine Frau mit kurviger Figur und schulterlangen, modisch nach innen gerollten Haaren, die mit einem Pudel an der Leine den Bürgersteig entlangeilte.

Emma fuhr ein Stück weiter, bevor sie schließlich nach links abbog, Richtung Wilmersdorf. Ein nachdenklicher Ausdruck lag auf ihrem Gesicht, als ihr wieder bewusst wurde, was für ein Tag heute war. Sie war froh, dass das Datum dieses Jahr in der Woche lag und ihre Mutter bis zum Abend im Kiosk arbeiten musste. So war es leichter für sie beide, den Tag, soweit es ging, zu ignorieren.

Sie fuhr die Uhland- und weiter die Blissestraße hinunter, bis sie eine Seitenstraße erreichte, in der sich mehrere Ruinen befanden. An einer Ecke klaffte eine Lücke. Sie erinnerte sich, dass man dort erst vor ein paar Monaten ein einsturzgefährdetes Gebäude gesprengt hatte. An einem Mauervorsprung lehnte ein Mann in einem fadenscheinigen Mantel mit eingefallenen Wangen, der mit sich selbst sprach und verstummte, als er sie bemerkte. Er starrte sie an, und sie trat schneller in die Pedale. An den Ruinen trieben sich oft Obdachlose und manchmal auch Jugendbanden herum, denn es gab noch immer zahlreiche Menschen, die kein Dach über dem Kopf gefunden oder nicht genügend Geld hatten, um die Miete zu bezahlen. Viele von ihnen hausten heimlich in den ausgebombten Gebäuden, die zumindest etwas Schutz vor Regen und Kälte boten. Vor der Währungsreform waren hier auch die Schwarzmarktgeschäfte abgewickelt worden.

Als sie weiterfuhr, sah sie schließlich den Weg, den Max beschrieben hatte. Er hatte heute früher Schulschluss als sie gehabt und einer Klassenkameradin einen Brief für sie gegeben. Er brauche ihre Hilfe, ob sie am Nachmittag zur Halle kommen könne. Es sei wichtig. Ein beunruhigendes Gefühl hatte sie bei seinen Zeilen ergriffen. Max und sie waren seit vier Jahren eng befreundet. Er wohnte mit seinen Eltern in derselben Straße und ging in eine höhere Klasse auf die gleiche Schule. Sie hatten sich von Anfang an gut verstanden. Vielleicht, weil sie beide Außenseiter gewesen waren – wenn auch auf völlig unterschiedliche Weise. Sie, weil sie eine Vertriebene aus Ostpreußen war, und er, weil seine Familie die Kriegszeit als politische Emigranten in Amerika verbracht hatte.

Ein flacher Behelfsbau, dessen Seitenwände zum Teil aus Wellblech bestanden, tauchte vor Emma auf. Ein VW und zwei Motorroller parkten davor. Das musste es sein. Sie stieg von ihrem Fahrrad, schloss es ab und griff nach ihrer Jacke und Tasche, die sie auf dem Gepäckträger festgemacht hatte.

Als sie die Eingangstür öffnete, konnte sie bereits die Rufe und dumpfen Schläge hören, die hinter einer weiteren großen Tür zu vernehmen waren. Offensichtlich befand sich dort der Trainingsraum. Emma zögerte einen Moment, bevor sie die breite Schwingtür aufstieß, hinter der sie in eine Art Halle gelangte, in der sich vier Boxringe befanden. Ein strenger Geruch von Leder, Schweiß und Zigaretten hing in der Luft, und einige Männer musterten sie neugierig.

Sie blieb stehen und fühlte sich in ihrem Sommerkleid seltsam fehl am Platz, als sie ihren Blick suchend über die Boxringe schweifen ließ, in denen mehrere Jungen und Männer unter Anleitung trainierten.

»Emma?« Ein muskulös gebauter Mann in den Fünfzigern, der an einem der vorderen Ringe gelehnt hatte, kam auf sie zu. Ein breites Lächeln glitt über das Gesicht von Otto Brixmann, der früher einmal als Ringer Preise eingeheimst hatte und nun mit zwei ehemaligen Boxern die Jüngeren im Nahkampf und

Boxen trainierte. In seinem Mundwinkel klemmte wie immer eine qualmende Zigarre.

»Guten Tag, Herr Brixmann!«

»Suchst du Max? Er trainiert hinten rechts.«

Nun entdeckte auch Emma die schmale, große Gestalt mit dem hellbraunen Haarschopf. Sie hatte sich noch immer nicht daran gewöhnt, dass Max in den letzten Monaten so in die Höhe geschossen war. Vor einem halben Jahr war er noch ein Stück kleiner als sie selbst gewesen, doch jetzt überragte er sie auf einmal um fast einen Kopf.

Irgendeiner der jungen Männer in der Halle pfiff, als Emma an ihnen vorbeiging, aber ein strenger Blick von Brixmann ließ ihn verstummen.

Sie sah, dass Max mit einem Jungen in seinem Alter, der um einiges kräftiger war, trainierte. Mit einer überraschenden Wendigkeit wich er dessen Schlägen aus und parierte sie so geschickt, dass der andere mehrmals getroffen wurde. Als Max sie bemerkte, hob er grüßend den Boxhandschuh.

»Hallo, Ems!«

Sein Moment der Unaufmerksamkeit blieb nicht ungerächt – er kassierte einen heftigen Schlag. Brixmann und der Trainer grinsten, während Emma zusammenzuckte. Das hier war nicht ihre Welt. Dabei war sie eigentlich verantwortlich dafür, dass Max mit dem Boxen begonnen hatte. Als sie sich vor vier Jahren das erste Mal begegnet waren, war er ein dünner, schmächtiger Junge gewesen. Sie war damals Zeugin geworden, wie er auf der Straße von drei älteren Jungen schikaniert wurde, die auf ihre Schule gingen und in der Nachbarschaft wohnten. Nur zu gut erinnerte sie sich noch, dass Max wie gelähmt vor Angst zwischen Herbert, Kai und Winfried stand, während diese ihn hin und her schubsten und grölend beschimpften. Seine Schulsachen lagen im Dreck, und als sie auf ihn einschlugen, eilte Emma ihm spontan zu Hilfe. Sie hatte früher selbst unter den dreien zu leiden gehabt. Doch glücklicherweise war Otto Brixmann, der gegenüber von ihnen wohnte, eines Tages eingeschritten, als Herbert sie einmal geschlagen hatte.

»Ihr Feiglinge, ick werd euch gleich mal Manieren beibringen – een Mädchen zu schlagen«, hatte er gesagt und Herbert und Winfried zwei schallende Ohrfeigen verpasst. Kai war rechtzeitig davongerannt, aber Brixmanns Eingreifen hatte die gewünschte Wirkung gezeigt – keiner der Jungen war ihr jemals wieder zu nah gekommen. Allein diesem Umstand hatte sie es vermutlich zu verdanken, dass die drei das Weite suchten, als sie Max beistand.

In den nächsten Wochen bekam Emma mit, wie Max immer wieder Schläge und Beleidigungen von den dreien einstecken musste.

Schließlich suchte sie Rat bei Brixmann, in der Hoffnung, er könnte Max vielleicht in ähnlicher Weise helfen wie ihr. Doch dieser schüttelte nur den Kopf. »Er ist ein Junge, da kann niemand eingreifen. Er muss sich selbst wehren und behaupten, Emma.«

»Aber sie sind zu dritt und viel stärker. Selbst ich bin größer als Max und könnte ihn besiegen«, widersprach sie empört.

Brixmann schmunzelte und nahm einen weiteren Zug von seiner Zigarre. »Lass ihn das mal nicht hören.« Dann wurde seine Miene wieder ernst. »Es kommt auf die richtige Einstellung an, Emma! Wenn du solche Angst hast wie Max und das ausstrahlst, wittern die anderen das wie Tiere. Die besten Ringer und Boxer sind deshalb oft nicht die, die am stärksten sind, sondern die, die ihre Furcht besiegen.«

Sie fand bei aller Sympathie für Brixmann, dass das doch reichlich theoretisch war, denn ihrer Erfahrung nach waren es immer die Stärkeren, die den Ton angaben und die anderen unterdrückten.

»Weißt du was, bring ihn mal mit«, sagte er am Ende, weil er wohl spürte, dass sie seine Meinung nicht teilte. »Ich unterhalte mich mit ihm.« Und so ging sie mit Max einige Tage darauf zu dem ehemaligen Ringer.

Brixmann war freundlich zu Max, stellte Fragen und sprach ihn direkt darauf an, warum er denn glaube, dass die drei es so auf ihn abgesehen hätten.

Max zuckte nur die Achseln. »Sie glauben, dass mein Vater ein Verräter und Feigling ist, weil wir während des Krieges nach Amerika flüchten mussten. Mein Vater sollte in Deutschland verhaftet werden ...«

Für einen Augenblick lag ein seltsamer Ausdruck auf Brixmanns Gesicht, den Emma nicht deuten konnte, aber sie erinnerte sich daran, dass einer der Nachbarn einmal hinter vorgehaltener Hand erzählt hatte, der ehemalige Ringer habe ein Jahr in einem Lager verbracht, weil er sich mit einem SS-Mann geprügelt habe.

»Gegen drei auf einmal kommt keiner allein an, Max«, sagte Brixmann schließlich. »Aber du kannst lernen, wie man sich zumindest gegen einen zur Wehr setzt und du ihnen zeigst, dass du dir das nicht gefallen lässt. Wenn du den Anführer schaffst, kneifen die anderen ohnehin meistens.« Er schrieb eine Adresse auf einen zerfledderten Notizblock, riss den Zettel ab und reichte ihn Max. »Eigentlich bist du noch ein bisschen schmal und klein, aber komm am Mittwoch einfach mal bei uns vorbei.«

Seit diesem Tag waren Emma und Max nicht nur eng befreundet, sondern Max ging auch regelmäßig mehrmals in der Woche zu Brixmanns Training. Anfangs war er einer der Jüngsten und auch Schwächsten gewesen, und Emma entsann sich noch gut, wie oft er von da an mit blauen Flecken oder manchmal sogar mit einer aufgeplatzten Lippe in die Schule gekommen war. Doch etwas an ihm begann sich auf einmal zu verändern – seine

Körperhaltung wurde aufrechter, sein Gesichtsausdruck selbstbewusster, und nach und nach verlor er seine Ängstlichkeit. Eines Tages, als ihn Herbert, Kai und Winfried wieder einmal drangsalierten, wehrte Max sich endlich. Emma, die auf der anderen Straßenseite stand, würde den Moment nie vergessen, als Max – nachdem Winfried seinen Schulranzen ausgeschüttet und ihn unter Beschimpfungen getreten hatte – zum ersten Mal zurückschlug. Winfried reagierte völlig überrascht, fing sich aber und wollte auf Max losgehen, der ihn jedoch mit zwei, drei Schlägen erneut empfindlich traf. Noch beeindruckender als seine Schlagtechnik war allerdings die Kampfbereitschaft, die er ausstrahlte, als er sich anschließend zu Herbert und Kai wandte, die tatsächlich vor ihm zurückwichen. Ein-, zweimal waren die drei danach noch auf ihn losgegangen, aber Max hatte sich weiterhin gewehrt, und irgendwann hatten die drei es dabei belassen, ihn nur noch aus der Entfernung zu beschimpfen.

»Ist gut. Schluss für heute, Jungs«, riss der Trainer Emma jetzt aus ihren Gedanken und klopfte Max im Weggehen kurz auf die Schulter. »Das war ein Lehrstück, warum man seine Augen immer beim Gegner lassen sollte, Maxe!«

Max grinste schief und nickte dem anderen Jungen zu, bevor er zum Rand trat und sich über die Seile zu Emma beugte. »Danke, dass du gekommen bist. Ich zieh mich nur schnell um, ja?«, sagte er, während er seine Boxhandschuhe abstreifte.

»Gut.« Emma schaute ihm hinterher und fragte sich erneut, wofür er wohl ihre Hilfe brauchte. Besonders besorgt hatte er nicht gewirkt.

Als sie wenig später zusammen die Halle verließen, musterte sie ihn prüfend. »Also, was ist los? Muss ich mir Sorgen machen?«, fragte sie ganz direkt.

Max schaute sie verwundert an. »Sorgen? Ach so, nein.« Er lächelte leicht. »Ich wollte dich bitten, mir bei etwas zu helfen, das ein wenig Zeit in Anspruch nimmt.«

Sie zog die Brauen hoch. Max hatte leider manchmal die Angewohnheit, sich etwas umständlich auszudrücken.

»Kannst du es etwas weniger geheimnisvoll machen?«

»Ja!« Er zog aus seiner Jackentasche einen Umschlag, den er ihr reichte.

Sie öffnete ihn – und blickte verwirrt auf zwei Kinokarten.

»Eine Freundin von mir weigert sich leider beharrlich, ihren Geburtstag zu feiern, und deshalb würde ich sie gern ins Kino einladen und anschließend in ein Tanzcafé ausführen«, erklärte Max mit ernster Miene.

Sie blickte ihn an, als sie verstand, was er meinte.

»Max …«, brach es aus ihr heraus. Er hatte nicht vergessen, dass sie heute Geburtstag hatte, obwohl sie das Datum, seitdem sie sich kannten, immer ignoriert hatte. Seit jenem Tag vor fünf Jahren, als sie ihre Schwester verloren hatte, existierte ihr Geburtstag für sie nicht mehr.

»Es ist dein sechzehnter, Ems! Da feiert man mit Freunden oder geht aus«, sagte er entschlossen.

Sie starrte auf die Kinokarten, während vor ihren Augen ein Bild aus der Vergangenheit auftauchte – die große Geburtstagstorte, die ihre Mutter immer für sie und Alice gebacken hatte, mit den vielen Kerzen, die sie zusammen ausgepustet hatten. Emma spürte, wie sich ihre Kehle zuschnürte.

»Ich kann einfach nicht. Es tut mir leid«, stieß sie leise hervor und wollte sich abwenden, doch Max hielt sie am Arm fest.

»Ich verstehe, dass du um sie trauerst, Ems, wirklich, aber du solltest auch dankbar sein, dass du lebst. Es ist fünf Jahre her. Sie hätte das bestimmt nicht gewollt«, sagte er eindringlich.

Emma schwieg. Sie wusste, dass er es gut meinte und vermutlich auch recht hatte, aber es gab keinen Tag, der so schmerzhaft für sie war wie der ihres gemeinsamen Geburtstags, an dem sich alle Erinnerungen und Gefühle, die sie mit ihrer Schwester verband, in ihr Bewusstsein drängten. Früher, als Kind, hatte dieser

Tag damit begonnen, dass Alice oft schon vor Morgengrauen zu ihr ins Bett gekrochen war und sie sich dann kichernd gegenseitig gratuliert hatten. Aufgeregt hatten sie überlegt, was sie wohl beide geschenkt bekommen würden. Sie waren immer eine Einheit gewesen, und oft kam es Emma jetzt so vor, als würde ihr ein Stück von ihr selbst fehlen.

»Nur ins Kino, und wenn du anschließend nicht tanzen gehen willst, dann trinken wir wenigstens irgendwo ein Glas von dieser scheußlich süßen Fruchtbowle, die du so magst.«

Sie zögerte, als sie sein bittendes Gesicht sah. »Ich weiß, dass du es gut meinst, aber selbst wenn ich wollte. Meine Mutter weiß gar nicht Bescheid, und sie würde es bestimmt auch nicht verstehen.«

Er schüttelte den Kopf. »Du irrst dich. Ich habe gestern mit ihr gesprochen. Sie wünscht sich, dass du heute einen schönen Tag verbringst«, entgegnete er leise. »Sie hat es mir selbst gesagt.«

Ungläubig blickte Emma ihn an. Sie wusste, dass ihr Geburtstag für ihre Mutter genauso schmerzhaft war wie für sie selbst. Sie hatte in den letzten Jahren immer ein Geschenk bekommen, und ihre Mutter hatte ihr natürlich auch gratuliert, aber ansonsten gab es keinen Kuchen, keine Kerze, die angezündet wurde, und sie unternahmen auch nie etwas Besonderes oder luden Gäste ein. Zwischen ihnen herrschte ein stillschweigendes Einverständnis, dass sie diesen Tag einfach nicht feiern konnten. Umso überraschter war sie über das, was Max sagte.

»Du brauchst auch keine überschäumende Freude vorzutäuschen. Wir machen uns einfach nur einen schönen Nachmittag und Abend!«, sagte er und zog sie, bevor sie noch weiteren Widerstand leisten konnte, mit sich.

WIDER ERWARTEN GELANG ES EMMA, den Nachmittag zu genießen. Sie fuhren mit der S-Bahn nach Mitte und schauten sich in einem Ostkino im sowjetischen Sektor *Tromba* an. Der Film um einen morphiumsüchtigen Raubtierdompteur entführte sie für zwei Stunden in eine andere Welt und ließ sie alles andere vergessen. Emma liebte es, ins Kino zu gehen – hätte sie genügend Geld gehabt, sie hätte jeden Tag eine Vorstellung besucht.

Anschließend machten sie sich auf den Weg in ein nahe gelegenes Tanzcafé.

»Ein Geheimtipp. Richtig gute Musik und preiswerte Getränke«, erklärte ihr Max, der genau wie sie aufs Geld achten musste. Sein Vater arbeitete für ein geringes Gehalt als Arzt in einem Flüchtlingslager.

»Und dabei dachte ich, du hasst Ost-Berlin«, sagte Emma mit einem Augenzwinkern. Sie zog Max gern auf, weil er seit der Blockade nicht müde wurde, Reden darüber zu schwingen, dass man alles tun müsse, um Ost-Berlin und den Ostteil Deutschlands von den Russen zu befreien, trotzdem aber, wie alle anderen, weiter in den sowjetischen Sektor fuhr. Die Westmark war hier schlichtweg mehr wert und dadurch alles um ein Vielfaches günstiger für sie – von den Lebensmitteln über den Friseurbesuch bis hin zu den Kinokarten oder den Besuchen einer Gastwirtschaft.

»Ich hasse den Osten nicht, nur die Sowjets, und davon abgesehen, man muss seine Feinde kennen, um sie zu besiegen, oder?«, entgegnete er gut gelaunt.

Emma schüttelte mit einem resignierten Lächeln den Kopf. Im Gegensatz zu Max glaubte sie einfach nicht daran, dass die jüngsten politischen Entwicklungen noch rückgängig zu machen waren. Im letzten Mai waren im Westen die Bundesrepublik und im Herbst im Osten die DDR gegründet worden. Deutschland war geteilt, und sie befanden sich in West-Berlin nun wie auf einer Insel inmitten eines anderen Landes. Daran würde sich mit Sicherheit auch so schnell nichts ändern.

»Da ist es!«, sagte Max und deutete zu einem Haus, an dem ein großes leuchtendes Schild mit dem Namen *Walters Tanzcafé* hing.

Die lauten Klänge von Musik schallten ihnen entgegen, und als sie eintraten, sah Emma, dass in einer Ecke auf einem Podest eine Drei-Mann-Band gerade einen wilden Jazz-Song spielte. Auf der Tanzfläche bewegten sich trotz der frühen Stunde ausgelassen einige Paare. Die meisten Gäste waren ältere Jugendliche oder junge Erwachsene.

Emma und Max nahmen an einem der schmalen, hohen Holztische Platz und bestellten etwas zu trinken. Sie spürte, wie sie die Musik schon bald mitriss.

Die Kellnerin brachte ihre Fruchtbowle und das Malzbier, das Max bestellt hatte. Er hob sein Glas.

»Ich weiß, dass du nicht feiern und anstoßen willst, aber ich trinke trotzdem auf dich. Der sechzehnte ist ein besonderer Geburtstag, Ems!«

Emma blickte ihn spöttisch an, weil er – wie es manchmal seine Angewohnheit war – in einem Tonfall sprach, als wäre er mindestens zehn Jahre älter als sie. Dabei trennte sie gerade einmal ein Jahr, und sie hatte bis heute eher immer das Gefühl gehabt, Max sei ihr jüngerer Bruder, auf den sie ein wenig aufpassen müsste. »Du bist gerade erst siebzehn geworden, das weißt du schon, oder?«

Er nickte, ohne ihren Unterton zu beachten, und zog eine Packung Zigaretten aus der Jackentasche, um sich eine anzuzünden. »Ja, aber mit sechzehn verändert sich etwas, glaub mir. Zum Guten, meine ich. Das sagen alle. Nicht nur, weil dir mehr erlaubt wird. Du wirst einfach anders wahrgenommen!« Er zog an seiner Zigarette und blickte sie an. »Und eigentlich leben wir in einer guten Zeit, finde ich. Es wird und kann doch nur alles besser werden … «

Sie wusste, worauf er hinauswollte: dass die Vergangenheit endlich weit hinter ihnen lag. Emma musste zugeben, dass er recht hatte. Vielleicht änderte sich wirklich etwas.

Sie schaute zu den Tanzenden. »Gib mir mal einen Zug!«, sagte Emma in einem spontanen Anflug und streckte die Hand nach Max' Zigarette aus.

»Atme nicht zu tief ein …«, sagte er, als er ihr die Zigarette reichte, aber der Rat kam zu spät, weil sie schon inhaliert hatte – und husten musste. Ihre Lungen brannten, und es dauerte einen Moment, bis sich ihr Atem wieder beruhigte. Sie legte die Zigarette im Aschenbecher ab und trank eilig einen Schluck von ihrer Fruchtbowle.

»Was um Gottes willen findest du daran?«

Max grinste. »Das ist nur am Anfang so.«

Emma schüttelte den Kopf, als sie plötzlich bemerkte, dass von der anderen Seite des Raumes ein junger Mann mit kurzen dunkelblonden Haaren zu ihnen herübersah und ihnen zunickte. Zu ihrer Überraschung grüßte Max zurück. Dabei wirkte sein Gesicht mit einem Mal verschlossen, beinah so, als wäre es ihm unangenehm, ihn zu sehen.

»Kennst du den Mann?«

»Ja, aber nicht von hier.«

Sie zog die Brauen hoch.

»Erzähl ich dir später, ja?«

Ihr Blick glitt erneut zu dem Unbekannten, der inzwischen nicht mehr zu ihnen schaute, sondern fahrig an einer Zigarette zog und dann zwischen den anderen Gästen verschwand.

»Hast du Geheimnisse vor mir?«, fragte sie, denn gewöhnlich erzählten sie sich alles.

»Quatsch. Komm, willst du tanzen?« Ehe sie »nein« sagen

konnte, hatte Max auch schon ihre Hand ergriffen und sie zu einem alten Boogie-Woogie-Song auf die Tanzfläche gezogen. Er bewegte ungelenk seine Beine.

»Boxen ist leichter«, sagte Max mit einer entschuldigenden Grimasse, als er ihr zweimal fast auf die Füße trat, während sie sich drehten. Sie lachte. Außer Atem nahmen sie nach zwei Liedern schließlich wieder an ihrem Tisch Platz.

Viel zu schnell vergingen die Stunden. Nachdem sie noch einige Male getanzt und ihre Getränke ausgetrunken hatten, war es Zeit aufzubrechen. Um zehn Uhr mussten sie zu Hause sein.

»Danke für den schönen Nachmittag und Abend«, sagte sie in der S-Bahn zu ihm.

Er knuffte sie freundschaftlich in die Seite. »Ich habe dich gern gezwungen!«

Sie lächelte leicht und wusste nicht, ob sie sich erleichtert oder schuldig fühlen sollte, dass es ihm wirklich gelungen war, sie abzulenken. In der S-Bahn standen die Menschen dicht gedrängt, und als sie wieder im Westsektor waren, stiegen einige amerikanische Soldaten ein. Mit freundlichem Lächeln machten ihnen die Umstehenden Platz. Seitdem die Berliner während der Blockade monatelang nur über die Luftbrücke der Westalliierten versorgt worden waren, wurden besonders die Amerikaner geradezu als Helden verehrt. Emma schnappte einige englische Wortfetzen auf, bevor sie in Wilmersdorf schließlich aussteigen mussten.

Sie nahm ihr Fahrrad mit, das sie dort angeschlossen hatte, und einige Zeit liefen sie schweigend nebeneinander her.

Es war dunkel geworden, und Emmas Blick glitt an der Silhouette der Häuser entlang. Die Ruinen hatten etwas Gespenstisches um diese Zeit. Sie verlangsamte ihren Schritt, als sie an einem Stück Mauer vorbeikamen, an der ein Schaukasten angebracht war, der von dem flackernden Licht einer alten

Laterne erhellt wurde. Er war mit einer zersprungenen Glasplatte abgedeckt. Dahinter hingen auf einer Tafel von gut zwei Metern Durchmesser dicht an dicht handgeschriebene und getippte Anzeigen und Aufrufe: Arbeitsgesuche, Verkaufsangebote oder Kaufgesuche von gebrauchten Möbeln, Haushalts- und Gebrauchsgegenständen, aber auch ein Zettel, auf dem junge Hundewelpen zum Verschenken angeboten wurden.

Emma studierte für einen Moment die Ausschnitte. Sie kauften das meiste gebraucht, da ihre Mutter nicht viel verdiente und es zu viele Dinge gab, die sie in den letzten Jahren hatten neu anschaffen müssen. Schon seit einiger Zeit waren sie auf der Suche nach einer neuen Kaffeemühle.

Ihre Augen wanderten über die Anzeigen und blieben an zwei schon vergilbten Zetteln hängen, auf denen jemand nach seinen Angehörigen suchte. »Margarete Meyer, Goethestr. 13, gesucht!! Auskunft bitte an Otto Meyer, Finkenstieg 12, Berlin«, stand auf dem einen. Die Tinte war bereits verblasst. Auf dem anderen wurde ein Fähnrich Erich Küster gesucht, der seit seinem letzten Einsatz im Februar 1945 als vermisst galt. Kurz nach dem Krieg war die ganze Stadt voll mit solchen Zetteln gewesen, mit verzweifelten Aufrufen und Mitteilungen. Nahezu jede Familie war auf der Suche nach einem Angehörigen gewesen: nach einem Soldaten, der gefallen oder ins Kriegsgefangenenlager gekommen war, oder einem Familienmitglied, das man auf der Flucht verloren hatte oder das gar verstorben war.

Sie fragte sich, ob Otto Meyer seine Frau je gefunden hatte oder die Angehörigen von Fähnrich Erich Küster inzwischen erfahren hatten, ob er noch lebte. Eine Welle des Mitgefühls durchflutete sie, denn sie wusste nur zu gut, was diese Menschen durchmachten.

Max war neben sie getreten, und plötzlich spürte sie, wie sie die Vergangenheit mit aller Macht einholte. Sie drehte sich zu ihm. »Weißt du, was das Schrecklichste ist?«, fragte sie leise.

»Obwohl es gegen jede Vernunft spricht, frage ich mich trotzdem jeden Tag, ob meine Schwester vielleicht noch lebt.«

Er schaute sie überrascht an. Sie sprach fast nie über Alice und hatte Max erst, als sie sich schon länger kannten und eng befreundet waren, erzählt, dass sie eine Zwillingsschwester hatte.

»Meinst du nicht, dass deine Mutter nach eurer Flucht alles unternommen hat, um herauszufinden, ob deine Schwester noch lebt?«

Emma schwieg. Hatte sie das? Sie selbst war erst elf gewesen und so voller Angst. Aber ihre Mutter? Wie sollte sie erklären, in welchem Zustand sie damals gewesen war? Sie erinnerte sich, wie ihre Mutter – nachdem sie mit der vergewaltigten Frau am Wegesrand gesprochen hatte und nicht glauben wollte, dass Alice tot war – jedes Haus, jeden Stall und noch so kleinen Schuppen, der nach dem Angriff der Russen in dem Dorf noch stand, nach ihrer Schwester abgesucht hatte. Es waren schemenhafte Fragmente, die Emma von jenem Tag in ihrem Kopf hatte – die abgebrannten Häuser, die kraterförmigen Einschüsse in der Straße, die Toten, die überall lagen, und dazwischen ihre Mutter, die verzweifelt Alices Namen schrie. Sie fröstelte, als sie daran dachte.

»Wir reden nie über das, was damals geschehen ist. Einige Male habe ich es versucht, aber meine Mutter hat das Gespräch sofort im Ansatz erstickt … Sie hat sich seit damals sehr verändert.« Emma verstummte. Tatsächlich war es ihr vorgekommen, als wäre jedes Gefühl in ihrer Mutter gestorben, nachdem sie Alice verloren hatten. Streng und unerbittlich hatte sie Emma auf der Flucht vorwärtsgetrieben und ihre Tränen, wenn sie vor Erschöpfung kaum noch weiterkonnte, nie beachtet. Sie mussten immer wieder Umwege nehmen, um sich vor den Russen zu verstecken, die Dorf für Dorf, Stadt für Stadt einnahmen. Manchmal schlossen sie sich für einige Tage einem der großen

Trecks an. Oft stauten sich die hochbeladenen Pferdegespanne und Menschen in den Zügen jedoch derart, dass sie kaum vorwärtskamen und abseits der großen Wege weiterzogen. Auch, weil man sich so besser verstecken konnte. Tausende und Abertausende waren in diesen Tagen auf einmal auf der Flucht. Es war ein apokalyptisches Szenario: Am Wegesrand lagen tote Soldaten und erfrorene Menschen – Kinder, Frauen und Alte. Noch schlimmer aber waren die weinenden Kinder, die oft zwischen den Flüchtenden umherirrten und nach ihren Eltern suchten, die sie in dem Chaos verloren hatten. Doch ihre Mutter zeigte keinerlei Emotionen. Nur einmal – sie konnten die Nacht mit anderen Flüchtlingen in einem Stall verbringen – wachte Emma auf und sah, wie ihre Mutter mit offenen Augen neben ihr lag und weinte, ohne dass ein Laut über ihre Lippen kam. Emma hatte vorsichtig ihre Finger in ihre Hand geschoben und war erleichtert gewesen, als sie sie nicht zurückgewiesen hatte.

Max blickte sie nach wie vor an. »Glaubst du wirklich, dass deine Schwester noch leben könnte?«

»Ich weiß es nicht.« Sie suchte für einen Moment nach den richtigen Worten. »Zwischen uns hat es immer diese besondere Verbundenheit gegeben, und manchmal ist mir, als würde ich spüren, dass sie noch lebt. Aber vielleicht wünsche ich es mir auch nur so sehr«, fügte sie leise hinzu.

Max fasste sie am Arm. »Wenn ich einen Bruder hätte und es würde nur die geringste Chance bestehen – ich würde auch alles unternehmen, um herauszufinden, ob er noch lebt.«

# 8

IHR GESPRÄCH MIT MAX GING ihr den ganzen nächsten Tag nicht aus dem Kopf – nicht in der Schule und auch nicht, als sie gegen Mittag nach Hause kam. Wie immer stand in der Küche ein Topf auf dem Herd. Ihre Mutter kochte ihr das Mittagessen gewöhnlich am Abend vor, da sie tagsüber arbeiten musste – meistens war es eine Brühe mit etwas Gemüse und einer Kartoffel. Fleisch gab es selten, höchstens am Wochenende und auch nur, wenn das Geld reichte. Emma griff nach dem Anzünder, machte eine Platte des Gasherds an und stellte den Suppentopf darauf. Während sie umrührte, wanderte ihr Blick unwillkürlich von den zersprungenen Fliesen über dem Herd zu den kahlen Wänden in der Küche. Im Wohnzimmer sah es kaum anders aus. Auf der Anrichte stand ein Foto von Emma mit Schleife im Haar bei einem Schulfest, aber ansonsten gab es kaum persönliche Dinge oder Bilder in der Wohnung. Sie waren mit nichts als den Kleidern, die sie trugen, in Berlin angekommen. Die wenigen Wertsachen, die ihre Mutter im Saum ihrer Kleidung eingenäht hatte, waren schon lange vorher gegen etwas zu essen eingetauscht worden. Direkt nach ihrer Ankunft hatten sie bei einer Cousine ihrer Mutter gewohnt – Tante Hedwig. Emma verzog unbewusst den Mund, als sie sich an die Zeit bei ihr erinnerte. Ihre Tante hatte keinen Hehl aus ihrer mangelnden Begeisterung gemacht, zusätzlich zwei flüchtige Verwandte durchbringen zu müssen. Die erste Zeit in Berlin war furchtbar gewesen. Und schließlich war ihre Mutter auch noch sehr krank geworden. Sie hatte Tuberkulose bekommen und ins Krankenhaus gemusst. Nächtelang hatte Emma geweint und sich schuldig gefühlt, denn in den Wochen, in denen sie auf der Flucht gewesen waren, hatten sie kaum etwas zu essen gehabt, und ihre Mutter hatte das wenige, das sie hatte bekommen können, fast immer ihr gegeben.

Was hätten sie damals für eine Suppe wie diese gegeben, dachte Emma, als sie sich den Teller auffüllte.

Sie versuchte die schrecklichen Bilder aus ihrem Kopf zu verdrängen, und holte ein Buch aus ihrer Schultasche, das sie sich aus der Schulbibliothek ausgeliehen hatte. Es war ein englischer Roman aus dem 19. Jahrhundert, *Jane Eyre* von Charlotte Brontë. Die Geschichte zog sie schon bald so sehr in den Bann, dass sie darüber völlig die Zeit vergaß. Als sie auf die Uhr blickte, stand sie hastig auf.

Sie wusch in der Küche ihren Teller ab und griff nach ihrer Jacke, um sich auf den Weg zu ihrer Mutter zu machen. Sie bestand darauf, dass sie mindestens zwei- bis dreimal in der Woche nach dem Essen bei ihr vorbeikam. Es gefiel ihr nicht, dass Emma den ganzen Nachmittag alleine war. Sie hatte Angst, dass sie sich irgendwo herumtreiben könnte. »Vergiss nie, Emma: Wir werden besonders beobachtet, weil wir Flüchtlinge aus dem Osten sind, deshalb musst du dich immer doppelt anstrengen, um einen guten Eindruck zu machen!« Das wurde sie, obwohl sie nun schon fünf Jahre in Berlin waren, noch immer nicht müde, bei jeder passenden Gelegenheit gebetsmühlenartig zu wiederholen. Immerhin mochte sie Max und hatte nichts dagegen einzuwenden, dass sie mit ihm Zeit verbrachte. Sie wusste, dass ihre Mutter insgeheim davon träumte, dass er einmal ihr erster Freund werden könnte. Emma hatte diese Vorstellung entschieden von sich gewiesen. Nur zu gut erinnerte sie sich noch daran, wie Max und sie – sie waren damals dreizehn und vierzehn gewesen – einmal versucht hatten, sich zu küssen. Es war ein furchtbar peinlicher Moment gewesen. Unangenehm berührt hatten sie beide das Gesicht verzogen und waren zu der übereinstimmenden Überzeugung gekommen, dass sie immer beste Freunde bleiben, aber aus ihnen niemals ein Paar werden würde.

Emma zog die Haustür hinter sich zu und lief die Treppe hinunter. Die grüne Farbe an der Wand des Hausflurs war genauso abgeblättert wie der dunkelbraune Lack auf dem Holzgeländer, und die während der Bombenangriffe zerstörten Scheiben waren noch immer nur notdürftig mit etwas Sperrholz zugenagelt. Am schlimmsten aber war der Geruch: Zu jeder Tageszeit roch es nach Essen – vorzugsweise nach Kohl – und Unrat, und eine modrige Feuchtigkeit hing in der Luft. Ihre Mutter behauptete, sie würde übertreiben, doch im letzten Winter hatte Emma auf dem Absatz zum Parterre eine Ratte gesehen, die sie mit glitzernden Augen in der Dunkelheit angestarrt hatte. Bei der Erinnerung schauderte sie jetzt noch.

Als sie unten vor dem Haus ihr Fahrrad aufschloss, bemerkte sie, dass auf dem Bürgersteig ein Mann in einem abgetragenen Anzug stand. Er hielt einen fleckigen Reisesack in der Hand und musterte die Häuser der Straße. Seine Wangenknochen zeichneten sich in einer harten Linie unter der Haut ab, und sein ausgefranstes Haar war in einem strengen Seitenscheitel nach rechts gekämmt. Sein Blick glitt von dem Trümmerberg auf dem Eckgrundstück weiter zu den Einschusslöchern in den Fassaden und verharrte auf einem neuen Flachbau, der zwischen zwei Häusern entstanden war. Ein kalter Ausdruck lag dabei auf seinem Gesicht. Plötzlich drehte er sich zu ihr.

Emma wandte den Blick ab. Etwas an dem Mann war ihr unheimlich, ohne dass sie es genau benennen konnte.

Sie wollte gerade auf ihr Fahrrad steigen, als er sie auf einmal ansprach: »Welches Haus ist die Nummer elf?« Sein schroffer Tonfall war beinah unhöflich, und die unterschwellige Autorität, die darin schwang, verstärkte das unangenehme Gefühl, das seine Gegenwart in ihr auslöste.

Sie deutete zögernd mit dem Finger zu dem Haus am Ende der Straße, in dem auch Herbert und Kai wohnten. »Dort drüben, wo die grüne Wasserpumpe steht – das ist die Nummer elf.« Einige Hausnummern waren noch immer nicht richtig ersetzt worden und die Zahl nur mit Farbe über die Haustür gemalt, sodass sie nicht immer auf den ersten Blick erkennbar waren.

Er nickte, und sie sah ihm einen Augenblick hinterher, wie er mit dem Reisesack in der Hand zu dem Haus ging, bevor sie sich auf ihr Fahrrad schwang. Unterwegs fragte sie sich, wer der Mann wohl war.

## 9

DER KIOSK, IN DEM IHRE Mutter arbeitete, lag nicht weit entfernt vom US-Hauptquartier in Zehlendorf. Es war ein kleines, aus Brettern zusammengebautes Häuschen, in dem nicht nur deutsche, sondern auch internationale Zeitungen und Zeitschriften verkauft wurden, denn zur Kundschaft gehörten auch amerikanische Soldaten und Offiziere. Schon von Weitem konnte Emma die Rückseite des Kiosks mit seinen Reklameanzeigen erkennen, als sie auf dem Fahrrad die Clayallee entlangfuhr. Sie bremste und schloss ihr Fahrrad an einen Baum in der Nähe, als ihr eine breitschultrige Gestalt mit einigen Zeitungen unter dem Arm entgegenkam.

»Hi, Emma!«

»Hello, Major Carter«, erwiderte sie mit einem Lächeln und deutete einen Knicks an. Sie gab ihm nicht die Hand, das tat sie nie, obwohl sie sich gut kannten. Major Carter gehörte zu den regelmäßigen Kunden am Kiosk. Als ihre Mutter angefangen hatte, hier zu arbeiten, war er der erste Amerikaner gewesen, dem Emma persönlich begegnet war. Sie erinnerte sich noch, wie eingeschüchtert sie von seiner Uniform mit den vielen Abzeichen gewesen war. Er hatte in seinem gebrochenen Deutsch

60

erst ein paar Worte mit ihrer Mutter und dann mit ihr gewechselt und sich nach ihrem Namen erkundigt. Als sie sich das nächste Mal gesehen hatten, hatte er einen Schokoladenriegel für sie dabeigehabt. Wahrscheinlich hatte er ihr angesehen, wie hungrig sie zu dieser Zeit ständig gewesen war. Sie hatte sich kaum beherrschen können und erinnerte sich noch heute, mit welcher Gier sie die Schokolade hinuntergeschlungen hatte. Der Major hatte nur gelächelt, und seitdem war es zu einer Gewohnheit geworden, dass er – wann immer er bei ihrer Mutter etwas kaufte – eine Süßigkeit für sie dabeihatte.

Irgendwann, als er ihr das zweite oder dritte Mal etwas Süßes mitgebracht hatte, hatte er angefangen, ihr ein englisches Wort beizubringen, und dabei mitbekommen, wie schnell sie die Vokabeln aufnahm und wie begierig sie darauf war, neue zu lernen, sogar kurze Sätze. Es war wie ein Spiel zwischen ihnen. Sie liebte Sprachen. Sie schienen Emma wie ein Schlüssel zu anderen Welten, die sie kennenlernen wollte. Es war ihr dabei schon immer leichtgefallen, sich fremde Worte einzuprägen und sie nachzusprechen. In Ostpreußen hatte sie früher auf diese Weise etwas Polnisch oder Russisch von den Zwangsarbeitern aufgeschnappt, aber das Englische übte eine besondere Faszination auf sie aus. Ihre Mutter hielt nicht viel von ihrer Begeisterung. Handarbeiten seien weit wichtigere Fertigkeiten für ein Mädchen als das Erlernen einer Sprache, hatte sie erklärt, aber da der Major ein guter Kunde war, ließ sie die beiden gewähren.

»How is it going, Emma?«, fragte er jetzt.

»Fine, very good, thank you – and you, Major?«

»Thanks, I'm fine, too.« Er lächelte verschmitzt. »Do you still like chocolate?«

Emma grinste, als der Major in seine Jackentasche griff und einen eingepackten Riegel hervorzauberte. Wie konnte man jemals aufhören, Schokolade zu mögen?

»I will always love chocolate!«

Sie wechselten noch ein paar Sätze auf Englisch. »Ich wünschte, in den deutschen Behörden würden sie nur halb so gut Englisch können wie du«, sagte er schließlich mit einem Augenzwinkern, bevor er sich verabschiedete.

Sie freute sich über das Kompliment, auch wenn sie sich sicher war, dass er übertrieb. Emma schlüpfte durch die Hintertür in den Kiosk. Der Geruch von Druckerschwärze, Staub, Papier und altem Tabakrauch schlug ihr entgegen. Der Raum selbst war winzig – vorn auf einem Hocker saß ihre Mutter am Verkaufstresen, dahinter war gerade noch genug Platz für einen Stuhl und einen kleinen Tisch, an dem sie die Abrechnungen und Bestellungen erledigte und Emma manchmal ihre Schularbeiten machte. Sie wartete, bis ihre Mutter einem Kunden sein Wechselgeld gereicht hatte, bevor sie ihr einen Kuss gab. Die letzten Jahre waren an Rosa Lichtenberg nicht spurlos vorübergegangen. Durch ihr dunkelblondes Haar, das sie straff zu einem Knoten hochgesteckt trug, zogen sich die ersten grauen Strähnen, und auf ihrer Stirn und um die Augen herum zeigten sich feine Linien.

»Du bist spät dran«, sagte sie.

Emma blickte auf die Uhr, einen alten Wecker, der auf einem angenagelten Sperrholzbrett stand. Es war schon fast drei Uhr.

»Ich habe zu Hause beim Lesen die Zeit vergessen. Danke übrigens für das Geschenk, Mutti«, sagte sie mit einem Lächeln. Als sie am Abend zuvor nach Hause gekommen war, hatte ihre Mutter bereits geschlafen. Sie ging früh zu Bett, da sie den Kiosk immer schon morgens um sechs Uhr öffnen musste, aber Emma hatte auf ihrem Bett noch ein mit einer Schleife verschnürtes Päckchen gefunden – ein Paar nagelneue Nylonstrümpfe.

Ihre Mutter goss sich aus einer Thermoskanne Kaffee in eine

angeschlagene Henkeltasse, und der Hauch eines Lächelns erhellte ihr Gesicht. »Ich dachte, du kommst jetzt in das Alter, wo du sie gut gebrauchen kannst. Hattest du eine schöne Zeit mit Max?«

Emma nickte. »Ja! Aber es fällt mir schwer, ich muss trotzdem immer an Alice denken«, entfuhr es ihr in einem Anflug von Ehrlichkeit.

Sie konnte sehen, wie sich die Finger ihrer Mutter fester um die Henkeltasse klammerten, aber sie sagte nichts. Emma wünschte plötzlich, sie hätte gewusst, was in ihr vorging, ob sie nicht auch oft die gleichen Gedanken wie sie hatte. »Kann ich dich etwas fragen?«

Ihre Mutter wich ihrem Blick aus. »Sicher.«

»Fragst du dich nicht manchmal, ob sie nicht vielleicht doch überlebt haben könnte?«, brach es aus ihr heraus.

Das Gesicht ihrer Mutter nahm einen versteinerten Ausdruck an. »Sie ist tot, Emma. Damit müssen wir uns abfinden«, erklärte sie schließlich und presste die Lippen dabei zu einem schmalen Strich zusammen. Jede Weichheit war aus ihren Zügen verschwunden.

Emma kannte diesen Gesichtsausdruck nur zu gut. Schon früher in Ostpreußen hatte sie bei vielen Gelegenheiten so streng sein können, vor allem nach dem Tod ihres Vaters, aber seitdem sie Alice verloren hatten, war die Strenge ein bestimmender Teil ihrer Persönlichkeit geworden. Sie umgab sie wie eine eiserne Schale, durch die nichts und niemand hindurchdringen konnte. Tief in ihrem Inneren wusste Emma allerdings auch, dass sie es wahrscheinlich nur diesem Wesenszug ihrer Mutter verdankte, dass sie damals überlebt und es bis nach Berlin geschafft hatten. Sie sprachen nie über diese schrecklichen Wochen und Monate, so wie sie überhaupt nie über die Vergangenheit sprachen – nicht über die Flucht, nicht über den Tod des Vaters und schon gar nicht über Alice. Manchmal war es fast, als hätte es ihr früheres Leben nicht gegeben. Aber gerade das kam Emma ihrer Schwester gegenüber wie ein Verrat vor. Sie erinnerte sich wieder, wie Alice an jenem Tag bei der Bäuerin auf dem Sofa gelegen und so furchtbar erschöpft gewirkt hatte, dass sie am liebsten bei ihr geblieben wäre. Doch sie war mit ihrer Mutter mitgegangen … Plötzlich konnte sie nicht länger an sich halten.

»Aber ganz genau wissen wir das nicht, Mutti. Wir haben nie ihren Leichnam gesehen. Ich weiß, dass die Chancen sehr gering sind, aber vielleicht hat sie sich irgendwo verstecken können«, stieß sie hervor.

Ihre Mutter starrte sie ungläubig an. »Lass das, Emma«, sagte sie schneidend. »Du weißt, dass sie viel zu schwach war, um sich zu verstecken oder zu fliehen. Das musst du akzeptieren und die Vergangenheit hinter dir lassen.« Die letzten Worte kamen nur heiser aus ihrem Mund, und Emma sah, wie sie plötzlich ein Beben ergriff und sie sich zur Seite wandte. Ihre Mutter presste ein Taschentuch auf den Mund, um einen Hustenkrampf zu unterdrücken. Ein rasselndes Geräusch kam dumpf aus ihrem Mund, während ihr Brustkorb bebte und ihr Gesicht sich ungesund rötete.

Voll schlechtem Gewissen goss Emma ihr hastig ein Glas Wasser aus der Flasche ein, die auf dem Tisch stand. Seit der Tuberkulose hatte ihre Mutter immer wieder gesundheitlich mit ihren Bronchien zu kämpfen. Im letzten Winter war sie fast unentwegt krank gewesen und hatte trotzdem gearbeitet. Emma reichte ihr das Glas, und ihre Mutter trank einen Schluck.

»Danke«, sagte sie mit noch immer erstickter Stimme, als sich ihr Atem wieder etwas beruhigt hatte. Emma musterte sie besorgt. Ihr fiel auf, wie müde sie wirkte. Sie begriff, dass es keinen Sinn hatte, weiter mit ihr über Alice zu reden.

»Soll ich die Liste für die Retouren ausfüllen?«, fragte sie, um das Thema zu wechseln. Auf dem Tisch lag ein Stapel abgelaufener Zeitschriften. Sie wusste, dass ihre Mutter Schwierigkeiten hatte, die Zahlen in die klein gedruckten Kästchen einzutragen. Sie musste sich unter jede Zeile ein Lineal legen und brauchte manchmal sogar die Lupe.

»Ja, das wäre mir eine große Hilfe«, sagte Rosa Lichtenberg, die sich erschöpft auf den Hocker setzte.

Die Zeitschriften waren bereits nachgezählt, und Emma musste nur noch die Zahlen eintragen. Während sie schrieb, kam neue Kundschaft, und Emma beobachtete, dass sich ihre Mutter beim Bedienen mehrmals zwang, erneut einen Hustenkrampf zu unterdrücken. Besorgt beschloss sie, etwas länger zu bleiben und ihr noch beim Auffüllen der Zeitungsständer draußen vor dem Kiosk zu helfen.

Sie mochte den Geruch der druckfrischen Zeitungen, unter denen auch viele englische und französische Exemplare waren, wie die *New York Times*, die *Washington Post*, die *Daily News*, *The Manchester Guardian*, die *Sun*, *Le Figaro* oder *Le Monde*. Während sie die Zeitungen einsortierte, studierte sie die fremden Worte der Schlagzeilen, von denen sie oft nur den groben Inhalt verstand. Worte wie *Soviets*, *USA* und *Soviet Union* zeugten davon, dass es vor allem wieder einmal um die politische Situation zwischen Ost und West ging. Das Misstrauen hatte zusätzlich neue Nahrung erhalten, seitdem im letzten Herbst bekannt geworden war, dass die Sowjetunion erfolgreich ihre erste eigene Atombombe getestet hatte und nun wie die USA ebenfalls bald im Besitz von Nuklearwaffen war.

Ihre Finger glitten über die Zeitungen, und sie stellte sich vor, wie irgendwo in London, Paris oder New York ein Journalist an seiner Schreibmaschine saß und mit fliegenden Fingern etwas schrieb, das wenig später über die Druckerpresse rollte und seinen Weg in die Welt hinaus fand, sodass man es sogar hier in Berlin lesen konnte.

Ihre Mutter war oft beunruhigt über die Situation und immer etwas in Sorge, dass die Sowjets mit Gewalt versuchen könnten, den Westteil der Stadt einzunehmen. »Wir leben hier umringt von diesen Kommunisten«, pflegte sie zu sagen. Hätte ihre Cousine nicht in Berlin gelebt, bei der sie anfangs untergekommen waren, wäre sie wahrscheinlich auch nicht hiergeblieben. Emma teilte die Sorgen ihrer Mutter nicht. Sie konnte sich einfach nicht vorstellen, dass die Russen wieder einen Krieg anfingen – zumindest nicht solange so viele englische, amerikanische und französische Soldaten in West-Berlin waren.

10

IN DEN NÄCHSTEN NÄCHTEN WACHTE Emma manchmal auf und hörte, wie ihre Mutter nebenan im Wohnzimmer, wo sie schlief, von trockenen Hustenkrämpfen gequält wurde.

»Vielleicht solltest du doch einmal zum Arzt gehen, Mutti«, sagte sie beim Frühstück vorsichtig.

Ihre Mutter machte nur eine abwehrende Handbewegung. »Papperlapapp. Das ist nichts, das geht schon wieder weg«, entgegnete sie, denn sie hasste es, krank zu sein. Emma ahnte, dass sie jedoch auch fürchtete, der Arzt würde unnötiges Geld kosten.

Sie sprach mit Max über den Gesundheitszustand ihrer Mutter, als sie einige Tage später mit ihm in Ost-Berlin unterwegs war, weil er dort zum Friseur gegangen war.

»Ich könnte meinen Vater fragen, ob er mal bei euch vorbeischaut«, schlug er vor.

»Meinst du, das würde er tun?«

Max' Vater, Dr. Anton Weiß, war Arzt. Nach seiner Rückkehr nach Deutschland hatte er versucht eine eigene Praxis aufzumachen, aber ehemalige Emigranten genossen leider einen zweifelhaften Ruf. Die Patienten waren nur zögerlich gekommen und irgendwann ganz ferngeblieben, als Unbekannte die Fenster und Türen immer wieder aufs Neue mit Beschimpfungen wie *Vaterlandsverräter* und *Kommunistenschweine* beschmiert hatten und die Familie anonyme Drohbriefe bekommen hatte. Max' Vater, der darüber einige Zeit sogar depressiv geworden war, hatte die Praxis wieder aufgegeben und angefangen, für ein geringes Gehalt in einem Flüchtlingslager zu arbeiten.

»Klar macht mein Vater das«, erwiderte Max.

Emma hatte ihn heute begleitet, weil sie noch in einem der HO-Läden, wie die neuen in Volkseigentum geführten Geschäfte Ost-Berlins hießen, etwas für ihre Mutter eingekauft hatte. In ihrer Tasche befanden sich Nähgarn, der gewünschte Fingerhut, ein neues Kartoffelschälmesser und eine kleine Flasche Putzmittel – alles um ein Vielfaches preiswerter als in West-Berlin. Ihre Mutter selbst vermied es, in den Ostteil der Stadt zu fahren, weil sie die Russen hasste. Nach der Blockade hatte sie sogar Bedenken gehabt, dass Emma wieder dorthin fuhr, aber dann hatte sie nachgegeben. Schließlich waren jeden Tag einige Zehntausend Pendler unterwegs. Auch wenn Berlin sich in zwei unterschiedliche politische Systeme teilte und verschiedene Währungen hatte, die wirtschaftlichen Verbindungen zogen sich genau wie die privaten weiter quer durch die ganze Stadt. Man besuchte Freunde und Verwandte und ging abends aus, man arbeitete in einem Teil der Stadt und wohnte im anderen.

Max und Emma bogen von der Friedrichstraße nach rechts ab und liefen ein Stück Unter den Linden entlang, wo Emma noch in einer Buchhandlung vorbeischauen wollte. Sie kaufte dort manchmal antiquarische Bücher zu herabgesetzten Preisen. Als sie vor dem Laden standen, blickte Max zur anderen Straßenseite, wo sich ein Café befand.

»Ich gehe mal kurz dort rüber, während du dich hier umschaust, ja?«

Emma nickte, da überquerte er auch schon eilig die Straße.

Sie betrat den Laden. Eine altmodische Klingel ertönte, als sie über die Schwelle trat. Außer dem Verkäufer, der ihr freundlich zunickte, waren noch drei andere Kunden in dem Geschäft. Sie wandte sich zu einem Tisch mit einem offenen Kasten, in dem sich die herabgesetzten Bücher befanden. Doch die Auswahl war dieses Mal nicht besonders groß, und die meisten Exemplare waren stark beschädigt. Sie hatten angekokelte Seiten und stammten vermutlich aus einem zerbombten Haus. Da sie nichts wirklich interessierte, verließ sie den Laden wieder.

Einen Moment beobachtete sie draußen den Strom der Menschen, die den Boulevard entlangeilten. Der größte Teil der alten Prachtbauten war auch hier, wie überall in der Stadt, stark beschädigt oder zerstört worden. In der Mitte, auf der Fußgängerinsel, prangte erhöht ein großes farbiges Plakat von Stalin. Etwas weiter die Straße hinunter sah man dagegen eine große Baustelle, auf der ein neues Gebäude entstand. Mehrere sowjetische Armeefahrzeuge standen davor. Dunkel erinnerte Emma sich, in der Zeitung gelesen zu haben, dass die Sowjets dort ein neues Botschaftsgebäude errichten wollten.

Sie überquerte die Straße, um Max entgegenzugehen. Durch das große Fenster des Cafés konnte sie sehen, dass alle Tische besetzt waren. Zu ihrer Überraschung entdeckte sie Max, der vor einem der Tische stand. Er hielt einen Umschlag in der Hand, den er gerade in die Innentasche seines Mantels steckte, und wechselte einige Worte mit einem dunkelblonden Mann. Emma stutzte, denn etwas an der Art, wie der Unbekannte fahrig an seiner Zigarette zog, kam ihr bekannt vor. Dann wurde ihr klar, dass sie ihn schon einmal gesehen hatte – in dem Tanzcafé, in dem sie an ihrem Geburtstag gewesen waren. Max hatte ihm zugenickt. Nach ihrem Gespräch über Alice hatte sie vergessen, ihn noch einmal zu fragen, woher er den Mann kannte. Seltsam. Sie runzelte die Stirn. Es wirkte, als hätten die beiden sich hier verabredet. Aber warum hatte ihr Max nichts davon erzählt? In diesem Moment spürte sie, wie jemand sie am Arm griff.

Erschrocken drehte sie sich um und blickte in das Gesicht eines Mannes mit kantigen slawischen Zügen. Er war ein ganzes Stück größer als sie und sprach auf Russisch auf sie ein. Seine Finger hatten viel zu vertraut ihren Oberarm umfasst, und Emma fühlte, wie sie vor Angst erstarrte, ohne dass sie etwas dagegen tun konnte. Der Klang der russischen Worte ließ unwillkürlich Erinnerungen an früher in ihr hochsteigen – an die Flucht aus Ostpreußen und die Wochen der Kapitulation in Berlin, als sie sich vor den Russen verstecken mussten. Der Mann vor ihr schien davon indessen nichts wahrzunehmen, denn er wandte sich zu seinem Begleiter – den Emma erst jetzt bemerkte, weil er ein Stück hinter ihm stand – und sagte nun etwas zu ihm auf Russisch. Was wollten die Männer von ihr? Sie sah den russischen Wagen, der am Straßenrand stand, und ihre Angst schlug in Panik um. Was, wenn die Männer sie einfach mitnahmen? Sie versuchte ihren Arm wegzureißen, den der Fremde noch immer mit seiner Hand umfasst hatte.

»Lassen Sie mich!«

Überrascht blickte er sie an, ließ sie jedoch nicht los. Seine Augen verengten sich, und erst jetzt wurde ihr bewusst, dass er sie bis dahin relativ freundlich angesehen hatte, denn mit einem Mal wirkte sein Ausdruck erschreckend kalt. Er sagte in ruhigem Ton etwas auf Russisch zu ihr, als müsste sie es verstehen.

»Ich habe keine Ahnung, was Sie von mir wollen. Ich spreche kein Russisch!«, stieß sie hervor und sah zu ihrer Erleichterung, wie Max in diesem Augenblick endlich aus dem Café kam.

»Ems?«

Der Mann wandte kurz den Kopf zu Max, der eilig auf sie zukam, und starrte sie dann wieder an. Plötzlich ließ er ihren Arm los und wich einen Schritt zurück. Dabei murmelte er leise etwas, das wie *Verzeihung* klang, ohne dass er den Blick von ihr nahm.

»Alles in Ordnung?«, fragte Max und legte demonstrativ den Arm um sie.

»Ja.«

Sie gingen hastig weiter, ohne die beiden Männer weiter zu beachten, aber Emma war sich sicher, dass der Russe ihr hinterherblickte, bis sie aus seinem Sichtfeld verschwunden war. Max drehte sich noch einmal zu den beiden um.

»Was war das denn? Was wollten die beiden von dir?«, fragte er leise.

»Ich habe keine Ahnung. Er hat mich plötzlich auf Russisch angesprochen. Ich hatte einen Moment wirklich Angst, dass sie mich einfach mitnehmen. Dass es genau so ist wie damals, als sie in Berlin einmarschiert sind und die Frauen …« Sie brach mit zittriger Stimme ab. Mit einem Mal verstand sie, warum ihre Mutter so ungern nach Ost-Berlin fuhr und den Anblick der Russen nicht ertragen konnte.

Max schüttelte den Kopf. »Das würden sie nicht wagen. Das würde einen Riesenskandal geben. Wahrscheinlich wollten sie dich nur auf einen Kaffee einladen.«

Sie schwieg. Vielleicht hatte er recht. Der Mann hatte ihren Arm in dem Moment losgelassen und war zurückgewichen, als Max zu ihr gekommen war, fiel ihr ein. Dennoch war ihr die Begegnung noch immer unheimlich, und sie wurde das Bild nicht los, wie sich die Augen des Russen verengt hatten und seine Züge unvermittelt einen so kalten Ausdruck angenommen hatten.

# Markov

## 11

ER BLICKTE DEM MÄDCHEN HINTERHER, bis es mit dem Jungen um die Ecke verschwand. Nachdenklich verzog er das Gesicht. Nikolas, sein Begleiter, sagte nichts. Für einen kurzen Moment flackerte zwar ein neugieriger Ausdruck in seinen Augen auf, aber er kannte Markov gut genug, als dass er gewagt hätte, Fragen zu stellen. Schließlich liefen sie weiter. Die Baustelle der neuen Sowjetischen Botschaft war nicht weit entfernt, und sie hatten beschlossen, nach dem Essen ein paar Schritte zu Fuß zu gehen.

»Das Grundstück ist ziemlich groß«, sagte Nikolas auf Russisch, als sie ihr Ziel erreichten.

Markov wusste, dass die Regierung das benachbarte Gelände hinzugekauft hatte. Er hatte mit Begeisterung die Pläne des Architektenkollektivs für den Entwurf gesehen. Die neue Botschaft sollte vor allem eines werden – größer und schöner als jede bisherige in Berlin: ein dreiteiliges symmetrisches Gebäude im prachtvollen sozialistischen Klassizismus, das ein Symbol für die Kraft und Stärke des Kommunismus darstellen würde. Nicht nur Stalin würde begeistert sein. Der Kommunismus würde die Welt erobern, davon war Markov überzeugt. Früher oder später würden alle Völker erkennen, dass ihr politisches System das moralisch überzeugendere und einzig gerechte war. Bis dahin würde es allerdings noch ein harter Kampf sein, und Deutschland, und ganz besonders Berlin, würde immer einer der wichtigsten Schauplätze bleiben. In keiner anderen Stadt standen sich das sozialistische System und der menschenverachtende Kapitalismus so direkt gegenüber.

»Die Botschaft wird beeindruckend werden«, sagte Markov. Während er seinen Blick über das Grundstück schweifen ließ, wo eine Schar von Bauarbeitern am Fundament arbeitete, sah er die neue sowjetische Vertretung im Geiste bereits genau vor sich.

Als er sich kurz darauf mit Nikolas auf den Rückweg nach Karlshorst machte, dachte er erneut über das Mädchen nach. Er würde später mit Andrej darüber sprechen. Der junge Russe war nicht nur sein Adjutant, sondern auch sein engster Mitarbeiter, dem er blind vertraute. Doch das musste warten, denn für den Nachmittag erwartete er zunächst Besuch – den deutschen Physiker Sigmund Haushofer, der aus Moskau hier war.

Sie hatten ihre Unterkunft und auch einige Büros in einer dieser bourgeoisen Villen des Viertels. Markov ließ einen Samowar für Tee und einen Teller mit Prjaniki und Konfekt im Salon bereitstellen. Ein persönliches Umfeld hatte sich für ihre Zwecke schon oft als Vorteil erwiesen, denn es gab den Anschein einer vertraulichen Beziehung.

Haushofer kam pünktlich, genau genommen zehn Minuten zu früh. Ohne Frage war er nervös. Markov ging davon aus, dass er vermutlich den gestrigen und heutigen Tag damit verbracht hatte herauszufinden, warum er zu ihm bestellt worden war.

Markov begrüßte ihn mit warmer Herzlichkeit, so als würden sie sich gut kennen. »Dr. Haushofer! Wie geht es Ihnen? Ich hoffe, Ihre familiäre Angelegenheit bereitet Ihnen nicht zu großen Schmerz?«

Haushofers Schwester, die in Berlin lebte, war schwer erkrankt, und er hatte deshalb vor zwei Wochen in Moskau um eine außergewöhnliche Reiseerlaubnis gebeten, damit er sie noch einmal sehen könnte. Normalerweise hätte man ihm seine Bitte verweigert, doch angesichts zukünftiger Pläne hatte das Ministerium für Staatssicherheit in Moskau anders entschieden. Es war eine willkommene Gelegenheit, um sich der Loyalität des Wissenschaftlers zu versichern. Da Haushofers Frau und seine kleine Tochter nicht mitreisen durften, schien die Gefahr gering, dass er einen Fluchtversuch wagen würde. Außerdem wurde der Wissenschaftler auch rund um die Uhr beschattet. Markov konnte dem Deutschen ansehen, dass er nicht recht wusste, wie er auf seine Frage reagieren sollte. Sigmund Haushofer gehörte als Physiker zu den rund zweitausendfünfhundert deutschen Wissenschaftlern und Forschern, die man nach dem Krieg in die Sowjetunion geholt hatte. *Aktion Ossawakim* lautete der Name dieser Geheimoperation, im Zuge derer man hochkarätige Arbeitsleistungen und Wissensabschöpfung deutscher Spezialisten als Reparationszahlung eingefordert hatte. Die westlichen Alliierten hatten empört darauf reagiert, obwohl sie selbst Ähnliches taten. Die Deutschen wurden in der Sowjetunion gut behandelt – ihr Gehalt war höher als das ihrer sowjetischen Kollegen, und man bemühte sich, ihnen den Aufenthalt angenehm zu gestalten, auch wenn sie am Ende natürlich Gefangene blieben. Die Operation war für einige Jahre geplant gewesen, aber je weiter sich die Atombombenforschung in der Sowjetunion entwickelte, desto wahrscheinlicher wurde es, dass die deutschen Wissenschaftler in den kommenden Jahren nach und nach wieder in ihre Heimat zurückkehren durften.

Er blickte Haushofer noch immer fragend an.

»Leider geht es meiner Schwester nicht sehr gut. Ich bin sehr froh, dass ich noch einmal die Gelegenheit hatte, sie zu sehen«, erwiderte der Physiker schließlich etwas steif.

Markov nickte, während er ihm eine Tasse Tee eingoss und sie ihm reichte. »Das tut mir sehr leid. Und darf ich fragen, wie es Ihnen sonst hier gefällt? Vermissen Sie Deutschland?«

»Natürlich tue ich das. Es ist meine Heimat«, antwortete der Physiker vorsichtig.

»Nun, vielleicht besteht schon früher als gedacht die Möglichkeit zurückzukehren.« Markov nippte an seinem Tee. »Was mich zu dem Anlass Ihres Besuchs bringt. Haben Sie sich schon einmal

Gedanken gemacht, welche Rolle Sie nach Ihrer Rückkehr in Deutschland in der Wissenschaft spielen wollen? Auch hier wird es einiges aufzubauen geben, und es sollte selbstredend in unserem Interesse stattfinden.«

Haushofer schaute ihn irritiert an. »Ich weiß ehrlich gesagt nicht, ob ich diese Frage richtig …«

Markov unterbrach ihn mit einem knappen Lächeln. »Ich erwarte heute auch keine Antwort von Ihnen, aber ich möchte Sie wissen lassen, dass man sich in Moskau eine führende Rolle für Sie hier in der Wissenschaft vorstellen kann – und nicht nur das. Wir wünschen uns eine besondere Verbindung mit Ihnen. Denken Sie in Ruhe darüber nach, damit wir darüber sprechen können, wenn wir uns das nächste Mal wiedersehen.« Er griff nach dem Teller mit Prjaniki und Konfekt. »Und nun müssen Sie unbedingt davon probieren. Sie sind hausgemacht und einfach köstlich.«

Nachdem er den Deutschen wenig später verabschiedet hatte, begab er sich in sein Büro. Er protokollierte das Gespräch in einer Akte und rief dann Andrej zu sich.

»Da ist noch etwas«, sagte Markov, nachdem sie die Aufgaben für die kommenden Tage durchgegangen waren. »Eine vertrauliche Angelegenheit, über die vorerst niemand informiert werden darf. Ich möchte, dass Sie für mich die Identität einer Person in Erfahrung bringen, einer jungen Frau …«, sagte er und erzählte ihm von seiner Begegnung mit ihr.

# EMMA

## 12

SIE HATTE IHRER MUTTER NICHTS von dem Vorfall erzählt, weil
sie ihr vermutlich verboten hätte, jemals wieder einen Fuß nach
Ost-Berlin zu setzen.

In der Nacht hatte sie einen schrecklichen Albtraum: Sie lief
über ein zugeschneites Feld in Ostpreußen, und russische Soldaten jagten ihr hinterher. Außer Atem versuchte sie schneller zu
rennen, aber die Russen kamen immer näher. Schüsse ertönten,
und mit einem Mal sah sie, dass ihre Mutter leblos im Schnee
lag, während sie weinend weiterrannte. Dann war sie plötzlich in
einem Wald und glaubte sich in Sicherheit. Hände fassten nach
ihr, und vor ihr stand wie aus dem Nichts ein Soldat, der eine
Pistole zog. »Hast du wirklich geglaubt, du könntest uns entkommen?«, sagte er und schoss.

Mit einem Schrei fuhr sie schweißgebadet aus dem Schlaf
hoch. Ihr Herz raste, und sie brauchte einen Augenblick, um zu
begreifen, dass sie nur geträumt hatte. Emma wandte den Kopf
zum Wecker auf dem kleinen Nachttisch neben ihrem Bett. Es
war drei Uhr morgens. Hoffentlich hatte sie ihre Mutter nicht
mit ihrem Schrei aufgeweckt. Sie lauschte, doch aus dem Wohnzimmer nebenan war kein Geräusch zu hören. Emmas Herz
schlug noch immer schnell. Sie hatte schon lange keine Albträume mehr gehabt, wurde ihr bewusst. In der Anfangszeit in
Berlin war sie ständig davon heimgesucht worden.

Sie konnte sich selbst nicht erklären, warum sie die Begegnung mit dem Russen derart mitgenommen hatte. Wahrscheinlich maß sie dem Vorfall viel zu viel Bedeutung bei. Im Grunde

war nichts Schlimmes geschehen. Es war bestimmt nicht ungewöhnlich, dass sowjetische Männer junge deutsche Mädchen oder Frauen ansprachen. In West-Berlin taten das schließlich die Amerikaner, Engländer und Franzosen auch. Viele junge Frauen gingen mit den West-Alliierten aus, und es entstanden Beziehungen oder sogar Ehen. Aber irgendetwas an der Situation mit dem Russen hatte nicht gestimmt, dachte sie.

Sie knipste die kleine Nachttischlampe an, da sie zu wach war, um wieder einschlafen zu können, und griff nach ihrem Buch. Doch nach ein paar Zeilen drifteten ihre Gedanken ab. Ohne dass sie etwas dagegen tun konnte, spielte sich vor ihren Augen erneut die gesamte Szene ab. Und dann wurde ihr schlagartig klar, was so merkwürdig gewesen war – es war die Art gewesen, wie der Mann auf Russisch mit ihr gesprochen hatte. Er hatte nicht den Versuch unternommen, ein einziges deutsches Wort zu sprechen – und die meisten russischen Soldaten konnten zumindest einige deutsche Schlüsselworte. Aber der Fremde hatte sich nicht einmal die Mühe gemacht, langsam zu sprechen. Je länger sie darüber nachdachte, desto mehr ging ihr auf, dass der Mann so mit ihr gesprochen hatte, als wäre er davon ausgegangen, dass sie Russisch könnte. Er hatte sich benommen, als würde er sie kennen! In ihrer Angst hatte sie das nur nicht sofort erkannt. Mit einem Mal passte alles zusammen, auch die überraschte, ein wenig ungehaltene Reaktion des Mannes, als sie versucht hatte, ihm den Arm zu entreißen. Als hätte sie eine grobe Unhöflichkeit begangen! Er musste sie mit jemandem verwechselt haben. Allerdings hatte der Russe so dicht vor ihr gestanden, sie hätte schon eine sehr große Ähnlichkeit mit jemandem haben müssen … Sie entsann sich, mit welch ungläubigem Blick der Fremde sie gemustert hatte, nachdem er sie endlich losgelassen hatte. Als könnte er es nicht glauben. *O Gott!* Emma spürte, wie ihr Herz raste und sie eine jähe Hoffnung erfasste, aber dann schüttelte sie innerlich den Kopf. Nein, es war unmöglich. Doch plötzlich hätte sie alles dafür gegeben, noch einmal mit dem Russen sprechen zu können.

## 13

AM NÄCHSTEN TAG KONNTE SIE es kaum abwarten, bis die große Pause anfing, um Max zu treffen. Nur unkonzentriert gelang es ihr, den Unterrichtsstunden zu folgen, bis endlich das ersehnte Klingeln ertönte. Sie war eine der Ersten im Hof. Obwohl sie Herbert und Kai sah, die mit Max in eine Klasse gingen, fehlte von dem Freund jede Spur.

Suchend blickte sie sich um, während sie mit einigen anderen Mädchen ihrer Klasse zusammenstand und kaum mitbekam, worüber sie redeten. Als die Schüler zum Pausenende wieder alle ins Gebäude strömten, wusste sie sich keinen anderen Rat, als Kai anzusprechen.

»Hast du Max gesehen?«

Kai drehte den Kopf zu ihr. »Nee, der hat die ersten beiden Stunden gefehlt.« Als er sich wieder nach vorn wandte, bemerkte sie überrascht, dass sein Gesicht auf der einen Seite eine leichte Schwellung aufwies und er einen Bluterguss an der linken Hand hatte.

Greta, die mit ihr in eine Klasse ging, hatte ihre Frage mitbekommen. Kopfschüttelnd blickte sie sie an. »Was findest du bloß an diesem Max? Bist du wirklich so eng mit ihm befreundet?«

»Ja, wieso?«

Greta war seit einiger Zeit mit Winfried liiert, von daher hätte sie der abschätzige Unterton in ihrer Stimme nicht so verwundern sollen. Emma hatte sie indessen noch nie besonders gemocht, denn sie hatte nicht vergessen, wie Greta sich damals,

als sie neu in Berlin angekommen war, ihr gegenüber verhalten hatte. Sie war in der ersten Zeit in der Schule oft verspottet und beschimpft worden, denn die vielen Flüchtlinge, die in diesen Tagen aus den Ostgebieten kamen, waren nicht gut angesehen. *Dreckiges Gesocks, faules Gesindel* oder *Pollackin* waren nur einige der Bezeichnungen, die man ihr an den Kopf geworfen hatte. Emma hatte versucht die Kommentare zu ignorieren, aber es war nicht leicht gewesen. Max hatte sie damals noch nicht gekannt und in den Pausen meistens allein auf dem Schulhof gestanden. Wenn jemand auf sie zugekommen war, dann hatte sie sich sicher sein können, dass man ihr nur einen Streich spielen oder sich auf ihre Kosten lustig machen wollte – und Greta war oft die treibende Kraft dahinter gewesen. Obwohl sich inzwischen ihr gegenüber niemand mehr so verhielt und sie auch mit einigen Mädchen aus ihrer Klasse befreundet war, hatte Greta sich nicht verändert. Unter dem Deckmantel der Nettigkeit war sie nach wie vor nur auf neue Gemeinheiten aus. Emma versuchte daher, sie nicht zu beachten, als sie am Treppenabsatz in den Gang zu ihrem Klassenzimmer bog. Aber Greta drängte sich zwischen den anderen hindurch neben sie.

»Ist er eigentlich Jude? Seine Familie musste doch aus Deutschland fliehen, oder?«

Emma drehte den Kopf zu Greta, die mit ihrem blonden Haarkranz nicht nur äußerlich dem Inbegriff des damaligen Ideals zu entsprechen schien, wie ein deutsches Mädchen zu sein hatte. Emma war sich ziemlich sicher, dass sie genau wusste, dass Max kein Jude war, sondern sein Vater den Widerstand unterstützt hatte, aber für sie war das wahrscheinlich alles dasselbe. Gretas Vater war früher ein hohes Tier im Reichsjustizministerium gewesen, und genau wie Winfried und auch einige andere in der Schule bedauerte sie es, dass die Zeiten unter dem Führer vorbei waren.

»Max ist kein Jude, aber selbst wenn! Hast du ein Problem damit?«, entgegnete sie scharf und war froh, dass in diesem

Augenblick Herr Zillmann, ihr Geografielehrer mit ihnen die Schwelle des Klassenzimmers überschritt und ihr so jeden weiteren Wortwechsel mit Greta ersparte. Sie ließ sie stehen und setzte sich auf ihren Platz.

Die Pausen zwischen den nächsten Unterrichtsstunden waren zu kurz, um nach draußen zu gehen, aber zu ihrer Überraschung wartete Max nach der Schule vor dem Gebäude auf sie.

»Ich dachte, du wärst gar nicht hier gewesen?«, sagte Emma, als sie mit ihrem Fahrrad auf ihn zuging.

»Ich bin erst zur dritten Stunde gekommen, musste vorher etwas erledigen«, erklärte er.

Schüler waren aus dem Gebäude geströmt, und Emma bemerkte, wie Kai ein Stück entfernt von ihnen plötzlich abrupt stehen blieb und zur anderen Straßenseite starrte. Dort stand ein Mann mit verschränkten Armen, der auf ihn zu warten schien. Seine Haare waren inzwischen ordentlich geschnitten, und er trug einen gebügelten Anzug, aber die kantigen Wangenknochen erkannte Emma sofort. Es war der Unbekannte, der sie in ihrer Straße nach der Hausnummer elf gefragt hatte.

Max hatte ihren Blick bemerkt.

»Das ist Kais Vater. Er ist aus der Gefangenschaft zurück«, sagte er leise.

Sie beobachteten, wie Kai ihm zögernd entgegenging. Die Spannung zwischen den beiden war fühlbar.

Mit Unbehagen musste Emma an den Bluterguss und die Schwellung in Kais Gesicht denken, als sie ihr Fahrrad neben Max herschob und sie beide sich auf den Weg nach Hause machten.

»Was genau musstest du denn heute Morgen erledigen?«, fragte sie ihn endlich.

Max zögerte. »Ach, nichts Besonderes.«

Emma musterte ihn prüfend. Nicht zum ersten Mal fiel ihr auf, dass er ihren Fragen neuerdings mit diesen vagen Antworten auswich. Es war offensichtlich, dass er etwas geheim hielt.

Für einen Moment vergaß sie, warum sie selbst unbedingt mit ihm hatte sprechen wollen, denn plötzlich erinnerte sie sich an den Mann, mit dem sich Max kurz im Café unterhalten hatte. Sie war so aufgelöst über die seltsame Begegnung mit den Russen gewesen, dass sie ihn später nicht weiter danach gefragt hatte.

»Hat das etwas mit dem Umschlag zu tun, den dir dieser Typ gestern im Café gegeben hat? Das war derselbe Mann, den du auch in dem Tanzcafé gegrüßt hast, oder?«

Max wirkte einen Augenblick lang verblüfft. Doch schließlich nickte er. »Ja.«

Sie blieb stehen.

»Und was war das für ein Umschlag?«

Er schien nach den richtigen Worten zu suchen. »Ich habe dir doch von diesem antikommunistischen Verband erzählt? Ich gehe da manchmal hin und übernehme Botengänge für sie.«

»Du meinst diese *Kampftruppe*?« Max hatte ihr einige Male von der Organisation berichtet, die den etwas hochtrabenden Namen *Kampftruppe gegen Unmenschlichkeit* trug. Er war im letzten Jahr auf mehreren ihrer Veranstaltungen gewesen und hatte begeistert berichtet, dass die Gruppe nicht nur versuche, Menschen aufzuspüren, die in der einstigen sowjetischen Besatzungszone in die Speziallager der Sowjets verschleppt worden seien, sondern sich auch dafür einsetze, die Ungerechtigkeiten und Grausamkeiten des kommunistischen Systems öffentlich zu machen und für die Freiheit der Menschen in Ostdeutschland zu kämpfen.

»Was heißt denn Botengänge?«, fragte sie beunruhigt.

»Ich nehme hin und wieder einen Brief aus Ost-Berlin mit, der nicht mit der Post versandt werden kann.«

»Und wenn du dabei erwischt wirst?«

»Die Briefe sind verschlüsselt. Bei einer Kontrolle würden sie völlig unauffällig wirken.«

Emma blickte ihn zweifelnd an. »Und warum können sie dann nicht per Post versandt werden?«

»Weil die Behörden in Ost-Berlin dann mitbekommen würden, dass von einer Person regelmäßig solche Briefe verschickt werden.«

»Ich frag lieber erst gar nicht, was in diesen Briefen steht«, erwiderte sie kopfschüttelnd.

»Das weiß ich auch nicht, aber ich will etwas tun, Ems. Ich kann nicht einfach die Augen verschließen vor dem, was dort geschieht. Seit der Blockade ist mir klar geworden, dass wir dafür kämpfen müssen, dass die Menschen in Ostdeutschland auch frei leben dürfen. Wenn man hört, was mit den Menschen in diesen Lagern und den Gefängnissen der Sowjets geschehen ist und wahrscheinlich immer noch geschieht – das ist auch nicht besser als das, was Hitler gemacht hat.«

Sie schwieg, denn sie hatten schon öfter darüber gesprochen, und sie sah auch nicht zum ersten Mal den leidenschaftlichen Ausdruck in seinen Augen aufflammen. In der Öffentlichkeit zog man oft Vergleiche zwischen den sowjetischen Lagern und den Konzentrationslagern. Emma war sich indessen nicht sicher, ob das der Wahrheit gerecht wurde, auch wenn bestimmt kein Zweifel bestand, dass die Gefangenen in den sowjetischen Lagern brutal und menschenverachtend behandelt wurden. Sie selbst war dankbar und glücklich, dass sie in West-Berlin und nicht im Osten leben musste. Insofern verstand sie Max.

»Sei bloß vorsichtig«, sagte sie schließlich. »Mir geht diese Begegnung mit den Russen gestern nicht aus dem Kopf«, erzählte sie ihm dann. »Ich habe die halbe Nacht wach gelegen – und ich glaube, dass der Mann mich verwechselt hat.« Sie berichtete ihm, wie sie darauf gekommen war. »Ich bin mir im Nachhinein sicher, dass er mich so angesehen hat, als würde er mich kennen.« Die Worte sprudelten nur so aus ihr heraus.

Max verschlug es für einen Moment die Sprache, als er begriff, was sie ihm sagen wollte. »Du meinst, dass er dich mit deiner Schwester verwechselt haben könnte?«

Sie nickte. »Ich weiß, dass es unwahrscheinlich klingt, aber es besteht zumindest die Möglichkeit …«

Nachdenklich verzog Max das Gesicht, während sie weitergingen. »Vielleicht sollten wir noch einmal zur gleichen Zeit nach Ost-Berlin fahren. In der Nähe von dem Café ist doch diese Baustelle für die neue sowjetische Botschaft, und es gibt auch ein russisches Restaurant. Mit etwas Glück sind die beiden Russen dort öfter unterwegs.«

Emma nickte, da sie diesen Gedanken auch schon gehabt hatte.


14

In den nächsten zwei Wochen fuhren sie mehrmals nach Ost-Berlin. Sie liefen an der Baustelle am Boulevard Unter den Linden entlang, wo zwar ein Heer von Bauarbeitern zu sehen war, aber kein einziger Russe. Auch das russische Restaurant besuchten sie. Dort bedachte man sie mit seltsamen Blicken, während sie sich umsahen, als würden sie nach einem Freund suchen, und Emma war beim Anblick einiger russischer Offiziere froh, das Lokal wieder schnell zu verlassen.

Sie träumte oft von Alice. Dabei wurde ihr bewusst, dass sie noch immer das Bild eines kleinen Mädchens vor Augen hatte, wenn sie an ihre Schwester dachte. Am Morgen betrachtete sie ihr Gesicht lange im Spiegel – und fragte sich, ob Alice und sie sich noch immer so ähnlich sähen. Wenn ihre Vermutung stimmte und man sie verwechselt hatte, musste es wohl so sein. Obwohl es von vornherein nicht besonders wahrscheinlich gewesen war, fühlte sie sich entmutigt, dass sie die beiden Russen nicht noch einmal getroffen hatte.

»Du könntest einen Suchauftrag nach deiner Schwester beim Roten Kreuz aufgeben. Es gibt doch diese Suchpostkarten«, schlug Max vor. »Die kann man bei fast jedem Postamt bekommen.«

»Aber die Karte müsste meine Mutter ausfüllen und unterschreiben, ich bin nicht volljährig«, gab Emma zu bedenken.

Max zuckte die Achseln. »Du könntest sie mit ihrem Namen ausfüllen und unterschreiben. Das würde sie gar nicht mitbekommen.«

Ein zweifelnder Ausdruck glitt über Emmas Gesicht, aber dann dachte sie ernsthaft darüber nach. Was hatte sie schon zu verlieren? Selbst wenn ihre Mutter später davon erfuhr. Sollte das Rote Kreuz irgendeine Spur von Alice finden, würde sie sich nur freuen, und wenn man doch den Tod ihrer Schwester bestätigen sollte, dann wäre sie sicherlich furchtbar aufgebracht, aber sie hätten wenigstens Gewissheit. Je länger sie darüber nachdachte, desto besser fand sie die Idee, und so suchte sie mit Max ein Postamt auf.

Emma füllte die Suchpostkarte aus, die sie dort erhielt, und schickte sie los, bevor sie es sich anders überlegen konnte.

Als sie am Abend mit ihrer Mutter beim Abendbrot saß, verspürte sie dennoch ein schlechtes Gewissen.

Sie machte sich noch immer Sorgen um sie. Ihr Husten war zwischendurch zwar etwas besser geworden, hatte sich aber in den letzten Tagen wieder verschlechtert. Deshalb kam auf Emmas Bitte hin einige Abende später Max' Vater, Dr. Weiß, bei ihnen vorbei.

Ihre Mutter, die auch in aller Armut nie die Gastfreundlichkeit verloren hatte, mit der sie in Ostpreußen stets jeden Besuch begrüßt hatte, bot ihm etwas zu trinken an.

Dr. Weiß nippte im Wohnzimmer an einem Tee, als sie wie erwartet hustete. »Haben Sie diesen Husten schon länger?«

Ihre Mutter machte eine abwehrende Handbewegung. »Aber nein ...«

Doch Emma unterbrach sie. »Das stimmt nicht. Du hast das schon seit Wochen!«

»Emma!«, erwiderte ihre Mutter streng.

Dr. Weiß lächelte. »Ihre Tochter macht sich bestimmt nur Sorgen. Zu Recht, es grassiert so einiges an Viren und Bazillen in der Stadt. Wenn Sie erlauben, werde ich Sie einfach mal abhören.« Er erhob sich mit der natürlichen Autorität eines Arztes, der es gewohnt war, dass man seinen Anordnungen Folge leistete, sodass ihre Mutter gar nicht anders konnte, als nachzugeben.

Nachdem Dr. Weiß ihre Lungen abgehört hatte, war sein Gesicht ernst. »Ihre Bronchien sind stark entzündet. Ich werde Ihnen ein Rezept für ein Medikament ausstellen und auch etwas, um den Hustenreiz zu dämpfen. Aber Sie sollten sich unbedingt schonen.«

»Ich weiß gar nicht, wie ich Ihnen danken soll«, sagte Emma, als sie Max' Vater später zur Tür brachte, aber er wehrte ab. »Das ist doch selbstverständlich«, sagte er mit einem warmen Lächeln. »Versuch dafür zu sorgen, dass sie sich mehr ausruht. Ich werde nächste Woche noch einmal vorbeischauen.«

Mit den Medikamenten ging es ihrer Mutter langsam besser, und zu Emmas Überraschung hielt sie sich sogar an die Anordnung des Arztes, sich etwas zu schonen. Emma überredete sie, sich von ihr an einigen Nachmittagen im Kiosk vertreten zu lassen, damit sie sich erholen konnte.

Major Carter lächelte, als er sie an dem Fenster des kleinen Zeitungsladens sah. »So, so, eine neue Arbeitskraft. Ich hoffe, du gehst trotzdem nach wie vor zur Schule?«

Emma lachte. »Aber ja. Ich vertrete nur meine Mutter am Nachmittag, ihr geht es zurzeit nicht so gut«, erklärte sie, während sie ihm die gewünschten Zeitungen und ein Päckchen Zigaretten auf den Tresen legte.

»Weißt du denn eigentlich schon, was du nach der Schule

machen möchtest? Interessierst du dich für einen bestimmten Beruf?«, erkundigte er sich.

Sie blickte ihn an, beinah ein wenig verwundert, weil sie das noch nie jemand gefragt hatte. Ganz im Gegenteil – ihre Mutter redete seit Kurzem ständig davon, wie wichtig es sei, einen Ehemann zu finden, der sie und ihre Familie gut versorgen könnte. Am besten ein Beamter, hatte sie ihr erklärt, und Emma hatte sie ungläubig angeblickt. Natürlich träumte sie auch davon, später einmal eine eigene Familie zu haben, aber das Schicksal ihrer Mutter zeigte ihr doch deutlich, dass sie in der Lage sein musste, auf eigenen Beinen zu stehen. Man wusste nie, was geschah. Außerdem gab es im ganzen Land eine Überzahl an jungen Mädchen und Frauen, da so viele Männer im Krieg gefallen waren. Nicht jede von ihnen würde heiraten können.

Unwillkürlich wanderten ihre Gedanken zu dem Buch, das sie sich gekauft hatte und das sich seit Neuestem unter ihrer Matratze befand. »Ich würde gern etwas mit Sprachen machen«, beantwortete sie schließlich die Frage des Majors. »Vielleicht Lehrerin?« Dabei merkte sie selbst, dass ihre Antwort mehr wie eine Frage klang. Sie sah, dass der Major breit lächelte.

»Du könntest auch Dolmetscherin oder Übersetzerin werden. Die werden überall dringend gesucht, und du bist sprachlich sehr begabt.«

»Meinen Sie wirklich?« Emma musste zugeben, dass sie noch nie gewagt hatte, an solch einen Beruf auch nur zu denken.

Der Major und sie plauderten noch ein wenig auf Englisch, bevor er sich verabschiedete, nicht ohne ihrer Mutter die besten Genesungswünsche ausrichten zu lassen.

Zu Emmas Erleichterung ging es ihrer Mutter mit jedem Tag besser. »Danke, dass du mich so unterstützt hast, Emma«, sagte sie und strich ihr so liebevoll übers Haar, wie sie es seit Langem nicht mehr getan hatte. »Ich bin froh, dass ich dich habe.«

»Ich auch, Mutti!«

Etwas mehr als zwei Wochen waren vergangen, seitdem sie die Postkarte ausgefüllt und an den Suchdienst geschickt hatte. Inzwischen war Emma schon beinahe überzeugt, dass sie nie etwas hören würde. Doch eines Abends kam sie nach Hause und ahnte, dass sie sich geirrt hatte.

Ihre Mutter saß in starrer Haltung in der Küche auf dem Stuhl, und vor ihr auf dem Tisch lag ein Schreiben. Es war vom Roten Kreuz, wie Emma sofort erkannte.

Ihre Kehle fühlte sich wie zugeschnürt an, als sie in das Gesicht ihrer Mutter blickte.

»Kannst du mir das hier erklären? Du hast meine Unterschrift gefälscht?«

Emma war sich nicht sicher, ob ihre Mutter jemals mit so kalter Stimme zu ihr gesprochen hatte.

»Ich … ich musste einfach Gewissheit haben«, begann sie stockend. Doch dann verstummte sie, weil sie sich fragte, was in dem Brief stand. Bestätigte das Rote Kreuz, dass Alice tot war?

»Haben sie etwas gefunden, eine Spur oder einen Hinweis auf sie?«, fragte sie leise.

»Gefunden? Was sollten sie denn finden? Alice ist tot. Du musst dich endlich mit der Wahrheit abfinden«, fuhr ihre Mutter sie an.

Für einen Augenblick glaubte Emma, ihr Herz würde stehen bleiben. *Tot? …* Sie stürzte zu dem Tisch und griff nach dem Brief. Ihre Augen flogen über die Zeilen: *Für weitere Nachforschungen bitten wir Sie, folgende Fragen zu der Vermissten Alice Lichtenberg, 16 Jahre, zu beantworten …*

Ihre Mutter entriss ihr das Schreiben.

Emma wandte den Kopf zu ihr. »Aber sie haben Fragen. Sie schreiben gar nicht, dass sie tot ist.« Erleichterung durchflutete sie.

»Ja, weil sie nicht wissen können, dass ihre verbrannte Leiche unter den Trümmern dieses Hauses liegt!«, entgegnete ihre Mutter gepresst – und dann zerriss sie den Brief vor ihren Augen.

Fassungslos starrte Emma sie an.

# ALICE

## 15

*Brandenburg, 1950*

Im Schlafsaal war es still, bis auf die Atemzüge und ein vereinzeltes leises Schnarchen von einem der anderen Mädchen war nichts zu hören. Sie lag in dem schmalen Bett und versuchte das Einschlafen, wie so oft, trotz der Müdigkeit hinauszuzögern. Die Matratze war so dünn, dass sie darunter das Eisengestell fühlen konnte, doch sie war daran gewöhnt und konnte überall schlafen – in harten Betten, auf Stroh und selbst auf dem Boden. Ihre Augen passten sich mehr und mehr an die Dunkelheit an, und sie konnte die Umrisse der Betten und Schränke im Raum erkennen.

Sie mochte die späten Abende und Nächte – sie waren die einzige Zeit, die ganz allein ihr gehörte. Es waren die Stunden, in denen sie ihre Erinnerungen wachhielt und darauf aufpasste, dass die Bilder von früher nicht vollkommen verblassten. Sie taten es trotzdem, als würde sie jemand aus ihrem Kopf stehlen. Es waren Kleinigkeiten, die Einrichtung eines Zimmers, die Farbe einer Wand, das Gesicht des alten Gesellen Wilhelm, die Anzahl der Kühe im Stall … Sie verschwanden einfach. Panik erfasste sie jedes Mal, wenn es ihr nicht mehr gelang, sich an eine Sache oder auch nur ein Detail zu erinnern, egal, wie sehr sie sich auch bemühte.

Sie wollte nicht vergessen. So wie Irma, die bei der Flucht unter einen Treckwagen geraten war, als die Bomben fielen, und die sich später nicht einmal mehr an ihren Vornamen erinnern konnte.

Schon vor Langem hatte Alice sich deshalb angewöhnt, die Erinnerungen, die ihr wichtig waren, Abend für Abend vor ihrem inneren Auge lebendig werden zu lassen – die Gerüche, die Stimmen, das Gefühl, wenn ihre Mutter ihr durchs Haar gestrichen oder ihre Schwester sich an sie geschmiegt hatte. Es tat weh. Früher, als sie noch jünger und alles noch so präsent gewesen war, dass sie fast glaubte, ihre Schwester und Mutter wirklich hören oder spüren zu können, hatte sie jede Nacht geweint. Nun lag sie nur da und versuchte den stechenden Schmerz auszuhalten, wenn sie die Bilder vor Augen hatte.

Ihre Finger klammerten sich um den fadenscheinigen Stoff von Lupus, dem kleinen Dackel, den sie immer bei sich trug. Alice wusste, dass sie zu alt war, als dass ein Stofftier ihr hätte Trost spenden dürfen, aber das tat es trotzdem. Es war ihre einzige Verbindung zu früher, denn sie besaß sonst nichts – kein Schmuckstück, kein Foto oder noch so kleinen Gegenstand. Nur diesen seltsamen Dackel. Sie wusste, dass sie Emma als Kind damit aufgezogen hatte, dass sie das Stofftier wie ein Maskottchen stets bei sich getragen und sich nie davon getrennt hatte. Nur an jenem Tag hatte sie es doch getan. Verschwommen hatte Alice noch vor Augen, wie ihre Schwester ihr den kleinen Dackel in die Hand gedrückt hatte. Bei der Erinnerung schnürte sich alles in ihr zusammen. Sie war damals so krank gewesen, dass sie erst viel später erfahren hatte, was geschehen war, dass nur wenige in dem Dorf überlebt hatten – und ihre Schwester und Mutter nicht darunter waren.

Alice rollte sich auf die Seite und spürte, wie die Müdigkeit immer stärker wurde und ihr die Bilder entglitten, bis sie schließlich einschlief.

# 16

AM NÄCHSTEN MORGEN SASS SIE mit den anderen Jugendlichen beim Frühstück. Um sie herum unterhielten sich alle, aber sie aß schweigend ihr Brot. Sie lebte erst seit wenigen Wochen im Jugendwohnheim – seitdem sie sechzehn geworden war, und sie war eine der wenigen, die noch zur Schule gingen. Die anderen befanden sich fast alle in der Ausbildung eines Lehrberufs. Nicht nur deshalb war sie hier eine Außenseiterin. Es lag auch an ihr, musste sie zugeben, weil sie nie die Nähe oder den Kontakt zu den anderen suchte. Auch im Kinderheim hatte sie sich früher schwer damit getan, Beziehungen oder gar Freundschaften einzugehen. Außer mit Irma. Da war es von Anfang an anders gewesen. Sie stammte wie sie selbst aus Ostpreußen, war aber eineinhalb Jahre jünger und wohnte deshalb noch im Kinderheim. Sie hatten sich beide von Anfang an gemocht, wahrscheinlich, weil sie sofort gespürt hatten, dass sie einander vertrauen konnten.

Obwohl Alice jetzt im Jugendwohnheim lebte, sah sie Irma noch immer regelmäßig, aber als sie gestern vor dem Abendbrot bei ihr vorbeigegangen war, hatte sie sie nicht angetroffen. Dabei waren sie verabredet gewesen. Alice runzelte die Stirn. Es passte nicht zu Irma, und eine leise Unruhe erfasste sie. Sie musste daran denken, wie besessen die Freundin in den letzten Wochen davon gewesen war, mehr über ihre Herkunft herauszubekommen. Sie hatte schon immer darunter gelitten, dass sie nichts über ihre Familie wusste. Mit neun Jahren war Irma auf der Flucht von einem umstürzenden Planwagen erfasst worden und bewusstlos geworden. Als sie schwer verletzt wieder zu sich gekommen war, war ihre Erinnerung wie ausgelöscht gewesen. Selbst wie sie hieß, wusste sie nur noch, weil sie einen Brustbeutel mit einem Namensschild um den Hals trug. Irma hatte schon mehrmals bei der Heimleitung Anfragen über ihre Familie gestellt, aber dort behauptete man, dass nichts über ihre Herkunft bekannt sei.

»Ich bin mir aber sicher, dass sie irgendetwas wissen. Jemand hat mir erzählt, dass sie über alle Kinder, die aus den Fluchtgebieten in deutsche Heime gekommen sind, Akten haben und darin auch etwas über ihre mögliche Herkunft steht«, hatte Irma letzte Woche aufgebracht zu ihr gesagt.

Doch Alice glaubte das nicht. Es gab Tausende Kinder, die in den Wirren der Flucht ihre Familien verloren hatten, und vor allem von den Jüngeren hatte man oft kaum mehr als ihren Vornamen in Erfahrung bringen können. Sie selbst war über ein Jahr in einem Heim in der Nähe von Königsberg untergebracht worden und hatte nicht vergessen, wie überfüllt es gewesen war, auch mit kleinen Kindern. Manche hatten gerade erst laufen gelernt. Es waren chaotische, lebensbedrohliche Zustände gewesen, denn es hatte an allem gemangelt – an Essen, Heizmaterial und selbst den einfachsten Möbeln. Oft hatten sie auf einem harten Ballen Stroh schlafen müssen.

»Du machst dich verrückt mit dieser Herkunftsgeschichte, Irma«, hatte sie schließlich so behutsam wie möglich gesagt. »Auch wenn du etwas über deine Familie erfahren würdest – sollten sie noch leben, hätten sie doch bestimmt nach dir gesucht.«

Irma hatte daraufhin betroffen geschwiegen.

Nachdenklich biss Alice in ihr Brot. Sie würde heute nach dem Unterricht und dem FDJ-Treffen noch einmal bei ihr vorbeischauen. Vielleicht hatte Irma im Heim einige Arbeiten erledigen müssen. Man legte Wert darauf, dass sie alle von früher Kindheit an so selbstständig wie möglich aufwuchsen und zu den anstehenden Aufgaben und Pflichten ihren Teil beitrugen – ob es um die Wäsche, Küchen- oder auch kleine Handwerksarbeiten ging. Bestimmt machte sie sich unnötig Gedanken.

Alice schlug ihr Russischheft auf und versuchte die Stimmen und Geräusche am Tisch um sich herum auszublenden, um sich noch einmal die Grammatikregeln einzuprägen. Heute stand eine Klassenarbeit auf dem Plan.

In diesem Augenblick prallte ein Brotkügelchen gegen ihre Wange. Überrascht blickte Alice auf.

»Was musste da denn noch lernen? Du kannst doch sowieso schon fließend Russisch.« Lotte, die ihr gegenübersaß, blickte sie herausfordernd an.

Am Tisch war es plötzlich still geworden. Lotte hatte den richtigen Moment abgepasst, denn die Erzieherin, die sie beim Frühstück beaufsichtigte, war gerade ans Telefon gerufen worden.

Alice erwiderte ihren Blick, ohne etwas zu sagen. Seit sie vor zwei Wochen hier eingezogen war, wusste sie, dass Lotte die Konfrontation mit ihr suchen würde. Gleich an ihrem ersten Tag war ihr klar gewesen, dass sie zu den tonangebenden Jugendlichen im Wohnheim gehörte und die Auseinandersetzung mit ihr unausweichlich war. Es war in jedem Heim das Gleiche – man wurde immer auf die Probe gestellt. Es war wie eine Art Test, bis alle wussten, zu welcher Kategorie Mensch jemand gehörte: zu denen, die kuschten, oder denen, die sich nichts gefallen ließen und sich behaupteten.

»Was denn, biste dir zu fein zum Antworten, weil du 'nen höheren Abschluss machst?«, fragte Lotte spöttisch. Sie selbst machte eine Ausbildung zur Chemiefacharbeiterin.

Alice schloss mit kalter Miene ihr Schulheft. »Nein, ich bin mir nicht zu fein. Und du weißt genau, dass es nicht meine Entscheidung war, weiter die Schule zu besuchen!«

Die Wahrheit war, dass sie sogar lieber eine Ausbildung gemacht hätte. Sehr viel lieber. Sie war seit ihrem zwölften Lebensjahr in dem Bewusstsein erzogen worden, dass Arbeiter und Bauern die wichtigste Stütze des Staates und der Gemeinschaft waren und es nichts Ehrenvolleres gab, als in diesen Berufen zu arbeiten. Doch man hatte anders für sie entschieden, denn sie hatte nicht nur überdurchschnittlich gute Schulnoten, sondern sie sprach auch noch nahezu fließend Russisch und hatte bei der FDJ und den kollektiven Arbeitseinsätzen stets zu überzeugen gewusst. Es war eine Auszeichnung, dass sie die Schule weiterhin besuchen dürfe. Auf diese Weise würde sie dem Kollektiv am besten dienen können, hatte man ihr eindringlich erklärt, und wer war sie, dass sie dagegen aufbegehrt hätte?

Alice erhob sich mit ihrem Teller in der Hand vom Tisch, bevor Lotte etwas erwidern konnte. Sie spürte, dass ihr die anderen hinterherstarrten. Sollten sie doch, es war ihr gleichgültig.

Sie brachte ihr Frühstücksgeschirr in die Küche, wo zwei Mädchen Abwaschdienst hatten, und holte dann ihre Jacke und Schultasche, auch wenn sie zu früh dran war. Sie musste hier raus.

## 17

ALS SIE AM SPÄTEN NACHMITTAG bei ihrem alten Heim vorbeiging, war Irma noch immer nicht aufzufinden.

»Die ist weg«, erklärte ihr eines der Mädchen achselzuckend, als sie es nach der Freundin fragte.

»Weg? Was meinst du damit?« Alarmiert blickte Alice sich um.

»Ihr Bett ist frei geworden, und jemand hat ihre Sachen aus dem Schrank geräumt. Mehr weiß ich auch nicht.«

Daraufhin ließ sich Alice einen Termin bei der Heimleiterin geben.

Frau Galinski ließ sie fast eine Stunde warten. Das tat sie gern. Alice erinnerte sich noch gut daran, wie es früher gewesen war, wenn man sich etwas hatte zuschulden kommen lassen. *Zeit der Besinnung* nannte es die Heimleiterin, wenn man auf dem harten Stuhl im Flur saß und sich darüber im Klaren werden konnte, was man falsch gemacht hatte. So war sie sicher, dass man die angemessene Reue zeigte, sobald man ihr Büro betrat. Sie schlug nie, denn sie war strikt gegen körperliche Bestrafungen, die ihrer Meinung nach nicht mit dem Ideal des Sozialismus vereinbar und auch verboten waren. Dafür verstand sie sich umso besser darauf, die Kinder oder Jugendlichen mit ihren Strafen zu demütigen – sie liebte öffentliche Entschuldigungen, an die man im Anschluss den langen Flur im Erdgeschoss mit Kernseife schrubben oder für Stunden mit dem Gesicht zur Wand in der Ecke stehen bleiben musste. Sie hatten deshalb alle immer Angst vor ihr gehabt.

Alice starrte auf ihre Hände, während ihr wieder bewusst wurde, wie froh sie war, dass sie inzwischen nicht mehr hier, sondern im Jugendwohnheim lebte. Sie hörte Schritte, bevor eine Holztür knarrte.

»Alice?«

Die Galinski gab ihr ein Zeichen, ihr zu folgen.

»Du hast um ein Gespräch gebeten«, stellte sie fest, als sie hinter ihrem Schreibtisch Platz genommen hatte. Sie wirkte ungeduldig und durchbohrte sie mit ihrem Blick, wie schon bei ihrer ersten Begegnung. Damals war Alice zwölf gewesen. Sie hatte schnell gelernt, sich der Heimleiterin gegenüber nie anmerken zu lassen, was in ihr vorging.

»Vielen Dank, dass Sie Zeit für mich haben.« Sie wusste, dass sich die Heimleiterin nur aus einem Grund herabließ, überhaupt mir ihr zu sprechen – weil ihr nicht klar war, welche Art der Verbindungen hinter ihr standen.

Alices Blick verharrte für einen Moment auf dem gerahmten Stalinporträt, das direkt über dem Kopf der Heimleiterin an der Wand hing. Links befand sich ein Banner »Für Freiheit und Sozialismus«, und auf dem Schreibtisch stand eine kleine Büste von Karl Marx. Rita Galinski hatte schon immer alles dafür getan, um das Bild einer überzeugten und treuen Sozialistin abzugeben. Alice bezweifelte allerdings, dass sie das in Wahrheit war.

»Ich wollte mich erkundigen, ob Sie wissen, wo Irma Assmann ist?«

Die Galinski hob kaum merklich eine Augenbraue. »Irma Assmann? Es wundert mich, dass du nach ihr fragst.«

»Wir sind befreundet.«

»Dann wusstest du, was sie geplant hatte?«

»Geplant?«, fragte Alice verständnislos.

»Es überrascht mich, dass sie dich nicht eingeweiht hat, wenn ihr befreundet wart.«

»Ich habe ehrlich gesagt keine Ahnung, wovon Sie sprechen.«

»Nun, dann kann ich dir auch nur sagen, dass sie etwas getan hat, das es unmöglich gemacht hat, sie länger hierzubehalten.«

»Und wo ist sie jetzt?«

Die Heimleiterin lächelte schmallippig. »An einem Ort, wo sie lernen wird, wieder ein wertvolles Mitglied unserer Gesellschaft zu sein. Mehr brauchst du nicht zu wissen.«

Alice lief ein Schauer über den Rücken, doch sie begriff, dass die Galinski ihr kein weiteres Wort mehr sagen würde.

Betroffen machte sie sich auf den Rückweg zum Jugendwohnheim. Was um Gottes willen war mit Irma geschehen?

Am Abend blickte sie niedergeschlagen aus dem Fenster, als ausgerechnet Lotte zu ihr kam. »Was is'n mit dir passiert? Haste deine Russischarbeit versiebt?«, fragte sie mit gewohntem Spott in der Stimme.

Alice wandte kurz den Kopf zu ihr. »Lass das! Nicht jetzt!«, fuhr sie sie an.

Lotte blickte sie verdutzt an, bevor sie sich schließlich vor ihr auf dem Fensterbrett niederließ. »Probleme?«

Alice schaute wieder nach draußen. »Eine Freundin von mir ist verschwunden«, sagte sie dann.

»Verschwunden?«

96

Alice nickte, und obwohl sie Lotte nicht besonders mochte, verspürte sie plötzlich das Bedürfnis, mit jemandem zu reden. Sie erzählte ihr von Irma und was sie im Heim erfahren hatte.

»O Mann, klingt, als wenn sie etwas ausgefressen hätte und in ein *Spezi* gekommen wäre.« Ein mitleidiger Ausdruck huschte über Lottes Gesicht.

Alice starrte sie an. Lotte hatte recht. Was hatte die Galinski noch gesagt? Irma war »*an einem Ort, wo sie lernen wird, wieder ein wertvolles Mitglied unserer Gesellschaft zu sein*«. Das bedeutete Spezialheim oder Jugendwerkhof. Beides kam einem Jugendgefängnis nah. Im Heim waren diese Einrichtungen eine ständig über ihnen schwebende Drohung gewesen. Über die Jahre hatte es immer wieder Kinder oder Jugendliche gegeben, die dorthin gekommen waren. Aber Irma? Sie hatte sich immer an die Regeln gehalten und konnte keinem Menschen etwas zuleide tun.

»Aber man kommt doch nicht gleich bei dem ersten Vergehen dorthin!«

Lotte zuckte die Achseln. »Kommt drauf an, was deine Freundin getan hat. Ist kein Zuckerschlecken in so einem *Spezi*, das kann ich dir sagen. Ich kenne jemanden, der für ein paar Monate dort war. Die reinste Gehirnwäsche. Die unterbinden jeden Kontakt nach draußen, und danach bist du nicht mehr dieselbe.«

Alice fragte sich, wie Irma das aushalten würde. Wie konnte sie nur herausfinden, wo sie jetzt war? Sie beschloss, etwas zu tun, was sie bis dahin noch nie gemacht hatte. Doch dafür musste sie noch ein paar Tage warten.

# 18

DER WAGEN STAND ETWAS ENTFERNT vom Heim. Sie hatte die Nachricht, dass sie sich heute sehen würden, vor einigen Tagen bekommen. Als sie vom FDJ-Treffen zurückgekommen war, hatte ihr die Erzieherin den Umschlag gereicht.

»Das ist für dich«, hatte sie gesagt und sie dabei mit einem merkwürdigen Blick bedacht, sodass Alice sich gefragt hatte, wer den Brief diesmal gebracht hatte.

Als Alice jetzt aus dem Jugendwohnheim kam und die Straße nach rechts hinunterlief, beschleunigte sie unwillkürlich den Schritt. Sie freute sich, das tat sie immer, wenn sie sich sahen.

Sie konnte seine hochgewachsene Gestalt schon von Weitem erkennen. Er stand in seiner Uniform vor dem Fahrzeug und wartete auf sie. Die letzten Meter rannte sie, bis sie vor ihm stand und er sie in seine kräftigen Arme schloss. Für einen kurzen Moment fühlte sie sich wieder wie ein kleines Mädchen.

»Wie geht es dir, meine Kleine?«, fragte er auf Russisch und hielt sie dabei prüfend ein Stück von sich weg. Obwohl sie in den letzten Jahren ein ganzes Stück gewachsen war, überragte er sie noch immer um fast zwei Köpfe, und sie hätte sich hinter ihm verstecken können.

»Gut«, erwiderte sie ebenfalls auf Russisch.

Er sprach auch Deutsch, aber sie unterhielten sich immer in seiner Muttersprache, die Alice inzwischen nahezu fließend beherrschte. Wenn seine tiefe Stimme Russisch sprach, erweckte das bis heute ein Gefühl der Geborgenheit in ihr. Alice erinnerte sich noch gut an die allerersten Worte, die sie von ihm gelernt hatte: ja – *da*, nein – *niet*, guten Tag – *dobry den*, danke – *spasibo* …

Sergej strich ihr mit einer flüchtigen Geste übers Haar. »Ich vergesse immer, wie groß du geworden bist, wenn ich dich länger nicht sehe«, sagte er, und ein Anflug von Wehmut war aus seiner Stimme herauszuhören. Er öffnete die Wagentür.

Der Chauffeur, ein einfacher Soldat, hatte den Kopf starr nach vorn gewandt, als sie neben Sergej auf der hinteren Bank Platz nahm.

»Ich habe eine Überraschung für dich, weil du Geburtstag hattest. Wir fahren nach Berlin. Hast du schon einmal ein Ballett gesehen?«, fragte er, als sich der Wagen in Bewegung setzte.

»Nein.« Sie schüttelte den Kopf.

»Und ich habe dir noch eine Kleinigkeit mitgebracht.« Er reichte ihr ein Päckchen. »Aus Moskau«, setzte er hinzu.

»Wirklich?«, fragte sie ungläubig. Sergej war in Ost-Berlin stationiert, aber er reiste regelmäßig in die sowjetische Hauptstadt. Dort war er sogar einige Male Stalin begegnet, wie er ihr erzählt hatte.

Vorsichtig öffnete sie das schwarz-weiße Papier, in dem das Geschenk eingeschlagen war. Es war ein Flakon, der den Namen *Krasnaja Moskwa – Rotes Moskau* trug.

»Das ist ein Parfum, nach dem in der Sowjetunion alle jungen Mädchen und Frauen verrückt sind. Es wurde einst für die letzte Zarin kreiert, aber nach der Revolution umbenannt«, erklärte er.

Ehrfürchtig blickte Alice auf die geschwungene Flasche. Sie hatte noch nie ein Parfum besessen. Plötzlich musste sie an ihre Schwester denken. Wie es gewesen wäre, wenn sie beide zusammen das erste Mal dieses Parfum ausprobiert und kichernd vor dem Spiegel gestanden hätten … Alice verspürte einen schmerzhaften Stich, als sie die Erinnerung an Emma jäh heimsuchte.

Sie wandte den Kopf zu Sergej. »Danke«, sagte sie, und ihr wurde bewusst, dass er ihren Geburtstag in all den Jahren noch nie vergessen hatte. Selbst wenn sie sich erst Wochen später sahen, brachte er ihr immer eine Kleinigkeit mit. Sie verdankte ihm so unendlich viel. Ihre Finger strichen über die glatte Oberfläche des Flakons.

»Sergej?«

»Ja?«

»Ich habe eine Bitte.«

Er blickte sie an – sie hatte ihm gegenüber noch nie irgendeine Bitte oder einen Wunsch geäußert. Selbst als kleines Mädchen hatte sie immer das Gefühl gehabt, dazu kein Recht zu haben. Er hatte ihr das Leben gerettet. Obwohl sie so krank gewesen war, dass sie nur Bruchstücke von damals im Gedächtnis hatte, war ihr das immer klar gewesen. Sie würde nie vergessen, wie er sie auf den Arm genommen und von dem brennenden Hof weggebracht hatte. Alice hatte sich später nie erklären können, warum sie allein in dem Haus gewesen war – ohne ihre Mutter und Emma.

Unwillkürlich wanderten ihre Gedanken zurück in die Vergangenheit. Nachdem Sergej sie gerettet hatte, war es ihr über Wochen so schlecht gegangen, dass sie kaum etwas mitbekommen hatte. In ihrer Erinnerung gab es schemenhafte, verworrene Bilder, die keinen Sinn ergaben. Jeder Moment, in dem sie sich wach und bei Bewusstsein befunden hatte, war mit einem tiefen Gefühl der Angst verbunden gewesen: die fremden Stimmen und Gesichter um sie herum, die russischen Uniformen; der Arzt, der sie untersuchte, und dann die ständig wechselnden Orte. Sie erinnerte sich, wie jemand versuchte ihr etwas Heißes zu trinken einzuflößen, und ihr Medikamente gab, und dazwischen sah sie immer wieder das Gesicht von Sergej – ihren einzigen Rettungsanker in der unbekannten Umgebung, in der es nichts gab, was ihr vertraut war, und sie alles mit Furcht erfüllte. Manchmal, wenn sie allein waren, sprach er leise auf Russisch mit ihr, und obwohl sie den Inhalt nicht verstand, beruhigte sie allein der Klang seiner Stimme. »*Nicht sprechen. Nicht deutsches Wort*«, flüsterte er wiederholt. Sie nickte nur und begriff, was er ihr mitteilen wollte, dass sie in Gefahr war, wenn sie Deutsch redete. Und so sprach sie nicht, auch wenn öfter mal jemand versuchte sie zum Reden zu bringen – sie blieb stumm, bis zu diesem einen Tag. Es ging ihr endlich etwas besser, und sie war gerade aus einem tiefen Schlaf erwacht, als sich ein Mann auf ihre Bettkante setzte, den sie schon einige Male gesehen hatte. Er lächelte sie vertrauensvoll an. »Ich weiß, dass du Deutsch sprichst«, sagte er mit einem harten russischen Akzent und zwinkerte ihr dabei verschwörerisch zu. »Mir kannst du vertrauen. Ich werde es niemandem erzählen.« Und dann fragte er sie, ob sie einen Keks wolle, und sie sagte, ohne nachzudenken: »Ja.«

Sein Lächeln war bei ihrer Antwort unmerklich ein wenig kühler geworden, und sie wusste sofort, dass sie einen Fehler begangen hatte.

Nur wenige Tage später wurde sie in ein Heim in der Nähe von Königsberg gebracht. Es war verdreckt und überfüllt mit deutschen Kindern, lediglich einer der Erzieher sprach Deutsch, die anderen waren Russen, genau wie die Heimleitung. Alice würde nie vergessen, wie allein und verloren sie sich damals fühlte. Der Schmerz über den Tod ihrer Mutter und Schwester, von denen sie nicht einmal wusste, wie sie umgekommen waren, drang mit ungeheurer Wucht in ihr Bewusstsein. Sie hatte keinerlei Familie, niemanden mehr – und sie war sich sicher, dass sie auch Sergej nie wiedersehen würde.

Vielleicht zwei Wochen waren im Heim vergangen, als er sie jedoch eines Nachmittags besuchte. Er brachte etwas zu essen mit und sah sofort, dass man sie geschlagen hatte. Ohne ein Wort nahm er sie bei der Hand und ging mit ihr zur Heimleitung. Damals begriff sie, welch hohe Position Sergej innehaben musste, denn sie sah die Angst im Gesicht des Direktors, als er mit ihm auf Russisch sprach. Sein Tonfall war harsch und schneidend, ohne dass er die Stimme erhob, und der Heimleiter nickte nur.

Von da an wurde sie nie wieder geschlagen. Sie hätte dankbar sein sollen, aber das war sie nicht. Stattdessen verspürte sie Schuldgefühle, dass man sie anders behandelte als die übrigen Kinder, die die Schikanen der Erzieher weiter ertragen mussten.

Sergej kam in unregelmäßigen Abständen zu Besuch. Alle paar Wochen verbrachte er ein, zwei Stunden mit ihr, hatte etwas zu essen für sie dabei und brachte ihr ein paar russische Worte bei. Obwohl sie nach jedem ihrer Treffen merkte, wie die anderen Kinder sie mieden, begann sie sich mehr und mehr auf ihn zu freuen. Sie war sich nicht sicher, ob sie die schreckliche Zeit in diesem Heim ohne ihn überstanden hätte. Damals fragte sie auch das erste Mal nach ihrer Mutter und Schwester, und obwohl Sergej ihr nicht viele Hoffnungen machte, dass sie noch lebten, ließ er Nachforschungen über sie anstellen. Doch in dem Dorf waren alle Bewohner umgekommen oder nach Russland ins Arbeitslager gebracht worden. Die Namen ihrer Mutter oder Schwester befanden sich nicht auf den Listen der Verschleppten. »Es sind viele in dem Dorf gestorben, auch die Bäuerin aus dem Haus, in dem du warst. Es tut mir leid«, hatte er gesagt, und sie hatte begriffen, dass sie außer ihm wirklich niemanden mehr hatte.

»Was für eine Bitte hast du denn?«, riss sie Sergejs Stimme jetzt zurück in die Gegenwart.

»Eine Freundin von mir, Irma, ist aus dem Heim verschwunden«, begann sie zögernd zu erzählen. »Ich habe versucht herauszubekommen, was mit ihr geschehen ist, aber Frau Galinski, die Heimleiterin, wollte mir nichts sagen. Sie hat nur angedeutet, dass sie irgendetwas Schlimmes getan haben soll. Aber ich kenne Irma, dazu wäre sie nie in der Lage.« Sie blickte ihn voller Verzweiflung an.

Er schwieg einen Moment. »Das sind Angelegenheiten des Heims«, sagte er dann. »Dort kann ich mich nicht einmischen, Alice. Vielleicht hast du deine Freundin weniger gut gekannt, als du gedacht hast?«

Sie schüttelte vehement den Kopf. »Nein, das glaube ich nicht. Es würde mir schon helfen, wenn ich wüsste, wo sie jetzt ist. Dann könnte ich ihr wenigstens schreiben«, bat sie.

»Ich werde schauen, was ich herausfinden kann, aber ich kann dir nichts versprechen.«

»Danke!«

Er wandte den Kopf zum Fenster. Sein Ausdruck wirkte plötzlich unerwartet ernst und seine Züge beinah hart. Diesen Wandel hatte sie schon oft bei ihm beobachtet. Vor allem, wenn andere Menschen anwesend waren. Die warme Herzlichkeit, mit der er ihr begegnete, wenn sie allein waren, zeigte er sonst nur selten.

## 19

Es war nicht das erste Mal, dass sie in Berlin war. Vor gut einem Jahr hatte Sergej sie an einem Sonntag schon einmal mitgenommen. Sie hatten den ganzen Tag damit verbracht, sich Sehenswürdigkeiten anzuschauen und das wenige, was zwischen den Ruinen von der Stadt noch übrig geblieben war. Dennoch kam es selten vor, dass Sergej und sie einen halben oder sogar ganzen Tag miteinander verbrachten. Seitdem Alice vor vier Jahren in das Heim in Brandenburg gekommen und er in Ost-Berlin stationiert war, sahen sie sich regelmäßiger, aber nach wie vor fast nie länger als ein, zwei Stunden. Meistens gingen sie spazieren und unterhielten sich. Sie erinnerte sich, wie er ihr das erste Mal erklärt hatte, warum es in Russland eine Revolution gegeben habe. Er sprach über die Leibeigenschaft und die Ungerechtigkeit des Kapitalismus und darüber, dass es nicht richtig sei, wenn einige wenige fast alles besaßen und die anderen fast nichts, wenn die Armen ausgebeutet wurden und oft sogar hungern mussten. Seine Augen leuchteten, als er über Marx und Lenin sprach und den Staat beschrieb, den es eines Tages geben würde – ein Land, in dem alle Menschen frei und gleich wären. Dafür lohne es sich zu kämpfen, auch wenn es noch ein weiter Weg sei. Aufmerksam und fasziniert hörte Alice ihm zu und verstand, was er meinte. Beinah war es ihr unbegreiflich, dass nicht alle Menschen so dachten wie er. Wie anders wäre die Welt dann! Er hatte ihr auch von Moskau erzählt, von der Schönheit und Seele der russischen Hauptstadt, und ihr versprochen, dass er sie eines Tages für einen Besuch dorthin mitnehmen würde.

»Heute Abend wirst du auch ein Stückchen Russland kennenlernen«, sagte er. »Wir gehen zu einer Aufführung des Bolschoi-Balletts. Es wird *Schwanensee* gegeben.«

Sie übernachteten in einem richtigen Hotel. Auch das war eine Überraschung für sie. Genauso wie das Kleid, das in ihrem Zimmer für sie bereitlag. Während sie sich darin im Spiegel betrachtete und etwas von dem neuen Parfum hinter ihre Ohren tupfte, fühlte sie sich unerwartet erwachsen – aber später, als sie den Admiralspalast betraten, konnte sie ihre Aufregung kaum verbergen.

Sergej lächelte, als er ihre Freude sah, doch zwischendurch wirkte er immer wieder ernst, geradezu angespannt, und sie fragte sich, was ihn wohl beschäftigte.

Wie berauscht ließ sie sich von der Musik und den anmutigen Bewegungen der Tänzer, die über die Bühne zu fliegen schienen, in eine andere Welt entführen.

Sie hatten Plätze im ersten Rang, und das Stimmengewirr um sie herum verriet Alice in der Pause, dass außer Sergej noch etliche andere Russen im Publikum waren. An den Uniformen erkannte sie, dass es sich wie bei Sergej um hohe Offiziere handeln musste.

Mit einigen Operngästen war Sergej bekannt und stellte sie ihr vor. Sie begrüßten sie höflich, aber auch ein wenig reserviert, bis sie mitbekamen, dass sie Russisch sprach. Ein erfreutes Lächeln glitt daraufhin über ihr Gesicht. Alice lernte an dem Abend auch den sowjetischen Botschafter kennen. Sie hatte noch nie so viele hochrangige Menschen getroffen. Sergej und sie unterhielten sich gerade mit einem Russen, als ein dunkelhaariger Mann mit slawischen Gesichtszügen durch die Menge auf sie zukam.

»Sergej!«

Er trug im Gegensatz zu den anderen zivile Kleidung, einen dunklen Anzug, und umarmte Sergej. Die anderen Russen nickten ihm respektvoll zu.

Alice versteifte sich etwas. Sie kannte den Mann. Sie war ihm vor drei Jahren das erste Mal in Berlin wiederbegegnet, denn er war ein enger Freund Sergejs und hatte sie sogar einmal mit ihm zusammen im Heim besucht. Als Sergej sie einander vorgestellt hatte, hatten sie beide so getan, als würden sie sich nicht kennen. Doch sie hatte nicht vergessen, dass er der Mann war, der sie dazu gebracht hatte, auf ihrem Krankenbett Deutsch zu sprechen.

»Alice!« Er küsste sie auf die Wange, und sie lächelte, weil sie wusste, dass er das von ihr erwartete.

»Guten Abend, Genosse Grigorjew«, begrüßte sie ihn höflich.

»Die kleine Alice. Wie geht es dir?«

»Sehr gut, danke! Ich habe noch nie etwas so Wundervolles wie dieses Ballett gesehen«, fügte sie hinzu und bemerkte, dass Sergej den Freund musterte, während er mit ihr sprach.

Sie war froh, als der Gong das Ende der Pause ankündigte und ihre Unterhaltung beendete.

»Nun, einen schönen Abend noch. Wir sehen uns bestimmt bald«, sagte er und nickte Sergej zu.

Gebannt verfolgte sie auch den zweiten Teil der Vorführung und hatte Tränen in den Augen, als die beiden Liebenden am Ende auf dramatische Weise starben.

»Das war das Schönste, was ich je gesehen habe«, sagte sie ehrfürchtig, als sie sich auf der Rückfahrt zum Hotel befanden.

Sergej lächelte. »Das erste Mal eine Ballettaufführung zu sehen ist immer etwas Besonderes, aber glaub mir, das Bolschoi wird auch bei anderen Aufführungen nichts von seinem Zauber verlieren.«

»Genosse Grigorjew ist ein guter Freund von dir, oder?«, fragte sie, denn der Abend hatte eine ungewöhnlich vertraute Atmosphäre entstehen lassen.

Zögernd schaute er sie an. »Ja, Markov Grigorjew und ich – wir kennen uns schon, seit wir Jungen waren, und haben im Krieg zusammen gekämpft.«

Plötzlich konnte sie sich nicht zurückhalten und musste ihn fragen. »War er der Grund, warum ich in der Nähe von Königsberg ins Heim gekommen bin?«

Einen Augenblick schwieg Sergej. Schließlich schaute er sie an. »Es war richtig so, Alice. Du hättest ohnehin nicht bei mir bleiben können. Nicht nur, weil wir uns noch im Krieg befunden haben und ich Soldat bin, sondern auch weil du ein deutsches Mädchen bist. Die Zeiten damals hätten es nicht erlaubt … Genosse Grigorjew hat sich sehr großzügig verhalten. Ich hätte damals große Schwierigkeiten bekommen können, wenn er es gewollt hätte.«

Alice dachte über seine Worte nach. Sergej hatte ihr erst viel später erzählt, dass er sie, um sie nicht in Gefahr zu bringen, als Tochter einer verstorbenen russischen Zwangsarbeiterin ausgegeben hatte, die nach dem Tod ihrer Mutter unter Schock gestanden hätte. Die Tatsache, dass sie deutsch war, hatte für sie beide eine Bedrohung dargestellt. Vermutlich hatte Grigorjew nur seine Pflicht erfüllt. Dennoch fand Alice, dass dieser Mann etwas Unangenehmes an sich hatte, und sie hatte auch deutlich gespürt, wie angespannt Sergej im Admiralspalast in seiner Gegenwart gewesen war.

»Warum trägt Genosse Grigorjew eigentlich nie eine Uniform wie die anderen Offiziere?«

Überrascht über ihre Frage, blickte er sie an. »Genosse Grigorjew ist nicht mehr beim Militär. Er arbeitet inzwischen für die Regierung.«

# TEIL 3

# GETRENNTE LEBEN

# EMMA

## 20

*West-Berlin, fünf Jahre später, 1955*

IN DEM GROSSEN RAUM WAREN nur wenige Menschen. Sie saß
hochkonzentriert am Tisch und dolmetschte mit geringer Zeitverzögerung, was der Sprecher auf Englisch sagte. Es war ein fikti-
ves politisches Gespräch, in dessen Fokus internationale Beziehungen standen. Wort für Wort sprach sie in ihr Mikro die
deutsche Übersetzung und versuchte nicht nervös zu werden,
wenn sie zu den Prüfern blickte, die sich unentwegt Notizen
machten. Die Herausforderung beim Dolmetschen lag nicht allein
im sprachlichen, sondern auch im inhaltlichen Verständnis und
vor allem in der Konzentration. Während man noch dabei war,
den einen Teil des Satzes zu übersetzen, musste man bereits darauf hören, was im weiteren Verlauf des Textes gesagt wurde, und
auch die Gesamtaussage im Kopf behalten. Gleichzeitig durfte
die eigene Stimme keinerlei Hektik oder zu große emotionale
Beteiligung zeigen.

Emma merkte, wie der englische Sprecher den letzten Satz
sagte, und kam kurz darauf selbst zum Ende.

Für einen Moment war es still im Raum. »Danke sehr, Fräulein Lichtenberg. Wenn Sie einen Augenblick draußen warten
würden, wir rufen Sie gleich wieder herein.«

Emma nickte. Als sie draußen im Flur auf der Holzbank Platz
nahm, spürte sie, dass ihre Hände vor Aufregung feucht waren.
Der Flur war gefüllt mit Prüflingen, der überwiegende Teil waren junge Männer, es gab neben ihr nur einige wenige Frauen.

Sie alle warteten mit angespannten Mienen darauf, an die Reihe zu kommen.

Heute fand eine der wichtigen Zwischenprüfungen statt. Französisch hatte Emma bereits gestern bestanden, und Englisch war eigentlich ihre stärkste Sprache, trotzdem war sie unruhig. Zu viel hing davon ab. Sie hatte als dritte Sprache noch Russisch, doch darin würde sie nur eine schriftliche Übersetzung anfertigen müssen. Ihre Sprachkenntnisse reichten zum Dolmetschen noch nicht aus. Es war leider schwierig, Russisch zu praktizieren. Sie nahm bei einer ausgewanderten Russin regelmäßig Unterricht, aber sie konnte nun mal nicht in die Sowjetunion reisen. In Frankreich und England hatte sie dagegen in den letzten beiden Jahren während der Ferien mehrere Monate lang gearbeitet, um ihre Sprachpraxis zu verbessern.

Ihrer Mutter hatte sie immer noch nicht erzählt, dass sie Russisch lernte. Sie würde es nicht verstehen. Emma unterdrückte ein Seufzen, als sie sich voller Unbehagen daran erinnerte, wie ihre Mutter einige Wochen nach ihrem sechzehnten Geburtstag die Russischbücher unter ihrer Matratze gefunden hatte. Emma hatte sich die Bücher kurz nach der Begegnung mit dem Russen gekauft, von dem sie glaubte, dass er sie mit Alice verwechselt haben könnte. Hätte sie damals nur etwas Russisch sprechen oder den Mann zumindest verstehen können, ihre Begegnung wäre sicher ganz anders verlaufen. Dieser Gedanke wurde regelrecht zu einer fixen Idee, bis sie schließlich heimlich die Russischbücher in Ost-Berlin erstanden hatte.

Ihre Mutter war außer sich gewesen, als sie sie dann entdeckt hatte. Selten hatte Emma sie so fassungslos und wütend erlebt.

»Wie kannst du nur ein Wort davon lernen! Das ist die Sprache der Mörder deines Vaters und deiner Schwester«, schrie sie, obwohl sie sonst nie die Stimme erhob. Ihr Körper bebte, so aufgebracht war sie. »Keinen einzigen Laut wirst du davon sprechen, hast du verstanden!«

Emma brachte keinen Ton hervor und sah wie erstarrt zu, wie sie die Bücher in den Ofen warf, um sie darin zu verbrennen.

Doch sie hatte gewusst, dass sie trotzdem Russisch lernen musste. Einige Zeit war vergangen, bevor sie sich die Bücher erneut in Ost-Berlin gekauft hatte und fortan bei Max versteckt hielt.

»Fräulein Lichtenberg?«

»Ja?«

Einer der Prüfer war auf der Türschwelle erschienen und bedeutete ihr, ihm zurück in den Raum zu folgen.

Die Gesichter an dem langen Tisch vor ihr waren ausdruckslos, und obwohl Emma nicht bewusst war, dass sie irgendeinen Fehler gemacht hatte, war sie sich plötzlich nicht sicher, ob sie bestanden hatte.

Herr Dr. Karlsdorf, ein grauhaariger Mann in den Sechzigern, räusperte sich.

»Fräulein Lichtenberg, wir möchten Ihnen Ihre Prüfungsergebnisse mitteilen.«

Emma hielt den Atem an.

»Sie haben bestanden, und zwar mit Auszeichnung.«

»Wirklich?«, entfuhr es ihr voller Freude.

Dr. Karlsdorf schmunzelte. »Ja.«

Überglücklich verließ sie wenig später das Gebäude und stieg auf ihr Fahrrad. Auch wenn ihre Mutter anfangs nicht gerade begeistert von ihrer Berufswahl gewesen war – sie würde sich freuen und insgeheim bestimmt stolz auf sie sein. Noch ein Jahr bis zu den Abschlussprüfungen, dann konnte sie endlich auch etwas zum Einkommen beitragen. Emma trat kräftiger in die Pedale. Es war Samstag, und ihre Mutter musste heute nicht arbeiten. Sie konnten irgendetwas unternehmen und zur Feier des Tages vielleicht einen Kaffee im *Kranzler* trinken gehen.

Mit einem Lächeln auf dem Gesicht bog sie in die Straße ein, in der sie wohnte.

Max stand vor dem Haus. Nervös rauchte er eine Zigarette und wirkte, als würde er bereits nach ihr Ausschau halten.

Sie sprang vom Fahrrad und stürzte auf ihn zu. »Ich habe Englisch mit Auszeichnung bestanden!«

Sie wollte ihn mit sich reißen, um sich ausgelassen mit ihm im Kreis zu drehen, als er sie festhielt und daran hinderte.

»Emma!« Seine Stimme war unerwartet ernst. Sie konnte sich nicht erinnern, wann er sie das letzte Mal bei ihrem vollen Namen und nicht bei seiner selbst gewählten Abkürzung genannt hatte.

»Was ist?«, fragte sie beunruhigt.

»Deine Mutter – sie ist zusammengebrochen und ins Krankenhaus gekommen!«

## 21

SIE LAG IN DEM KRANKENBETT – so klein und zerbrechlich. Ihr Gesicht war leichenblass, und ihr Brustkorb hob und senkte sich, als würde selbst das Atmen eine Anstrengung für sie sein.

Ein Schlauch führte von ihrem Arm zu einem Tropf und ein weiterer zu einem Apparat, der leise piepte.

Emma bemühte sich verzweifelt, die Tränen zu unterdrücken, die in ihr hochstiegen. Wie hatte sie nicht mitbekommen können, dass es ihr so schlecht ging? Leise nahm sie sich einen Stuhl und setzte sich zu ihr ans Bett.

Der Arzt, ein weißhaariger Doktor im Kittel, hatte ihr erklärt, dass sie Probleme mit dem Herzen habe. Durch die Anstrengungen ihrer kranken Lunge sei es zu sehr beansprucht worden. »Aber sie wird wieder gesund werden, oder?«, hatte Emma ihn voller Furcht gefragt und sehr wohl gemerkt, dass er einen Augenblick gezögert hatte, bevor er ihr geantwortet hatte. Mitfühlend hatte er sie angeschaut. »Sicher, aber sie muss sich schonen und Rücksicht auf ihren Zustand nehmen.«

Als hätte sie das jemals gekonnt.

Die Augenlider ihrer Mutter flatterten, als würde sie ihre Gegenwart spüren. »Emma?«, stieß sie leise hervor.

Sie griff ihre Hand. »Ja, ich bin es. Du musst nicht sprechen. Du darfst dich nicht anstrengen.«

»Ach, Kind. Es tut mir leid«, sagte sie mit müder Stimme.

»Du wirst wieder gesund, Mutti.«

Sie wirkte nicht so, als würde sie ihr glauben, doch sie nickte und schloss für einen Moment erneut erschöpft die Augen. »Deine Prüfung? Wie war sie?«, murmelte sie.

Emma beugte sich zu ihr. »Ich habe bestanden. Mit Auszeichnung.«

»Ich bin stolz auf dich. Sehr stolz! Habe ich dir das je gesagt?« Ihr Brustkorb hob und senkte sich wieder.

»Nicht, Mutti. Du sollst dich nicht anstrengen und sprechen«, flüsterte sie erneut und versuchte das schreckliche Gefühl der Angst zu verdrängen, das sie erfasste, während sie ihre bleiche, erschöpfte Gestalt betrachtete. Seit Jahren lebte sie in Sorge um sie.

Sie strich ihrer Mutter weiter sanft über die Hand, deren raue, schwielige Haut wie ein Spiegel ihres Lebens schien. Immer hatte sie hart gearbeitet – früher auf dem Hof in Ostpreußen und später im Kiosk, aber sie hatte sich nie beklagt. An zwei ihrer Finger zeigten sich dunkle Stellen, die von den Erfrierungen stammten, die sie von der Flucht davongetragen hatte.

Emma nahm wahr, wie der Atem ihrer Mutter langsam regelmäßiger wurde, ihre müden Züge sich ein wenig entspannten und sie einschlief. Eine ganze Weile blieb sie an ihrem Bett sitzen und wachte über ihren Schlaf. Erst als eine Krankenschwester ins Zimmer kam und ihr bedeutete, dass das Ende der Besuchszeit gekommen sei, verließ sie das Zimmer.

Max stand im Flur des Krankenhauses und wartete auf sie.

»Wie geht es ihr?«

»Nicht gut.« Sie spürte, wie ihr die Tränen, die sie so lange zurückgehalten hatte, nun doch in die Augen traten.

Er legte den Arm um sie. »Sie wird bestimmt wieder gesund werden, Ems.«

Sie wischte sich übers Gesicht. »Das hoffe ich, aber sie sieht so blass und schwach aus, Max … Es ist anders dieses Mal. Der Arzt sagt, es sei ihr Herz, es ist überanstrengt«, erzählte sie, während sie das Krankenhaus verließen.

»Sie hat sich schon lange zu viel zugemutet.«

Emma nickte unglücklich. »Ja, und das ist alles meine Schuld. Hätte ich nach der Schule angefangen zu arbeiten und nicht diese Dolmetscherausbildung begonnen, hätte ich sie unterstützen können.«

Max blieb stehen. »Du weißt, dass sie das niemals gewollt hätte!«

Emma schwieg. Nach anfänglichen Vorbehalten hatte ihre Mutter sie bestärkt, die Ausbildung zu machen. Major Carter hatte einmal mitbekommen, wie sie versucht hatte, Emma zu Beginn ihre Berufswahl auszureden. Daraufhin hatte er ihre Mutter zu einer Tasse Kaffee eingeladen und ein langes Gespräch mit ihr geführt. Emma hatte nie ganz herausbekommen, mit welchen Argumenten er ihre Mutter überzeugt hatte, aber ihre Einstellung war danach eine andere gewesen. »Vielleicht hast du wirklich diese Begabung, und wenn ich mein eigenes Leben sehe, ist es auch nur richtig, dass du mit einem Beruf auf eigenen Beinen stehen kannst«, hatte sie gesagt und sie fortan immer unterstützt.

»Am Ende ist es jetzt auch egal«, sagte Emma niedergeschlagen. »Ich kann die Ausbildung nicht beenden. Wovon sollen wir denn leben? Selbst wenn es Mutti besser geht, sie kann unmöglich wieder jeden Tag im Kiosk stehen.« Ihr wurde bewusst, wie bedeutungslos es mit einem Mal war, dass sie ihre Prüfung mit Auszeichnung bestanden hatte.

»Aber du hast doch nur noch ein Jahr vor dir. Und danach wirst du umso besser verdienen. Irgendeine Lösung wird sich bis dahin schon finden, Ems«, entgegnete Max.

Sie wünschte, er hätte recht. Ihre Mutter hatte den Kiosk vor vier Jahren gepachtet. Ihr Verdienst hatte sich dadurch etwas verbessert, aber nur wenn sie selbst den Verkauf im Zeitungsladen machte. Würde man jemanden anstellen, bliebe nicht mehr ausreichend Geld zum Leben für sie beide übrig. Ein wenig hatte ihre Mutter gespart, aber das reichte wahrscheinlich höchstens für zwei, drei Monate. Sie könnte den Samstag, Sonntag und einen Nachmittag im Kiosk übernehmen, überlegte Emma. Dann würde sie weiter zum Unterricht gehen können. Und wenn sie zusätzlich einige Übersetzungen übernahm – Major Carter hatte ihr das schon ein-, zweimal angeboten – und sie sich einschränkten, könnten sie es schaffen. Freie Zeit hätte sie dann zwar kaum noch, aber ein Jahr lang würde sie das durchhalten. Sie merkte, wie sie bei der Vorstellung, ihre Dolmetscherausbildung doch noch zu beenden, wieder etwas Hoffnung schöpfte. Das Wichtigste war, dass es ihrer Mutter erst einmal besser ging. Sie merkte, wie sie erneut tiefe Angst verspürte, als sie sich an ihren Anblick im Krankenhausbett erinnerte.

»Willst du zum Abendessen nicht mit zu uns kommen?«, fragte Max.

Ein zweifelnder Ausdruck glitt über Emmas Gesicht.

»Und was wird Dorothea dazu sagen?« Max, der inzwischen Jura studierte, wohnte genau wie sie noch zu Hause, und Emma war immer ein gern gesehener Gast bei seinen Eltern. Seine Freundin Dorothea, eine Tänzerin, war dagegen weniger begeistert von ihren Besuchen. Sie reagierte auf jedes Treffen von Max und ihr mit eifersüchtigen Szenen.

Er fuhr sich mit der Hand durchs Haar. »Ach, es läuft zurzeit ohnehin nicht so gut zwischen uns.«

»Wirklich? Das tut mir leid.« Emma blickte ihn erstaunt an,

obwohl sie seine Aussage nicht überraschen sollte. Max' Beziehungen hielten nie besonders lange. Genauso schnell, wie er für eine Frau entflammte, kühlte seine Begeisterung auch wieder ab. Er hatte ohnehin wenig Zeit. Neben seinem Studium engagierte er sich immer noch für die *Kampftruppe*, diesen antikommunistischen Verband, und arbeitete außerdem im Notaufnahmelager. Angesichts dessen war er mit Dorothea schon überdurchschnittlich lange zusammen. Emma, die schon öfters Zeuge von ihren temperamentvollen Ausbrüchen geworden war, wollte sich lieber nicht vorstellen, wie diese reagieren würde, sollte Max die Beziehung mit ihr beenden.

Sie unterdrückte ein Seufzen. Nun, zumindest mit solchen Schwierigkeiten musste sie sich nicht mehr herumschlagen. Emma hatte sich gerade von ihrem Freund und Fast-Verlobten getrennt. Edgar, der an und für sich nett und charmant gewesen war, hatte ihr vor zwei Monaten einen Antrag gemacht. Dabei hatte er gleichzeitig klargestellt, dass sie ihre Ausbildung nicht zu beenden brauche. Ihre Berufswahl habe ihm von Anfang an nicht besonders gefallen, und wenn sie erst verheiratet wären, würde sie ohnehin nicht mehr arbeiten müssen, sondern sich um Haushalt und Kinder kümmern, hatte Edgar ihr ein wenig von oben herab erklärt. Sie hatte ihn ungläubig angeblickt, und ihr war klar geworden, dass er nicht im Geringsten begriff, wie viel ihr die Ausbildung bedeutete. Sie hatte sich gefragt, ob er sie überhaupt kannte, und plötzlich war ihr aufgefallen, dass Edgar zwar immer charmant und höflich gewesen war, die meiste Zeit aber nur von sich gesprochen hatte. Sie hatte seinen Antrag schließlich abgelehnt, und er schien über ihre Trennung am Ende nicht einmal besonders unglücklich gewesen zu sein.

»Danke. Ich komme gern mit«, sagte Emma zu Max.

Max und sie hatten die Straße erreicht, in der sie wohnten.

Es war ein warmer Sommertag und schon fast sechs Uhr.

Die Sonne schien und das üppige Grün der jungen Kastanienbäume warf lange Schatten auf die Straße.

Ein schwarzes Auto fuhr an ihnen vorbei, und Emma stutzte
für einen Augenblick.

»Das ist seltsam«, sagte sie zu Max und runzelte die Stirn.
»Diesen Wagen habe ich hier schon ein paarmal gesehen. Manchmal parkt er auch an der Ecke. Der Mann sitzt einfach nur in
dem Fahrzeug, aber er steigt nie aus.«

Max drehte sich um und blickte dem Auto hinterher. Dann
zuckte er die Achseln. »Vielleicht ist es ein Zivilpolizist, der jemanden beschattet?«

»Aber wen denn?«

»Keine Ahnung!?« Max schien der Sache keine besondere Bedeutung beizumessen.

Nachdenklich betrat Emma hinter ihm den Hausflur und stieg
die Treppe hoch. Wahrscheinlich hatte Max recht. Sie wusste
selbst nicht, warum ihr der Wagen überhaupt aufgefallen war
und sie ein beunruhigendes Gefühl verspürte.

# MAX

## 22

*Zwei Wochen später*

DIE SCHLANGEN WAREN WIE IMMER lang. Kopf an Kopf reihten sich die Menschen auf dem Vorplatz des Notaufnahmelagers Marienfelde. Max hatte eine kurze Pause genommen und zog an seiner Zigarette, während er durch das geöffnete Fenster nach unten blickte. Männer, Frauen und Kinder standen dort und harrten aus, die meisten ungewöhnlich geduldig. Viele wirkten, als wären sie nur für einen kurzen Besuch nach West-Berlin gekommen. Sie hatten kaum etwas dabei – eine Hand- oder Aktentasche, manchmal einen Kinderwagen, in dem sie einige persönliche Sachen mitgenommen hatten, denn es galt vor allem, bei den Kontrollen nicht aufzufallen. Seit letztem Jahr stand jeder Fluchtversuch aus der DDR unter Strafe.

Sein Blick wanderte über die Gesichter, von denen manche unsicher und ängstlich aussahen, andere entschlossen und viele müde, als würde die Anspannung, jetzt, da sie hier waren, mit einem Mal von ihnen abfallen.

Er arbeitete neben seinem Studium an zwei bis drei Nachmittagen in Marienfelde. Sein Vater hatte ihm von der Stelle erzählt. Meistens wurde Max dort eingesetzt, wo Not am Mann war, bei der Fürsorge, wo Essen und Decken verteilt wurden, bei der Anmeldung oder draußen bei der Zuteilung der Busse.

Jeden Monat flohen Tausende über die offene Sektorengrenze nach West-Berlin. Der einzige Weg, der noch in die Freiheit führt, dachte Max, während er den Rauch der Zigarette ausstieß.

Ein nachdenklicher Ausdruck lag auf seinem Gesicht. Schon bevor er angefangen hatte, sich bei der KgU, der *Kampftruppe gegen Unmenschlichkeit*, zu engagieren, war ihm klar gewesen, welches Unrechtssystem in Ostdeutschland herrschte und weiter ausgebaut wurde. Sein Vater hatte anfangs nicht verstehen können, warum er ein solcher Feind der Kommunisten war. Max hatte ihn aufgebracht angeblickt. »Das, was sie in der Sowjetunion und der DDR machen, ist auch nicht besser als damals im Dritten Reich – der Terror in den Lagern, die Zensur, die Alleinherrschaft der Partei, dass sie dir jede Freiheit nehmen – und du hast doch selbst immer gesagt, es wäre alles anders gekommen, wenn von Anfang an mehr Menschen unter Hitler aufbegehrt hätten«, hatte er erklärt, und sein Vater hatte danach etwas Verständnis für seine Haltung gezeigt.

Tatsächlich wurde die Lage immer ernster. Die innerdeutsche Grenze war inzwischen seit drei Jahren geschlossen, einschließlich einer fünf Kilometer breiten Sperrzone. Damals hatte man auch die Telefonleitungen zwischen West- und Ost-Berlin gekappt, und zahlreiche Straßen waren gesperrt worden. Ihr wahres Gesicht hatten die Machthaber der DDR aber vor zwei Jahren gezeigt, als die Demonstrationen von einer Million Menschen brutal niedergeschlagen wurden. Von Ost-Berlin ausgehend, hatten sich die Proteste schnell im ganzen Land ausgebreitet. Max würde die Bilder nie vergessen. Er hatte nicht nur die Fotos in der Zeitung und die Berichte der *Wochenschau* im Kino gesehen, sondern war selbst zum Brandenburger Tor gelaufen. Von dem Dach einer Ruine in der Nähe aus hatte er die Panzer der Sowjets auf dem Potsdamer Platz erblickt – und die Menschen, die schreiend und voller Angst davongelaufen waren … Es waren furchtbare Szenen gewesen, die sich für immer in sein Gedächtnis eingebrannt hatten. Hundertzwanzig Tote, Hunderte Verletzte und zehntausend Verhaftete hatte es in der Folge jener Junitage 1953 gegeben. Auf dem Dach der Ruine hatte er damals auch Kai getroffen, der nach den Ereignissen ebenfalls angefangen hatte, sich für die KgU zu engagieren. Außerdem arbeitete Kai inzwischen wie er im Notaufnahmelager.

Er nahm einen letzten Zug von seiner Zigarette, als die Tür aufging. Bruno, einer der leitenden Mitarbeiter, steckte seinen Kopf in den Pausenraum. »Kannst du gleich mal nach unten zur Anmeldung gehen, Max? Da fehlt es an Schreibgeräten, und ein paar Leute brauchen Hilfe beim Ausfüllen.«

Max nickte und drückte seine Zigarette aus. Die Formulare waren eigentlich nicht schwierig auszufüllen – lediglich der Name, Geburt und einige persönliche Daten mussten angegeben werden –, doch manche Flüchtlinge bekamen plötzlich Angst, etwas falsch zu machen, und waren wie blockiert. Oft bedurfte es vor allem psychologischer Unterstützung.

»Bin schon auf dem Weg.«

Die Menschen, die aus dem Osten hier ankamen, durchliefen ein langes Verfahren. Nach der Aufnahme schickte man sie zunächst zum ärztlichen Dienst, weiter zu den Alliierten Sichtungsstellen, wo sie befragt wurden, dann zur Zuständigkeitsstelle und zum Fürsorgerischen Dienst des Senats, der sich um die Versorgung und Unterkunft kümmerte, und schließlich zur polizeilichen Anmeldung. Erst nachdem sie überall vorstellig geworden waren, konnte eine Aufenthaltserlaubnis beantragt werden, deren Erteilung von weiteren Prüfungen und Befragungen abhängig war.

Max stieg die Treppe hinab. Im Flur drängten sich überall Menschen. Er schlängelte sich an ihnen vorbei. Über Lautsprecher wurde eine Reihe von Personen aufgerufen, die sich zum Bus begeben sollten, der sie zum Flughafen bringen würde. Max bemerkte, wie ein Ehepaar mit einem kleinen Kind aufsprang und lächelte. Sie hatten es geschafft – in der Bundesrepublik würde für sie ein neues Leben beginnen.

Er betrat einen großen Raum, in dem Männer und Frauen Schlange standen. Von hier aus gelangte man in den Bereich der

Neuaufnahme, wo an mehreren, durch Vorhänge abgetrennten Tischen die Formulare ausgefüllt wurden.

Mit geübtem Blick entdeckte er an einem der Tische sofort eine Frau, die wie versteinert auf das Papier vor sich starrte, ohne ein einziges Wort zu schreiben. Er ging zu ihr.

»Kann ich Ihnen vielleicht helfen? Ich bin ein Mitarbeiter des Notaufnahmelagers«, erklärte er freundlich.

Sie blickte ihn Hilfe suchend an. »Ich weiß nicht, was ich machen soll … Ich habe vorher darüber nicht nachgedacht, aber wenn ich diesen Antrag stelle und die Behörden drüben erfahren davon? Ich habe noch einen Bruder in Leipzig.«

Max wurde nicht zum ersten Mal damit konfrontiert, dass jemand Angst hatte, zurückgebliebene Angehörige oder Freunde würden wegen der Flucht in Schwierigkeiten geraten. Zumal man nie ausschließen konnte, dass mit dem Strom der Flüchtlinge auch Spitzel oder Agenten aus der DDR eingeschleust wurden. Es war einer der Gründe, warum es die vielen Befragungen gab. Angehörige der Geheimdienste waren in Marienfelde genauso vor Ort wie Mitarbeiter der KgU, und alle wurden angehalten, stets Augen und Ohren offen zu halten.

»Alles, was Sie aufschreiben, wird streng vertraulich behandelt«, sagte Max in beruhigendem Ton. »Sie sollten allerdings niemandem, den Sie nicht kennen, Persönliches erzählen.« Er deutete auf ein Schild an der Wand, wo groß gedruckt stand:

*Fotografieren verboten! Vorsicht bei Gesprächen!*
*Vorsicht bei Einladungen!*

Als Vorsichtsmaßnahme wurden auch die Eingänge des Lagers bewacht, und das Gelände war umzäunt, damit keine Unbefugten eindringen konnten.

Die Frau nickte zaghaft. Ihre Finger umklammerten den Stift. »Mein Bruder weiß nicht einmal, dass ich rübergegangen bin.« Schuldgefühle standen ihr ins Gesicht geschrieben.

»Das ist richtig gewesen und das Beste, was Sie tun konnten«, sagte Max ernst. »Sobald Ihr Antrag angenommen wurde, schreiben Sie Ihrem Bruder einen Brief und entschuldigen sich dafür. Das wird ihn bei den Behörden in der DDR entlasten.«

Sie zögerte. Erleichtert beobachtete er, wie sie dann jedoch zu schreiben anfing.

Gut eine Stunde blieb er im Anmelderaum, half dem einen oder anderen beim Ausfüllen, verteilte Stifte und beantwortete Fragen, bis sein Dienst schließlich zu Ende war.

Als er zurück in den Pausenraum kam, um seine Jacke und Aktentasche zu holen, begegnete er Kai. Er war heute für die Abendschicht eingeteilt.

»Na, wie geht's?«, fragte Max und boxte ihn freundschaftlich in die Seite. Zu seiner Überraschung zuckte Kai zusammen. Als er ihm das Gesicht zudrehte, erkannte Max, warum. Ein blauroter Striemen verlief von seinem Hals bis unter den Kragen seines Hemds. Max wusste, was das bedeutete. »Verdammt, war das wieder dein Alter?«, entfuhr es ihm. »In zwei Monaten bist du einundzwanzig. Wie lange willst du dir das noch gefallen lassen?«

In den letzten Jahren hatte er mitbekommen, dass Kais Vater seinen Sohn alle paar Monate wieder mit dem Gürtel verdrosch. Es war ihm unbegreiflich. Sein eigener Vater hatte nicht ein einziges Mal in seinem Leben die Hand gegen ihn erhoben.

Kai fuhr sich durchs Haar. »Ginge es nur um mich, wäre ich schon längst weg, aber wenn ich nicht da bin, lässt er seine Wut an meinem kleinen Bruder aus«, erwiderte er. Er hängte seine Jacke weg und band sich ein Tuch um den Hals, damit man den Striemen nicht sah. »So schlimm ist es nicht«, behauptete Kai, als er Max' Blick bemerkte, der noch immer auf seinen Hals geheftet war.

»Was für ein Problem hat dein Vater eigentlich?«

Kai zuckte die Achseln. »Er behauptet, dass es uns allen in der Familie an Zucht und Ordnung mangele, weil er in den entscheidenden Jahren nicht zu Hause gewesen sei. Früher dachte ich, es hätte damit zu tun, dass er arbeitslos war, aber daran kann's nicht liegen – inzwischen hat er ja die Stelle bei der Kripo«, fügte er mit bitterer Miene hinzu. Er schloss den Garderobenschrank ab. »Ich weiß, er ist mein Vater, aber manchmal wünschte ich, er wäre irgendwo in Russland verreckt«, sagte er leise.

Max schwieg, bevor er ihm die Hand auf die Schulter legte.

»Wenn du willst, kannst du heute bei uns schlafen.«

»Danke«, sagte Kai, und er hörte die Erleichterung in seiner Stimme.

Als Max wenig später auf dem Weg nach Hause war, ging ihm durch den Kopf, wie sehr sich ihr Verhältnis verändert hatte – Kai war inzwischen ein Freund. Emma zog sie beide manchmal damit auf, dass sie sich früher miteinander geprügelt hatten und sich nun gemeinsam bei der KgU engagierten. Er fragte sich unwillkürlich, wie es ihr wohl ging. Max machte sich Sorgen um sie, denn er hatte sie selten so niedergeschlagen erlebt. Zwei Wochen waren vergangen, seitdem ihre Mutter ins Krankenhaus gekommen war. Vermutlich würde Frau Lichtenberg bald entlassen werden, doch es war jetzt schon absehbar, dass sie zu krank war, um wieder voll arbeiten zu können. Zu seiner Erleichterung war Emma inzwischen entschlossen, ihr letztes Ausbildungsjahr trotzdem zu beenden.

# EMMA

## 23

SIE HATTE SO VIEL ZU tun, dass sie kaum zum Nachdenken kam. Wenn sie nicht zu ihren Seminaren ging und lernte, arbeitete sie im Kiosk oder besuchte ihre Mutter. Es ging ihr besser, doch die Ärzte wollten sie zur Beobachtung noch eine weitere Woche im Krankenhaus behalten. Fast so sehr wie ihre angegriffene Gesundheit beunruhigte Emma inzwischen der seelische Zustand ihrer Mutter. Manchmal, wenn sie sie am späten Nachmittag besuchte, saß sie mit apathischer Miene wie eine Fremde im Bett und starrte auf die weiße Wand. Sobald sie ihrer gewahr wurde, zwang sie sich zu einem Lächeln, aber es war nicht echt.

»Es tut mir so leid, dass ich dir all diese Verantwortung aufbürde und zu nichts mehr nutze bin. Ich bin doch nur noch eine Last«, sagte sie bei einem ihrer Besuche niedergeschlagen.

Emma streichelte ihre raue Hand. »Ohne dich wären wir nicht hier. Du hast deine Gesundheit ruiniert, damit wir überleben und du mich durchbringen konntest. Es ist nur gerecht, wenn ich jetzt auch etwas für dich sorge, bis es dir besser geht.«

Rosa blickte sie an. »Du bist mein Kind, es ist natürlich, dass ich das getan habe ... Wenigstens bei dir habe ich nicht versagt«, setzte sie leise hinzu und starrte dabei erneut auf die Wand.

Im ersten Augenblick wusste Emma nicht, was sie sagen sollte. Beinah glaubte sie, sich verhört zu haben. In all den Jahren hatten sie nie über Alice sprechen können. Noch immer hatte sie lebhaft vor Augen, wie ihre Mutter den Brief vom Roten Kreuz zerrissen hatte, und nun ließen sie ihre Worte begreifen, dass ihre Mutter die ganze Zeit litt und Schuldgefühle verspürte, weil sie Alice nicht hatte retten können.

»Du hast doch nicht versagt! Was hätten wir denn tun sollen? Es gab keine Möglichkeit, zu Alice zu kommen. Die Russen hätten uns vorher umgebracht.«

»Ich hätte sie niemals dort allein zurücklassen dürfen. Emma. Sie war krank«, sagte ihre Mutter.

»Aber wären wir bei ihr geblieben, dann würden wir jetzt auch nicht mehr leben.«

Ihre Mutter schwieg. Schockiert bemerkte Emma, dass in ihren Augen tatsächlich Tränen schimmerten.

»Ihr wart meine beiden Kinder. Ich hätte alles dafür tun müssen, euch zu beschützen. Wären wir früher aufgebrochen, hätten wir vielleicht entkommen können.«

»Ach, Mutti!« Emma zog sie in ihre Arme. »Du konntest nichts dafür«, flüsterte sie und verspürte Gewissensbisse, weil sie oft überlegt hatte, noch einmal einen Suchauftrag nach ihrer Schwester aufzugeben. Doch das konnte sie nicht tun. Sie begriff plötzlich, wie wichtig es vor allem für ihre Mutter war, mit der Vergangenheit abzuschließen.

Sehr viel später, als sie sich mit Max traf, erzählte sie ihm von dem Gespräch. Er hatte sie vom Kiosk abgeholt, weil er in der Uni gewesen war, die nicht weit entfernt lag, und sie fuhren auf dem Fahrrad zusammen nach Hause.

Seine Eltern bestanden darauf, dass sie an den Abenden zu ihnen zum Abendbrot kam, solange ihre Mutter noch im Krankenhaus war.

»Ich hätte nie gedacht, dass Mutti so empfindet«, sagte Emma aufgewühlt. »Es kommt mir so vor, als würde sie mit einem Mal über alles nachdenken und grübeln, was sie immer verdrängt hat. Aber ich weiß nicht, ob das gut ist, Max.«

»Vielleicht braucht sie es, endlich darüber zu reden? Überleg mal, sie hat das die ganzen Jahre für sich behalten. Findest du es nicht auch manchmal seltsam, dass unsere Eltern nie darüber sprechen, was früher geschehen ist? Meine Mutter und mein Vater erwähnen nie mit nur einem einzigen Wort, was sie erlebt haben, bevor sie nach Amerika geflohen sind.«

Sie hatten die Straße erreicht, in der sie wohnten, und stiegen vor Max' Haus vom Fahrrad ab. Emma war gerade dabei, ihre Handtasche vom Gepäckträger zu nehmen, als sie in der Bewegung innehielt. Vor einem der Kastanienbäume am Straßenrand stand eine Männergestalt, die sie beide beobachtet hatte und nun auf sie zukam. Es war Kais Vater, erkannte sie – Werner Rittmeister. Emma hatte ihn schon bei ihrer ersten Begegnung nicht gemocht, aber seitdem Max ihr erzählt hatte, wie gewalttätig er sich Kai gegenüber verhielt, empfand sie nichts als Abscheu für ihn.

Er ignorierte sie und trat direkt auf Max zu. Sein Gesicht unter dem Hut zeigte wie immer nicht die geringste Emotion. Trotz der warmen Sommertemperaturen trug Rittmeister einen dünnen Mantel über seinem gut sitzenden Anzug. Es war offensichtlich, dass es ihm materiell inzwischen um einiges besser ging. Obwohl Max einen halben Kopf größer war als er, ging etwas Bedrohliches von Rittmeister aus, als er jetzt vor ihm stehen blieb.

»Halt dich von meinem Sohn fern!«, sagte er mit kalter Stimme.

Max zog die Brauen hoch, ohne dass er sich im Geringsten eingeschüchtert zu fühlen schien. Oder zumindest zeigte er es nicht. »Ich wüsste nicht, was Sie das angeht. Es ist Kais Entscheidung, mit wem er befreundet ist, nicht Ihre.«

»Befreundet?« Ein verächtlicher Ausdruck glitt über Rittmeisters Gesicht, und er trat einen weiteren Schritt auf Max zu. »Mit jemandem wie dir? Ich weiß, wer deine Eltern sind. Verrätern wie deinem Vater verdanken wir, dass unser Land untergegangen ist. Kommunistisches Pack, nicht besser als die dreckigen Juden.«

Emma blickte ihn ungläubig an und konnte gleichzeitig beobachten, wie Max' Gesicht bei seinen Worten starr wurde und er eine Haltung annahm, als wollte er auf Rittmeister losgehen.

»Glücklicherweise leben wir nicht mehr in Zeiten, in denen Leute wie Sie uns noch einschüchtern können. Beleidigen Sie mich oder meine Familie noch einmal, zeige ich Sie an«, stieß Max mühsam beherrscht hervor.

»Und ich werde bezeugen, was Sie gesagt haben«, mischte Emma sich ein.

Rittmeister musterte sie kurz wie ein lästiges Insekt, das seiner Aufmerksamkeit nicht wert war, bevor er sich wieder Max zuwandte. »Du weißt genau, dass ich dir und deinen Eltern das Leben zur Hölle machen kann. Also noch mal – halt dich von meinem Sohn fern!«, sagte er, bevor er sich umdrehte und wegging.

»Idiot«, murmelte Max.

Sie schauten ihm beide fassungslos hinterher.

## 24

BEIM ESSEN MIT MAX' ELTERN erwähnten sie die unangenehme Begegnung mit keinem Wort.

Es gab eine reichhaltige Suppe mit einer üppigen Fleischeinlage, Kartoffeln und Gemüse, und Emma wurde das Gefühl nicht los, dass Max' Mutter aus Angst, sie würde allein verhungern, so viel gekocht hatte.

Max' Eltern fragten sie, wie es ihrer Mutter gehe und wie sie allein zurechtkomme. Sie waren reizende Menschen. Emma erzählte ihnen, dass sie eine Verkäuferin gefunden habe, die einen Teil der Schichten im Kiosk übernehmen könne, sodass sie nur am Wochenende und einen Nachmittag arbeiten müsse.

Max' Vater legte den Löffel ab und rückte die Brille auf seiner Nase zurecht. »Wenn deine Mutter wieder zu Hause ist, werde ich regelmäßig nach ihr sehen«, schlug er vor, und Emma dankte ihm aufrichtig für das Angebot. Frau Weiß bestand darauf, dass sie etwas von der Suppe für den nächsten Tag mitnahm, und anschließend begleitete Max sie nach Hause.

Noch immer gingen Emma die Drohungen von Rittmeister nicht aus dem Kopf.

»Was meinte Kais Vater eigentlich damit, du wüsstest, dass er euch das Leben zur Hölle machen könnte?«, fragte sie ihn auf dem Weg zu ihrer Wohnung.

»Er ist jetzt bei der Kripo.«

Emma schaute ihn beunruhigt an. »Dann musst du wirklich vorsichtig sein. Jemandem wie ihm ist es zuzutrauen, dass er versucht, dir irgendetwas unterzuschieben.«

Max machte eine wegwerfende Handbewegung. »Was will er denn machen? Mich als Kommunisten diffamieren? Ich bin bei der KgU, einem antikommunistischen Verband! Und es gibt dort übrigens etliche Polizisten, die für uns arbeiten, auch in hohen Positionen.«

»Gerade weil du bei der Kampftruppe gegen Unmenschlichkeit bist, mache ich mir Sorgen«, widersprach Emma. Max erzählte nicht viel über die Arbeit dort, aber sie wusste, dass ihre Aktionen sich schon lange nicht mehr darauf beschränkten, Karteien über in die Sowjetunion verschleppte Deutsche zu führen oder Aufklärungsveranstaltungen über das Unrechtssystem der DDR abzuhalten. Der Verband hatte ein gut verzweigtes Netz von V-Leuten im Osten aufgebaut, betrieb Spionage und arbeitete mit den Geheimdiensten zusammen – die vermutlich ihre schützende Hand über ihn hielten. Außerdem verübte die KgU selbst Sabotageakte in der DDR, die auch militante Aktionen nicht ausschlossen. Alles mit dem Ziel, das System in Ostdeutschland zu schwächen, hatte ihr Max erklärt. Er gehörte nicht zu den festen Mitgliedern und war daher nicht in jede Aktivität eingeweiht, dennoch verstand Emma, dass ihr Tun sich nur allzu oft am Rande der Legalität bewegte. Wie ernst die KgU als feindlicher Gegner genommen wurde, war letztendlich auch daran zu erkennen, dass das Ministerium für Staatssicherheit in Ost-Berlin und mit ihm der KGB einen erbitterten Kampf gegen sie aufgenommen hatten. Vor einigen Jahren hatte es eine Verhaftungswelle gegeben, bei der zahlreiche V-Leute in der DDR festgenommen und zu langen Gefängnisstrafen verurteilt wurden. Einige waren sogar zum Tode verurteilt worden.

»Du musst dir keine Sorgen machen«, sagte Max, der ihr die Schüssel mit der Suppe abnahm, damit sie die Haustür aufschließen konnte.

»Ich weiß nicht …« Sie zögerte. »Denk mal an diesen Wagen mit dem Mann, der hier manchmal auftaucht«, sagte sie dann.

Max' Miene wurde ernst. »Vielleicht hat das wirklich mit mir zu tun. Obwohl ich eigentlich nicht wichtig genug bin als Mitglied. Wenn du das Auto noch einmal siehst, sag mir Bescheid oder versuch dir das Nummernschild zu merken. Vielleicht kann der Verband den Fahrzeughalter in Erfahrung bringen.«

Emma nickte. »Sei bloß vorsichtig«, sagte sie.

# ALICE

## 25

*Ost-Berlin, zwei Jahre später, Oktober 1957*

SIE WARF EINEN KURZEN BLICK aus dem Fenster ihres Büros. Wenn sie sich etwas reckte, konnte sie in der späten Nachmittagssonne die Spitze des Französischen Doms und die beschädigte Fassade des Schauspielhauses auf dem Platz der Akademie erkennen. Bernd, einer der Mitarbeiter aus der Bibliothek, hatte ihr letzte Woche zwei alte Fotos von dem Platz gezeigt, der damals noch Gendarmenmarkt geheißen hatte. Vor dem Krieg war es ein beeindruckender, schöner Ort gewesen.

Sie wandte sich wieder ihrer Arbeit zu und tippte den letzten Absatz auf der Optima-Schreibmaschine fertig, bevor sie das Blatt Papier aus der Maschine zog. Normalerweise teilte sie sich das Büro mit einer älteren Kollegin, doch Käthe war an einer Grippe erkrankt, und Alice genoss die ungewohnte Stille. Nach den Jahren im Heim kamen ihr Momente, in denen sie allein und nur für sich in einem Raum sein konnte, noch immer wie ein kostbares Geschenk vor.

Seit vier Wochen arbeitete sie nun für die *Deutsche Akademie der Wissenschaften*.

Sie hatte sich nach ihrem Schulabschluss entschlossen, zunächst eine Ausbildung als Facharbeiterin für Schreibtechnik zu absolvieren. Der Weg zum Studium stand ihr auch später noch offen, aber sie hatte das Bedürfnis verspürt, erst einmal auf eigenen Beinen zu stehen. Zu ihrer Überraschung hatte sie gemerkt, dass ihr die Berufstätigkeit gefiel. Es war ein befriedigendes

Gefühl, eine sinnvolle Aufgabe zu erledigen und dabei Teil einer Gemeinschaft zu sein. Sie hatte einige Zeit in einem wissenschaftlichen Institut in Berlin-Adlershof gearbeitet, bevor sie die Stelle hier in der *Deutschen Akademie der Wissenschaften zu Berlin* bekommen hatte.

Alice legte den fertig getippten Bericht in eine Mappe, da er unterschrieben und anschließend vervielfältigt werden musste, als die Tür geöffnet wurde. Bernd tauchte mit der Jacke in der Hand auf der Schwelle auf.

»Alice, hab ich mir doch gedacht, dass du noch hier bist und dich nicht von deiner Schreibmaschine losreißen kannst! Kommst du mit den Genossen Kollegen und mir auf ein Glas runter zur Spree?«, fragte er, wobei er das Wort *Genosse* wie immer ironisch betonte. »Danach fahren wir noch zu Rudi. Ist sein Geburtstag heute«, setzte Bernd hinzu und schenkte ihr ein gut gelauntes Lächeln. Seitdem sie hier zu arbeiten angefangen hatte, machte er keinen Hehl daraus, dass sie ihm gefiel. Sie musste zugeben, dass er nicht nur attraktiv, sondern auch charmant war, und sie mochte seine unkomplizierte, selbstbewusste Art. Bernd gehörte zu einer festen Gruppe von jüngeren Mitarbeitern, die zwischen Mitte zwanzig und Anfang dreißig waren und sich auch privat trafen. Sie arbeiteten in der Verwaltung, der Bibliothek und den Büros der Akademiemitglieder. »Also dort, wo die echte Arbeit getan wird. Wir sorgen dafür, dass der Betrieb hier am Laufen bleibt«, hatte Bernd ihr mit einem Augenzwinkern an ihrem ersten Tag erklärt und damit deutlich ihre Abgrenzung zum Führungskader des Präsidenten und der Akademiemitglieder unterstrichen.

Anfangs hatte Alice gezögert, als die Kollegen sie aufgefordert hatten mitzukommen, aber inzwischen genoss sie die Gesellschaft. Sie musste daran denken, was Sergej bei einem ihrer Gespräche gesagt hatte: »Es ist wichtig, dass du die Menschen kennenlernst und Verbindungen mit ihnen eingehst. Am Ende sind wir alle eine Gemeinschaft, Alice.« Er freute sich, dass sie die Stelle in der Akademie bekommen hatte.

»Ich komme gern mit, aber ich habe nicht mal ein Geschenk für Rudi«, sagte sie zu Bernd.

»Mach dir keine Gedanken, das ist kein Problem.« Wie er ihr erzählte, hatten die anderen schon etwas besorgt: Handschuhe für Rudi, der in Treptow wohnte, damit er auch bei kälteren Temperaturen auf seinem in die Jahre gekommenen Motorrad fahren konnte – und eine Flasche echten schottischen Whisky.

»Wo habt ihr die denn bekommen?«, fragte sie mit hochgezogenen Brauen, während sie die Staubhülle über die Optima zog.

Bernd grinste. »Na, wo wohl, Fräulein Genossin? Aus dem Westen geschmuggelt, natürlich.«

Sie hob abwehrend die Arme. »Erzähl es mir lieber gar nicht!«

Er lachte. Es war eine der schwierigen Seiten des sozialistischen Systems, dass selbst die einfachsten Dinge nach wie vor Mangelware waren. Schlange stehen gehörte zum Alltag, und die Grundnahrungsmittel gab es noch immer nur auf Lebensmittelkarte. Wer es sich leisten konnte, fuhr deshalb ungeachtet der Verbote gelegentlich nach West-Berlin, um sich heimlich die Dinge zu besorgen, die man hier nicht bekam. Auch wenn es das Risiko barg, auf dem Rückweg bei den Kontrollen in den S-Bahnen gefilzt zu werden und die Schmuggelware wieder zu verlieren. Sie selbst war nur ein einziges Mal drüben in West-Berlin gewesen – das reichhaltige Angebot hatte sie zugleich überwältigt und entsetzt. Es würde einen harten Kampf für das sozialistische System bedeuten, sich dagegen zu behaupten.

Alice griff nach ihrer Jacke und Tasche.

Die anderen warteten draußen, und sobald Bernd und sie zu ihnen stießen, zog die Gruppe los. Die kleine Gastwirtschaft am Ufer der Spree war bereits seit einiger Zeit zu einem ihrer Treffpunkte nach Feierabend geworden. Sie ließen sich draußen auf den Bänken nieder. Die Sonne ging gerade unter, und die letzten Strahlen spiegelten sich in malerischer Weise auf der glatten Wasseroberfläche. Die Wirtin brachte ihnen auf ihre Bestellung hin Bier, Schnaps und selbst gepressten Apfelsaft, und sie wickelten sich in ihre Jacken und Schals ein, weil es mit der einbrechenden Dunkelheit kühl wurde. Einige Zeit saßen sie zusammen – tranken, rauchten und lachten, bis sie schließlich nach Treptow aufbrachen.

Bernd hatte den Arm um sie gelegt, als sie in die S-Bahn stiegen, und sie lehnte sich an ihn, weil sie eine plötzliche Sehnsucht nach Nähe erfasste. Seit dem Ende ihrer Schulzeit hatte Alice zwei feste Freunde gehabt, doch keine der Beziehungen hatte lange gehalten. Sie tat sich schwer damit, sich wirklich zu verlieben. Mit Bernd würde es ihr vermutlich nicht anders ergehen, aber sie mochte seine Gesellschaft und die Leichtigkeit, mit der er das Leben nahm – und für diesen Abend wollte sie einfach das Gefühl genießen, nicht allein zu sein.

Als sie aus der S-Bahn ausstiegen, zog er sie mit sich hinter einen Pfeiler, und sie küssten sich.

»Ich mag dich, Alice«, sagte er leise und lehnte die Stirn gegen ihre. Sie wollte ihm sagen, dass es ihr ähnlich ging, aber bevor sie dazu kam, ließen sie ein Pfeifen und Johlen auseinanderfahren.

Die anderen standen feixend auf der Treppe. Alice spürte eine leichte Röte in ihre Wangen steigen.

»Ihr seid ja nur neidisch«, rief Bernd, nahm ihre Hand, und lachend liefen sie der Gruppe hinterher.

# 26

In der Altbauwohnung drängten sich überall die Leute – in den vier hohen Zimmern genauso wie in der Küche.

Rudi Lehmann arbeitete in der Verwaltung, aber sein Vater war in einer hohen Position für das Zentralkomitee tätig, sodass die Familie Privilegien genoss, zu denen augenscheinlich auch diese Wohnung gehörte. Rudi teilte sie sich mit seiner Schwester, die Schauspielerin am Berliner Ensemble war, wie Alice von Bernd erfuhr. In einem Zimmer hing ein Banner *Herzlichen Glückwunsch zum 28. Geburtstag!* an der Wand, Musik dröhnte von einem Plattenspieler, und die Gäste tanzten ausgelassen zu Schlagern und Rock 'n' Roll.

Alice war in die Küche gegangen, um sich ein Glas von dem selbst gemachten Punsch zu holen. Sie hatte Bernd in einem der Zimmer mit zwei Freunden zurückgelassen, nachdem zwischen den Männern ein erhitztes Gespräch über die jüngsten Fußballergebnisse entbrannt war.

Im Flur plauderte sie mit einigen Kollegen aus der Akademie und lernte auch Rudis Schwester kennen. Sie wollte sich mit ihrem Glas wieder zurück auf den Weg zu Bernd machen, aber kam nicht weit, denn jemand fasste sie am Arm.

»Alice?«

Sie drehte sich um und blickte in das von Sommersprossen übersäte Gesicht einer rothaarigen Frau, die sie kannte.

»Margot!« Alice umarmte sie erfreut. Nach ihrer Ausbildung hatten sie zusammen einige Monate in Adlershof im Büro gearbeitet.

Margot zog sie mit sich in ein Zimmer, wo die Musik etwas weniger laut zu hören war.

»Erzähl, wie geht es dir? Es kommt mir wie eine Ewigkeit vor, seit wir uns das letzte Mal gesehen haben«, sagte sie.

Alice berichtete ihr von ihrer Arbeit in der Akademie. Während sie sprach, bemerkte sie, wie sich ein gut aussehender dunkelhaariger Mann zu ihnen drehte und sie musterte. Er war ein wenig älter als die meisten hier, Mitte dreißig, schätzte sie. Seine Begleiterin legte besitzergreifend den Arm um ihn, als sie seinen Blick mitbekam.

Alice wandte sich wieder ganz zu Margot. »Und wie ist es bei dir? Gefällt dir deine Stelle?«

Margot arbeitete inzwischen etwas außerhalb von Berlin in Miersdorf-Zeuthen, wo man seit einigen Jahren ein Institut für Atom- und Kernphysik aufbaute. Alice hatte bereits einige Berichte und Briefe für die Mitglieder der Akademie getippt, in denen es um die Finanzierung und Pläne dieses Instituts ging.

Margot zögerte. »Zurzeit etwas angespannt. Vielleicht hast du es schon gehört? Einer unserer leitenden Physiker, Dr. Sigmund Haushofer, hat sich vor Kurzem in den Westen abgesetzt. Seitdem geht es bei uns drunter und drüber. Die Staatssicherheit und sogar zwei Geheimagenten der Sowjets waren bei uns und haben alle befragt.«

Alice schaute sie überrascht an. Sie hatte nichts davon mitbekommen, was nicht weiter verwunderlich war, denn solche Fälle wurden so wenig wie möglich an die Öffentlichkeit gebracht. Aber der Name *Haushofer* sagte ihr trotzdem etwas. Er gehörte zu den Wissenschaftlern, die nach dem Krieg in Moskau gewesen und erst vor einigen Jahren zurückgekommen waren.

Ein junger Mann mit kurzem blonden Haar, das er aus dem Gesicht gekämmt trug, mischte sich ins Gespräch. »Kann man ihm schlecht verübeln, Margot, wahrscheinlich haben ihm die Briten oder Amerikaner das Vierfache geboten«, sagte er.

»Fritz«, stellte er sich Alice sodann vor.

»Alice.«

Er nickte und zündete sich eine Zigarette an. Margot blickte ihn verärgert an. »Die Wissenschaftler verdienen bei uns mehr als die meisten und werden mit Bevorzugungen doch nur so überschüttet«, widersprach sie.

Alice hielt sich zurück, auch wenn sie ihr insgeheim zustimmte. Schon vor Jahren hatte es einen Erlass der Kulturverordnung gegeben, der Vertretern der Spitzenintelligenz besondere Privilegien einräumte, zu denen nicht nur höhere Gehälter, sondern auch die Zuweisung von Häusern, Ehrenrenten oder auch Urlaubsplätzen gehörten. Man war sich der Konkurrenz des kapitalistischen Systems im Westen nur zu bewusst.

Fritz zuckte mit den Achseln. »Und wenn schon, was nützt dir das ganze Geld, wenn du es nicht ausgeben kannst und im Konsum Schlange stehen musst, um am Ende mal wieder nichts zu bekommen?«

»Das ist doch nur eine Phase, bis unser Land aufgebaut ist, aber am Ende werden wir dafür eine bessere Gesellschaft haben«, sagte Margot voller Leidenschaft.

Alice nippte an ihrem Punsch und wünschte, sie würde nicht Zeugin dieses Gesprächs sein. Sie selbst sprach selten mit Menschen über Politik, die sie nicht kannte.

»In einer Gesellschaft, in der wir nicht frei sind?«, entgegnete Fritz zweifelnd.

Margot blickte ihn ungläubig an. »Glaubst du denn im Ernst, den Menschen drüben geht es allen besser?«

Fritz blieb ihr eine Antwort schuldig. Stattdessen blickte er zu Alice. »Wir langweilen dich«, stellte er mit einem leichten Lächeln fest.

»Aber nein«, beteuerte Alice. »Du arbeitest also auch in Zeuthen?«, versuchte sie, das Thema zu wechseln.

Er nickte. »Als wissenschaftlicher Assistent. Du musst unsere Auseinandersetzung entschuldigen, es war ein ziemlich herber Schlag, dass Haushofer uns sitzen gelassen hat. Hätte keiner von uns gedacht. Nicht einmal Julius hat etwas geahnt, und die beiden waren immerhin seit Schulzeiten befreundet und haben sogar

138

zusammen geforscht«, sagte er und deutete zu ihrer Überraschung zu dem dunkelhaarigen Mann, der Alice zuvor gemustert hatte. Er hatte ihnen den Rücken zugewandt, als sie kurz zu ihm blickte.

»Da bist du ja«, ertönte in diesem Augenblick Bernds Stimme neben ihr. »Ich habe dich schon gesucht. Lust zu tanzen?« Sie nickte und versprach Margot, sie bald einmal in Zeuthen zu besuchen.

## 27

AM DARAUFFOLGENDEN MONTAG TRAF SIE Sergej. Er lud sie zum Essen in ein kleines russisches Restaurant ein.

»Und was gibt es Neues? Gefällt dir die Arbeit in der Akademie?«, fragte er mit einem warmen Lächeln.

»Sehr. Ich hätte nicht gedacht, dass es so interessant und spannend wäre. Und die Mitarbeiter sind sehr nett.« Sie zögerte, aber es schien ihr unpassend, Sergej von Bernd zu erzählen. Sie hatte das gesamte Wochenende mit ihm verbracht und war am *Tag der Republik* mit ihm zur Stalinallee gegangen, um sich die Militärparade und den Aufzug der Gruppen und Verbände der Partei anzuschauen. Dennoch war Alice sich nicht sicher, ob zwischen ihnen mehr als nur eine kurze Liaison entstehen würde.

Sergej und sie sprachen ohnehin selten über solche Dinge. Alice wusste im Grunde nicht viel über ihn. Vor zwei Jahren hatte er sie einmal einige Tage nach Moskau mitgenommen. Er hatte ihr das Haus gezeigt, in dem er früher gelebt hatte, und dabei in einem sehr persönlichen Moment gestanden, dass sie ihn immer an seine Tochter Karina erinnern würde. Sie war als Kind an einer schweren Krankheit gestorben, und er hatte kurz darauf auch seine Frau verloren. Ein trauriger Schatten war über sein sonst so beherrschtes Gesicht geglitten, als er über Karina gesprochen hatte.

»Es tut mir leid, dass du sie verloren hast. Ich hätte sie gerne kennengelernt«, hatte sie gesagt und ohne nachzudenken seine große Hand gegriffen.

Dennoch waren solche Momente selten zwischen ihnen. Ihre Beziehung war tief, aber sie baute auf anderen Dingen auf, die Alice selbst nicht recht erklären konnte.

»Glaubst du, dass sich unser System gegen den Westen behaupten wird?«, fragte sie ihn nun. »Ich habe am Wochenende eine ehemalige Kollegin wiedergetroffen, die jetzt in Zeuthen arbeitet. Sie hat erzählt, dass sich dort einer der leitenden Physiker, Dr. Haushofer, in den Westen abgesetzt hat.«

Er trank einen Schluck von dem Wodka, den er bestellt hatte. »Was hat dir denn deine Kollegin genau erzählt?«, fragte er, nachdem er das Glas wieder abgestellt hatte.

»Dass es ziemliche Unruhe danach gegeben hat und sogar zwei sowjetische Geheimagenten im Institut gewesen sind. Alle sind sehr empört, meinte sie.«

Sergej nickte. »Ja, in Moskau ist man äußerst ungehalten. Nach ihrer Rückkehr aus der Sowjetunion hatten die deutschen Wissenschaftler durchaus die Möglichkeit, in den Westen zu gehen, und viele von ihnen haben das auch getan. Das große Geld hat sie gelockt. Haushofer war dagegen bereit, in Ost-Berlin zu bleiben«, schloss er.

Alice verstand, dass seine Flucht einem Verrat gleichkam, auch ohne dass Sergej es aussprach.

Das Essen wurde serviert, und ihr Gespräch wandte sich anderen Themen zu. Als sie sich später verabschiedeten, erzählte er ihr, dass er in den kommenden Tagen für zwei oder drei Wochen nach Moskau reisen und sich nach seiner Rückkehr wieder bei ihr melden würde.

Sein Fahrer setzte sie nicht weit von der Stalinallee entfernt vor dem Mietshaus ab, in dem sie in einer kleinen Einraumwohnung lebte.

»Pass auf dich auf, meine Kleine«, sagte Sergej, als er sie zum Abschied in seine Arme schloss.

»Danke. Hab eine gute Reise«, entgegnete sie und sah seinem Wagen hinterher, als er davonfuhr. Plötzlich fühlte sie sich wie verloren, und ein Anflug von Einsamkeit überkam sie.

Es war noch relativ früh, kurz nach neun, stellte sie mit einem Blick auf ihre Armbanduhr fest. Bernd war mit einigen Freunden in einem Café verabredet, in dem regelmäßig jeden Montag und Freitag Livemusik von noch unbekannten Musikern gespielt wurde. Er hatte sie gefragt, ob sie nicht später auch noch vorbeikommen wollte, und sie beschloss spontan, genau das zu tun.

## 28

Sie erreichte die Bar, als gerade der letzte Song angekündigt wurde.

»Du hast es doch noch geschafft! Wie war deine Verabredung?« Bernd küsste sie erfreut.

»Gut«, erwiderte sie, und nachdem sie die anderen am Tisch begrüßt hatte, quetschte sie sich zu ihm auf die Bank.

»Die Sängerin ist grandios«, sagte Bernd noch, als das Licht im Café ein wenig dunkler wurde und eine junge Frau in den hellen Spot auf die kleine Bühne trat. Er hatte nicht gelogen, ihre Stimme war atemberaubend. Sie stand in einem schwarzen Kleid vor dem Mikro und sang eine Mischung aus Schlager und Chanson. Alice starrte sie ungläubig an. Im ersten Moment war sie sich sicher, dass sie sich irren musste. Auch wenn das Aussehen stimmte, klang die Stimme anders. Doch dann bedankte sich die Frau zwischen zwei Liedern für die Aufmerksamkeit des Publikums und sprach dabei in normaler Tonlage. Alice hatte plötzlich keinen Zweifel mehr.

Ihr Blick fiel auf den Prospekt, der zwischen den Gläsern vor ihnen auf dem Tisch lag: Ein Foto von der Sängerin mit einem Mikro in der Hand war darauf abgebildet. *Irma Assmann, der neue aufgehende Star*, stand daneben. Sie hatte nicht einmal ihren Namen geändert, stellte Alice ungläubig fest.

»Sie ist toll, oder?«, flüsterte Bernd.

Alice nickte stumm, unfähig, etwas zu sagen.

Sie hatte ihr unzählige Briefe geschrieben. Irma hatte ihr jedoch auf keinen einzigen geantwortet. Sergej hatte damals für sie herausgefunden, in welchem Heim die Freundin untergekommen war, und sogar versucht, einen Besuchstermin für sie zu erwirken – dieser war auf Irmas eigenen Wunsch hin abgelehnt worden.

Die Leute um sie herum klatschten, und die Sängerin verbeugte sich mehrmals, bevor sie sich noch einmal bedankte und hinter der Bühne durch eine Tür verschwand.

»Entschuldige mich kurz«, sagte Alice zu Bernd und stand auf. Sie drängte sich an den Leuten vorbei und lief hinter Irma her. Ohne zu klopfen, öffnete sie die Tür, durch die sie verschwunden war. Sie stand in einer Art Vorratsraum, der mittels eines schiefen Paravents und eines Spiegels auf einer Kiste gleichzeitig zu einer Garderobe umfunktioniert worden war.

»Hey, was soll das? Sie zieht sich gerade um«, sagte ein Mann mit schmieriger Frisur, der einen abgetragenen Anzug trug, und stellte sich ihr entgegen.

»Ich bin eine Freundin«, sagte Alice, ohne ihn zu beachten.

Ein Kopf tauchte hinter dem Paravent auf, und ein Paar braune Augen schauten sie an.

»Alice?«

Sie nickte.

Ein ungläubiger Ausdruck glitt über Irmas Gesicht, der jedoch nur kurz währte, bevor sie die Lippen zusammenpresste. Sie trat mit einer Hose und einem dunklen Pullover bekleidet hinter dem Paravent hervor.

»Lass uns mal einen Augenblick allein, Freddy. Dauert nicht lange«, sagte Irma.

Alice hörte, wie hinter ihr die Tür geschlossen wurde. »Du bist es wirklich …«, sagte sie, doch Irma schnitt ihr das Wort ab und stemmte die Hände in die Hüften.

»Was willst du hier? In den ganzen Jahren hast du es nicht für nötig gehalten, dich mal zu melden!«

Alice fehlten für einen Moment die Worte. Sie spürte, wie die Wut in ihr hochstieg. »Ich? Du hast dich nicht gemeldet. Ich habe dir geschrieben, wieder und wieder. Du wolltest mich nicht mal sehen, als ich eine Besuchserlaubnis bekommen habe.«

»Was redest du denn da?«, fragte Irma verwirrt. »Ich habe keinen einzigen Brief von dir bekommen. Nachdem man mich aus dem Heim fortgebracht hatte, habe ich nichts mehr von dir gehört«, fügte sie voller Bitterkeit hinzu.

Alice schüttelte den Kopf. »Das kann nicht sein.«

Ein kurzes Klopfen ertönte, und ein Kellner kam herein. »'tschuldigung, wir brauchen etwas aus dem Schrank«, erklärte er und begann, eine Holzkiste mit Flaschen zu füllen, als wären sie gar nicht anwesend.

»Wir müssen reden«, sagte Alice.

»Aber nicht hier. Eine Straße weiter gibt es eine kleine Eckkneipe, lass uns uns da in zehn Minuten treffen«, schlug Irma vor. »Freddy muss mir noch meine Gage geben.«

Alice nickte. Sie hatte schon die Tür erreicht, als sie sich noch einmal zu Irma umdrehte. »Du singst übrigens großartig.«

Dann ging sie zurück zu ihrem Tisch. Sie erzählte Bernd die Wahrheit, dass sie Irma von früher her kannte und sich noch mit ihr treffen wollte.

»Klar, dann sehen wir uns morgen bei der Arbeit«, sagte er und ließ sich seine Enttäuschung nicht anmerken, dass er nicht den Rest des Abends mit ihr verbringen konnte.

Als Alice wenig später in der Eckkneipe an einem der runden Holztische Platz nahm, befürchtete sie kurz, dass Irma vielleicht nicht kommen würde. Aber nur wenige Minuten später öffnete sich die Tür.

Suchend blickte sich Irma um, bis sie sie entdeckte.

»Mann, das muss ich erst mal verdauen«, sagte sie, als sie sich Alice gegenüber auf den Stuhl fallen ließ.

»Ich auch.«

Einen Moment schwiegen sie beide.

»Und du hast keinen meiner Briefe bekommen?«, fragte Alice.

Irma schüttelte den Kopf. »Keinen einzigen.«

Alice glaubte ihr, aber das bedeutete, dass Sergej sie angelogen hatte. Warum sollte er das getan haben? Eine leise Furcht erfasste sie, als sie begriff, dass irgendetwas nicht stimmte.

»Was hast du damals eigentlich getan? Ich weiß nicht mal, was passiert ist und warum du das Heim verlassen musstest.«

Irma zögerte. »Ich bin nachts ins Büro eingebrochen, in den Nebenraum, wo sie auch die Akten aufbewahren«, begann sie dann zu erzählen. »Den Schlüssel hatte ich vorher gestohlen. Ich hatte einfach das Gefühl, nicht länger mit dieser Ungewissheit leben zu können, nicht zu wissen, wer ich eigentlich bin.«

»War dir nicht klar, was passiert, wenn sie dich erwischen?«

Irma zuckte die Achseln. »Doch, aber es war mir egal.«

Alice fühlte sich plötzlich schuldig. Sie hätte ahnen müssen, was sie geplant hatte, und sie davon abbringen müssen.

»Und, hast du denn etwas über deine Familie herausgefunden?«, fragte sie schließlich.

»Ja, ich hatte eine Mutter und einen jüngeren Bruder.« Ein Schatten glitt über Irmas Gesicht. »Aber du hattest recht. Sie leben nicht mehr. Sie sind beide auf der Flucht umgekommen, und mein Vater ist wohl gefallen.«

»Das tut mir sehr leid« sagte Alice leise.

Irma zündete sich eine Zigarette an und nahm einen tiefen Zug. »Es war wichtig für mich. Auch wenn die Zeit danach im *Spezi* die Hölle war«, bekannte sie und stieß den Rauch aus. »Ich habe damals nicht nur in meine Akte geschaut, sondern auch in deine …«

»In meine? Was sollte denn da drinstehen?«, fragte Alice verwundert.

»Sie haben es dir nicht gesagt?«, fragte Irma ungläubig. »Ich habe immer gedacht, das hätten sie nur bei mir nicht getan, weil meine Familie tot war. Aber bei dir? In deiner Akte lag die Kopie eines Suchauftrags vom Roten Kreuz. Jemand hatte Nachforschungen nach dir angestellt.«

Alice blickte sie betroffen an. »Nachforschungen? Bist du dir sicher?«

»Ja, es war jemand aus West-Berlin, der auch Lichtenberg hieß, genau wie du.«

»Stand da auch ein Vorname?«, fragte sie tonlos.

Irma nickte. »Rosa. Rosa Lichtenberg. Mehr weiß ich leider nicht. Ich hatte den Antrag gerade entdeckt, da kamen die zwei Erzieher ins Büro und zerrten mich weg.«

Alice starrte sie wie im Schock an, als ihr klar wurde, was das bedeutete.

# IRMA

## 29

IRMA SCHLOSS DIE TÜR HINTER sich und schaltete das Licht an.
Es war fast Mitternacht, als sie nach Hause kam, und zu spät, um
den Anruf noch zu erledigen. Allerdings hatten sie ohnehin keinen eigenen Telefonanschluss.

Sie teilte sich die Wohnung mit zwei anderen Musikern, die
auch bei Freddy unter Vertrag standen. Doch Sarah und Leo
waren gerade für einen Auftritt in Dresden, deshalb hatte sie das
gemeinsame Reich – drei enge, heruntergekommene Zimmer –
ganz für sich. Auch wenn Irma gewöhnlich die Gesellschaft ihrer
Mitbewohner genoss, heute war sie froh, allein zu sein. Sie zog
sich noch im Laufen die hohen Stiefel aus und ließ sie polternd
im Flur auf die Dielen fallen. Sie zog eine Grimasse. Morgen
würde sich Frau Kellermann von unten wieder über den nächt-
lichen Lärm beschweren. Sollte sie doch.

Es kam ihr immer noch unwirklich vor, dass sie Alice heute
wiedergesehen hatte. Fröstelnd rieb Irma sich die Arme. Sie hatte
am Morgen vergessen, Briketts nachzulegen. Auf dem Weg durch
den Flur griff sie nach ihrer dicken Strickjacke und ging in die
Küche. Sie öffnete den oberen Küchenschrank und angelte mit
der rechten Hand nach der Flasche Schnaps, die versteckt hinter
den Behältern mit Mehl und Zucker stand. Sarah, Leo und sie
hatten sich per Handschlag versprochen, nur zu trinken, wenn
einer von ihnen einen großen Erfolg zu feiern oder aber einen
desaströsen Auftritt zu beklagen hatte. Heute rechtfertigte jedoch
eine Ausnahme, befand Irma. Sie griff nach der Flasche und nahm
sich ein Glas, in das sie einen großzügigen Schluck eingoss.

146

Grübelnd ließ sie sich auf einen Stuhl sinken. Sie konnte es nicht fassen, dass Alice und sie sich durch einen Zufall wieder-getroffen hatten. Sieben Jahre war es her, aber es gab noch immer diese Verbindung zwischen ihnen. Damals hatte es niemanden gegeben, der ihr so nahgestanden hatte wie Alice.

Irma hatte keinen Zweifel, dass sie die Wahrheit erzählt und diese Briefe geschrieben hatte. Es verwunderte sie nicht einmal, dass sie sie im *Spezi* nicht bekommen hatte. Ohne dass sie etwas dagegen tun konnte, stieg die Erinnerung wieder in ihr hoch. Sie trank einen Schluck in der Hoffnung, dadurch den bitteren Geschmack vertreiben zu können, den sie plötzlich im Mund verspürte. Die Demütigungen und strengen Strafen, die im *Spezi* bei den kleinsten Vergehen verhängt wurden, hatten sie zwar nicht, wie viele andere, gebrochen, aber dafür hatte Irma die innere Einsamkeit verzweifeln lassen. Sie war niedergeschlagen gewesen und hatte oft depressive Phasen gehabt. Was hätte sie in dieser Zeit für einen kurzen Brief oder Besuch von Alice gegeben! Aber irgendjemand hatte nicht gewollt, dass ein Kontakt zwischen ihnen zustande kam.

Plötzlich begann alles einen Sinn zu ergeben. Auch das Gespräch, das man kurz nach ihrer Entlassung aus dem *Spezi* mit ihr geführt hatte. Irgendwo hinten in einer Schublade ihrer Kommode musste noch der zerfledderte Zettel sein, auf den sie die Telefonnummer notiert hatte. Dabei brauchte sie ihn nicht – sie hatte die Zahlenfolge auswendig lernen müssen.

Sie starrte auf die klare Flüssigkeit in dem Glas und verspürte für einen Augenblick Alice gegenüber ein schlechtes Gewissen. Es geht mich nichts an, versuchte Irma sich zu beruhigen. Sie hätte ihr unmöglich alles erzählen können, dazu kannte sie sie einfach nicht mehr gut genug. Freddy stand kurz davor, einen Plattenvertrag mit dem Amiga-Nachwuchsstudio für sie abzu-schließen, und sie würde den Teufel tun und alles gefährden. Sie hatte ihre Lektion weiß Gott gelernt.

Irma kippte den letzten Schluck aus dem Glas hinunter und schloss für einen Moment die Augen.

Irgendwann würde sie hier abhauen. Sobald sie einen Namen als Sängerin hatte, mit dem sie sich auch in Westdeutschland oder vielleicht sogar in Amerika eine Existenz aufbauen konnte.

Sie stand auf, ließ die Flasche und das Glas stehen und legte sich in ihrem Zimmer schlafen.

Natürlich träumte sie schlecht. Dennoch ging sie am nächsten Morgen gleich zur Post, um das Telefonat hinter sich zu bringen.

Nervös hielt sie den Hörer in der Hand. Eine Ewigkeit schien zu vergehen, bis endlich eine Verbindung zustande kam.

»Ja?«, ertönte eine Männerstimme am anderen Ende.

»Hier spricht Irma Assmann.« Einen Augenblick lang war es still, und sie hegte fast schon die Hoffnung, er hätte sie vergessen.

»Fräulein Assmann …«, erklang es dann jedoch gedehnt. »Wie geht es Ihnen?«

Sie unterließ es, auf die Frage zu antworten. »Ich sollte mich doch melden – ich habe Alice Lichtenberg gesehen. Gestern«, sagte sie stattdessen.

# ALICE

## 30

SIE ERINNERTE SICH, DASS SIE früher als Kind oft impulsiv gewesen war und ein aufbrausendes Temperament gehabt hatte. Aber in den Jahren, nachdem sie ihre Familie verloren hatte und von Sergej aus dem brennenden Haus gerettet worden war, hatte sie sich verändert. Sie hatte keine andere Wahl gehabt – um unter Fremden und später im Heim zu überleben, hatte sie lernen müssen, ihre Gefühle zu beherrschen und stets abzuschätzen, welche Auswirkungen es hatte, wenn sie etwas sagte oder tat. Mit den Jahren war ihr dieses Verhalten in Fleisch und Blut übergegangen, und sie erinnerte sich nicht, wann es ihr das letzte Mal passiert war, dass Emotionen sie so wie heute derart übermannt hatten. Das Gespräch mit Irma hatte sie in einen Zustand zwischen Schock und Verwirrung versetzt. Sie konnte einfach nicht glauben, dass ihre Mutter und Emma noch lebten.

Warum hätte ihr die Heimleitung nicht von dem Suchauftrag erzählen sollen? Alice fragte sich, ob Sergej davon gewusst hatte. Hatte er sie damals in Königsberg – als er behauptet hatte, ihre Familie habe nicht überlebt – angelogen? Sie vertraute ihm so sehr; es schien ihr unvorstellbar, dass sie sich so in ihm getäuscht haben könnte. Aber dann fiel ihr wieder ein, was Irma gesagt hatte – dass sie keinen ihrer Briefe erhalten hatte. Alice hatte sie damals alle Sergej gegeben, der ihr versprochen hatte, dafür zu sorgen, dass die Freundin die Briefe bekam. Eine leise Angst erfasste sie bei der Vorstellung, er könnte ihr die gesamte Zeit über nicht die Wahrheit gesagt haben. Sie wollte mit ihm reden, aber ihr Instinkt riet ihr gleichzeitig davon ab, und außerdem war Sergej zurzeit in Moskau. Vielleicht war es gut, dass sie nicht mit ihm sprechen konnte. Sie musste als Erstes herausfinden, ob ihre Mutter und Emma wirklich noch lebten.

Fiebrig dachte sie nach. Wenn ihre Mutter und Schwester im Westteil der Stadt wohnten, müsste die Adresse dort in dem städtischen Adressverzeichnis bei der Post zu finden sein. Das wiederum hieß, sie musste nach West-Berlin fahren.

Aufgewühlt saß sie am nächsten Tag bei der Arbeit.

»Alles in Ordnung mit dir? Du bist ganz blass«, sagte Bernd, der zwischendurch in ihrem Büro auftauchte.

Alice fuhr zusammen. »Ja, es ist gestern mit Irma nur etwas spät geworden.«

Neugierig lehnte Bernd sich gegen den Türrahmen. »Wart ihr früher eng befreundet?«

»Ja«, sagte sie knapp und wandte sich wieder ihrer Schreibmaschine zu, da sie ihm nicht mehr erzählen wollte.

Er wartete darauf, dass sie noch etwas sagte, aber als sie wieder zu tippen begann, verließ er zögernd das Büro. »Bis später.« Sie konnte aus seiner Stimme die Enttäuschung heraushören und fühlte sich schlecht, doch im Augenblick war sie einfach nicht in der Verfassung, sich länger mit ihm zu unterhalten.

Die Stunden bis zum Nachmittag schienen sich endlos hinzuziehen. Schließlich verließ Alice etwas früher als gewohnt das Büro und machte sich direkt auf den Weg zur S-Bahn.

Auf den Bahnsteigen an der Friedrichstraße drängten sich die Leute. Es gab Kontrollen, einige Fahrgäste mussten ihre Ausweise und Taschen vorzeigen. Obwohl Alice nichts zu verbergen hatte, hatte sie das Gefühl, etwas Verbotenes tun, als sie in den Waggon einstieg.

Sie zählte die Stationen, bis sie am Zoologischen Garten ankam. Von ihrem letzten und einzigen Besuch in West-Berlin erinnerte sie sich, dass es nicht weit entfernt von hier ein Postamt gab.

Als Alice aus der S-Bahn-Station nach draußen trat, fiel ihr sofort wieder der Unterschied zu Ost-Berlin auf: die großen Reklametafeln, die man überall sah und die für Produkte warben, die sie nicht kannte, die Anzeigen auf den Litfaßsäulen, die vielen elegant gekleideten Leute, die neuen Autos auf den Straßen und vor allem die Auslagen der Geschäfte, in denen es alles zu kaufen gab, was man sich nur vorstellen konnte. Doch sie bemerkte auch die anderen Menschen – die, die mit verhärmten Gesichtern wie unsichtbar in der Menge wirkten, die voller Begehren in die Schaufenster blickten, und auch die Bettler, die an manchen Straßenecken um Almosen baten.

Sie starrte die vorbeilaufenden Passanten an – irgendwo hier zwischen den vielen Menschen konnten auch ihre Mutter und Emma sein, wurde ihr bewusst. Alice erinnerte sich an die vielen Nächte, in denen sie versucht hatte, das Bild der beiden wachzuhalten, an die Verzweiflung und Trauer, die sie empfunden hatte. Es war ein neuer und anderer Schmerz, der sie nun bei der Vorstellung erfasste, dass sie in der gleichen Stadt gelebt haben könnten, ohne voneinander gewusst zu haben. Was für ein Leben hatten die beiden wohl in den letzten Jahren geführt?

Eine Straßenecke weiter sah sie schließlich das Gebäude der Post. Sie stieg die Stufen hoch und fragte einen Angestellten nach dem Stadtadressbuch. Der Postbeamte deutete zu einem Tisch, auf dem zwei dicke Exemplare auslagen. Zwei Kunden blätterten darin, und Alice musste warten, bis sich eine ältere Frau vor ihr eine Adresse notiert hatte. Dann war sie an der Reihe.

*Berliner Stadtadressbuch 1957 – Einwohner und Gewerbebetriebe Berlin-West* stand auf dem Buchdeckel. Sie brauchte einen Moment, bis sie die Seiten aufschlug und zu dem Buchstaben *L* vorblätterte. Langsam und voller Angst, sie könnte den Namen überlesen, fuhr sie mit dem Finger die Zeilen entlang und blätterte dabei Seite für Seite um: *Lichte, Lichteblau, Lichteck, Lichtel, Lichtenauer …*

»Nun beeilen Sie sich mal 'n bisschen, Fräulein«, ließ sich eine unwirsche Männerstimme hinter ihr vernehmen. »Sie sind nicht die Einzige, die eine Adresse braucht.«

Doch Alice hörte ihn gar nicht. Da stand es: *Lichtenberg*!

Wie versteinert starrte sie auf die zwei Einträge, die unter dem Namen zu lesen waren: *Irmgard, Buchhalterin, Wilmersdorf, Holsteinische Straße 27,* und darunter – *Rosa, Verkäuferin, Wilmersdorf, Engelstraße 4* …

Das war der Name ihrer Mutter. Konnte es so einfach sein? Wie benommen wich sie von dem Tisch zurück und stieß gegen den Mann hinter sich, der sie verärgert musterte.

Eine Entschuldigung murmelnd, hastete sie an ihm vorbei und verließ das Postgebäude. Draußen auf der Straße merkte sie, dass sie zitterte. Alice versuchte ruhig durchzuatmen.

Was, wenn es nur eine Namensgleichheit war? Vielleicht handelte es sich um eine ganz andere Rosa Lichtenberg? Und Emma war auch nicht eingetragen gewesen. Plötzlich befiel sie die Angst, ihre Schwester könnte vielleicht gar nicht mehr leben. Nicht einen Augenblick hatte sie an diese Möglichkeit gedacht, seitdem sie von dem Suchauftrag erfahren hatte.

Sie ging weiter, wie blind zwischen den anderen Passanten, ohne dass sie wusste, wohin. Dann sah sie den Kiosk. Alice blieb stehen.

»Entschuldigung, verkaufen Sie auch Stadtpläne?«, fragte sie den grauhaarigen Verkäufer.

»Von West-Berlin? Aber sicher, Fräulein.«

Ihr fiel jedoch ein, dass sie nur Ostmark hatte.

Der Verkäufer schüttelte den Kopf, als sie ihm das Geld hinhielt. »Das müssen Sie erst umtauschen.«

Er wies zu einer Wechselstube, die sich auf der anderen Straßenseite befand, und sie eilte dorthin.

Mit den umgetauschten Westmark kehrte sie kurz darauf zurück und kaufte den Stadtplan.

Nervös breitete sie ihn aus und suchte nach der Engelstraße. Ihre Augen glitten über die Karte, bis sie die Adresse gefunden hatte. Wilmersdorf lag nicht weit entfernt – sie musste nur einige Stationen mit der U-Bahn fahren.

Alice fragte sich, wie ihre Mutter und Emma wohl reagieren würden, wenn sie auf einmal vor der Tür stand. Zwölf Jahre waren seit damals vergangen. Ob ihre Mutter noch ihr dunkelblondes Haar hatte?

Sie stieg am Wittenbergplatz ein und fuhr bis zum U-Bahnhof Heidelberger Platz. Draußen begann es bereits dunkel zu werden, als sie das letzte Stück zu Fuß lief. Die Ruinen und beschädigten Hausfassaden, an denen sie vorbeikam, sahen nicht viel anders aus als in Ost-Berlin. Doch dazwischen gab es weit öfter Neubauten und alte Gebäude, die wieder instand gesetzt worden waren.

Schließlich erreichte sie die Engelstraße. Sie verlangsamte den Schritt, bis sie vor sich die Hausnummer vier sah.

Alice starrte auf das Namensschild: *Lichtenberg*.

Ihr Puls beschleunigte sich, als sie auf die Klingel drückte und wartete. Nichts geschah.

Sie drückte erneut, aber noch immer öffnete niemand. Als sie auf den Bürgersteig zurücktrat und nach oben blickte, erkannte sie, dass in den meisten Wohnungen Licht brannte – nur rechts oben im vierten Stock nicht. Sie waren nicht zu Hause, wurde ihr klar. Trotzdem klingelte sie noch einmal. Aber wieder reagierte niemand.

Ihr würde nichts anderes übrig bleiben, als wiederzukommen.

Enttäuscht drehte sie sich um. Im Schein der Straßenlaterne sah sie in diesem Augenblick, dass auf der anderen Straßenseite ein muskulös gebauter Mann mittleren Alters ins Haus ging. Er hatte eine Tasche unter den Arm geklemmt und eine Sportjacke über die Schulter geworfen, während er die Tür aufschloss. Mit einem Lächeln nickte er ihr zu.

»Schönen Abend noch«, rief er und winkte mit seiner freien Hand, als würden sie sich gut kennen.

Irritiert grüßte sie zurück und blickte ihm hinterher, wie er im Haus verschwand. Dann blieb sie wie versteinert auf der Straße stehen, denn sie begriff, dass es nur einen Grund dafür geben konnte, dass er glaubte sie zu kennen – er musste sie für ihre Schwester Emma halten!

# Max

## 31

DURCH DIE GROSSEN FENSTER IM Wohnzimmer sah er, dass einige Gäste draußen in Mänteln auf dem Steg standen, rauchten und sich unterhielten. Sonnenstrahlen brachen durch den bedeckten Oktoberhimmel, und der Blick über den Garten zum Wannsee hinaus war wie immer malerisch.

In den letzten zwei Stunden waren mehr und mehr Leute gekommen. Max kannte einige von der Uni und KgU, andere gehörten zu Huberts Freundeskreis, mit dem er sonst keinen Kontakt hatte.

Hubert erwies sich wie so oft als vollendeter Gastgeber. Der Haushalt schien über einen schier unerschöpflichen Vorrat an Getränken und Speisen zu verfügen, die das Hausmädchen für sie im Wohnzimmer und angrenzenden Salon bereitgestellt hatte und stets aufs Neue auffüllte. Die Villa am Wannsee gehörte eigentlich Huberts Eltern, doch sein Vater war vor zwei Jahren nach Bonn ins Wirtschaftsministerium berufen worden und kam nur noch an zwei Wochenenden im Monat mit seiner Frau nach Berlin. Die übrige Zeit stand das Haus ihrem Sohn zur Verfügung, einschließlich der Haushälterin, eines Hausmädchens, Chauffeurs und Gärtners. Die Familie war schon immer vermögend gewesen, hatte Hubert Max einmal erzählt. Sein Großvater hatte ein erfolgreiches Fuhrwagenunternehmen aufgebaut. Als die ersten Autos in den Zwanzigerjahren die Straße eroberten, habe er es noch rechtzeitig gewinnbringend verkauft und das Geld fortan in Immobilien investiert.

Max musste Hubert zugutehalten, dass er trotz der privilegierten Verhältnisse, in denen er lebte, in keinerlei Weise eingebildet oder arrogant war. Im Gegenteil – er teilte seinen Luxus mit freigiebiger Selbstverständlichkeit.

Sie kannten sich beide von der Uni und vor allem durch die KgU, für die Hubert schon länger tätig war als er selbst. Er gehörte zu den festen Mitgliedern.

Max spürte, wie seine Gedanken erneut zu seinem gestrigen Arbeitstag zurückwanderten, als eine Blondine im eng taillierten Kleid auf ihn zukam. Es war Luise, seine jüngste Affäre.

»Ich muss leider los«, sagte sie und schlang die Arme um seinen Hals.

»Wirklich? Schade!« Max schenkte ihr ein Lächeln und versuchte, sich nichts von seiner grübelnden Stimmung anmerken zu lassen.

»Wenn du Lust hast, können wir uns am Sonntag sehen«, schlug sie vor. »Da habe ich keine Vorstellung.«

Er fühlte, wie ihre Lippen über seine Wange strichen. Luise war Schauspielerin am Schillertheater und einige Jahre älter als er, verfügte aber über erfrischend freie Moralvorstellungen. Von Anfang an hatte sie ihm klargemacht, dass sie sich ab und an sehen könnten, sie aber mit einem mittellosen Studenten ganz sicher keine feste Beziehung eingehen würde. Max, der seine Freiheit liebte, störte das nicht. Es war ihm nur recht.

»Sonntag ist gut.« Er küsste sie, und nachdem Luise sich von Hubert verabschiedet hatte, begleitete er sie zur Tür.

Auf dem Rückweg nahm Max sich ein Bier und blieb an der halb geöffneten Terrassentür stehen. Vom Steg her waren Schreie und lautes Lachen zu hören. Zwei Männer hatten eine Frau hochgehoben und täuschten vor, sie in den See zu werfen. Sie schrie, bevor sie lachend wieder heruntergelassen wurde und einer der beiden Männer sie in die Arme schloss. Max wandte sich ab und ließ den Blick durch den großen Salon wandern. Im Hintergrund lief Musik, und im ganzen Raum standen und saßen Grüppchen von Leuten zusammen, die sich unterhielten, diskutierten oder an einem der kleinen Tische in der Ecke Karten spielten. Alle schienen entspannt und sich zu amüsieren. Die gute Stimmung wollte jedoch nicht so recht auf ihn überspringen.

»Na, wie geht's? Wie läuft's in der Beratungsstelle?« Kai, der sich in diesem Augenblick zu ihm gesellte, schlug ihm freundschaftlich auf die Schulter.

»Erinnere mich lieber nicht daran.« Max verzog das Gesicht.

Er half in den letzten Wochen neben seiner Arbeit im Notaufnahmelager auch an einigen Tagen in einer Beratungsstelle der KgU aus. Dort musste er Schreibarbeiten erledigen und vor allem Gespräche mit Menschen führen, die zu fliehen beabsichtigten und die KgU deshalb im Vorfeld um Informationen und Unterstützung baten. Als Verband, der gegen das kommunistische Regime in der DDR kämpfte, genossen sie als Mitglieder das besondere Vertrauen dieser Menschen, und ihnen wurde deshalb oft mehr erzählt als Vertretern offizieller Stellen. Die Informationen aus den Vorgesprächen gaben sie nicht nur an die Behörden weiter, sondern sie fertigten in bestimmten Fällen außerdem Gutachten an, vor allem, wenn ihrer Meinung nach von einem Flüchtling eine potenzielle Gefahr ausging. Sie waren sich bei der KgU stets bewusst, dass jeder Flüchtling auch ein Spion der Stasi sein konnte.

Unwillkürlich musste Max an den Mann denken, mit dem er heute gesprochen hatte. Kurt Goldmann war Mitte vierzig, ursprünglich Tischler von Beruf, hatte jedoch seine Hand bei einem Arbeitsunfall verletzt. Max sah ihn noch immer vor sich, wie er fahrig und voller Nervosität vor ihm saß. Wie die meisten, die zu ihnen kamen, hoffte auch er, im Westen neu anfangen zu können. Goldmann war mehrmals wegen Kleinigkeiten mit den Behörden in Ost-Berlin in Konflikt geraten, unter anderem, weil er auf dem Rückweg von West-Berlin in einer Kontrolle mit mehreren

West-Zeitungen erwischt wurde. Daraufhin war er von der Staatssicherheit verhört worden, aber man hatte ihn mit einer strengen Ermahnung wieder freigelassen. Seitdem habe er das Gefühl, überwacht zu werden, erzählte er, und stehe auch in dem Betrieb, wo er aufgrund seiner Verletzung nur noch Hilfsdienste verrichten könne, unter besonderer Beobachtung.

Aus Max' Sicht schien alles, was Goldmann berichtete, glaubwürdig. Später gab er das Gesprächsprotokoll an Alfred Frissmann weiter, einen älteren festen Mitarbeiter der Beratungsstelle, der diese Informationen normalerweise an die entsprechenden Führungsstellen der KgU weiterleitete.

Frissmann machte sich nicht einmal die Mühe, Max' Gesprächsnotizen durchzulesen, sondern blickte nur einmal kurz auf den Namen. »Goldmann? Jude, oder?«, fragte er abschätzig. »Na, der soll mal lieber gleich drüben bleiben.«

Max meinte, sich verhört zu haben.

»Was wollen Sie denn damit sagen?«

Frissmann seufzte theatralisch. »Sei nicht so naiv. Die meisten Juden aus der DDR befürworten den Kommunismus. Das weiß doch jeder. Es war schon früher so, dass unter den kommunistischen Funktionären und Intellektuellen sehr viele Juden waren.«

»Aber deshalb kann man nicht jeden mit einem jüdischen Namen unter Generalverdacht stellen! Dann sind wir ja wieder da, wo wir früher mal waren«, widersprach Max, bemüht, eine ruhige Stimme beizubehalten.

Frissmann verschränkte die Arme vor der Brust, was seine Leibesfülle in unvorteilhafter Weise betonte. »Da waren wir vielleicht nicht ohne Grund! Und nur weil sie früher verfolgt wurden, genießen sie jetzt keine Sonderrechte. Du redest ja schon wie dieser Judenanwalt Aalbert, der der Meinung ist, jeder von denen sollte ein Vermögen bekommen! Wenn es nach mir persönlich ginge, würde ich die Behörden vor jedem Einzelnen von ihnen warnen.«

»Und was ist damit, dass wir *Denunziation* und *Vorverurtei-lungen* ablehnen?«, entgegnete Max kühl. »Deshalb teilen wir den Behörden schließlich auch nicht mit, wenn jemand eine belastete Vergangenheit hat.«

An Frissmanns Stirn begann eine Ader zu pochen. »Was heißt denn schon *belastete* Vergangenheit? Die meisten von den Jungs haben nur ihre Pflicht getan und außerdem gegen die Kommunisten im Krieg gekämpft, weil man ihre Bedrohung schon damals erkannt hat. Genau darin liegt der Unterschied.«

Max war noch immer fassungslos, wenn er an die Auseinandersetzung dachte, und das Unbehagen darüber ließ ihn nicht los. Wenn Goldmann als Flüchtling nicht anerkannt wurde, würde er zwar nicht zur Rückkehr gezwungen werden – kein Abgelehnter wurde das –, aber er würde nur bedingt Anrecht auf staatliche Unterstützung haben. Gerade, weil er nur eingeschränkt arbeitsfähig war, würde das für ihn besonders hart sein.

»Ich bin mit Frissmann aneinandergeraten«, berichtete er Kai und erzählte ihm, was geschehen war.

Kai schüttelte ungläubig den Kopf. »Wundert mich nicht, dass er diese Einstellung hat«, sagte er dann. »Frissmann war früher bei der Kripo ein Kollege meines Vaters. Die sind immer noch befreundet.«

»Na, das passt ja«, sagte Max trocken. Kais Vater und er hatten ein äußerst schwieriges Verhältnis. Rittmeister hatte nach seiner damaligen Drohung, er solle sich von seinem Sohn fernhalten, etliche Zeit versucht, ihm das Leben schwer zu machen. Einmal hatte er ihn aus reiner Schikane eine ganze Woche lang von Kollegen überwachen lassen, als wäre er ein Schwerverbrecher, dann war Max plötzlich verhört worden, als es in ihrer Straße einen Einbruch gegeben hatte. Jemand habe behauptet, er würde dem Verdächtigen ähnlich sehen. Schließlich hatte Rittmeister sogar Max' Vater in seine Spielchen miteinbezogen. Sein Vater wurde bei der Polizei vorgeladen und ebenfalls verhört, weil man ihn beschuldigte, an Schwarzmarktgeschäften mit Flüchtlingen beteiligt zu sein, die er als Arzt behandelt hatte. All diese Verdächtigungen hatten sich natürlich sofort entkräften lassen, aber es war trotzdem eine nervenzehrende Zeit gewesen.

Kai war glücklicherweise inzwischen längst bei seinen Eltern ausgezogen – und mit ihm auch sein Bruder, sodass die beiden kaum noch etwas mit ihrem Vater zu tun hatten.

»Na, Jungs? Wie geht's?« Hubert, der eine Schiebermütze schief auf dem Kopf sitzen hatte, trat zu ihnen und schenkte ihnen ein breites Lächeln. An seiner Seite befand sich ein muskulöser dunkelblonder Mann Anfang dreißig, dessen rechte Wange ein rötlicher Schmiss zierte. »Kennt ihr Ulrich noch?«

»Ja, klar«, sagte Max und schüttelte ihm, genau wie Kai, erfreut die Hand. Ulrich Kehlbach war einer der Männer, die zur operativen Abteilung der KgU gehört hatten. Max hatte einige Botengänge für ihn erledigt und ihm auch bei mehreren Ballonaktionen geholfen, mit denen Flugblätter über Ost-Berlin verteilt worden waren. Er hatte seine geheimnisumwitterte Gestalt immer ein wenig bewundert. Vor zwei Jahren hatte Ulrich die KgU verlassen, war einige Zeit in Westdeutschland gewesen und nun wieder nach Berlin zurückgekehrt. Seitdem machten Gerüchte die Runde, dass die CIA oder der BND ihn angeworben hatte und er inzwischen in deren Diensten stand.

»Freut mich, dass ihr Jungs noch dabei seid. Und du boxt immer noch, wie man sieht«, sagte er mit Blick auf Max' durchtrainierte Gestalt und die breiten Schultern.

»Ja, ist ein guter Ausgleich«, erwiderte Max.

Hubert nahm sie ein Stück mit sich in den Flur, wo sie ungestört sprechen konnten.

»Sieht zurzeit nicht so gut aus für die KgU, was?«, fragte Ulrich ehrlich und zündete sich eine Zigarette an.

»Kannst du laut sagen.« Hubert zog seine Schiebermütze vom Kopf. Seine Miene wurde unerwartet ernst. »Der Prozess gegen diesen Nachrichtenhändler Stephan schadet unserem Ansehen immens.«

Max konnte ihm leider nur zustimmen. Heinz-Werner Stephan war ein Nachrichtenhändler, der der KgU für immense Summen falsche Informationen verkauft hatte. Dazu hatten auch Listen zu Unrecht beschuldigter Stasi-Spitzel im Westen gehört. Die Affäre zog ihre Kreise bis in die höchste politische Ebene des Kanzleramts, weil der Verdacht bestand, dass durch die Beschuldigungen sogar die letzten Wahlen beeinflusst worden waren.

Ulrich stieß gelassen den Rauch aus. »Nun ja, es stellt sich ohnehin die Frage, ob die KgU sich auf Dauer halten kann oder ihre Arbeit nicht mehr und mehr von anderen Institutionen übernommen wird.«

Max nahm an, dass Ulrich weit mehr wusste als er selbst. Er dachte daran, dass eine ganze Reihe von wichtigen festen Mitgliedern in jüngster Zeit von Behörden und Geheimdiensten abgeworben worden war. Der Bedarf war groß. Erst vor ein paar Tagen hatte Max sich mit einem amerikanischen Offizier im Notaufnahmelager unterhalten, der gesagt hatte, dass West-Berlin *die* Hochburg der internationalen Nachrichtendienste geworden sei. In keiner Stadt der Welt gäbe es zurzeit so viele Agenten und Spione wie hier.

Hubert wandte sich zu Ulrich. »Mir fällt ein, dass es noch etwas gibt, was ich dir zeigen muss.«

»Ja, sicher. Bis später, Jungs«, sagte Ulrich. Hubert und er verschwanden die Treppe nach oben in den ersten Stock.

Max warf einen Blick auf die Uhr. »Ich glaube, ich muss mich demnächst auch mal auf den Weg machen«, sagte er zu Kai.

# EMMA

## 32

EMMA LIEF ZUR TÜR, ALS es klingelte. Es war Max, mit dem sie für den Abend verabredet war. Sie umarmten sich.

»Und wie war Frankfurt?«, fragte er.

»Gut, aber nervenaufreibend. Ich habe immer noch Angst, dass ich mitten im Gespräch etwas nicht richtig verstanden haben könnte«, gestand sie.

Er stieß sie freundschaftlich in die Seite, während sie nach ihrem Mantel griff, denn sie wollten zusammen eine Kleinigkeit essen gehen. Obwohl Emma müde von der Arbeit war, überwog ihre Erleichterung, den Abend nicht allein zu Hause verbringen zu müssen.

»Ach komm, ich kann mir nicht vorstellen, dass das jemals geschieht. Du warst doch eine der Besten mit deinem Abschluss!«

»Ja, das stimmt«, sagte sie, aber dann glitt ein Schatten über ihr Gesicht.

»Und wie geht es dir sonst?«, fragte Max, dem ihr Stimmungswechsel nicht verborgen geblieben war. Er wusste nur zu gut, was sie durchgemacht hatte.

Sie zögerte. »Ich war kurz auf dem Friedhof, bevor ich hierhergekommen bin«, sagte sie leise und senkte für einen Augenblick den Kopf. »Das ist noch immer schwer … Aber es wird besser«, fügte sie hinzu.

Die Erinnerungen suchten sie noch immer an jeder Ecke heim. Fünf Monate war es her – doch es gab nach wie vor Momente, in denen sie nicht glauben konnte, dass ihre Mutter wirklich tot war. Trotz ihres geschwächten Zustands war ihr Tod dann sehr

plötzlich gekommen. Emma hatte gerade ihren Abschluss gemacht und die ersten Dolmetscheraufträge bekommen. Sie hatte
geglaubt, dass es nach der anstrengenden Zeit, in der sie Geld
verdient und ihr letztes Ausbildungsjahr beendet hatte, endlich
bergauf gehen würde. Im Nachhinein kam es ihr oft vor, als hätte
ihre Mutter genau den Zeitpunkt abgewartet, bis sie auf eigenen
Füßen stand, um zu gehen. Als wäre ihre Pflicht damit getan gewesen, dachte Emma voller Bitterkeit.

Obwohl sie aus den Gesprächen mit den Ärzten gewusst hatte,
wie es um ihre Gesundheit gestanden hatte, war sie auf den Tod
ihrer Mutter nicht vorbereitet gewesen. Emma hatte den Gedanken, sie könne sterben, einfach nicht zugelassen. In den letzten
Jahren war ihre Mutter oft krank gewesen, aber dann war es ihr
nach einiger Zeit doch immer wieder besser gegangen. Zwar
war Emma jedes Mal, wenn sie für einen Auftrag die Stadt verlassen musste, zögerlich gewesen, aber ihre Mutter hatte sie bestärkt, alles anzunehmen.

»Mir geht es gut, Emmi, wirklich«, sagte sie und nutzte auf
einmal wieder oft den Kosenamen aus ihren frühen Kindheitstagen. Und Emma glaubte ihr, weil sie ihr glauben wollte. Sie flog
in die Welt hinaus – nach Frankfurt, München, Genf und sogar
London –, und wenn sie zurückkam, erzählte sie ihrer Mutter
von ihren Reisen – von den fremden Städten, den Sehenswürdigkeiten und der Atmosphäre dort, den Menschen, die sie getroffen hatte, und ihrer Arbeit. Aufmerksam und ein wenig stolz
lauschte ihre Mutter ihren Erzählungen und wollte jedes Detail
wissen. Sie nahm in einer Weise Anteil an ihrem Leben, die ungewöhnlich für sie war, und die innere Ruhe, die sie auf einmal
ausstrahlte, hätte Emma vielleicht stutzig machen müssen. Zu
dieser Zeit wusste ihre Mutter bereits, wie gezählt ihre Tage waren.
Das hatten die Ärzte Emma später gesagt. Doch Rosa Lichtenberg
hatte nicht gewollt, dass ihre Tochter davon erfuhr.

»Mein Zustand hat sich sehr verbessert«, sagte sie beim letzten

Mal, als sie wieder einmal im Krankenhaus war. »Ich bekomme ein neues Medikament. Mach dir keine Sorgen. Du kannst den Auftrag ruhig annehmen.«

Mit einem unguten Gefühl war Emma nach Genf geflogen. Es waren nur zwei Tage gewesen – als sie zurückkehrte, stand sie fassungslos vor einem leeren Krankenhausbett. Sie war gestorben.

Noch immer erfassten sie bei der Erinnerung Trauer und Wut zugleich.

»Wie konnte sie mir das antun? Sie hat mir nicht einmal die Möglichkeit gegeben, mich von ihr zu verabschieden!«, hatte sie Max unter Tränen gefragt.

Max' Vater hatte ihre Mutter in ihren letzten Tagen noch im Krankenhaus besucht und versucht, sie nach ihrem Tod zu trösten. »Du kanntest sie«, hatte Dr. Weiß gesagt. »Sie hätte es nicht ertragen, wenn du weinend an ihrem Bett gesessen hättest, Emma. Sie wollte, dass du dein Leben lebst. Sie war so stolz auf dich.«

Doch seine Worte hatten sie nicht zu besänftigen vermocht. In dem tiefen Schmerz blieb ein Rest von Groll. Vielleicht war es für ihre Mutter einfacher gewesen, aber sie saß nun voller Trauer zu Hause und dachte an all die Dinge, die sie ihr gern noch gesagt oder sie gefragt hätte – an die vielen kleinen verpassten Gelegenheiten, die jetzt nie wieder zurückkehren würden. Dabei wurde ihr bewusst, dass ihre Mutter ihr trotz aller Härte und Strenge und auch der Distanz, die zwischen ihnen geherrscht hatte, immer Halt und Geborgenheit geschenkt hatte. Nun kam es Emma vor, als hätte man sie auf einmal aller Wurzeln beraubt.

Nach außen hin lernte sie zu funktionieren, während sie arbeitete, gelang es ihr sogar manchmal, für Augenblicke zu vergessen, was geschehen war. Sobald sie jedoch in Berlin war und freihatte, wusste sie nicht, wie sie die Trauer und den Schmerz bewältigen sollte und vor allem das Gefühl, dass sie nun keinerlei Familie mehr besaß und ganz allein war.

Sie hatte nur noch Max. Er hatte nicht nur bei der Beerdigung an ihrer Seite gestanden, sondern sie auch in den Monaten danach immer unterstützt, sie getröstet und versucht abzulenken.

»Es ist wirklich alles gut«, sagte sie, als sie jetzt seinen prüfenden Blick auf sich spürte.

»Du weißt, dass du mir nichts vorzumachen brauchst, auch wenn es nicht so wäre!«

»Ja, das weiß ich, Max.«

Sie hatten die kleine Gastwirtschaft am Heidelberger Platz erreicht, die über ein altmodisches Ambiente verfügte. Max und sie nahmen an einem der Tische Platz und bestellten die hausgemachte Erbsensuppe. Beim Essen tauschten sie sich über die jüngsten Neuigkeiten aus.

Er erzählte ihr von Luise, der Schauspielerin vom Schillertheater. »Wir nehmen die Beziehung beide ganz locker. Ich glaube, ich bin auch nicht ihr Einziger.«

Emma hielt ungläubig im Essen inne. »Und das stört dich nicht?«

Max grinste. »Nein, im Gegenteil. Dadurch stellt sie nicht so große Ansprüche an meine Zeit.«

Emma schüttelte den Kopf. »Irgendwann wirst du dich mal richtig verlieben.«

Max nippte an seiner Schorle. »Vielleicht.« Er wich ihrem Blick aus. »Und was ist mit dir? Triffst du keine interessanten Männer?«, fragte er dann.

Emma zuckte die Achseln. Sie wurde oft angesprochen und um eine Verabredung gebeten, aber seit dem Tod ihrer Mutter war sie mit niemandem ausgegangen. »Im Moment bin ich im Kopf nicht frei dafür.«

Max nickte. »Verstehe ich.«

Nachdem sie aufgebrochen waren, liefen sie noch zusammen bis zur Blissestraße, bevor sie sich verabschiedeten. Max wohnte seit letztem Jahr nicht mehr bei seinen Eltern, sondern war zur

Untermiete in eine andere Wohnung gezogen, in der auch zwei Kommilitonen ein Zimmer genommen hatten. Seine Vermieterin, eine reiche Witwe, fuhr regelmäßig länger nach Westdeutschland zu ihrer Schwester, sodass die drei ihre Freiheit genießen konnten.

Emma schlug ihren Mantelkragen hoch. Seit dem Tod ihrer Mutter fürchtete sie einerseits den Augenblick, in dem sie wieder zurück in ihre eigene Wohnung kam, weil sie dort alles an sie erinnerte, andererseits fand sie manchmal genau darin Trost. Emma hatte alles so gelassen, wie es war, und es nicht einmal über sich gebracht, ihre Kleidung und die wenigen Dinge auszusortieren, die sie besessen hatte, geschweige denn, etwas wegzuwerfen.

Es würde den Abschied von ihrer Mutter so endgültig machen, und dazu war sie noch nicht bereit. Irgendwann würde sie aus der Wohnung ausziehen und neu beginnen müssen, das wusste sie, aber die Zeit dafür war noch nicht gekommen.

Sie öffnete im Laufen ihre Handtasche, um ihren Schlüssel hervorzuholen, als sie Schritte hinter sich hörte.

»Emma?«

Sie drehte sich überrascht um, als sie den hellen Klang der Stimme hörte, die ihr irritierend vertraut vorkam, weil sie ihrer eigenen ähnelte. Für einen Augenblick glaubte sie, ihr Herz würde stehen bleiben, als sie die junge Frau vor sich anblickte. Es war Alice!

# TEIL 4

## WIEDERSEHEN

# ALICE

## 33

IHRE SCHWESTER SCHAUTE SIE AN wie ein Gespenst. Ein so fassungsloser Ausdruck zeigte sich in ihrem Gesicht, dass sie Mitleid empfand. Im Gegensatz zu ihr hatte Emma keine Zeit gehabt, sich darauf vorzubereiten, dass sie noch lebte.

Sie war die letzten drei Tage jeden Abend nach West-Berlin gefahren, doch die Wohnung war immer dunkel gewesen. Heute hatte sie erst sehr viel später als die anderen Male aufbrechen können, weil sie noch eine lange Sitzung in der Akademie gehabt hatten. Sie war sich fast sicher, dass sie wieder niemanden antreffen würde, und tatsächlich war ihr Klingeln erneut unbeantwortet geblieben. Enttäuscht hatte sich Alice schon wieder auf den Rückweg machen wollen, als sie auf der anderen Straßenseite die Gestalt bemerkt und wie erstarrt innegehalten hatte. Es war eine junge Frau, die gedankenverloren den Kopf nach unten gesenkt hatte. Noch bevor Alice sie genau erkennen konnte, hatte sie gewusst, nein gespürt, dass es Emma war. Es war ein verwirrend intuitives Gefühl, das sie erfasste und das sie seit ihren Kindertagen nicht mehr gehabt hatte. Sie hatte vergessen, wie es war, als sie selbst mit verbundenen Augen immer gefühlt hätte, ob sich ihre Schwester im selben Raum wie sie befand. Auch nach all den Jahren war ihr die Art, wie sie lief und sich bewegte, noch immer vertraut.

»Emma«, sagte sie jetzt leise und berührte sanft ihren Arm. Das Gesicht ihrer Schwester war blass. Sie trug ihr Haar wie sie selbst schulterlang, nur ein wenig modischer nach innen frisiert, und sie war etwas schmaler, als wäre sie krank gewesen. Es war seltsam für Alice, sie nach all den Jahren anzuschauen und dabei das Gefühl zu haben, ihr eigenes Spiegelbild anzusehen. »Du bist es wirklich«, stellte sie fest.

Ihre Schwester blickte sie noch immer wie im Schock an und brachte keinen Ton hervor. »Alice?«, brach es schließlich aus ihr heraus. Ein Schluchzen entrang sich ihrer Kehle, und dann fiel sie Alice in die Arme.

Einen Augenblick standen sie beide da, ohne etwas zu sagen, die andere einfach nur spürend, wie einen Teil von sich selbst, der ihnen in all den Jahren gefehlt hatte.

»Mein Gott. Ich kann es nicht glauben«, sagte Emma, als sie sich ein Stück von ihr löste. Sie lachte glücklich, während ihr gleichzeitig die Tränen über die Wangen liefen. »Ich habe es immer geahnt, dass du lebst!«

»Man hat mir gesagt, dass ihr damals gestorben wärt«, erzählte Alice. »Von Muttis Suchauftrag habe ich erst vor Kurzem erfahren und euch dann durch das Adressverzeichnis bei der Post gefunden. Ihr Name stand darin. Wohnt ihr beide hier? Ich bin schon in den letzten Tagen mehrmals von Ost-Berlin hierhergefahren. Wo ist Mutti?«, fragte sie, bis sie Emmas Blick bemerkte. Etwas darin ließ sie verstummen.

»Alice …«, begann Emma.

»Was ist mit ihr?«, fragte sie leise.

Emma starrte auf den Schlüssel, den sie in der Hand hielt.

»Komm erst mal mit rein«, sagte sie dann. »Ich erzähle dir oben alles.«

Sie schloss die Tür auf und zog sie mit sich. Alice folgte ihr die Treppen hoch, von einer Unruhe erfasst, die sie kaum etwas um sich herum wahrnehmen ließ. Sie hätte nicht sagen können, ob sie im dritten oder vielleicht schon im vierten Stock waren, als sie eine Wohnungstür erreichten und kurz darauf in eine Wohnung traten. Sie war spärlich möbliert.

Alice blickte sich in dem Wohnzimmer um, wo ein Esstisch mit Stühlen, ein altes weinrotes Sofa und ein Sessel standen. Ein paar Kissen und die Vorhänge machten den Raum wohnlich, aber die Wände waren kahl. Nur auf einer Anrichte standen einige gerahmte Fotos – eines zeigte Emma mit einer Schleife im Haar als Kind, ein anderes Emma zusammen mit ihrer Mutter. Ihre Schwester war darauf schon etwas älter, siebzehn oder achtzehn vielleicht. Ihre Mutter hatte den Arm um Emma gelegt. Die Jahre hatten sie gezeichnet. Falten durchzogen ihr schmales Gesicht. Ohne dass sie etwas dagegen tun konnte, verspürte Alice einen leisen Stich der Eifersucht, als sie das Bild mit den beiden betrachtete und ihr bewusst wurde, dass ihre Schwester ihre gesamte Kindheit mit ihrer Mutter hatte verbringen können. Warum hatten sie sie damals in Ostpreußen allein gelassen? Diese Frage hatte sie sich in den letzten Tagen wieder so oft gestellt und keine Antwort gefunden.

»Möchtest du etwas trinken?«, fragte Emma.

»Nein danke.« Alice merkte, wie sich ihr ungutes Gefühl verstärkte. »Was ist mit Mutti?«

»Setz dich doch«, sagte Emma leise und deutete auf einen der Stühle. Sie stand ihr gegenüber auf der anderen Seite des Tischs.

Alice schüttelte den Kopf. Plötzlich bemerkte sie die Tränen, die in Emmas Augen schimmerten.

»Mutti war schon lange sehr krank.« Emmas Hände spannten sich um die Lehne des Stuhls, hinter dem sie stand. »Die Flucht … es war alles sehr anstrengend und zu viel«, erzählte sie stockend weiter. »Sie bekam Tuberkulose, als wir in Berlin ankamen, und ihre Lunge hat sich wahrscheinlich nie richtig davon erholt. In den letzten Jahren war sie oft sehr krank, hat aber trotzdem immer weiter am Kiosk gearbeitet, um uns beide durchzubringen.«

Alice blickte sie ungläubig an.

»Im letzten Herbst kamen dann Herzprobleme hinzu. Das hat sie nicht mehr geschafft.« Emma wischte sich vergeblich die Tränen aus dem Gesicht, die ihr über die Wangen liefen. »Es tut mir so leid, Alice!«

Sie fühlte, wie in ihr alles erstarrte, als sie verstand, was Emma sagen wollte. »Sie ist gestorben?«

Ihre Schwester nickte. »Vor fünf Monaten. Ich kam von einem Auftrag aus Genf zurück. Sie wusste, wie schlecht es ihr ging, aber sie hat mir nicht gesagt, wie ernst es wirklich um sie stand.«

Ein Schwindelgefühl erfasste Alice. *Ihre Mutter war tot?* Sie sah, wie Emma um den Tisch herum auf sie zukam und sie in die Arme schließen wollte, doch sie wich einen Schritt zurück.

Ein verletzter Ausdruck blitzte in Emmas Augen auf. Sie ließ die Arme wieder sinken.

*Ihre Mutter lebte nicht mehr?* Das konnte nicht sein. Es kam Alice vor, als hätte sich das Schicksal einen grausamen Scherz mit ihr erlaubt. Nachdem sie von dem Suchauftrag erfahren hatte, war sie wie im Schock gewesen. Ihr war bewusst geworden, wie sehr sie ihre Mutter in all den Jahren vermisst hatte, wie schmerzhaft ihr die Liebe und die Geborgenheit gefehlt hatten, die sie ihr und Emma als Kind geschenkt hatte. Wie eine Narbe, die wieder aufgerissen wurde, waren all diese verdrängten Gefühle und die Trauer wieder aus den Tiefen ihres Unterbewusstseins aufgestiegen, ohne dass sie etwas dagegen hätte tun können. Dann hatte sie Angst bekommen, dass sie ihre Mutter und Emma möglicherweise gar nicht finden oder der Suchauftrag nicht echt gewesen sein könnte. Als sie ihren Namen in dem Adressverzeichnis gefunden hatte, war sie voller Hoffnung gewesen und hatte sich das Wiedersehen mit ihrer Mutter und Emma ausgemalt. Und nun sollte ihre Mutter tot sein? Sie würde ein zweites Mal um sie trauern müssen? Und dieses Mal noch dazu in dem schmerzhaften Bewusstsein, dass sie lediglich wenige Kilometer voneinander entfernt gelebt hatten, ohne es zu wissen?

Alice spürte, wie sich ihre Kehle zuschnürte.

Sie bekam mit, dass Emma etwas sagte und ihren Arm berührte, aber sie hörte ihre Worte nicht. Plötzlich war ihr alles zu viel. Sie konnte sich nicht einmal mehr über das Wiedersehen mit ihrer

Schwester freuen. Sie wünschte, sie hätte nie von dem Suchauftrag erfahren.

»Es tut mir leid«, stieß sie hervor, und dann drehte sie sich auf
dem Absatz um und stürzte aus der Wohnung.

»Alice!«

Sie rannte die Treppe hinunter

»Alice! Alice ... So warte doch!«

Emmas verzweifelte Rufe hallten durch das Treppenhaus hinter ihr her, als sie weiter die Stufen hinunter nach draußen auf
die Straße lief – so schnell, wie sie nur konnte –, als könnte sie
dadurch den Schmerz vertreiben.

# EMMA

## 34

IN ALL DEN JAHREN, IN denen sie glaubte, Alice könnte noch leben, hatte sie sich unzählige Male ausgemalt, wie ein Wiedersehen mit ihr aussehen würde. Doch so hatte sie es sich ganz bestimmt nicht vorgestellt. Aufgelöst lief Emma vom Treppenhaus zurück in die Wohnung und hoffte, vom Fenster aus noch ihre Schwester sehen zu können, aber sie war bereits verschwunden. Es war ein Fehler gewesen, ihr nicht sofort hinterherzurennen! Doch die gesamte Situation hatte sie überfordert und die Emotionen hatten sie zu sehr überwältigt – die Fassungslosigkeit und unbeschreibliche Freude, dass ihre Schwester auf einmal lebendig vor ihr stand, und dann die Tragik, ihr vom Tod ihrer Mutter erzählen zu müssen.

Es hatte sie verletzt, als Alice vor ihr zurückgewichen, aus der Wohnung gestürzt war und sie sich, anstatt die Trauer mit ihr zu teilen, von ihr abgewandt hatte. Aber nun wurde Emma mit einem Mal klar, dass sie keinerlei Informationen hatte, um mit ihrer Schwester in Kontakt zu treten – sie kannte weder ihre Adresse, noch wusste sie, wo sie arbeitete. Eigentlich wusste sie gar nichts über sie. Alice hatte nur erwähnt, dass sie in Ost-Berlin lebe. Angst erfasste sie, sie könnte ihre Schwester vielleicht nie wiedersehen. Emma spürte, wie erneut die Tränen in ihr hochstiegen. Alice lebte, das war das Einzige, was zählte, versuchte sie sich zu sagen.

In der Nacht schlief sie kaum mehr als ein paar Stunden. Am nächsten Morgen machte sie sich auf den Weg zu Max. Sie hatte ihn noch nie in seiner neuen Wohnung besucht, da das bei

Untermietern nicht gern gesehen wurde, aber er hatte ihr erzählt, dass er heute zu Hause für seine Prüfungen lernen musste.

Die Wirtin, eine ältere Dame in den Sechzigern, die ihr blond gefärbtes Haar in einem sorgfältig toupierten Dutt trug, öffnete ihr die Tür. Dem Namensschild an der Klingel nach zu urteilen, musste sie Frau Krämer sein.

»Ja?«

»Guten Tag, ich wollte zu Herrn Weiß«, sagte sie.

Die Wirtin musterte Emma missbilligend. »Es tut mir leid, aber Damenbesuche sind nicht gestattet.«

»Ich bin nur eine Freundin. Es ist wirklich wichtig.« Sie schenkte der Wirtin einen bittenden Blick.

Zu Emmas Glück tauchte Max im Flur auf, der das Klingeln gehört haben musste.

»Ems? Alles in Ordnung?«

Frau Krämer drehte sich mit strenger Miene zu ihm. »Herr Weiß, mir ist sehr wohl klar, dass sie und die anderen beiden jungen Herren sich nicht immer an die Hausregeln halten, und solange ich nichts mitbekomme und sich niemand beschwert, bin ich auch willens, ein Auge zuzudrücken. Aber Damenbesuche sind nicht gestattet. Das habe ich Ihnen schon einmal erklärt«, sagte sie entschieden.

»Frau Krämer – Emma, ich meine, Fräulein Lichtenberg, ist wirklich nur eine Freundin.«

»Ach, wie die Dame von vorgestern Abend?«

Emma zog die Brauen hoch, aber Max hatte nicht einmal den Anstand, rot zu werden.

»Ich schwöre Ihnen, es wird moralisch nichts zu beanstanden geben«, versprach er, und zu Emmas Erleichterung ließ Frau Krämer sie mit einem Kopfschütteln in die Wohnung.

Sie folgte Max durch den Flur.

»Was ist passiert?«, fragte er, sobald sie sein Zimmer betreten hatten, einen großzügigen Raum, der mit Eichenmöbeln aus dem

175

letzten Jahrhundert eingerichtet war: ein Doppelbett mit Baldachin, ein Sessel, ein Kleiderschrank und ein Schreibtisch. Auf Letzterem türmten sich Bücher und Papiere. Emma blieb in der Mitte des Zimmers stehen und drehte sich aufgelöst zu ihm.

»Max, meine Schwester – Alice –, sie lebt. Sie stand gestern Abend auf einmal bei mir vor der Tür«, stieß sie hervor.

»Was? Das ist ja wundervoll.«

Emma nickte, aber dann sank sie mit unglücklicher Miene in den Sessel.

Irritiert schaute Max sie an. »Du freust dich nicht?«

»Doch, sehr. Aber es ist alles schiefgelaufen. Alice dachte, unsere Mutter würde noch leben …« Emma erzählte Max, was geschehen war und wie ihre Schwester aus der Wohnung geflüchtet war, nachdem sie vom Tod der Mutter erfahren hatte. »Was hätte ich denn tun sollen? Ich musste ihr doch die Wahrheit sagen.«

Max legte ihr tröstend die Hand auf die Schulter. »Sie wird bestimmt wiederkommen, Ems.«

»Und wenn nicht?«, fragte sie mit einem Anflug von Verzweiflung.

»Dann suchst du sie. Du weißt jetzt, dass sie lebt und irgendwo in Ost-Berlin wohnt. Das heißt, du wirst sie auch finden. Zur Not engagieren wir einen Privatdetektiv.«

Max' Worte schafften es, Emma ein wenig zu beruhigen.

»Und wie ist deine Schwester so?«, fragte er voller Neugierde.

Emma drehte sich zu ihm. »Einerseits ist sie mir so vertraut und dann wieder auch fremd. Sie sieht aus wie ich, wir haben sogar die gleiche Haarlänge, aber innerlich hat sie sich verändert. Das habe ich gespürt.«

»Es sind ja auch zwölf Jahre vergangen«, gab Max zu bedenken.

Emma nickte. Es war eine lange Zeit, und sie hatte keine Ahnung, was mit Alice seit damals geschehen war, wurde ihr bewusst. Es gab so unendlich viele Fragen, die sie an ihre Schwester hatte.

»Ich kann mir gar nicht vorstellen, dass es einen anderen Menschen gibt, der genauso aussieht wie du«, sagte er nachdenklich.

»Es gibt kleine Unterschiede zwischen uns. Aber den meisten fallen sie nicht auf. Als Kinder haben wir uns daraus oft einen Spaß gemacht«, erzählte sie und merkte, wie die Erinnerung an früher sie beruhigte. Max hatte recht, das Wichtigste war, dass Alice lebte. Und wenn ihre Schwester sich nicht bei ihr melden sollte, dann würde sie sich selbst auf die Suche nach ihr machen. Sie würde ihr einige Tage Zeit geben.

Als sie sich von Max verabschiedete, ging es ihr besser.

Sie kehrte nach Hause zurück, um sich noch etwas vorzubereiten, denn am Nachmittag musste sie arbeiten. Vor einigen Tagen hatte sie einen Auftrag zum Dolmetschen an der Uni in Dahlem, der *Freien Universität*, bekommen. Ein amerikanischer Wissenschaftler würde im Audimax über die Möglichkeiten der Kernenergie sprechen. Normalerweise gehörten Naturwissenschaften nicht zu Emmas Spezialbereichen. Aber sie hatte den Vortrag vorher in schriftlicher Form erhalten, und ein Großteil der Fragen, den die Presse und anwesenden Wissenschaftler stellen würden, war auch schon im Vorfeld festgelegt worden. Deshalb und weil der Auftrag über Major Carter vermittelt worden war, hatte sie ihn angenommen.

Emma traf ein wenig früher als die Besucher im Henry-Ford-Bau ein. Sie hatte das Gebäude mit seiner modernen verglasten Längsseite schon immer gemocht. Es sollte bewusst Transparenz und Offenheit ausstrahlen, denn es stand symbolisch für die demokratischen Werte der Universität. Die FU war 1948 nach dem Krieg mit der Unterstützung der Amerikaner gebaut worden, nachdem im Ostteil der Stadt an der *Universität unter den Linden* systemkritische Studenten immer wieder verfolgt worden waren.

Dennoch standen, wie so oft, auch heute Teilnehmer einer Ost-Berliner Agitationsgruppe vor dem Gebäude, die versuchten West-Berliner Studenten in Gespräche und Diskussionen zu verwickeln. Vor allem die Wiederbewaffnung der Bundeswehr und der Eintritt der BRD in die Nato vor zwei Jahren waren beliebte Streitthemen. Wobei es dazu auch im Westen durchaus kritische Stimmen gab.

Emma schenkte den Ost-Berliner Studenten, die eine Broschüre an Vorbeilaufende verteilten, nur einen flüchtigen Blick. Bei dem Gedanken, wie ungleich das Leben im West- und Ostteil war, musste sie unwillkürlich an Alice denken und fragte sich, wie es wohl kam, dass ihre Schwester inzwischen in Ost-Berlin lebte.

Sie sprach einige Worte mit Dr. Deacon, dem amerikanischen Wissenschaftler, und auch mit dem Dekan der Universität, während mehr und mehr Menschen ins Audimax kamen, bis es bis zum letzten Platz gefüllt war.

In den nächsten zwei Stunden konzentrierte Emma sich ausschließlich auf ihre Arbeit. Der Vortrag, der um die neuen Einsatzmöglichkeiten der Atomenergie in der Wirtschaft kreiste, war spannend, und zu ihrer Erleichterung war der Amerikaner dolmetschererfahren. Er sprach langsam genug, sodass weder beim Übertragen seines Vortrags noch bei den anschließenden Fragen Schwierigkeiten auftraten.

Nach Beendigung der Veranstaltung packte sie gerade ihre Sachen zusammen, als zwei junge Männer auf sie zukamen – Georg Sacher, ein Journalist vom RIAS, und Lothar Russmann, der für den *Telegraf* arbeitete. Sie kannte die beiden von einigen Pressekonferenzen, auf denen sie gedolmetscht hatte, und begrüßte sie erfreut.

»Ich habe deine Stimme gleich erkannt«, sagte Georg. »Trinkst du noch etwas mit uns?« Er deutete in Richtung des Vorraums, wo man für die Veranstaltung eine Bar und einige Stehtische aufgebaut hatte.

»Ja, gerne.« Sie mochte die beiden Journalisten, die nur wenige Jahre älter waren als sie.

Menschen strömten mit ihnen aus dem Audimax, und im Gang nach draußen wurde es etwas eng. Ein Mann, der neben ihr ging, wurde von zwei Vorbeieilenden, die sich rücksichtslos nach vorn drängten, gegen sie gedrückt.

»Verzeihung. Manche Leute haben keine Erziehung«, sagte er mit einem entschuldigenden Lächeln zu ihr gewandt. Er war ein ganzes Stück größer als sie und hatte markante, intelligente Gesichtszüge. Als er Emma anblickte, stutzte er. »Kennen wir uns nicht?«

»Ich glaube nicht«, erwiderte sie freundlich. Er war attraktiv und hatte etwas Sympathisches.

Nachdenklich fuhr er sich durch sein volles dunkles Haar und musterte sie, als würde er überlegen, wo sie sich schon einmal begegnet waren. Dann blieb sein Blick an ihrem Namensschild hängen: *Emma Lichtenberg, Interpreter, West-Berlin*, stand darauf.

Sein Lächeln wurde ein wenig distanzierter. »Verzeihen Sie, aber ich habe Sie wohl mit jemandem verwechselt«, sagte er höflich, und bevor sie etwas erwidern konnte, hatte er sich schon nach rechts gewandt, wo ihn ein Mann im Anzug zu seinem Tisch gewinkt hatte.

# JULIUS

## 35

ER NAHM DAS GLAS BIER entgegen, das Felix ihm von der Bar mitgebracht hatte. Unwillkürlich glitt sein Blick noch einmal zu der Frau, die mit zwei Männern auf der anderen Seite des Vorraums an einem Stehtisch stand und sich angeregt mit ihnen unterhielt. Sie wäre ihm auch aufgefallen, wenn er nicht das Gefühl gehabt hätte, ihr schon einmal begegnet zu sein. Es war nicht unbedingt ihr Aussehen, obwohl sie zweifelsohne attraktiv war, sondern etwas an ihrer Art, wie sie sich bewegte, gestikulierte und lächelte – all die kleinen Dinge, die eine Persönlichkeit spiegelten und im Bruchteil eines Moments darüber bestimmten, ob man sich zu einem Menschen hingezogen fühlte. Er hätte schwören können, dass sie sich schon einmal über den Weg gelaufen waren, aber da sie aus West-Berlin stammte, war das unwahrscheinlich. Grübelnd steckte sich Julius eine Zigarette an.

»Konnte dein Charme bei ihr nicht zünden?«, zog Felix ihn auf, der seinen Blick bemerkt hatte. »Heißer Feger«, setzte er mit einem Zwinkern hinzu, und Julius wünschte sich nicht zum ersten Mal an diesem Nachmittag, dass er ohne ihn gekommen wäre. Er mochte Felix' Form der Kumpanei nicht.

»Ich dachte, ich kenne sie«, erklärte Julius knapp.

Felix zog die Brauen hoch, bevor er einen Schluck von seinem Bier nahm. Julius' Ruf, was Frauen anging, eilte ihm voraus, und es war offensichtlich, dass sein Kollege ihm nicht glaubte. Sie arbeiteten beide als Physiker am Institut in Zeuthen, an dem seit zwei Jahren wieder im zivilen Bereich der Kernenergie geforscht wurde, und hatten gewöhnlich nicht sonderlich viel miteinander zu tun. Julius war überrascht gewesen, dass Felix ihn heute begleiten wollte. Obwohl es legitim war, dass sie als Wissenschaftler zu solchen Veranstaltungen im Westteil der Stadt gingen, hatte Julius den Besuch dennoch bei der Institutsleitung angemeldet. Daraufhin hatte Felix erklärt, dass er mitkommen werde. Ob aus Interesse oder weil jemand bestimmt hatte, dass der Kollege ein Auge auf ihn haben sollte, war Julius nicht ganz klar. Im Grunde war es ihm auch gleichgültig.

Er stieß den Rauch seiner Zigarette aus, während er die Leute um sich herum musterte. Es war eine typische West-Berliner Veranstaltung. Der Dekan und der amerikanische Kulturattaché hatten einige hochtrabende Worte zur demokratischen Freiheit und ihrer Bedeutung für die Wissenschaft geäußert. Eine gewisse Selbstgefälligkeit schwang darin, aus der das Überlegenheitsgefühl des Westens herausklang, das auch bei vielen der anwesenden Zuhörer zu spüren war. Es passte zum Thema des Vortrags. Seit der Genfer Atomkonferenz wurde die Kernenergie als Wundermittel der Zukunft gepriesen, die alle Probleme der Industrienationen, wenn nicht sogar der gesamten Menschheit lösen würde. Man träumte von nuklearen Flugzeugen, von Mini-Reaktoren als Heizungen in Häusern bis hin zur Entsalzung der Meere, die ebenfalls durch die Kernenergie möglich werden sollte. Der Vorstellung waren keine Grenzen gesetzt. Julius bezweifelte jedoch, dass alles so einfach sein würde.

Sein Blick wanderte erneut über die Menschen, die dicht gedrängt in dem Foyer standen, und er fragte sich, ob es das war, was Sigmund gesucht hatte – diese vermeintliche Freiheit. Er konnte noch immer nicht glauben, dass der Freund mit keinem einzigen Wort eine Andeutung über seine Pläne hatte verlauten lassen und von einem Tag auf den anderen verschwunden war, um in den Westen zu fliehen. Julius kämpfte gegen die schlechte Laune, die ihn erfasste, da er unwillkürlich an den morgigen Termin bei der Staatssicherheit dachte. Auch das hatte er Sigmund zu verdanken.

»Der Westen ist uns um Jahre in der Forschung voraus. Das muss man leider zugeben«, sagte Felix mit nachdenklicher Miene, als sie auf dem Rückweg in die U-Bahn stiegen. Julius nahm ihm gegenüber in dem halb leeren Abteil Platz und beobachtete durch das Fenster, wie auf dem Bahnsteig die Menschen vorbeieilten. Er zuckte die Achseln. »Es ist nur eine Frage der Zeit, bis wir wieder den gleichen Stand erreichen werden. Wir hatten einfach nicht die gleichen Voraussetzungen.« Der Rückstand der DDR in der Forschung war vor allem auf zwei Gründe zurückzuführen: Zum einen waren die führenden Wissenschaftler nach dem Krieg in die Sowjetunion gebracht worden, um dort zu arbeiten, zum anderen war Ostdeutschland aber auch durch die Demontage seiner Industrieanlagen weit stärker ausgeblutet als der Westen.

»Das stimmt«, gab Felix zu. »Es hätte auch niemand geglaubt, dass die Sowjets so schnell ihre erste Atombombe bauen werden und jetzt noch vor den Amis Sputnik ins All geschickt haben.« Stolz schwang in seiner Stimme, als wäre er selbst an der Arbeit dieser Errungenschaften beteiligt gewesen.

Die gesamte westliche Welt war wie im Schock gewesen, als vor gut zwei Wochen bekannt wurde, dass die Sowjets noch vor den USA den ersten Satelliten hatten. Ohne Frage haben die Russen bewiesen, dass der Kommunismus ein modernes und fortschrittliches System ist, das mit dem Kapitalismus des Westens konkurrieren kann, dachte Julius bei sich, auch wenn er nicht den Wunsch verspürte, dieses Thema mit Felix zu vertiefen.

Einige Stationen später erreichten sie Ost-Berlin und er war froh, als sich ihre Wege trennten.

Julius beschloss auf dem Weg nach Hause spontan, noch bei seinem Vater August vorbeizuschauen. Er besaß einen Schlüssel zu seiner Wohnung.

August Laakmann saß in seinem angestammten Sessel im Wohnzimmer. Er sah blass und ausgemergelt aus, seitdem er die Operation gehabt hatte.

»Ich brauche kein Kindermädchen. Mir geht's gut«, brummte er, als Julius in die Wohnstube kam. Er legte nicht einmal die Zeitung beiseite. Eine Nachbarin brachte ihm regelmäßig Essen, aber seit der Krebsdiagnose besuchte Julius ihn öfter.

»Man wird ja wohl noch nach seinem Vater schauen dürfen.«

Sein alter Herr ließ die Zeitung kurz sinken. »Hast du früher auch nicht so oft gemacht.«

»Ach, komm«, sagte Julius und griff nach der Branntweinflasche, die auf dem kleinen Beistelltisch stand. Kopfschüttelnd schaute er auf das Etikett. »Bist du dir sicher, dass das gut für dich ist?«

»Sei nicht albern! Als wenn das noch etwas an meinem Zustand ändern würde.«

Seufzend griff Julius nach einem Glas für sich selbst. Sein Vater hatte sich noch nie in seinen Lebenswandel hineinreden lassen. Er goss sich einen Schluck ein. »Ich war eben auf einem Vortrag in West-Berlin.«

»Tatsächlich?« Diesmal hatte er seine Aufmerksamkeit. »Wenn du schlau wärst, wärst du gleich drüben geblieben«, sagte sein Vater.

Julius war sich nie ganz sicher, ob er es ernst meinte. Es hatte Zeiten gegeben, in denen sein Vater an den Sozialismus geglaubt und sich als überzeugten Kommunisten bezeichnet hatte, auch wenn er nie in die Partei eingetreten war. Das war unter Hitler zu gefährlich gewesen, und Walter Ulbricht hatte er von Anfang an gehasst.

»Drüben ist auch nicht alles Gold, was glänzt, das weißt du ganz genau«, erwiderte Julius. »Und was du im RIAS hörst, senden die Amerikaner nur, um die Leute hier zu manipulieren«, fügte er hinzu, bevor er einen Schluck aus seinem Glas trank. Er fand allein den Begrüßungssatz des amerikanischen Radiosenders schon pathetisch: *Eine freie Stimme der freien Welt ...*

»Besser als hier ist es allemal. Und du solltest sehen, dass du hier wegkommst. Du weißt, dass ich noch die Wohnung im Wedding habe«, murmelte sein Vater.

Julius verkniff sich eine Antwort. Wohnung schien ihm ein hochtrabendes Wort für das dunkle, feuchte Zimmer mit Toilette im Treppenhaus, das sich im Souterrain eines verwahrlosten Weddinger Mietshauses befand. Das Haus hatte früher einer entfernten Cousine seines Vaters gehört, die es verkauft hatte, als sie in Geldschwierigkeiten gekommen war. Nur die Hausmeisterwohnung hatte sie aus unerfindlichen Gründen behalten. Nach ihrem Tod war die Wohnung in den Vierzigerjahren auf seinen Vater überschrieben worden.

Julius sah, dass der alte Herr seine Augen geschlossen hatte und eingenickt war. Leise stellte er das Glas ab und stand auf. Einen Moment betrachtete er die schmal gewordene Gestalt im Sessel, die nichts mehr mit dem kräftigen Mann von früher gemein hatte, und versuchte den Schmerz in seiner Brust zu ignorieren.

# MARKOV

## 36

ER HATTE BEREITS GESTERN EINEN Anruf vom MfS, dem Ministerium für Staatssicherheit, bekommen. Kurt Schröder war sein
Verbindungsmann dort und hatte ihn informiert, dass Julius
Laakmann heute bei ihnen erwartet wurde. Die unscheinbare,
eher schmächtige Erscheinung des Stasioffiziers mit dem dünnen
blonden Haar und der Brille täuschte darüber hinweg, dass er mit
Härte durchzugreifen wusste. Der Deutsche, der während des
Krieges in Moskau im Exil gewesen war, hatte schnell verstanden,
dass die schlimmsten Feinde und Verräter nicht in der BRD oder
im Ausland saßen, sondern im eigenen Land zu finden waren.

Markov ließ seinen Blick kurz durch den kleinen kahlen Raum
schweifen, in den Schröder ihn gebracht hatte. Die installierte
Abhöranlage würde es ihm ermöglichen, das Gespräch mit
Laakmann mitzuhören. Nach Haushofers Flucht hatte man dessen Freund zweimal verhört – ohne sonderliche Ergebnisse –,
aber nun hatte sich Haushofer bei ihm aus der BRD gemeldet,
wie sie es erwartet hatten.

Markov setzte sich den Kopfhörer auf und blätterte in der
Mappe, die ihm der Stasioffizier zuvor gegeben hatte. Die Staatssicherheit hatte darin ihre eigenen Informationen über Julius
Laakmann zusammengetragen. Sie deckten sich weitestgehend
mit denen des KGBs, des Komitees für Staatssicherheit der UDSSR:
Laakmann interessierte sich nicht sonderlich für Politik, auch
wenn er den Kommunismus als gesellschaftliche Idee überzeugend fand, wie von mehreren Zeugen bestätigt wurde. In seinem
Leben gab es nur zwei Leidenschaften, die Wissenschaft und

Frauen. Er hatte zahlreiche Affären, und sein Aussehen konnte man objektiv als sehr attraktiv bezeichnen, wie Markov mit Blick auf die Fotos in seiner Akte anerkennen musste. An und für sich gab es an der Lebensführung des Physikers nichts Auffälliges oder Verdächtiges – außer, dass er ein enger Freund und ehemaliger Kollege von Sigmund Haushofer gewesen war. Noch immer ergriff Markov Wut, dass er sich so in dem geflüchteten Wissenschaftler hatte täuschen können.

In der Leitung war ein Knacken zu hören.

Markov legte die Fingerspitzen gegeneinander. »Guten Tag, Herr Laakmann«, war Schröder zu hören.

»Guten Tag.« Ein Stuhl knarrte, und Markov hatte vor Augen, wie Laakmann gegenüber dem Stasimann Platz nahm. Dann hörte man seine Stimme: »Sie hatten mich gebeten, dass ich mich melde, wenn ich etwas von Herrn Haushofer höre. Nun, wie ich schon am Telefon sagte, er hat mir geschrieben. Das hier habe ich gestern bekommen.«

Laakmanns Stimme klang nicht sonderlich nervös, stellte Markov fest. Es hatte seine Vorteile, sich bei einem Verdächtigen nur auf die Stimme konzentrieren zu können, weil man feine Nuancierungen mitbekam, die einem in der persönlichen Begegnung häufig entgingen.

Papier raschelte.

»Danke«, sagte Schröder. Einige Augenblicke war es still, dann räusperte sich der Stasioffizier und begann, den Brief vorzulesen:

»*Lieber Julius, verzeih mir, dass ich mich erst jetzt bei Dir melde. Es ist mir sehr schwergefallen, Dich trotz unserer langen und engen Freundschaft nicht in meine Pläne einzuweihen. Du weißt, wie viel Du mir bedeutest. Aber gerade deshalb wollte ich Dich nicht in Schwierigkeiten bringen. Ich kann mir vorstellen, wie überrascht Du gewesen sein musst, dass ich Ostdeutschland verlassen habe. Ich hoffe, Du wirst mir glauben, wenn ich Dir sage: Ich hatte meine Gründe.*

*Zu Deiner eigenen Sicherheit empfehle ich Dir, dieses Schreiben der Staatssicherheit zu zeigen, da ich davon ausgehe, dass man Dich nach meiner Flucht überwachen wird …*« Schröders Stimme verstummte. Einen Moment lang war es still.

»Und, stimmt es, dass Sie mich überwachen?« In Laakmanns Stimme schwang ein leiser Spott, als er das Schweigen brach.

»Haben wir denn Grund dazu?«

Laakmann blieb ihm eine Antwort auf diese eher rhetorische Frage schuldig.

»Zigarette?«, fragte Schröder.

»Ja, danke.«

Das Geräusch eines Streichholzes, das entzündet wurde, war zu vernehmen.

»Ehrlich gesagt habe ich überlegt, ob ich diesen Brief nicht gleich in den Mülleimer werfe«, sagte Laakmann dann. »Er ist nicht nur unter freundschaftlichen Aspekten recht armselig, sondern auch angesichts des Ratschlags, zu Ihnen zu gehen. Behalten Sie ihn gern.«

»Sind Sie enttäuscht von Dr. Haushofer?«, entgegnete Schröder.

»Ja. Nach den Jahren, die wir befreundet sind, hätte ich erwartet, mehr über seine Gründe zu erfahren als diese lächerliche Karte«, sagte Laakmann, und es klang ehrlich.

»Nun, vielleicht haben Sie ihn nicht so gut gekannt, wie Sie dachten?«

»Vielleicht.«

»Ich danke Ihnen auf jeden Fall, dass Sie zu uns gekommen sind.«

Ein Stuhl knarrte erneut, und Schritte waren zu hören. »Die Entscheidung von Dr. Haushofer, mit seiner Flucht sein Land zu verraten, hat einige Fragen aufgeworfen, wie Sie sich sicher vorstellen können«, war Schröders Stimme etwas entfernter zu vernehmen.

»Natürlich. Auf Wiedersehen.«

Dann schloss sich eine Tür.

Nur wenige Augenblicke später betrat Schröder den Nebenraum. Markov zog den Kopfhörer von den Ohren.

Wortlos reichte der Deutsche ihm den Brief. Markov überflog die Zeilen, die er bereits kannte, und warf einen Blick auf den Poststempel des Umschlags. Der Brief war in Frankfurt abgeschickt worden. Sie wussten bereits, dass Haushofer dort in der Umgebung lebte. »Und was ist Ihr Eindruck?«, fragte er schließlich.

Schröder zuckte die Achseln. »Er klang durchaus überzeugend, aber das hat nichts zu sagen – Laakmann ist mit Sicherheit intelligent genug, um sich glaubhaft zu verstellen.«

Markov nickte. »Das denke ich auch.« Er reichte Schröder den Brief zurück.

»Behalten Sie ihn im Auge.«

»Selbstverständlich.«

Sie wussten beide, dass die Angelegenheit um Haushofer zu wichtig war, als dass man sie auf sich beruhen lassen konnte. Sachlich betrachtet hatten der Brief und das Gespräch mit Julius Laakmann keinerlei neue Informationen gebracht, doch das hatte Markov auch nicht erwartet. Sie hatten dennoch etwas Entscheidendes erfahren – Haushofer fühlte sich dort, wo er jetzt war, sicher. Und Sicherheit bedeutete, dass er unvorsichtiger werden und Fehler machen würde.

Markov griff nach seinem Mantel. Schröder begleitete ihn zum Ausgang, und sie tauschten sich noch über die jüngsten politischen Ereignisse aus. West-Berlin war und blieb ein Hort ständiger Ärgernisse aufgrund der offenen Sektorengrenze. Die kapitalistische Propaganda war genauso schwer einzudämmen wie die Aktivitäten der westlichen Geheimdienste. Ganz zu schweigen davon, dass die Zahlen derjenigen, die Monat für Monat nach West-Berlin flohen, nach wie vor in die Tausende ging. Die DDR verlor dadurch immer mehr wichtige Arbeitskräfte, allen voran die so dringend benötigten Facharbeiter.

»Wie steht es um diese KgU?«, erkundigte Markov sich. Seit Jahren kämpften sie mit allen Mitteln gegen den antikommunistischen Verband, der sich nicht nur ein gefährliches Netz von V-Leuten in der DDR aufgebaut hatte, sondern mit seinen Operationen auch schwere wirtschaftliche Schäden verursacht und sie der Lächerlichkeit preisgegeben hatte. Der KgU waren die unterschiedlichsten kriminellen und staatsfeindlichen Taten zuzuschreiben, angefangen von Flugblättern, die sie mittels Gasballons über Ost-Berlin abregnen ließen, über sogenannte Störaktionen, bei denen sie Zigtausende von gefälschten Briefen im Namen der Regierung oder von Unternehmen der DDR verschickt hatten – vor drei Jahren war es ihnen tatsächlich gelungen, durch gefälschte Regierungsschreiben diverse Rüstungsaufträge zu kündigen –, bis hin zu versuchten Sprengstoffanschlägen. Die Vernichtung dieses subversiven imperialistischen Verbands war daher schon lange eines der vorrangigen Ziele der Stasi und des KGBs.

»Sie wird insgeheim noch immer von der CIA unterstützt, aber in der Öffentlichkeit hat sie deutlich an Ansehen verloren. Ganz besonders durch den aktuellen Prozess gegen diesen Nachrichtenhändler«, berichtete Schröder.

Markov nickte mit grimmiger Zufriedenheit. Es war dem Ministerium für Staatssicherheit inzwischen durch etliche Aktionen und Verhaftungen gelungen, den Verband empfindlich zu schwächen. »Wir haben es übrigens geschafft, jemand an wichtiger Stelle in den Verband der KgU einzuschleusen«, fügte Schröder hinzu.

Markov blickte ihn erfreut an. »Sehr gut. Halten Sie mich auf dem Laufenden«, sagte er, als sie seinen Wagen erreicht hatten und sich per Handschlag verabschiedeten.

Zurück in Karlshorst, wurde er in seinem Büro von Andrej empfangen. Sein Mitarbeiter reichte ihm eine Mappe, in der Briefe und einige Dokumente lagen, die er unterschreiben musste.

»Und Sie wollten doch über die junge Frau informiert werden, wenn es Neuigkeiten gibt.«

»Ja.«

Andrej reichte ihm einen Bericht. »Sie war mehrere Tage nacheinander am Abend in West-Berlin. Allerdings nur kurz.«

Markov begann interessiert zu lesen.

# EMMA

## 37

EINIGE TAGE WAREN VERSTRICHEN, UND sie war durch die verschiedensten Stimmungen gegangen, die von tiefer Traurigkeit bis hin zu Verärgerung gereicht hatten. Nur die Arbeit lenkte sie ab, und nachdem fast eine Woche vorüber war, befürchtete sie, dass Alice nicht zurückkommen würde.

Doch dann saß sie eines Tages im Mantel vor den Stufen ihres Hauses. Die Arme um die Knie geschlungen wie früher als Kind, blickte sie ihr entgegen und strich sich das Haar aus dem Gesicht.

Emma blieb wortlos vor ihr stehen. Alice stand auf.

»Hast du Bilder von ihr … aus den letzten Jahren?«, fragte sie stockend, so, als würden sie das Gespräch von jenem Abend einfach weiterführen und sie wäre nie weggerannt.

Emma nickte. »Ja.«

Sie steckte den Schlüssel ins Schloss, als Alice die Hand hob und jemanden grüßte. Verwundert drehte Emma sich um. Es war Otto Brixmann, der irritiert von der anderen Straßenseite zu den beiden Schwestern schaute.

»Er hat mich einige Male gegrüßt, wenn ich bei dir geklingelt habe, so als würde er mich kennen«, erklärte Alice auf Emmas Blick hin, als sie den Hausflur betraten. »Deshalb wusste ich, dass du noch lebst«, fügte sie leiser hinzu.

Die beiden Schwestern schauten sich an, bis Emma Alice mit unerwartet festem Griff an den Schultern fasste. »Versprich mir, dass du nie wieder gehst, ohne dass ich weiß, wo ich dich finden kann«, stieß sie hervor.

Alice nickte.

Sie stiegen beide die Treppe hinauf und betraten die Wohnung.

»Willst du heute etwas trinken?«, fragte Emma.

»Ja, gerne.«

»Limonade oder einen Tee?«

»Was du nimmst.«

Als Emma mit zwei Gläsern Limonade aus der Küche zurückkkam, sah sie, dass Alice sich bereits an den Esstisch gesetzt hatte und nachdenklich jede Einzelheit des Wohnzimmers betrachtete.

Emma stellte die Gläser ab und griff nach einem Stift und Notizblock, die auf der Anrichte lagen. »Kannst du mir deine Adresse aufschreiben? Das Gefühl, keine Möglichkeit zu haben, mit dir Kontakt aufzunehmen, war schrecklich.«

Ein schuldbewusster Ausdruck blitzte in Alices Gesicht auf. »Natürlich.« Sie notierte ihre Adresse. »Hier. Und ich arbeite in der Akademie der Wissenschaften als Facharbeiterin für Schreibtechnik … »Sekretärin«, nannte man das früher«, fügte sie hinzu. »Dort kannst du mich auch telefonisch unter dieser Nummer erreichen.«

Emma blickte sie an. »Aber man kann doch von West-Berlin aus nicht mehr in Ost-Berlin anrufen«, sagte sie. Die Verbindungen zwischen beiden Stadtteilen waren schon seit einigen Jahren von der DDR-Regierung gekappt worden.

Ihre Schwester hielt verlegen inne. »Das hatte ich ganz vergessen.« Sie reichte ihr den Block zurück. »Was arbeitest du eigentlich?«, fragte sie dann.

»Ich dolmetsche und übersetze. Hauptsächlich Englisch, aber manchmal auch Französisch. Ich habe auch angefangen, Russisch zu lernen, bin aber noch nicht gut genug«, erklärte Emma, während sie zur Kommode ging. Sie legte den Block ab und zog eine der unteren Schubladen auf. Hier hatte ihre Mutter immer eine alte Schachtel mit Fotos aufbewahrt. Sie kam damit zurück zum

Tisch und setzte sich Alice gegenüber. Vorsichtig nahm sie den Deckel ab.

»Das ist Mutti 1946, ein Jahr, nachdem wir in Berlin angekommen waren. Wir sind ungefähr einmal im Jahr zu einem Fotografen gegangen. Sie wollte nie abgelichtet werden, aber ich habe immer darauf bestanden.«

Alice nahm das Foto in die Hand, das ihre Mutter als eine schmale Frau mit hageren strengen Gesichtszügen zeigte.

»Das war kurz nach der Tuberkulose, deshalb ist sie so dünn«, erklärte Emma.

»Sie sieht ganz anders aus als früher … oder jedenfalls anders, als ich sie in Erinnerung hatte.«

»Ja, sie hat sich sehr verändert nach der Flucht und nachdem wir dich verloren hatten. Nicht nur äußerlich durch die Krankheit, auch innerlich«, sagte Emma und beobachtete, wie Alice das Foto zur Seite legte und zögernd nach den nächsten Bildern griff, die sie ihr über den Tisch reichte.

Schweigend sah ihre Schwester ein Foto nach dem anderen an, auf den meisten war ihre Mutter zusammen mit Emma zu sehen.

Es hatte etwas Unheimliches, hier mit Alice am selben Tisch zu sitzen, an dem sie so oft mit ihrer Mutter gegessen hatte, stellte Emma fest. Sie wünschte, ihre Mutter hätte noch vor ihrem Tod erfahren, dass Alice lebte.

»Du kannst glücklich sein, dass du so viele Jahre mit ihr erleben konntest.« Alice legte das letzte Bild behutsam, als würde es sich um einen zerbrechlichen Gegenstand handeln, wieder zurück in die Schachtel. Ihre Finger strichen über die Tischkante. »Warum hat Mutti eigentlich erst 1950 den Suchauftrag nach mir aufgegeben?«

Emma wich ihrem Blick aus. Sie hatte geahnt, dass Alice diese Frage stellen würde. »Das war nicht Mutti«, sagte sie zögernd. »Ich habe den Suchauftrag aufgegeben und ihre Unterschrift dafür gefälscht. Ich hatte immer das Gefühl, dass du noch lebst. Aber Mutti, nachdem sie dachte, dass du tot bist, wollte sie nie über früher sprechen. Erst im letzten Jahr, als es ihr schon sehr schlecht ging und sie die Herzprobleme bekam, hat sie mir einmal gestanden, welche Schuldgefühle sie hatte, weil sie dich an jenem Tag allein mit der Bäuerin zurückgelassen hat. Sie ist nie darüber hinweggekommen ...«

Alice blickte sie an, ohne etwas zu sagen. Anders als früher hätte Emma nicht sagen können, was in ihr gerade vorging. Mit einem Mal wurde ihr bewusst, wie fremd sie sich geworden waren.

»Warum hat Mutti mich überhaupt an diesem Tag zurückgelassen? Ich meine, ich war sehr krank, oder?«, fragte Alice dann.

Emma nickte. »Ja, aber sie dachte, wir wären nur kurz weg. Wir haben auf dem Nachbarhof nach Lebensmitteln gesucht. Als wir zurückkamen, wurden wir von den Russen überrascht. Sie waren überall. Es wurde geschossen, und Häuser brannten ...« Emma schauderte, als sie die Bilder unwillkürlich wieder vor sich sah. Sie erzählte Alice, wie sie sich verstecken mussten, später dann zu dem abgebrannten Haus zurückgekehrt waren und überall nach ihr gesucht hatten. Während sie sprach, spürte sie wieder die Angst und Verzweiflung von damals.

»Wo um Gottes willen warst du? Ich meine, wie hast du überlebt?«, fragte Emma.

Diesmal war es Alice, die ihrem Blick auswich. »Ein russischer Offizier hat mich aus dem Haus gerettet, bevor es in Flammen aufging. Ich war einige Zeit bei russischen Soldaten, bevor ich in ein Heim gekommen bin. Erst in Ostpreußen und dann in Brandenburg.« Ihr Tonfall war fast nüchtern, als sie sprach.

Emma versuchte sich vorzustellen, was ihre Schwester, ganz allein auf sich gestellt, in diesen Jahren durchgemacht haben musste.

»War es sehr schlimm im Heim?«

Alice zuckte die Achseln. »Was heißt schon schlimm?« Sie ließ den Blick durch das Wohnzimmer schweifen, offensichtlich nicht gewillt, weiter darüber zu sprechen. »Habt ihr hier die ganzen Jahre gelebt? Darf ich mich umschauen?«

»Ja, natürlich. Komm, ich zeig dir alles«, sagte Emma. Während sie sie durch die Wohnung führte und ihre Schwester sich alles genau ansah, nahm sie erneut wahr, wie sehr sie sich verändert hatte. Früher als Kind war sie so impulsiv gewesen und hatte sie beide oft in Schwierigkeiten gebracht. Jetzt wirkte sie im Vergleich dazu geradezu kontrolliert.

Sie sah, dass Alice ein Bild von sich und ihrer Mutter auf der Anrichte in der Hand nahm, das sie schon bei ihrem ersten Besuch betrachtet hatte.

»Hast du Lust, mit mir zusammen Abendbrot zu essen?«, fragte Emma spontan.

»Ja, gern.«

Sie folgte ihr in die kleine Küche, und Emma holte erst Teller und Besteck und dann Brot aus einem Schrank. Aus dem Kühlschrank nahm sie Butter, etwas Aufschnitt, Käse und ein Glas Gewürzgurken und stellte alles zusammen auf ein Tablett. Zum Schluss deutete sie noch auf eine Schale mit Weintrauben und Bananen. »Magst du auch etwas Obst zum Nachtisch?«

Alice blickte auf die Früchte und nickte. »Ich vergesse immer, dass ihr keine Lebensmittelmarken mehr habt und ein viel größeres Angebot«, sagte sie, als sie wenig später an dem gedeckten Tisch Platz nahm.

Emma, die noch zwei Servietten neben die Teller gelegt hatte, hielt inne. »Du könntest auch hierbleiben. Es wäre bestimmt kein Problem. Ich kenne sogar einige Leute, die dir bei dem Aufnahmeverfahren helfen könnten. Und die Wohnung wäre groß genug für uns beide.«

Alice wirkte irritiert. »Was meinst du?«

»Na, dass du auch nach West-Berlin kommst«, sagte Emma.

Alice schüttelte den Kopf, während sie sparsam Butter auf ihr Brot strich. »Nein, das kann ich mir nicht vorstellen. Meine Arbeit, mein ganzes Leben ist doch drüben.«

»Du würdest hier bestimmt leicht eine neue Stelle finden.«

Ein reservierter Ausdruck zeigte sich auf Alices Gesicht. »Ich lebe gern in Ost-Berlin, Emma!«

»Wirklich? Aber hier hättest du ganz andere Möglichkeiten.«

»Du meinst, weil ich mir hier mehr kaufen kann?« Alice schüttelte den Kopf. »Nein, ich glaube an den Sozialismus.«

Emma schaute sie ungläubig an. »Und was ist mit deiner Freiheit? Die Zensur, die Verhaftungen … Stört dich das nicht?«

»Glaubst du wirklich, es stimmt alles, was man euch hier im Westen erzählt?«, entgegnete Alice und lächelte milde, sodass Emma sich auf einmal in die Zeit zurückversetzt fühlte, wenn ihre Schwester ihr als Kind erklärt hatte, dass sie die Ältere sei und deshalb etwas besser wisse als sie.

»Freiheit bedeutet doch mehr, als nur besitzen und einige wenige reich zu machen, Emma. Wir kämpfen für ein System, das Gerechtigkeit und Gleichheit für alle schafft. Auch wenn wir nicht euer Angebot haben, weil wir noch im Aufbau sind. Aber auch bei euch ist es ja nicht so, dass sich alle Menschen diese Dinge leisten können.«

Emma schwieg. Das Letzte, was sie wollte, war, mit ihrer Schwester bei ihrem Wiedersehen ein politisches Streitgespräch zu führen. »Es überrascht mich, dass du so denkst«, sagte sie daher nur ehrlich und versuchte das Thema zu wechseln.

Wie von allein kam das Gespräch auf früher, auf ihre Kinderjahre in Ostpreußen, und die Stimmung zwischen ihnen entspannte sich wieder, als sie sich an die Streiche erinnerten, die sie ihren Eltern und den Nachbarn gespielt hatten.

»Ich würde die Landschaft und unseren Hof dort so gern noch einmal sehen«, sagte Emma, von einer plötzlichen Sehnsucht erfasst.

»Ich auch«, bekannte Alice. »Aber jetzt ist alles anders. Es wurde so viel zerstört, und Ostpreußen gehört jetzt zur Sowjetunion und zu Polen.«

Einen Moment lang schwiegen sie, und ihre Gedanken wurden von den Erinnerungen davongetragen. Schließlich erhob sich Alice. »Ich fürchte, ich muss los. Danke für das Abendbrot.«

Über Emmas Gesicht glitt ein bedauernder Ausdruck. Sie wollte nicht, dass Alice ging. »Es gibt so viel, was ich dich fragen und dir erzählen möchte. Und du musst auch Max kennenlernen.«

Alice musterte sie neugierig. »Deinen Freund?«

»Nein, aber *ein* Freund, jemand, der mir sehr wichtig ist und dem ich viel von dir erzählt habe.«

Alice nickte. »Ich melde mich, ja?«, sagte sie, und Emma begleitete sie zur Tür. Im Hausflur drehte sie sich noch einmal um, als würde sie Emmas Gedanken spüren: »Ich verspreche es!«

# MAX

## 38

ES WAR EIN RUHIGER NACHMITTAG. Max hatte zwei Gespräche geführt, aber seitdem war niemand mehr gekommen, und er hatte die letzten Stunden allein in der Beratungsstelle verbracht. Frissmann war zu einem Arzttermin gegangen.

Da es auch keine Schreibarbeiten mehr zu erledigen gab, beschloss er, seine Jura-Unterlagen aus der Tasche zu holen, um die Zeit zum Lernen fürs Examen zu nutzen. Doch als er hinten im Büro stand, fiel sein Blick auf einmal auf den großen Karteikasten aus Holz, und er musste an sein letztes Gespräch mit Frissmann denken.

Ohne lange nachzudenken, öffnete Max den Kasten und begann, in den Karteikarten zu blättern. Schicksal über Schicksal von Menschen, die bereit waren, alles hinter sich zu lassen, um im Westen neu anzufangen. Die Namen waren alphabetisch geordnet, und es überraschte ihn nicht einmal, als er auf den Karten, deren Namen eine jüdische Abstammung erkennen ließen, die Vermerke las: *Besondere Vorsicht geboten! Nicht glaubwürdig. Scheint Kontakte zur SED zu haben.* Max verspürte den gleichen schalen Geschmack im Mund wie bei seinem Gespräch mit Frissmann. Auch die Karteikarte von Goldmann fand er. Sie trug den Kommentar: *Wenig überzeugend. Sollte zusätzlich überprüft werden.* Max starrte auf die Karte und fragte sich, wo der Fragebogen geblieben war, auf dem er seine eigene, ganz andere Einschätzung notiert hatte. Er überlegte, wie er den Eintrag korrigieren konnte, als ihn ein Geräusch aus dem Besucherraum hochschrecken ließ. Jemand musste hereingekommen sein.

Max schloss hastig den Karteikasten und ging wieder nach vorn.

Ein Mann in Mantel und Hut stand dort. Auf seinem Gesicht spiegelte sich für den Bruchteil einer Sekunde ein ebenso perplexer Ausdruck wie auf dem von Max, denn sie kannten sich. Der Mann war Werner Rittmeister – Kais Vater.

Max fragte sich, was er in der Beratungsstelle wollte. Als wenn Rittmeister ahnen würde, dass er heute noch mit Kai verabredet war.

»Was tust du denn hier?«, fragte Rittmeister unfreundlich.

»Ich arbeite hier, und die Frage wäre umgekehrt wohl eher angebracht. Ich nehme nicht an, dass Sie ein Beratungsgespräch suchen?«, entgegnete Max.

Rittmeister schenkte ihm nur einen finsteren Blick. »Ist Alfred hinten?«

Jetzt erinnerte Max sich plötzlich wieder. Kai hatte ihm erzählt, dass sein Vater und Frissmann alte Kollegen und Freunde waren.

»Herr Frissmann? Nein. Er hat einen Arzttermin.«

»Und lässt dich allein hier?«

Max verschränkte die Arme vor der Brust und ignorierte seine beleidigenden Worte. »Ich werde ihm eine Nachricht hinterlassen, dass Sie hier waren.«

Rittmeister lächelte kühl und wandte sich zur Tür. Doch dann blieb er noch einmal stehen. »Irgendwann kriege ich dich, glaub mir. Mir machst du nichts vor«, sagte er, und ohne sich umzudrehen, verschwand er durch die Tür nach draußen.

Max schüttelte unwillkürlich den Kopf. Auch wenn ihn Rittmeisters unterschwellige Drohungen nicht einschüchtern konnten, empfand er allein seine Gegenwart als unangenehm.

Er wartete einen Moment, bis er sich sicher war, dass Rittmeister nicht zurückkam, dann ging er noch einmal nach hinten.

Eine gute Stunde später schloss er das Büro. Kai und er hatten sich im *Diener* verabredet. Trotz der noch frühen Stunde war das Lokal gut besucht. Max hatte es vor zwei Jahren durch seinen Trainer Otto Brixmann kennengelernt, der mit dem Besitzer Franz Diener, einem ehemaligen Deutschen Meister im Schwergewichtsboxen, befreundet war. Max mochte die bunte, ein wenig wilde Mischung der Menschen, die hierherkamen und unter denen neben ganz normalen Gästen auch Künstler, stadtbekannte Berühmtheiten und ehemalige Boxer zu finden waren.

»Dein Vater war heute in der Beratungsstelle«, erzählte Max, nachdem er sich zu Kai an einen der Ecktische gesellt und ein Bier bestellt hatte. »Er wollte zu Frissmann.«

Kai verzog das Gesicht. »Und hat er dir wieder gedroht?«

Max machte eine wegwerfende Handbewegung. »Nicht der Rede wert. Ich muss dir aber noch etwas anderes erzählen.« Er berichtete ihm, welche Entdeckung er bei der Durchsicht der Karteikarten gemacht hatte.

»Überrascht mich nicht«, sagte Kai. »Mein Alter hat auch noch die gleiche Einstellung wie früher. Und in den meisten Behörden ist das bestimmt ebenso der Fall. Jedenfalls in der Generation unserer Eltern.«

Max runzelte die Stirn. »Aber das ist nicht richtig, Kai.«

»Natürlich nicht, aber was willst du machen? Du wirst die Leute nicht ändern … Hör mal, etwas ganz anderes«, wechselte Kai dann unvermittelt das Thema. »Ich habe gestern Ulrich getroffen, und er würde sich gern mit uns beiden unterhalten.«

»Ulrich Kehlbach?« Max erinnerte sich noch gut an das Gespräch mit ihm bei Hubert. »Hat er gesagt, worum es geht?«

Kai schüttelte den Kopf. »Nein, aber wie es aussieht, kannst du ihn gleich selbst fragen. Da kommt er schon.«

In diesem Moment schob sich Ulrichs hochgewachsene Gestalt zwischen den Tischen zu ihnen durch.

Er begrüßte sie beide mit Handschlag.

»Schön, dass ich so kurzfristig mit euch sprechen kann«, sagte er und bestellte ebenfalls ein Bier. »Ich habe leider nicht allzu viel Zeit. Ihr steht beide kurz vor den Abschlussprüfungen, oder?«

Max und Kai nickten.

»Und, schon mal Gedanken gemacht, was ihr danach tun wollt? Ich meine, ob ihr wirklich als Juristen arbeiten möchtet?«

Max tauschte einen schnellen Blick mit Kai, denn es kam ihm vor, als würde Ulrich ihre Gedanken lesen können. Seitdem die letzten Prüfungen näher rückten, hatten sie sich des Öfteren darüber unterhalten, ob sie sich wirklich eine Zukunft in einem langweiligen Anwaltsbüro oder der Rechtsabteilung irgendeines Unternehmens vorstellen konnten.

»Wieso, hast du einen besseren Vorschlag?«, entgegnete Kai. Ulrich lächelte leicht, wobei sich der rote Schmiss auf seiner rechten Wange nach oben hob. Er zog an seiner Zigarette. »Vielleicht«, antwortete er und warf dabei einen kurzen Blick zu den Nachbartischen. »Lasst uns nach dem Bier draußen noch ein paar Schritte zusammen gehen, dann können wir uns in Ruhe unterhalten. Habt ihr gestern die Fußballübertragung im Radio gehört?«, wechselte er dann das Thema.

»Ja, spannendes Tor in der letzten Minute«, erwiderte Max, obwohl ihn das Spiel gerade herzlich wenig interessierte. Genau wie Kai trank er sein Bier sehr viel zügiger als sonst.

»Ich lade euch ein«, sagte Ulrich wenig später mit Blick auf ihre leeren Gläser und winkte den Kellner herbei.

Auf der Straße war es dunkel, als sie nach draußen traten. Ein kühler Wind strich um die Häuser. Sie liefen die Grolmanstraße entlang und weiter unter dem S-Bahn-Bogen Richtung Savignyplatz. Es waren kaum Menschen unterwegs. Nur ein junges Liebespaar kam ihnen entgegen. Ulrich wartete, bis das Paar an ihnen vorbeigegangen war, bevor er sich Kai und Max zuwandte.

»Um unser Gespräch wieder aufzunehmen: Ich arbeite für eine Behörde, deren Namen man nicht nennt. Aber ihr seid sicherlich intelligent genug, um zu wissen, wen ich meine.«

»Es gibt Gerüchte, seitdem du die KgU verlassen hast«, gab Kai zu.

Ulrich musterte sie beide. »Und zwar?«

»Dass du für den Geheimdienst arbeitest. Für die Amerikaner oder die Deutschen«, erwiderte Max geradeheraus, nachdem er sich noch einmal versichert hatte, dass sie allein auf der Straße waren.

Ulrich verzog das Gesicht. »Die Amerikaner mögen gute und enge Verbündete sein, aber meine Loyalität könnte immer nur meinem eigenen Land gelten.«

Das konnte Max nur zu gut nachvollziehen. Ihm selbst würde es nicht anders gehen. »Das heißt, du arbeitest für die Deutschen!«

Ulrich nickte. »Und dort suchen wir intelligente junge Männer wie euch, die ein Studium abgeschlossen haben, die über die erforderlichen körperlichen Voraussetzungen verfügen und vor allem die richtigen politischen Einstellungen mitbringen, wie ihr durch euer Engagement bei der KgU bewiesen habt … Mehr kann ich euch erst einmal nicht sagen.« Er blieb stehen und griff in seine Manteltasche, um ihnen eine Visitenkarte zu reichen. »Wenn ihr interessiert seid und mehr erfahren wollt, dann ruft diese Nummer an.«

Max blickte auf die Karte, auf der lediglich eine Telefonnummer abgedruckt war. Eine fiebrige Aufregung ergriff ihn, als ihm klar wurde, dass sie vielleicht die Möglichkeit haben würden, sich beim BND zu bewerben. Er wechselte einen kurzen Blick mit Kai.

Ulrichs Zigarette glühte im Halbdunkeln auf, als er erneut einen Zug nahm. »An keinem Ort ist der Kampf gegen den Kommunismus so wichtig wie hier in West-Berlin! Das brauche ich euch nicht zu sagen. Es geht um die Sicherheit unseres Landes und die Freiheit unserer westlichen Welt! Vergesst das nie!«

Sie schwiegen, aber als sie sich etwas später von Ulrich verabschiedet hatten, hingen seine beschwörenden Worte ihnen beiden noch immer nach. Im Alltag vergaß man in West-Berlin nur allzu oft, dass sie eine kleine freie Insel inmitten des Kommunismus waren. Auch wenn die Stadt gerade deshalb der ideale Ausgangspunkt der westlichen Geheimdienste für ihre Operationen in der DDR oder den Ostblockstaaten war.

»Wir rufen dort an, oder?«, fragte Kai.

Max nickte. Für den BND arbeiten zu können wäre für sie beide ein Traum. Die Jahre in der KgU hatten sie geprägt, nicht nur, weil es ihnen wichtig geworden war, sich für eine größere Sache einzusetzen und für sie zu kämpfen. Max war ehrlich genug, auch zuzugeben, dass er den leichten Nervenkitzel, der damit verbunden war, immer gemocht hatte.

»Auf jeden Fall rufen wir an!«, sagte er.

# EMMA

## 39

*Dezember 1957*

EMMA WAR DABEI, SICH AUF einen Kongress in Belgien vorzubereiten. Zwei Tage lang würde dort in der Nähe von Brüssel über die Zukunft Westeuropas gesprochen werden. Bücher und Unterlagen lagen vor ihr auf dem Tisch ausgebreitet, doch es gelang ihr nicht, sich zu konzentrieren, denn sie musste immer wieder an Alice denken.

Nach ihrem Besuch hatte Emma zunächst gefürchtet, ihre Schwester könnte sich vielleicht nicht wieder bei ihr melden. Aber ihre Sorge war unbegründet gewesen, denn einige Tage darauf hatte sie eine Postkarte von Alice erhalten – mit dem Vorschlag, sich zu sehen –, und seitdem hatten sie sich mehrere Male getroffen.

Alice hatte sie viel gefragt, vor allem nach ihrer Mutter und der Zeit, die sie zusammen mit ihr hier in Berlin gelebt hatte. Stunden waren vergangen, während Emma erzählt hatte. Es war ihr nicht leichtgefallen, über die Vergangenheit zu sprechen. Sie hatte hauptsächlich schöne Erlebnisse geschildert, aber Alice dennoch nicht verheimlicht, dass es nicht immer einfach mit ihrer Mutter gewesen war, weil sie sich nach der Flucht so verändert hatte.

Ihre Schwester hatte ihr schweigend zugehört.

»Ich wünschte, ich hätte sie wenigstens noch ein Mal gesehen«, hatte sie leise gesagt, und der Schmerz, der sich dabei in ihren Augen zeigte, hatte Emma einen Stich versetzt. Dann hatte Alice sie gebeten, mit ihr zum Friedhof zu gehen. Emma sah immer noch vor sich, wie ihre Schwester mit starrem Gesichtsausdruck auf den glatt geschliffenen Grabstein blickte, auf dem der Name ihrer Mutter eingraviert war. Ohne ein Wort zu sagen, stand sie da, während Emma die Tränen über die Wangen liefen. Sie wünschte, ihre Mutter hätte sie und Alice von irgendwoher an ihrem Grab zusammen sehen können.

»Sie wäre so glücklich gewesen, wenn sie gewusst hätte, dass du lebst. Ihr Leben, unser aller Leben, wäre so anders verlaufen«, sagte sie und fasste nach Alices Hand. Doch als sich ihre Schwester unter der Berührung unmerklich verspannte, ließ sie sie wieder los.

Schweigend machten sie sich nach einer Weile wieder auf den Rückweg.

»Ich verstehe immer noch nicht, warum sie nicht wollte, dass das Rote Kreuz nach mir sucht«, brach Alice schließlich die Stille zwischen ihnen, denn Emma hatte ihr auch von dem Brief erzählt, den ihre Mutter zerrissen hatte.

»Sie hat wirklich geglaubt, dass du tot bist, Alice, dass du dort unter den Trümmern dieses verbrannten Hauses begraben liegst. Das musst du mir glauben. Nur deshalb wollte sie auch, dass ich die Vergangenheit hinter mir lasse.«

Alice blickte sie an. »Aber du, du hast gefühlt, dass ich noch lebe«, stellte sie fest, und in ihren Worten schwang mit, was sie nicht laut aussprach – nämlich die Frage, warum ihre Mutter das nicht gespürt hatte oder nicht wenigstens gehofft hatte, sie könnte noch leben. Wie hätte Emma ihr erklären können, dass ihre Mutter damals kaum noch Gefühle in ihrem Leben zugelassen hatte?

Sie hatte ihrer Schwester auch den Kiosk gezeigt, in dem ihre Mutter gearbeitet hatte, der aber nun von anderen Leuten betrieben wurde. Und schließlich hatte sie Alice auch Max vorgestellt. Es war eine denkwürdige Begegnung, die Emma in Erinnerung geblieben war.

Ungläubig hatte der Freund eine Weile zwischen ihnen beiden hin- und hergeschaut.

»Das ist ja beinah gespenstisch«, entfuhr es ihm, bevor er die überrumpelte Alice mit einem offenen Lächeln in die Arme schloss. »Ich freue mich sehr. Ems hat mir so viel von dir erzählt. Sie hat immer daran geglaubt, dass du noch lebst. Weißt du, dass sie wegen dir nie ihren Geburtstag feiern wollte?«

»Wirklich?«, erwiderte Alice höflich.

»Ja.« Max ließ sich vertraulich neben ihr auf dem Sofa nieder und fing an, sich mit ihr zu unterhalten, als würde er sie schon seit Jahren kennen. Ihre Schwester wirkte ein wenig distanziert, hatte aber keine Chance, sich seinem Redefluss zu entziehen. Max schilderte ausführlich, wie er beschlossen hatte, Emma an ihrem sechzehnten Geburtstag dazu zu bringen zu feiern, und auch, wie sie sich als Kinder kennengelernt hatten. »Es ist bis heute ein schwerer Schlag für mein Ego, dass Ems mich als Mädchen gegen drei Jungen verteidigt und vor ihnen gerettet hat.«

Während Max sprach, beobachtete Emma fasziniert, wie ihre Schwester sich mehr und mehr entspannte und ihm interessiert zuhörte. Am Ende drehte sich Alice mit einem unerwarteten Lächeln zu ihr. »So war Emma früher schon. Sie war meistens die Vernünftigere, aber wenn ich in Schwierigkeiten geraten bin, war sie sofort an meiner Seite.«

»Ich mag deine Schwester«, sagte Max später, und es bedeutete Emma viel, dass die beiden sich zu verstehen schienen.

»Es ist wirklich faszinierend, dass ihr gleich ausseht und doch so verschieden seid«, fügte er kopfschüttelnd hinzu.

Sie verstand, was er meinte – Alice wirkte im Vergleich zu ihr eher verschlossen und beherrscht. Manchmal öffnete sie sich für einen kurzen Moment, und das impulsive emotionale Temperament, das sie als Kind gehabt hatte, kam zum Vorschein. Aber das geschah nur selten. In der übrigen Zeit war für Emma nie ganz ersichtlich, was Alice wirklich dachte oder fühlte, und es machte sie traurig, dass die Vertrautheit und Verbindung, die es früher zwischen ihnen gegeben hatte, ein Stück weit verloren gegangen waren. Trotz aller Wiedersehensfreude kam es Emma vor, als würde es eine unsichtbare Trennungslinie zwischen ihnen geben. Ihre Schwester stellte ihr zwar viele Fragen, aber mit ihren eigenen Antworten blieb sie vage und zurückhaltend. In manchen Augenblicken konnte sie sich des Eindrucks nicht erwehren, dass Alice ihr etwas verheimlichte. Sie kam stets zu ihr nach West-Berlin, hatte umgekehrt aber noch nie den Wunsch geäußert, dass Emma sie in Ost-Berlin besuchen sollte. In ihrer Wohnung würden gerade Bauarbeiten durchgeführt und neue Leitungen verlegt, hatte Alice ausweichend erwidert, als Emma ihr einmal von sich aus vorgeschlagen hatte, dass sie zu ihr kommen könnte.

»Vielleicht ist es ihr unangenehm, wie sie wohnt«, sagte Max, dem sie ihre Gedanken anvertraute. Doch es schien Emma schwer vorstellbar, dass ihre Schwester, die über die wirtschaftliche Armut Ostdeutschlands sprach, als würde es sich um eine Tugend handeln, sie nicht sehen lassen wollte, wie sie lebte.

Gedankenverloren packte Emma ihre Bücher und Unterlagen zusammen und aß dann etwas zu Abend. Sie war später noch mit Alice in einem West-Berliner Café in Grenznähe verabredet, das auf halbem Weg für sie beide lag, da ihre Schwester länger arbeiten musste.

Emma hatte schon einen Moment an einem der Tische des Cafés gesessen, als Alice hereinkam und sie zur Begrüßung kurz umarmte. Sie spürte, dass ihre Schwester sich genauso freute, sie zu sehen, wie sie selbst. Sie bestellten etwas zu trinken und unterhielten sich ein wenig über den Tag, der hinter ihnen lag, bevor sich ihr Gespräch anderen Themen zuwandte.

»Wo warst du damals eigentlich im Heim, bevor du nach Brandenburg gekommen bist?«, erkundigte sich Emma, die immer noch das Gefühl hatte, zu wenig über die Vergangenheit ihrer Schwester zu wissen.

»Irgendwo in der Nähe von Königsberg. Aber lass uns lieber über etwas anderes reden, ja?«

Emma runzelte die Stirn. »Warum weichst du meinen Fragen eigentlich immer aus, wenn ich etwas über früher von dir erfahren möchte?«, fragte sie sehr direkt.

Sie konnte sehen, wie Alices Finger das Glas vor sich fest umschlossen. »Weil ich nun mal nicht gern über damals rede.«

Emma runzelte die Stirn. »Ich erzähle dir auch von früher!«

»Ich weiß, und ich freue mich darüber.« Alice blickte sie an und schien nach den richtigen Worten zu suchen. »Aber ich mag nicht über diese Jahre sprechen. Ich bin froh, dass das alles hinter mir liegt, Emmi«, sagte sie, ihren Kosenamen aus Kindheitstagen benutzend, als würde sie ihre Worte dadurch mildern können. »Vielleicht irgendwann. Gib mir bitte einfach etwas Zeit, ja?«

Sie berührte sanft ihre Hand, sodass Emma gar nicht anders konnte, als zu nicken.

»Natürlich«, murmelte sie. Doch als sie sich kurz danach von ihrer Schwester verabschiedet hatte und auf dem Weg nach Hause war, fragte sie sich, was Alice erlebt hatte, dass sie nicht darüber sprechen wollte.

208

# ALICE

## 40

SIE WAR NACHDENKLICH AUF DER Rückfahrt nach Ost-Berlin. Noch immer erinnerte sie deutlich Emmas Gesicht, als sie ihr vorwarf, dass sie nichts von früher erzählen würde. Etwas Verletzliches hatte in ihrem Ausdruck gelegen, und Alice verspürte ein schlechtes Gewissen, dass sie sich ihrer Schwester gegenüber nicht so öffnen konnte, wie diese es sich erhoffte. Sie wusste selbst nicht, warum sie mit Emma nicht darüber sprechen mochte. Weshalb sie ihr nicht einmal von Sergej erzählen konnte. Vielleicht, weil sie insgeheim befürchtete, ihre Schwester würde nicht verstehen, was sie in diesen Jahren erlebt hatte. Sicher, Emma hatte es auch nicht leicht gehabt, dennoch war immer ihre Mutter dagewesen, die ihre schützende Hand über sie gehalten hatte. Jedes Mal, wenn sie ihre Schwester sah, merkte Alice, wie sehr sie ihr gefehlt hatte, aber gleichzeitig wurden ihr auch die vielen kleinen Unterschiede zwischen ihnen bewusst. Unwillkürlich strich sie ihr schlichtes Kleid glatt. Emma wirkte viel eleganter, sie schminkte sich auch stärker und trug ihre Haare modisch frisiert. Doch das waren nur Äußerlichkeiten. Der größte Gegensatz bestand in ihrer politischen Einstellung.

Mit einem unangenehmen Gefühl im Bauch entsann sie sich, wie Emma ihr bei einem ihrer ersten Besuche vorgeschlagen hatte, dass sie in den Westen kommen könnte. Als würde kein Zweifel bestehen, dass das ihr Wunsch sein müsste. Auch wenn Alice ihre Überzeugung für den Sozialismus Emma gegenüber klargestellt hatte, hatte sie natürlich gemerkt, wie ihre Schwester danach versucht hatte, das Thema zu wechseln, als wenn sie ihr nicht recht glauben würde.

Alice blickte aus dem Fenster. Die U-Bahn hatte angehalten. Menschen drängelten sich auf den Bahnsteigen. West- und Ost-Berliner, die jeden Tag zwischen den Stadtteilen hin- und herfuhren. Sie selbst hatte das nie getan. Sie musste daran denken, was Sergej einmal zu ihr gesagt hatte: »Du solltest nach West-Berlin fahren und dir den anderen Teil der Stadt anschauen, aber sieh nicht nur die Geschäfte an und wie die reichen Menschen dort leben, sondern achte auch auf die Armen. Behalt immer im Kopf, dass jeder Einkauf oder Besuch dort das kapitalistische System stärkt – nicht nur finanziell, sondern vor allem seine Propaganda.«

Alice hatte bei ihrem Besuch sofort verstanden, was er gemeint hatte. Mit Bernd, der das ganz anders sah, hatte sie darüber einmal heftig diskutiert. »Meine schöne Vorzeige-Kommunistin«, hatte er sie danach geneckt. Aber sie verhielt sich nicht so, weil man es von ihr erwartete, sondern es entsprach ihren Überzeugungen. Alice unterdrückte ein Seufzen. Und nun hatte sie eine Schwester in West-Berlin. Sie hatte bisher niemandem von Emma erzählt, auch nicht Sergej, den sie vor einigen Tagen gesehen hatte. Er war aus Moskau zurück und hatte sie abends zum Essen eingeladen. Sie hatten über ihre Arbeit an der Akademie und seine Reise in die Sowjetunion gesprochen. Schließlich hatte sie ihm berichtet, dass sie Irma, mit der sie früher im Heim so eng befreundet gewesen war, wiedergetroffen habe. Sie hatte Sergej darauf angesprochen, dass die Freundin damals im *Spezi* keinen einzigen ihrer Briefe bekommen hatte.

»Bist du sicher?«, hatte er ungläubig gefragt.

»Ja. Irma wollte sich erst gar nicht mit mir unterhalten, weil sie geglaubt hat, sie wäre mir egal gewesen.«

Er hatte nachdenklich das Gesicht verzogen und für einen Moment angespannt, gar beunruhigt gewirkt. »Ich werde mich erkundigen, wie das geschehen konnte«, hatte er so überzeugend gesagt, dass sie sich nicht hatte vorstellen können, er würde lügen. Trotzdem hatte sie ihm instinktiv weder von dem Suchauftrag noch von Emma erzählt. Möglicherweise hätte sie es getan, wenn ihre Schwester auch in Ost-Berlin oder irgendwo in der DDR gelebt hätte. Aber Sergej verabscheute nicht nur den Kapitalismus, sondern auch das faschistische Gedankengut, das in der BRD und West-Berlin noch überall in der Gesellschaft zu finden war. Immer wieder hatte er sie davor gewarnt.

Alice hatte nicht gerne Geheimnisse vor Sergej, aber umgekehrt hatte sie Emma auch nicht von ihm erzählt. Die Welten der beiden schienen ihr einfach unvereinbar.

Sie griff nach ihrer Handtasche, da sie an der nächsten Station aussteigen musste. Obwohl es kühl war, genoss Alice es, noch einige Schritte zu Fuß zu gehen, als sie aus der U-Bahn kam.

Ihre Wohnung war nur noch einige Meter entfernt, als sie den Wagen bemerkte, der auf der leeren Straße vor dem Haus parkte. Es war ein sowjetisches Fahrzeug. Unwillkürlich hielt sie im Laufen inne. Ein ungutes Gefühl bemächtigte sich ihrer, als sich im selben Augenblick die Wagentür des Fahrzeugs öffnete.

Selbst im spärlichen Licht der Straßenlaterne konnte sie erkennen, wer der Mann war, der im Inneren saß. Die Kontur seines Gesichts zeichnete sich scharf gegen die Dunkelheit ab.

»Guten Abend, Alice«, erklang eine tiefe Stimme.

»Genosse Grigorjew …?«

»Ich habe schon auf dich gewartet. Steig ein«, sagte er. Wie immer sprach er Russisch mit ihr.

Es war keine Bitte. Obwohl Alice sich am liebsten umgedreht hätte und weggelaufen wäre, wusste sie, dass es keinen Sinn haben würde, sich ihm zu widersetzen. Sie fröstelte und versuchte sich nichts von ihrer Angst anmerken zu lassen, als sie auf den Wagen zuging.

Er deutete knapp auf die Sitzbank neben sich, und sie stieg ein. Der Wagen setzte sich unmittelbar in Bewegung, hielt aber kurz darauf erneut. Zu ihrer Verwunderung stieg der Fahrer aus und ging auf eine Telefonzelle zu.

»Und, hattest du einen schönen Abend in West-Berlin?«, fragte Grigorjew währenddessen kühl.

Sie starrte ihn an. Woher wusste er, dass sie in West-Berlin gewesen war? Sein Gesicht glich einer ausdruckslosen Maske, die sie nicht zu deuten vermochte. Hatte er sie beschatten lassen? Aber warum?

Alice suchte nach den richtigen Worten für eine Antwort, doch bevor sie etwas sagen konnte, kam der Fahrer schon wieder zurück. Er konnte kaum mehr als zwei Sätze am Telefon gesprochen haben. Sie setzten die Fahrt fort.

»Wohin fahren wir?«, fragte sie.

»Das wirst du gleich sehen.«

Sie schwieg und blickte aus dem Fenster, da er nicht bereit schien, irgendetwas zu erklären. Nach einer Weile konnte sie erkennen, dass sie Richtung Osten durch die dunkle Stadt fuhren. Schließlich verlangsamte der Wagen die Geschwindigkeit vor einem Kontrollhäuschen. Zwei sowjetische Wachen standen davor, die sie passieren ließen, als sie einen Blick ins Innere geworfen hatten. Karlshorst! Das Sperrgebiet, in dem die Sowjets lebten. Alice spürte, wie Panik sie ergriff, und presste ihre Handflächen im Schoß zusammen. Warum brachte Grigorjew sie hierher? Selbst wenn er über Emma und ihre Besuche Bescheid wusste, sie hatte nichts verbrochen.

Sie fuhren weiter, kamen an Häusern vorbei, an denen sie im spärlichen Lichtschein der Laternen vereinzelt Schilder mit kyrillischen Buchstaben erkennen konnte, die auf Geschäfte und einen Kindergarten hinwiesen.

Sie hätte nicht sagen können, wie lange sie unterwegs waren, als sie endlich nach rechts in die Einfahrt zu einer Villa bogen.

Grigorjew bedeutete ihr auszusteigen, und sie folgte ihm ins Haus. Ein junger Russe kam ihnen in der Eingangshalle entgegen, der sie nicht beachtete, sondern nur Grigorjew seinen Mantel abnahm. Er sagte leise etwas zu ihm, das sie nicht verstehen konnte.

Dann stiegen sie eine Treppe hoch und liefen weiter einen Flur entlang. Gemälde hingen an der Wand, und auf dem Boden lagen Teppiche. Es wirkte, als würden sie sich in einem ganz normalen herrschaftlichen Wohnhaus befinden. Vermutlich war es das früher auch einmal gewesen.

Grigorjew öffnete eine Tür. »Bitte«, sagte er.

Zögernd ging sie voran und blieb auf der Schwelle abrupt stehen.

Ein Mann saß dort an einem Tisch. Sein Gesicht wirkte müde und angestrengt. Es war Sergej. Alice hatte sich auf dem Weg die schrecklichsten Dinge ausgemalt, aber der Ausdruck der Enttäuschung, der ihr aus seinen Augen entgegenschlug, war schlimmer als die Angst, die sie zuvor empfunden hatte.

Sie hätte es ihm sagen müssen!

»Alice!«, begrüßte er sie knapp.

»Sergej, ich …«

Grigorjew unterbrach sie. »Setz dich, Alice«, befahl er. Er hatte die Tür hinter ihnen geschlossen.

Sie ließ sich wie geschlagen auf einem Stuhl nieder, den Blick noch immer auf Sergej geheftet. Aus seinem Gesicht schien jede Emotion verschwunden. Ihre Kehle schnürte sich zu.

»Ich wollte es dir sagen …«, begann sie erneut.

»Schweig!«, sagte Grigorjew, der ihr gegenüber Platz genommen hatte. Er schob eine Mappe über den Tisch zu ihr.

»Bevor wir uns unterhalten, möchte ich, oder vielmehr wir, dass du das hier liest.«

Sie blickte ihn verwirrt an. »Jetzt?«

»Ja.«

Zögernd schlug sie die Mappe auf. Sie brauchte einige Augenblicke, bis sie verstand, was der Text zu bedeuten hatte. Überrascht schaute sie die beiden Männer an, als sie begriff, dass sie aus einem ganz anderen Grund hier war.

## 41

EINE GUTE STUNDE SPÄTER VERLIESS sie mit Sergej die Villa. Er bestand darauf, sie noch nach Hause zu bringen. Beklommen stieg Alice zu ihm in den Wagen, und der Fahrer fuhr los. Sergej war in einer düsteren Stimmung und hatte kein Wort mit ihr gesprochen, seitdem Grigorjew sie verabschiedet hatte. Schweigend saß er neben ihr und starrte nach draußen in die Dunkelheit.

Ein erstickendes Schuldgefühl erfasste sie, als hätte sie einen schrecklichen Verrat begangen. Gleichzeitig verstand sie nicht, warum er überhaupt dort in dem Haus von Grigorjew gewesen war und wie die beiden von allem wissen konnten. Und dann die Akte! Sie knetete fahrig die Finger. Es ging ihr noch immer nicht aus dem Kopf, was sie darin gelesen hatte.

Als sie Karlshorst hinter sich ließen, drehte Sergej sich schließlich zu ihr.

»Warum hast du es mir nicht erzählt, Alice?« Sein Tonfall, die leise Enttäuschung, die darin schwang, trafen sie bis ins Mark. Es wäre ihr lieber gewesen, wenn er wütend geworden wäre.

»Es tut mir leid, Sergej«, stieß sie leise hervor. »Ich wollte es dir sagen, aber du warst in Moskau, und ich war mir so unsicher ... Ich habe nicht verstanden, warum sie noch lebt.« Sie merkte, dass ihre Stimme zittrig klang.

»Ich wusste es nicht, Alice«, sagte er mit ernster Miene. »Die Nachforschungen damals hatten etwas anderes ergeben. Ich war mir sicher, dass sie und deine Mutter tot sind.«

Sie nickte, aber sie musste an die Briefe denken, die Irma im Heim nicht bekommen hatte – und an den Suchauftrag, den man ihr verheimlicht hatte. Ihr Vertrauen zu Sergej hatte einen feinen Riss bekommen, und es tat ihr nicht nur weh, sondern war ein Gefühl, als würde der Boden unter ihren Füßen die Stabilität verlieren und sie vergeblich versuchen, auf dem schwankenden Untergrund wieder Halt zu finden.

Sie konnte spüren, wie Sergej in der Dunkelheit des Wagens ihren Blick suchte. »Ich verstehe, dass dich das alles verwirrt, aber die Welt, in der wir leben, ist nicht nur kompliziert, sondern auch gefährlich. Du musst mir vertrauen«, sagte er eindringlich. »Versprich mir das, Alice.«

»Ja«, sagte sie, obwohl sie sich nicht sicher war, dass sie das konnte.

»Erzähl mir ein wenig von ihr, was für ein Mensch ist deine Schwester?«, fragte er, während der Wagen weiter durch die Dunkelheit fuhr.

»Nett, charmant. Sie ist glücklich, dass wir uns wiedergefunden haben, aber es ist anders als früher als Kinder. Wir haben uns unterschiedlich entwickelt.«

Sergej nickte. »Natürlich.«

Er schaute kurz nach draußen, bevor er sich erneut zu ihr wandte. »Und, möchte sie, dass du zu ihr in den Westen kommst?« Sie kannte ihn gut genug, um die leichte Anspannung aus seiner Stimme herauszuhören.

Alice schüttelte den Kopf. »Sie hat mich gefragt, ob ich nach West-Berlin ziehen würde, aber du kennst mich, das würde für mich niemals infrage kommen.«

»Gut.« Er berührte kurz ihre Hand, und als er sprach, hatte seine Stimme wieder den warmen väterlichen Klang angenommen, in dem er sonst mit ihr sprach. »Das hatte ich auch nicht erwartet.«

Vor ihrer Wohnung verabschiedeten sie sich wie immer mit

einer Umarmung, und es schien, als wäre die Missstimmung zwischen ihnen aus dem Weg geräumt. Einen Moment hielt er sie an den Schultern fest und sah sie noch einmal an. »Du weißt, wie viel du mir bedeutest, Alice. Du bist wie eine Tochter für mich!«, sagte er und wartete dann, bis sie sicher im Haus verschwand.

Erst als sie schon die Treppe zu ihrer Wohnung hochstieg, wurde ihr bewusst, dass er nicht den Wunsch geäußert hatte, ihre Schwester kennenzulernen, und auch nicht nach ihrer Mutter gefragt hatte.

# Teil 5

# Entscheidungen

# EMMA

## 42

*West-Berlin, Januar 1958*

ES WAR EIN KÜHLER, ABER sonniger Wintertag, und im Tiergarten nutzten viele Menschen den Sonntag für einen Spaziergang.

Von einer Parkbank schallte die laute Musik einiger Jugendlicher herüber, die ein Kofferradio dabeihatten. Die Jungen trugen Lederjacken und die Haare zu einer Tolle frisiert, die Mädchen hohe Pferdeschwänze. Die Kälte schien sie nicht zu stören. Die vorbeilaufenden Passanten musterten sie missbilligend.

Emma blickte durch die verglaste Front des kleinen Cafés nach draußen. Sie störte weder die Musik, die man bis hier drinnen hören konnte, noch die Erscheinung der Jugendlichen. Ihr Blick schweifte weiter über den Park, und sie erinnerte sich noch gut daran, wie kahl er in den ersten Nachkriegsjahren gewesen war. In den bitterkalten Wintern waren die meisten Bäume zur Brennholzgewinnung gefällt worden, und auf den freien Flächen hatten die Berliner Gemüse und Kartoffeln angebaut.

Sie wandte den Kopf zurück zu Max, der neben ihr saß. »Du kommst doch mit, oder?«

Alice hatte sie überraschend zu einer Party an der Uni in Ost-Berlin eingeladen. Emma hatte gestern eine Postkarte von ihr erhalten. Als hätte Alice ihre Gedanken erraten, hatte ihre Schwester gefragt, ob Emma sie nicht am nächsten Freitag nach Feierabend von ihrer Arbeitsstelle in der Akademie abholen und sie später zu der Feier gehen wollten. Max sei auch gern eingeladen.

Er grinste. »Klar, eine Einladung auf ein sozialistisches Fest lass ich mir doch nicht entgehen.«

»Sei nicht so voreingenommen«, sagte Emma und spürte, dass sie nervös war. So gut Alice und Max sich verstanden hatten, ihre politischen Einstellungen hätten nicht gegensätzlicher sein können. Ganz zu schweigen von Max' Engagement für die KgU. »Und sprich bloß nicht über Politik! Alice scheint ziemlich überzeugt vom Sozialismus«, setzte sie hinzu.

»Das sagtest du bereits. Keine Angst, ich werde mich benehmen. Ich weiß, was dir deine Schwester bedeutet, Ems.«

»Danke.« Sie nickte erleichtert.

Emma wusste selbst nicht, warum sie so angespannt war. Es bedeutete ihr viel, das Leben ihrer Schwester kennenzulernen, Freunde oder Bekannte von ihr zu treffen oder auch nur ihre Wohnung oder Arbeitsstätte zu sehen.

Am Freitag machte sie sich rechtzeitig auf den Weg. Da Max noch arbeiten musste, würde er erst später zur Feier kommen. Emma war etwas zu früh dran und wartete vor dem Eingang der Akademie. Nachdenklich betrachtete sie die zerstörte Fassade des Schauspielhauses, die man auf dem Platz der Akademie sehen konnte. Als sie als Elfjährige bei Kriegsende nach Berlin gekommen waren, war die ehemalige Reichshauptstadt völlig zerstört gewesen. Emma hatte sie daher nie anders als mit all ihren Ruinen und zerstörten Gebäuden erlebt, doch manchmal gab es Momente, in denen sie irgendwo stand und eine vage Vorstellung davon bekam, wie es früher einmal ausgesehen haben musste.

»Bis später!«, rief jemand, und als sie sich umdrehte, erblickte sie eine Frau und einen Mann, die ihr im Weggehen zuwinkten. Emma brauchte einige Sekunden, bis sie begriff, dass die beiden sie für ihre Schwester halten mussten. Sie nickte nur und hob ebenfalls kurz die Hand.

Nach und nach kamen mehr Leute aus dem Gebäude, und

sie wurde wiederholt gegrüßt. Es war ein seltsames Gefühl, und sie wandte sich ab, als plötzlich jemand den Arm um sie schlang. Erschrocken fuhr Emma herum. Vor ihr stand ein junger Mann mit braunen Haaren, der sie mit funkelnden Augen anblickte.

»Da bist du ja schon. Warst du eben nicht noch im Büro?«, fragte er. Bevor sie etwas sagen konnte, machte er Anstalten, sie zu küssen. Hastig wich Emma einen Schritt zurück.

Ein irritierter Ausdruck huschte über sein Gesicht. »Alles in Ordnung?« Er musterte ihre Haare. »Warst du beim Friseur? Ist mir vorhin gar nicht aufgefallen. Und der Mantel ist doch auch neu, oder?« Der Mann fasste in einer unerwartet vertraulichen Geste nach einer ihrer Haarsträhnen und lächelte sie an.

»Ich … ich bin nicht Alice«, stieß sie hervor. Zu ihrer Erleichterung sah sie, dass ihre Schwester in diesem Augenblick aus dem Gebäude der Akademie kam und nun auf sie zulief.

»Bernd!«

Er drehte sich um und blickte von Alice zu Emma und wieder zurück – ein verwirrter und zunehmend ungläubiger Ausdruck machte sich dabei auf seinem Gesicht breit. »O Mann … Nein! Deine Schwester?«, stieß er zu Alice gewandt hervor.

»Ja, das ist Emma«, bestätigte ihre Schwester mit einem Lachen.

Entschuldigend streckte er Emma die Hand entgegen. »Bernd! Tut mir leid, dass ich dir zu nah getreten bin. Ich konnte ja nicht ahnen. Du siehst ihr wirklich ähnlich.«

Er schien immer noch um Fassung zu ringen, und nun musste Emma lachen.

»Ich wollte meiner Schwester noch meine Wohnung zeigen. Wir sehen uns später auf der Feier?«, fragte Alice.

Bernd nickte, und die beiden küssten sich zum Abschied.

»Dein Freund?«, fragte Emma, als sie etwas später auf dem Weg zu Alices Wohnung waren.

»Ja, aber wir sind noch nicht so lange zusammen.«

»Er wirkt sehr nett.«

»Ist er.« Es schien, als wollte Alice noch etwas sagen, doch sie schwieg. »Und du? Bist du auch mit jemandem zusammen?«, fragte sie schließlich.

»Ich war fast verlobt, aber ich habe mich getrennt … und dann wurde Mutti krank.« Sie verstummte.

Alice blickte sie verständnisvoll an. Den Rest des Weges schwiegen sie. Es fühlte sich gut an, beinahe wie früher, als sie auch immer ohne Worte gewusst hatten, was in ihnen vorging, stellte Emma fest.

»Ich habe Glück, dass ich eine Einraumwohnung bekommen habe«, erzählte Alice, als sie vor einem alten Mietshaus angekommen waren und sie ihren Schlüssel aus der Tasche holte. In der Fassade waren, wie in vielen Gebäuden, noch deutlich die Einschusslöcher aus den Straßenkämpfen zu erkennen.

Alices Wohnung, die sich im obersten Stockwerk befand, hatte kein Bad, aber eine kleine Küche und ein Zimmer, das durch die hohen Decken mit den Stuckverzierungen größer wirkte, als es war. Emma blickte sich neugierig um.

Die Möbel waren alt, und auf den ersten Blick hätte sie nicht sagen können, dass es hier anders aussah als in einer West-Berliner Wohnung. Es waren Kleinigkeiten – das große gerahmte Bild von Moskau an der Wand; eine Flasche Pfefferminzlikör, deren Marke Emma noch nie gesehen hatte; ein Set von kleinen Gläsern, die daneben standen; ein leerer Parfumflakon, der einen kyrillischen Namen trug, und dann die Bücher im Schrank. Erstaunt stellte sie fest, dass dort einige russische Romane und etliche Schriften von Marx und Lenin standen.

»Du musst gut Russisch können. Hast du das alles gelesen?«

Alice, die rasch ein anderes Kleid übergezogen hatte, drehte sich zu ihr. »Ja. Überrascht dich das?«, fragte sie, während sie nach etwas im Kleiderschrank griff.

»Wahrscheinlich«, gab Emma ehrlich zu und verspürte ein schlechtes Gewissen, weil man ihrem Tonfall anhörte, wie befremdlich sie die Vorstellung fand, dass ihre Schwester wirklich überzeugt vom Sozialismus zu sein schien.

Sie wandte sich nach rechts und betrachtete ein Schwarz-Weiß-Foto, das neben einem Tisch an der Wand hing. Es zeigte eine Gruppe von Jugendlichen auf einem Heuwagen beim Ernteeinsatz. Sie trugen dunkle FDJ-Hemden und lachten. Unter ihnen entdeckte sie auch Alices Gesicht.

»Schau mal«, hörte sie hinter sich die Stimme ihrer Schwester, und als sie sich umdrehte, hielt Alice etwas in der Hand. Es war ein kleines Stofftier – Lupus, der Dackel, den Emma ihr damals gegeben hatte. Sein rechtes Schlappohr war eingerissen, er hatte nur noch ein Knopfauge, und der ehemals beige Stoff war so fadenscheinig geworden, dass er an einigen Stellen fast weiß war, aber Emma erkannte ihn trotzdem sofort wieder.

»Du hast Lupus noch?« Emma nahm das Stofftier gerührt in die Hand.

»Ja, es ist das Einzige, was ich noch von früher habe …« Alices Stimme verlor sich, und sie erinnerten sich beide an den Moment, als ihre Schwester ihr damals den Glücksbringer in die Hand gedrückt hatte.

»Ich bin so froh, dass wir uns wiedergefunden haben«, flüsterte Emma.

Alice nickte. »Ich auch«, erwiderte sie leise.

Dann nahm sie ihr den Dackel behutsam wieder ab. »Komm, wir müssen los.«

## 43

DAS FEST FAND IM KELLER eines Gebäudes statt, das zur Humboldt-Universität gehörte. Ketten mit Lampions waren quer über den Raum aufgehängt worden, und an der Längsseite war eine Bar aufgebaut. Laute Musik schallte ihnen entgegen.

In einer Ecke waren alte Sofas und Sessel aufgestellt, auf denen Frauen und Männer fläzten, einige hatten es sich mit ihrem Glas in der Hand auf den Lehnen bequem gemacht, weil nicht genug Platz war. Sie unterhielten sich und lachten, während über ihnen der Dunst von Zigarettenrauch schwebte. Ein junger Mann schlängelte sich mit einem Fotoapparat zwischen ihnen durch und machte Bilder von den Anwesenden.

Auf der anderen Seite des Raums spielte eine Musikgruppe, und es wurde ausgelassen getanzt. Die meisten Gäste waren in den Zwanzigern und Dreißigern, einige wenige auch älter. Irgendjemand hatte eine Auszeichnung der Partei bekommen, und außerdem wurde ein runder Geburtstag gefeiert, hatte Alice ihr auf dem Weg hierher erklärt.

Immer wieder blieben Kollegen und Bekannte vor ihnen stehen, die Alice ihr vorstellte und die – wie schon zuvor Bernd – ungläubig zwischen ihr und ihrer Schwester hin- und herblickten.

Max, der inzwischen ebenfalls eingetroffen war, beobachtete amüsiert die Reaktionen. »Ihr könntet einfach die Rollen tauschen, und niemand würde es merken«, sagte er kopfschüttelnd.

Sie tranken ein Glas, und dann tanzten sie – Alice mit Bernd und dann mit Max und Emma mit Bernd und wieder mit Max. Sie wirbelten zu wildem Jazz, Rock 'n' Roll und deutschen Schlagern durch den Kellersaal, und Emma spürte, wie zum ersten Mal seit Monaten alle Schwere von ihr abfiel und sie einfach den Augenblick genoss. Als Max sie gerade erneut in eine schnelle Drehung führte, merkte sie zu spät, wie sie dabei gegen ein anderes Paar stieß.

»Oh, tut mir leid«, stieß sie lachend hervor. Für den Bruchteil einer Sekunde blickte sie in das markante Gesicht eines dunkelhaarigen Mannes, das ihr vage vertraut vorkam.

»Keine Ursache«, sagte er, lächelte ihr verschmitzt zu und hatte sich mit seiner Tanzpartnerin schon weiterbewegt. Bevor Emma darauf kam, wo sie ihm schon einmal begegnet war, drehten sie sich auch schon in entgegengesetzte Richtungen, und sie verlor den Mann zwischen den anderen Tanzenden aus den Augen.

Nach einigen Songs machten sie eine Pause an der Bar.

Max betrachtete die sozialistischen Plakate an der Wand. Auf einem war das überdimensional gemalte Bildnis einer Frau mit Blumenstrauß und Kind zu sehen, unter dem die Worte »*Für Frieden und Sozialismus*« zu lesen waren. Daneben war auf einem anderen Plakat eine Gruppe enthusiastischer junger Menschen in blauen Hemden abgebildet, die wie von einem Magnet angezogen vorwärtsstrebten. Quer darüber stand: »*Alle Kraft dem Sozialismus*«. Etwas weiter hing ein Porträt von Karl Marx.

Max zog vielsagend die Augenbrauen hoch, und es war ihm anzusehen, dass er nur zu gern etwas dazu gesagt hätte. In diesem Augenblick bemerkte Emma, dass von der anderen Seite des Saals ein junger Mann zu ihnen schaute. Überrascht stellte sie fest, dass sie ihn nicht zum ersten Mal sah. Er war älter geworden, aber an der Art, wie er an seiner Zigarette zog, erkannte sie ihn sofort wieder. Emma erinnerte sich noch gut an jenen Abend ihres Geburtstages vor Jahren in dem Tanzcafé und auch wie Max bei einer anderen Gelegenheit in Ost-Berlin in dem Café einen Umschlag von dem Fremden entgegengenommen hatte.

»Schau mal«, sagte sie leise zu Max, der sich umdrehte. »Ist das nicht dieser Typ von damals?«

Max nickte dem Mann unauffällig zu. »Ja«, sagte er nur.

Plötzlich fühlte Emma sich unwohl. Auch wenn sie und Max nie darüber gesprochen hatten, war ihr klar, dass der Mann in irgendeiner Weise als Informant für die KgU tätig sein musste.

»Machst du dir nie Gedanken, dass das alles zu gefährlich werden könnte?«, fragte sie mit gesenkter Stimme.

Max zog an seiner Zigarette. »Nein, und das hier …« Er deutete abfällig zu den Plakaten an der Wand. »Überzeugt mich eher noch mehr.«

Sie nippte kopfschüttelnd an ihrem Drink. Darüber konnte man einfach nicht mit ihm reden. Sie war froh, als sein Blick weiterwanderte und an einer jungen, rothaarigen Frau hängen blieb, die ihm zulächelte. Max erwiderte ihr Lächeln, und als sie wenig später das zweite Mal zu ihm schaute, stieß Emma ihn in die Seite. »Na, geh schon und sprich sie an«, forderte sie ihn spöttisch auf.

Er grinste. Belustigt beobachtete sie, wie er zu der Unbekannten ging, kurz mit ihr sprach und wenig später mit ihr auf der Tanzfläche verschwand.

»Und, gefällt es dir?«, fragte Alice, die ein wenig außer Atem eine Pause vom Tanzen einlegte und sich zu ihr gesellte.

»Ja, sehr.« Es war die Wahrheit. Emma nippte an ihrem Sekt, dessen süßlicher Geschmack ihr etwas zu Kopf stieg. Abgesehen von den Plakaten an der Wand unterschied sich die Feier im Grunde nicht groß von irgendeiner in West-Berlin. Die Leute waren vielleicht eine Spur weniger modisch gekleidet, und die Namen der angebotenen Getränke und Speisen kannte sie nicht alle. Aber ansonsten unterhielten, lachten, flirteten und tanzten die Gäste wie bei ihnen auch. Warum hätte es auch anders sein sollen? Doch das Schönste war, dass sie hier mit ihrer Schwester sein konnte.

Ein Mann, der an ihnen vorbei zur Bar gehen wollte, stutzte und blieb abrupt vor ihnen stehen. »Sehen Sie – ich wusste, dass wir uns schon einmal begegnet sind!«, sagte er mit einer tiefen Stimme, die ihr bekannt vorkam. Es war der Unbekannte von der Tanzfläche. Er blickte von Emma zu Alice und wieder zurück, bevor er ungläubig lächelte. »Zwillinge? Das erklärt einiges«, fügte er dann hinzu.

Zu Emmas Überraschung streckte Alice ihm in diesem Augenblick die Hand entgegen.

»Dr. Laakmann, nicht wahr? Wir kennen uns vom Sehen von einer Party bei Rudi Lehmann. Ich bin Alice Lichtenberg, und das ist meine Schwester Emma.«

»Freut mich, aber bitte nennen Sie mich Julius«, sagte er zu ihnen beiden gewandt.

Ihre Schwester kannte ihn? Emma betrachtete das Gesicht des Mannes, der ein ganzes Stück größer als sie war, und plötzlich erinnerte sie sich, wo sie ihm schon einmal begegnet war. »Sie waren auf dem Vortrag von Dr. Deacon an der FU!«, entfuhr es ihr.

»Ja.« Er nickte lächelnd. »Und Sie sind die Dolmetscherin aus West-Berlin!«

»Das bin ich.«

»Ihr kennt euch?«, fragte Alice verwundert.

»Kennen wäre zu viel gesagt«, erklärte Julius. »Wir sind im Gedränge bei einem Vortrag in West-Berlin gegeneinandergestoßen. So wie heute ein zweites Mal auch«, fügte er mit der Andeutung eines Lächelns hinzu. Er bestellte einen Wodka, den der Barkeeper ihm über den Tresen reichte.

»Und haben Sie heute bei der Auszeichnung auch gedolmetscht?«, fragte er Emma, nachdem er einen Schluck getrunken hatte. Etwas an der Art, wie er sich an der Bar ein wenig zu ihr lehnte und sie anschaute, gab ihr, trotz der vielen Menschen um sie herum, das Gefühl, mit ihm allein zu sein. Neugierig musterte er sie. Er hatte lebhafte dunkle Augen, und für einen Moment glaubte sie, eine leichte Spannung zwischen ihnen zu fühlen. Aber vielleicht bildete sie sich das auch nur ein? Woher sollte sie wissen, dass er sich nicht für ihre Schwester interessierte? Verwirrt stellte sie fest, dass es ihr zum ersten Mal lieber gewesen wäre, Alice und sie würden sich stärker unterscheiden.

Sie schüttelte den Kopf. »Nein, ich bin nur wegen meiner

Schwester hier«, antwortete sie und spürte, wie Alice sie aufmerksam beobachtete.

Julius wollte etwas erwidern, doch sie wurden unterbrochen, als Bernd sich zwischen den Leuten zu ihnen durchdrängte. »Da seid ihr ja. Warum tanzt ihr nicht?«

Er legte den Arm um Alice, die Emma noch immer nicht aus den Augen ließ, und zog sie auch schon mit sich.

Emma sah ihnen hinterher, wie sie auf die Tanzfläche verschwanden.

»Zwillingsschwestern. Ungewöhnlich. Und dann noch eine in Ost- und die andere in West-Berlin«, sagte Julius sinnend.

»Ja. Wir haben uns erst vor Kurzem wiedergefunden«, erklärte sie.

Er nickte und schien zu warten, dass sie noch mehr erzählte. Als sie nichts sagte, streckte er die Hand aus.

»Tanzen wir auch?«

»Gern.«

Er hatte kräftige, schöne Hände mit schlanken, langen Fingern, ihre eigenen verschwanden fast in seinen, als er sie ergriff. Sie hatte schon immer auf die Hände von Männern geachtet. An Edgars hatte sie damals immer etwas gestört. Gleich am Anfang war ihr das aufgefallen. Es war ihr oberflächlich vorgekommen, so zu empfinden, aber später, als er seine Einstellungen kundtat und auch seinen wahren Charakter offenbarte, hatte sie oft an diesen ersten Eindruck zurückdenken müssen.

Julius zog sie mit sich, fasste sie links um die Taille und mischte sich mit einer geschickten Drehung zwischen die anderen Tanzenden. Emma hatte schon mit Männern getanzt, die sie weniger gut kannte, aber mit ihm hatte jede Bewegung, bei der sie sich drehten oder auch nur kurz berührten, etwas unerwartet Intimes. Vielleicht, weil er ihren Blick dabei nie losließ, sodass sie die Leute um sich herum vergaß und überrascht merkte, wie gut ihr dieses Gefühl gefiel.

# 44

Kurz vor Mitternacht brachen sie in einer Gruppe von zehn Leuten von der Feier an der Uni auf und gingen noch in den *Trichter*, ein Restaurant am Schiffbauerdamm. Hier hatte früher auch Brecht gegessen, der im letzten Jahr verstorben war, klärte man Emma auf. Und tatsächlich saß an einem langen Tisch eine Gruppe von Schauspielern des Berliner Ensembles, mit denen sie ins Gespräch kamen. Einer von ihnen hatte zu viel getrunken, stieg plötzlich auf seinen Stuhl und begann, die *Internationale* zu grölen. Zwei seiner Kollegen fielen mit in den Gesang ein.

»Gelebter Sozialismus«, sagte Max trocken, der mit Johanna, seiner rothaarigen Eroberung, ebenfalls mitgekommen war.

Julius, der neben Emma saß, lehnte sich zu ihr. »Sie machen sich nur einen Spaß«, flüsterte er ihr leise zu. »Siehst du den Mann, der dort allein am Ecktisch sitzt? Alle wissen, dass er von der Stasi ist und alles aufschreibt, was hier passiert.«

Emmas Augen wanderten ungläubig zu dem Mann, der im selben Augenblick zu ihr schaute und sie durchdringend musterte. Sie blickte schnell weg und war froh, als das Essen kam, ein mitternächtlicher Imbiss, der aus Suppe und Broten bestand. Sie aßen und zogen anschließend weiter zu *Käthe*, einer Bar, die in einem Hinterhof eines halb verfallenen unbewohnten Hauses lag.

Max hatte sich zuvor mit Johanna davongestohlen, nachdem Emma ihm versichert hatte, sie könne die erste U-Bahn nehmen und an der Sektorengrenze dann ein Taxi.

In *Käthes Bar*, in der an den Wänden der nackte Stein durch die eingerissenen Tapeten schimmerte und der Boden aus Beton bestand, wurde Jazzmusik gespielt und in einem offenen Nebenraum getanzt. Sie ließ sich mit Alice in einer Sitzecke nieder, wo es etwas leiser war, und sie lehnten beide den Kopf nach hinten.

Vielleicht war es der Alkohol, die späte Stunde oder einfach nur die gemeinsam verbrachte Zeit, aber plötzlich gab es zwischen ihnen wieder die vertraute Atmosphäre von früher. Sie erinnerten sich an ein Frage-Antwort-Spiel, *Mein liebstes Ding*, das sie als Kinder geliebt und stundenlang gespielt hatten.

»Deine liebste Farbe?«, begann Emma

»Rot«, sagte Alice.

»Violett. Dein liebstes Kleidungsstück?«

»Ein Sommerkleid mit Streifen.«

Emma grinste. »Meins ist ein eleganter, furchtbar unnützer Hut, den ich mir von meinem ersten Gehalt gekauft habe! Dein liebster Film?«

»Ein Märchenfilm, *Der kleine Muck*.«

Emma lachte. »Wirklich?«

»Ja, ich liebe Märchenfilme«, gestand Alice.

»Mein liebster Film ist *Vom Winde verweht*. Ich hatte jahrelang eine Schwäche für Rhett Butler und habe mir alle Filme mit Clark Gable angeschaut.«

»Dein liebster Platz in Berlin?«, fragte Alice.

»Der Ku'damm in West-Berlin«, erklärte Emma verträumt.

Alice schenkte ihr einen tadelnden Blick. »Nur wegen der Geschäfte, oder? Meiner ist natürlich der Platz der Akademie. Und gleich danach die Stalinallee mit ihren neuen modernen Häusern.«

»Deine liebste Stadt?«, entgegnete Emma.

Alice lächelte. »Moskau.«

Verwundert drehte Emma den Kopf zu ihr. »Warst du denn schon mal dort?«

»Ja.«

Emma dachte an das Bild in ihrer Wohnung und an die russischen Romane, die sie in ihrem Regal gesehen hatte. »Du sprichst gut Russisch, oder?«

Alice nickte. »Ich liebe die Sprache.«

Emma starrte sie an, denn plötzlich erinnerte sie sich an etwas, das sie völlig verdrängt hatte – den Russen, der sie damals Unter den Linden angesprochen hatte. Sie erzählte Alice von ihm. »Erst hatte ich furchtbare Angst, aber später zu Hause war ich auf einmal fest davon überzeugt, dass er mich mit dir verwechselt hatte. Ich bin danach noch einige Male mit Max zurückgegangen in der Hoffnung, ihm noch einmal zu begegnen, habe ihn jedoch nie wiedergesehen. Deshalb habe ich angefangen, Russisch zu lernen.«

Alices Miene war plötzlich ernst geworden. »Wann war das?«

»Kurz nach meinem sechzehnten Geburtstag.«

»Könntest du noch sagen, wie der Mann aussah?«, fragte ihre Schwester.

Emma zuckte die Achseln, es war so lange her. Doch dann merkte sie, dass sie sein Gesicht noch gut in ihrer Erinnerung vor Augen hatte. »Er war groß, hatte dunkles, fast schwarzes Haar und sehr kantige slawische Gesichtszüge – und er trug keine Uniform. Ich hatte wirklich Angst vor ihm, weil er solche Autorität ausstrahlte.«

Alice schwieg.

»Kennst du einen Russen, auf den das passt?«, erkundigte sich Emma aufgeregt.

Ihre Schwester schüttelte den Kopf. »Nein.« Sie stellte ihr Glas ab und stand auf. Mit einem Lächeln deutete sie in Richtung der Toilettenräume. »Bin gleich zurück.«

Emma nickte. Ein warmes Gefühl durchflutete sie, als sie ihr hinterherblickte und ihr bewusst wurde, wie sehr sie Alice in ihrem Leben vermisst hatte. Sie wandte den Kopf zur Tanzfläche in dem offenen Nebenraum. Dort tanzte Julius gerade mit einer anderen Frau, einer Kollegin, die er vom Institut kannte. Den ganzen Abend hatte er immer wieder ihren Blick gesucht, ihr aber Raum gelassen, sich mit Alice zu unterhalten. Sie musste daran denken, was ihre Schwester ihr zwischendurch gesagt hatte: »Verfall Julius lieber nicht. Er ist an der Uni und am Institut als Frauenheld bekannt.«

»Wir haben nur getanzt«, hatte sie erwidert. Und mehr war auch nicht geschehen. Er hatte weder ihre Hand genommen noch den Arm um sie gelegt oder versucht, sie zu küssen. Obwohl es durchaus die Gelegenheit dazu gegeben hatte und sie es sich einige Augenblicke lang auch gewünscht hatte. Emma merkte plötzlich, wie warm ihr war, und griff nach ihrem Mantel, um nach draußen zu gehen und etwas frische Luft zu schnappen. Sie schlängelte sich an den anderen Gästen vorbei zur Tür. Überrascht blieb sie draußen stehen, als sie sah, dass bereits der Morgen dämmerte. Es war ein magischer Anblick. Über die verfallenen Ruinen hinweg konnte man bis hinunter zum Spreeufer sehen, wo sich die ersten Sonnenstrahlen glitzernd im Wasser des Flusses spiegelten, über dem ein leichter Dunst aufstieg. Sie ließ sich auf einem Mauervorsprung nieder, um das Schauspiel zu genießen, als sie Schritte hinter sich hörte.

»Darf ich?« Es war Julius.

Sie nickte.

Er setzte sich neben sie. Einen Moment lang saßen sie beide wie im Theater nebeneinander und beobachteten fasziniert, wie sich vor ihnen die Helligkeit des kommenden Tages ausbreitete und die Umgebung in ein orange-goldenes Licht tauchte. Dann drehte er sich zu ihr und blickte sie an.

»Ich würde dich gern wiedersehen.«

Emma lächelte ihn an. »Das würde ich auch gern.«

»Gut«, sagte er und legte den Arm um sie. Er zog sie ein Stück an sich, und sie lehnte den Kopf an seine Schulter, während sie weiter zur Spree und der darüber aufgehenden Sonne schauten.

# ALICE

## 45

IN DER AKADEMIE STANDEN MEHRERE große Sitzungen an, und am Montag gab es viel zu tun, sodass sie während der Arbeitszeit kaum zum Nachdenken kam. Wenn sie nicht an der Schreibmaschine saß, Diktate aufnahm oder Sitzungen protokollierte, lief sie die Flure entlang, um Zeitpläne und Berichte zu verteilen, die sie zuvor vervielfältigt hatte. Alice war froh darüber, denn sobald sie etwas zur Ruhe kam, begann sie zu grübeln. Es ging ihr nicht aus dem Kopf, was Emma von dem Russen erzählt hatte, der sie Unter den Linden angesprochen hatte. Nur einige Wochen nach ihrem sechzehnten Geburtstag war das gewesen. Kurz darauf hatte ihre Schwester den Suchauftrag mit der Unterschrift ihrer Mutter gefälscht, den wiederum Irma in der Akte gefunden hatte, als sie in das Büro der Heimleiterin eingebrochen war. Alice runzelte die Stirn. Hätte sie mit der Freundin in dieser Zeit Kontakt gehabt, hätte sie von dem Suchauftrag erfahren. War es wirklich alles nur ein Zufall? Jedes Mal, wenn sie sich diese Frage stellte, verspürte sie ein Unbehagen, das sie sich nicht erklären konnte, und musste an den Abend denken, als Genosse Grigorjew sie vor ihrer Wohnung abgefangen hatte.

Sie zog die Schublade auf, in der sie eine Karte mit Irmas Adresse aufbewahrte. Einen Augenblick lang starrte sie auf die gekritzelte Schrift. Sie hatte Irma seit jenem Abend nicht mehr gesehen, doch sie musste mit ihr sprechen.

Als Sängerin war sie viel unterwegs, dennoch beschloss Alice spontan, nach Feierabend bei ihr vorbeizugehen. Sie hatte Glück – sie war zu Hause.

»Alice!« Ein überraschter Ausdruck spiegelte sich auf Irmas Gesicht, als sie die Tür öffnete.

»Störe ich?«

Irma schüttelte den Kopf. »Aber nein. Ich wollte mich auch schon bei dir melden. Komm doch rein!«

Alice folgte ihr durch einen schmalen Flur. Aus einem der Räume schallte laute Musik. »Meine Mitbewohner Sarah und Leo«, erklärte Irma, als sie an der nur angelehnten Tür vorbeigingen, bevor sie weiter zu einem Zimmer lief, das augenscheinlich ihres war.

Es war klein, spärlich möbliert, und überall lagen Sachen herum, Kleidungsstücke, Schminksachen, Zeitungen und einige Platten. Direkt neben dem Bett stand ein überquellender Aschenbecher.

Irma deutete auf einen von zwei Stühlen, die an einem kleinen Tisch standen. »Setz dich«, sagte sie, nachdem sie einen Pullover und ein Kleid von der Lehne genommen und auf das Bett geworfen hatte.

»Wie geht's dir?«, erkundigte sie sich, während sie sich ihr gegenüber auf den anderen Stuhl niederließ.

Alice blickte auf den Tisch, auf dem mehrere verschiedene fotografische Entwürfe lagen, die groß Irmas Gesicht zeigten. »Sind das Plattenhüllen?«

Irma nickte. »Ja, sieht so aus, als würde ich wirklich einen Vertrag bekommen.«

»Aber das ist ja großartig!« Alice strahlte sie an und hielt einen der Entwürfe hoch, um ihn näher zu betrachten. »Ich freue mich so für dich. Du hast es wirklich verdient – nicht nur, weil du eine großartige Stimme hast.«

»Na ja, warten wir mal ab, ob die Platte auch laufen wird«, entgegnete Irma abwehrend und wirkte plötzlich, als wäre es ihr unangenehm, darüber zu sprechen. Sie zündete sich eine Zigarette an. »Und du? Hast du inzwischen etwas über deine Familie in Erfahrung bringen können?«

Alice legte den Entwurf zur Seite. »Ja, ich habe meine Schwester gefunden. Sie wohnt tatsächlich in West-Berlin. Aber meine Mutter lebt nicht mehr; sie ist im letzten Jahr verstorben.«

»Das tut mir leid«, sagte Irma mitfühlend.

»Ich war wie im Schock, als ich es erfahren habe. Die Vorstellung, dass wir die ganze Zeit in derselben Stadt gelebt haben und ich sie nicht mehr gesehen habe …« Alice verstummte und musste sich einen Augenblick sammeln. Es schmerzte, wenn sie nur daran dachte. »Den Suchauftrag hatte meine Schwester aufgegeben.« Sie blickte Irma an. »Stell dir vor, kurz nach ihrem sechzehnten Geburtstag war sie in Ost-Berlin und ein Russe hat sie auf der Straße angesprochen, als würde er sie kennen.« Sie erzählte Irma, was Emma ihr berichtet hatte.

»Meinst du, der Russe war *Sergej*?« Irma war eine der wenigen, die wusste, welche Rolle der russische Offizier in Alices Leben spielte.

Alice verzog nachdenklich die Stirn. »Der Mann trug zivile Kleidung. Das würde Sergej eigentlich nicht tun. Aber die Begegnung mit ihm war der Grund, warum sie später nach mir suchen wollte.« Sie zögerte kurz, bevor sie Irma anschaute. »Wenn du damals nicht in dieses *Spezi* gekommen wärst, dann hätte ich nie erfahren, dass meine Mutter und Schwester nicht tot sind … Darüber muss ich ständig nachdenken. Ich verstehe einfach nicht, warum man mir den Suchauftrag verheimlicht hat.«

Irma schwieg. »Vielleicht wollte jemand nicht, dass du deine Familie wiederfindest«, sagte sie schließlich.

»Aber warum?«

»Keine Ahnung.«

Alice lachte freudlos auf. »Weil sie im kapitalistischen Westen gelebt haben?«

Irma schwieg wieder. »Ich weiß nicht«, sagte sie dann nur.

»Wahrscheinlich ist es ohnehin falsch, so viel darüber nachzudenken, es ist ja doch nicht mehr zu ändern.« Alice seufzte und blickte erneut auf die Entwürfe vor sich. »Die sind echt toll! Du musst mir eine signieren, wenn sie rauskommt, ja?«

Irma nickte. »Klar«, erwiderte sie, bevor sie erneut an ihrer Zigarette zog. Dabei fiel Alice auf, dass sie ihrem Blick auswich.

# SERGEJ

## 46

DER WAGEN FUHR DURCH DIE Straßen in Karlshorst, die ihm in den letzten Jahren vertraut und ein zweites Zuhause geworden waren. Es gab Kindergärten, Bibliotheken, Lebensmittelgeschäfte, Offizierskasinos, eine Bank, ein Theater, ein Kino und sogar eine eigene Badeanstalt – sie lebten hier wie in einer eigenen Stadt. Anders als bei den westlichen Alliierten war es ihren Soldaten nicht erlaubt, die Kasernen zu verlassen. Der östliche Teil von Karlshorst war deshalb noch immer russisches Sperrgebiet. Die westliche Gegend dagegen hatte man nach der Gründung der DDR an die Ostdeutschen zurückgegeben. Dort wohnten heute größtenteils Mitglieder des Ministerrats, Politiker und Militärs, die die Nähe zu den Sowjets schätzten.

Der Wagen verlangsamte seine Fahrt und hielt vor dem Offiziersclub.

Einmal in der Woche traf sich Sergej hier mit Markov, um im Restaurant *Wolga* zu Abend zu speisen.

»Wie geht es dir?«, begrüßte ihn Markov mit einem Kuss auf die Wange, wie es unter guten Freunden in der Sowjetunion üblich war. Doch ihre Freundschaft, wenn man sie überhaupt noch so nennen konnte, hatte sich verändert und war mit den Jahren brüchig geworden.

Im Grunde hatte damals alles mit dem Mädchen begonnen. Unwillkürlich hatte er wieder Markovs gnadenlosen Ausdruck vor Augen, als dieser entdeckt hatte, dass die Kleine eine Deutsche war. Er hatte weder ihren kranken, abgemagerten Körper noch das blasse, kindliche Gesicht gesehen, sondern ihn hatte nur ihre Herkunft interessiert.

»Weißt du, was für ein Vergehen das ist, Sergej? Sie ist eine Deutsche!«

»Sie ist ein Kind, Markov!«

»Ja, und zwar ein Kind unserer Feinde, der Männer, die Millionen unserer Brüder grausam ermordet haben und auch kein Mitleid mit unseren Kindern gezeigt haben«, hatte er erwidert. Seine Stimme war mit keinem Wort laut geworden, und trotzdem hatte sie Sergej an den Knall einer Peitsche erinnert.

Er hatte geschwiegen, weil ihm klar war, dass Markov ihn nie verstanden hätte. Wie hätte er auch Worte dafür finden können, dass dieses kranke kleine Mädchen ihm inmitten des Grauens und der Vernichtung des Krieges etwas Kostbares geschenkt hatte – sie hatte ihn wieder gelehrt, wie ein Mensch zu empfinden. Von dem Augenblick an, als er sie aus dem brennenden Haus gerettet hatte, hatte er das tiefe Bedürfnis verspürt, sie zu beschützen. Er hatte es nicht nur getan, weil sie ihn an Karina erinnerte. Unwillkürlich erinnerte er sich wieder, wie er Alice später in dem Heim bei Königsberg besucht und die blauen Flecken und Striemen an ihrem Körper entdeckt hatte. Noch heute erfasste ihn Wut, wenn er daran dachte. Er hatte dem Heimleiter gedroht und zum ersten Mal die Macht seiner Position missbraucht.

Sergej war sich nie ganz sicher, ob Markov auch davon erfahren hatte. Streng genommen hatte der Freund ihn damals sogar geschützt. Er hatte zwar verlangt, dass Alice in ein Heim kam, Sergej aber nicht gemeldet. Dabei hätte man ihn für das, was er getan hatte, durchaus vor ein Gericht stellen können. Doch Sergej hatte immer geahnt, dass er für seine Nachsicht eines Tages eine Gegenleistung verlangen würde. Alles hatte seinen Preis, wie er jetzt wusste.

Markov deutete auf den Stuhl gegenüber von seinem.

»Danke. Und wie geht es selbst?«, fragte Sergej, als er sich setzte.

»Bestens.«

Der Kellner kam zu ihnen, und sie bestellten die übliche Abfolge von russischen Speisen. Eine Flasche Wodka und Gläser standen bereits für sie auf dem Tisch, und nachdem sie den ersten Schluck getrunken hatten, begannen sie, sich über die aktuellen politischen Ereignisse auszutauschen. Die DDR-Regierung suchte in jüngster Zeit beharrlich ihre Unterstützung. Sie wollte, dass alle nicht militärischen Flüge der Westmächte nach West-Berlin in Zukunft der Genehmigung der DDR unterliegen sollten. Aber was immer Ulbricht und das Politbüro sich auch wünschten, in Moskau würde man eine weitere Konfrontation mit den Westmächten zurzeit vermeiden. Seit Stalins Tod vor fast fünf Jahren hatte sich viel verändert. Chruschtschow hatte einen neuen Reformkurs eingeschlagen, der ihm nicht nur Freunde brachte. Erst im letzten Juni hatte er einen Putsch gegen die Partei niedergeschlagen und im eigenen Land genug Probleme.

Die ersten kalten Vorspeisen wurden serviert – deftige Teigtaschen, Sülze, gefüllte Eier und eingelegter Fisch –, ein Stückchen Heimat vor ihnen auf dem Tisch.

»Was gibt es Neues von unserem Zögling?«, fragte Markov. Die Beiläufigkeit seines Tonfalls konnte Sergej nicht täuschen, denn er sah den lauernden Ausdruck in seinen Augen.

»An der Akademie spricht man noch immer viel über Haushofers Flucht, hat sie mir erzählt. Aber die Mehrzahl der Mitarbeiter hat kein Verständnis dafür.«

Markov, der sich von den gefüllten Eiern genommen hatte, nickte. »Gut. Wir können nicht noch so einen Fall gebrauchen. Und sonst? Wie hat sie es aufgenommen, was wir von ihr wollen?« Er schaute ihn fragend an, und ihre Blicke trafen sich.

»Ich denke, gut.«

»Wirklich?«

»Wenn es etwas zu berichten gibt, wird sie es mir mitteilen«, sagte Sergej schließlich, kühler, als er es beabsichtigt hatte.

Markov lächelte leicht. »Kommt es mir nur so vor, oder versuchst du, sie zu beschützen? Du hängst immer noch an ihr, nicht wahr?«

Sergej trank einen Schluck von seinem Wodka und bemühte sich um eine unbeteiligte Miene. Es fiel ihm nicht schwer zu lügen, wenn es erforderlich war. »Nein, nicht so, wie du denkst. Als sie ein Kind und krank war, habe ich wohl Verantwortung empfunden; ich wollte, dass sie die sozialistisch und moralisch richtigen Überzeugungen entwickelt. Und das hat sie. Nun ist sie erwachsen und muss ihren eigenen Weg gehen.« Es war weder für Alice noch für ihn von Vorteil, wenn Markov wusste, wie viel sie ihm bedeutete.

»Übrigens hatte sie mir neulich erzählt, dass sie ein Mädchen von früher aus dem Heim wiedergetroffen hat – Irma Assmann«, erzählte er. »Sie hat mich gefragt, warum diese Irma die Briefe, die sie ihr schrieb, nie erhalten hat.«

Markov, der gerade ein Stück Fisch auf seine Gabel spießte, hielt in der Bewegung inne. »Und was hast du gesagt?«

Er ließ einen Augenblick verstreichen, bevor er ihm antwortete. »Dass ich keine Ahnung hätte, warum sie sie nicht bekommen hat«, sagte er dann.

# EMMA

## 47

BISHER WUSSTE SIE NICHT VIEL über Julius: Er war vierunddreißig Jahre alt, arbeitete als Physiker in Zeuthen, sah ohne Frage gut aus, war äußerst charmant – und wie nun ebenfalls feststand, schien er ein Kavalier alter Schule zu sein. Nach dem Fest am Freitagabend, als sie noch bis zum Morgengrauen mit Alice und den anderen ausgegangen war, hatte er darauf bestanden, sie in der U-Bahn zurück nach West-Berlin und weiter bis zu ihrer Haustür zu begleiten.

»Aber das ist wirklich nicht nötig. Die Fahrt ist doch viel zu weit«, widersprach Emma.

»Es ist Samstag, ich habe ohnehin nichts vor. Und damit du gar nicht auf die Idee kommst, ich könnte irgendwelche Hintergedanken haben, werde ich dich auf keinen Fall küssen«, setzte er mit einem Augenzwinkern hinzu.

Sie konnte nicht verhindern, dass ihr eine leichte Röte in die Wangen stieg. »Wie kommst du darauf, dass ich das wollte?«, erwiderte sie herausfordernd.

Er lachte jungenhaft. »Wirst du. Aber nicht heute.« Und dann war er mit ihr in die U-Bahn gestiegen und hatte sie zu ihrem Haus begleitet. Er hatte gewartet, bis sie aufgeschlossen hatte, sie dann freundschaftlich umarmt und gefragt, ob sie Anfang der Woche Lust und Zeit habe, ihn zu sehen. Er hatte Karten für ein West-Berliner Theaterstück.

Nun war Dienstag, und sie war aufgeregt wie ein Backfisch. Als es klingelte und sie die Tür öffnete, standen sie sich einen Augenblick gegenüber – keiner von ihnen brachte ein Wort hervor, weil es zu viel gab, das sie sich zu sagen hatten. Schließlich beugte er sich ein Stück zu ihr, strich ihr das Haar aus dem Gesicht und küsste sie, sanft, aber dennoch nicht zu zaghaft.

»Ich habe meinen Edelmut am Freitag ein wenig bereut«, gestand er, als sie sich wieder voneinander lösten.

Emma lachte. »Gut. Ich nämlich auch«, sagte sie, und sie küssten sich gleich noch mal.

Dann verbrachten sie einen wundervollen Abend. Im Theater schauten sie sich die Premiere von *Macbeth* an und aßen anschließend bei Aschinger eine Kleinigkeit. Obwohl es bereits Januar war, war es draußen noch mild, und so spazierten sie Hand in Hand durch die Stadt. Und sie redeten. Emma konnte sich nicht erinnern, sich, mit Ausnahme von Max, jemals mit einem Mann so intensiv und gut unterhalten zu haben. Sie erzählte ihm von ihrer Mutter, ihrer Leidenschaft für Sprachen und warum sie Dolmetscherin geworden war, ja sogar von Edgar und weshalb sie sich getrennt hatten und auch von ihrem Wiedersehen mit Alice.

Julius war ein aufmerksamer und interessierter Zuhörer, der Fragen stellte, aber auf ihr Drängen auch von sich selbst berichtete. Sie erfuhr, dass er Physiker geworden war, weil er an den Fortschritt der Wissenschaft glaubte und deren Klarheit schätzte; dass sein älterer Bruder im Krieg gefallen, seine Mutter schon lange verstorben war und nur sein Vater noch lebte. Er gestand, dass er sich nie sonderlich für Politik interessiert hatte und er es zwar nicht guthieß, was zurzeit in der DDR geschah, er aber den Kommunismus dennoch für das überzeugendere System hielt.

»Aber es gibt kein einziges kommunistisches Land, in dem die Menschen frei sind«, gab Emma zu bedenken.

»Ja, das stimmt.« Er lächelte leicht. »Du würdest dich gut mit meinem Vater verstehen. Er würde mich am liebsten zwingen, in den Westen zu gehen.«

Sie spazierten den Ku'damm hinunter, der von den großen

Schildern und Bannern der blinkenden und funkelnden Leucht-
reklame erhellt wurde.

»Das gibt es in Ost-Berlin natürlich nicht«, sagte er mit einer
ausholenden Handbewegung. »Aber so wenig ich mich sonst für
Politik interessiere, es scheint mir einfach keine Lösung, dass am
Ende jeder aus Ostdeutschland flieht – und hier in Berlin leben
wir doch wie in einer Stadt.«

»Fährst du oft nach West-Berlin?«, fragte Emma neugierig,
denn sie musste daran denken, was ihr Alice erzählt hatte – dass
sie vor ihrem Wiedersehen fast nie hierhergekommen war. Ihre
Schwester schien ihr allerdings auch weit überzeugter vom Sozialismus als Julius.

»Ja, vor allem für Theater- oder Kinobesuche und wenn es in-
teressante wissenschaftliche Veranstaltungen gibt. Und jetzt wird
es wohl auch noch einen anderen Grund geben«, fügte er hinzu
und zog sie mit sich hinter einen großen Kastanienbaum, wo er
sie küsste. Schnell wurde ihr Kuss leidenschaftlicher, und Emma
schlang die Arme um ihn. Dann löste er sich ein Stück von ihr.
Ihr Puls ging noch immer schneller. Edgars Küsse hatten nie solche
Empfindungen in ihr ausgelöst, wurde ihr bewusst.

»Und weißt du, woran ich fest glaube?« Er stützte die Hand
neben ihr am Baum ab und blickte sie an. »Dass wir jeden Augenblick des Lebens bewusst und voller Leidenschaft leben sollen.«
Er sagte es ungewöhnlich ernst, und sie hob ihre Hand und strich
ihm sanft durch sein dunkles Haar.

»Ja, das sollten wir.«

Schließlich nahm er ihre Hand, und sie spazierten langsam
weiter. Doch etwas in seiner Stimmung hatte sich verändert.

»Ich meinte es ernst, was ich eben gesagt habe«, erklärte er.
»Ich versuche nie zu vergessen, welches Glück wir haben, dass
wir zu denen gehören, die diesen Krieg überlebt haben, dass wir
nicht verhungert sind oder Opfer eines Bombenangriffs wurden.
So viele Menschen mussten unschuldig und viel zu jung sterben,

und ich glaube, dass wir es ihnen schulden, das Leben bewusst zu genießen.«

Emma drehte den Kopf zu ihm. »Aber manchmal ist das gar nicht so leicht, weil die Dinge so nah beieinanderliegen. Als meine Mutter starb, war ich untröstlich – und dann habe ich Alice wiedergefunden.«

Einen Augenblick lang liefen sie im stillen Einverständnis weiter.

Es war bereits spät, und als es Zeit war, sich zu trennen, fiel ihnen der Abschied schwer.

»Ich werde nächsten Mittwoch hier in West-Berlin einen Kongress besuchen. Ich hoffe, einen alten Freund zu treffen«, sagte Julius. »Wir könnten uns danach sehen, wenn du Zeit hast.«

Emma lächelte, denn seine Worte machten ihr klar, dass er sie ebenso gern wiedersehen wollte wie sie ihn.

»Das würde mich sehr freuen«, erwiderte sie, bevor er sie noch einmal in die Arme zog und küsste.

# ALICE

## 48

DER KÖSTLICHE ESSENSDUFT WAR BIS in den Flur wahrzunehmen, als Alice die Treppe zu Emmas Wohnung hochstieg. Sie klingelte und hörte Schritte.

Emma öffnete ihr in einer Schürze, die sie über ihr Kleid gebunden hatte, die Tür. »Komm rein, ich muss schnell zurück an den Herd. Es gibt Hühnchen«, rief sie ihr zu und lief auch schon zurück in die Küche.

Alice folgte ihr. Sie hatte sich direkt nach der Arbeit auf den Weg zu ihr gemacht. »Danke, dass du kochst. Wie war dein Kongress in Belgien?«, fragte sie dann. Emma hatte einen Dolmetscherauftrag in der Nähe von Brüssel gehabt.

»Sehr spannend. Es ging um die Zukunft Europas. Die meisten halten die Idee ja immer noch für unrealistisch und versponnen«, berichtete Emma, während sie in der Küche hantierte. »Obwohl wir jetzt zu der neuen europäischen Wirtschaftsgemeinschaft gehören«, erzählte sie und goss dabei das Wasser der Kartoffeln ab. »Ich meine, die BRD«, verbesserte sich ihre Schwester, da dieser plötzlich bewusst zu werden schien, dass sie zwar in einer Stadt, aber im Grunde genommen in zwei verschiedenen Ländern mit unterschiedlichen politischen Systemen lebten. Auch wenn die BRD die DDR nach wie vor nicht als eigenen Staat anerkannte.

Alice hatte ihr aufmerksam zugehört, während sie Besteck aus einer Schublade nahm und den Tisch in der Küche deckte. »All diese neuen Abkommen und Bündnisse, die Nato, der Warschauer Vertrag – die Welt wird sich immer mehr teilen. Ich kann mir nur schwer vorstellen, dass Deutschland noch einmal zusammenfindet«, sagte sie nachdenklich, denn zur gleichen Zeit, da die BRD zunehmend in die westlichen Machtbündnisse eingebunden wurde, ging auch die DDR vergleichbare enge Beziehungen mit ihren sozialistischen Bruderländern ein.

Emma griff nach zwei Topflappen. »Das kann ich mir auch nicht vorstellen.« Sie holte das Hühnchen aus dem Backofen. »Ich habe übrigens ein paar Sachen für dich eingekauft, die du bei euch nicht so bekommst«, sagte sie, während sie Essen auf zwei Teller zu füllen begann. Sie deutete zu einer Schale, in der Bananen und Orangen lagen.

Alice spürte, wie sie erstarrte. »Das brauchst du nicht.«

»Ich meinte es nur gut«, erwiderte Emma mit einem verletzten Ausdruck, der Alice ihre harschen Worte sofort bereuen ließ.

»Ich weiß, aber ich möchte das nicht. Ich habe keine Probleme damit, dass das Leben in Ost-Berlin manchmal Einschränkungen mit sich bringt.«

»Ja, natürlich.« Ihre Schwester stellte die Teller auf den Tisch. Sie vermied wie immer die Konfrontation mit ihr. Manchmal wäre es Alice lieber gewesen, sie hätte sich mit ihr gestritten. Einen Augenblick lang herrschte eine unangenehme Stille zwischen ihnen, als sie zu essen begannen.

»Habe ich dir erzählt, dass ich mich mit Julius getroffen habe?«, fragte Emma schließlich.

Alice blickte ihre Schwester überrascht an, als sie ihr von dem Abend mit ihm zu erzählen begann. »Es war wirklich schön.« Emmas Augen leuchteten, während sie sprach. Alice musste an die Feier bei Rudi denken, an den kurzen Blickwechsel, den sie selbst mit Julius Laakmann gehabt hatte. Er war ohne Frage ein attraktiver Mann.

»Ich habe nicht vergessen, was du über ihn erzählt hast, dass er ein Frauenheld ist«, sagte Emma schnell, als würde sie ihre Gedanken erraten. Sie lachte ein wenig verlegen, wurde dann jedoch sofort wieder ernst. »Aber ich mag ihn sehr, und wir werden uns am Mittwoch wiedersehen. Julius kommt zu einem Kongress nach West-Berlin. Er trifft dort einen alten Freund und kommt danach zu mir.«

Plötzlich wäre es Alice lieber gewesen, Emma hätte ihr nichts erzählt. »Das freut mich«, sagte sie ein wenig steif. »Es schmeckt übrigens toll.«

»Danke.« Emma schenkte ihr ein warmes Lächeln. »Wir sind heute noch bei Max eingeladen. Seine Vermieterin ist in Westdeutschland, und er und die anderen beiden Untermieter haben ein paar Freunde eingeladen. Hast du Lust, hinzugehen?«

Alice nickte. »Ja, natürlich.«

Nach dem Essen machten sie sich auf den Weg.

Alice musste zugeben, dass sie mit einer gewissen Neugier die Wohnung betrat, in der Max und zwei Kommilitonen von ihm zur Untermiete wohnten. Sie fand es interessant zu sehen, wie die Menschen in West-Berlin lebten.

Max und seine Freunde hatten es sich im Wohnzimmer der Wohnung bequem gemacht, das in großbürgerlicher Manier mit alten Möbeln, Teppichen und wallenden Gardinen eingerichtet war. Die Bewunderung aller zog aber ein nagelneuer, in Holz eingefasster Fernseher auf sich. Als es acht Uhr war, unterbrachen sie ihre Unterhaltungen kurz für eine Nachrichtensendung – *Die Tagesschau* –, in der in kurzen Filmbeiträgen über die wichtigsten politischen Ereignisse berichtet wurde. Es war mucksmäuschenstill wie im Theater, während sie alle gebannt auf den Bildschirm blickten.

Alice sah in Ost-Berlin selten fern, schlichtweg, weil die meisten Leute, die sie kannte, keinen Fernseher besaßen. Eigene Sendestationen gab es inzwischen genauso wie in der BRD, aber mit der Produktion der Empfangsgeräte hinkten sie hinterher. Deshalb wurde zurzeit in drei Betrieben parallel gefertigt, wie sie neulich in der Zeitung gelesen hatte.

Die westdeutsche Tagesschau zeigte auch einen Beitrag über

die Flüchtlinge aus der DDR. Die Zahlen waren leicht gesunken. Dennoch wurde berichtet, dass im letzten Jahr im Schnitt mehr als zwanzigtausend Menschen im Monat aus der DDR nach West-Berlin und in die BRD geflüchtet waren.

»Im August sind die Zahlen immer am höchsten, weil es Ferienzeit ist«, kommentierte Max den Bericht. Er und ein anderer junger Mann, Kai, arbeiteten neben ihrem Studium manchmal im Notaufnahmelager, wie sie erfuhr.

»Was machst du eigentlich bei deiner Arbeit dort genau?«, fragte Alice ihn später. Sie war nach draußen auf den Balkon getreten, und er hatte sich einen Augenblick zu ihr gesellt, um eine Zigarette zu rauchen.

»Alles, was so an Arbeiten anfällt, Decken verteilen, Essen ausgeben oder die Leute zu den richtigen Bussen bringen«, erklärte er. »Aber oft ist es vor allem eine psychologische Hilfestellung. Viele, die dort ankommen, haben Angst. Sie sind vorher mit der Stasi in Konflikt geraten und fühlen sich verfolgt, oder sie befürchten, dass es Konsequenzen für Freunde oder Familie geben könnte, die noch dort leben.« Er lächelte schief. »Ich weiß, dass du überzeugt von eurem System bist, und Emma hat mich gebeten, politische Themen mit dir zu meiden. Aber wenn du den Menschen begegnet wärst, mit denen ich gesprochen habe, würdest du deine Meinung vermutlich ändern.«

Sie schwieg einen Moment. Ihre Finger strichen über das kalte, schmiedeeiserne Geländer des Balkons. »Ich glaube nur nicht, dass der Kapitalismus das bessere und schon gar nicht das gerechtere System ist.«

»Gerechter vielleicht nicht immer, aber freier. Bei uns kommt niemand gleich ins Zuchthaus, weil er anders denkt. Jeder kann seine Meinung frei äußern.«

Sie blickte ihn spöttisch an. »Die kommunistische Partei ist bei euch verboten worden! Nennst du das Meinungsfreiheit?«

»Weil sie nicht mit der Verfassung vereinbar ist.«

Alice zuckte die Achseln. »Unsere Regierung hat auch für vieles gute Gründe.« Sie blickte auf die dunkle Straße hinunter. »Ich bestreite gar nicht, dass das Leben bei euch leichter ist und bei uns einiges nicht richtig läuft. Aber wie sollte das auch vermeidbar sein? Bei uns finden der Aufbruch und die Umgestaltung zu einer völlig neuen Gesellschaft statt.«

Max schüttelte den Kopf. »Vielleicht waren das am Anfang einmal der Wunsch und die Absicht, aber jetzt herrscht bei euch eine gefährliche Diktatur«, sagte er mit so ernster Miene, dass es sie nachdenklich machte.

»Glaubst du das wirklich?«

»Ja.«

»Erzählen das denn die Menschen, die bei euch im Notaufnahmelager ankommen?«

Er nickte. »Neulich hatte ich ein Gespräch mit einem jungen Mann in meinem Alter, der seinen Studienplatz verloren hat und mehrere Monate im Gefängnis saß, weil er bei einer Veranstaltung die SED kritisiert hat.« Er brach ab. »Jetzt haben wir uns doch über Politik unterhalten«, sagte er mit einer entschuldigenden Geste. »Emma wird mir eine Predigt halten.«

Alice lächelte leicht und zwinkerte ihm zu. »Keine Angst, ich werde nichts sagen. Und ich habe mich gern darüber unterhalten. Aus eurer Perspektive sieht vieles ganz anders aus«, gestand sie ehrlich, als sie beide wieder ins Wohnzimmer gingen.

# MAX

## 49

KAI UND ER BEKAMEN DEN Brief am selben Tag – gut eine Woche nachdem sie die Telefonnummer auf der Visitenkarte angerufen hatten. Eine Männerstimme hatte sich darunter gemeldet und ihre Namen und Adressen aufgenommen. Man werde die Angelegenheit prüfen und sich mit ihnen in Verbindung setzen, wurde ihnen ein wenig steif mitgeteilt, und dann hatten sie erst einmal nichts gehört. Jetzt war ein formloser Brief bei ihnen eingetroffen, in dem sie aufgefordert wurden, sich am 20. Januar im Hotel Kempinski einzufinden. Der Ort irritierte Kai und ihn gleichermaßen. Nach Ulrichs geheimnisvollen Andeutungen waren sie davon ausgegangen, dass das Gespräch in größtmöglicher Diskretion stattfinden würde und nicht in einem noblen Hotel.

In einer Suite im oberen Stockwerk, zu der sie von einem Pagen geführt wurden, empfing sie ein bürokratisch aussehender Mann in den Fünfzigern mit schütterem Haar und einer schwarz umrandeten Brille. Er begrüßte sie wortkarg, ohne sich vorzustellen, und hieß sie dann, einen detaillierten Fragebogen zu ihrem Lebenslauf auszufüllen.

Anschließend mussten sie draußen im Flur warten. Es gab nicht mal einen Stuhl. Max betrachtete das Rankenmuster des Teppichs. »Was glaubst du, was sie uns fragen werden?«, fragte er mit gesenkter Stimme, während er sich gegen die Wand lehnte.

»Weiß nicht, Dinge zu unserem Lebenslauf und unseren Überzeugungen?« Kai versuchte, eine gelassene Miene vorzutäuschen, aber die Art, wie er mit dem Päckchen Zigaretten in seiner Hand spielte, verriet, dass er genauso nervös war wie er. Das Gespräch heute könnte ihr Leben verändern, das war ihnen beiden bewusst. Max hatte niemandem davon erzählt, nicht einmal Emma.

Gut zwanzig Minuten vergingen, bis sich die Tür der Suite öffnete. Der Mann mit der schwarz umrandeten Brille blickte auf einen der Fragebögen in seiner Hand. »Herr Rittmeister?«

Kai nickte, und Max blickte ihm hinterher, wie er in der Suite verschwand. Er unterdrückte ein Seufzen. Mit einem Nachnamen, der mit *W* anfing, dem viertletzten Buchstaben im Alphabet, war er es leider seit der Schulzeit gewohnt, ganz zum Schluss aufgerufen zu werden.

Er musterte erneut den Teppich zu seinen Füßen und merkte, wie seine Gedanken zu dem Abend vor zwei Tagen zurückwanderten, als er sich mit Emmas Schwester unterhalten hatte. Er mochte Alice und respektierte sie dafür, dass sie derart zu ihren Überzeugungen stand, auch wenn er das meiste für das Ergebnis ihrer doktrinären Erziehung in der DDR hielt. Doch das würde er ihr natürlich nie sagen. Wenn Alice weiterhin öfter nach West-Berlin kam, würde sie ihre Einstellung vielleicht ändern. Er hatte gespürt, wie sie während des Gesprächs ein wenig unsicher wurde, weil sie die Dinge, die er erzählt hatte, nicht mit ihrem eigenen Bild der DDR vereinbaren konnte. Für einen Augenblick sah er ihr Gesicht vor sich, das Emmas so sehr glich, aber doch einen ganz anderen Ausdruck trug. Es hatte Max anfangs etwas irritiert, dass er Alice im Gegensatz zu Emma, die wie eine Schwester für ihn war, durchaus als Frau wahrnahm. Sie gefiel ihm. Ihre natürliche und unkomplizierte Art hatte etwas Erfrischendes. Emma, der sein gelegentliches Flirten mit ihrer Schwester an dem Abend vor zwei Tagen nicht entgangen war, hatte ihm einen mahnenden Blick geschenkt. »Nicht meine Schwester, Max. Hast du verstanden?«, hatte sie später gesagt. »Das wäre zu seltsam. Du würdest dich zwei Monate mit ihr verabreden, und dann wäre alles vorbei, und wir könnten uns danach nie wieder alle zusammen sehen.«

Emma hatte nicht ganz unrecht mit ihrer Befürchtung, und er war beinah erleichtert, dass Alice einen Freund hatte. Seine Begeisterung für eine Frau erlosch leider immer wieder schnell. Seine Mutter redete ihm deshalb oft ins Gewissen.

Max wurde aus seinen Gedanken gerissen, als sich die Tür zu der Suite öffnete. Kai kam heraus, während der Mann mit der schwarz umrandeten Brille ihn hineinbeorderte.

»Herr Weiß? Bitte kommen Sie.«

»War ein Kinderspiel«, flüsterte Kai ihm im Weggehen zu.

Max folgte dem Mann in die Suite. Er öffnete eine Tür zu den Nebenzimmern, die vorhin, als sie den Fragebogen ausgefüllt hatten, verschlossen gewesen war.

Ein dunkelblonder Mann im Anzug, der ungefähr Ende vierzig sein musste, empfing ihn. Er trug die Haare in einem akkuraten Scheitel zur Seite und hatte auffällig viele Pigmentflecken im Gesicht.

»Herr Weiß? Ich bin Hartmut Weber.« Er stand auf und schüttelte ihm die Hand, bevor er auf einen Sessel ihm gegenüber deutete. »Setzen Sie sich doch.«

Zu Max' Überraschung nahm der Mann, der ihn hineinbegleitet hatte, ebenfalls mit ihnen Platz.

Weber räusperte sich. »Nun, Herr Weiß, Herr Kehlbach hat Sie und Herrn Rittmeister wärmstens empfohlen, und den Fragebogen zu Ihrem Lebenslauf haben Sie auch ausgefüllt, insofern gibt es gar nicht mehr allzu viel, was ich wissen möchte. Einige Fragen zu Ihrem Elternhaus hätte ich allerdings noch.«

Max nickte. »Natürlich.« Er versuchte zu ignorieren, dass der Mann mit der schwarz umrandeten Brille ihn, während Weber sprach, unentwegt beobachtete, als versuchte er an seiner Körperhaltung oder seinem Gesichtsausdruck etwas Verdächtiges zu entdecken.

Weber öffnete eine Akte.

»Ihr Vater ist Arzt?«

»Ja, er arbeitet für eine Flüchtlingseinrichtung in Berlin.«

»Sehr löblich.« Weber lächelte unverbindlich. »Und Ihre Mutter ist Hausfrau, nehme ich an?«, fragte er, während er sich Notizen machte.

»Ja.«

»War Ihr Vater früher in der Partei oder Mitglied der SS?«

»Nein«, erwiderte Max, der sich über die Frage wunderte. »Inwiefern spielt das eine Rolle?«

Weber blickte auf. »Das sind lediglich Standardfragen, mit denen wir uns einen Einblick in Ihren familiären Hintergrund verschaffen.«

Max nickte.

»War Ihr Vater an der Front?«, fragte Weber weiter.

Max schüttelte den Kopf. »Nein, er ist während des Krieges in die USA emigriert, zusammen mit mir und meiner Mutter.«

Weber hielt beim Schreiben inne. Sein Blick taxierte ihn.

»Aus welchem Grund?«

»Er wurde verfolgt.«

»Weil er sich strafbar gemacht hatte?«

Max schaute ihn überrascht an. »Er hat Menschen bei der Flucht geholfen, die verfolgt wurden«, versuchte er zu erklären.

Weber notierte sich etwas. »Also hat er Leuten geholfen, die sich damals strafbar gemacht haben?«

»Nun, nach damaligem Recht war vieles strafbar, was man heute als demokratisches Grundrecht bezeichnen würde«, erwiderte Max, dem es nicht gefiel, dass Webers Fragen so wirkten, als hätte sich sein Vater irgendeines Verbrechens schuldig gemacht.

Weber lächelte leicht. »Ah, da spricht der angehende Jurist«, sagte er jovial, aber eine leichte Spannung war mit einem Mal im Raum fühlbar. Max nahm wahr, wie der Mann mit der schwarz umrandeten Brille sich eifrig Notizen machte. Er hätte zu gern gewusst, was er aufschrieb.

Weber fuhr mit seinen Fragen fort, die sich im Weiteren der KgU und seiner Tätigkeit für die Organisation zuwandten. Seine Antworten schienen ihm zu gefallen, und Max entspannte sich. Vielleicht hatte er sich die Vorbehalte auch nur eingebildet, weil sie ihm schon so oft in seinem Leben begegnet waren.

»Nun, das sieht doch alles ganz ordentlich aus«, sagte Weber, als er sich am Ende erhob und sie sich verabschiedeten. »Sie bringen die richtigen Überzeugungen mit. Ich bin sicher, dass Sie von uns hören werden«, fügte er hinzu.

»Das würde mich freuen.« Max bedankte sich und verließ nachdenklich die Suite.

# JULIUS

## 50

ER HATTE SEINEN BESUCH DES Kongresses im Institut angemeldet, wie jeden anderen auch. Nicht nur, weil er sich immer noch nicht ganz sicher war, ob die Stasi ihn überwachte, sondern auch, weil den Parteifunktionären, die wie überall auch im wissenschaftlichen Betrieb zahlreich vertreten waren, selbstredend jeder Besuch West-Berlins missfiel. Sein Privatleben ging sie nichts an, fand Julius, aber was seine Arbeit betraf, hatte er gelernt, dass es einfacher und besser war, mit offenen Karten zu spielen. Zu seiner Erleichterung würde ihn dieses Mal niemand begleiten. Auf dem Symposium sollte es um übergreifende naturwissenschaftliche Themen gehen. Keiner der Vorträge interessierte ihn sonderlich, aber deshalb war er auch nicht gekommen. Er betrachtete noch einmal den Prospekt, der letzte Woche ohne ein Begleitschreiben in seinem Postkasten gelegen hatte. Um einen der Vorträge war mit einem Rotstift ein Kreis und daneben ein Kreuz gezeichnet worden: *Bedeutung der Halbleiterphysik. 12.00–14.00.*

Eine leichte Nervosität erfasste ihn, als er auf der Straße des 17. Juni aus dem Bus ausstieg und auf das Gebäude der Technischen Universität zuging. Julius war sich nicht sicher, ob er mit seiner Vermutung recht hatte. Aber wer sonst sollte ihm den Prospekt geschickt haben? Ein Blick auf die Uhr verriet ihm, dass er gut zehn Minuten zu früh dran war, als er das Gebäude betrat. Er zündete sich vor dem Veranstaltungsraum eine Zigarette an und musterte die umstehenden Leute, als er plötzlich eine Hand auf seiner Schulter spürte. Er fuhr herum.

Ungläubig und erleichtert zugleich blickte er den Mann vor sich an. Es war tatsächlich Sigmund. Er sah gut aus. Entspannt und braun gebrannt, als wäre er gerade aus dem Urlaub gekommen, strahlte er ihn an.

»Ich hatte so gehofft, dass du meine Botschaft verstehst. Gott, es tut gut, dich zu sehen«, sagte der Freund und umarmte ihn fest. »Spiel ein bisschen den Überraschten, falls uns jemand beobachtet«, flüsterte er.

Julius befreite sich von ihm, denn Sigmunds Worte erinnerten ihn unweigerlich daran, dass er sich nur seinetwegen mit der Stasi herumschlagen musste. Er schenkte ihm einen finsteren Blick. »Du bist mir mehr als eine Erklärung schuldig. Und bilde dir nicht ein, dass ich dir alles verzeihe, nur weil ich hierhergekommen bin.«

Ein schuldbewusster Ausdruck blitzte in Sigmunds Augen auf. »Es ging nicht anders. Ich werde dir alles erklären. Gleich um die Ecke ist ein Café. Dort können wir in Ruhe sprechen.«

»Gut.«

»Hattest du das Gefühl, dass dir jemand gefolgt ist?«, fragte Sigmund, als sie auf die Straße hinaustraten.

Julius zog die Brauen hoch. »Nein, am Institut wissen außerdem alle, dass ich hier bin. Ich habe nichts zu verbergen.«

Sigmund nickte, aber Julius nahm wahr, dass der Freund die Umgebung aufmerksam beobachtete. Er fand, er übertrieb etwas, am Ende war auch Sigmund Haushofer nur einer von vielen Wissenschaftlern, die es vorgezogen hatten, in den Westen zu gehen. Er war nicht der erste und würde sicherlich auch nicht der letzte sein.

Sie liefen bis zur Hardenbergstraße und steuerten dort auf ein Café zu. Ein paar Studenten saßen vorn an zwei Tischen, aber hinten war es leer, und sie fanden eine Ecke, wo sie allein für sich waren.

»Warum hast du mir vorher nichts gesagt? Wir sind Freunde!

Hast du mir nicht vertraut?«, brach es aus Julius heraus, nachdem sie beide einen Kaffee bestellt hatten.

Sigmund fuhr sich angespannt durch sein Haar.

»Natürlich habe ich dir vertraut, aber ich wollte dich nicht in Schwierigkeiten bringen. Ich dachte, es wäre einfacher, wenn du wirklich nichts weißt, wenn dich die Stasi verhört. Sie haben dich doch verhört, oder?«

»Ja, haben sie. Nochmals schönen Dank auch, dass ich die Jungs jetzt im Nacken habe«, erwiderte Julius missmutig bei der Erinnerung an das Gespräch.

»Hast du ihnen den Brief gezeigt, den ich dir geschrieben habe?«

Julius nickte.

»Gut. Erzähle ihnen auch, dass wir uns heute gesehen haben. Je enger du bei der Wahrheit bleibst, umso besser.«

Julius starrte ihn an. »Du brauchst mir nicht zu erklären, wie ich mich diesen Leuten gegenüber zu verhalten habe.«

Sigmund schwieg. Er zündete sich eine Zigarette an und nahm fahrig einen Zug.

»Bist du etwa nervös?«, fragte Julius erstaunt.

»Sagen wir mal so, ich fühle mich nicht besonders wohl in West-Berlin«, wich Sigmund aus. »Liegt mir zu nah an Ost-Berlin. Aber ich wollte dich sehen, und es gab hier außerdem noch ein paar Dinge, die ich zu erledigen hatte.«

Julius erinnerte sich dunkel, dass Sigmund sich vor einigen Jahren in West-Berlin ein Schließfach in einer Bank zugelegt hatte, in dem er gelegentlich einige Wertsachen deponiert hatte. Plötzlich stieg seine ganze Enttäuschung in ihm hoch.

»Und, ist es jetzt so viel besser im Westen?«, fragte er kühl.

Sigmund drückte seine Zigarette aus, die er kaum zur Hälfte geraucht hatte, und blickte ihn an.

»Ja, Julius. Ist es – in jeder Hinsicht. Nicht nur, weil ich mehr verdiene und nicht mehr Schlange stehen muss. Es geht auch um Martha und die Kinder. Um ihre Ausbildung. Wenn ich irgendetwas getan hätte, das der Partei missfällt, hätten sie weder den gewünschten Schulabschluss machen, geschweige denn studieren können. Jetzt fühle ich mich endlich frei. Stell dir vor, ich war mit der Familie zwei Wochen in Italien. Ich kann reisen, wohin ich will!« Seine Augen leuchteten auf, aber dann wurde er wieder ernst. »Diese ständige Angst, etwas falsch zu machen, hat mich einfach zermürbt.«

Julius schaute ihn zweifelnd an. »Übertreibst du nicht ein bisschen? Schließlich genießen wir als Wissenschaftler viele Privilegien in der DDR.«

Sigmund presste die Lippen zusammen. »Privilegien? Du hast gut reden. Du wurdest nach dem Krieg nicht gezwungen, in die Sowjetunion zu gehen!«

Julius schwieg. Er wusste, dass Sigmund die Verschleppung, die Jahre, die er in der Sowjetunion hatte verbringen müssen, nie ganz verwunden hatte. Julius selbst hatte das Glück gehabt, dass er damals noch in einem anderen Bereich geforscht hatte, für den sich die Sowjets nicht sonderlich interessiert hatten. Anders als Sigmund, der für seine Forschungen zur Kernenergie bereits ausgezeichnet worden war und dessen Arbeitskraft daher als besonders wertvoll erachtet wurde.

»Ich verstehe, wie schrecklich es für dich und Martha gewesen ist, aber das waren die Folgen des Krieges, und immerhin hat man dich früher als die meisten wieder zurück nach Deutschland gelassen.«

Sigmund presste die Lippen zusammen. »Und dafür musste ich auch einen hohen Preis zahlen!«, entfuhr es ihm.

Das hatte er niemals zuvor gesagt. »Wie meinst du das?«

Sigmunds Hand spielte mit dem Löffel an der Kaffeetasse. »Nichts. Es spielt ja jetzt auch keine Rolle mehr. All das gehört Gott sei Dank der Vergangenheit an.«

Julius musterte ihn. Nach seiner Rückkehr aus der Sowjetunion hatte er sich insgeheim immer gewundert, warum Sigmund nicht in den Westen gegangen war. Es gab einige Wissenschaftler, die das getan hatten. Sigmund dagegen hatte immer überzeugt vom Sozialismus gewirkt. Auch deshalb waren viele so enttäuscht von seinem Verhalten gewesen. Die Fremdheit, die zwischen ihnen fühlbar war, traf ihn.

»Gehört zu einer Freundschaft nicht auch Ehrlichkeit?«

Sigmund verzog den Mund. »Nicht, wenn man den anderen damit in Schwierigkeiten bringen könnte.«

Julius fragte sich, was der Freund ihm in Wirklichkeit verheimlichte. Er trank einen Schluck von seinem Kaffee, weil er nicht wusste, was er sagen sollte.

»Und du lebst jetzt in Frankfurt?«, fragte er schließlich.

Sigmund nickte. »In der Nähe. Aber ich hoffe, dass ich nächstes Jahr ein Visum für die USA bekomme. Deshalb bin ich auch nach Berlin gekommen, ich habe nachher noch ein Gespräch mit einem amerikanischen Professor, den ich auf dem Symposium treffen werde. Ich möchte mich für eine Stelle in San Francisco an der Uni bewerben.«

»Dann würdest du nach Amerika gehen?« Julius gab sich keine Mühe, seinen ungläubigen Blick zu verbergen.

»Ja.«

Früher hatte Sigmund über die Amerikanisierung von West-Berlin nur abfällige Bemerkungen übriggehabt und sich darüber lustig gemacht. Wenn er in die USA ging, würden sie sich nicht mehr sehen können. »Du hast dich verändert«, stellte er fest.

Sigmund zündete sich eine weitere Zigarette an. »Nicht so sehr, wie du glaubst. Ich bin immer noch dein Freund.« Er stieß den eingeatmeten Rauch aus, bevor er weitersprach.

»Auch du solltest Ost-Berlin verlassen«, sagte er leise. »Ich meine es ernst, Julius, als Wissenschaftler hast du im Westen ganz andere Möglichkeiten. In der DDR gibt es keine Zukunft, nicht für jemanden wie dich, dem sein persönlicher Freiraum so viel bedeutet.«

Julius lächelte milde. »Aber ich kann jederzeit nach West-Berlin fahren, wenn ich will. Und abgesehen davon, dass ich die Verhältnisse nicht so dramatisch einschätze wie du, würde ich einen solchen Schritt schon wegen meines Vaters nicht in Erwägung ziehen.«

»Er wäre der Erste, der ihn gutheißen würde«, widersprach Sigmund, der August Laakmann gut kannte.

»Er ist krank. Ich würde ihn nie im Stich lassen«, entgegnete Julius scharf.

»Du weißt genau, dass es ihm gerade wegen seines Zustands eher eine Beruhigung wäre«, erwiderte Sigmund.

»Lass uns über etwas anderes reden!« Julius seufzte, doch dann lächelte er versöhnlich. »Erzähl mir, wie es Martha und den Kindern geht.«

Zu seiner Erleichterung akzeptierte Sigmund den Themenwechsel, und sie unterhielten sich über private Dinge weiter. Die alte Vertrautheit war schnell wiederhergestellt. Der Freund schilderte das Neueste von der Familie, Julius berichtete über die jüngsten Vorkommnisse am Institut und erzählte ihm auch von Emma.

Sie hatten fast zwei Stunden in dem Café gesessen, als Sigmund bedauernd auf die Uhr blickte. »Ich muss zurück, ich habe gleich mein Treffen mit dem amerikanischen Professor.«

Julius nickte. »Ich werde dich begleiten und von dort aus den Bus nach Wilmersdorf nehmen«, sagte er, da er sich noch mit Emma verabredet hatte.

ALS SIE AUS DEM CAFÉ traten, blickte Julius auf die andere Straßenseite. Dort befand sich ein Kiosk.

»Ich brauche noch Zigaretten. Wartest du kurz hier?«

»Ja, sicher.« Sigmund zündete sich eine Zigarette an, während Julius eilig die breite Straße überquerte.

»Zwei Päckchen Overstolz und einen *Tagesspiegel*, bitte«, bat er den Verkäufer. Die Zeitung würde er bei Emma lassen. Bei einer möglichen Kontrolle zwischen West- und Ost-Berlin konnten gerade Presseerzeugnisse unerwünschten Ärger verursachen.

»Einen Moment, ich muss nur schnell eine neue Stange aus der Kiste holen«, sagte der Verkäufer und verschwand mit dem Kopf aus Julius' Sichtfeld, als er sich umdrehte und dann bückte.

Er nickte und wandte sich zu Sigmund, der auf der anderen Seite die Plakate einer Litfaßsäule studierte. Die Straße war kaum befahren, und vielleicht fiel Julius gerade deswegen das Auto auf, das viel zu schnell fuhr und plötzlich direkt neben Sigmund abbremste. Die Wagentüren gingen auf, und aus dem Fahrzeug sprangen im selben Augenblick drei Männer in dunklen Mänteln und Hüten heraus, die auf Sigmund zustürzten. Dieser fuhr herum. Etwas an der Art, wie er zurückwich, ließ selbst von Weitem seine Angst erkennen. Dann ging alles so schnell, dass Julius glaubte, seinen Augen nicht zu trauen – zwei der Unbekannten griffen Sigmund grob, während der dritte ihm ein Stück Stoff an die Nase drückte, woraufhin der Freund zusammensackte und zum Wagen gezerrt wurde.

»Nein!« Julius rannte, so schnell er konnte, über die Straße, um dem Freund zu Hilfe zu eilen, doch das Fahrzeug, dessen Türen noch nicht einmal ganz geschlossen waren, raste schon mit quietschenden Reifen davon.

»Halt!« Julius sprintete dem Wagen einige Meter auf der Straße

hinterher, obwohl er wusste, dass er keine Chance hatte, ihn ein-
zuholen. Er sah nur noch, wie das Fahrzeug etwas weiter um die
nächste Ecke bog. Fassungslos blieb er stehen.

Eine alte Dame, die sich auf ihren Krückstock stützte und alles
mitbekommen hatte, hielt entsetzt auf dem Bürgersteig inne. Ansonsten hatten die Unbekannten den richtigen Moment abgepasst – die Straße war nahezu leer.

Ein Autofahrer hatte neben ihm abgebremst und kurbelte die
Scheiben hinunter. »Wurde Ihnen etwas gestohlen? Ich habe
gesehen, wie Sie dem Wagen hinterhergerannt sind. Alles in
Ordnung?«

Julius wandte den Kopf zu dem Mann. »Nein, gar nichts ist in
Ordnung. Ein Freund von mir wurde gerade entführt!«


## 52

JULIUS MUSSTE DER WEST-BERLINER POLIZEI zugutehalten, dass
sie in weniger als zwei Minuten vor dem Café eintraf, von wo aus
man sie benachrichtigt hatte. Nur kurz darauf erschienen auch
zwei Reporter vom RIAS. Wie sie so schnell Wind von der Sache
bekommen haben konnten, war ihm ein Rätsel. »Können Sie uns
schildern, was genau geschehen ist?«, fragte einer von ihnen und
hielt ihm dabei ein Mikro ins Gesicht.

»Es tut mir leid, ich kann jetzt nicht darüber sprechen«, stieß
Julius nur hervor.

Die Polizei hatte angefangen, die Zeugen zu befragen. Unglücklicherweise stellte sich heraus, dass die Sehkraft der älteren
Dame so schlecht war, dass sie nur vage beschreiben konnte, wie
man einen Mann zu einem Wagen gezerrt hatte. Der Kiosk-
besitzer hatte gar nichts gesehen, weil er gerade den Karton mit
den neuen Zigaretten geöffnet und dabei der Straße den Rücken

zugewandt hatte. Es gab noch zwei weitere Passanten, doch Sigmund und seine Entführer waren durch die Litfaßsäule vor ihnen verdeckt gewesen, sodass sie erst etwas mitbekommen hatten, als der Wagen bereits mit quietschenden Reifen losgefahren war. Am Ende stellte sich heraus, dass Julius der Einzige war, der die Einzelheiten der Entführung beschreiben konnte.

»Und Sie leben in Ost-Berlin, Herr Laakmann?«, fragte ihn ein dicklicher Beamter mit einem altmodischen Schnauzbart, der für Julius' Verständnis durchaus ein wenig mehr Engagement an den Tag hätte legen können.

»Ja, ich bin Physiker in Zeuthen. Das habe ich Ihnen auch schon gesagt.«

Der Beamte ließ sich nicht aus der Ruhe bringen. »Schildern Sie bitte noch einmal den Tathergang.«

Julius musterte ihn verärgert. »Das habe ich doch bereits alles erzählt. Sollten Sie nicht lieber endlich etwas tun? Eine Suchmeldung nach dem Wagen herausgeben zum Beispiel?« Wenigstens hatte er sich das Nummernschild gemerkt und es den Polizisten nennen können.

Der schnauzbärtige Beamte lächelte milde. »Das haben wir bereits. So wie Sie es schildern, sieht es ganz danach aus, dass Dr. Haushofer von der Stasi in die DDR verschleppt wurde. Das ist weiß Gott nicht der erste Fall einer solchen Entführung. Vermutlich sind die Täter längst in Ost-Berlin. Jemand von der Kripo möchte Sie übrigens gern sprechen, weil Sie als Einziger alles gesehen haben.«

Julius fuhr sich resigniert mit der Hand über die Stirn. Es kam ihm noch immer vor, als könnte das alles nur die Szene aus einem schlechten Film sein. Er musste daran denken, wie Sigmund sich vorhin auf der Straße ängstlich umgeblickt und ihm später im Café gestanden hatte, wie unwohl er sich in West-Berlin fühlte. Als hätte er es geahnt. Und er hatte gedacht, er würde übertreiben!

Wenn Julius nicht zu dem Kiosk gelaufen wäre, um Zigaretten

zu holen, hätte er die Entführung dann vielleicht verhindern können? Er verspürte ein beklemmendes Schuldgefühl, dass er Sigmund nicht hatte helfen können.

Wenig später begleitete er die beiden Beamten zu einem Käfer mit weißen Polizeistreifen und einer Sirene auf dem Dach, und sie fuhren zur Kripo.

Dort angekommen, führte man ihn in einen Verhörraum und bat ihn, einen Augenblick zu warten.

Gut dreißig Minuten verstrichen, ohne dass jemand kam. Julius verlor die Geduld und wollte gerade aufstehen, um die Polizeistation wieder zu verlassen, als zwei Männer hereinkamen. Der eine, eine drahtige Erscheinung mit Geheimratsecken und Nickelbrille, stellte sich ihm als Kriminalkommissar Leppert vor. Sein Begleiter, ein dunkelblonder Mann mit einem stark pigmentierten, beinah fleckigen Gesicht, der ungefähr Ende vierzig sein musste, hieß Weber und nickte ihm nur knapp zu, bevor er in der Ecke auf einem Stuhl Platz nahm.

Der Kriminalkommissar legte eine Akte vor sich auf den Tisch. »Danke, dass Sie gewartet haben. Dr. Haushofer ist also ein Freund von Ihnen, Sie selbst leben aber in Ost-Berlin?«

»Ja, Sigmund, ich meine, Dr. Haushofer und ich sind seit der Schulzeit eng befreundet und waren Kollegen, bis er vor fünf Monaten in den Westen geflohen ist.«

Lepperts Hände spielten mit einem Stift in seinen Händen. »Haben Sie irgendjemandem gegenüber erwähnt, dass Sie ihn heute treffen werden?«

Julius schüttelte den Kopf. »Nein, ich war mir selbst nicht sicher, ob es überhaupt klappen würde.« Er berichtete von dem Prospekt, den Sigmund ihm anonym zugeschickt hatte.

Leppert nickte nachdenklich. »Und Sie sind vollkommen sicher, dass Sie niemandem davon erzählt haben? Haben Sie in Ost-Berlin Kontakte zur Staatssicherheit?«

Julius schaute ihn verwirrt an. »Wie bitte?«

Leppert seufzte. »Hatten Sie schon einmal irgendeinen Kontakt zur Stasi? Nach der Flucht von Herrn Dr. Haushofer zum Beispiel. Man wird Sie doch verhört haben, oder?«

Julius beugte sich ein Stück nach vorn. Er spürte, wie Wut in ihm hochstieg. Seit Stunden saß er nur herum und beantwortete Fragen, während nichts unternommen wurde, um Sigmund zu helfen.

»Wollen Sie damit etwa andeuten, ich hätte etwas damit zu tun, dass mein engster und bester Freund gerade entführt wurde?«, fragte er scharf. »Und im Übrigen – ja, ich bin verhört worden. Mehrmals sogar. Wie auch die gesamte Abteilung, in der Sigmund gearbeitet hat.«

Der Kriminalkommissar lehnte sich etwas auf seinem Stuhl zurück. »Wissen Sie, wie viele Fälle von Menschenraub es in den zurückliegenden Jahren gab? Wie viele Personen in den letzten Jahren mit Gewalt oder unter Zuhilfenahme arglistiger Täuschung entführt und gegen ihren Willen zurück in die DDR gebracht wurden?«

»Nein, das weiß ich nicht«, sagte Julius mühsam beherrscht.

»Einige Hundert, Herr Laakmann. Und es ist keineswegs so, dass es sich dabei nur um ehemalige Agenten der DDR handelt, die übergelaufen sind, wie man Ihnen in den ostdeutschen Zeitungen weismachen will. Darunter sind viele Unschuldige.«

Julius blickte ihn an. *Einige Hundert?* Natürlich hatte er von diesen Entführungen gehört, aber er hatte geglaubt, es würde sich dabei um wenige Einzelfälle handeln. So wenig sympathisch er Leppert fand, er glaubte dem Kriminalkommissar. Er erinnerte sich an die entsprechenden Artikel, die er in ostdeutschen Zeitungen gelesen hatte. Stets wurde darin betont, dass es sich bei den vermeintlichen Opfern um Täter, nämlich übergelaufene Spitzel oder Agenten handelte, die Staatsgeheimnisse der DDR verraten hätten und deshalb vor ein Gericht gestellt gehörten. Unwillkürlich sah er wieder vor sich, wie Sigmund in das Auto

gezogen wurde und wie schnell und brutal die Männer vorge-
gangen waren, die ihn überwältigt hatten.

»Hat man Sie bei der Stasi in irgendeiner Form unter Druck
gesetzt, um sich mit Dr. Haushofer in West-Berlin zu treffen?«

Julius musterte den Kriminalkommissar, als er verstand, worauf seine Frage abzielte. Dieses Gespräch würde zu nichts führen.
Allein die Tatsache, dass er Ost-Berliner war und nicht gleich im
Westen bleiben wollte, machte ihn in Lepperts und Webers Augen
schon verdächtig. »Ich werde jetzt gehen«, sagte er, denn noch
etwas anderes ging ihm mit einem Mal auf. Der Kriminalkommissar hatte mit seinem Stasi-Verdacht vielleicht auf ganz andere
Art recht. Ein beklommenes Gefühl ergriff ihn. Julius war zwar
nicht willentlich als Lockvogel eingesetzt worden, um an Sigmund
heranzukommen, aber es konnte gut sein, dass die Stasi ihm
heimlich gefolgt war. Dass sie nur deshalb erfahren hatte, dass
Sigmund nach West-Berlin gekommen war. Eine Welle von
Schuldgefühlen durchflutete ihn.

Leppert schaute ihn überrascht an, als er aufstand.

»Ich bin mit meiner Befragung noch nicht fertig«, sagte der
Kriminalkommissar, als er auf die Tür zuging.

»Ich bin freiwillig hierhergekommen. Ich glaube kaum, dass Sie
berechtigt sind, mich hier mit Gewalt festzuhalten«, erwiderte
Julius und hoffte, dass er damit recht hatte. Tatsächlich hielt ihn
Leppert nicht weiter auf. Er war schon draußen im Flur, als er
Schritte hörte.

»Herr Laakmann?«

Er drehte sich um. Weber, der die ganze Zeit kein Wort gesagt
hatte, war ihm gefolgt. »Hat Herr Dr. Haushofer heute auf Sie
irgendwie unruhig oder nervös gewirkt?«

Julius' Blick blieb für einen Augenblick an den irritierend vielen
Pigmentflecken im Gesicht des Mannes hängen, bevor er nickte.
»Ja, ich habe ihn sogar darauf angesprochen, und er hat mir ge-
standen, wie unwohl er sich in West-Berlin fühlt.«

»Hat Dr. Haushofer Ihnen gegenüber erwähnt, warum er geflohen ist?« Etwas Lauerndes und Abschätzendes lag in Webers
Blick, als er ihm diese Frage stellte.

Julius zuckte die Achseln. »Ja, die besseren Lebensbedingungen,
die Ausbildungsmöglichkeiten für die Kinder, die politische
Freiheit …«

Er hatte noch etwas anderes gesagt, erinnerte Julius sich dunkel.
Was war das noch gewesen?

»Haben Sie selbst sich schon einmal mit dem Gedanken getragen zu fliehen?«, riss ihn Weber aus seinen Gedanken.

Julius starrte ihn an. »Ich muss jetzt gehen«, sagte er dann
kühl, und Weber hielt ihn nicht weiter auf.

Benommen stieg er die breite Treppe des Gebäudes hinunter.
Wo war Sigmund, und was hatten sie mit ihm gemacht? Hatte
man ihn ins Gefängnis gesteckt? Er musste Martha anrufen.
Noch aus West-Berlin, weil er sie von Ost-Berlin aus nicht erreichen konnte. Er verspürte Übelkeit bei dem Gedanken, ihr zu
erzählen, was geschehen war. Und er konnte ihr nicht einmal zur
Seite stehen, da sie in Frankfurt war. Sigmund hatte ihm glücklicherweise seine Frankfurter Telefonnummer gegeben, die er sich
verschlüsselt aufgeschrieben hatte.

# WEBER

## 53

ER WAR NACH DRAUSSEN GETRETEN und steckte die Hände unter dem Jackett in die Hosentaschen, während er Laakmann hinterherblickte, wie er die Treppe hinunterstieg und die Straße überquerte.

Kriminalkommissar Leppert hatte das Verhör falsch geführt, aber er hatte leider nicht einschreiten können. Weber musste dankbar sein, dass man ihn überhaupt informiert hatte. Keine Behörde mochte es gern, wenn die andere die Nase in ihre Angelegenheiten steckte.

Allerdings würde man mit Druck bei einem Mann wie Laakmann nichts erreichen. Er war zu intelligent und selbstbewusst. Obwohl es seine Arbeit mit sich brachte, dass er über eine gute Menschenkenntnis verfügte, konnte Weber den Ost-Berliner Physiker nicht ganz einschätzen. Auf den ersten Blick hätte man glauben können, er habe Haushofer in eine Falle gelockt, aber dann wäre es nur logisch gewesen, wenn er sich selbst nach der Tat so schnell wie möglich aus dem Staub gemacht hätte. Laakmann hatte jedoch auf die Polizei gewartet und war sogar bereit gewesen, mit dem Kriminalkommissar zu sprechen. Und er hatte betroffen gewirkt, das konnte Weber nicht abstreiten. Dennoch fand er etwas an dem Mann verdächtig. Möglicherweise war es auch nur die Reaktion auf seine letzte Frage gewesen. Wie konnte man freiwillig im kommunistischen Ost-Berlin leben? Einen kurzen Augenblick lang hatte Laakmann wie in die Enge getrieben gewirkt, doch dann hatte er sich mit überraschender Souveränität aus der Affäre gezogen, indem er ihm

einfach eine Antwort schuldig geblieben war. Je länger er nachdachte, desto mehr kam Weber zu der Überzeugung, dass es
nicht schaden konnte, Informationen über den Physiker ein-
zuholen.

Die regelmäßigen Menschenraubfälle in West-Berlin und von
West-Berlinern im Ostteil der Stadt waren ein Problem und Weber persönlich ein Dorn im Auge, denn es war auch so schon
schwierig genug, Leute für den Geheimdienst anzuwerben oder
Informationen zu kaufen. Ganz zu schweigen davon, dass manche Opfer völlig unschuldig waren.

Die DDR bezweckte mit diesen Entführungsfällen vor allem
eines – diejenigen, die bereit waren, in den Westen überzulaufen,
oder gegen sie arbeiteten, in Angst und Schrecken zu versetzen
und ihnen das Gefühl der Sicherheit zu nehmen. Vor Gericht in
Ost-Berlin wurde an ihnen mit der entsprechenden Propaganda
dann ein Exempel statuiert.

Nachdenklich wandte Weber sich ab, da Laakmann längst aus
seinem Blickfeld verschwunden war, und ging zurück ins Gebäude. Einige uniformierte Beamte kamen ihm im Flur entgegen, dessen Wände gut einen neuen Anstrich hätten vertragen
können. Aus der Wache auf der anderen Seite hörte man die
Schreie eines Betrunkenen.

»Hartmut?«

Er drehte sich um, als er seinen Namen hörte. Ein Mann mit
kantigen Gesichtszügen kam auf ihn zu.

»Werner!« Er schüttelte dem alten Kameraden erfreut die
Hand. Sie hatten früher nicht nur ihre Überzeugungen geteilt,
sondern auch immer hervorragend zusammengearbeitet. Werner
Rittmeister war damals bei der Gestapo gewesen, während er
selbst im Reichssicherheitshauptamt tätig gewesen war. Nach dem
Krieg war Werner in Gefangenschaft geraten, und sie hatten sich
aus den Augen verloren, aber inzwischen arbeitete er für die
Kripo und gehörte zu einem Kreis von früheren Kameraden, die

regelmäßig Kontakt hielten. Sie halfen und unterstützten sich auch weiterhin im neuen Deutschland.

»Hab gehört, es gab wieder einen Entführungsfall«, sagte Werner.

Weber nickte. »Unschöne Geschichte. Sie haben ihn direkt auf offener Straße in einen Wagen gezerrt. Gab einen Zeugen aus Ost-Berlin. Einen alten Freund, mit dem er sich hier getroffen hat.«

Werner schüttelte den Kopf. »Die Leute sollten lernen, dass sie jeden Kontakt abbrechen, wenn sie rüberkommen.«

Weber konnte ihm nur recht geben. Er holte ein Päckchen Zigaretten hervor und bot Werner eine an. »Ich hatte neulich ein Gespräch mit deinem Sohn. Warum hast du mir nicht erzählt, dass er sich bei uns bewerben will?« Er klopfte ihm auf die Schulter. »Ich hätte doch sofort was für ihn getan!«

Werner wirkte perplex. Dann nahm sein Gesicht einen verärgerten Ausdruck an. »Hat er mir gar nicht erzählt, der Bengel. Du weißt ja, wie sie heute sind. Wollen nichts von den Älteren annehmen und ihr eigenes Leben führen.«

Weber grinste. »So waren wir auch als junge Kerle, Werner. Nun, auf jeden Fall hat dein Sohn uns auch so überzeugt. Freue mich, wenn wir ihn bei uns unter die Fittiche nehmen können. Fähiger junger Mann. Genauso wie sein Freund. Ihr Einsatz für die KgU hat uns sehr überzeugt.«

Werner drückte seine nur angerauchte Zigarette im Aschenbecher an der Wand aus. »Welcher Freund?«, fragte er misstrauisch.

»Ein Max Weiß«, erwiderte Weber.

»Max Weiß!?« Werner starrte ihn an.

# EMMA

## 54

Sie hatte gekocht. Es sollte eine Überraschung werden. Und nun kam sie sich mit einem Mal furchtbar dumm vor. Der Auflauf stand im Backofen, bereit, jederzeit aufgewärmt zu werden, ein würziger Duft hing appetitanregend in der Luft, und sie hatte den Tisch gedeckt. Mit gefalteten Servietten und sogar einer Kerze. Im Hintergrund lief leise Radiomusik. Doch während nun die Zeit verstrich, ahnte Emma, dass er nicht kommen würde. Unruhig blickte sie zum wiederholten Mal auf die Küchenuhr an der Wand. Julius hatte gesagt, dass er schon am späten Nachmittag bei ihr sein würde, aber nun war es fast sieben Uhr. Vielleicht hatte er über dem Treffen mit dem Freund die Zeit vergessen? Schließlich wusste er nicht, dass sie für ihn gekocht hatte. Trotzdem stieg eine leise Angst in ihr hoch, dass sie seine Zuneigung vielleicht falsch verstanden und er nicht wirklich Interesse an ihr haben könnte. Hatte Alice sie nicht gewarnt? *»Er ist am Institut als Frauenheld bekannt.«*

Mit einem Seufzen erhob sie sich von ihrem Stuhl und beschloss, den Tisch wieder abzudecken. Selbst wenn er noch kommen sollte, wollte sie nicht, dass er mit einem Blick begreifen würde, dass sie die ganze Zeit auf ihn gewartet und auf einen romantischen Abend gehofft hatte. Den Auflauf konnte sie auch morgen noch essen.

Die Musik im Radio wurde unterbrochen, und man hörte die Erkennungsmelodie des amerikanischen Senders:

*»Hier ist RIAS Berlin, eine freie Stimme der freien Welt …*
*Die Nachrichten. In West-Berlin hat es heute erneut einen*
*brutalen Fall von Menschenraub gegeben …«*

Emma hielt beim Abräumen inne.

*Das Opfer ist der Physiker Dr. Sigmund Haushofer, der vor fünf Monaten aus der DDR in den Westen floh und nur für den Besuch eines wissenschaftlichen Symposiums nach West-Berlin kam. Er wurde heute Mittag gegen 14.00 Uhr auf offener Straße überwältigt, gewaltsam betäubt und in ein Auto gezerrt. Die Polizei führte zahlreiche Vernehmungen durch. Einem Freund Haushofers, der den Zugriff von der gegenüberliegenden Straßenseite beobachtete, sind die Verzweiflung und Fassungslosigkeit deutlich anzumerken. »Es tut mir leid, ich kann jetzt nicht darüber sprechen …«*

Emma hätte beinah die Teller fallen lassen, als sie die Stimme erkannte. Das war Julius! Ungläubig starrte sie zum Radio. Der Freund, den er hatte treffen wollen, war entführt worden? Kein Wunder, dass Julius nicht zu ihr gekommen war.

Emma blickte zur Uhr. Kurz nach sieben. Sie überlegte nicht lange, sondern ging hastig in die Küche, band sich die Schürze ab und wusch sich die Hände. Sie würde zu ihm fahren. Er hatte ihr bei ihrer letzten Verabredung seine Adresse gegeben. Julius arbeitete zwar in Zeuthen, aber er hatte eine Wohnung in Ost-Berlin, nicht weit von der Humboldt-Universität, wo er früher gearbeitet hatte.

Sie griff nach ihrem Mantel und ihrer Handtasche und machte sich auf den Weg zur U-Bahn.

Es war fast acht, als sie das Haus erreichte, in dem Julius wohnte. Eine Frau mittleren Alters kam aus der Tür, als sie gerade klingeln wollte, und ließ sie mit einem freundlichen Lächeln ins Treppenhaus hinein.

»Danke.«

Emma stieg die Stufen hoch. Im dritten Stock prangte Julius' Name an der Tür. Für einen kurzen Augenblick zögerte sie, dann drückte sie den Klingelknopf. Einige Zeit passierte gar nichts. Vielleicht war Julius doch nicht zu Hause? Sie fragte sich, warum sie so sicher davon ausgegangen war. Aber dann hörte sie mit einem Mal ein Geräusch aus der Wohnung. Sie klingelte erneut.

Die Tür wurde geöffnet. »Ja?«, hörte sie Julius' Stimme, noch bevor sie ihn richtig sehen konnte.

»Emma?« Überrascht schaute er sie an. Er sah furchtbar aus – blass, angespannt und niedergeschlagen. »Wir waren verabredet«, stellte er in einem Ton fest, als würde er sich erst jetzt daran erinnern. Er fuhr sich mit der Hand durch sein Haar. »Es tut mir leid, aber es ist etwas passiert. Der Freund, den ich auf dem Symposium treffen wollte …«

»Ich weiß, ich habe es im RIAS gehört«, unterbrach sie ihn. Er ließ sie mit irritierter Miene in die Wohnung.

»Im RIAS?«

»Ja, ich habe deine Stimme sofort erkannt.«

Julius' Gesicht verdüsterte sich, während er die Tür hinter ihnen schloss. »Aber ich habe gar nichts gesagt, sondern ihnen erklärt, dass ich nicht darüber sprechen kann.«

»Mehr haben sie auch nicht gesendet.«

Sie folgte ihm durch einen breiten Flur in ein Wohnzimmer, das sie auf Anhieb mochte. Hohe Bücherregale säumten einen großen Teil der Wände. Neben einem einladenden alten Sofa und mehreren Sesseln stand ein Schallplattenspieler, und an einer Wand hingen Bilder und einige gerahmte Fotografien. In einem Regalfach stand ein physikalisches Modell aus Holzkugeln.

Es wirkte alles sehr wohnlich. Ihr Blick fiel auf den Nierentisch vor dem Sofa, auf dem eine Flasche mit Weinbrand und ein Glas standen.

»Es tut mir so leid«, sagte Emma, die sich auf einen der Sessel setzte. Julius ließ sich auf das Sofa sinken.

Er vergrub das Gesicht in den Händen. »Es ist alles meine Schuld«, sagte er, als er den Kopf hob und sie wieder anblickte.

»Wahrscheinlich sind sie mir die ganze Zeit gefolgt, weil sie wussten, dass ich Sigmund irgendwann treffen würde.«

»Sie? Du meinst die Stasi?«, fragte sie vorsichtig.

Julius nickte und berichtete ihr, was sich genau abgespielt hatte. »Es ging alles so schnell, als ich über die Straße gerannt bin, fuhr der Wagen schon los. Es war wie in einem schlechten Film.«

Er fuhr sich erneut durchs Haar und wirkte so verzweifelt, dass sie aufstand und sich neben ihn setzte. Sie berührte seinen Arm. »Aber das konntest du nicht wissen!«

»Nein, aber ahnen!«, stieß er voller Bitterkeit hervor. »Nach Sigmunds Flucht wurde ich mehrmals von der Stasi verhört. Ich dachte nur nicht, dass er solche Bedeutung für sie hat.«

Er griff nach dem Weinbrand und blickte sie fragend an, während er ein zweites frisches Glas von einem Beistelltisch nahm. Emma nickte, und er goss ihnen beiden ein.

»Etwas verstehe ich nicht – warum haben sie ihn entführt? Weil er Wissenschaftler ist? Es flüchten doch jeden Monat Tausende Menschen aus Ostdeutschland.«

»Darüber grübele ich auch die ganze Zeit nach. Er war im Gespräch, das Institut zu leiten, an dem über Kernenergie geforscht wird, und man hat ihm sehr vertraut. Aber vielleicht hat es auch etwas mit seiner Zeit in Moskau zu tun. Er musste nach dem Krieg fünf Jahre für die Russen arbeiten.« Julius leerte sein Glas und stellte es auf dem Tisch ab. »Ich habe Martha, seine Frau, in Frankfurt angerufen. Vom Postamt in West-Berlin«, berichtete er mit brüchiger Stimme und knetete dabei die Hände. »Es war schrecklich. Sie ist jetzt allein mit den zwei Kindern in Frankfurt und hat nur geweint. Und ich kann nichts tun! Sigmund ist mein bester und engster Freund …« In seinem Gesicht spiegelten sich seine ganze Verzweiflung und die quälenden Schuldgefühle, die er verspürte.

Emma zog ihn in die Arme. »Es tut mir so leid, Julius!«, flüsterte sie.

Einige Zeit sagten sie beide nichts. Er blickte sie an – als würde er etwas in ihr sehen, das er bisher noch nicht wahrgenommen hatte.

»Bleibst du heute Nacht hier?«, fragte er dann zögernd. Sie nickte.

# ALICE

## 55

SIE ERFUHR ES AM NÄCHSTEN Tag. Die Nachricht, dass Haushofer aus West-Berlin entführt worden war, hatte sich wie ein Lauffeuer in der Akademie und dem gesamten Universitätsbetrieb verbreitet, und in der Mittagspause wurde über nichts anderes geredet. Alice saß zwischen ihren Kollegen am Tisch, als sie davon hörte.

»Was hat Haushofer denn erwartet?«, fragte Bernd neben ihr. »Er war eine Vertrauensperson und, soweit ich weiß, sogar im Gespräch, das Institut zu leiten!«

Konrad aus der Verwaltung runzelte die Stirn. »Wer sagt denn, dass es wirklich die Stasi war? Vielleicht behaupten sie das nur in West-Berlin. In der Zeitung hat die Staatssicherheit jedenfalls eine Erklärung abgegeben, dass sie nichts damit zu tun habe.« Er deutete dabei auf die jüngste Ausgabe des *ND*, des *Neuen Deutschland*, die neben ihm lag.

Alice hörte ihnen allen kaum noch zu. Ihr Blick glitt zu der Zeitung neben Konrad. »Darf ich mal?«, fragte sie. Er nickte und reichte ihr die Zeitung, die er schon so gefaltet hatte, dass die Seite mit dem Artikel obenauf lag. Sie überflog die Zeilen, in denen ein Dr. Schröder von der Stasi angab, das Ministerium habe nichts mit der behaupteten Entführung zu tun. Sie verspürte eine vage Erleichterung. Wahrscheinlich sah sie schon Gespenster. Ob Emma bereits davon wusste? Alice erinnerte sich, wie sie ihr erzählt hatte, dass Julius nach dem Kongress zu ihr kommen wollte.

Nachdenklich machte sie sich nach der Pause wieder an die Arbeit. Am späten Nachmittag verließ sie früher als gewöhnlich das Büro, da am Abend eine Veranstaltung im Haus der Deutsch-Sowjetischen Freundschaft, der DSF, stattfand. Es war eine Ausstellungseröffnung junger, noch unbekannter Künstler. Alice, die sich schon lange für die Organisation engagierte, hatte bei den Vorbereitungen der Ausstellung mitgeholfen. Da sie sich durch Sergej schon immer für alles Russische interessiert hatte, war die Freizeitaktivität in der DSF für sie nie eine Pflicht gewesen.

Bernd begleitete sie am Abend zu der Eröffnung.

Dicht gedrängt standen die Gäste in dem Saal. Friedrich Ebert, der Oberbürgermeister von Ost-Berlin und Präsident der DSF, hielt eine engagierte Rede, bevor sich die Besucher die Kunstwerke anschauten.

Bernd und sie standen vor einem Bild, als sich eine junge Frau zu ihnen durchschlängelte.

»Alice!«

Es war Irma, der Alice auch eine Einladung geschickt hatte. Sie stellte sie Bernd vor, der sie nur von ihrem Auftritt in der Bar kannte.

»Gefallen mir, die Bilder«, sagte Irma mit Blick auf eine dunkle, ein wenig düstere Landschaft und zündete sich eine Zigarette an.

Alice nickte abwesend.

»Du bist so still. Alles in Ordnung?«, fragte Bernd, der sie schon mehrmals prüfend gemustert hatte. Es war ihm nicht verborgen geblieben, dass sie schon den ganzen Abend über etwas wortkarg war.

»Ich bin nur etwas müde«, log sie. Manchmal wünschte sie, sie hätte ihm alles erzählen können, doch das ging nicht.

Dann erstarrte sie. Zwischen den Besuchern sah sie auf der anderen Seite des Raums einen groß gewachsenen Mann mit dunklen Haaren und markanten Wangenknochen – Genosse Grigorjew.

Er stand im Gespräch mit dem Oberbürgermeister zusammen,

der wiederholt beflissen nickte, während der Russe sprach. Normalerweise wäre Alice zu Grigorjew gegangen, um ihn zu begrüßen, aber da er ins Gespräch vertieft war, schien ihr das unangemessen. Außerdem hätte sie ihm Bernd und Irma vorstellen müssen, was sie auf keinen Fall wollte.

Als spürte er ihren Blick, wandte Grigorjew plötzlich den Kopf in ihre Richtung und bemerkte sie. Er musterte sie durchdringend, bevor er ihr kaum merklich zunickte.

Alice erfasste ein leichtes Frösteln, und sie stellte fest, dass Irma ebenfalls zu Grigorjew blickte. Sie wirkte mit einem Mal angespannt.

»Kennst du den Mann?«, fragte Alice.

»Ich? Nein.« Irma schüttelte eilig den Kopf. »Es war nur so komisch, wie er zu uns geschaut hat«, sagte sie ausweichend und zog an ihrer Zigarette.

»Welcher Mann?«, erkundigte sich Bernd und drehte sich um. Doch Grigorjew war auf einmal verschwunden. Zwei Parteimitglieder, deren Gesichter Alice schon einmal in der Zeitung gesehen hatte, hatten sich dem Oberbürgermeister zugewandt.

»Ach, so ein Russe, der uns zugenickt hat«, erklärte Irma.

»Warum hast du eigentlich deine Schwester Emma nicht eingeladen? Dann hätte ich sie mal kennenlernen können.«

»Sie muss arbeiten, aber ich glaube auch nicht, dass sie sich für sozialistische Kunst interessiert«, erwiderte Alice. Die Wahrheit war, dass sie nicht einmal daran gedacht hatte. Sie hielt es nach wie vor für besser, ihre Schwester aus bestimmten Lebensbereichen herauszuhalten.

Als sie später am Abend auf dem Weg nach Hause war, musste sie noch einmal an Grigorjew denken. Sie hatte noch immer deutlich vor Augen, wie untertänig der Oberbürgermeister während des Gesprächs mit ihm gewirkt hatte. Es überraschte sie nicht. An dem Abend in Karlshorst hatte Alice begriffen, wie mächtig Sergejs Freund war.

Sie runzelte die Stirn, während sie weiterlief, denn noch etwas anderes ging ihr durch den Kopf. Woher hatte Irma gewusst, dass Grigorjew Russe war, wenn sie ihn nicht kannte? Zugegeben, seine Gesichtszüge hatten etwas typisch Slawisches, aber dennoch war es seltsam, dass Irma ihn Bernd gegenüber so bezeichnet hatte. Nachdenklich schloss Alice die Haustür auf.

In der Nacht schlief sie unruhig und wurde von schlechten Träumen gequält.

Am nächsten Abend traf sie sich mit Sergej. Sie besuchten ein kleines russisches Restaurant, in dem sie schon einige Male gewesen waren. In den Nischen mit den dunklen samtbezogenen Bänken konnte man ungestört sprechen.

Sergej musterte sie. »Du bist blass!«, sagte er väterlich besorgt auf Russisch.

Alice lächelte entschuldigend. »Ich glaube, ich bekomme eine Erkältung.« Nicht ohne Bitterkeit wurde ihr bewusst, dass sie begonnen hatte, die Menschen regelmäßig anzulügen, die ihr nahestanden und etwas bedeuteten.

Sergej bestellte bei dem Kellner eine Brühe für sie und wählte auch die anderen Speisen, da er sich besser mit der russischen Küche auskannte.

Sie tauschten Neuigkeiten aus und unterhielten sich anschließend über die Akademie.

»Bei uns sprechen alle seit Tagen über die Verschleppung von Haushofer. Die meisten verstehen nicht, warum er entführt wurde«, berichtete Alice. Schon immer hatte sie Sergej viel aus ihrem beruflichen Leben erzählt, aber nun hatte es mit einem Mal eine andere Bedeutung bekommen.

Der Kellner brachte die Brühe.

»Iss. Das wird dir guttun«, sagte Sergej.

Doch sie ließ den Löffel liegen und überlegte stattdessen, wie sie ihre nächste Frage richtig formulieren konnte. »Warum hat man ihn eigentlich entführt? Nur weil er in den Westen geflohen ist?«

Sergej blickte sie an. »Glaub mir, er hat weit mehr getan als nur *das*. Es ist besser, wenn du nicht mehr weißt.« Sie kannte diesen Tonfall bei ihm. Es war ein unmissverständliches Zeichen dafür, dass er zu einer Sache nichts mehr sagen wollte.

Alice begann zu essen und dachte dabei über seine Worte nach.

»Wie geht es deiner Schwester?«, riss sie seine Stimme aus ihren Gedanken.

Sie zuckte die Achseln. »Ich glaube, gut, aber ich habe sie seit letzter Woche nicht mehr gesprochen. Morgen werde ich sie besuchen.«

Sergej schwieg. Die Distanz zwischen ihnen war plötzlich spürbar. In manchen Augenblicken benahm er sich ihr gegenüber noch immer so, als würde er ihr etwas vorwerfen.

Plötzlich blickte er sie an. »Ich weiß, dass das nicht leicht ist und wie du dich fühlen musst. Und ich verstehe auch, dass du den Kontakt zu deiner Schwester suchst und dich freust, dass sie lebt«, sagte er in einem versöhnlichen Ton.

»Möchtest du Emma kennenlernen?«, erkundigte sie sich vorsichtig.

»Du hast ihr von mir erzählt?«, fragte er.

Sie schüttelte den Kopf. »Nein, wir lernen uns gerade erst wieder kennen. Es gibt vieles, was sie nicht über mich weiß.«

»Gut. Ich denke, so ist es auch besser.«

Der nächste Gang wurde gebracht. »Ich habe gestern Genosse Grigorjew bei einer Ausstellungseröffnung im Haus der Deutsch-Sowjetischen Freundschaft gesehen«, erzählte Alice zögernd. »Ich weiß, dass er ein alter Freund von dir ist, aber er hat etwas, das mir Angst macht …« Das hatte sie Sergej schon nach jenem Abend in Karlshorst sagen wollen, sich jedoch nicht getraut.

Sie merkte, dass er zögerte. »Entsinnst du dich, was ich dir einmal über ihn erzählt habe? Er hat sich damals sehr großzügig verhalten, als er herausfand, dass du eine Deutsche bist«, sagte er schließlich.

Natürlich tat sie das. Alice erinnerte sich noch gut. Es war kurz nach ihrem sechzehnten Geburtstag gewesen. Sie hatte zum ersten Mal in ihrem Leben die Oper besucht. Dort hatten sie auch Grigorjew getroffen, und später auf der Rückfahrt war die Sprache noch einmal auf ihn gekommen.

Sergej hatte sein Besteck abgelegt. »Nun, es war mir stets klar, dass er eines Tages etwas dafür verlangen würde. Aber du musst dir keine Gedanken machen, ich werde dich immer vor ihm schützen.«

Sie schwieg betroffen, da ihr seine Worte eher noch mehr Angst machten, und musste wieder an die Akte denken. Was, wenn sie das alles nicht wollte? Doch diese Frage zu stellen wagte sie nicht.

## 56

AM NÄCHSTEN TAG FUHR SIE zu ihrer Schwester. Emma, die sonst immer eine gewisse Leichtigkeit umgab, war ungewöhnlich ernst. Sie erzählte Alice von der Entführung und dass Julius vor einigen Tagen Zeuge geworden war, wie man Haushofer vor Julius' Augen betäubt und ins Auto gezerrt hatte.

»Ich kann nicht glauben, dass man einen Menschen am helllichten Tag auf diese Weise von der Straße raubt!«, sagte Emma noch immer aufgebracht, während sie die Möhren schälte.

Alice hatte sich auf einem Stuhl niedergelassen. Ihre Finger fuhren das geblümte Muster auf der Wachstischdecke nach. »Die Stasi sagt aber, dass sie gar nichts damit zu tun hat«, wandte sie ein.

Emma drehte sich zu ihr. »Als könnte man diesen Leuten ein

Wort glauben! Julius hat nach der Entführung gleich Sigmund Haushofers Frau angerufen. Sie war am Boden zerstört und hat nur geweint. Sie haben zwei kleine Kinder. Stell dir das mal vor, du fängst ein neues Leben an und glaubst, du bist in Freiheit, und dann entführt man dich auf offener Straße!«

Alice versuchte das Bild aus ihrem Kopf zu vertreiben, das sie bei Emmas Beschreibung unwillkürlich vor sich sah. »Ich finde es auch schrecklich, Emma. Aber warum sollte die Stasi es leugnen, wenn sie dahinterstecken? Das haben sie bei anderen Fällen auch nicht gemacht. Und diese *Rückführungen* nehmen sie gewöhnlich nur vor, wenn es sich um übergelaufene Spione und Staatsverräter handelt, um sie vor ein Gericht zu stellen.«

Emma ließ das Messer sinken. »Das glaubst du doch nicht wirklich, Alice? Und was heißt hier *Rückführungen* – das ist gewalttätige Freiheitsberaubung!« Sie wollte noch mehr sagen, presste aber erbost die Lippen zusammen, als wenn ihr klar wäre, dass sie nur in Streit gerieten, wenn sich ihr Gespräch weiter in politische Gefilde begab.

»Wie geht es Julius denn?«, fragte Alice vorsichtig und bemüht, das Thema zu wechseln. »Ist das zwischen euch wirklich etwas Ernstes? Seid ihr jetzt richtig zusammen?«

Emma, die die Möhren in einen Topf gab, in dem bereits Kartoffelwürfel und Lauch vor sich hin köchelten, nickte zögernd. »Ich glaube, ja. Ich bin sofort zu ihm gefahren, nachdem ich im Radio von dem Vorfall gehört habe. Er war sehr aufgewühlt … Ich bin die Nacht dort geblieben«, setzte sie hinzu.

Alice starrte sie an. Obwohl Emma erst so kurze Zeit wieder in ihrem Leben war, hatte sie doch verstanden, dass ihre Schwester sich nicht mit der gleichen Leichtigkeit wie sie mit einem Mann verabredete, geschweige denn die Nacht mit ihm verbrachte. Emma hatte ihr einmal erzählt, dass sie bisher nur mit Edgar eine intime Beziehung gehabt hatte, aber mit ihm war sie auch fast verlobt gewesen.

»Dann hast du dich in ihn verliebt?«

»Ja«, gab Emma zu. »Ich weiß, was du über Julius und seine Liebschaften erzählt hast, aber ich glaube, er empfindet auch etwas für mich«, beeilte sie sich hinzuzufügen.

»Ich wollte nichts Schlechtes über ihn sagen, ich will nur nicht, dass du verletzt wirst.« Alice war aufgestanden, um Besteck und Teller aus dem Schrank zu holen. »Aber du musst zugeben, dass die ganze Sache kompliziert ist, weil du hier lebst«, sagte sie.

Emma zog die Brauen hoch. »Wir sind doch nicht das einzige Paar, von dem einer im West- und der andere im Ostteil lebt.«

Alice schwieg. Sie fragte sich, ob Emma klar war, dass es in Ost-Berlin kein gutes Licht auf Julius werfen würde, dass er sich erst mit dem flüchtigen Haushofer getroffen und nun möglicherweise auch noch mit einer West-Berlinerin eine Beziehung angefangen hatte. Sie fühlte sich plötzlich schlecht, weil sie nicht mehr Freude darüber zeigen konnte, dass ihre Schwester sich verliebt hatte. Immer schien es diese unsichtbare Barriere zwischen ihnen zu geben, die sie selbst aufgebaut hatte. Als würde sie ihre Überzeugungen und Werte vor Emma schützen müssen. Warum konnte sie nicht ehrlich mit ihr über alles sprechen? Ihr auch von Sergej erzählen? Ihre Welten waren zu unterschiedlich, wurde ihr wieder einmal bewusst.

Nach dem Essen trafen sie sich noch mit Max und einigen Freunden in einem Café. Das Gespräch kreiste auch unter den West-Berlinern um die Entführung von Haushofer. Wie Emma waren alle empört, einige sogar wütend.

»Das ist ein Eingriff in unser Rechtssystem. Damit wird unsere Souveränität angegriffen, wenn man die Leute auf offener Straße entführt und in den Osten verschleppt«, sagte Kai.

Alice konnte diesen Einwand sogar verstehen.

»Macht dich das nicht nachdenklich, zu was die Stasi fähig ist?«, fragte Max, der neben ihr saß.

283

Sie unterließ es, ihm, wie zuvor Emma, zu erklären, dass die Stasi wahrscheinlich gar nicht dafür verantwortlich war. Die Konsequenz, wer stattdessen hinter der Entführung stecken könnte, war nicht unbedingt beruhigender. Unwillkürlich sah sie Genosse Grigorjew vor sich.

»Doch«, sagte sie, weil sie merkte, wie Max sie durchdringend musterte. »Es macht mich alles sehr nachdenklich. Manchmal weiß ich nicht mehr, was ich glauben soll«, bekannte sie. Und das war tatsächlich die Wahrheit.

# JULIUS

## 57

IM INSTITUT IN ZEUTHEN HATTEN ihn in den ersten Tagen alle über die Entführung von Haushofer ausgefragt. Sein kurzer Kommentar im RIAS – dem amerikanischen Propagandasender, den angeblich niemand hörte – war in aller Munde. Julius ärgerte sich über sich selbst, dass er überhaupt etwas zu dem Reporter gesagt hatte. Nach vier, fünf Tagen legte sich der Sturm der Fragen und Spekulationen jedoch wieder. Die meisten im Institut schienen wenig Mitleid mit Sigmund zu verspüren, da seine überraschende Flucht wie ein Verrat empfunden wurde, und es war offensichtlich, dass niemand durch eine kritische Bemerkung über die Entführung auffallen wollte.

»Ich weiß, er war dein Freund, aber du musst zugeben, es war schäbig von ihm, fürs schnöde Geld in den Westen zu gehen. Selbst du warst enttäuscht«, hielt ihm Felix vor, der schon immer für seine parteitreue Linie bekannt gewesen war. Julius, der ihn noch nie besonders gemocht hatte, erwiderte nichts. Er erinnerte sich an das Gespräch mit Sigmund und sah das Gesicht des Freundes vor sich, seine leuchtenden Augen in dem vom Italienurlaub gebräunten Gesicht – es war nicht nur das Geld gewesen, weshalb er geflüchtet war. Doch das sagte er Felix natürlich nicht. Sigmund hatte von Freiheit gesprochen und von noch etwas anderem – einem Preis, den er dafür gezahlt habe, dass er früher wieder aus Moskau nach Deutschland zurückgekommen sei. Es war Julius wieder eingefallen, als ihn der West-Berliner Kriminalkommissar befragt hatte. Er wünschte, er hätte mehr insistiert, was Sigmund damit gemeint hatte.

Julius starrte auf seine Aufzeichnungen. Gestern war er kurz nach West-Berlin gefahren, um Martha von einem Postamt aus anzurufen. Er hatte die ganze Zeit Angst gehabt, man könnte ihn dabei beobachten. Sigmunds Frau war verzweifelt und wusste nicht, wie es weitergehen sollte. Erneut hatte sie furchtbar geweint. »Warum haben sie das getan? Das zeigt nur, dass Sigi mit seiner Meinung über dieses Regime immer recht gehabt hat«, schluchzte sie, und Julius musste ihr insgeheim zustimmen.

Genau wie Martha beunruhigte ihn aber am meisten, dass von Sigmund jede Spur fehlte. Niemand wusste, wo er war. Deshalb war auch nicht klar, was man ihm vorwarf, und man konnte nichts tun, um ihm zu helfen, nicht einmal einen Anwalt engagieren.

In der Nacht plagten Julius Albträume. Die Bilder, was man dem Freund antun könnte, verfolgten ihn. Es gab genug Gerüchte über die Verhörmethoden der Stasi.

Er selbst wartete darauf, dass die Staatssicherheit bei ihm auftauchen oder ihn zum Verhör vorladen würde. Er hatte diesem Schröder zugesichert, dass er sich bei einer Kontaktaufnahme von Sigmund bei ihm melden würde. Das hatte er nach dem Brief auch getan. Aber würde man ihm jetzt glauben, dass er zu dem Symposium gefahren war und nicht gewusst hatte, dass er Sigmund dort treffen würde? Mit Sicherheit nicht. Dabei entsprach es der Wahrheit. Es war nicht mehr als eine Vermutung gewesen, dass er den Freund dort sehen würde. Niemand konnte von dem Prospekt mit dem Kreuz wissen, versuchte er sich zu beruhigen. Er hatte ihn längst weggeworfen.

Doch er blieb nervös, und jedes Mal, wenn jetzt jemand an seiner Bürotür klopfte oder es an seiner Wohnung klingelte, zuckte er zusammen. Schließlich beschloss er, sich dem Unvermeidlichen selbst zu stellen, und fuhr von sich aus zur Stasi. Obwohl er keinen Termin hatte, wurde er nach einer kurzen Wartezeit sofort zu Schröder vorgelassen.

»Herr Dr. Laakmann! Ich muss gestehen, dass mich Ihr Besuch überrascht. Setzen Sie sich«, sagte der Stasioffizier, der ihn dieses Mal in seinem Büro und nicht in einem Verhörraum empfing.

Julius verspürte eine leichte Müdigkeit angesichts des aalglatten Lächelns von Schröder. Sein Blick blieb kurz an dem Porträtfoto von Ulbricht hängen, das hinter dem Schreibtisch an der Wand prangte. Direkt daneben befand sich eines von Chruschtschow in Uniform. Ein heller Abdruck, der in einem Streifen um den Rahmen verlief, ließ indessen ahnen, dass vorher ein weit größeres Bild an dieser Stelle gehangen hatte. Julius vermutete, dass es ein Porträt von Stalin gewesen war. Um den verstorbenen sowjetischen Staatschef war immer ein großer Kult betrieben worden.

»Können wir einen Moment ganz ehrlich sein?«, bat Julius. »Ich denke, Sie wissen, warum ich hier bin, oder?«

Schröder faltete die Hände vor sich auf dem Schreibtisch. »Nein, ehrlich gesagt weiß ich das nicht.«

»Ich würde gern etwas über den Verbleib von Sigmund Haushofer wissen.«

»Würden Sie? Und wie kommen Sie auf die Idee, dass ich Ihnen etwas darüber sagen könnte?« Die Miene des Stasioffiziers war kühl, und es war nichts mehr von der beflissenen Freundlichkeit zu merken, die er ihm gegenüber noch bei ihrem letzten Treffen gezeigt hatte. Doch Julius dachte an Martha und die Kinder, wie sie sich fühlen mussten, weil sie nicht wussten, was mit ihrem Mann und Vater geschehen war.

»Können wir diese Spielchen lassen?«, fragte er so höflich, wie es ihm möglich war.

Schröders Augen hinter der Brille verengten sich, bevor er sich über den Schreibtisch ein Stück zu ihm beugte. »Lassen Sie mich Ihnen einen gut gemeinten Rat geben: Seien Sie mit Ihrem Tonfall und Ihrem Verhalten besser etwas vorsichtiger, Dr. Laakmann.«

Schröder wirkte plötzlich autoritär. »Und um Ihre Frage zu beantworten: Ich kann Ihnen leider nichts über den Verbleib von Dr. Haushofer sagen.«

»Können oder wollen nicht?«, entgegnete Julius, bemüht, sich nicht einschüchtern zu lassen.

»Ich weiß es nicht, und es interessiert mich auch nicht«, sagte Schröder, und es klang seltsamerweise ehrlich. »Aber abgesehen davon, dass Sie sich mit Haushofer in West-Berlin getroffen haben, wirft es kein gutes Licht auf Sie, dass Sie solche Anteilnahme an seinem Schicksal nehmen. Darüber sollten Sie sich im Klaren sein.«

Julius starrte ihn an. »Wir sind nicht nur Kollegen, sondern seit der Schulzeit enge Freunde gewesen«, versuchte er zu erklären.

Schröder zuckte die Achseln. »Wir leben in Zeiten, in denen sich unsere politischen Überzeugungen auch auf unser privates Leben auswirken, Dr. Laakmann. Wenn wir den imperialistischen Feind bezwingen wollen, müssen wir auch in unseren eigenen Reihen wachsam sein. Bisher hatten wir nie Grund, an Ihrer Einstellung zu zweifeln. Ich hoffe, das bleibt so.«

Die unterschwellige Drohung, die in seinen Worten schwang, hing Julius noch nach, als er das Büro des Stasioffiziers längst verlassen hatte.

Er fragte sich, ob es stimmte, dass Schröder nicht wusste, was mit Sigmund geschehen war. Aber wenn die Stasi nichts mit der Entführung zu tun hatte, wer dann? Die Russen? Hatte der Übergriff auf Sigmund etwas mit seiner früheren Tätigkeit in der Sowjetunion zu tun? Oder log die Stasi nur, damit niemand erfuhr, dass er in ihrer Gewalt war? Auf dem Weg nach Hause wurde ihm bewusst, dass er im Grunde alles für möglich hielt.

# EMMA

## 58

OTTO BRIXMANN HATTE SCHON IMMER ein Faible für technische Errungenschaften gehabt. Zu einer Zeit, als die meisten ein privates Telefon noch für einen Luxus hielten, der allein den Reichen vorbehalten war, hatte er sich bereits auf die Warteliste für einen Anschluss setzen lassen. Der schwarze Apparat mit der Wählscheibe, den er nun seit letztem Jahr besaß, war zunächst mit großen Augen von sämtlichen Nachbarn bestaunt worden, die ihn bei wichtigen Angelegenheiten oder Notfällen jederzeit nutzen durften, wie er allen großzügig angeboten hatte.

»Danke«, sagte Emma, die bisher nie davon Gebrauch gemacht hatte, aber nun für Julius den Kontakt zu Martha Haushofer hielt. Er selbst musste nicht nur für jedes Telefonat nach West-Berlin zu einem Postamt fahren, sondern zurzeit bestand auch noch die Gefahr, dass er von der Stasi beobachtet wurde. Ganz zu schweigen davon, dass Martha Haushofer ihn in Ost-Berlin nicht anrufen konnte.

»Ich bestehe aber diesmal darauf, das Gespräch zu bezahlen. Nach Frankfurt ist es ein Ferngespräch«, setzte Emma hinzu. Brixmann musterte sie kopfschüttelnd. »So weit kommt es noch!«, brummte er. »Ich gehe dann mal in die Küche, damit du hier deine Ruhe hast.«

Sie nickte und wählte die Nummer, die Julius ihr aufgeschrieben hatte.

»Haushofer?«, meldete sich eine Frau.

»Hier spricht Emma Lichtenberg.«

»Fräulein Lichtenberg, guten Tag!« Martha Haushofers Stimme

klang brüchig, und Emma spürte, wie sie eine Welle des Mitgefühls durchflutete. Sie mochte sich nicht ausmalen, welche Ängste Sigmunds Frau angesichts der Entführung ihres Mannes ausstehen musste.

»Julius lässt Sie grüßen.«

»Gibt es etwas Neues?«

»Nein, leider noch nicht«, erwiderte Emma ehrlich. »Julius hat mit der Stasi gesprochen. Sie behaupten, nichts mit der Entführung zu tun zu haben. Aber Julius setzt weiter alles daran, um herauszufinden, was mit Sigmund geschehen ist.«

Für einen Moment war es am anderen Ende still. »Aber wer sollte Sigmund denn sonst entführt haben?«, stieß Martha Haushofer verzweifelt hervor.

»Ich weiß es nicht.«

Martha Haushofer schwieg. »Gestern waren zwei Herren vom amerikanischen Geheimdienst bei mir«, erzählte sie dann. »Sie haben eine Menge Fragen gestellt, auch nach Julius … Es war merkwürdig. Ich denke, das sollte er wissen. Würden Sie ihm das bitte ausrichten?«

»Natürlich. Das werde ich tun. Ich melde mich wieder«, sagte Emma. »Und Sie können jederzeit hier anrufen. Herr Brixmann ist ein Freund und über alles informiert.«

»Danke!«

Auf dem Weg zurück in ihre Wohnung ging Emma nicht aus dem Kopf, was Martha Haushofer erzählt hatte. Weshalb stellte der amerikanische Geheimdienst Fragen nach Julius?

Sie war froh, dass sie am Abend mit ihm verabredet war und ihm davon berichten konnte. Geistesabwesend griff sie nach einem Kleid, das sie vor zwei Wochen bei *Horn* neu gekauft hatte. Es war tailliert geschnitten mit einem breiten Gürtel und einem ausgestellten Rock, doch sie schenkte ihm kaum Beachtung. Mit ihrem Gehalt als Dolmetscherin konnte sie inzwischen nicht nur ihren Lebensunterhalt bestreiten, sondern sich auch neue Dinge anschaffen und trotzdem etwas Geld zur Seite legen. Und wenn man in West-Berlin auf der Straße unterwegs war, sah man, dass es nicht nur ihr besser ging. Die Wirtschaft florierte – neue Geschäfte, Unternehmen, Restaurants und Cafés entstanden überall, und auf den Straßen glänzte der Lack der neuen Autos. In den Lebensmittelläden gab es zu kaufen, was das Herz begehrte, und in den Bäckereien bogen sich die Glasvitrinen unter der üppigen Last der Sahnetorten, die jetzt jeder so gern aß. Wie oft hatte sie in den Jahren der Entbehrungen von einem solchen verschwenderischen Konsum geträumt, aber seitdem sie Alice wiedergetroffen und Julius kennengelernt hatte, hatte das alles plötzlich keine große Bedeutung mehr.

Sie runzelte die Stirn. Wenn ihre Schwester ihr wenigstens erlauben würde, dass sie ihr etwas schenkte oder mitbrachte. Zumindest ein paar Lebensmittel. Doch in diesem Punkt war sie unerbittlich. Was es nicht in Ost-Berlin zu kaufen gab, wollte sie nicht haben. Damit war sie selbst unter Ost-Berlinern eine Ausnahme. Sozialismus hin oder her, die meisten fuhren nach West-Berlin, um sich das zu kaufen, was sie zu Hause nicht bekamen. Emma unterdrückte ein Seufzen. Sie konnte geradezu vor sich sehen, wie Alice mit einem milden Lächeln ihr Kleid betrachten und ein höfliches Kompliment machen würde.

Ihr Blick fiel im Spiegel auf das Foto ihrer Mutter, das sie vor einiger Zeit gerahmt und an die Wand gehängt hatte. Es war kurz nach ihrer Ankunft in Berlin aufgenommen worden. Ihr Gesicht war hager und wirkte ein wenig müde, aber sie hatte in einer entschlossenen Weise das Kinn gehoben. Es erinnerte Emma daran, wie sie damals für sie beide gekämpft hatte, damit sie überlebten. Ihre Augen nahmen einen weichen Ausdruck an. Sie vermisste sie so sehr. Ihr wurde mit einem Mal bewusst, wie sehr Alice und ihre Mutter sich charakterlich ähnelten. Ihre Schwester besaß die gleiche harte Entschlossenheit wie sie.

Wenn sie etwas wollte oder von etwas überzeugt war, konnte sie, genau wie einst ihre Mutter, nichts davon abbringen.

Sie warf einen Blick auf ihre Armbanduhr, wandte sich von dem Foto ab und griff nach ihrer Handtasche und dem Mantel, um sich auf den Weg zu Julius zu machen.

Sie war noch immer ein wenig aufgeregt, wenn sie an ihre erste gemeinsame Nacht zurückdachte. Emma hatte schon nach dem Abend in West-Berlin gefühlt, dass sie dabei war, sich in ihn zu verlieben. Es war nicht ihre Absicht gewesen, denn sie hatte Alices Warnung durchaus im Kopf. Aber sie hatte schon lange gelernt, dass man nicht alles im Leben beeinflussen konnte. Als sie nach der Nachricht von der Entführung im RIAS zu ihm gefahren war, war plötzlich alles anders gewesen. Es war zwischen ihnen kein Platz mehr für Konventionen gewesen, für ein langsames Kennenlernen und das von ihrer Mutter früher so oft gepredigte gesittete Verhalten. Sie war mit Julius von jetzt auf gleich in etwas Tiefes, Elementares gestürzt, das sie selbst nur schwer beschreiben konnte. Als sie dort auf dem Sofa gesessen und ihm zugehört hatte, was Furchtbares geschehen war, hatte sie gefühlt, dass er ihr vertraute und es ihm etwas bedeutete, dass sie bei ihm war. Und auch, dass er über die innere Nähe zwischen ihnen genauso erstaunt gewesen war wie sie selbst. Später hatte sie in der Leidenschaft seiner Umarmungen auch seine Verzweiflung gespürt. Sein Blick hatte den ihren bei keinem Kuss und keiner Berührung losgelassen, und diese Intimität war stärker als die ihrer nackten Körper gewesen – sie ging weit über die gemeinsame Nacht hinaus. *Die Augen sind der Spiegel der Seele*, hatte jemand einmal gesagt, und der Satz war ihr immer ein wenig kitschig erschienen. Doch jetzt fand sie, dass er stimmte.

Nachdem sie die U-Bahn verlassen hatte, lief sie das letzte Stück zu Fuß und klingelte an Julius' Tür. Sie hörte Schritte, als er auch schon öffnete.

»Emma!« Er zog sie in den Flur, schloss die Tür, und dann küsste er sie. Als sie sich voneinander lösten, blickten sie einander für einen Moment einfach nur schweigend an, bevor er seine Stirn an ihre lehnte.

»Komm, lass mich dir deinen Mantel abnehmen«, sagte er dann.

Sie folgte ihm ins Wohnzimmer.

»Ich habe vorhin Martha Haushofer angerufen«, berichtete sie.

»Wie geht es ihr?«, fragte er angespannt. Emma sah ihm an, wie sehr ihm der Gedanke zusetzte, was Sigmunds Familie gerade durchmachte.

Emma setzte sich neben ihn aufs Sofa. »Jemand vom amerikanischen Geheimdienst war bei ihr, hat sie erzählt.« Sie zögerte, bevor sie weitersprach: »Sie haben eine Menge Fragen gestellt, sagte sie, auch über dich. Es kam ihr komisch vor, und sie wollte, dass du es weißt.«

»Es wundert mich nicht«, entgegnete Julius voller Bitterkeit. »Die West-Berliner Kripo hat mich nach der Entführung regelrecht verhört. Als wenn ich Sigmund in eine Falle gelockt hätte. Was ich wahrscheinlich ja sogar habe, wenn auch nicht wissentlich«, fügte er tonlos hinzu. Er blickte Emma an. »Ich verstehe nur nicht, wo Sigmund ist. Es ist gespenstisch.«

Er legte den Arm um sie und zog sie an sich. »Danke, dass du mit Martha für mich sprichst.«

»Ich wünschte, ich könnte mehr machen!«, sagte sie ehrlich.

»Am liebsten würde ich mit dir den Abend hier verbringen, aber ein Freund von mir ist Theaterregisseur und hat uns heute Abend in die *Möwe* eingeladen«, erzählte er.

Emma hatte von dem bekannten Künstlerclub bereits gehört. »Und du willst dorthin, obwohl dir gar nicht danach ist?«

Er nahm ihre Hand und betrachtete ihre Finger, die neben seinen so schmal und zerbrechlich wirkten. »Es könnte gut sein, dass man mich nach Sigmunds Entführung beobachten lässt,

293

und in dem Fall wäre es nur verdächtig, wenn ich mich auf einmal zurückziehe. Deshalb glaube ich, es wäre gut, wenn wir hingingen«, erklärte er. »Ich müsste vorher allerdings noch kurz bei meinem Vater vorbeischauen. Er wohnt nicht weit, nur ein paar Straßen entfernt von hier.«

Emma lächelte. »Ich würde mich freuen, ihn kennenzulernen.«


## 59

»MEIN VATER IST EIN EIGENWILLIGER Kauz und leider nicht ganz gesund«, warnte Julius sie, als sie wenig später die Treppe zu der Wohnung von August Laakmann hochstiegen und er die Tür aufschloss.

»Solltest du in deinem Alter an einem Samstagabend nicht etwas Besseres zu tun haben, als deinen alten Herrn zu besuchen?«, schallte es ihnen entgegen, noch bevor sie das Wohnzimmer betreten hatten.

Emma zog die Brauen hoch.

»Ich hatte dich ja gewarnt«, murmelte Julius. »Hab ich!«, rief er dann zurück. »Und nur zur Warnung, ich bin nicht allein«, setzte er hinzu, als er mit Emma das Wohnzimmer betrat.

Sein Vater, der wie immer mit der Zeitung auf dem Schoß in seinem Sessel saß, sah ihn erstaunt an. Die Brille auf seiner Nase war etwas verrutscht, ein untrügliches Zeichen dafür, dass er zuvor eingenickt war.

»Guten Abend«, sagte Emma.

»Das ist Fräulein Lichtenberg«, stellte Julius sie vor.

»Emma«, bat sie und streckte seinem Vater mit einem Lächeln die Hand entgegen.

»Freut mich. Ich bin August Laakmann«, sagte sein Vater, der sie mit ungläubigem Blick anschaute. Zu Julius' Verwunderung setzte er sich etwas aufrechter hin und legte sogar seine Zeitung zur Seite. Er musterte ihr blaues Kleid unter dem offenen Mantel. »Wenn Sie mir die Bemerkung erlauben – Sie sehen gar nicht wie eine Sozialistin aus!«

»Vater«, tadelte Julius.

Emma aber lachte. »Sieht man mir das so an? Ich lebe in West-Berlin«.

»Wirklich?« Er drehte sich kurz zu seinem Sohn. »Sie geben einem alten Mann Hoffnung. Vielleicht schaffen Sie es, Julius endlich davon zu überzeugen, von hier wegzugehen. Wie geht es dem schönen Ku'damm? Ich war seit Jahren nicht mehr dort.«

»Es wird. Er strahlt langsam wieder im alten Glanz«, berichtete Emma, und zu Julius' Überraschung begannen die beiden, entspannt zu plaudern, als würden sie sich seit Jahren kennen. Sein Vater schien durch das kurze Schläfchen etwas Kraft geschöpft zu haben, und er hatte ihn lange nicht mehr so guter Stimmung erlebt. Emma gefiel ihm.

Als der alte Herr nach zehn Minuten etwas matter wurde, erhob Julius sich. »Ich fürchte, wir müssen los. Wir sind noch von Hans in die *Möwe* eingeladen.«

Sein Vater nickte. »Genießt den Abend. Es war schön, Sie kennenzulernen«, sagte er zu Emma.

»Gleichfalls.«

Er schenkte ihr einen warmen Blick, als sie sich die Hand schüttelten. »Es hat mich wirklich gefreut.«

»Dein Vater ist bezaubernd«, sagte sie draußen im Hausflur.

Er lachte auf. »Er ist griesgrämig, stur und schwierig. Aber bezaubernd?«

»Zu mir war er sehr liebenswürdig.«

»Ja«, erwiderte er nur, da das tatsächlich stimmte. Sein Vater war ihrem Charme sofort erlegen. Er stellte fest, dass ihm das mehr bedeutete, als er gedacht hatte. Sein Blick glitt zu ihr. Es gab so vieles, das er an ihr mochte – den Klang ihrer Stimme, er hörte ihr gerne zu und fand ihr Lachen genauso ansprechend wie den ernsten und dann wieder weichen Ausdruck in ihren Augen, wenn sie im Gespräch besorgt oder sogar ein wenig melancholisch wurde.

Mit ihrer Art, wie sie Anteil am Schicksal von Sigmund nahm, hatte sie ihn endgültig für sich gewonnen. Unwillkürlich kamen ihm wieder die Worte des Stasioffiziers in den Sinn. »*Wir leben in einer Zeit, in der sich unsere politischen Überzeugungen auf unser privates Leben auswirken, Dr. Laakmann!*«, hatte er gesagt. Doch Julius würde sich von niemandem sein privates Leben diktieren lassen.

Sie traten auf die Straße hinaus.

»Was ist mit der Gesundheit deines Vaters?«, fragte sie.

»Krebs. Er schreitet langsam, aber sicher voran. Und er will sich nicht mehr operieren lassen.« Ein schneidender Schmerz bemächtigte sich seiner, wie immer, wenn er daran dachte, dass sein Vater sterben würde, ohne dass er etwas daran ändern konnte. »Eine weitere Operation würde keine Heilung bringen, ihm höchstens etwas mehr Lebenszeit schenken.«

Er spürte, wie sie seine Hand ergriff. »Das tut mir leid, Julius!« Er nickte.

Sie waren schon einige Zeit schweigend weitergegangen, als er den Mann auf der anderen Straßenseite bemerkte.

Julius drehte sich um. Es war bereits dunkel, und der Unbekannte hatte einen Hut tief in die Stirn gezogen, sodass man sein Gesicht nicht erkennen konnte. Er lief in dieselbe Richtung wie sie, hielt sich dabei aber immer ein paar Schritte hinter ihnen. Ein unangenehmes Gefühl erfasste ihn.

Er legte den Arm um Emma und blieb vor einem Geschäft stehen, als wollte er das unbeleuchtete Schaufenster betrachten. Es war ein Musikgeschäft, in dem Noten und einige gebrauchte Instrumente zu sehen waren.

»Spielst du ein Instrument?«

»Etwas Klavier«, erwiderte er abwesend. In der Reflexion des Fensters konnte er trotz der Dunkelheit sehen, dass der Unbekannte ebenfalls stehen geblieben war. Er hatte sich gebückt, als würde er seinen Schnürsenkel zubinden müssen. Angespannt lief Julius weiter und war froh, als sie endlich die Luisenstraße erreichten. Vor dem Eingang der *Möwe* wandte er noch einmal den Kopf und sah, dass der Mann zu ihnen herüberblickte, dann aber langsam weiterging.

»Alles in Ordnung?«, fragte Emma, die seine Anspannung bemerkt hatte.

»Aber ja.« Er schenkte ihr ein Lächeln, das seine Augen nicht ganz erreichen wollte. Dann traten sie ins Gebäude.

Der Künstlerclub *Die Möwe*, benannt nach einem Theaterstück von Tschechow, war kurz nach dem Krieg von der sowjetischen Militärverwaltung gegründet worden, damit Künstler einen Treffpunkt hatten, wo es auch etwas zu essen gab. Sie bekamen dort Sonderrationen ohne Lebensmittelmarken, aber auch heute wurden die Preise noch zum Teil subventioniert.

Julius nannte am Eingang seinen Namen, der auf einer Liste vermerkt war. Manche Gäste zeigten einen Ausweis vor, der sie als Künstler auswies, andere waren so bekannt, dass man sie sofort hineinließ.

Es war voll. Rauch und der Lärm von Stimmen, Gelächter und Musik drangen ihnen entgegen. Der Ober geleitete sie durch das eichenholzvertäfelte Restaurant. Julius musste noch immer an den Unbekannten auf der Straße denken, als sie vor einem Tisch stehen blieben, an dem bereits eine kleine Gruppe saß. Ein Mann, dessen Haare in wilden Locken um seinen Kopf lagen, sprang von seinem Stuhl auf.

»Julius!«

Er lächelte, als er Hans sah. Sie waren zusammen zur Schule gegangen, hatten nach dem Krieg aber ganz unterschiedliche Wege eingeschlagen. Trotzdem hatten sie immer den Kontakt

gehalten. Hans war inzwischen Theaterregisseur an der Volksbühne, und die Gruppe, die mit ihm am Tisch saß – zwei Frauen
und drei Männer –, waren Schauspieler seines Ensembles, wie
sich herausstellte.

Julius stellte ihm Emma vor, der Hans in einer übertriebenen
Geste die Hand küsste. »Ich bin entzückt«, sagte er und verwickelte
sie sogleich in ein Gespräch.

Essen und Getränke wurden bestellt, und Julius merkte, wie
er sich wieder entspannte.

»Na, ich bin ja froh, dass du noch hier bist«, sagte Hans, dessen
Wangen vom Alkohol bereits etwas gerötet waren. »Nachdem
ich gehört habe, dass du mit ansehen musstest, wie man Sigmund
entführt hat – schreckliche Geschichte übrigens –, hatte ich schon
befürchtet, du würdest dich auch aus dem Staub machen. War es
nicht furchtbar, das mitzuerleben?«

»Ja«, sagte Julius nur knapp. Vom Nachbartisch blickte ein
Mann zu ihnen herüber, und er wünschte, Hans hätte nicht ausgerechnet dieses Thema hier in der Öffentlichkeit angeschnitten.
Es war bekannt, dass die Stasi ihre Spitzel gern in Lokale schickte,
wo sie sich unter die Gäste mischten.

Hans hatte den Arm um eine junge Schauspielerin gelegt, die
sich neugierig zu Julius beugte. »Und stimmt es, dass man ihn
betäubt hat, bevor er ins Auto gezerrt wurde?«, fragte sie mit
sensationslüsterner Neugier.

Er starrte die junge, viel zu stark geschminkte Frau an.

»Wahrscheinlich. Aber genau kann ich es nicht sagen, ich stand
auf der anderen Straßenseite«, antwortete er, bemüht, noch einen
halbwegs höflichen Tonfall anzuschlagen. Aus den Augenwinkeln
nahm er den Mann am Nachbartisch wahr. Es wirkte, als würde
er ihnen zuhören. Oder litt er jetzt schon an Verfolgungswahn?
Plötzlich bereute Julius, dass er hierhergekommen war.

Er spürte Emmas Blick auf sich, die zu ahnen schien, was in
ihm vorging. »Und welches Stück inszenieren Sie zurzeit an der

Volksbühne?«, erkundigte sie sich bei Hans. »Julius hat mir erzählt, was für ein großartiger Theaterregisseur Sie sind.«

»Hat er? Wir proben gerade *Die Weber* – ein Stück, das nichts an Aktualität verloren hat«, antwortete Hans geschmeichelt. Und damit wandte sich das Gespräch glücklicherweise anderen Inhalten zu.

Später, als sie das Restaurant verließen, hakte Emma sich bei Julius unter. »Wie taktlos, dass sie solche Fragen zu deinem Freund stellen.«

Julius nickte. Sie gingen allein in der Dunkelheit die Straße entlang. »Ich glaube, die Stasi beschattet mich«, sagte er dann.

Emma blickte ihn betroffen an. »Hast du jemals überlegt, nach West-Berlin zu gehen?«

»Damit es mir so geht wie Sigmund?« Er schüttelte den Kopf. »Nein, wie ich schon einmal sagte, ich glaube nicht, dass es eine Lösung ist, wenn alle auf einmal in den Westen gehen, und außerdem ist mein Vater hier.«

»Ja, das kann ich verstehen«, sagte sie. »Ich hätte meine Mutter auch nicht allein gelassen.« Nachdenklich verzog sie das Gesicht. »Aber es ist schon seltsam für mich – Tausende Menschen flüchten in den Westen, aber die beiden Menschen, die mir so viel bedeuten, du und Alice, wollen unbedingt hierbleiben.«

# MAX

## 60

Es vergingen fast zwei Wochen, bis sie einen weiteren Brief bekamen. Als er ihn aus dem Briefkasten nahm, erkannte er ihn sofort an der neutral getippten Anschrift. Diesmal hatte man Kai und ihm getrennte Termine an verschiedenen Tagen gegeben, und das Gespräch fand nicht im Kempinski, sondern in einem Büro statt, das sich in einem Neubau in der Potsdamer Straße befand. Die leeren Regale und die halb herausgerissene Ausleg-ware sprachen nicht dafür, dass die Räumlichkeiten oft benutzt wurden.

Derselbe Mann mit der schwarz umrandeten Brille wie beim letzten Mal begrüßte Max mit einem knappen Kopfnicken. »Ge-hen Sie direkt durch, Herr Weber wartet schon!«

Neben Weber war noch ein anderer Mann anwesend. Die bei-den saßen hinter einem schlichten Tisch, vor dem ein leerer Stuhl stand – die einzigen Möbelstücke in dem sonst kahlen Raum, der etwas Beklemmendes hatte.

»Herr Weiß? Setzen Sie sich! Das ist Herr Kreppert«, erklärte Weber, dessen Wangen Max noch ein wenig fleckiger vorkamen als beim letzten Mal.

»Guten Tag«, begrüßte er die beiden höflich.

Kreppert, ein grauhaariger Mann mit einer Halbglatze, mus-terte ihn, bevor er ihm zunickte und dann demonstrativ in einer Akte vor sich blätterte.

Max mochte ihn auf Anhieb nicht.

Zögernd nahm er auf dem Stuhl Platz.

Weber räusperte sich. »Gleich vorweg, Herr Weiß, wenn Sie

uns nicht empfohlen worden wären, würden wir diese Unterhaltung heute nicht mehr führen. Bitte beantworten Sie unsere Fragen daher aufrichtig und so genau und knapp wie möglich.«

»Selbstverständlich.« Irritiert versuchte Max zu begreifen, was diese wenig verheißungsvolle Einleitung zu bedeuten hatte.

»Unsere erste Frage betrifft noch einmal Ihre Eltern. Genauer gesagt, Ihren Vater. Ist er Kommunist oder hegt kommunistische Überzeugungen?«, fragte Weber.

»Nein. Wie kommen Sie darauf?«

»Bitte beantworten Sie nur unsere Fragen.«

»Mein Vater hegt keine kommunistischen Überzeugungen und ist auch nie Kommunist gewesen.«

Kreppert blätterte in der Akte vor sich.

»Aber Ihr Vater hat Kommunisten zur Flucht verholfen, nicht wahr?«

Max schwieg. »Er hat Menschen geholfen, die damals verfolgt wurden«, erwiderte er dann.

»Sind Sie selbst jemals straffällig geworden oder in Verdacht geraten, etwas Kriminelles getan zu haben?«, fragte Kreppert.

»Nein!«

Diesmal blätterte Weber in den Papieren vor sich. »Sie wurden nicht von der Polizei verhört, weil man Sie verdächtigt hat, in eine Wohnung eingebrochen zu sein?« Sein Ton war kalt.

Max starrte ihn an. Rittmeister, fuhr es ihm durch den Kopf. Sie mussten mit ihm gesprochen haben. »Das war ein falscher Verdacht, der zurückgenommen wurde«, sagte er mit fester Stimme.

»Haben Sie bei der Beurteilung eines jüdischen Flüchtlings in einer Beratungsstelle der KgU die Objektivität des erfahreneren festen Mitarbeiters infrage gestellt?«

Max spürte einen Anflug von Übelkeit. Doch er würde nicht vor ihnen einknicken, schwor er sich. Er schaute erst Weber und dann Kreppert direkt in die Augen, bevor er ihnen antwortete:

»Ich hatte ein langes Vorgespräch mit diesem Flüchtling. Er wirkte verängstigt und nervös, als er von der Schikane der Stasi erzählte, und ich hatte nicht den Eindruck, seine jüdische Herkunft würde irgendeine Rolle spielen!«

»Tatsächlich?«, entgegnete Kreppert, und für einen Augenblick fragte sich Max, ob sich in Deutschland wirklich etwas verändert hatte.

»Eine letzte Frage«, sagte Weber. »Hegen Sie Deutschland gegenüber negative Gefühle, weil Ihr Vater damals emigrieren musste? Diese Zeit war für Sie als Kind bestimmt nicht leicht, oder?«

Max kämpfte kurz um Beherrschung. »Diese Frage empfinde ich als Beleidigung, aber um sie zu beantworten – nein, hege ich nicht!«

Krepperts Augen schienen ihn zu durchbohren, und plötzlich war es still im Raum.

»Danke, das wäre erst einmal alles«, sagte Weber schließlich.

Max nickte nur und stand auf. Er überlegte nicht einmal, sich zu verteidigen und ihnen zu erklären, dass alles, was Rittmeister ihnen erzählt hatte, eine Lüge war, weil er wusste, dass es ohnehin keinen Sinn haben würde.

Stattdessen verabschiedete er sich und verließ das Büro. Als er nach draußen auf die Straße trat, verspürte er einen Moment lang die gleiche Einsamkeit wie damals als Junge, nachdem er mit seinen Eltern aus den USA nach Deutschland zurückgekehrt war und ihm all die Ablehnung und Vorurteile entgegengeschlagen waren. Als hätte sich nichts verändert, dachte er erneut. Er fühlte, wie seine Enttäuschung von einer zunehmenden Wut verdrängt wurde, und bemühte sich, tief durchzuatmen. Es war gerade einmal elf Uhr. In der Uni würde er jetzt keinen klaren Gedanken fassen können. Es gab nur eine Sache, die er jetzt tun konnte, damit es ihm besser ging.

# 61

Der Lärm aus der Boxhalle, die Rufe und dumpfen Schläge hallten ihm entgegen, noch bevor er die Schwingtür aufgestoßen hatte.

Seit seinem dreizehnten Lebensjahr kam er hierher. Brixmann hatte ihm damals nicht nur beigebracht, sich zu verteidigen, sondern ihn auch gelehrt, wie die körperliche Haltung die innere beeinflusste und umgekehrt. Mit den Jahren war die Boxhalle für Max so auch ein Ort geworden, an den er sich begab, wann immer es ihm nicht gut ging.

»Na, das ist ja mal eine ungewöhnliche Zeit«, sagte Brixmann, der noch immer jeden Tag in der Halle war. Er war inzwischen Ende fünfzig, gab aber weiter Unterricht und stieg zum Training auch noch selbst in den Ring.

»Ich brauch 'ne Runde«, sagte Max knapp.

Brixmann musterte ihn und nickte. »Kannst mit Theo in die Vier. Der sucht gerade jemanden fürs Sparring«, sagte er und stieß einen Pfiff aus. Ein durchtrainierter Typ um die dreißig kam zu ihnen, der gelegentlich auch an Wettkämpfen teilnahm, wie Max wusste. Umso besser. Dann brauchte er wenigstens keine Rücksicht zu nehmen. Wenig später standen sie sich im Ring gegenüber.

Max, dessen Wut auf dem Weg hierher noch zugenommen hatte, spürte, wie das Adrenalin durch seine Adern strömte und jede Vorsicht und Angst hemmte.

Er ging sofort auf Theo los und begann – Linke, Rechte, Linke, Haken … und wieder von vorn. Ausweichen, ducken und Aufwärtshaken.

Theo, im ersten Augenblick überrascht, fing sich und ging nun seinerseits mit geballter Kraft auf ihn los. Wie im Rausch nahm Max kaum noch etwas um sich herum wahr, während sie weiterboxten. Er hörte nichts außer den dumpfen Schlägen, der

Stimme von Brixmann, der sie zurückrief, pfiff und scharfe Anweisungen gab. Er fühlte den Schmerz nicht, wenn Theo ihn traf. Er würde später kommen, wie er wusste. Schweiß rann ihm über den Oberkörper, und er hatte jedes Gefühl für Zeit verloren, als der Kampf schließlich im Gleichstand beendet wurde und er sich außer Atem gegen die Seile lehnte.

»Alle Achtung. Für so einen Jurastudenten bist du besser, als ich dachte«, sagte Theo.

»Und dein Schlag ist so hart, wie man behauptet«, entgegnete Max ehrlich.

Als er seine Boxhandschuhe auszog, merkte er, dass sein Kinn feucht war. Er fuhr mit der Hand darüber. Er blutete. Seine Lippe war aufgeplatzt.

»Los, komm mit, damit wir das hinten verarzten können«, brummte Brixmann verärgert.

Max folgte ihm in das kleine Büro.

»Was ist los mit dir?«, herrschte der Trainer ihn an, nachdem er die Tür hinter ihnen geschlossen hatte. »Das war hart an der Grenze. Es ist gut, seine Angst zu beherrschen, aber keine zu haben ist dumm! Wie oft habe ich dir das gepredigt?« Er gab etwas Alkohol auf ein Tuch und presste es auf Max' Lippe. Dieser stieß einen zischenden Laut aus.

»Was ist passiert?«

»Nichts«, murmelte Max.

»Ich kenne dich, seitdem du dir fast noch in die Hosen gemacht hast, also fang nicht an, mir etwas vorzuspielen«, fuhr Brixmann ihn in einem autoritären Ton an, der keinen Widerspruch duldete.

Max wischte sich über die Stirn. Sein Kiefer schmerzte. Er blickte Brixmann an. Und dann erzählte er ihm alles – von dem Abend, an dem Ulrich sie angesprochen hatte, dem Bewerbungsgespräch im Kempinski und dem Treffen heute, das seinen Traum zunichtegemacht hatte.

304

Brixmann hörte ihm ruhig zu. »Die Menschen in diesem Land sind leider immer noch die gleichen wie vor dem Krieg, wie man an diesem Rittmeister sieht. Auch wenn wir inzwischen eine demokratische Verfassung haben«, sagte er anschließend und drückte ihm ein Glas Wasser in die Hand.

Max trank einen Schluck. »Ich habe es mir so sehr gewünscht«, erwiderte er dann leise.

»Du wirst trotzdem deinen Weg machen, Max. Davon bin ich überzeugt. Und ich sag dir mal was. Es gibt nur eine Sache im Leben, die wichtig ist – dass du dir jeden Tag im Spiegel in die Augen schauen kannst. Lass dir das von einem sagen, der das hässliche Gesicht dieses Landes besser kennengelernt hat, als du es hoffentlich jemals wirst.«

Seltsamerweise schafften Brixmanns Worte es, ihn etwas zu trösten.

Nachdem er sich umgezogen hatte, fuhr er zu Kai. Sie hatten ausgemacht, dass er sich nach dem Gespräch bei ihm melden würde. Der Freund, der wie er zur Untermiete wohnte, öffnete ihm selbst die Tür.

»Wow, mit wem bist du denn aneinandergeraten?«

»Ich war boxen«, erklärte er knapp.

»Hattest du heute nicht dein Gespräch?«

»Ja, hatte ich.« Er folgte Kai in sein Zimmer und ließ sich dort auf einen Stuhl sinken.

»Hast du deinem Vater von der Bewerbung erzählt?«, fragte er, bevor er berichtete, wie das Gespräch verlaufen war. »Weber muss mit deinem Vater gesprochen haben. Alles, was sie mich gefragt haben, kann nur von ihm kommen. Ich habe mich wie ein Verbrecher gefühlt …«

Kai schüttelte betroffen den Kopf. »Ich habe ihm nichts gesagt, das musst du mir glauben! Aber mein Vater stand letzte Woche auf einmal vor der Tür und hat mich zur Rede gestellt, warum ich ihm nichts von der Bewerbung gesagt habe. Ich habe keine Ahnung, woher er davon wusste, und ihm auch mitgeteilt, dass ich auf keinem Fall will, dass er sich in irgendeiner Weise einmischt oder mir hilft. Es tut mir echt leid.«

Max seufzte. »Ist schon gut«, sagte er.

Kai schüttelte jedoch mit grimmiger Miene den Kopf. »Ist es nicht. Ich werde mit Ulrich sprechen. Vielleicht kann er etwas tun.«

Max bezweifelte, dass das etwas ändern würde. So bitter es war, selbst wenn er beweisen konnte, dass die Verdächtigungen alle nicht stimmten, war es Rittmeister mit Sicherheit gelungen, Zweifel über seine Person zu säen. Etwas später verabschiedete er sich von Kai und beschloss, noch bei Emma vorbeizufahren.

# ALICE

## 62

SIE STAND VOR EMMAS TÜR und klingelte, aber ihre Schwester war nicht zu Hause. Wenn sie sich richtig erinnerte, hatte Emma diese Woche keine Aufträge außerhalb von Berlin. Alice runzelte die Stirn. Sie hatte sich schon seit einiger Zeit angewöhnt, sich die Termine aufzuschreiben, an denen ihre Schwester andernorts arbeitete. Enttäuscht warf sie noch einen Blick nach oben und drehte sich um, als sie gegen eine Männergestalt prallte.

Im Schein der Straßenlaterne sah sie, dass es Max war.

Er starrte sie einen Moment irritiert an.

»Alice?«, fragte er vorsichtig, da er anscheinend an ihrer Kleidung erkannte, dass sie nicht Emma war.

»Ja.« Ihre Augen wanderten von seiner aufgeplatzten Lippe zu dem Bluterguss an seinem Kiefer. »Bist du in eine Schlägerei geraten?«

Er schüttelte den Kopf. »Ich war nur boxen.«

Sie deutete ungläubig auf sein Gesicht. »Du machst das da freiwillig?«

Er vergrub die Hände in seinen Manteltaschen. »Musste etwas Dampf ablassen. Gibt ein paar Dinge, die bei mir gerade nicht so gut gelaufen sind.« Er deutete mit der Hand nach oben. »Ist sie nicht da?«

Er wirkte ähnlich enttäuscht wie sie selbst.

»Nein.«

Sie wandten sich beide zum Gehen. »Um die Ecke ist eine kleine Kneipe. Warum trinken wir nicht etwas zusammen, bevor du wieder in die U-Bahn steigst?«, schlug Max vor.

307

Alice willigte ein, und wenig später saßen sie am Tresen einer alten Wilmersdorfer Kneipe, die sich *Engelseck* nannte und deren schlichte dunkle Eichenholzeinrichtung wirkte, als hätte sich in den letzten dreißig Jahren nichts verändert.

»Das Übliche, nehme ich an«, sagte der Wirt, der eine weiße Schürze über seinem beleibten Bauch trug. Ohne ihre Antwort abzuwarten, zapfte er Max ein Bier und stellte Alice einen selbst gebrauten Apfelwein hin.

Alice blickte auf das Glas. »Trinkt das Emma sonst?«

»Ja, meistens.« Max grinste, da der Wirt natürlich nicht erkannte, dass er den Zwilling vor sich hatte.

»Ich dachte, Emma würde diese Woche nur in Berlin arbeiten«, sagte Alice.

Max bot ihr eine Zigarette an, die sie dankend ablehnte. »Wahrscheinlich ist sie bei diesem Julius«, sagte er, augenscheinlich wenig begeistert. Er zündete sich eine Zigarette an. »Kennst du diesen Typen gut?«

»Julius?« Alice schüttelte den Kopf. »Nur von ein paar kurzen Begegnungen an der Akademie und privaten Feiern.«

Max verzog das Gesicht. »Ich weiß nicht, ob es mir gefällt, dass sie mit ihm zusammen ist.«

Alice musterte ihn amüsiert. »Bist du etwa eifersüchtig?«

Max starrte mit ernster Miene auf sein Glas. »Nein, ich weiß nur nicht, ob er gut für sie ist«, sagte er. »Und nach dieser Entführungsgeschichte habe ich mich gefragt, ob er vielleicht sogar mit drinhängt«, setzte er zögerlich hinzu.

Alice schaute ihn erstaunt an. »Julius? Ich glaube, du täuschst dich. Ehrlich gesagt kann die Beziehung für ihn weit mehr Nachteile mit sich bringen als für Emma. Es ist zwar nicht verboten, wird aber trotzdem nicht gern gesehen, dass ein führender Wissenschaftler mit einer Frau aus dem Westen liiert ist«, erklärte sie.

»Im Ernst?« Max zog die Augenbrauen in die Höhe. »Wie

kannst du nur so leben? Ich meine, überlegst du wirklich nie, rüberzukommen? Emma würde sich mit Sicherheit freuen.«

Alice wandte den Kopf zu ihm. »Mein ganzes Leben ist dort. So einfach ist das nicht.«

»Ach, komm. Du kennst hier längst auch Leute. Oder hängst du so an Bernd?«

Sie betrachtete für einen Augenblick die Flaschen, die hinter dem Tresen in einem Regal standen, ohne ihn anzusehen. »Nein. Ich mag ihn, aber zwischen uns ist es im Moment etwas angespannt.«

»Wolltest du deshalb heute zu Emma? Weil ihr Probleme habt? Was ist passiert?«, fragte Max freundschaftlich.

Sie trank einen Schluck ihres Apfelweins. »Nichts Schlimmes«, sagte sie dann. »Wir haben nur unterschiedliche Vorstellungen. Bernd wünscht sich mehr Zeit und eine Zukunft, und ich … ich weiß nicht mehr, was ich will, seitdem ich Emma wiedergetroffen habe.« Sie merkte, wie leicht es ihr fiel, mit Max zu reden.

Er blickte sie an. »Du überlegst doch rüberzukommen!«, stellte er überrascht fest.

»Ich weiß es nicht. Ich fühle mich hin- und hergerissen. Mir geht nicht aus dem Kopf, was du und andere erzählt haben. Und manchmal sehe ich plötzlich alles in einem neuen Licht. Aber bitte sag Emma nichts. Ich will nicht, dass sie sich Hoffnungen macht.«

»Nein, natürlich nicht. Es bleibt unter uns«, versprach Max. Er legte die Finger um sein Glas. »Ich sage nicht, dass alles hier besser ist. Mit bestimmten Behauptungen hat man in Ostdeutschland vielleicht sogar recht, dass bei uns manche Leute immer noch dieselben faschistischen Gedanken wie früher hegen.« Ein aufgebrachter, ja grimmiger Ausdruck, den sie nicht recht zu deuten wusste, huschte über sein Gesicht, bevor er einen großen Schluck von seinem Bier nahm.

»Das ausgerechnet von dir zu hören hätte ich nicht erwartet.«

Max zuckte die Achseln. »Ich bin unserem eigenen System gegenüber nicht unkritisch. Das wäre angesichts unserer Geschichte auch dumm, aber trotzdem herrschen hier nicht die Zensur und Willkür, die die SED ausübt und dadurch die Freiheit der Menschen beschneidet.«

Sie hätte eine Menge darauf zu erwidern gehabt, doch sie wusste, dass dies dafür der falsche Augenblick war.

Max hielt noch immer sein Bierglas umklammert. Er war sehr viel ernster, als sie ihn kannte. Wenn sie ihn sonst mit Emma getroffen hatte, hatte er immer eine gewisse Leichtigkeit versprüht. Ihr Blick fiel auf seine verletzte Lippe, und sie ahnte, dass er seine eigenen Probleme hatte, die ihm zu schaffen machten.

»Wahrscheinlich hast du recht«, gab sie zu. Sie rückte das Glas Apfelwein ein Stück von sich und verzog den Mund. »Keine Ahnung, warum Emma das so mag. Ich muss etwas anderes trinken.«

Max grinste. »Etwas Stärkeres?«

»Ja. Warum nicht?«

»Weinbrand oder Obstler?«

»Lieber Obstler.«

»Walter? Machst du uns zwei Zwetschgenbrand?«, rief Max. Der Wirt nickte, und nachdem er ihnen die Getränke serviert hatte, hob Max das Glas.

»Auf die richtige Entscheidung!«

Sie stieß mit ihm an. »Auf die richtige Entscheidung!«

Der Alkohol war stark, und Alice musste ein Husten unterdrücken. Sie fragte sich, ob man ihr anmerkte, dass sie so Hochprozentiges nicht gewohnt war.

Sie unterhielten sich weiter. Wie schon bei früheren Begegnungen schlug Max wieder einen leichteren, ein wenig flirtenden Ton an.

»Zu schade, dass du Emmas Schwester bist«, sagte er zwischendurch mit einem Augenzwinkern und bestellte noch einen weiteren Zwetschgenbrand.

310

Den Arm auf den Tresen gestützt, beugte er sich etwas zu ihr. »Ein Freund von mir gibt kommende Woche draußen am Wannsee eine Party. Emma ist ebenfalls eingeladen. Hast du nicht Lust, auch zu kommen?«

»Am Wannsee? Du meinst, damit ich mal sehe, wie richtige Kapitalisten leben?«, fragte sie in scherzhaftem Ton.

Er grinste. »Ich glaube, du würdest enttäuscht sein. Huberts Familie, die Wellensteins, sind zwar seit einigen Generationen vermögend, aber er selbst teilt seinen Wohlstand sehr großzügig mit allen.«

*Hubert Wellenstein?* Alice horchte auf, als sie den Namen hörte. Sie schenkte Max ein Lächeln. »Ich würde sehr gern kommen!«

# TEIL 6

# KONSEQUENZEN

# JULIUS

## 63

NACH SIGMUNDS ENTFÜHRUNG VERÄNDERTE SICH seine Wahrnehmung. Es waren kleine Dinge, die ihm früher nicht aufgefallen waren, die er mit einem Mal bemerkte: die Art, wie die Kollegen in Schweigen verfielen, wenn jemand etwas Kritisches zur SED oder Politik der Regierung sagte; die Leichtigkeit, mit der alles und jeder im Westen als imperialistisch, kriegstreiberisch und faschistisch bezeichnet wurde, oder die unzähligen Zeitungsmeldungen und Berichte, die keinerlei Kritik am eigenen Staat erlaubten – ob es nun um die schlechte Versorgungslage oder die hohen Flüchtlingszahlen ging. Vor allem aber war es das Gefühl, dass Julius plötzlich nicht mehr wusste, wem er trauen konnte. Wer von seinen Kollegen oder sogar Freunden war der Partei so ergeben, dass er das, was er in vertraulichen Gesprächen hörte, an sie weitergeben würde? Er erinnerte sich an die beiden Mitarbeiter, die vor zwei Jahren verhaftet wurden, weil man sie angeblich als westliche Spione enttarnt hatte. Sie waren zu langen Haftstrafen verurteilt worden. Wie alle anderen hatte auch Julius nicht für einen Augenblick die Anschuldigungen gegen sie infrage gestellt. Aber jetzt war er sich nicht mehr sicher, was er glauben sollte. Ihm war bewusst, wie willkürlich die Stasi zuschlagen konnte, und er wurde plötzlich jedem gegenüber misstrauisch. Dieser Umstand zermürbte ihn. Wenn er auf dem Weg vom Institut nach Hause war, merkte er, wie er sich jedes Mal umdrehte, wenn er Schritte oder ein Geräusch hörte, und wie er jeden Passanten angespannt musterte, der ihn etwas zu lange anblickte oder zur gleichen Zeit wie er auf der Straße stehen blieb.

Dass seine Wahrnehmung keineswegs übertrieben war, wurde ihm klar, als er eines Morgens in sein Büro kam und entdeckte, dass jemand an seinen Sachen gewesen war. Es gab keinen Zweifel. Julius hinterließ seinen Schreibtisch jeden Abend in peinlicher Ordnung. Bevor er ging, rückte er jeden Gegenstand noch einmal zurecht, richtete selbst die Papiere akkurat zum rechten Rand der Schreibtischkante aus und stellte das Telefon stets in die Mitte, neben seinen aufgeklappten Tischkalender. Es war ein Ritual, mit dem er seinen Arbeitstag beendete – es half ihm, seine Gedanken noch einmal zu ordnen, jüngste wissenschaftliche Überlegungen und Ergebnisse zu überdenken und auch seine Termine für die kommenden Tage durchzugehen.

Sigmund, dessen eigener Schreibtisch immer ein Chaos von Papieren, Büchern und Notizzetteln gewesen war, hatte ihn deswegen oft aufgezogen. »Du weißt schon, dass das an eine Manie grenzt!«, hatte er gesagt.

Aber als Julius jetzt vor seinem Schreibtisch stand, war er zum ersten Mal dankbar für seine Angewohnheit. Vermutlich wäre ihm sonst nie aufgefallen, dass das Telefon ein wenig zu weit links und auch etwas schräg stand und jemand seine Papiere und die beiden Mappen auf dem Schreibtisch verschoben hatte.

Er rief nach Margot, eine der Facharbeiterinnen für Schreibtechnik seiner Abteilung.

»War heute Morgen jemand in meinem Büro?«

Sie blickte ihn verwundert an. Ihr rotes Haar war wie immer in sorgfältigen Wellen frisiert. Im letzten Jahr hatten sie eine kurze Affäre gehabt, waren seitdem aber nur noch freundschaftlich verbunden.

»Nicht, dass ich wüsste, Julius. Aber ich bin auch gerade erst gekommen. Fehlt dir etwas?«

Er überprüfte seine Unterlagen, soweit er sehen konnte, schien noch alles da zu sein. »Nein«, sagte er mit gerunzelter Stirn. »Aber die Sachen auf meinem Schreibtisch liegen anders.«

»Bist du sicher?« Margots Tonfall war höflich, aber sie bedachte ihn mit einem nachsichtigen Blick, da sie seine Ordnung schon immer etwas überspannt gefunden hatte.

Er starrte auf den Schreibtisch. »Vielleicht habe ich mich auch geirrt. Es war gestern spät«, sagte er dann. Wenn jemand sein Büro durchsucht hatte, war es vermutlich besser, wenn es so wirkte, als hätte er nichts bemerkt.

»Falls doch etwas fehlt, sag mir Bescheid, ja?«

Er nickte und wartete, bis Margot sein Büro verlassen hatte. Julius wünschte, er hätte sich tatsächlich getäuscht, doch es gab keinen Zweifel – jemand war an seinen Sachen gewesen.

Beunruhigt ließ er sich auf seinen Schreibtischstuhl sinken. Außer seinen wissenschaftlichen Unterlagen gab es in seinem Büro nichts Interessantes. Das Institut wusste aber ohnehin, worüber er forschte. Persönliche Dinge hatte er dagegen noch nie hier aufbewahrt.

Er blickte zu dem grauen Telefon und fragte sich, ob es verwanzt worden war. Aber er führte meistens nur Gespräche innerhalb des Instituts oder gelegentlich mit der Akademie oder Uni. Die wenigsten seiner Freunde und Bekannte besaßen ein Telefon.

Ein schaler Geschmack breitete sich in seinem Mund aus, und er spürte, wie sich sein Unwohlsein erneut verstärkte.

# 64

AM ABEND WAR JULIUS BEI seinem Vater. Er hatte Essen mitgebracht und wärmte eine Suppe für sie beide in der Küche auf.

»Wie geht es Emma?«, fragte August Laakmann, während er beobachtete, wie er den Tisch deckte.

»Gut. Sie ist viel unterwegs als Dolmetscherin, aber wir sehen uns, wann immer es geht.« Julius bemühte sich, seinem Ton einen leichten Klang zu geben.

August Laakmann richtete sich schwerfällig in dem verschlissenen Sessel auf. »Ist lange her, dass du mir eine Frau vorgestellt hast.«

»Ja«, sagte er nur.

»Du kannst nicht ewig Junggeselle bleiben!«

Julius lächelte schief. Er stellte die Teller mit der dampfenden Suppe vor ihn auf den kleinen Tisch. »Versuchst du, mich unter die Haube zu bringen?«

Sein Vater schenkte ihm nur einen knappen Blick, ohne zu antworten. Er hatte schon immer ein wenig raue Umgangsformen besessen, doch seitdem ihn seine Kraft verließ, machte er sich nur die Mühe zu sprechen, wenn er es für wert befand.

Julius beobachtete, wie er etwas von der Suppe aß. Nach einigen Löffeln hielt sein Vater jedoch wieder inne. Sein Appetit war nicht mehr besonders groß. August Laakmann schloss kurz die Augen, öffnete sie dann aber wieder.

»Wann hattest du eigentlich die Absicht, mir von Sigmund zu berichten?«, fragte er ruhig.

»Du weißt davon?«, fragte Julius vorsichtig. Für einen Augenblick kam er sich wieder wie früher als Junge vor, wenn er ihm etwas verheimlicht hatte.

»Hab's in der Zeitung gelesen. Dass die Stasi angeblich nichts damit zu tun hat.« August Laakmann schnaubte verächtlich.

Julius hörte auf zu essen. Plötzlich spürte er die ganze erdrückende Last von Sigmunds Entführung.

»Ich wollte dich nicht damit belasten. Es geht mir furchtbar«, gestand er ehrlich und erzählte ihm alles. »Ich kann nicht schlafen und wenn, habe ich Albträume, weil ich nicht weiß, wo Sigmund ist und was mit ihm passiert ist …« Er brach ab.

Die schwielige alte Hand seines Vaters legte sich auf seine. »Es tut mir leid, Junge«, sagte er. »Sigmund ist immer ein anständiger

Kerl gewesen. Das hat er bestimmt nicht verdient, aber trotzdem – es ist nicht deine Schuld.«

»Aber ich habe sie zu ihm geführt!«

»Sei nicht dumm, glaubst du, sie hätten ihn ohne dich nicht gefunden?«, entgegnete sein Vater scharf. »Lass es dir eine Warnung sein und geh hier weg, Julius«, fügte er dann müde hinzu. »Ich weiß, dass du dir nicht erlaubst, auch nur an die Möglichkeit zu denken, weil ich krank bin. Aber es würde mich glücklich machen zu wissen, dass du die Chance auf ein freies Leben drüben hast.«

Julius schwieg. »Wie kannst du das verlangen? Und wofür? Damit es mir am Ende so wie Sigmund geht?«, fragte er leise und voller Bitterkeit.

»Du weißt nicht, warum man ihn entführt hat.« Sein Vater griff wieder nach dem Löffel und zwang sich, noch etwas von der Suppe zu essen.

Julius sah ihm schweigend zu, aber seine Worte hallten noch lange in ihm nach. Sein Vater hatte recht. Er hatte keine Ahnung, warum man Sigmund verschleppt hatte. Unentwegt grübelte er darüber nach. Irgendetwas gab es, das er von dem Freund nicht wusste. Es war wie ein Puzzleteil, das ihm fehlte, um das Bild zu vervollständigen. Unwillkürlich sah er Sigmund wieder bei ihrem Treffen in dem Café vor sich, als er von dem *Preis* gesprochen hatte, den er für seine frühere Rückkehr aus Moskau habe zahlen müssen. Warum hatte er damals nur nicht darauf bestanden, mehr von ihm zu erfahren?

Inzwischen fragte Julius sich auch, ob seine eigene Überwachung und die Durchsuchung seines Büros nicht damit im direkten Zusammenhang standen.

Er merkte, wie er sich auf einmal bei allem, was er sagte oder tat, fragte, welche Schlüsse die Stasi daraus über seine Person ziehen könnte. Ohne dass er etwas dagegen tun konnte, begann er, sich dementsprechend zu verhalten. Er hielt sich in politischen

Diskussionen zurück, fuhr nicht mehr gern nach West-Berlin und achtete darauf, nichts Nachteiliges über die SED oder Regierung zu sagen. Sein eigener Opportunismus widerte ihn an.

Trotzdem versuchte er weiterhin, heimlich etwas über Sigmund herauszubekommen, auch wenn er dabei vorsichtig vorgehen musste. Er entschied sich schließlich, Rudi Lehmann um Hilfe zu bitten, der in der Verwaltung der Akademie arbeitete und dessen Vater eine hohe Position im Zentralkomitee hatte.

Julius war schon oft bei Rudi zu Hause auf diversen Feiern gewesen.

An einem Tag gab er vor, etwas in der Akademie erledigen zu müssen, und passte ihn dort ab.

»Ich weiß, dass es nicht gern gesehen wird, dass ich Fragen über Sigmund stelle, aber er ist ein alter Freund, und er hat eine Frau und zwei kleine Kinder, die jetzt allein in Frankfurt sitzen. Die Ungewissheit ist für sie am schlimmsten, und ich dachte, dass du eventuell Möglichkeiten hast, etwas in Erfahrung zu bringen«, sagte er zögernd. Sie standen draußen zusammen vor dem Gebäude.

Rudi, der Sigmund auch gut gekannt hatte, runzelte nachdenklich die Stirn. »Vielleicht weiß mein Vater etwas, leider kann ich dir nichts versprechen. Aber es interessiert mich selbst, was mit ihm geschehen ist«, fügte er mit gesenkter Stimme hinzu, da gerade mehrere Kollegen aus dem Gebäude kamen.

»Danke«, erwiderte Julius.

Sie verabschiedeten sich, und Rudi versprach, sich zu melden, sobald er etwas herausfinden würde. »Und sei vorsichtig, Julius. Es wird darüber geredet, dass du dich mit Sigmund heimlich in West-Berlin getroffen hast!«

Er nickte betroffen.

Als er an diesem Abend in seine Wohnung zurückkehrte, fühlte er eine tiefe Unruhe. Emma war für einen Auftrag zwei Tage in Frankfurt, und er hatte eigentlich noch zu arbeiten, doch seine Gedanken kreisten unaufhörlich. Julius starrte aus dem Fenster. Schließlich wandte er sich ab, ergriff seinen Mantel und Haustürschlüssel und ging noch einmal nach draußen. Er lief durch die dämmrigen Straßen, in denen kaum noch jemand unterwegs war. Zum ersten Mal seit Tagen war er sich sicher, dass ihm niemand folgte, und er merkte, wie er sich entspannte. Einige Zeit lief er an den vom spärlichen Licht einiger Laternen beleuchteten Altbaufassenden vorbei, bis er zu einer U-Bahn-Station kam. Es war keine bewusste Entscheidung, sondern nur ein Gefühl, dem er folgte, als er die Treppen hinabstieg und den Zug nahm, der gerade eingefahren war.

Nicht einmal zwanzig Minuten später war er im Wedding. Julius erinnerte sich, wie er mit seinem Vater einmal vor Jahren hier gewesen war, als er durch die Dunkelheit lief. Er starrte auf das heruntergekommene Haus, das sich kaum verändert hatte.

# EMMA

## 65

SIE SPÜRTE, DASS JULIUS SICH veränderte. Es war ein seltsam widersprüchliches Verhalten, das er ihr gegenüber auf einmal an den Tag legte und das sie zunehmend verunsicherte. In dem einen Moment herrschte zwischen ihnen diese Nähe und Leidenschaft, und in dem nächsten weilte er mit seinen Gedanken weit weg, verhielt sich beinah kühl und ließ sie nicht an sich heran. Wenn sie sich verabschiedete, schien er manchmal nahezu erleichtert und behauptete, so viel Arbeit zu haben, dass er nicht wisse, wann sie sich das nächste Mal sehen könnten, nur um sie, wenn sie sich schließlich den Mantel übergezogen hatte, mit einer solchen Intensität zu küssen, als befürchtete er, sie nie wiederzusehen.

»Lass uns uns am Donnerstag treffen!«, widersprach er sich dann selbst.

»Aber deine Arbeit?«

»Ist mir egal. Du bist mir wichtiger«, murmelte er, während er sie noch einmal an sich zog und sie einfach nur hielt.

Sie liebte ihn – und es machte ihr Angst. Ihr war klar, dass Sigmunds Entführung Spuren bei ihm hinterlassen hatte und sein wechselhaftes Verhalten vor allem damit zusammenhing. Er sei überzeugt davon, überwacht zu werden, hatte er ihr erzählt, und sie spürte, dass er sich in einem ständigen Zustand zwischen Schuld und Zweifeln befand, auch weil er das System um sich herum zum ersten Mal infrage stellte.

»Ich habe mich nie mit Politik beschäftigt«, sagte er, als sie an einem Samstag zusammen zum Müggelsee hinausfuhren und dort spazieren gingen. Ein kräftiger Wind ließ die Äste der kahlen Bäume am Wegesrand erzittern und spülte kleine Wellen ans Ufer, auf denen der Schaum tanzte. Es war Mitte Februar. Emma trug eine Mütze und hatte sich in einen dicken Schal gewickelt. Julius, der den Arm um sie gelegt hatte, schienen die kalten Temperaturen dagegen nichts auszumachen.

»Mich hat immer nur meine Wissenschaft interessiert«, fuhr er fort. »Aber jetzt sehe ich auf einmal so viel, was ich vorher nie bemerkt habe …«

Er berichtete ihr von einem Gespräch mit der Institutsleitung, in dem man ihn gedrängt hatte, näher nach Zeuthen zu ziehen. Während er sprach, sah er sich um, als wolle er sich selbst hier draußen, wo kaum Leute unterwegs waren, vergewissern, dass sie niemand hören konnte.

Emma blickte ihn erschrocken an. Als West-Berlinerin konnte sie jederzeit nach Ost-Berlin fahren, aber Zeuthen lag außerhalb der Stadtgrenze. Dort würde sie Julius nicht mehr ohne Weiteres besuchen können.

»Und was hast du gesagt?«

»Dass mir die lange Fahrt von Berlin nichts ausmacht und es für mich nicht infrage kommt.«

Emma atmete erleichtert auf und fasste seine Hand ein wenig fester. Sie versuchte, es sich nicht zu sehr anmerken zu lassen, aber die Tatsache, dass er überwacht wurde und man ihm nun sogar diesen Umzug nahelegte, beunruhigte sie zutiefst. Zum ersten Mal fragte sie sich, ob Julius wirklich länger Rücksicht auf seinen Vater nehmen durfte, wenn er sich vielleicht selbst in Gefahr befand. Sie musste mit ihm darüber reden, aber Emma spürte instinktiv, dass er hier in Ost-Berlin nicht bereit sein würde, sich auf das, was sie ihm sagen wollte, einzulassen.

»Warum kommst du morgen nicht zu mir?«, schlug sie deshalb auf dem Rückweg vor.

»Du weißt doch, es ist besser, wenn ich im Moment nicht so häufig nach West-Berlin komme«, entgegnete er, während er abwesend auf den aufgewühlten See blickte.

Emma blieb stehen. »Du bist seit der Entführung von Sigmund nicht mehr in West-Berlin gewesen, Julius! Erinnerst du dich an den Abend, als wir in der *Möwe* waren? Hast du da nicht selbst gesagt, dass es viel auffälliger sei, wenn du dein Verhalten auf einmal verändern würdest? Du bist immer regelmäßig nach West-Berlin gefahren!«

Sie sah ihm an, dass er seinen eigenen Argumenten nichts entgegenzusetzen wusste. Er seufzte. »Wahrscheinlich hast du recht. Manchmal kommt es mir schon so vor, als würde ich an Verfolgungswahn leiden. Ich weiß nicht mehr, was stimmt und was ich mir vielleicht nur einbilde.«

Er versprach zu kommen, aber am nächsten Tag war sie nervös. Sie hatte die halbe Nacht wach gelegen und nachgedacht. Nun befürchtete sie, dass Julius es sich im letzten Augenblick doch noch anders überlegen könnte, aber es klingelte an der Tür.

Als sie öffnete, drückte er ihr eine Rose in die Hand. »Ich weiß, dass es mit mir nicht leicht ist zurzeit«, sagte er und küsste sie.

Sie hatte bei Lemke eine Flasche des französischen Rotweins gekauft, den er gern trank, und sie machten es sich auf dem Sofa bequem. Seine Miene wirkte seit Langem wieder einmal entspannt.

»Du solltest nach West-Berlin kommen, Julius«, sagte sie ganz direkt. »Du kannst nicht drübenbleiben. Die Stasi wird dich nicht in Ruhe lassen, und selbst wenn – wirst du dich dort nie wieder frei fühlen …«

Er starrte auf sein Glas. »Denkst du, ich hätte darüber in der letzten Zeit nicht nachgedacht? Aber nach dem, was mit Sigmund geschehen ist, würde ich mich auch in West-Berlin niemals sicher fühlen.«

»Du könntest auch nach Westdeutschland oder sogar ins

Ausland gehen«, erwiderte sie vorsichtig. »Als Physiker könntest du überall arbeiten. Und ich auch …«

»Du wärst bereit mitzukommen?«

Sie nickte.

»Aber was ist mit Alice? Du hast sie gerade erst wiedergefunden.«

Über ihre Schwester hatte Emma tatsächlich am längsten nachgedacht.

»Wir würden uns trotzdem besuchen können, und ich würde auch weiter Aufträge in Berlin haben.«

Er fasste sie ungläubig am Arm. »Emma, du liebst deine Schwester. Du hast mir erzählt, wie du deine ganze Kindheit und Jugend darunter gelitten hast, dass sie nicht mehr da war.«

Emma blickte ihn an. »Ja, ich liebe sie. Aber dich, dich liebe ich auch, Julius«, sagte sie leise und strich ihm sanft durchs Haar.

Er küsste sie, doch als sie sich voneinander lösten, glitt ein bedauernder Ausdruck über sein Gesicht. »Ich liebe dich auch, Emma. Aber mein Vater … ich kann nicht weggehen.«

»Er könnte mitkommen. Das könnten wir alles organisieren«, sagte sie eindringlich. »Hast du ihn je gefragt?«

Er nickte und zog sie an sich. »Ja, aber diese Wohnung in Ost-Berlin ist immer sein Zuhause gewesen, Emma. Er hat an diesem Ort mit meiner Mutter und später mit uns Kindern die glücklichste Zeit seines Lebens verbracht. Er würde dort nicht weggehen … und ich könnte das auch nie verlangen.«

Sie schüttelte mit ernster Miene den Kopf. »Ich habe deinen Vater nur kurz kennengelernt, trotzdem bin ich mir sicher, er würde nicht wollen, dass du dich für ihn irgendeiner Gefahr aussetzt.«

»Es wird sich schon alles wieder mit der Stasi beruhigen«, sagte Julius, aber er wirkte selbst nicht von seinen Worten überzeugt.

# ALICE

## 66

DIE PARTY AM WANNSEE KONNTE man, wie sie nicht anders erwartet hatte, nur als den Inbegriff von dekadentem Kapitalismus bezeichnen. Die Wohnräume des Hauses, oder vielmehr der Villa, waren mit Blumen, Kerzen und Lampions dekoriert, eine Band war eigens für den Abend engagiert, und in einem Salon war ein Büfett in der kunstvollen Form einer Pyramide aufgebaut worden, das natürlich die Feinkostabteilung des KaDeWe geliefert hatte.

Dienstboten servierten den Gästen Champagner und andere Getränke in stilvollen Cocktailgläsern, die mit Strohhalm und Schirmchen verziert waren.

Sie sah im Geiste Sergej vor sich und wusste, wie wenig er davon gehalten hätte.

Es war der siebenundzwanzigste Geburtstag des Gastgebers. Emma hatte ihr Hubert Wellenstein gleich bei ihrer Ankunft vorgestellt.

»Wahnsinn, dass Emma eine Zwillingsschwester hat. Man kann euch wirklich nicht auseinanderhalten. Ich freue mich sehr, dass sie dich mitgebracht hat«, sagte Hubert mit einem Strahlen, bevor ihn schon die nächsten Gäste umarmten.

Kurz darauf kamen seine Eltern. Wie in einem dieser Kinofilme fuhren sie in einer schwarzen Mercedes-Limousine mit Chauffeur vor und strahlten mit jeder Faser die Macht ihres gesellschaftlichen Erfolgs aus. Die Mutter wirkte in ihrem eleganten Cocktailkleid, als wäre sie geradewegs einem französischen Modemagazin entsprungen, der Vater war eine autoritäre Erscheinung

mit silbergrauen Haaren. Er war erst jüngst aus dem Wirtschaftsministerium ins Bundeskanzleramt berufen worden, wie Max ihr
erzählte. Ein Hauch von Herablassung lag in ihrer Art, als sie sich
freundlich mit einigen Gästen unterhielten, und alle, einschließlich Hubert, schienen ein bisschen erleichtert, als sie sich wieder
verabschiedeten, um die »jungen Leute«, wie sie sie nannten, allein
feiern zu lassen.

Nun verteilten sich im ganzen Haus Gäste, die sich unterhielten, lachten und ausgelassen tanzten. Alice stand mit Emma und
Max zusammen und beobachtete, wie Hubert auf der anderen
Seite des Raums mit jemandem sprach. Seine Miene wirkte
überraschend ernst.

»Was macht Hubert noch mal beruflich?«, erkundigte sie
sich.

»Er hat gerade angefangen, als Anwalt zu arbeiten«, antwortete Max.

»Er ist wirklich nett und bildet sich nichts darauf ein, dass er
aus solchen Verhältnissen kommt. Er lässt einen das nie spüren«,
beeilte Emma sich ein wenig zu schnell hinzuzufügen.

Alice sah, dass Max sich ein Lächeln verkniff. Es war offensichtlich, dass Emma befürchtete, sie könnte etwas Abwertendes
angesichts des hiesigen Reichtums sagen.

Max benahm sich ihr gegenüber oft natürlicher als ihre Schwester, und es fiel Alice auch leichter, mit ihm zu sprechen. Unwillkürlich erinnerte sie sich wieder an den Abend, an dem Emma
nicht zu Hause gewesen war und sie zusammen in diese Kneipe
gegangen waren. Sie hatten beide zu viel getrunken, und es war
eine vertraute Atmosphäre entstanden, in der sie Max schließlich gestanden hatte, dass ihr Emma unendlich viel bedeutete,
sie aber die Fürsorge der Schwester manchmal übertrieben fand.
»Sie verhält sich, als wäre sie meine Mutter, aber sie ist meine
Schwester und außerdem auch die Jüngere von uns beiden«,
hatte sie kopfschüttelnd und schon ein wenig beschwipst gesagt.

Max hatte gelacht. »Na, die paar Minuten zählen wohl nicht. Aber im Ernst, Ems meint es nur gut. Ich glaube, sie fühlt sich einfach schuldig, weil du dich so völlig allein durchschlagen musstest.«

Alice hatte nur mit den Augen gerollt. »Ich war nicht *völlig* allein.« Sie hatte Max nicht gesagt, dass es nicht die Fürsorge ihrer Schwester war, sondern vor allem das unterschwellige Mitleid, das darin mitschwang, das sie so störte. Es verletzte ihren Stolz.

»Warum ist Julius eigentlich nicht gekommen?«, fragte Alice ihre Schwester, um jetzt das Thema zu wechseln. »Hast du ihn nicht gefragt?«

»Doch, habe ich, aber er hat zu viel zu tun. Er kommt auch nicht mehr gern nach West-Berlin.« Emma sog an dem Strohhalm ihres Cocktails und wirkte mit einem Mal angespannt. Sie war schon den ganzen Abend ein wenig abwesend.

Alice wollte gerade fragen, warum, als ein Mann mit dunkelblondem Haar zielstrebig auf sie zukam.

»Emma?«

»Georg!«

Die beiden umarmten sich. Wie sich herausstellte, war Georg Sacher Journalist beim RIAS, und ihre Schwester und er kannten sich von der Arbeit.

»Entschuldige mich mal kurz. Ich muss Kai etwas sagen«, erklärte Max, der den Freund auf der anderen Seite des Raums entdeckt hatte.

Alice nickte nur. Sie überließ Emma und Georg ebenfalls ihrem Gespräch und beschloss, die Zeit zu nutzen, um sich etwas weiter umzusehen. Mit dem Glas in der Hand spazierte sie durch das Haus. Der überwiegende Teil der Gäste hielt sich im Wohnzimmer und in den zwei Salons im Erdgeschoss auf. In einem spielte die Band, und es wurde wild getanzt.

Alice ging weiter, bis sie einen Flur erreichte, der in einen angrenzenden Trakt führte. Er war nur schwach beleuchtet. Ein Pärchen lehnte an der Wand, das sich leidenschaftlich küsste. Die beiden waren so mit sich beschäftigt, dass sie Alice gar nicht bemerkten. Sie lief weiter und öffnete am Ende des Flurs eine Tür, dahinter wurde der Gang schmaler. Wie es aussah, musste das der Dienstbotentrakt sein. Eine enge Treppe führte nach oben in den ersten Stock. Alice zögerte kurz, bevor sie die Stufen hochstieg.

## 66

MAX NIPPTE AN SEINEM BIER. »Danke, dass du mit Ulrich gesprochen hast«, sagte er. Kai hatte die Intervention seines Vaters nicht hingenommen und mit Ulrich geredet. In aller Ehrlichkeit hatte er erzählt, wie ihn sein Vater früher für Nichtigkeiten brutal geschlagen hatte, besonders wenn er betrunken war, und wie Kai deshalb manchmal Zuflucht bei Max gesucht und sein Vater daraufhin einen irrationalen Hass gegen den Freund entwickelt hatte.

Ulrich hatte ihm schweigend zugehört, aber ihm geglaubt und später beim BND mit einigen Leuten gesprochen. Gestern hatte Max dann zu seiner Überraschung ein weiteres Schreiben mit einer Einladung zum Gespräch im Postkasten gefunden.

»Das war das Mindeste«, erwiderte Kai. »Ich kann immer noch nicht glauben, dass mein Alter dich so mies verleumdet hat!« Ungläubig schüttelte er den Kopf, als Hubert zu ihnen kam. Seine Miene war ernst.

»Es gibt etwas, das ich euch mitteilen muss. Wir treffen uns in fünf Minuten oben mit Werner, Theo und Ernst in meinem Zimmer für eine kurze Besprechung, da ihr schon mal alle hier seid«, sagte er.

Max und Kai nickten.

Als sie wenig später in den ersten Stock kamen, warteten die anderen drei schon, die genau wie sie Mitglieder der KgU waren. Hubert schloss die Tür hinter Max und Kai.

»Ich werde es kurz machen, weil heute mein Geburtstag ist, aber diese Angelegenheit ist leider zu wichtig, als dass sie aufgeschoben werden kann«, sagte er, während er sich gegen seinen Schreibtisch lehnte. »Ich bin von der Führungsebene der KgU gebeten worden, etwas intern an die Mitglieder weiterzugeben, denen ich vertraue … « Er räusperte sich, bevor er weiter fortfuhr: »Es gibt Hinweise, dass es der Stasi gelungen ist, einen Maulwurf in die Organisation zu schleusen! Wahrscheinlich wurde ein Mitglied umgedreht. Wir bitten euch deshalb, wachsam zu sein und wenn euch etwas auffällig oder seltsam vorkommt, sofort den Vorstand zu informieren.«

Ein empörtes Stimmengemurmel erfüllte den Raum angesichts dieser ungeheuerlichen Neuigkeit.

»Das ist ja richtig übel«, stieß Kai hervor.

»Wie kann die Stasi es schaffen, einen von uns umzudrehen?«, entfuhr es Max.

Sie waren alle gleichermaßen aufgebracht und versprachen, die Augen offen zu halten.

»Danke euch. Und es versteht sich von selbst, dass das streng unter uns bleiben muss! Wenn wir alle wachsam sind, werden wir diese Ratte schon aufspüren«, sagte Hubert. Er öffnete die Zimmertür. »Aber jetzt wird erst mal weitergefeiert!«

Sie verließen das Zimmer, um wieder nach unten zu gehen. Am Treppenabsatz kam ihnen Luise entgegen. Sie trug ein Kleid, das obenherum eng geschnitten war und ihre Figur bis hin zu ihrer schmalen Taille auffällig betonte.

»Hast du kurz einen Moment, Max?«, fragte sie, als sie sich ein wenig kokett, wie es ihre Art war, gegen das Geländer lehnte.

»Klar.« Luise und er hatten sich in letzter Zeit wenig gesehen.

»Toller Auftritt am Dienstag. Ich habe dich im Theater gesehen«, sagte Hubert im Vorbeigehen.

»Danke.« Luise schenkte ihm ein charmantes Lächeln. Die anderen grinsten Max zu, als sie nach unten gingen.

»Wie geht's dir?«, fragte Max.

Doch Luise gab ihm keine Antwort, sondern wartete, bis die anderen außer Sichtweite waren, dann nahm sie zu seiner Überraschung seine Hand und zog ihn mit sich den Flur entlang. Sie war, genau wie er, oft zu Gast hier und öffnete zielstrebig die Tür zu Huberts Zimmer.

Max zögerte. »Ich bin mir nicht sicher, ob Hubert das gut findet …«

»Ach was. Du hast doch gehört, er ist ein Bewunderer von mir!«, erwiderte sie verschmitzt. Im gleichen Atemzug hatte sie ihn schon weiter mit sich gezogen, die Tür hinter ihnen geschlossen und küsste ihn.

Eines musste Max ihr lassen: Obwohl Luise ihn nie im Zweifel gelassen hatte, dass er nicht mehr als eine kleine Abwechslung für sie war, schaffte sie es dennoch, ihm bei jedem Kuss das Gefühl zu geben, er sei der einzige Mann, der Bedeutung hätte. Einen Augenblick lang verloren sie sich beide in ihrer Umarmung, bis sie sich schließlich von ihm löste.

Vorwurfsvoll blickte sie ihn an. »Du vernachlässigst mich!«

Es stimmte, dass er sich nach dem unangenehm verlaufenen Gespräch mit Weber nicht bei ihr gemeldet hatte. Er war einfach nicht in der richtigen Stimmung für die Leichtigkeit ihrer Affäre gewesen.

»Ich hatte nur viel zu tun«, behauptete er, die Arme noch immer um ihre Taille gelegt.

»Wirklich?« Ihre Augen hatten sich etwas verengt, und sie strich sich in einer wohlgesetzten Geste das Haar aus dem Gesicht. »Vielleicht liegt es eher daran, dass es deine Freundin Emma auf einmal in doppelter Ausführung gibt?«

Er lachte, weil derartige Äußerungen so gar nicht zu ihr passten. Luise besaß als Frau ein mehr als gesundes Selbstbewusstsein. »Sie ist nur die Schwester einer Freundin.«

»Ich weiß nicht, ob ich das glaube.«

Sie strich mit ihrem Finger die Knopfleiste seines Hemds nach. »Vorhin habe ich gesehen, wie du sie angeschaut hast! Sie gefällt dir.«

»Bist du etwa eifersüchtig?« Im Grunde war Max überzeugt, dass Luise es nur nicht mochte, wenn eine andere Frau seine Aufmerksamkeit genoss, solange sie im selben Raum war.

»Aber nein.«

»Das würde auch gar nicht zu dir passen.«

Sie schlang die Hände um seinen Hals, und sie küssten sich erneut. Plötzlich hörte man, wie hinter ihnen die Tür geöffnet wurde.

Huberts amüsiertes Lachen ließ sie auseinanderfahren. »Lasst euch nicht stören. Ich habe nur meine Zigaretten vergessen.«

Bevor sie etwas sagen konnten, hatte er schon nach dem Päckchen gegriffen und die Tür wieder hinter sich geschlossen.

# EMMA

## 67

SIE HATTE DIE LETZTE VIERTELSTUNDE mit Georg getanzt – um nicht nachzudenken, um nicht weiter über Julius zu grübeln und sich zu fragen, was auf ihn zukommen könnte, wenn er in Ost-Berlin bliebe. Es war mehr als nur Sorge, und ihre Angst hatte sich eher noch verstärkt. Sie schlief seit einigen Nächten schlecht und musste ständig an die vielen Geschichten denken, die Max ihr von Menschen erzählt hatte, die in Ostdeutschland bei den kleinsten politischen Vergehen, oft sogar grundlos von der Stasi verhaftet wurden.

Nach einem weiteren Song fing die Band an, ein schnelles Rock 'n' Roll-Stück zu spielen, und Georg und sie wichen mit den anderen Tanzenden zur Seite, um einem Paar den Platz zu überlassen, das in wilden akrobatischen Tanzfiguren durch den Raum wirbelte. Die junge Frau flog durch die Luft, wurde von dem Mann aufgefangen und machte kurz darauf in ihrem Petticoat einen Salto.

Die Umstehenden jubelten und pfiffen begeistert. Der Rhythmus riss sie alle wie im Fieber mit sich. Emma wandte sich ab und blickte sich nach Alice um, die sie schon seit einiger Zeit nicht gesehen hatte.

Wie mochte diese Umgebung wohl auf ihre Schwester wirken? Verurteilte ihre Schwester den Reichtum als ungerecht? *»Es geht nicht darum, wie viel manche Menschen besitzen, sondern darum, wie wenig die anderen haben«*, hatte Alice sie in einer ihrer kurzen politischen Auseinandersetzungen einmal belehrt.

Es war Max gewesen, der Alice eingeladen hatte, heute mitzukommen, sie selbst hätte es wahrscheinlich nicht gewagt. Vielleicht schätzte sie ihre Schwester aber auch falsch ein. In den letzten Wochen hatte Alice immer öfter auch kritische Worte am sozialistischen System geäußert, musste sie zugeben. Es kam Emma wie eine vorsichtige Annäherung vor, und insgeheim hoffte sie noch immer, sie würde sich auch dafür entscheiden, hier in West-Berlin zu leben.

Überall drängten sich Leute, aber sie konnte ihre Schwester in keinem der anderen Salons und Räume finden.

Kai kam ihr im Wohnzimmer entgegen. »Hast du Alice gesehen?«

»Nein, aber vielleicht ist sie draußen?« Er deutete zu der Terrassentür, die man in dem großen Wohnzimmer trotz der kühlen Temperaturen geöffnet hatte, um etwas frische Luft hereinzulassen. Durch die verglaste Fensterfront konnte man die Silhouetten einiger Gäste erkennen, die rauchten und sich angeregt unterhielten. Aber auch dort fand sie Alice nicht.

Sie ging zurück ins Haus. Eine leise Unruhe erfasste sie, als sie ihre Schwester endlich im Flur entdeckte.

»Da bist du ja. Ich hatte schon nach dir gesucht.«

»Ich habe getanzt.«

Emma runzelte die Stirn, da sie sich sicher war, Alice nicht auf der Tanzfläche gesehen zu haben, aber sie sagte nichts.

Nicht zum ersten Mal fiel ihr auf, dass ihre Schwester etwas mitgenommen wirkte. Unter ihren Augen lagen leichte Schatten. Sie schlafe schlecht, hatte sie Emma auf ihre Frage hin ausweichend geantwortet. Es habe sicherlich mit der Trennung von Bernd zu tun.

Sie holten sich beide etwas zu trinken und ließen sich auf einer samtbezogenen Bank in einem Alkoven im Flur nieder. »Ich verstehe immer noch nicht, warum du dich eigentlich getrennt hast. Du hängst doch an Bernd, oder?«, fragte Emma.

Alice nickte. »Ja, aber er sprach auf einmal von Verlobung, Heirat und sogar Kindern …«

»Wünschst du dir das denn nicht?« Die meisten Mädchen, mit denen Emma zur Schule gegangen war, waren inzwischen verheiratet und hatten ihr erstes Kind bekommen. Auch sie selbst träumte davon und musste an Julius denken. Gegen ihren Willen fragte sie sich, ob es für sie beide eine Zukunft geben würde.

»Natürlich will ich das«, riss sie Alices Stimme aus ihren Gedanken. »Ich habe mir immer eine Familie gewünscht.« Etwas so Sehnsuchtsvolles lag in ihrem Ton, dass Emma sie überrascht anschaute.

»Ich auch. Stell dir vor, wenn wir eines Tages vielleicht beide Kinder haben. Möglicherweise Zwillinge. Ein Arzt hat mir mal gesagt, dass es eine große Wahrscheinlichkeit dafür gibt.«

»Ja, vielleicht.«

»Und bis dahin haben wir ja uns!«

Alice nickte, aber Emma spürte, dass sie ihrem Blick auswich, wie so oft, wenn zu viel Nähe zwischen ihnen aufkam. Sie hätte viel darum gegeben zu wissen, was im Kopf ihrer Schwester vorging.

Einen Moment schwiegen sie beide. Emmas Gedanken wanderten erneut zu Julius. Wie konnte sie ihn nur dazu bewegen, aus Ost-Berlin wegzugehen? Und plötzlich wusste sie, was sie tun würde.

## 68

DIE HÄUSER AN DER STRASSENECKE waren im Bereich des Erdgeschosses von Einschusslöchern übersät. Kleine dunkle Löcher, die sich in die Steinfassaden gegraben hatten und ahnen ließen, wie sich hier in den letzten Kriegstagen die Gegner gegenübergestanden hatten. Manchmal schien der Krieg nach all den Jahren noch immer so nah, doch wie sehr hatte sich die Welt seit damals verändert. Ihre Augen blieben an den Umrissen eines Blumenkastens im zweiten Stock hängen, dessen Pflanzen längst verblüht waren. Einige traurige gelbe Überreste hingen über den Rand.

Direkt gegenüber befand sich ein Konsum-Geschäft, in dem jetzt am Morgen eine Schlange von Menschen geduldig bis auf die Straße hinausstand. Ein Plakat im Ladenfenster kündigte gerade neu eingetroffene Waren an.

Sie erkannte das Haus sofort wieder, obwohl es beim letzten Mal bereits dunkel gewesen war. Die Eingangstür unten war geöffnet. Sie zögerte kurz, weil sie sich nicht sicher war, wie Julius reagieren würde, wenn er jemals erfahren würde, dass sie hierhergekommen war. Doch dann ging sie ins Haus, stieg die Stufen hoch und klingelte im dritten Stock.

Zu ihrer Überraschung hörte sie schnelle Schritte. Eine rundliche Frau in den Fünfzigern, die eine geblümte Schürze über ihrem Kleid trug und einen Beutel in der Hand hielt, öffnete ihr.

»Ja?«

»Ist Herr Laakmann da?«

»Sicher.« Sie bedeutete ihr hereinzukommen. »Ich bin Gerda Pestalowski, die Nachbarin. Ich schaue vormittags immer nach ihm.«

»Emma Lichtenberg. Ich bin eine Freundin seines Sohns Julius.«

Die Nachbarin musterte sie neugierig. »Na, der alte Herr wird sich bestimmt über Ihren Besuch freuen.«

Emma folgte ihr durch den Flur.

»Sie haben Besuch, Herr Laakmann – und hübschen noch dazu«, rief sie.

Julius' Vater, der wie bei Emmas letztem Besuch in seinem Sessel saß, wandte den Kopf zu ihr. Ein Radio lief im Hintergrund, das die Nachrichten brachte. Vor dem alten Mann standen eine Tasse und ein Teller. Er schien gerade gefrühstückt zu haben.

»Guten Tag, Emma.«

»Ich muss leider los. Das Mittagessen für Sie steht wie immer auf dem Herd. Bis morgen!«, sagte die Nachbarin. Sie tätschelte Laakmanns Schulter, nickte Emma noch einmal zu und war schon verschwunden.

»Entschuldigen Sie, dass ich Sie so überfalle«, sagte Emma.

Julius' Vater, der das Radio abgeschaltet hatte, schaute sie beunruhigt an. »Ist etwas passiert?«

Emma wurde plötzlich bewusst, wie ihr Besuch wirken musste.

»Mit Julius? O Gott, nein. Es ist alles in Ordnung … Aber ich hatte gehofft, dass Sie mir vielleicht bei etwas helfen könnten.«

»Ich?«, fragte er verblüfft.

»Ja.«

August Laakmann schaute sie aufmerksam an. Zu ihrer Erleichterung wirkte er wach und einigermaßen bei Kräften. Emma hatte sich nicht nur für einen Morgenbesuch entschieden, weil sie sicher sein konnte, dass Julius dann nicht hier war, sondern auch, weil sie von ihrer Mutter noch wusste, dass sich ein Kranker in diesen Stunden oft am besten und kräftigsten fühlte.

»Wobei oder womit kann ich Ihnen denn helfen?«

Sie ließ sich auf der Kante eines Sessels nieder.

»Ich mache mir Sorgen um Julius.« Sie erzählte ihm, dass sein Sohn glaubte, die Stasi würde ihn beschatten. An August Laakmanns beunruhigtem Gesichtsausdruck erkannte sie, dass Julius ihm davon nichts mitgeteilt hatte.

»Aus unserem Gespräch beim letzten Mal habe ich herausgehört, dass Sie es ebenfalls erleichtern würde, wenn Julius nach West-Berlin oder Westdeutschland ginge?«

Sie sah, wie die faltigen Finger von August Laakmann die Tasse vor ihm umfassten, als suchten sie Halt daran. »Ja, das würde es. Aber Julius ist leider stur, was das angeht.«

»Ich habe mit ihm gesprochen, und ich glaube, er wäre bereit dazu. Aber er wird ohne Sie nicht fortwollen, Herr Laakmann«, sagte sie sanft. »Und nach dem Vorfall mit Sigmund würde er sich auch in West-Berlin nicht sicher fühlen. Er müsste nach Westdeutschland oder vielleicht sogar ins Ausland gehen.«

Der alte Mann schwieg. Sein Blick glitt zu einer Anrichte, auf der eine Reihe von gerahmten Fotos standen.

»Ich will nicht, dass Julius auf mich Rücksicht nimmt. Das habe ich ihm schon oft gesagt. Meine Tage sind ohnehin gezählt.«

Emma musterte einen Augenblick den abgetretenen Teppich zu ihren Füßen, bevor sie den Kopf hob. »Ich habe meine Mutter letztes Jahr verloren – und ich hätte sie auch nie zurückgelassen.«

Seine Finger spielten mit dem Henkel der Tasse, als ahnte er, worauf sie hinauswollte.

»Wenn Sie möchten, dass Julius weggeht, müssen Sie ihm versprechen, dass Sie mitkommen«, erklärte sie geradeheraus.

In August Laakmanns faltigem Gesicht zeigte sich ein müder Ausdruck, der keinen Zweifel ließ, wie abwegig er diese Vorstellung fand. »Ich mag Sie, Emma, aber schauen Sie mich an. Ich bin alt und krank. Und hier sind meine Wurzeln … und alles, was mein Leben einmal ausgemacht hat.«

Sein Blick glitt erneut zur Anrichte und blieb an einem gerahmten Bild hängen. Es zeigte ihn als jungen Mann mit einer hübschen, lächelnden Frau an seiner Seite. In ihren Zügen spiegelte sich etwas von Julius, und Emma verspürte einen Stich. Plötzlich kam es ihr schrecklich vor, was sie von ihm verlangte.

»Sie würden es für Ihren Sohn tun. Und im Westen könnten Sie auch medizinisch besser versorgt werden.«

August Laakmann schwieg, und für einen Moment herrschte eine solche Stille im Raum, dass Emma das Ticken der alten Wanduhr hören konnte. Schließlich blickte der alte Mann sie an. »Gut, ich werde es tun. Ich werde ihm sagen, dass ich mitkomme. Und er soll nach Westdeutschland gehen. Ich höre oft Radio, und die Nachrichten berichten jeden Tag über die vielen Menschen, die in den Westen fliehen. Das werden Ulbricht und auch die Russen nicht ewig mitmachen. Ein Land ohne Menschen ist nichts mehr wert. Irgendwann wird ihnen keine andere Wahl bleiben, als sich West-Berlin auch einzuverleiben.«

Sie ergriff seine Hand und spürte, wie sie eine Welle der Erleichterung durchflutete. »Danke«, flüsterte sie.

»Ich habe gesehen, wie er Sie angesehen hat. Sie bedeuten ihm viel, Emma«, sagte er, als sie sich verabschiedete.

»Er bedeutet mir auch viel. Sehr viel sogar«, erwiderte sie ehrlich.

Sie vereinbarten, dass Julius nichts von ihrem Besuch erfahren sollte.

Ein Anflug von schlechtem Gewissen erfasste Emma, als sie nach draußen auf die Straße trat. Hinterging sie Julius, wenn sie hinter seinem Rücken eine Vereinbarung mit seinem Vater traf? Sie versuchte, den Gedanken zu verdrängen. Nein, sie tat das Richtige für Julius.

Sie fuhr zurück nach West-Berlin und als sie aus der U-Bahn ausstieg, beschloss sie, noch bei Max vorbeizugehen.

Seine Vermieterin, die ihr inzwischen etwas freundlicher gewogen war, öffnete die Tür.

»Guten Morgen«, sagte Emma freundlich. »Ist Max zu Hause?«

Aufgelöst schüttelte Frau Krämer den Kopf. »Nein, Fräulein Lichtenberg. Die Polizei war vorhin hier und hat ihn mitgenommen.« Sie fasste sich mit der Hand theatralisch an die Brust und wirkte, als würde sie gleich eine Ohnmacht ereilen.

»Die Polizei?« Emma blickte sie ungläubig an.

# MAX

## 69

ER MUSTERTE DIE WÄNDE, AN denen Fahndungsfotos neben amtlichen Bekanntmachungen hingen. Einige waren zum Teil schon so alt, dass das Papier vergilbt war und sich an den Ecken nach oben bog. Der Schreibtisch, vor dem er saß, war überladen mit Akten und Papieren.

Der Beamte tippte immer noch klappernd auf der Schreibmaschine an dem Protokoll.

Max gab sich nach außen ruhiger, als er sich innerlich fühlte. Er begriff noch immer nicht, was wirklich geschehen war. Als die Polizisten an der Tür geklingelt und ihn aufgefordert hatten, sie für ein Verhör aufs Revier zu begleiten, war er überzeugt gewesen, es müsse sich um einen Irrtum handeln. Doch dann hatten sie ihm mitgeteilt, es habe einen Vorfall im Haus von Hubert Wellenstein gegeben, zu dem er befragt werden müsse. Mehr hatten sie nicht sagen wollen.

Max hatte sich ihre Ausweise zeigen lassen und sich bereit erklärt, sie zu begleiten, obwohl er als Jurist wusste, dass sie ihn ohne Vorladung nicht dazu zwingen konnten.

Auf dem Weg zum Revier hatten ihn die beiden Beamten wie einen Kriminellen behandelt, und unglücklicherweise hatte nicht nur seine Wohnungswirtin, sondern auch die Nachbarn mitbekommen, wie die beiden Polizisten ihn zu ihrem Wagen geführt hatten.

Bei seinem derzeitigen Glück konnte er sich wahrscheinlich anschließend eine neue Bleibe suchen.

Zwanzig Minuten hatten die beiden Polizisten ihn seitdem

verhört. Während der Geburtstagsfeier – auf der Max wie viele andere bis zum Morgengrauen gewesen war – sei etwas gestohlen worden, hatte er erfahren. Aber die Beamten wollten ihm keine Auskunft darüber geben, um was es sich dabei handelte. Ein beunruhigendes Gefühl ergriff ihn, denn ihm war klar, dass Hubert kaum wegen einer gestohlenen Vase die Polizei eingeschaltet hätte. An dem Abend waren jedoch mindestens hundert Gäste im Haus gewesen. Er fragte sich, ob wohl jeder von ihnen befragt wurde. Die Polizisten hatten ihm diese Frage natürlich nicht beantwortet.

Max hatte sich bei dem Verhör anfangs kooperativ gezeigt, aber als die Beamten immer detaillierter wissen wollten, wo er wann im Haus gewesen sei, und nach den Namen eines jeden einzelnen Gastes fragten, mit dem er sich unterhalten hatte, verweigerte er in höflicher Form weitere Antworten.

»Solange ich nicht weiß, worum es hier überhaupt geht, kann ich Ihnen leider nicht mehr sagen«, erklärte er. Er musste erst mal mit Hubert sprechen.

»Wenn Sie nichts zu verheimlichen haben, dann gibt es doch auch keinen Grund, uns nichts mitzuteilen?«, erwiderte der eine Beamte, ein dunkelhaariger Typ mit streng zurückgekämmten Haaren. Er hatte in der Befragung die Führung übernommen, während der andere weiter auf der schwerfälligen Schreibmaschine tippte.

»Die Zeugenbefragung ist freiwillig, solange es keine Vorladung von der Staatsanwaltschaft gibt. Ich kann jederzeit die Aussage verweigern«, entgegnete Max.

»Wie Sie meinen! Aber Sie werden verstehen, dass wir unsere Schlüsse daraus ziehen«, sagte der Polizeibeamte unfreundlich. Er gab seinem Kollegen ein Zeichen, der daraufhin das getippte Protokoll aus der Schreibmaschine zog und ihm zum Unterschreiben reichte.

Max las es durch, setzte seinen Namen darunter und bekam eine Durchschrift. Anschließend durfte er gehen.

Er würde als Erstes zu Hubert rausfahren, um in Erfahrung zu bringen, was genau geschehen war, beschloss er.

Die U-Bahn war nicht besonders voll. Max gegenüber saß eine ältere Dame, die die *BZ* las. Während er noch immer grübelte, was im Haus der Wellensteins gestohlen worden war, fiel sein Blick zufällig auf einen Artikel auf der Außenseite der *BZ*.

*Verzweiflung unter abgelehnten Flüchtlingen. Gescheiterter Selbstmordversuch. Kurt Goldmann hatte noch einmal Glück …*

Er erstarrte. »Entschuldigung, dürfte ich einmal kurz Ihre Zeitung haben? Nur die Titelseite?«

Die ältere Dame schaute ihn irritiert an, kam seiner Bitte aber nach.

Max überflog hastig den Artikel:

*… als Flüchtling aus der DDR nicht anerkannt zu werden führte vor allem in der Vergangenheit bei den Betroffenen oft zu schwierigen finanziellen und persönlichen Situationen. Dass es trotz der gesetzlichen Lockerung noch immer zahlreiche tragische Schicksale gibt, zeigt jedoch der jüngste Fall von Kurt Goldmann. Nachdem seine Aufnahme abgelehnt wurde, versuchte der Tischler aus Ost-Berlin sich in seiner Verzweiflung vor einen einfahrenden Zug zu stürzen, um sich das Leben zu nehmen. »Im Osten fühle ich mich verfolgt und schikaniert, und im Westen will man mich nicht …«*

*Nur dem beherzten Eingreifen eines Fahrgastes, der ihm hinterhersprang und ihn noch rechtzeitig von den Gleisen retten konnte, verdankt er es, dass er noch am Leben ist und sich lediglich zwei Knochenbrüche zugezogen hat …*

Kurt Goldmann! Es gab keinen Zweifel, dass es sich um den Mann handelte, der bei ihm zum Vorgespräch in der Beratung gewesen war. Max blickte wie versteinert auf die Zeilen.

»Danke«, sagte er benommen und reichte die Zeitungsseite zurück. Nachdem er Frissmanns Eintrag auf der Karteikarte gesehen hatte, hatte er überlegt, wie er seinen eigenen Eindruck von Goldmann, der so ganz anders gewesen war, an die Leitung der KgU weitergeben konnte. Doch als ihm dann bei dem Gespräch mit Weber vorgeworfen wurde, er hätte die Meinung eines vorgesetzten Mitarbeiters infrage gestellt, hatte er es für besser gehalten, nichts mehr zu sagen.

Max stieg aus, um für das letzte Stück den Bus zu nehmen, dabei dachte er mehr über Goldmann als den Diebstahl in Huberts Haus nach. Er hätte etwas sagen müssen!

Die Haushälterin öffnete ihm wenig später in der Villa am Wannsee die Tür.

»Ist Herr Wellenstein zu Hause?«

Sie nickte. »Wenn Sie kurz warten? Ich sage ihm Bescheid.«

Max blickte ihr hinterher, wie sie in den ersten Stock entschwand. Er schaute sich in der eindrucksvollen Eingangshalle um, als wäre er das erste Mal hier. Die Decke verjüngte sich nach oben hin zu einer Glaskuppel, die mit Dekorelementen aus dem Jugendstil verziert war.

»Max?«

Hubert kam die Treppe heruntergeeilt. »Das ist aber eine ungewöhnliche Zeit.«

Max unterbrach ihn. »Die Polizei hat mich verhört!«

»Oh, ja.« Hubert fuhr sich mit der Hand durch sein Haar und bedeutete ihm, ihn ins Wohnzimmer zu begleiten. »Die Kripo kommt auch gleich noch mal hierher. Es tut mir leid, Max, aber ich musste ihnen eine Liste aller Leute geben, von denen ich wusste, dass sie im oberen Stockwerk waren. Ich hoffe, es war nicht zu unangenehm!«

Max unterließ es, darauf zu antworten. »Was ist denn eigentlich passiert? Die Beamten haben mir nur erzählt, dass etwas gestohlen wurde. Hat jemand versucht euren Safe auszuräumen?«

Hubert schüttelte den Kopf. »Nein. Und ehrlich gesagt wäre das fast weniger schlimm gewesen. Aus meinem Zimmer wurde ein Notizbuch gestohlen.«

»Ein Notizbuch?«

Hubert nickte. Er zündete sich eine Zigarette an und bot ihm ebenfalls eine an. »Ja, ich hatte es in meinem Schreibtisch.« Er zögerte, bevor er weitersprach. »Darin standen wichtige Informationen zur KgU. Auch Kontakte von Leuten, die uns von drüben unterstützen. Zwar verschlüsselt, aber für einen Experten wird es sicherlich keine große Schwierigkeit sein, den Code zu knacken.«

Max begriff voller Entsetzen, was das bedeutete. »Kann man sie noch warnen?«

Hubert stieß den Rauch aus. »Wir haben versucht, ihnen eine Nachricht zukommen zu lassen, aber wir müssen selbst vorsichtig sein.«

»Aber jeder könnte das Notizbuch genommen haben!«

»Ja, aber es waren nur wenige Gäste im ersten Stock, und ich hatte Elvira, unsere Haushälterin, später auch angewiesen, die Zimmer oben abzuschließen. Du weißt ja, wie das ist, wenn die Leute zu viel getrunken haben. Die Polizei meinte, das würde den Kreis etwas eingrenzen.«

Sein Blick taxierte ihn, und plötzlich wurde Max klar, was er denken musste. »Hubert, ich weiß, dass ich mit Luise in deinem Zimmer war, aber du glaubst doch nicht im Ernst …?«

Hubert beugte sich ein Stück zu ihm. »Max, offen gestanden, ich weiß nicht, was ich glauben soll. Luise hat der Polizei erzählt, dass ihr nacheinander das Zimmer verlassen habt und sie einen Augenblick vor dir wieder hinuntergekommen ist.«

Max blickte ihn ohne ein Wort zu sagen an. Es stimmte, was Hubert sagte, er hatte Luise den Vortritt gelassen, als sie nach unten gingen, damit die anderen nicht mitbekamen, dass sie beide allein oben gewesen waren. Trotz allem achtete Luise auf ihren Ruf.

»Ich war vielleicht eine halbe Minute in dem Zimmer«, sagte er schließlich.

»Hast du jemand anderen dort bemerkt oder später beobachtet, wie jemand hochgegangen ist?«

Max überlegte. »Nicht bewusst, nein.«

Ein Klingeln unterbrach sie. »Das wird die Kripo sein. Wir haben uns bemüht, jemanden für diesen Fall zu bekommen, der der KgU nahesteht und begreift, welche unangenehmen Auswirkungen diese Angelegenheit haben kann«, sagte Hubert, während er zur Tür ging. »Vielleicht ist es gut, wenn du auch noch mal mit ihm sprichst?«, fügte er über seine Schulter gewandt hinzu.

Wenig später hörte man aus der Eingangshalle Stimmengemurmel. Max versuchte sich zu erinnern, ob ihm irgendetwas an dem Abend der Geburtstagsfeier aufgefallen war. Wen hatte er in den ersten Stock gehen sehen? Doch bevor er sich den Abend noch einmal genauer ins Gedächtnis rufen konnte, ging die Wohnzimmertür auf, und Hubert kam in Begleitung des Kripobeamten zurück.

Max verschlug es für einen Moment die Sprache, als er ihn erkannte.

»Vielleicht kennt ihr euch? Kriminalkommissar Rittmeister ist nämlich der Vater von Kai«, stellte Hubert ihn in diesem Augenblick vor.

Werner Rittmeister blickte ihn an. »Wir hatten in der Tat schon mehrfach das Vergnügen. Und ich kann Sie vor Herrn Weiß nur warnen, Herr Wellenstein«, setzte er hinzu. Ein kalter Triumph lag in seinen Augen.

345

# JULIUS

## 70

EIN LEICHTER SCHNEE TRIEB IN der Abenddämmerung durch die Straßen und hinterließ eine feine, pudrige Schicht, wohin man schaute – auf dem Bürgersteig genauso wie auf den Laternen, den Fensterbrettern und Simsen der Häuser. Es war ein malerischer Anblick, der der Stadt für kurze Stunden ein unwirkliches, ja märchenhaftes Antlitz verlieh.

Julius hatte den Winter schon immer gemocht, er fand, dass Schnee und Kälte etwas Bereinigendes hatten. Seine Schritte knirschten leise und gedämpft auf dem weichen Untergrund, während er mit hochgeschlagenem Mantelkragen in die Straße bog, in der er wohnte. Der Schnee ließ ihn erst wenige Meter vor dem Haus erkennen, dass im Türbogen des Eingangs jemand auf ihn wartete.

»Rudi?«, fragte er erstaunt.

»Hallo, Julius.«

»Wartest du schon lang?«

»Es geht. Konnte ja nicht ahnen, dass es ausgerechnet heute Schnee geben würde. Dabei haben wir fast März …« Rudi zog eine Grimasse.

»Ich mache dir oben einen Tee oder Grog.« Eilig zog Julius seinen Haustürschlüssel hervor.

Doch Rudi schüttelte den Kopf. »Lass uns lieber um die Ecke etwas trinken gehen.«

Julius nickte irritiert. Auf einmal begriff er. »Glaubst du etwa, meine Wohnung wird abgehört?« Unwillkürlich blickte er sich auf der Straße um, aber außer ihnen war niemand zu sehen.

»Weiß nicht, aber ich bin lieber vorsichtig«, erwiderte Rudi.

Julius verspürte ein Frösteln. Er sah wieder sein Büro vor sich, die leicht verschobenen Papiere auf seinem Schreibtisch … Noch vor wenigen Wochen wäre ihm der Gedanke, man könnte ihn abhören, lächerlich vorgekommen.

»Dann konntest du etwas herausfinden?«

»Ja«, sagte Rudi. »Ich habe mich ein bisschen umgehört. Erzähl ich dir gleich.«

Er steuerte auf eine alte Eckkneipe zu, in die Julius normalerweise nie einen Fuß gesetzt hätte. Das Schild *Königseck* hing bereits ein wenig schief in den Angeln. Sie stiegen drei Stufen nach unten und betraten einen schummrig beleuchteten Raum. An dem dunkelbraunen Tresen und den Tischen saßen einige ältere Männer. Aus dem Radio erklangen alte Schlager. Alles wirkte, als wäre die Zeit hier auf seltsame Weise stehengeblieben. Julius musterte die nikotingeschwängerten Tapeten. Einen Stasispitzel würde es in diese Kneipe bestimmt nicht verschlagen. Und wenn doch, würde man ihn sofort erkennen.

Sie setzten sich an einen Tisch in der Ecke und bestellten zwei Bier.

Rudis Miene war ernst. Seine Hände spielten mit dem Bierdeckel. »Es gibt Gerüchte …« Er zögerte. »Sigmund soll in Moskau sein«, sagte er dann leise.

Julius starrte ihn entsetzt an. Moskau? Er wusste, was das bedeutete. Plötzlich hatte er das Gefühl, etwas Stärkeres als Bier zu brauchen.

»Der KGB?«

»Es sieht so aus.«

»Dann muss es mit seiner Zeit bei den Sowjets zu tun haben«, sagte Julius resigniert. Er wagte nicht daran zu denken, welches Schicksal Sigmund erwartete. Vor allem in den Jahren, bevor die DDR ihre Souveränität erlangt hatte, hatte es immer wieder Fälle gegeben, in denen man deutsche Angeklagte, die der Spionage oder des Staatsverrats beschuldigt worden waren, in Moskau vor Gericht gestellt hatte. Sie waren zum Tode oder zu langen Jahren in den gefürchteten Gulags, den Arbeitslagern, verurteilt worden.

»Hat er dir je etwas über diese Zeit damals erzählt?«, fragte Rudi.

»Nein«, antwortete er ehrlich. »Als ich Sigmund in West-Berlin gesehen habe, hat er nur so eine seltsame Andeutung gemacht, er habe einen Preis dafür zahlen müssen, dass er früher aus der Sowjetunion zurückkehren konnte. Aber er wollte nicht mehr sagen, und ich habe auch gedacht, er würde mit allem übertreiben.«

Rudi nickte betroffen. »Tut mir echt leid. Ich wünschte, ich hätte dir Besseres berichten können. Doch wenn er in Moskau ist … Irgendetwas muss er getan haben, Julius.«

»Ja«, erwiderte er. Die Worte des Stasioffiziers schossen ihm durch den Kopf. »… *vielleicht haben Sie ihn nicht so gut gekannt, wie Sie dachten?*« Offensichtlich hatte er das nicht. Erst jetzt wurde ihm bewusst, wie wenig er mit Sigmund über seine Jahre in Moskau geredet hatte. Aber jene Nachkriegsjahre waren eine Zeit gewesen, in der keiner gern über die Vergangenheit gesprochen hatte.

»Danke, dass du dich für mich umgehört hast«, sagte Julius. Obwohl er am liebsten allein gewesen wäre, zwang er sich, ein weiteres Bier mit Rudi zu trinken und sich noch etwas mit ihm zu unterhalten.

»Hab gehört, du hast etwas mit Alices Schwester aus West-Berlin angefangen?«

»Ja, aber es ist nichts Ernstes«, log Julius. »Du kennst mich.« Es konnte nur Nachteile und weitere Schwierigkeiten bringen, wenn bekannt wurde, dass er eine feste Freundin in West-Berlin hatte.

Als er sich später von Rudi verabschiedete und nach Hause ging, hatte er das Gefühl, als würde sich eine Schlinge um seinen

Hals langsam immer enger ziehen. Er spürte die Gefahr, denn er war sich immer sicherer, dass das, was immer Sigmund getan hatte, ihn in den Augen der Stasi ebenfalls verdächtig aussehen ließ. Nur deshalb hatte man sein Büro durchsucht und ließ ihn beschatten. Und wahrscheinlich wurde auch seine Wohnung abgehört …

Ohne dass er etwas dagegen tun konnte, schien der Raum, in dem er handeln und agieren konnte, immer kleiner zu werden. Das Gespräch, das er vor einigen Tagen mit seinem Vater geführt hatte, ging ihm nicht aus dem Kopf. Anstatt nach Hause lief er einige Straßen weiter zu dessen Wohnung.

Ohne die übliche Begrüßung trat er ins Wohnzimmer.

»Julius!« Sein Vater wandte den Kopf zu ihm. »Ist etwas passiert?«, fragte er beunruhigt, als er seinen angespannten Gesichtsausdruck wahrnahm.

Julius ließ sich in den Sessel ihm gegenüber sinken. »Meintest du es ernst, als du vor ein paar Tagen gesagt hast, dass du mitkommen würdest?«

»Ja.«

»Aber du wolltest nie hier weg.«

Sein Vater wich seinem Blick aus. »Du bist alles, was eines Tages von mir bleiben wird, und ich möchte, dass du ein gutes Leben hast.«

Julius' Kehle schnürte sich zu, als ihm bewusst wurde, dass sein Vater von einer Zukunft sprach, in der es ihn selbst nicht mehr geben würde.

»Wirst du es tun?«, fragte August Laakmann.

Julius seufzte. »Ich müsste nach Westdeutschland gehen, um nicht Gefahr zu laufen, dass mir dasselbe wie Sigmund passiert.«

»Das erscheint mir nur vernünftig.«

»Und wir würden uns einige Zeit nicht sehen, bis ich weiß, wo ich hinkomme«, fügte Julius hinzu.

»Ich bin kein Kleinkind.«

Er nickte. Plötzlich fühlte er sich besser. Er spürte, wie ein Plan in seinem Kopf Gestalt anzunehmen begann.

In den nächsten Tagen fuhr er öfter zu der Wohnung im Wedding. Er nahm jedes Mal eine andere Strecke, lief vorher lange durch die Straße und stieg erst in die U-Bahn, wenn er sich sicher war, dass ihm niemand folgte.

Das Zimmer im Souterrain war dunkel, muffig, und an einer Wand hatte sich Schimmel ausgebreitet. Einige heruntergekommene Möbelstücke standen in dem Raum: ein Bett, ein Schrank und ein Tisch mit einem Stuhl. In der Ecke befand sich außerdem ein Kachelofen und neben dem Schrank ein halbrundes Waschbecken aus Blech, dessen weiße Farbe zum größten Teil bereits abgeplatzt war. Eine Küche oder ein Bad gab es nicht. Nur den Schlüssel für eine Toilette, die sich ein Stockwerk höher im Treppenhaus befand. Die abgestandene Luft war unerträglich. Julius ging zu dem kleinen Fenster und versuchte es zu öffnen, aber es klemmte. Er musste mehrmals mit Kraft daran ziehen, bevor es mit einem quietschenden Geräusch nachgab und sich öffnen ließ. Dankbar sog er den Strom frischer Luft ein, der hereindrang.

Hier zu wohnen war unvorstellbar. Nicht einmal für ein paar Nächte. Doch er würde – wenn er ging – ohnehin nicht in West-Berlin bleiben können. Er fragte sich, ob er wirklich zur Flucht bereit war, dazu, alles hinter sich zu lassen und noch einmal ganz neu anzufangen.

Julius' Blick wanderte durch den Raum und blieb an dem Schrank hängen. Er erinnerte sich, wie er vor über fünfzehn Jahren, kurz nach Kriegsende, mit seinem Vater hier gewesen war. Ohne lange zu überlegen, schob er den Schrank etwas zur Seite. Dahinter war der Putz von der Wand gekratzt worden, sodass das rohe Mauerwerk freigelegt war und man die einzelnen Ziegelsteine erkennen konnte. Er ging in die Knie und fuhr mit den Fingern über die raue Oberfläche, bis er den Stein erfühlte, der etwas hervorstand. Vorsichtig zog er mit beiden Händen daran. Er ließ sich genauso leicht wie damals herausziehen. Dahinter befand sich ein Hohlraum. Noch heute konnte er das enttäuschte Gesicht seines Vaters vor sich sehen, als er dort hineingegriffen und nicht mehr als ein paar abgelaufene Lebensmittelmarken, einige vergilbte Fotos und einen kleinen silbernen Löffel zutage gefördert hatte. Immerhin hatten sie den Löffel für etwas Butter und ein Ei auf dem Schwarzmarkt eintauschen können.

## 71

ALS JULIUS AM NÄCHSTEN MORGEN ins Institut kam, spürte er sofort, dass etwas anders war. Zwei fremde Wagen standen vor dem Eingang. An einem lehnte ein Mann mit schwarzem Hut und hochgeschlagenem Mantelkragen, der eine Zigarette im Mundwinkel klemmen hatte. Der warme Rauch, den er ausstieß, hob sich in klaren Schwaden gegen die kalte Winterluft ab. Der Unbekannte betrachtete mit nachdenklichem Blick das Gebäude, bevor er auf einmal den Kopf zu ihm wandte.

Obwohl er Zivilkleidung trug, strömte er eine unübersehbare Autorität aus, und Julius wusste schlagartig, dass er von der Staatssicherheit sein musste. Er erstarrte und befürchtete, man könnte ihm ansehen, wo er an den letzten Abenden gewesen war – dass er in den Wedding in die Wohnung gefahren war. Vielleicht waren die Männer sogar deshalb hier? Für den Bruchteil einer Sekunde überlegte er, einfach umzudrehen und die Flucht zu ergreifen. Doch damit würde er sich erst recht verdächtig machen. Der Mann taxierte ihn, als würde er genau darauf warten. Außerdem waren es zwei Wagen, die vor dem Eingang standen. Er zwang sich zu einer unbeteiligten Miene, nickte dem Unbekannten zu und stieg die Stufen zum Institut hoch.

Einige Mitarbeiter seiner Abteilung standen flüsternd im Flur zusammen und starrten zum anderen Ende des Flurs, wo zwei Unbekannte eine Kiste mit Unterlagen aus einem Raum brachten. Es war das Büro von Fritz.

»Was ist hier denn los?«, fragte Julius.

»Die Stasi«, murmelte jemand, seinen Verdacht bestätigend. Eine leise Angst spiegelte sich auf den Gesichtern um ihn herum, als die Männer mit der Kiste an ihnen vorbei zum Ausgang gingen.

»In Fritz' Büro sind noch zwei«, sagte Margot leise. Von dort hörte man laute Stimmen, und im selben Augenblick ging die Tür auf. Zwei Stasimitarbeiter, die Fritz mit sich führten, der den Kopf zu Boden gesenkt hatte, traten aus dem Raum.

Ungläubig blickte Julius zu dem Schauspiel. Er hatte Fritz immer besonders gemocht, weil er einer der wenigen war, die gelegentlich auch gewagt hatten, Kritik am politischen System zu äußern.

Wie von Geisterhand waren die anderen Mitarbeiter mit einem Mal verschwunden, als fürchteten sie, ihre reine Anwesenheit im Flur könnte sie schon in Zusammenhang mit Fritz bringen. Nur Margot stand noch neben ihm. Sie war eine durch und durch überzeugte Sozialistin und Mitglied der Partei. Zwischen ihr und Fritz hatte es des Öfteren politische Streitgespräche gegeben. Jetzt sah sie ohne jede emotionale Regung zu, wie die zwei Stasimänner mit Fritz in ihrer Mitte an ihnen vorbeischritten.

Der verzweifelte, resignierte Ausdruck in seinem Gesicht ließ Julius unwillkürlich an Sigmund denken.

Vom Fenster seines Büros verfolgte er wenig später, wie die zwei Männer Fritz dazu zwangen, in einen der Wagen zu steigen. Die beiden Stasimitarbeiter, die die Kiste hinausgetragen hatten, unterhielten sich mit dem Mann mit dem schwarzen Hut, der am Auto gewartet hatte. Es bestand kein Zweifel, dass er der leitende Offizier sein musste. Das Fahrzeug mit Fritz fuhr davon, während die drei zum Eingang zurückkamen. Julius wich einen Schritt vom Fenster zurück.

Im Institut herrschte eine beinah unheimliche Stille. Schließlich wurden sie alle in den Konferenzraum gerufen. Julius starrte auf das Staatswappen – den Ährenkranz um Hammer und Zirkel –, das an der Stirnseite des Raumes hing.

»Ich muss Ihnen leider eine bedauerliche und erschreckende Mitteilung machen«, hörte er den Institutsleiter sagen. »Wie Sie vielleicht mitbekommen haben, ist die Staatssicherheit bei uns …« Er deutete mit einer Handgeste zu den Männern neben sich. »Ein Mitarbeiter aus unseren Reihen wurde als westlicher Spion enttarnt«, fuhr der Institutsleiter fort, der nervös wirkte. »Ich möchte Sie alle um Ihre Unterstützung bitten, wenn Sie befragt werden.«

Ein aufgeregtes Tuscheln setzte im Konferenzraum ein, während der Stasioffizier die Anwesenden vor sich musterte, als hielte er sie alle für schuldig.

Dann durften sie in ihre Büros zurück, wo jeder von ihnen einzeln befragt wurde.

Nicht einmal zehn Minuten später wanderte der leitende Stasioffizier durch Julius' Büro und inspizierte die Einrichtung, während ihn einer seiner beiden Mitarbeiter befragte. Es waren dieselben Fragen, die man Julius auch nach Sigmunds Flucht gestellt hatte:

»Wussten Sie, dass Fritz Uhlig Kontakte in den Westen hatte? – Fanden Sie sein Verhalten manchmal verdächtig? – Hat er sich politisch abwertend über die DDR geäußert? – Kennen Sie seinen Freundeskreis …?«

Julius zwang sich, die Fragen so sachlich wie möglich zu beantworten, als würde ihn das Schicksal von Fritz nicht sonderlich interessieren. »Im Grunde hatten wir nicht viel miteinander zu tun«, erklärte er mit einem Achselzucken.

Der Stasioffizier, der im Hintergrund ein physikalisches Diagramm betrachtete, das an der Wand hing, drehte sich zu ihm.

»Eine Ihrer Kolleginnen hat uns erzählt, Sie hätten vor einigen Tagen den Verdacht geäußert, jemand habe Ihr Büro durchsucht?«, fragte er beiläufig.

Julius starrte ihn an. »Ja, aber ich hatte mich wohl geirrt. Es hat nichts gefehlt.«

»Und warum haben Sie ursprünglich geglaubt, jemand wäre an Ihren Unterlagen gewesen?«

»Einige Dinge waren leicht verschoben. Ich bin sehr penibel mit meiner Ordnung auf dem Schreibtisch«, erklärte Julius.

»Nun, vielleicht haben Sie sich gar nicht getäuscht«, sagte der Stasioffizier schließlich. »Es besteht der Verdacht, dass Herr Uhlig geheime Forschungsergebnisse an den Westen verkauft hat.«

»Wirklich?«

»Ja, wenn Ihnen noch auffallen sollte, dass etwas fehlt, melden Sie es uns bitte!«

Julius nickte.

Als die Stasi gegangen war, kam Margot in sein Büro. Sie schloss die Tür hinter sich.

»Ich habe eben mit jemandem von der Akademie gesprochen. Es gab noch mehr Verhaftungen … Wie schaffen sie es im Westen nur, uns so zu unterwandern?« Sie ließ sich kopfschüttelnd auf einen Stuhl sinken. Ihr Gesicht zeigte einen empörten Ausdruck. »Hättest du das von Fritz gedacht?«

Julius fragte sich, ob sie wirklich keinerlei Zweifel an den Gründen seiner Verhaftung hatte. War Fritz tatsächlich schuldig? Oder hatte er nur etwas Politisches gesagt, das nicht konform genug gewesen war? Äußerungen, die Julius selbst auch vor nicht allzu langer Zeit gelegentlich von sich gegeben hatte. Es lag ihm auf der Zunge, Margot diese Fragen zu stellen. Doch er war nicht dumm und vertraute niemandem mehr. »Ich hätte auch niemals gedacht, dass Sigmund in den Westen geht – und wir waren eng befreundet!«, entgegnete er stattdessen.

Sie blickte ihn an. »Ich weiß nicht, ob ich es dir je gesagt habe,

Julius, aber ich rechne es dir hoch an, dass du hier bist und nie in diese Versuchung wie Sigmund gekommen bist!«

»In den Westen zu gehen?« Er schüttelte den Kopf. »Das könnte ich mir nicht vorstellen«, sagte er, und es erschreckte ihn ein wenig, wie leicht ihm diese Lüge über die Lippen kam. Auf einmal spürte er, dass ihm nicht mehr viel Zeit blieb.

# MAX

## 72

ER FÜHLTE SICH RESIGNIERT UND niedergeschlagen. Ihm war klar, dass Rittmeister alles unternehmen würde, um ihn als schuldig dastehen zu lassen. Zum ersten Mal hatte er keine Lust verspürt, gegen ihn anzukämpfen.

»Du weißt, dass Herr Rittmeister Kais Vater ist, aber hast du Kai schon mal gefragt, was er von ihm hält?«, hatte er nur zu Hubert gesagt und war dann ohne ein weiteres Wort gegangen.

»Mein Sohn wird dir diesmal nicht helfen«, hatte Rittmeister ihm mit hochrotem Kopf hinterhergerufen.

Und vermutlich hatte er recht. Auch wenn man ihm nichts nachweisen konnte, es würden trotzdem Verdächtigungen und Zweifel zurückbleiben. Seine Bewerbung beim BND konnte er vergessen, wenn man nicht schnell herausfand, wer das Notizbuch wirklich gestohlen hatte. Es gab einen Maulwurf, hatte Hubert gesagt. Jemand, den sie alle kannten und dem sie vertrauten – und der wahrscheinlich auch auf der Party gewesen war. Zum zigsten Mal versuchte Max sich daran zu erinnern, ob er irgendwann im Laufe des Abends jemanden im ersten Stock gesehen hatte. Doch er hatte niemanden bemerkt.

Luise konnte sich leider auch nicht erinnern, dass sie oben noch jemandem begegnet war. Hinzu kam, dass sie alle getrunken hatten und die Bilder des Abends nicht wirklich klar und präsent in ihren Köpfen waren.

Es war leichtsinnig von Hubert, solche brisanten Informationen unverschlossen bei sich zu Hause aufzubewahren. Keine

Frage. Die Haushälterin hatte die Räume oben erst gegen Mitternacht abgeschlossen. Andererseits war nur wenigen bekannt, dass Hubert auf einer höheren Ebene für die KgU tätig war. Grübelnd verzog Max das Gesicht. Der Dieb konnte kaum mehr als ein paar Augenblicke Zeit gehabt haben, um sich in das Zimmer zu schleichen – was wiederum bedeutete, dass er genau gewusst haben musste, was er suchte. Seine persönliche Situation verlor jedoch jegliche Bedeutung, wenn er daran dachte, welche Konsequenzen das Notizbuch in den Händen der Stasi für Kontakte und Verbündete der KgU haben würde.

Max erinnerte sich noch gut an die Verhaftungswelle der »Affäre Walter«, als vor sieben Jahren zweihundert Verdächtige in der DDR festgenommen worden waren. Einige der Angeklagten waren sogar zum Tode verurteilt worden.

Entmutigt starrte er vor sich hin. Doch er hatte noch etwas anderes zu erledigen. Er musste nach Kreuzberg zum Urban Krankenhaus.

Ein Krankenwagen mit Blaulicht bog hinter ihm in die Einfahrt, als er die Stufen des alten Gebäudes hochstieg und zum Informationsschalter ging. Er nannte der Krankenschwester mit dem akkuraten weißen Häubchen auf dem hochgesteckten Haar den Namen des Patienten.

Sie ließ den Finger über das Namensverzeichnis der neu eingelieferten Patienten fahren. »Goldmann, haben Sie gesagt? Ah, hier haben wir ihn. Gehören Sie zur Familie?«, fragte sie dann.

»Nein. Ich bin ein Freund«, erklärte Max. Das entsprach nicht ganz der Wahrheit, aber alles andere erschien ihm zu kompliziert zu erklären. Er bemühte sich um ein charmantes Lächeln.

Sie blickte auf den Blumenstrauß in seinen Händen, den er draußen vor dem Krankenhaus von einer Händlerin erstanden hatte. »Zweiter Stock. Station 3, Zimmer 11. Aber die Besuchszeit ist in einer halben Stunde zu Ende. Bitte halten Sie sich daran«, fügte sie mit einer strengen Miene hinzu, die keinen Zweifel ließ, dass sie trotz ihres jungen Alters über Autorität verfügte.

»Ja, natürlich«, versprach Max.

Er stieg die Treppe hinauf und lief mit einem beklommenen Gefühl weiter durch den weiß getünchten Gang, in dem ihm zwei Schwestern und ein Arzt entgegenkamen. Die Zimmernummern standen neben den Türen, und er klopfte kurz an der 11, bevor er die Klinke hinunterdrückte und eintrat. Es war ein Mehrbettzimmer, in dem noch drei andere Männer untergebracht waren. Zwei von ihnen hatten Besuch. Max nickte ihnen höflich zu. Alle drei Patienten grüßten zurück. Nur Goldmann, der rechts am Fenster lag, schaute nicht einmal zu ihm. Er starrte nach draußen. Sein Bein war eingegipst, und er trug einen Verband um den Kopf. Max verspürte ein unerträgliches Schuldgefühl. Warum war er nicht entschlossener gegen Frissmann angegangen? Wie verzweifelt musste man sein, um sich vor einen Zug zu werfen? Er trat an sein Bett heran. »Herr Goldmann?«

Langsam drehte sich der bandagierte Kopf zu ihm herum. »Ja?«

Ein gleichgültiger, fast apathischer Ausdruck lag auf seinem Gesicht, und für einen Augenblick war Max sich nicht sicher, ob er ihn überhaupt erkannte.

»Sie?«, sagte Goldmann dann jedoch.

Max nickte zögernd. »Ich habe in der Zeitung gelesen, was passiert ist. Es tut mir sehr leid ...«

»Warum? Ich bin sicher nicht der erste Flüchtling, der abgelehnt wurde«, entgegnete er voller Bitterkeit. »Für Leute wie mich gibt es keinen Platz.«

Es kam Max mit einem Mal unpassend vor, ihm die Blumen zu überreichen. Vorsichtig legte er sie auf den Nachttisch.

Er blickte Goldmann an. Plötzlich verloren der ganze gestrige

Tag und alles, was geschehen war, an Bedeutung, und er wusste, was er tun musste.

»Es ist nicht richtig, dass man Sie abgelehnt hat, Herr Goldmann«, sagte er. »Ich bin hier, weil ich versuchen möchte, Ihnen zu helfen.«

# EMMA

## 73

ALS SIE AN DIESEM ABEND von der Arbeit kam, fand sie im Briefkasten eine gekritzelte Notiz von Max.

*Liebe Ems, Du warst leider nicht hier. Ich musste zur Polizei, wie Du bereits von meiner Hauswirtin gehört hast. Melde Dich, sobald Du Zeit hast. Gruß, Max.*

Emma machte sich sofort auf den Weg zu ihm. Er war allein zu Hause. Seine beiden Kommilitonen waren in der Uni, und seine Hauswirtin, Frau Krämer, war nach Westdeutschland gefahren.

»Was um Gottes willen ist passiert?«, fragte sie, als sie ihm ins Wohnzimmer folgte. Max erzählte ihr von dem gestohlenen Notizbuch und den Verdächtigungen, denen er ausgesetzt war. Sie konnte sich nicht erinnern, ihn jemals so ernst und niedergeschlagen erlebt zu haben.

»Willst du damit sagen, dass Hubert glaubt, du hättest das Notizbuch gestohlen? Das ist absurd. Es hätte jeder sein können. Das Haus war voll mit Gästen.«

»Ganz so einfach ist es nicht«, erwiderte Max. »Es gab nicht sehr viele Leute, die im ersten Stock waren und wussten, welches Zimmer Huberts ist.«

»Aber Hubert kennt dich doch gut! Er weiß, dass du niemals zu so etwas fähig wärst.«

»Na ja, dass ausgerechnet Rittmeister als Kriminalkommissar mit dem Fall betraut wurde, ist für mich natürlich nicht von Vorteil!«

Ungläubig blickte Emma ihn an.

»Und ich habe eine Bewerbung laufen, für die ich einen einwandfreien Leumund brauche. Die kann ich jetzt vergessen«, fügte Max hinzu.

»Eine Bewerbung? Was denn für eine? Davon hast du gar nichts erzählt!«

»Darf ich auch nicht drüber sprechen.«

Emma runzelte die Stirn. »Du hast eindeutig zu viele Geheimnisse vor mir, Max!«

»Glaub mir, ich würde dir gern mehr erzählen!«

Nachdem sie sich von ihm verabschiedet hatte, machte Emma sich auf den Weg zu Julius. Draußen war es kalt. Durchgefroren erreichte sie seine Wohnung und war froh, wieder ins Warme zu kommen. Zu ihrer Verwunderung bestand Julius jedoch darauf, dass sie noch einmal spazieren gingen.

»Bist du sicher? Es ist eisig …«

»Ja. Ich brauche etwas frische Luft«, erwiderte er nur und hatte schon nach seinem Mantel gegriffen und sie mit sich gezogen.

»Entschuldige«, sagte er, als sie draußen waren und er sich mit einem Blick versichert hatte, dass niemand auf der Straße war, der ihr Gespräch mitbekommen könnte. »Rudi meinte, es könnte sein, dass man meine Wohnung abhört!«

»Mein Gott!« Emma blickte ihn entsetzt an.

Julius nickte fahrig, während sie ein paar Schritte gingen. »Es gab eine Verhaftungswelle«, berichtete er. »Auch ein Mitarbeiter vom Institut wurde gestern festgenommen.« Obwohl niemand auf der Straße zu sehen war, senkte er die Stimme. »Ich habe mit meinem Vater gesprochen, und er wäre bereit, mit in den Westen zu kommen. Bisher dachte ich, ich könnte ihm einen solchen Wechsel nicht zumuten. Andererseits, wenn mir etwas geschieht …« Er sprach den Satz nicht zu Ende und blickte sie an. »Ich werde es tun, ich werde hier weggehen. Kannst du dir wirklich vorstellen, Berlin zu verlassen, Emma?«

»Ja«, sagte sie und versuchte ihr schlechtes Gewissen zu verdrängen, weil sie hinter seinem Rücken mit seinem Vater gesprochen hatte. Für einen Augenblick war sie in Versuchung, ihm alles zu gestehen, aber ihre Angst, wie er reagieren könnte, war zu groß.

»Natürlich bin ich dazu bereit!«, fügte sie noch einmal hinzu.

»Du darfst mit niemandem, wirklich niemandem über meine Flucht sprechen – auch nicht mit Max oder Alice«, sagte er eindringlich.

Emma nickte.

»Ich habe angefangen, etwas Geld und einige Wertsachen hinüberzubringen. Mein Vater besitzt im Wedding eine heruntergekommene Hausmeisterwohnung«, erklärte er ihr, und plötzlich begriff sie, dass er es wirklich ernst meinte.

Sie griff nach seiner Hand. »Wann wirst du kommen?«

»Nächste Woche. Ich muss noch einige Dinge für meinen Vater organisieren.«

»Ich könnte ihn weiter besuchen, bis du weißt, wo du hinkommst, und er nachreisen kann. Ich bin so glücklich, dass du dich dazu entschieden hast«, sprudelte es aus ihr heraus. Plötzlich spürte sie die Kälte nicht mehr. Sie würden eine Zukunft haben, ein gemeinsames Leben!

»Ich auch«, sagte Julius und zog sie in seine Arme, um sie voller Leidenschaft zu küssen.

# ALICE

## 74

DIE NACHRICHT SICKERTE IM LAUFE der folgenden Tage nach und nach durch. Sie hatten acht Personen verhaftet, und bei jedem Namen, den sie hörte, fühlte sie sich etwas schlechter. Drei von ihnen kannte sie, weil die Männer – sie waren alle unter dreißig – in der Akademie oder im Institut in Zeuthen gearbeitet hatten. Als Alice davon erfuhr, erinnerte sie sich plötzlich an gemeinsame Mittagessen in der Kantine, an Feiern und andere Gelegenheiten, bei denen sie mit den dreien gesprochen oder gelacht hatte. So wie mit Fritz auf der Feier von Rudi. Sicher, seine prowestliche Einstellung war schon damals offensichtlich geworden, als er mit Margot diskutiert hatte. Aber bei dem Vorwurf der Unterstützung der KgU ging es um viel schwerwiegendere Vergehen – um Zusammenarbeit mit dem Klassenfeind, um Sabotage und Hochverrat … Sie sah wieder vor sich, was sie in der Akte bei Grigorjew in Karlshorst gelesen hatte. Obwohl kein Zweifel bestand, dass die Anschuldigungen stimmten, gelang es Alice dennoch nicht, Fritz und die anderen mit diesen Vergehen in Zusammenhang zu bringen. Stattdessen hatte sie Bilder von ihnen beim Verhör und in den Gefängniszellen vor Augen. Sie entsann sich der Worte, die Sergej während eines Gesprächs einmal zu ihr gesagt hatte: »*Der Feind, der uns von innen heraus bekämpft, auch unser eigener Zweifel, stellt oft eine größere Gefahr dar, Alice, als der, der uns mit der Waffe offen angreift.*«

Es war richtig, was sie getan hatte, versuchte sie sich zu sagen. Doch ihr schlechtes Gewissen und das Gefühl der Schuld wollten nicht weichen.

Nur zwei Tage darauf wurde sie vor ihrer Wohnung von Genosse Grigorjew abgefangen. Wie vor einigen Wochen, als er sie mit nach Karlshorst genommen hatte, hieß er sie, wieder in den Wagen zu steigen. »Wir sind sehr zufrieden mit dir. Das war mehr, als wir zu hoffen gewagt haben«, sagte er, und sie hatte das Gefühl, jemand würde ein Gewicht auf ihren Brustkorb drücken, das es ihr unmöglich machte zu atmen.

»Ich möchte, dass du jemanden kennenlernst«, fügte er hinzu. Sie nickte stumm, weil sie ohnehin nicht wusste, was sie hätte sagen sollen. Wen meinte er mit *wir*? War Sergej über ihr Gespräch informiert?

Eine Zeit lang fuhr der Wagen durch dunkle Straßen, bis er Unter den Linden einbog und dann zu ihrer Überraschung vor der neuen russischen Botschaft hielt. Alice erinnerte sich daran, wie sie hier kurz nach der Eröffnung einmal mit Sergej zu einem Klavierabend gewesen war. Doch diesmal betraten sie das prachtvolle Gebäude durch einen unscheinbaren Seiteneingang, der in einen angrenzenden Trakt führte. Sie liefen durch einen schmalen Flur, bis sie ein Büro betraten. In der Ecke stand ein Wagen mit einem Samowar und Gebäck bereit.

Grigorjew ging darauf zu und bereitete ihnen in Seelenruhe zwei Gläser Tee zu, ohne dass er es für nötig hielt, eine Erklärung abzugeben. Dann klopfte es, und ein Angestellter der Botschaft ließ einen Mann herein. Ein Lächeln glitt über Grigorjews Gesicht, als er ihn erblickte.

»Das ist Herr Dr. Schröder von der Staatssicherheit, und das ist Alice Lichtenberg«, stellte er sie und den Unbekannten einander vor. Der Mann musste ungefähr um die vierzig sein, trug eine Brille und wirkte auf den ersten Blick eher unscheinbar. Er streckte Alice mit einem freundlichen Lächeln die Hand entgegen, die sie schüttelte.

*Staatssicherheit?*

»Es freut mich sehr, Sie kennenzulernen«, sagte Schröder.

»Wir sind Ihnen überaus dankbar für Ihre Arbeit. Unsere Spezialisten konnten den Code des Notizbuchs entschlüsseln, und wir haben dadurch eine Reihe gefährlicher staatsfeindlicher Subjekte festnehmen können …«

Alice spürte, wie sich ihr Magen zusammenschnürte – unwillkürlich musste sie wieder an Fritz denken.

Grigorjew reichte dem Stasioffizier einen Tee und bedeutete ihnen, sich zu setzen.

»Sie könnten uns sehr nützlich sein«, führte Schröder weiter aus, ohne den Blick von ihr zu nehmen. Die Art, wie seine Augen hinter der Brille sie inspizierten, ließen sie plötzlich frösteln. Das unscheinbare Äußere des Stasioffiziers täuschte nicht darüber hinweg, dass er ein gefährlicher Mann war.

Sie schwieg erstarrt.

»Verstehen Sie mich nicht falsch. Sie sollen nur ein bisschen für unsere Sache die Augen und Ohren aufhalten. Jede Information kann nützlich sein. Wie ich hörte, haben Sie eine Schwester in West-Berlin? Sie ist Dolmetscherin und arbeitet auch manchmal für die Amerikaner?«

Alice wurde blass und schüttelte den Kopf, als sie verstand, worauf er hinauswollte. »Nein … nein, das kann ich nicht«, sagte sie tonlos.

Sie war ihnen in die Falle gegangen, begriff sie. Mit offenen Augen. Dabei hatte sie nicht einmal geahnt, was für wichtige Informationen in diesem Notizbuch standen. Sie war nur darauf aus gewesen, einen Beweis ihrer Loyalität zu erbringen.

Schröder wandte den Kopf zu Grigorjew, der milde lächelte. »Du hast die Chance, deinem Land nützlich zu sein. Willst du das nicht?«, fragte er.

Seit ihrer Zeit damals in Königsberg hatte man Alice eingebläut, dass es keinen höheren Verdienst und nichts Wichtigeres geben könnte, aber nun verspürte sie allein bei dem Gedanken einen gallenbitteren Geschmack im Mund.

Sie brachte keinen Ton hervor.

»Lassen Sie uns einen Moment allein«, bat Grigorjew.

Der Stasioffizier verließ wortlos den Raum.

Grigorjew sagte nichts, sondern bereitete sich einen weiteren Tee zu, als wollte er ihr Zeit zum Nachdenken geben. Das Schweigen zwischen ihnen hing unheilvoll im Raum.

»Weißt du, warum du überlebt hast?«, fragte Grigorjew auf einmal auf Russisch, und seine Stimme nahm dabei, ohne laut zu werden, einen solch drohenden Ton an, dass Alice kalte Angst erfasste. Sie spürte, wie ihre Hände feucht wurden. »Warum ich zugelassen habe, dass Sergej dir hilft?« Grigorjew beugte sich zu ihr. »Weißt du, warum?«

Sie erinnerte sich wieder daran, was Sergej einmal gesagt hatte – dass es gerechtfertigt gewesen wäre, wenn Grigorjew ihn damals hätte vor ein Gericht stellen lassen.

»Ich habe ihm geglaubt, als er damals beteuert hat, dass du uns eines Tages deine Dankbarkeit zeigen würdest. Obwohl du das Kind einer Deutschen bist«, fuhr Grigorjew fort. »Willst du mir jetzt sagen, ich habe mich von Sergej täuschen lassen? Antworte mir. Hat Sergej mir etwas vorgemacht?« Seine Frage glich einem Peitschenknall.

Sie schüttelte den Kopf. Er hatte sie in die Ecke getrieben – wie eine Figur in einem Schachspiel, die keinen Zug mehr machen konnte, ohne dass sie gezwungen war, eine andere dafür zu opfern.

»Nein, natürlich bin ich dankbar«, sagte sie schließlich leise.

»Gut!«, erwiderte er. Und dann öffnete er die Tür und holte Schröder wieder herein.

## 75

Tief in ihrem Inneren hatte sie immer geahnt, welche Gefahr von Markov Grigorjew ausging. Dass selbst Sergej gegen ihn keine Chance hatte. Seit jenem Abend in Karlshorst war ihr außerdem klar, dass der Russe für den KGB tätig und damit sogar der Stasi übergeordnet war, die von dem Geheimdienst der Sowjets überwacht wurde. Nichts in Ost-Berlin wurde ohne die Zustimmung Moskaus entschieden. Das wusste alle Welt.

Alice spürte, dass sie Zeit zum Nachdenken brauchte.

Es war ein Fehler gewesen, offen gegen Grigorjew aufzubegehren, noch dazu in der Gegenwart von Schröder. Ihr Lebenslauf ließ zwar keinen Zweifel, dass sie immer eine überzeugte Sozialistin gewesen war, dennoch würden sie nun einen erneuten Beweis ihrer Loyalität erwarten. Eine Welle der Verzweiflung erfasste sie. Was sollte sie nur tun?

Natürlich hatte sie bereits in den letzten Jahren die Rolle einer Informantin für sie erfüllt. Bei jeder Frage, die Sergej ihr zu ihrer Arbeit und der politischen Einstellung der Kollegen gestellt hatte, war ihr das bewusst gewesen. Sie war nicht naiv. Alles, was sie über die Akademie erzählt hatte, war in seiner Bedeutung immer über ein privates Gespräch hinausgegangen. Sie war deshalb stets vorsichtig gewesen bei dem, was sie weitergegeben hatte. Alice wusste, wie wichtig es Sergej von Anfang an gewesen war, in der DDR einen Staat aufzubauen, der frei von jedem faschistischen und imperialistischen Gedankengut war. Sie hatten oft darüber gesprochen, und sie hatte seine Überzeugungen geteilt. Nun erschienen ihr all die Gespräche jedoch in einem völlig neuen Licht.

Hatte Sergej damals gegenüber Grigorjew nur gesagt, sie würde eines Tages ihre Dankbarkeit zeigen, weil er keine Wahl gehabt hatte? Oder war es von Anfang an auch sein Ziel gewesen, sie später in die Rolle einer Informantin zu drängen, die ihren Zwecken dienen würde?

Sie entsann sich der vielen politischen Diskurse, die sie geführt hatten, daran, wie sie jedes Wort über die Ideen des Sozialismus und Kommunismus von ihm aufgesogen hatte. Bei dem Gedanken, dass alles vielleicht nur Teil eines größeren Plans gewesen sein könnte, schnürte sich ihr die Kehle zu. Hatte sie sich so von ihm täuschen lassen?

Doch dann erinnerte sie sich wieder, wie Sergej sie damals aus dem brennenden Haus gerettet hatte. Sie verdankte ihm ihr Leben, daran gab es keinen Zweifel. Er war immer für sie da gewesen – und sie hatte die versteckte Drohung in Grigorjews Worten durchaus verstanden.

Mit einem Mal hielt Alice es nicht länger in der Wohnung aus. Aufgewühlt griff sie nach ihrem Mantel. Ohne darüber nachzudenken, ging sie zur U-Bahn und fuhr nach West-Berlin. In Wilmersdorf stieg sie aus.

Ein leichter Schnee wehte durch die Straßen, und Passanten eilten mit hochgeschlagenen Mantelkrägen eilig an ihr vorbei. Sie ging nicht zu Emma, sondern lief einige Straßen weiter, bis sie den Friedhof erreichte. Er war in lange Alleen aufgeteilt, und sie fand das Grab, obwohl sie nur das eine Mal mit Emma hier gewesen war.

Reglos starrte sie durch den Schneeregen auf die Inschrift –

*Rosa Lichtenberg * 17.4.1901 † 2.5.1957*

Sie spürte, wie ihr plötzlich die Tränen über die Wangen rannen. Die innere Zerrissenheit, die sie fühlte, schien ihr unerträglich, und auf einmal wurde ihr bewusst, wie einsam sie war.

# EMMA

## 76

SIE SASS AM SCHREIBTISCH VOR ihren Unterlagen und Notizen, denn sie musste sich auf einen wichtigen Auftrag vorbereiten, doch es gelang ihr nicht, sich zu konzentrieren. Stattdessen glitt ihr Blick immer wieder zum Fenster. Draußen schneite es noch immer. Emma war nervös. Sie zählte die Tage, nein, Stunden, bis Julius nächste Woche endlich das letzte Mal von Ost- nach West-Berlin fahren würde. Plötzlich fürchtete sie, dass etwas geschehen könnte, das seine Flucht im letzten Moment verhinderte. Die Stasi könnte ihn auf einmal in Haft nehmen. Julius wäre nicht der erste Unschuldige. Wäre es nicht besser gewesen, er wäre gleich an jenem Abend, als er ihr von seinem Vorhaben erzählt hatte, mit ihr nach West-Berlin gefahren und hiergeblieben? Sie konnte sich selbst nicht erklären, warum sie auf einmal solche Angst hatte. Jeden Monat flüchteten schließlich Tausende aus Ostdeutschland über die offene Grenze nach West-Berlin.

Ein Klingeln riss sie aus ihren Gedanken. Sie ging zur Tür.

Es war Alice. Überrascht schaute Emma sie an. Ihr Mantel war vom Schnee durchnässt – genauso wie ihre Haare, da sie weder Hut noch Mütze trug, nicht einmal Handschuhe. Ihre Wangen und Augen waren vom Weinen gerötet.

»Ich war auf dem Friedhof«, stieß Alice hervor, während die Feuchtigkeit aus ihren Haaren tropfte. Ein so hilfloser Ausdruck lag auf ihrem Gesicht, dass es Emma das Herz zerriss.

»Ach, Alice!« Sie zog sie in ihre Arme, und ihre Schwester ließ es geschehen.

»Ich denke auch jeden Tag an Mutti«, sagte sie leise.

Alice blickte sie verzweifelt an. »Ich wünschte, es wäre alles anders gekommen – ihr hättet mich gefunden, und wir hätten die letzten Jahre zusammen erleben können.« Tränen liefen über ihre Wangen.

»Kann ich bleiben, über Nacht?«, fragte sie dann.

»Natürlich!« Emma ahnte, dass etwas geschehen sein musste. Mit Ausnahme des Abends, als Alice vom Tod ihrer Mutter erfahren hatte, hatte Emma sie nie so emotional erlebt. Es war das erste Mal, dass sie vor ihr weinte.

»Komm, zieh erst mal deinen Mantel und deine nassen Schuhe aus. Ich koch uns einen Tee.«

Alice hängte ihren Mantel an einen Haken. »Ist es wirklich in Ordnung, dass ich bleibe? Bist du nicht mit Julius verabredet?«

»Nein. Er muss arbeiten«, erklärte sie auf Alices fragenden Blick. Um jedes Risiko zu vermeiden, hatten Julius und sie beschlossen, sich erst nächste Woche wiederzusehen, wenn er sich ins Notaufnahmelager begeben würde.

Sie reichte ihrer Schwester eine dicke Strickjacke. »Hier, damit wird dir wieder etwas warm.«

Als sie wenig später mit einem Tablett mit Tee und Keksen aus der Küche zurückkehrte, stand Alice vor ihrem Schreibtisch.

»Du hast gearbeitet!«

Emma nickte und stellte das Tablett auf einen kleinen Tisch neben dem Sofa, bevor sie sich setzte. »Ich konnte mich ohnehin nicht konzentrieren. Es ist ein wichtiges Treffen, aber es findet erst nächste Woche statt.«

»Mit den Amerikanern?«, fragte Alice, während sie sich neben ihr niederließ.

»Ja.« Emma goss den Tee ein und reichte ihr eine Tasse.

»Danke.« Alice nippte an dem heißen Getränk und starrte auf die Wohnzimmerwand mit den Fotos.

»Was ist passiert?«, erkundigte sich Emma.

»Nichts. Ich bin nur durcheinander. Ich habe mich mit Bernd gestritten«, sagte sie auf ihren prüfenden Blick hin. In diesem Augenblick begriff Emma, dass die enge Verbindung zwischen ihnen noch genauso existierte wie als Kinder, denn sie spürte, dass Alice log, auch wenn sie nicht verstand, warum. Sie musterte ihre Schwester.

»Ich dachte, du und Bernd, ihr hättet euch getrennt?«

»Ja, aber wir haben noch einmal über alles gesprochen … Er hat gehofft, dass ich mir doch eine Zukunft mit ihm vorstellen könnte.« Alice verstummte.

Emma stellte vorsichtig ihre Tasse ab und drehte sich zu ihr. »Du weißt, dass du mir alles sagen kannst, egal was es ist! Ich würde dich nie verurteilen.«

Es war nur der Bruchteil einer Sekunde, aber es reichte, um den Schrecken in Alices Gesicht zu sehen, bevor sie sich sofort wieder fing. »Wovon redest du?«

»Ich weiß, dass du mir vieles nicht sagst und Geheimnisse vor mir hast, Alice. Und ich will dich auch nicht drängen, darüber zu reden, aber ich möchte, dass du weißt, dass ich immer für dich da bin und du über alles mit mir sprechen kannst.«

Ihre Schwester wich ihrem Blick aus. Zu ihrer Überraschung stritt sie es nicht ab. »Danke, Emmi«, sagte sie leise. »Ich wünschte, es wäre alles einfacher.«

»Aber was denn?«

Alice zögerte. »Ich fühle mich innerlich manchmal so zerrissen – zwischen meinem Leben und dir und allem, was ich hier sehe«, erklärte sie schließlich und Emma spürte, dass sie diesmal ehrlich war.

»Ich weiß, was du meinst«, erwiderte sie. »Obwohl wir in einer Stadt wohnen, leben wir doch in verschiedenen Welten. Es gibt Augenblicke, da habe ich Angst, du könntest mir einfach wieder entgleiten«, gestand Emma.

371

Alice schwieg, bevor sie den Kopf schüttelte. »Nein. Das werde ich nicht. Im Gegenteil … in letzter Zeit überlege ich manchmal, ob ich nicht hier rüberkommen sollte.«

# JULIUS

## 77

AM TAG VOR DER FLUCHT wurde er unerwartet ruhig. Er hatte alle Vorbereitungen getroffen, die notwendig waren, und war noch einmal zu seinem Vater gefahren. »Ich lass dich nicht gern allein. Was, wenn du nun irgendetwas brauchst?«

»Ich bitte dich, Frau Pestalowski wird weiter jeden Mittag nach mir schauen, und die Lebensmittel und Medikamente, die du besorgt hast, reichen für Monate.«

»Aber es kann sein, dass die Stasi bei dir auftaucht! Sie werden versuchen, dich unter Druck zu setzen.«

August Laakmann lachte bitter auf. »Womit? Ich bin ein alter, kranker Mann. Nun geh schon.«

Julius nickte widerstrebend. »Ich melde mich, sobald ich in West-Berlin die Möglichkeit habe. Ich werde ein Telegramm oder eine Karte schicken.«

Dann ging er – mit einer leisen Angst, dass sich der Zustand seines Vaters ausgerechnet in den kommenden Tagen verschlechtern könnte. Er hatte beschlossen, am Montag nach der Arbeit zu fahren, denn die meisten Kontrollen fanden erfahrungsgemäß am Wochenende statt. Doch er war ohnehin nicht so dumm, irgendetwas bei sich zu haben, das auf seine Flucht hindeuten konnte. Im Gegenteil, für den Fall, dass man ihn verdächtigen sollte, hatte er eigens noch eingekauft und ein paar frische Blumen auf den Tisch seiner Wohnung gestellt. Niemand würde ihm nachweisen können, dass er in den Westen fliehen wollte. An seinem letzten Arbeitstag unterhielt er sich beim Mittagessen in der Kantine mit Kollegen, nahm eine Einladung zu einem Vortrag in Leipzig und der Geburtstagsfeier von Margot an. Er machte etwas früher Feierabend und fuhr nach Hause. Im Flur stellte er seine Aktentasche ab, wechselte dann Anzug und Hemd, bevor er wieder in seinen Mantel schlüpfte, den Hut aufsetzte und nur mit seiner Brieftasche und den Schlüsseln das Haus verließ. Ganz so, als wäre er auf dem Weg zu einem abendlichen Rendezvous.

An der Friedrichstraße gab es ein paar Kontrollen, aber niemand hielt ihn auf. Als er endlich in der S-Bahn saß, schaute er nach draußen und fragte sich, ob er Ost-Berlin tatsächlich nie wiedersehen würde.

Nicht einmal fünfzig Minuten später hatte er das Notaufnahmelager Marienfelde erreicht. Eine Schlange von Menschen drängte sich durch das Eingangstor. Julius reihte sich ein. Ein leises Gemurmel war um ihn herum zu hören, er bemerkte erleichterte, aber auch angespannte Gesichter, denen man ansah, dass sie sich fragten, wie es nun weitergehen würde. Eine junge Frau mit einem kleinen Kind auf dem Arm, die nur eine Handtasche bei sich hatte, drehte sich immer wieder suchend mit beunruhigter Miene um.

Sein Blick fiel auf ein großes Schild: *Fotografieren verboten; Vorsicht bei Gesprächen, Vorsicht bei Einladungen.* Die Hinweise waren indirekte Warnungen vor möglichen Stasi-Spitzeln. Emma hatte ihm davon erzählt, denn Max arbeitete gelegentlich im Notaufnahmelager. Sie hatte vorgeschlagen, ihn einzuweihen. »Er könnte dir helfen, die Formalitäten schneller zu erledigen«, hatte sie gesagt, doch Julius hatte abgelehnt. »Bevor ich nicht sicher in West-Berlin bin, will ich nicht, dass irgendjemand davon erfährt.«

Er merkte, wie hinter ihm unerwartet Bewegung in die Schlange kam. Ein junger Mann in einem abgetragenen blauen Mantel drängelte sich zum Unmut der Leute an allen vorbei. Ungehaltene Rufe wurden laut.

– »So geht das aber nicht, junger Mann!«

– »Hinten anstellen!«

– »Unverschämtheit!«

Doch der Mann schien sie gar nicht zu hören, sondern ging hastig weiter, und dann sah Julius, wie die junge Frau, die sich die ganze Zeit umgeschaut hatte, ihn entdeckte. »Egon! Egon! Hier …« Ein erleichtertes Lachen erhellte ihr Gesicht, als sie mit dem Kind auf dem Arm auf ihn zulief. Das Paar fiel sich um den Hals. »Wir haben es geschafft, Egon!«, hörte Julius die Frau glücklich sagen.

Ein paar Leute klatschten spontan, und plötzlich lächelten die Menschen, und ein Gefühl der Solidarität war zwischen ihnen allen zu spüren. Ja, sie hatten es geschafft. Die Zukunft mochte ungewiss sein, aber sie alle hatten den entscheidenden Schritt gewagt, und niemand konnte sie mehr zur Rückkehr bewegen.

Es war der erste Augenblick, seitdem Julius seine Wohnung verlassen hatte, in dem auch er selbst Erleichterung empfand. Mit einem Mal spürte er, wie er tief durchatmete.

Die Schlange schob sich langsam weiter, bis er schließlich die Neuaufnahme erreichte, wo er ein Formular ausfüllen musste und eine Absichtserklärung, dass er aus der DDR kam und im Westen bleiben wolle. Anschließend erhielt er einen *Laufzettel,* auf dem die verschiedenen Behörden vermerkt waren, die er nacheinander im Lager aufsuchen musste, und einen Gesundheitspass. Julius nickte nur, er hatte vorher, sehr vorsichtig, genügend Erkundigungen eingezogen, um zu wissen, was ihn im Notaufnahmelager erwartete.

Er ließ im Zimmer 217 beim Ärztlichen Dienst eine Untersuchung über sich ergehen, die sicherstellte, dass er keine ansteckende Krankheit oder Ungeziefer hatte, bevor er wieder nach draußen geschickt wurde und erneut in dem überfüllten Flur warten musste.

Seine Gedanken wanderten unwillkürlich zu Sigmund. War er auch über Marienfelde geflohen und hatte hier gestanden? Er hatte ihn nicht zu seiner Flucht befragt, als sie sich in West-Berlin gesehen hatten. Es verging kaum eine Nacht, in der Julius nicht in der Dunkelheit wach lag und das Gesicht des Freundes vor sich sah. Wo war er? In einem sowjetischen Arbeitslager? Hatte man ihn misshandelt oder vielleicht sogar längst umgebracht? Martha stand im Kontakt mit den westlichen Geheimdiensten, aber auch dort hatte man bisher nichts in Erfahrung bringen können. Nur dass er in die Sowjetunion verschleppt worden war, wie er von Rudi gehört hatte, schien zu stimmen.

»Herr Laakmann?« Julius blickte auf.

Ein Mann, der zum Lagerpersonal gehörte, wies ihn an, ihm zu folgen. *US-Sichtungsstelle* stand neben der Tür, die er öffnete. Hinter einem großen Schreibtisch saßen zwei Amerikaner und an einem Beitisch eine Sekretärin vor einer Schreibmaschine, die offensichtlich das Gespräch protokollieren würde. Gelangweilt betrachtete sie ihre lackierten Nägel.

»Sie sind Herr Laakmann?«, fragte einer der Amerikaner und blickte auf das Formular, das Julius einige Stunden zuvor in der Anmeldung abgegeben hatte.

»Ja, das bin ich.«

»Nehmen Sie doch Platz.« Er wies auf den Stuhl vor dem Tisch, und Julius setzte sich.

»Sie sind Wissenschaftler? Physiker?«

»Ja.«

»Sie wollen die DDR für immer verlassen und in den Westen kommen?«

»Ja.«

»Warum?«

Julius wusste, wie wichtig seine nächste Antwort sein würde.

»Ich lehne das kommunistische System als menschenverachtend ab. Ich bin Wissenschaftler, und im letzten Jahr wurde ein Kollege und Freund von mir entführt, der zuvor in den Westen geflohen war.« Er erzählte ihnen, wie er Zeuge von Sigmunds

376

Entführung geworden war. »Seitdem werde ich von der Stasi beschattet und unter Druck gesetzt. Ich habe Angst«, bekannte er ehrlich, und während er sprach, wurde ihm bewusst, wie sehr er in den letzten Wochen wirklich unter Anspannung gestanden hatte. »Man hat sogar mein Büro durchsucht. Letzte Woche wurde dann noch ein Mitarbeiter unseres Instituts verhaftet.«

Der Amerikaner, der ihm die Fragen gestellt hatte, notierte sich etwas. Er tuschelte mit seinem Nebenmann, bevor er sich erneut zu Julius wandte.

»Nun, wir begrüßen Ihre Entscheidung, würden Ihnen aber gern noch einige weitere Fragen stellen. Vor allem zu Ihrer Tätigkeit in der DDR.«

Julius nickte. »Natürlich.« Ihm war klar, dass man ihn zum Institut in Zeuthen befragen würde.

»Nicht hier«, erklärte der Amerikaner, als im Hintergrund eine Tür aufging. Ein Mitarbeiter des Notaufnahmelagers kam herein und entschuldigte sich, bevor er leise etwas zu dem Amerikaner sagte. Dieser nickte.

Nur wenige Augenblicke später betrat ein Mann den Raum. Julius erstarrte, als er sein auffällig pigmentiertes Gesicht erkannte. Es war der Mann, der nach Sigmunds Entführung bei dem Verhör des West-Berliner Kriminalkommissars dabei gewesen war. Weber war sein Name, erinnerte sich Julius – und begriff, dass er ein Problem hatte, als er sein kühles Lächeln sah. »So sieht man sich wieder, Dr. Laakmann!«

# Teil 7

# Lügen

# EMMA

## 78

*März 1958*

DAS WARTEN AUF JULIUS ZERRTE an ihren Nerven. Doch das Prozedere im Notaufnahmelager konnte vermutlich etliche Stunden dauern, wenn nicht länger. Zumal Julius als Physiker zu den Berufsgruppen gehörte, die besonders eingehend befragt wurden. Die Alliierten Sichtungsstellen versuchten stets so viele Informationen wie möglich von den Ankömmlingen über die DDR zu erhalten, hatte ihr Max einmal erzählt. Das galt vor allem für Arbeitskräfte aus der Industrie, Angehörige des Militärs und auch Wissenschaftler.

Julius und sie hatten letzte Woche vereinbart, dass er – sobald er in Marienfelde bei den notwendigen Behörden gewesen war – zu ihr kommen würde. Er wollte Emmas Adresse als Unterkunft und vorübergehenden Wohnsitz bei der Aufnahme angeben.

Vielleicht musste er die erste Nacht nun aber in einer Notunterkunft vor Ort verbringen, weil die Warteschlangen sehr viel länger als gedacht waren und er einige Behördenstellen erst morgen oder in den nächsten Tagen erledigen konnte? Emma war klar, dass das durchaus der Fall sein konnte. Auch darüber hatten sie gesprochen. Am Abend war sie deshalb nervös, aber nicht zu beunruhigt. Als es Nacht wurde, war sie sich sicher, dass Julius erst am nächsten Tag kommen würde.

Sie fand keinen Schlaf und wälzte sich im Bett, erfüllt von einer aufgeregten Vorfreude. Bald würde er hier sein. Sie würden sich eine Zukunft aufbauen. Wo in Westdeutschland würden sie wohl leben? Bei jedem Geräusch schreckte sie hoch, weil sie hoffte, Julius könnte auf einmal vor der Tür stehen.

Zerschlagen stand sie im Morgengrauen auf. Als Julius in den folgenden Stunden noch immer nicht kam, merkte sie, wie ihre Unruhe wuchs.

Sie versuchte sich mit unsinnigen Aufgaben abzulenken, fing an, ein Paar Strümpfe zu stopfen und einige in die Jahre gekommene Silberlöffel zu putzen, legte dann beides wieder weg, nur um alte Unterlagen zu sortieren. Aber sie starrte lediglich auf die Papiere und alle paar Minuten wieder zu der alten Wanduhr, deren Zeiger sich so quälend langsam vorschoben, dass sie am liebsten nachgeholfen hätte. War das Ticken schon immer so laut gewesen?

Emma stand auf und lief angespannt durch die Wohnung, weil sie nicht stillsitzen konnte. Als der Mittag vorüberging und es Nachmittag wurde, wich ihre Unruhe einer zunehmenden Besorgnis und leisen Angst. War Julius gestern aus irgendeinem Grund nicht nach West-Berlin gefahren? Was, wenn in Ost-Berlin oder Zeuthen etwas dazwischengekommen war? Bilder und Szenarien geisterten durch ihren Kopf, was alles geschehen sein konnte – dass ihn die Stasi am Ende doch noch festgenommen hatte.

Schließlich hielt Emma es nicht länger aus. Sie beschloss, nach Marienfelde zu fahren und im Lager nach ihm zu fragen. Wenn sie ihn dort nicht fand, würde sie sich auf den Weg nach Ost-Berlin zu seiner Wohnung machen. Aufgewühlt griff Emma nach ihrem Mantel und ihrer Tasche.

Als sie draußen vor die Haustür trat, ließ sie die frische Luft jedoch wieder zur Besinnung kommen, und sie zögerte. Vielleicht war Julius jetzt gerade auf dem Weg zu ihr, dann würden sie sich verpassen. Außerdem würde man sie nicht einmal ins Notaufnahmelager hineinlassen, geschweige denn ihr eine

Auskunft geben. Das widersprach den Sicherheitsbestimmungen. Zu Julius' Wohnung zu gehen schien ihr auf einmal auch nicht klüger. Unter Umständen warteten dort längst die Polizei und die Stasi.

»Emma?«, hörte sie jemanden rufen. Als sie sich umdrehte, sah sie Otto Brixmann von der anderen Straßenseite auf sie zueilen. »Gut, dass ich dich erwische«, begrüßte er sie. »Ich habe einen Anruf bekommen und soll dir etwas ausrichten.«

»Von Julius?«, fragte sie erleichtert. Ihr fiel ein, dass sie ihm Brixmanns Nummer gegeben hatte, damit er ihr zur Not über ihn eine Nachricht zukommen lassen konnte.

Aber Otto Brixmann schüttelte den Kopf. »Nein. Von Frau Haushofer. Sie hätte nichts mehr von den Behörden gehört, soll ich dir sagen. Du wüsstest schon, was sie meint … Alles in Ordnung?«, setzte er hinzu, als er ihr blasses Gesicht bemerkte.

Emma nickte. »Ja, ich warte nur auf Julius. Wir waren verabredet. Danke für die Nachricht von Martha«, sagte sie noch, bevor sie sich verabschiedete und niedergeschlagen zurück ins Haus ging.

Auf dem Weg nach oben nahm sie die Post mit. Sie hatte drei Briefe bekommen. Bei zweien handelte es sich um Rechnungen. Der dritte war ein Umschlag ohne Briefmarke, auf dem nur ihr Name stand. Irritiert erkannte sie Julius' Handschrift. Ihr Herzschlag beschleunigte sich. Er war hier gewesen? Hatte sie die Klingel etwa nicht gehört? Sie war doch in der Nacht bei jedem Geräusch hochgeschreckt. Warum hatte er nicht geklopft oder gewartet, wenn er hier gewesen war?

Sie riss im Laufen hastig den Umschlag auf:

*Liebe Emma,*
*ich weiß, diese Zeilen werden Dich unvorbereitet treffen,*
*und ich mache mir am meisten Vorwürfe, dass ich nicht von*
*Anfang ehrlicher zu Dir war. Bitte verzeih mir, aber ich war*

*und bin kein Mann für eine feste Bindung. Das ist mir in der vergangenen Woche noch einmal klar geworden. Selbst wenn ich mir in einigen kurzen Augenblicken mit Dir etwas anderes eingebildet hatte, ich möchte meine Unabhängigkeit nicht aufgeben. Ich habe wundervolle Stunden mit Dir verbracht, und ich schätze Dich als Mensch, aber gerade deshalb glaube ich – Du hast etwas anderes und Besseres verdient als mich!*

*Unabhängig von unserer persönlichen Beziehung kann und will ich Ost-Berlin auch nicht verlassen. Nach unserem letzten Gespräch habe ich lange nachgedacht. Ich bin einfach davon überzeugt, dass der Sozialismus das bessere und gerechtere System ist. Ein Leben im Westen, wie Du es Dir so sehr mit mir gewünscht hast, ist für mich schlichtweg nicht vorstellbar. Ich bitte Dich, das zu verstehen!*

*Es ist für uns beide besser, wenn wir uns trennen und nicht mehr sehen.*

*Ich danke Dir für unsere gemeinsame Zeit und wünsche Dir für Deine Zukunft alles Gute.*

*Julius*

Emma wusste kaum, wie sie in die Wohnung gekommen war. Sie verspürte einen leichten Schwindel, als sie auf einen Stuhl am Esstisch sank und den Brief ein zweites Mal las. Und dann noch ein drittes Mal, weil sie es einfach nicht glauben konnte.

Fassungslos blickte sie danach noch immer auf die Zeilen, die vor ihr verschwammen, weil ihr die Tränen in die Augen traten. Die widersprüchlichsten Empfindungen kämpften in ihr: Schmerz, Verletztheit genauso wie Enttäuschung – und vor allem Verständnislosigkeit. Sie sah Julius vor sich, wie er sie erst letzte Woche gefragt hatte, ob sie wirklich mit ihm nach Westdeutschland gehen wolle. Wie er ihr gesagt hatte, er würde sie lieben, sie geküsst und sie dann die Details seiner Flucht besprochen hatten. War das alles gelogen gewesen? Und was war mit seiner Furcht, mit seiner Behauptung, er glaube, beschattet und abgehört zu werden? Dass er nach dem, was ihm in den letzten Wochen widerfahren war, angeblich vom Sozialismus überzeugt war, erschien ihr wie ein Hohn.

Aufgebracht wischte Emma sich die Tränen aus dem Gesicht. Es musste irgendeine Erklärung für sein Verhalten geben. Vielleicht hatte die Stasi von seiner Flucht erfahren und ihn gezwungen, diesen Brief zu schreiben, überlegte sie. Aber warum? Bei einem Fluchtverdacht hätte man Julius eher sofort verhaftet. Trotzdem schienen die Worte und dieses Verhalten überhaupt nicht zu dem Mann zu passen, mit dem sie noch letzte Woche gesprochen hatte. Sie musste daran denken, dass Alice sie immer vor Julius gewarnt hatte.

Emma starrte erneut auf den Brief … *»Ich will nicht leugnen, dass ich wundervolle Stunden mit Dir verbracht habe … gerade deshalb glaube ich – Du hast etwas anderes und Besseres verdient als mich!«*

Wenn er wenigstens das Rückgrat besessen hätte, ihr das persönlich ins Gesicht zu sagen!

Ganz sicher würde sie die Angelegenheit nicht auf sich beruhen lassen. Falls Julius glaubte, er könnte mit diesem Brief einfach einen Trennungsstrich ziehen, hatte er sich gewaltig getäuscht! Emma warf einen Blick auf die Uhr. Kurz nach sechs. Gewöhnlich kam er um diese Zeit vom Institut nach Hause. Entschlossen stand sie auf und griff erneut nach ihrer Handtasche.

## 79

Auf dem Weg nach Ost-Berlin ging ihr wieder und wieder der Inhalt seines Briefs durch den Kopf. Im Nachhinein musste sie zugeben, dass Julius trotz seiner Angst immer hin- und hergerissen gewirkt hatte, ob er wirklich in den Westen kommen sollte. Emma hatte es auf die Sorge um seinen Vater geschoben, aber vielleicht war das nicht der einzige Grund gewesen. Irgendetwas musste passiert sein. Davon war sie überzeugt.

Als sie aus der U-Bahn stieg und das letzte Stück zu seiner Wohnung zu Fuß lief, erinnerte sie sich, wie glücklich sie sich jedes Mal gefühlt hatte, wenn sie zu Julius gefahren war. Jetzt hoffte sie, er würde nicht sehen, dass sie geweint hatte.

Sie klingelte unten an der Haustür, aber niemand öffnete ihr. Obwohl die Dämmerung bereits hereingebrochen war, brannte oben kein Licht, bemerkte sie, als sie einen Schritt zurücktrat. Offensichtlich war Julius noch nicht aus dem Institut zurück. Dann würde sie eben warten. Emma schlug ihren Mantelkragen hoch. Nach einer Weile wurde es kühl, und sie schlang beide Arme um sich, fest entschlossen, nicht zu gehen, bevor sie nicht mit ihm gesprochen hatte.

Jeder Passant, der die Straße entlangkam, versetzte sie in Anspannung, die wieder von ihr wich, wenn sie realisierte, dass es sich nicht um Julius handelte.

Was, wenn er nach der Arbeit noch verabredet war? Vielleicht sogar mit einer anderen Frau, während sie ganz umsonst hier wartete? Doch schließlich hörte sie Schritte und bemerkte die Männergestalt, die auf das Haus zukam. Sie erkannte ihn schon von Weitem an der Art, wie er sich bewegte, noch bevor sie sein Gesicht richtig sehen konnte. Ein leiser Schmerz durchzog sie, als ihr bewusst wurde, wie vertraut er ihr war.

Er schien in Gedanken versunken und entdeckte sie erst, als

er einige Schritte vor ihr angekommen war und den Kopf hob. »Emma?«

Sie hielt ihm den Brief entgegen, den sie zuvor aus ihrer Handtasche gezogen hatte, und ging aufgebracht einen Schritt auf ihn zu.

»Meinst du das ernst?«

Für den Bruchteil einer Sekunde schien ihre Gegenwart ihn aus dem Konzept zu bringen, und sie sah das Schuldgefühl in seinen Augen aufblitzen. Er wich ihrem Blick aus. »Es tut mir leid. Ich weiß, ich hätte ehrlicher sein müssen.«

Sie schüttelte den Kopf. »Ich glaube dir nicht, dass du mir das alles nur vorgespielt hast. Was ist passiert, dass du dir innerhalb einer Woche auf einmal alles anders überlegt hast, Julius?«

Jetzt, da sie vor ihm stand, war sie sich mit einem Mal sicher, dass er ihr etwas vormachte. Sie bemerkte, wie müde und mitgenommen er aussah. »Bitte sag es mir! Hat es mit der Stasi zu tun?«

Er schüttelte den Kopf. »Nein, es ist einfach nur so, dass ich mir ein Leben im Westen nicht vorstellen kann. Und ich bin nun mal kein Mann für feste Bindungen.« Aber seine Worte klangen wie einstudiert.

»Das stimmt nicht. Du lügst. Irgendetwas ist doch geschehen … Julius, bitte sag es mir!« Emma hasste sich selbst für den flehenden Ton in ihrer Stimme.

Er zögerte, und für einen Augenblick hatte sie die irrwitzige Hoffnung, er würde zugeben, dass alles nicht stimmte, was er eben gesagt hatte, aber plötzlich veränderte sich etwas in seinem Gesicht. Es kam ihr vor, als würde sich eine Maske darüberlegen, und sein Blick schien durch sie hindurchzusehen.

»Warum machst du es uns beiden so schwer, Emma? War mein Brief nicht deutlich genug?« Selbst seine Stimme klang mit einem Mal anders – kühl und fremd.

»Warum hast du mir dann gesagt, dass du mich liebst?«, entgegnete sie leise.

Er schwieg. »Vielleicht, weil du es dir so gewünscht hast?«, erwiderte er schließlich. »Es war ein kurzer Augenblick der Schwäche, nicht mehr. Ich war durcheinander nach Sigmunds Entführung, nach den Dingen, die passiert sind.«

Seine Worte fühlten sich wie ein Schlag ins Gesicht an, und für einen Moment verließ sie jeder Stolz. »Du hast mir alles nur vorgemacht? Aber warum?«

Sein Gesicht zeigte keinerlei Regung, als er die Achseln zuckte. »Du bist eine attraktive Frau, Emma. Es ist nicht so, dass ich die Zeit mit dir nicht genossen hätte, und ich rechne dir hoch an, wie du dich nach der Entführung von Sigmund verhalten hast, aber wie ich schon sagte – ich bin nun mal kein Mann für eine feste Bindung. Nach einiger Zeit bin ich immer auf der Suche nach etwas Neuem. Es tut mir leid, wenn ich dich damit verletzt habe.«

»Es tut dir leid?«, brachte sie ungläubig hervor. Wut erfasste sie. »Vielleicht hättest du vorher darüber nachdenken sollen, Julius! Bevor du mit deinem Vater darüber gesprochen hast. War es auch gelogen, dass du beschattet und abgehört wirst? Macht dir die Stasi auf einmal keine Angst mehr? Oder weiß sie möglicherweise von deinem Sinneswandel?« Ihre Stimme war, ohne dass sie es gemerkt hatte, lauter geworden.

Er sah sich hastig um, doch sie waren noch immer allein auf der Straße. »Nein, aber ich sehe es in einem anderen Zusammenhang.« Er ballte die Faust. »Und ich hoffe, du wirst in deiner Verletztheit nicht versuchen, irgendetwas gegen mich auszuspielen. Du weißt, was für Konsequenzen das haben könnte.«

Sie wich erstarrt vor ihm zurück, als sie begriff, was er meinte. »Das würdest du mir zutrauen? Du bist erbärmlich«, fuhr sie ihn an.

»Umso besser, dass du mich los bist. Es ist aus zwischen uns, Emma. Versuch nicht mehr, mich zu kontaktieren«, erwiderte er, griff nach seinem Schlüssel in der Manteltasche und ging an ihr vorbei zur Tür.

Sie hatte das Gefühl, etwas in ihr würde zerbrechen, als er, ohne sich noch einmal umzudrehen, im Haus verschwand.

Einige Zeit stand sie bewegungslos auf der Stelle, während sie der Schmerz in einer dunklen Welle überflutete. Es war vorbei. Warum hatte sie sich nicht wenigstens die Erniedrigung ersparen können, noch einmal mit ihm zu sprechen? Erst auf dem Rückweg zur U-Bahn merkte sie, wie ihr die Tränen über die Wangen liefen.

# JULIUS

## 80

ER STAND IN DER DUNKLEN Wohnung am Fenster in der Küche und sah zu, wie die Umrisse ihrer zierlichen Gestalt langsam immer kleiner wurden. An der Ecke verschwand sie ganz aus seinem Sichtfeld – und er fühlte nichts als eine kalte, einsame Leere.

Manche Dinge, die man sagte, konnte man nicht zurücknehmen oder entschuldigen. Er hatte es an ihrem fassungslosen Gesichtsausdruck gesehen.

Julius wandte sich vom Fenster ab, knipste das Licht an und nahm sich ein Glas aus dem Schrank, das er mit ins Wohnzimmer nahm, um sich einen doppelten Wodka einzugießen.

Der Alkohol brannte in der Kehle, ließ ihn aber nicht einmal eine leichte Benommenheit fühlen. Die letzten vierundzwanzig Stunden waren die anstrengendsten und schwierigsten seines Lebens gewesen. Dennoch hatte er keinen Zweifel, die richtige Entscheidung getroffen zu haben.

Insgeheim hatte er gehofft, der Brief würde reichen, damit Emma die Trennung akzeptierte, aber im Grunde war ihm immer klar gewesen, dass sie ihn zur Rede stellen und es von ihm persönlich hören musste. Er trank einen weiteren Schluck und versuchte die Erinnerung an ihren verletzten Ausdruck, der sich vor seine Augen drängte, aus seinem Kopf zu verbannen.

Noch nie in seinem Leben hatte er sich einer Frau gegenüber so verhalten. Doch er wusste, dass es der einzige Weg gewesen war, um ihre Fragen im Keim zu ersticken. Am Ende würde es für sie so vielleicht auch leichter sein. Es gab keine gemeinsame Zukunft für sie beide – das war nun mal die Wahrheit.

Er schaute auf die Uhr. Fast acht. Er musste noch zu seinem Vater und beschloss, es am besten gleich hinter sich zu bringen. Auf dem Weg nach draußen erblickte er im Flur sein Spiegelbild und erschrak, wie mitgenommen er aussah.

»Du bist hier? Ich dachte, du wärst schon in West-Berlin?«, sagte sein Vater verwundert, als er etwas später in seine Wohnung trat.

Julius zog einen der Sessel heran und setzte sich ihm gegenüber.

»Ich habe es mir anders überlegt.«

Ungläubig beugte sich sein Vater ein Stück zu ihm. »Warum, um Gottes willen?«

»Emma und ich – wir haben uns getrennt«, berichtete er zögernd.

Sein Vater kniff die Augen zusammen. »Weshalb? Hast du plötzlich Angst, weil du dich zum ersten Mal richtig verliebt hast?«

Er schüttelte den Kopf und wich seinem Blick aus. »Nein, es lief nur nicht so gut zwischen uns. Im Grunde habe ich auch nie hier weggewollt«, versuchte er zu erklären.

Sein Vater starrte ihn an, als wüsste er genau, dass er log. »Du machst einen Fehler, Julius«, sagte er nur und ließ sich in seinem Sessel zurücksinken.

Julius schwieg. »Hast du schon gegessen? Soll ich uns etwas machen?«, fragte er seinen Vater.

»Ich habe keinen Hunger. Sei mir nicht böse, aber ich bin müde.«

Julius nickte. »Ich habe auch noch etwas zu arbeiten.«

Er war schon fast an der Tür, als ihn die Stimme seines Vaters noch einmal einholte.

»Sie war hier, weißt du. Vor zwei Wochen.«

Erstarrt hielt er inne und drehte sich zu ihm. »Emma?«

»Ja, sie wollte mit mir sprechen, weil sie Angst um dich hatte. Sie hat mich gebeten mitzukommen, weil sie befürchtete, du würdest ohne mich nicht gehen. Sie liebt dich, Julius. Ich hoffe, du weißt, was du tust.«

Er wollte etwas sagen, doch er brachte keinen Ton heraus.

# MAX

## 81

ER HATTE DEN TERMIN SCHON vor ein paar Tagen ausgemacht. Nun stand er vor dem Haus in der Meinekestraße und blickte zögernd auf das unscheinbare Schild, das neben der Tür angebracht war: Anwaltsbüro Paul Aalbert.

Max drückte auf die Klingel. Ein leises Summen ertönte, und nur wenige Augenblicke später stieg er die geschwungene Treppe hoch, über deren Stufen sich ein dunkelroter, abgetragener Läufer zog.

Die Tür der Kanzlei war nur angelehnt, und er schob sie vorsichtig auf. Eine grauhaarige, ein wenig streng aussehende Sekretärin, die hinter einer Schreibmaschine saß, hielt mit einem fragenden Ausdruck beim Tippen inne.

»Guten Tag, mein Name ist Max Weiß …«

»Haben Sie einen Termin?«

»Ja, um elf Uhr.«

»Nehmen Sie einen Moment Platz. Herr Aalbert hat noch einen Mandanten«, sagte sie, als sich hinter ihr die Tür zum Büro öffnete und zwei Männer über die Schwelle traten. Der eine der beiden war Aalbert. Max erkannte ihn von den Fotos, die er einige Male von ihm in der Zeitung gesehen hatte. Er trug eine Nickelbrille, sein dichtes graues Haar stand ein wenig wirr vom Kopf ab, und sein Anzug war schon etwas in die Jahre gekommen, dennoch war er eine charismatische Erscheinung. Der Anwalt wandte sich zu dem dunkelhaarigen Mann an seiner Seite, der Hut und Mantel trug, und verabschiedete ihn mit einem warmen Händeschütteln. »Am Ende wird das Gericht uns recht geben.

Sie müssen nur Geduld haben. Wir sehen uns nächste Woche bei der Anhörung.«

Er begleitete seinen Mandanten zum Ausgang, bevor er mit einem freundlichen Lächeln auf Max zutrat.

»Paul Aalbert, und Sie sind?«

»Herr Weiß«, kam Max die Sekretärin zuvor. »Ihr nächster Termin.«

»Dann lassen Sie uns doch in mein Büro gehen.« Er schüttelte Max die Hand und bedeutete ihm voranzugehen.

Die Kanzlei war mit schlichten, aber stilvollen Holzmöbeln eingerichtet. Auf dem Schreibtisch und den Regalen dahinter stapelten sich Akten und juristische Nachschlagewerke. Max' Blick blieb an einem Bild an der Wand hängen, das eine alte Stadt zeigte. *Jerusalem* stand darunter.

Aalbert bemerkte seinen Blick. »Ein Geschenk von einem Mandanten«, erklärte der Anwalt, der sich einen Namen in seinem Beruf gemacht hatte, weil er für einige Juden vor Gericht erfolgreich die Ansprüche auf Wiedergutmachung und Rückgabe des Familieneigentums erstritten hatte. Er wies auf den Besucherstuhl, während er selbst hinter seinem Schreibtisch Platz nahm.

»Womit kann ich Ihnen helfen, Herr Weiß?«, fragte er in geschäftsmäßigem Ton.

»Es geht um einen Mann, von dem ich hoffe, Sie könnten seinen Fall übernehmen, Kurt Goldmann.« Max begann, ihm alles von dem Ost-Berliner Tischler zu erzählen – von seinem Vorgespräch bei der KgU, dem Vermerk auf der Karteikarte genauso wie von Goldmanns darauffolgender Ablehnung, als politischer Flüchtling anerkannt zu werden, bis hin zu seinem Selbstmordversuch. Max unterließ es auch nicht, von seinem eigenen Versäumnis zu berichten, etwas gegen den antisemitischen Kommentar getan zu haben. »Ich bereue das sehr«, fügte er zum Schluss hinzu.

Aalbert hatte ihm ruhig zugehört und sich Notizen gemacht. »Erlauben Sie mir, Ihnen einige persönliche Fragen zu stellen?«

Max nickte.

»Sie sind Student?«

»Ja, ich studiere Jura und stehe kurz vor dem Examen.«

»Und seit wann sind Sie Mitglied der KgU?«

»Ungefähr seit 1950.«

Der Anwalt notierte sich etwas. »Da waren Sie wie alt?«

»Siebzehn Jahre.«

Aalbert schaute auf. »Recht jung! ... Und wenn ich Sie richtig verstehe, möchten Sie, dass ich den Fall übernehme und Herrn Goldmanns Ablehnung anfechte? Ihnen ist klar, dass Sie dann gegen den Verband aussagen müssten?«

»Ja.« Das war in der Tat ein heikler Punkt. Max wünschte plötzlich, er hätte eine Zigarette rauchen können. »Dazu wäre ich bereit«, setzte er hinzu.

Aalbert legte nachdenklich die Fingerspitzen gegeneinander. »Nun, es wäre nicht das erste Mal, dass die KgU antisemitische Vorurteile zeigt. Auch wenn der Verband es geschickt hinter der Behauptung versteckt, es handle sich bei den Juden angeblich um gefährliche Kommunisten. Mir sind einige solcher Fälle bekannt.«

»Meinen Sie denn, Herr Goldmann hätte eine Chance?«, fragte Max vorsichtig.

»Wenn er nicht in der SED war oder politische Funktionen hatte, bestimmt.«

»Er hat mir versichert, dass er nirgends Mitglied war.«

»Gut«, sagte Aalbert. »Eine Frage wäre jedoch noch zu klären. Wenn ich diesen Fall übernehme, wer kommt für meine Honorare auf? Herr Goldmann verfügt vermutlich nicht über die entsprechenden Mittel?«

Max schüttelte den Kopf. »Nein, leider nicht.«

Aalbert zog die Brauen hoch. »Das heißt, Sie bezahlen mich?«, fragte er. »Oder hatten Sie gehofft, dass ich diesen Fall unentgeltlich übernehme, weil ich mir als Anwalt einen Namen gemacht habe, der sich für die berechtigten Ansprüche von Juden engagiert?«

Insgeheim hatte Max das ein wenig gehofft. Jetzt, da er hier saß, kam ihm diese Annahme allerdings ebenso anmaßend wie unrealistisch vor. Aalbert war ein Anwalt, der wie alle für Geld arbeitete. Angst erfasste ihn, er könnte den Fall ablehnen.

»Ich verdiene mir etwas zu meinem Studium dazu. Es ist nicht viel, aber vielleicht könnte ich Sie in Raten bezahlen?«, schlug er vor.

Aalbert schwieg einen Moment, bevor er schließlich den Kopf schüttelte. »Nein. Wie viele Stunden in der Woche haben Sie bisher für diese Beratungsstelle der KgU gearbeitet?«

»Zwei Nachmittage.«

»Gut, diese zwei Nachmittage werden Sie in Zukunft bei mir arbeiten. Ich brauche hier ohnehin etwas Unterstützung, und so können Sie mir auch gleich bei dem Fall helfen!«

Der Anwalt blickte ihn herausfordernd an, als wolle er testen, wie ernst er es meinte.

Max sah in Gedanken Goldmann in seinem Krankenhausbett vor sich und musste nicht überlegen. »Einverstanden!«


## 82

AUF DEM WEG NACH HAUSE verdrängte Max die Vorstellung, wie man in der KgU reagieren würde, wenn bekannt wurde, dass er bereit war, vor Gericht gegen den Verband auszusagen. Man würde ihn als Verräter bezeichnen, denn es war eine der obersten Regeln der KgU, dass Kritik und Missstände intern abgehandelt wurden, um den Ruf der Organisation zu wahren. »Ihnen wird ein scharfer Wind um die Nase wehen, wenn Sie für

Herrn Goldmann aussagen. Machen Sie sich darauf gefasst, dass man Sie nicht nur beleidigen, sondern vermutlich auch anonym bedrohen wird, weil sie sich für einen Juden einsetzen. Ich bekomme jeden Tag solche unflätigen Schreiben. Mit der Zeit wird man immun dagegen. Demokratische Verfassung hin oder her – die meisten Menschen in diesem Land haben ihre Vorurteile noch immer nicht überwunden«, hatte Aalbert zum Abschied gesagt.

Max wusste aus eigener Erfahrung, was er meinte. Die Jahre, in denen man die Praxis seines Vaters mit Beleidigungen beschmiert und ihn selbst in der Schule schikaniert hatte, waren ihm noch gut in Erinnerung.

Aber durch den Diebstahl des Notizbuchs war es ohnehin zum Bruch mit seinen Freunden bei der KgU gekommen. Auch wenn Kai inzwischen klargestellt hatte, aus welchen persönlichen Gründen sein Vater Verleumdungen über ihn verbreitete, und Hubert eingelenkt hatte, spürte Max die Distanz der anderen. Deshalb fuhr er auch nicht mehr zum Wannsee raus. Kai war der Einzige, mit dem er noch gelegentlich Kontakt hatte und an dessen Meinung ihm etwas lag. Er hoffte sehr, dass er verstand, warum er sich für Goldmann einsetzte.

Gedankenversunken schloss Max die Tür auf.

Frau Krämer kam ihm entgegen. »Ach, da sind Sie ja endlich. Fräulein Lichtenberg ist hier. Ich habe ihr erlaubt, in Ihrem Zimmer zu warten. Ich glaube, es geht ihr nicht gut«, fügte sie flüsternd hinzu.

Max nickte irritiert und ging eilig in sein Zimmer.

Emma stand am Fenster und hatte ihm den Rücken zugewandt.

»Ems?«

»Max!« Als sie sich zu ihm umdrehte, blickte er sie erschrocken an – ihre Augen waren verweint und geschwollen, und dunkle Schatten lagen darunter, als hätte sie die letzten Nächte nicht geschlafen. Er konnte sich nicht erinnern, Ems – außer nach dem

Tod ihrer Mutter – jemals in solch einem Zustand gesehen zu haben.

»Was ist passiert?«, fragte er besorgt.

Sie sank auf einen Sessel, der neben dem Fenster stand.

»Julius … er hat sich von mir getrennt. Es hat alles nicht gestimmt, was er gesagt hat«, sagte sie verzweifelt.

»Hat er eine andere?« Max hatte Julius Laakmann nie besonders gemocht und spürte, wie ihn Wut ergriff.

»Nein, er kann sich nur keine Zukunft mit mir vorstellen, hat er mir plötzlich erklärt«, erwiderte sie voller Bitterkeit.

Er legte tröstend den Arm um sie. »Er ist ein Idiot, der dich nicht verdient hat, Ems. Und ein Frauenheld noch dazu. Selbst Alice hat das gesagt.«

Ihr Gesichtsausdruck verriet ihre kurze Irritation, weil er augenscheinlich mit ihrer Schwester über Julius gesprochen hatte. Dann schüttelte sie den Kopf. »Du verstehst nicht, Max. Er hat mir erzählt, er wolle rüberkommen und Ost-Berlin für immer verlassen. Es war schon alles abgemacht. Sein Vater sollte nachkommen. Ich wäre sogar bereit gewesen, mit ihm nach Westdeutschland zu gehen, weil Julius sich dort sicherer gefühlt hätte … Wir hatten letzte Woche noch alles besprochen.« Sie brach ab, weil ihr Tränen in die Augen traten. »Und dann hat er mir einen Brief geschrieben – es würde ihm leidtun, aber er wäre nun mal kein Mann, der sich binden könnte, und außerdem wolle er Ost-Berlin nicht verlassen.« Aufgebracht wischte sich Emma übers Gesicht. »Ich konnte das nicht glauben und bin gestern Abend zu ihm gefahren …« Sie verstummte, und Max sah, wie sie ihre Hände so fest gegeneinanderpresste, dass die Knöchel weiß hervortraten. »Ich weiß auch nicht, was ich erwartet habe. Dass er mir erzählt, jemand hätte ihn gezwungen, diesen Brief zu schreiben?« Sie lachte unglücklich auf. »Er hat sich entschuldigt, dass er nicht schon früher ehrlich war! Wie konnte ich mich nur so in ihm täuschen, Max?«

Ihre Verzweiflung ließ spontan den Wunsch in ihm aufsteigen, Julius Laakmann in einer dunklen Gasse die Meinung zu sagen. Er wusste nur zu gut, was Männer wie er erzählten, wenn sie eine Frau erobern wollten.

»Ich habe ihm von Anfang an nicht getraut, Ems.«

Sie nickte. »Ja – und du hattest recht. Aber Max, ich liebe ihn. Ich habe noch nie so für einen Mann empfunden!«, stieß sie leise hervor.

Er zog sie wortlos in seine Arme und fühlte, wie sie vor unterdrücktem Schluchzen bebte. »Vergiss ihn. Er ist es nicht wert, Ems.«

# ALICE

## 83

SIE HATTE EMMA SEIT ZWEI Wochen nicht gesehen. Alice hatte es einfach nicht fertiggebracht. Eigentlich waren sie letzte Woche verabredet gewesen, aber sie hatte ihrer Schwester eine Karte geschrieben, dass sie beruflich zu viel zu tun habe und es daher nicht schaffen würde. Eine fadenscheinige Ausrede.

»Sehen Sie Ihre Schwester gewöhnlich nicht einmal in der Woche?«, fragte sie Schröder, der sie in sein Büro bestellt hatte. Neben ihm saß Markov.

Der Stasioffizier schaute in eine Akte, die vor ihm aufgeschlagen auf dem Tisch lag. Alice fragte sich, was auf den getippten Seiten stand.

»Doch, aber sie hat zurzeit sehr viele Aufträge außerhalb Berlins«, log sie.

Markov taxierte sie. Sie befanden sich im Gebäude der Staatssicherheit, was Alice zusätzlich verunsicherte.

»Ich bin sicher, es wird dir gelingen, dich nächste Woche mit ihr zu treffen«, sagte er.

»Ich werde es versuchen.« Sie gewann nichts damit, ein Treffen mit Emma hinauszuzögern. Das wusste sie selbst. Irgendwann würde sie ihre Schwester sehen müssen, wenn sie die beiden nicht noch misstrauischer machen wollte.

Schröder lehnte sich mit väterlicher Miene ein Stück zu ihr hinüber. »Sehen Sie, wir wollen ja keine intimen Details über Ihre Schwester. Nur, dass Sie wachsam sind und uns darüber auf dem Laufenden halten, für wen sie dolmetscht. Wir wissen, dass sie gelegentlich Aufträge von einem gewissen Major Carter bekommt. Sie hat bestimmt schon mal seinen Namen erwähnt, oder?«

Alice blickte ihn an. Die Art, wie der Stasioffizier sie beobachtete, erinnerte sie an eine Katze, die mit einer Maus spielt. Sie ließ sich von seiner Freundlichkeit keine Sekunde lang täuschen und schüttelte den Kopf. »Nein, von einem Major Carter hat Emma noch nie gesprochen«, sagte sie ehrlich. »Ich fürchte, da wissen Sie mehr über meine Schwester als ich.«

Was hatten sie wohl noch alles über Emma in Erfahrung gebracht? Nach ihrem letzten Gespräch mit den beiden hatte sie den Verdacht, dass Markov vermutlich schon seit Jahren von der Existenz ihrer Schwester wusste. Wahrscheinlich war er der unbekannte Russe, von dem Emma damals angesprochen worden war. Ihre Beschreibung passte jedenfalls auf Markov.

»Nun, bringen Sie einfach unauffällig das Gespräch auf diesen Carter. Zwischen Schwestern fällt das bestimmt kaum auf. Und wer uns neben Emma besonders interessiert, sind, wie Sie wissen, die Mitglieder der KgU …«

Sie nickte, obwohl sie nur die Hälfte mitbekam, weil sie in ihrem Kopf ein Rauschen wahrnahm. Alice zwang sich, ruhig durchzuatmen, um die Panik in den Griff zu bekommen.

»Fahr einfach spontan bei deiner Schwester vorbei. Das macht man doch so unter Geschwistern, oder?«, sagte Markov zum Abschied. Selbst wenn er freundlich war, klang jedes Wort von ihm wie eine Drohung. Sie hasste ihn.

Nicht zum ersten Mal in den letzten Wochen wünschte sie, Irma hätte ihr nie von dem Suchauftrag erzählt. Sie musste einen Weg finden, Markov und Schröder Bericht zu erstatten, ohne dass sie dabei wirklich etwas verriet oder jemanden in Gefahr brachte. Ihr war allerdings nicht klar, wie sie das bewerkstelligen sollte. Allein bei dem Gedanken, Emma auszuhorchen, verspürte sie Übelkeit. Markov hatte bei ihrem letzten Gespräch keinen Zweifel gelassen, dass es Konsequenzen für Sergej haben würde, wenn sie dies nicht tat. Und welche, wollte sie sich lieber gar nicht vorstellen.

Wenn sie wenigstens mit Sergej hätte sprechen können. Aber er hatte ausgerechnet in der Woche, als sie Schröder vorgestellt worden war, aus beruflichen Gründen nach Moskau reisen müssen und war noch nicht zurück. Markov hatte den richtigen Zeitpunkt abgewartet. Wahrscheinlich hatte er sogar selbst dafür gesorgt, dass Sergej nicht in Berlin war.

Am nächsten Tag beschloss Alice, das Unvermeidliche nicht länger aufzuschieben und Emma einen Besuch abzustatten. Mit etwas Glück weilte ihre Schwester wirklich gerade für einen ihrer Aufträge in Frankfurt, Belgien – oder wo auch immer sie sonst arbeitete. Doch das Schicksal meinte es leider nicht gut mit ihr. Emma war zu Hause.

Sie öffnete ihr die Tür in einem zerknitterten Kleid und mit unfrisiertem, gerade einmal notdürftig gekämmtem Haar. Außerdem war sie fast ungeschminkt. Irritiert schaute Alice sie an. Gewöhnlich war ihre Schwester eine gepflegte Erscheinung, die Wert auf ihr Aussehen legte.

»Bist du etwa krank?«, fragte Alice beunruhigt, als sie die Ringe unter ihren Augen bemerkte.

Emma schüttelte den Kopf. »Nein, mir geht es nur nicht so gut.«

Alice folgte ihr ins Wohnzimmer, in dem die Vorhänge zugezogen waren, obwohl es draußen noch hell war. »Was ist denn los?«

Sie wollte zu den Gardinen gehen, aber ihre Schwester schüttelte den Kopf. »Nicht! Lass sie zu.«

Emma ließ sich aufs Sofa sinken und zog die Knie an die Brust. Besorgt beobachtete Alice sie.

»Wenn ich es dir erzähle, wirst du nur sagen, du hast es mir gleich gesagt«, stieß ihre Schwester hervor, ohne sie anzusehen.

»Wovon redest du?«

Sie starrte noch immer auf den Tisch vor sich. »Julius hat sich von mir getrennt«, sagte sie schließlich.

»Ach, Emma.« Alice setzte sich neben sie, zog ebenfalls die Beine hoch und lehnte sich an sie. So hatten sie als Kinder oft zusammengesessen, entsann sie sich. Sie fasste Emmas Hand.

Eine Weile saßen sie schweigend nebeneinander.

»Wenn ich dir etwas erzähle, versprichst du mir dann, mit niemandem darüber zu sprechen? Wirklich mit niemandem?«, fragte Emma, die den Kopf zu ihr drehte.

Alice nickte.

»Du musst es schwören. Beim Tod von Mutti«, forderte ihre Schwester eindringlich.

»Warum? Hast du ein Verbrechen begangen?«, versuchte Alice die Situation mit einem Scherz aufzulockern. Doch die Miene ihrer Schwester war noch immer ernst. Plötzlich fragte sie sich, ob sie wirklich erfahren wollte, was Emma ihr mitteilen würde.

»Gut. Ich schwöre es beim Tod von Mutti«, sagte Alice zögernd.

»Julius wollte in den Westen rüberkommen. Er hat gesagt, dass er mich lieben würde … Aber dann hat er es sich anders überlegt.« Emma berichtete ihr alles. »Es fällt mir noch immer schwer, alles zu glauben. Vor allem, dass er mit einem Mal so überzeugt vom Sozialismus ist!«

»Vielleicht ist er das wirklich«, entgegnete Alice vorsichtig.

»So wie du? Nein.« Emma machte eine abwehrende Handbewegung. »So war Julius nicht. Und warum hat er dann gesagt, er liebe mich?«

»Wahrscheinlich hat Julius wirklich Gefühle für dich gehabt, aber er war trotzdem nicht bereit, sein ganzes bisheriges Leben dafür aufzugeben. Möglicherweise hat er nur nicht gewusst, wie er dir das sagen soll.«

Emma schwieg. »Das habe ich auch erst gedacht. Aber in den letzten Tagen hatte ich Zeit nachzudenken«, sagte sie zögernd. »Nach Sigmunds Entführung, da hatte er Angst. Das habe ich selbst gesehen. Und wenn er sein Leben drüben wirklich nicht aufgeben wollte, warum hat er dann angefangen, Wertsachen in West-Berlin zu deponieren?«

»Er hat schon Sachen zu dir gebracht?«

Emma schüttelte den Kopf. »Nicht zu mir. In eine kleine Hausmeisterwohnung im Wedding, die sein Vater geerbt hat. Keiner weiß von ihr.«

Alice schaute sie überrascht an.

# MARKOV

## 84

*Ost-Berlin*

MARKOV HATTE DEN GESAMTEN VORMITTAG bei einem Treffen mit dem sowjetischen Botschafter und Walter Ulbricht, dem Ersten Sekretär des Zentralkomitees der DDR, verbracht. Ulbricht hatte zum wiederholten Mal gefordert, dass endlich etwas gegen West-Berlin unternommen werden müsse.

»Wir müssen diesem Menschenraub ein für alle Mal ein Ende setzen! Es ist doch nicht hinnehmbar, dass wir mitten in unserem Land diese kapitalistische Enklave dulden müssen. Ich hoffe, dass das von Genosse Chruschtschow in Moskau genauso gesehen wird. Wissen Sie, wie viele Menschen letztes Jahr unser Land verlassen haben? Über 260 000. 260 000!«, hatte Ulbricht erregt hervorgestoßen. Zwei hektische rote Flecken hatten sich dabei auf seiner Wange gezeigt, und seine Fistelstimme hatte wie immer an Markovs Nerven gezerrt. Der Erste Sekretär des Zentralkomitees der SED war ein kleiner Mann mit Bauch und Spitzbart – und alles andere als eine charismatische Erscheinung. Dennoch durfte man ihn nicht unterschätzen. Erst zu Beginn des Jahres hatte Ulbricht sich bei internen Parteikämpfen erfolgreich gegen seine politisch moderateren Gegner durchgesetzt.

Der Botschafter hatte ihn nur mit Mühe beruhigen können.

Markov war froh, als er das Treffen endlich verlassen konnte. Noch ein anderer Termin stand heute an, weshalb er sich gerade auf den Weg zur Staatssicherheit machte.

Dort erwartete ihn Schröder, der Alice Lichtenberg zu sich bestellt hatte. Gewöhnlich nahm Markov selbst keine Termine mit Informanten wahr. Das überließ er Andrej oder einem anderen seiner Untergebenen. Doch bei Alice verhielt es sich anders. Seit jenem Tag in Ostpreußen, als er entdeckt hatte, dass sie nicht die Tochter einer russischen Zwangsarbeiterin war, betrachtete er sie als eine persönliche Angelegenheit. Anfangs hatte er nur die Chance gesehen, dass sie dank ihrer Bindung zu Sergej einmal eine loyale Informantin abgeben würde. Bis er auf einmal davon überrascht wurde, dass sie eine Schwester hatte, eine Zwillingsschwester noch dazu. Nie würde er die Begegnung mit dem jungen Mädchen Unter den Linden vergessen, das Emma Lichtenberg hieß und ihn begreifen ließ, dass ihnen Alice in noch sehr viel größerem Maße von Nutzen sein konnte, als er geglaubt hatte.

»Wie geht es Ihnen, Fräulein Lichtenberg?«, riss Schröder ihn aus seinen Gedanken, als die junge Frau jetzt hereinkam.

»Gut, danke. Guten Tag, Genosse Grigorjew«, setzte Alice hinzu, als sie sah, dass er ebenfalls anwesend war.

Markov war geübt darin, Menschen zu lesen, an kleinsten Gesten und Reaktionen zu erkennen, ob sie nervös waren, logen oder Angst verspürten. Doch Alice Lichtenberg verstand es gut, ihre Gefühlsregungen zu verbergen. Sie wäre die perfekte Agentin gewesen. Ihre sozialistischen Überzeugungen waren vorbildlich. Leider besaß sie moralische Skrupel. Aber mit dieser Schwäche war Alice Lichtenberg nicht allein. Markov wusste damit umzugehen. Es gab immer einen Weg, einen Menschen zu überzeugen – manche waren käuflich, andere strebten im Beruf nach Ruhm und Anerkennung, und einige konnte man, so wie sie, nur mit Druck und den entsprechenden Drohungen gefügig machen. Es war ein wohlkalkulierter Schachzug von ihm gewesen, ihr zu verdeutlichen, dass es für Sergej Konsequenzen haben würde, wenn sie nicht tat, was er von ihr erwartete.

»Und, haben Sie inzwischen Ihre Schwester gesehen?«, erkundigte sich Schröder ohne lange Einleitungen.

»Ja, ich war vor zwei Tagen zu Besuch bei ihr«, antwortete Alice.

Markov musterte sie, und obwohl er sich sicher war, dass sie die Wahrheit sagte, war er weit davon entfernt, ihr zu trauen.

»Haben Sie etwas über diesen *Major Carter* in Erfahrung bringen können?«

Alice schüttelte den Kopf. »Es war leider nicht möglich, das Gespräch in diese Richtung zu lenken. Meiner Schwester ging es emotional nicht gut. Sie hat sich von Dr. Laakmann getrennt.«

Weder Schröder noch er ließen sich ihre Überraschung anmerken.

»Wissen Sie, warum?«

»Offensichtlich war er nicht an einer längerfristigen Beziehung mit ihr interessiert, und außerdem hat Emma sich gewünscht, dass er in den Westen kommt. Aber das konnte Dr. Laakmann sich nicht vorstellen.«

»Das hat Ihre Schwester erzählt?« Schröder horchte interessiert auf.

Alice nickte. »Ja. Er hat ihr einen Brief geschrieben, in dem er die Beziehung beendet hat. Sie hat ihn mir gezeigt.«

»Können Sie wiedergeben, was genau Dr. Laakmann darin geschrieben hat?«

Sie berichtete, was sie in Erinnerung hatte, und Markov hörte aufmerksam zu. Seit Haushofers Flucht war Julius Laakmann ein unsicherer Faktor. Man konnte ihm zwar nichts nachweisen, aber trotzdem auch nie ausschließen, dass er ein Komplize seines geflüchteten Kollegen war. Seine Beziehung zu Emma Lichtenberg, einer West-Berlinerin, hatte ihn zusätzlich verdächtig gemacht. Es war eine positive Überraschung, dass er sich von ihr getrennt hatte und entschlossen schien, in Ost-Berlin zu bleiben.

Das Gespräch über Laakmann ließ Markov wieder an Haushofer denken, der inzwischen in Moskau auf seinen Prozess wartete. Noch immer spürte er kalte Wut über den Verrat. Haushofer hatte 1951 nur früher aus der Sowjetunion zurückkehren dürfen, weil er sich bereit erklärt hatte, als Informant für den KGB zu arbeiten. Es lag damals wie heute im unabdingbaren Interesse Moskaus, Kontrolle über die DDR zu behalten – auch über ihre wissenschaftlichen Institute. Sie wollten wissen, woran die Deutschen forschten. Vor allem im Bereich der Kernphysik, deren Anwendung bis 1955 noch untersagt gewesen war. Haushofer hatte sie lange Jahre überzeugend getäuscht, bis er schließlich mit geheimen Unterlagen in den Westen geflohen war. Einen weiteren Fall wie diesen konnten sie sich nicht leisten.

»Hat Ihre Schwester denn irgendeinen Grund zu der Annahme gehabt, Dr. Laakmann könnte zu ihr in den Westen kommen?«, fragte Schröder nach. »Hat sie erzählt, ob er diesbezüglich jemals irgendwelche Überlegungen gehegt hat?«

Alice schüttelte den Kopf. »Nein, aber sie war verliebt und wollte wahrscheinlich nicht wahrhaben, dass sie sich in den Gefühlen von Dr. Laakmann geirrt hat«, erwiderte sie, doch Markov kam es für den Bruchteil eines Augenblicks so vor, als hätte sie mit ihrer Antwort gezögert.

»Versuch herauszubekommen, ob sie noch irgendwelchen Kontakt mit Laakmann hat. Selbst wenn er ihr nur schreibt, wollen wir es wissen«, mischte Markov sich ein.

Schröder händigte ihr zusätzlich noch eine Liste mit KgU-Mitgliedern aus, die sie auswendig lernen sollte. »Bemühen Sie sich um Informationen über diese Personen. Sie sind für uns von großem Interesse«, sagte der Stasioffizier.

Alice nahm die Papiere entgegen und nickte.

# EMMA

## 85

*West-Berlin, sechs Monate später, September 1958*

DIE SONNE STRAHLTE, UND AN den Bäumen zeigte sich ein zartes Grün. Auf den Wegen, die an den Tiergehegen vorbeiführten, spazierten Menschen – Mütter mit kleinen Kindern, Paare und ältere Leute. Der Zoologische Garten war gut besucht. Gewöhnlich fühlte Emma eine leichte Beklommenheit, wenn sie die eingesperrten Tiere anschaute, selbst bei denen, die mehr Auslauf hatten. Als sie jetzt jedoch beobachtete, wie das Team vom RIAS versuchte, einen O-Ton von dem neugeborenen Nilpferd zu erlangen, das erst vor einigen Wochen das Licht der Welt erblickt hatte, glitt ein Lächeln über ihr Gesicht. Neugierige hatten sich um das Radioteam geschart und brachen in Lachen aus, als das Tier, das auf den Namen Trude getauft worden war, endlich ein lautes Röhren von sich gab. Emma beobachtete, wie Georg geschickt die gute Stimmung nutzte, um die Reaktionen einiger Besucher im Interview einzufangen.

»Ich freue mich, dass du gekommen bist«, sagte Georg, als er sie später begrüßte.

»Trude konnte ich mir doch nicht entgehen lassen«, erwiderte Emma mit einem Augenzwinkern.

»Die Hörer lieben solche Beiträge.« Er war für eine kranke Kollegin eingesprungen, wie er ihr zuvor erzählt hatte. Normalerweise berichtete Georg über die politischen Geschehnisse der Stadt.

Sie wartete, bis er seine Sachen zusammengepackt und sich

von seinen Kollegen verabschiedet hatte. Dann schlenderten sie zusammen zum Ausgang des Zoos und liefen in Richtung Ku'damm.

In den vielen Cafés hatte man Tische und Stühle rausgestellt, und sie nahmen auf einer Außenterrasse in der warmen Sonne Platz.

Sie unterhielten sich über ihre Arbeit, und Georg erzählte ihr, dass er vor einigen Tagen ein Interview mit dem Berliner Bürgermeister Willy Brandt geführt hatte. »Wirklich ein Mann mit Charakter«, sagte er beeindruckt.

»Ich habe ihn bisher leider nur im Fernsehen gesehen«, erwiderte Emma bedauernd, die den Regierenden Bürgermeister, der im letzten Jahr gewählt worden war, genauso mochte wie er.

»Er ist nicht nur ein herausragender Politiker, sondern auch noch ein wirklich sympathischer Mensch«, bekannte Georg. Er wollte sich eine Zigarette anzünden und tastete seine Taschen ab, merkte aber, dass er kein Feuerzeug dabeihatte. »Ich hole nur rasch ein paar Streichhölzer«, sagte er und stand auf.

Emma nippte an ihrem Kaffee und beobachtete die vorbeieilenden Menschen. Nicht weit entfernt befand sich der Eingang zur U-Bahn, und sie stutzte, als sie nur zwei Meter entfernt neben einer Litfaßsäule zwei Männer bemerkte, die sich unterhielten. Sie trugen Mantel und Hut, aber trotz der Entfernung war sie sich sicher, dass einer der beiden Julius war. Emma erstarrte. Die zwei verabschiedeten sich, und der andere Mann lief über die Straße zu einem Wagen, während Julius zur U-Bahn-Treppe ging. Als spürte er ihren Blick, drehte er sich im Laufen unvermittelt noch einmal um und sah in ihre Richtung. Für einen Augenblick hätte Emma schwören können, dass er sie bemerkt hatte, aber dann wandte er schon wieder den Kopf nach vorn, stieg die Treppe hinunter und war verschwunden. Mit zittrigen Fingern stellte sie ihre Tasse ab und merkte, wie sie um Fassung ringen musste, obwohl sie Julius nur von Weitem gesehen hatte.

»Alles in Ordnung?«, fragte Georg, der mit den Streichhölzern zurückkam.

»Ja, ich dachte nur, ich hätte jemanden gesehen, den ich kenne«, erwiderte sie verlegen.

Er musterte sie prüfend. »Offensichtlich niemand Angenehmes. Du bist ganz blass geworden.«

Sie zwang sich zu einem Lächeln. »Nur jemand, der zu meiner Vergangenheit gehört«, sagte sie ausweichend, aber als sie sich später von Georg verabschiedete, spürte sie noch immer, wie aufgewühlt sie war. Jäh schienen wieder alle Erinnerungen an Julius präsent, die sie jeden Tag so mühsam zu verdrängen versuchte. Sie fühlte einen stechenden Schmerz in ihrem Inneren.

Lange Wochen hatte sie sich nach der Trennung von ihm in ihrer Wohnung vergraben. Sie hatte niemanden sehen wollen und selbst mit Alice und Max nicht geredet. Nach einem Monat war Max schließlich der Geduldsfaden gerissen.

»So geht es nicht weiter, Ems. Dieser Typ bestimmt immer noch dein Leben, obwohl er dich belogen und dir nur etwas vorgemacht hat. Du solltest Wut empfinden und nicht wie eine Liebeskranke zu Hause herumsitzen«, hatte er sie aufgebracht zurechtgewiesen.

»Du verstehst das nicht«, hatte sie erwidert.

»Doch – und wenn du nicht selbst etwas unternimmst und wieder unter Menschen gehst, dann zerre ich dich eigenhändig am Wochenende aus dem Haus.«

Etwas an seinen Worten hatte sie aufgerüttelt, denn im Grunde hatte er recht. Während sie zu Hause saß, weinte und nicht wusste, wie sie über Julius hinwegkommen sollte, traf er sich wahrscheinlich längst mit anderen Frauen und lebte sein Leben weiter. So zwang sie sich schließlich, wieder aus dem Haus zu gehen, und fing auch an, sich mit Georg zu treffen. Sie erzählte ihm, dass sie nicht zu einer Beziehung bereit wäre, weil sie sich gerade erst getrennt hatte. »Das verstehe ich. Lass uns uns also nur als Freunde

410

treffen, und wir schauen, wohin das führt. Wie wäre das?«, schlug er vor, und Emma willigte ein, dankbar für sein Verständnis, denn sie mochte ihn.

Georg war sympathisch und attraktiv. Sie teilten die Leidenschaft für ihre Berufe, und wie sie in einem ihrer angeregten Gespräche herausfanden, stammte er ebenfalls aus Ostpreußen. Emma fragte sich, warum sie sich nur nicht in einen Mann wie ihn verlieben konnte. Es machte sie wütend, dass Julius noch immer solche Reaktionen und Gefühle in ihr hervorrufen konnte.

## 86

AM ABEND WAR SIE MIT Alice verabredet. Sie wollten zusammen etwas essen und sich später noch mit Max im *Diener* treffen. Einer von Otto Brixmanns Zöglingen, mit dem Max selbst auch gelegentlich trainierte, hatte bei einem Amateurkampf einen Preis gewonnen, und sie feierten wie so oft in dem bekannten Lokal. »Wir können uns später dort treffen«, hatte Max vorgeschlagen.

»Und, wie geht es dir?«, erkundigte sich ihre Schwester, als sie die Wohnung betrat.

»Ich habe viel gearbeitet.«

»Wieder für die Amerikaner?«

»Ja, für die Kommandantur. Sie haben oft zu wenig eigene Dolmetscher«, berichtete Emma, während sie den Tisch deckte und die Suppe – einen Steckrübeneintopf – auf den Tisch stellte. Sie freute sich, ihre Schwester zu sehen. Nach der Trennung von Julius hatte sie gehofft, Alice würde sich entschließen, nach West-Berlin zu ziehen. Zumal sie selbst Andeutungen in diese Richtung gemacht hatte. Sie hatte ihre Schwester einige Male vorsichtig darauf angesprochen, aber diese hatte nur den Kopf geschüttelt.

»Dafür besteht doch keine Notwendigkeit, wir können uns genauso sehen, ob ich nun in West- oder Ost-Berlin wohne.« Emma hatte dem nicht wirklich etwas entgegenzusetzen gewusst. Im Prinzip hatte Alice recht, trotzdem fühlte sie sich unwohl bei dem Gedanken, dass ihre Schwester in Ost-Berlin lebte. Sie selbst fuhr nicht mehr gern dorthin, seit die Beziehung mit Julius zerbrochen war.

»Und um was für Themen ging es heute so?«, fragte Alice.

»Ach, nur Belanglosigkeiten in der Kommunikation mit dem Senat und Brandt, dem Regierenden Bürgermeister.« Emma füllte ihnen beiden auf, und sie begannen zu essen.

»Das schmeckt so gut wie früher«, sagte Alice, nachdem sie einige Löffel gegessen hatte.

»Danke! Es ist auch Muttis Rezept …« Plötzlich legte Emma den Löffel ab. »Weißt du, wen ich heute gesehen habe, Alice?«

Ihre Schwester schüttelte den Kopf.

»Julius. Ich bin mir jedenfalls ziemlich sicher.«

Alice musterte sie. »Hier in West-Berlin?«

»Ja, an der U-Bahn-Station am Ku'damm. Aber der Moment war so kurz, vielleicht habe ich mich auch geirrt. Hast du etwas von ihm gehört?«, fragte Emma beiläufig. Plötzlich merkte sie, dass sie wissen wollte, ob es eine neue Frau in seinem Leben gab.

Ihre Schwester schien nach den richtigen Worten zu suchen. »Ich habe ihn nicht gesehen, aber es wird über ihn gesprochen. Er hat sich für eine Mitgliedschaft in der SED beworben«, erklärte Alice. »Und er berät gelegentlich den Forschungsrat und die Wissenschaftliche Abteilung des Zentralkomitees, hat mir jemand erzählt.«

Emma blickte sie sprachlos an. »Julius will in die SED eintreten?« Dass sie nicht aufhören konnte, an ihn zu denken, und noch immer etwas für ihn empfand, war schon schlimm genug, aber wie konnte sie sich darüber hinaus so in seinen politischen Einstellungen als Mensch getäuscht haben?

»Du bist immer noch nicht ganz über ihn hinweg, oder?«, fragte Alice vorsichtig, die zu spüren schien, was in ihr vorging.

Emma zuckte die Achseln. »Es wird langsam besser, trotzdem weiß ich nicht, ob ich jemals aufhören werde, etwas für ihn zu empfinden.«

Sie aßen schweigend weiter und machten sich anschließend auf den Weg zum *Diener*.

# ALICE

## 87

Das Lokal war voll, und wie so oft erregten Emma und sie zusammen Aufmerksamkeit, als sie hereinkamen. So war es schon immer gewesen. Schon als Kinder waren die Menschen auf der Straße stehen geblieben und hatten sie angeschaut, und auch jetzt tuschelten einige Gäste, vor allem Männer, als sie ihre Ähnlichkeit bemerkten.

Max, den Alice schon seit einiger Zeit nicht gesehen hatte, winkte sie zu sich. Er stand neben einem Tisch mit einigen Leuten zusammen und stellte sie zwei seiner Trainingskollegen vor, bevor sie Otto Brixmann begrüßten und Theo, dem Gewinner des Wettkampfes, gratulierten – dessen Gesicht ein schillerndes Veilchen zierte. »Ich habe einen Tisch für uns reserviert«, sagte Max. Sie nahmen ein Stück entfernt von den anderen Platz und bestellten etwas zu trinken.

»Wie geht's dir, Alice?«, fragte er.

»Gut«, log sie, während sie ihren Blick durch das Lokal gleiten ließ und krampfhaft überlegte, was sie Schröder und Markov von diesem Abend berichten konnte. Inzwischen war sie geübt darin, unbedeutende Details als etwas Wichtiges darzustellen.

Ein Mann, der ihr bekannt vorkam, drängte sich zwischen den Tischen an ihnen vorbei.

»Hallo, Max, hallo, Emma«, grüßte er und nickte auch ihr zu, ging jedoch sofort weiter.

»War das nicht Kai?«, erkundigte sie sich verwundert.

»Ja, Hubert habe ich drüben auch schon entdeckt«, sagte Emma und wechselte einen kurzen Blick mit Max.

In dem Moment entdeckte auch Alice die Gruppe – sie saß an einem Tisch auf der anderen Seite des Raums. Zwei von ihnen waren Mitglieder der KgU und gehörten zu den Leuten, über die Schröder Informationen haben wollte. Sie beobachtete, wie Kai neben ihnen Platz nahm. Er sagte etwas zu Hubert, der daraufhin den Kopf in ihre Richtung wandte, ihnen kaum wahrnehmbar kühl zunickte, bevor er sich weiter mit Kai unterhielt.

Max verzog den Mund.

»Waren Kai und du nicht immer eng befreundet?«, fragte Alice irritiert.

»Nicht mehr seit dieser Sache mit dem Notizbuch«, erklärte Emma.

Eine ungute Ahnung befiel Alice. »Was für ein Notizbuch denn?«, fragte sie dennoch.

»Es wurde auf Huberts Geburtstagsparty gestohlen. Habe ich dir das nicht erzählt? Das Notizbuch hat Informationen enthalten, politische, die dazu geführt haben, dass in Ost-Berlin mehrere Leute verhaftet wurden«, erwiderte Emma.

Es kostete Alice Mühe, sich nichts anmerken zu lassen. »Politische Informationen? Ich dachte, Hubert wäre Anwalt«, zwang sie sich zu fragen.

Max zögerte. »Na ja, wir haben bis vor Kurzem alle für so eine politische Organisation gearbeitet, die sich für die Rechte von Menschen in Ostdeutschland engagiert«, erklärte er. »Sag nichts!«, fügte er hinzu, als er Alices Blick begegnete, den er natürlich missverstand. Er seufzte. »Lasst uns lieber nicht weiter darüber reden!«

»Warum nicht?«, widersprach Emma und sah demonstrativ zu dem Tisch von Hubert und Kai hinüber. »Sie sind Idioten!« Sie wandte sich wieder zu Alice. »Stell dir vor, Max wurde von der Polizei verhört, weil er einen Augenblick lang allein in Huberts Zimmer war. Und obwohl man ihm selbstverständlich nichts nachweisen konnte, hat er deshalb eine wichtige Arbeitsstelle nicht bekommen …«

»Ems!«, unterbrach Max sie.

Max war deshalb verdächtigt worden? Alice starrte ihre Schwester an, die sie noch nie so aufgebracht erlebt hatte.

»Aber diese Leute wurden doch bestimmt nicht ohne Grund verhaftet?«, wagte sie einzuwenden.

Max schüttelte den Kopf. »Die meisten haben nichts Schlimmeres getan, als ein paar Flugblätter zu verteilen oder einen Brief weiterzuleiten. Und trotzdem werden sie jetzt Jahre im Gefängnis verbringen müssen. Nur weil sie für eine andere politische Meinung eingetreten sind.«

Alice spürte, wie sich ihr bei seinen Worten die Kehle zuschnürte. Es war alles ihre Schuld.

»Am meisten beunruhigt mich, dass man diesen Verräter immer noch nicht ausfindig gemacht hat«, setzte Max hinzu.

»Widerlich! Wer immer das war, er wusste, dass man die Leute an die Stasi ausliefern würde. Wie kann man nur so etwas tun?«, sagte Emma voller Abscheu.

# JULIUS

## 88

*Ost-Berlin, zwei Wochen später, Oktober 1958*

ES WAR EIN HOCHKARÄTIGER EMPFANG, zu dem der Forschungsrat am Nachmittag geladen hatte. Parteifunktionäre und einige
Mitglieder des Zentralkomitees waren ebenso zugegen wie der
gesinnungstreue Kader der Akademie der Wissenschaften und
Berliner Universitäten. Julius schätzte, dass sich bestimmt um die
hundert Menschen im Saal befanden. Er nippte an dem süßen
Krimsekt, während seine Augen kurz über die nussbraune Wand-
vertäfelung, die die Längsseiten des Raums einnahm, zum Wap-
pen der DDR wanderten, das an der Stirnseite im mannshohen
Format hing.

»Dr. Laakmann!« Johannes Hörnig, der Leiter der Abteilung
Wissenschaft des Zentralkomitees, der mit zwei anderen Männern zusammenstand, begrüßte ihn erfreut. »Was denken Sie,
ich sprach gerade mit den Genossen darüber, dass wir junge sozialistisch geschulte Menschen aus der Arbeiterklasse in einem
viel größeren Maß fördern müssen, damit sie in der Forschung
Fuß fassen!« Der siebenunddreißigjährige SED-Funktionär hatte
selbst eine Schlosserlehre absolviert, wie Julius wusste.

»Ich kann Ihnen nur zustimmen«, erwiderte er mit einem Lächeln. »Wir sollten nie vergessen, dass auf der Wissenschaft und
Forschung die Zukunft unseres Landes ruht.«

Hörnig nickte angetan.

Julius hatte inzwischen Übung in solchen Konversationen.
Noch vor einigen Wochen hatte er die wenigsten Menschen

gekannt, die hier im Saal versammelt waren. Aber nach seiner Rückkehr aus West-Berlin war ihm klar geworden, dass er sein Leben verändern musste. Wenn er die Zweifel und Verdächtigungen, die man gegenüber seiner Person hegte, aus dem Weg räumen wollte, musste er sich zum System bekennen. In aller Deutlichkeit. *Entweder-oder*, dazwischen gab es nichts.

Er begann, im Institut einen engeren Kontakt mit den Kollegen aufzubauen, die in der Parteiorganisation engagiert und für ihre überzeugten Einstellungen bekannt waren, so wie Margot oder Felix, der ihn damals zu dem West-Berliner Kongress begleitet hatte. Trotzdem war Julius sich sicher, dass er insgeheim noch immer überwacht wurde. Beiläufig sprach er deshalb mit verschiedenen Leuten darüber, dass er den Wunsch verspüre, sich stärker politisch einzubringen, und traf sich sogar an einem Abend mit Felix, auch wenn er ihn nach wie vor nicht mochte.

»Wenn ich ehrlich bin, hat Sigmunds Entführung mich meine eigene Gesinnung noch einmal gründlich überdenken lassen. Ich bin davon überzeugt, dass wir den besseren und gerechteren Staat haben als der Westen, und möchte dazu meinen Beitrag leisten«, erklärte Julius, während er einen Schluck von seinem Bier trank.

»Warum trittst du nicht in die Partei ein? Dort brauchen wir Genossen wie dich«, sagte Felix voller Ernst.

Vielleicht war das die Lösung. Und so beschloss Julius, sich zu bewerben. Wie es vorgeschrieben war, musste er dafür nicht nur einen schriftlichen Antrag stellen, sondern auch zwei Bürgen vorweisen. Margot und Felix erklärten sich bereit.

»Die Wartezeit beträgt mindestens ein Jahr, und Arbeiter werden bevorzugt. Aber unter uns, das Politbüro hat ein besonderes Interesse daran, gerade Wissenschaftler auf die Parteilinie einzuschwören, damit nicht noch mehr in den Westen verschwinden. Bestimmt wird es schneller gehen«, versprach Felix.

Als Kandidat nahm Julius regelmäßig an Versammlungen,

Veranstaltungen und auch Schulungen der SED teil. Trotzdem schien es, als würde man seinem plötzlichen Bekenntnis zum System mit Skepsis begegnen. Erst als er die Einladung für zwei Vorträge an der Uni bekam, änderten sich die Dinge. Julius begriff, dass er die Chance nutzen musste, und so sprach er vor den Studenten und dem Lehrkörper nicht nur über die neuesten Erkenntnisse der Forschung, sondern hielt gleichzeitig auch ein leidenschaftliches Plädoyer über die Bedeutung der Physik im sozialistischen Staat. An der Uni lobte man ihn später genauso wie am Institut, und einige einflussreiche Mitglieder der Partei sprachen ihn begeistert auf seinen Vortrag an. Kurz darauf wurde er als Gast zu einem Treffen des Forschungsrats und der Abteilung Wissenschaft des ZKs eingeladen. Dort lernte er auch Johannes Hörnig kennen. Man würde sicher etwas tun können, um seinen Parteieintritt zu beschleunigen, wurde ihm versichert, und wie es aussah, würde er sein Parteibuch nun wohl bereits nächsten Monat in Empfang nehmen können. Er wurde ebenfalls darüber informiert, dass er aufgrund seiner herausragenden Arbeit und seiner besonderen Verdienste in Wissenschaft und Lehre die Möglichkeit erhalten würde, einen Pkw zu erwerben – ohne lange Jahre auf einer Warteliste zu stehen. Ungefähr zu dieser Zeit merkte Julius auch, dass er nicht länger beschattet wurde – es schien, als hätte er sein Ziel tatsächlich erreicht.

»Dass so viele Lehrer und Wissenschaftler unser Land verlassen, wird im Bereich der Schulen wie Universitäten über kurz oder lang zu einem Problem werden, dem wir uns stellen müssen«, sagte der Parteifunktionär, der neben Hörnig stand.

»Ja, das sehe ich auch so«, stimmte ihm Julius zu, denn es entsprach schlichtweg der Wahrheit.

»Verzeihung, Dr. Laakmann?«, ertönte in diesem Augenblick eine Frauenstimme.

Er drehte sich um.

»Ja?«

Eine grauhaarige Frau in einem dunkelblauen Kostüm, die bei seiner Ankunft die Namen auf einer Liste abgehakt hatte, stand vor ihnen. »Ein Anruf aus Ihrem Institut. Es sei dringend, sagte man.«

Er entschuldigte sich bei seinen Gesprächspartnern und folgte ihr. Sie geleitete ihn nach draußen zu einem Nebenraum, einem kleinen Büro, und deutete zu dem grauen Telefon. Er griff den Hörer.

»Laakmann?«

»Julius?«, erklang Margots angespannte Stimme am anderen Ende. »Entschuldige, dass ich dich auf dem Empfang störe, aber ich wurde gerade benachrichtigt, dass dein Vater ins Krankenhaus gekommen ist. Man hat ihn in die Charité eingeliefert.«

Es war ein Gefühl, als würde man ihm den Boden unter den Füßen wegreißen. »Wann?«, fragte er beklommen.

»Vor einer Stunde.«

»Ich fahre sofort hin.«

Er legte eilig auf. »Ich brauche meinen Mantel. Und entschuldigen Sie mich bitte bei Genosse Hörnig. Mein Vater ist ins Krankenhaus eingeliefert worden.«

Nicht einmal zwanzig Minuten später war er in der Charité. Mehrere Schläuche waren an den Arm seines Vaters angeschlossen, und er schlief.

Julius griff nach seiner Hand, und obwohl er ein erwachsener Mann war, fühlte er sich plötzlich verloren wie ein Kind.

»Wir nehmen an, dass er sich mit einem Virus angesteckt hat, das ihn zusätzlich schwächt. Er hat Medikamente bekommen«, berichtete ihm der behandelnde Arzt.

»Wird er … noch mal auf die Beine kommen?«, fragte Julius voller Angst.

»Wir werden alles dafür tun und ihn ein paar Tage hierbehalten. Aber der Krebs schreitet voran. Das wissen Sie, oder?«

»Ja.«

»Eine Operation würde ihm mehr Zeit schenken …«

Julius schüttelte den Kopf. »Das will er nicht.«

Der Arzt nickte und ging.

Er blieb am Bett seines Vaters sitzen und fasste erneut nach dessen Hand. Unter seinen Fingern spürte er seine raue Haut und den schwachen Puls. Vor seinen Augen zogen Bilder von früher vorbei, aus Zeiten, als sein Vater noch voller Kraft und Vitalität gewesen war. Irgendwann kam eine Schwester herein. »Die Besuchszeit ist gleich vorbei«, sagte sie leise.

»Danke.« Er blieb noch etwas sitzen und verließ dann das Krankenhaus. Draußen befiel ihn eine schreckliche Einsamkeit. Er fühlte sich ruhelos. Der Gedanke, allein in seiner Wohnung zu sein, war ihm unerträglich, und er stieg in die U-Bahn. Obwohl er wusste, dass es falsch war, fuhr er nach West-Berlin.

Als er in Wilmersdorf ausstieg, trugen ihn seine Schritte wie von allein weiter, bis er schließlich in der Dunkelheit zu ihrem Haus starrte. Er hatte nie aufgehört, an sie zu denken, und die Sehnsucht nach ihr erfasste ihn wie ein Sog. Manchmal bemerkte er von Weitem eine Frau, die ihr ähnlich sah – so wie neulich am Ku'damm –, und er verspürte einen beinah körperlichen Schmerz bei der Erinnerung an sie. Ihre Stimme, ihr Lachen, ihre Berührungen, die Art, wie sie ihn angesehen hatte – es war alles so präsent, als wenn sie sich erst vor wenigen Augenblicken und nicht vor Monaten das letzte Mal gesehen hätten. Vielleicht war alles falsch gewesen, was er getan hatte? Plötzlich wurde der Wunsch, einfach über die Straße zu gehen und an ihrer Tür zu klingeln, übermächtig. Es kostete ihn all seine Beherrschung, es nicht zu tun. Irgendwann fand er schließlich die Kraft, sich umzudrehen, und zwang sich zu gehen. Es gab kein Zurück mehr, egal wie sehr er es sich wünschte.

# EMMA

## 89

*West-Berlin, sechs Wochen später, November 1958*

WÄHREND IHRES STUDIUMS HATTE MAN ihr eine Reihe von Regeln eingeschärft, die noch heute in ihrem Kopf echoten. *»Vergessen Sie nie, dass Sie niemals in irgendeiner Weise Ihre eigene emotionale Haltung zu einem Gesprächsinhalt zeigen dürfen ... Die Anwesenheit eines guten Dolmetschers bemerkt man nicht.«*

Bisher war es Emma nie schwergefallen, dem nachzukommen, doch heute hatte sie zeitweilig Mühe, die gewohnte professionelle Neutralität zu wahren. Sie war am Vormittag kurzfristig für einen Auftrag ins US-Hauptquartier nach Dahlem gerufen worden. Die Streitkräfte hatten normalerweise ihre eigenen Dolmetscher und Übersetzer, aber eine Grippewelle hatte zu einigen krankheitsbedingten Ausfällen geführt. Emma musste bei ihrer Ankunft mehrere Verschwiegenheitsklauseln unterschreiben, bevor sie ein GI durch einen langen Flur und dann eine polierte Holztreppe hinauf in einen Saal brachte, der als Besprechungszimmer fungierte. Als sie den Raum betrat, begriff sie augenblicklich, dass etwas passiert sein musste, denn neben zwei hochrangigen amerikanischen Offizieren waren der amerikanische Kommandant Barksdale Hamlett, ein Staatssekretär Adenauers aus Bonn und der Berliner Regierende Bürgermeister Willy Brandt anwesend. Die Atmosphäre war angespannt. Wie Emma innerhalb der nächsten Minuten erfuhr, hatte der sowjetische Ministerpräsident Chruschtschow den westlichen Alliierten ein Ultimatum zur Lösung der Berlin-Frage gestellt. Sämtliche Streitkräfte sollten innerhalb der nächsten sechs Monate aus West-Berlin abgezogen und die entmilitarisierte Stadt anschließend zu einer *Freien Stadt* deklariert werden. Im Falle, dass der Westen diesen Forderungen nicht nachkam, würde die Sowjetunion der DDR die Kontrolle über die Verkehrs- und Verbindungswege zwischen Westdeutschland und West-Berlin übertragen.

Emma erinnerte sich, vor einer Woche in einer Zeitung etwas von einer Rede Chruschtschows im Moskauer Sportpalast gelesen zu haben, in der eine Lösung für West-Berlin gefordert worden war. Da die Sowjetunion und mit ihr die DDR oft große Reden schwangen und der Status von West-Berlin ein ständiges Thema war, hatte sie den Inhalt allerdings nicht sonderlich ernst genommen.

»Eine *Freie Stadt*?«, stieß Brandt jetzt hervor. Eine steile Falte zeigte sich auf dem Gesicht des Regierenden Bürgermeisters, der persönlich eine genauso charismatische Erscheinung wie im Fernsehen war. »Damit wären wir von der Bundesrepublik abgeschnitten und der DDR und den Sowjets auf Gedeih und Verderb ausgeliefert. Wir wissen alle, was das bedeutet. Das können wir nur vehement ablehnen, und wir sind auf Ihre Hilfe angewiesen, das Chruschtschow klarzumachen!«

»Niemand will West-Berlin den Sowjets auf dem Präsentierteller servieren«, versuchte ihn der amerikanische Kommandant zu beruhigen. »In Washington berät man sich und wird auch Kontakt mit den anderen Alliierten aufnehmen, wie man auf dieses Ultimatum in adäquater Form zu reagieren hat ...«

Seine Worte schienen den Regierenden Bürgermeister jedoch nicht zu beruhigen. Brandts angespanntes Gesicht ging Emma nicht aus dem Kopf. Als sie später auf der Rückfahrt nach Hause war, spürte sie eine tiefe Unruhe. Sie hatte sich in den vergangenen Jahren nie unsicher in West-Berlin gefühlt, selbst während der Blockade nicht. Letztlich hatte es immer Diskussionen darüber gegeben, welche Zukunft der Westteil der Stadt haben würde.

Auch die Angst, es könnte den Sowjets gelingen, die Stadt eines Tages ganz der DDR einzuverleiben, war unterschwellig immer da gewesen. Das Ungleichgewicht war nicht zu leugnen – elftausend westliche Soldaten in West-Berlin standen einer halben Million sowjetischer Soldaten gegenüber, die in Ost-Berlin und der DDR stationiert waren. Major Carter hatte ihre Sorgen diesbezüglich stets zerstreut. »West-Berlin besitzt eine viel zu große politische Bedeutung für die USA und auch die anderen westlichen Alliierten. Wir würden die Stadt nie aufgeben.«

Doch das Machtgefüge hatte sich in den letzten Jahren empfindlich verändert, seitdem die Sowjetunion ebenfalls im Besitz von Atomwaffen war. Es war das erste Mal, dass die Sowjets solch ein Ultimatum gestellt hatten. Emma fragte sich, ob die westliche Welt im Zweifelsfall wirklich bereit wäre, für West-Berlin einen Krieg zu riskieren. Vielleicht war es besser und sicherer, nach Westdeutschland zu ziehen?

Unwillkürlich wanderten ihre Gedanken zu Alice. Seit der Trennung von Julius hing Emma noch mehr an ihr, aber etwas in ihrem Verhältnis hatte sich in den letzten Wochen verändert. Sie sahen sich seltener, und wenn, dann wirkte ihre Schwester angespannt. Angeblich hatte es mit ihrer Arbeit in der Akademie zu tun, aber Emma nahm wahr, wie sie auf jede Zuneigungsbekundung und zu viel Nähe abwehrend, bisweilen fast aggressiv reagierte. Emma hatte schließlich sogar mit Max darüber gesprochen. »Du musst sie lassen, Ems. Sie ist einfach anders als du«, hatte er gesagt.

Das versuchte Emma, doch sie ertrug die Distanz zu Alice nur schwer und hatte immer mehr das Gefühl, dass irgendetwas nicht stimmte.

Als sie sich am nächsten Tag trafen, fühlte sie sich in dieser Vermutung wieder einmal bestätigt. Sie hatte Alice zum Essen eingeladen, und als sie durch die Tür kam, fiel ihr auf, wie schlecht sie aussah.

»Dir geht es nicht gut. Du hast Ringe unter den Augen«, stellte sie besorgt fest.

Alice verzog das Gesicht. »Hör auf, dich wie meine Mutter zu benehmen«, sagte sie gereizt.

Emma schwieg getroffen, aber mit einem Mal hatte sie keine Lust mehr, immer verständnisvoll zu sein. »Vielleicht würde ich mich nicht so verhalten, wenn du mir mehr erzählen würdest.«

»Zurzeit ist einfach viel zu tun bei der Arbeit«, behauptete Alice.

Emma schwieg, denn sie glaubte ihr nicht. Plötzlich verspürte sie keinen Hunger mehr. Sie legte das Besteck ab.

»Alice, ich muss über etwas mit dir reden.«

»Ja?«

»Ich weiß, dass du lieber in Ost-Berlin bleiben willst, aber du bedeutest mir alles, und die Situation in Berlin wird sich möglicherweise verändern. Am besten wäre es wahrscheinlich, nach Westdeutschland zu gehen«, brach es aus Emma heraus.

Alice starrte sie ungläubig an. »Nach Westdeutschland?« Sie schüttelte den Kopf. »Das könnte ich mir nie vorstellen, und was meinst du damit, die Situation in Berlin wird sich verändern?«

Emma suchte nach den richtigen Worten. »Ich darf über meine Arbeit nicht sprechen, aber du hast bestimmt von dieser Rede von Chruschtschow in Moskau und seinen Forderungen für Berlin gehört. Was, wenn West-Berlin an die DDR fallen würde? Dann wird sich alles ändern.«

»Und?«, sagte Alice. »Das wäre nur natürlich, und ehrlich gesagt würde ich es auch gut finden. Auf Dauer ist es nicht haltbar, dass es mitten in der DDR diese kapitalistische Insel mit ihren unzähligen westlichen Spionen gibt. Stell dir diese Situation mal umgekehrt vor. Das würde die BRD niemals dulden! Am Ende wird es auch für West-Berlin gut sein.«

Emma verlor für einen Augenblick die Fassung. »Was redest du denn? Du sprichst, als hättest du eine Gehirnwäsche bekommen.

Und wenn es in Ost-Berlin so toll wäre, würden doch nicht jeden Monat Tausende Menschen rüberkommen!«

»Weil sie manipuliert und unter falschen Versprechungen hierhergelockt werden. Die BRD betreibt einen regelrechten Menschenhandel mit ihnen.«

»Du spinnst«, entfuhr es Emma.

»Nein, du wirst das nie verstehen«, sagte Alice kalt, die ebenfalls aufgehört hatte zu essen. »Du versuchst es nicht mal, Emma, sondern bist total überheblich. So, wie man es euch hier beibringt. Manchmal kann ich das kaum ertragen. Kein Wunder, dass Julius sich nicht getraut hat, etwas zu sagen!«

Emma hätte nicht gedacht, dass Worte sie so verletzen könnten. »Wie kannst du so etwas zu mir sagen?«

»Weil ich es so meine«, erwiderte Alice und erhob sich. »Weißt du, vielleicht ist es besser, wenn wir uns nicht mehr sehen. Das denke ich schon länger. Seien wir ehrlich, wir sind zwar Schwestern, aber es gibt zu viel, das zwischen uns steht!«

Unfähig, ein Wort zu sagen, stand Emma wie im Schock da, als Alice sich auch schon umdrehte, im Flur nach ihrem Mantel griff und die Tür mit einem Knall hinter ihr ins Schloss fiel.

# MAX

### 90

WIE SO OFT IN LETZTER Zeit war er in Gedanken versunken. Er hatte bis zum späten Abend bei Aalbert in der Kanzlei gearbeitet. Aus den zwei Nachmittagen war schnell mehr Zeit geworden. Es machte ihm Spaß, für den Anwalt zu arbeiten, dem er Dankbarkeit schuldete. Aalbert hatte es tatsächlich geschafft, dass Kurt Goldmann offiziell als Flüchtling anerkannt wurde. Es hatte nicht einmal eines Gerichtsverfahrens bedurft, sondern nur einiger Telefonate mit höheren Stellen, in denen der Anwalt darauf hingewiesen hatte, wie fahrlässig ein Flüchtling aufgrund einer antisemitisch behafteten Beurteilung abgelehnt und fast das Leben eines Menschen zerstört worden war. Goldmanns Versuch, sich vor eine S-Bahn zu werfen, hatte Aalbert dabei genauso in die Hände gespielt wie sein anerkannter Ruf als Anwalt. Max war erleichtert gewesen, dass er am Ende keine Aussage vor Gericht gegen die KgU machen musste, und Goldmann ging es inzwischen besser. Er hatte sich mehrfach bei ihm bedankt. Eigentlich hätte Max glücklich sein müssen, aber das war er nicht. Sein Leben hatte sich verändert, und es gab Momente, in denen er sich nach der moralischen Eindeutigkeit zurücksehnte, die es früher gegeben hatte. Goldmanns Fall hatte ihn nachdenklich gemacht. Obwohl er wusste, dass er die richtige Entscheidung gefällt hatte, fehlten ihm seine Freunde von früher, vor allem Kai, der im Gegensatz zu ihm inzwischen Karriere beim BND machte. Es war aber auch das Gefühl, für ein gemeinsames Ziel zu kämpfen, das er vermisste. Aus der KgU war er inzwischen ausgetreten. Der Verband befand sich allerdings ohnehin im

Auflösungszustand. Die öffentliche Kritik war nicht ohne Folgen geblieben.

Max beschloss, noch im *Engelseck* etwas trinken zu gehen, um auf andere Gedanken zu kommen. Die Kneipe war halb voll. Er stutzte, als er durch die Tür trat und die Frau an der Bar sitzen sah. Wie immer war er für einen Augenblick unsicher, doch er erkannte an dem Mantel, der über der Lehne hing, und ihrer Frisur, dass es Alice war. Er beobachtete, wie sie in einem Zug einen Obstler trank und sich anschließend bei dem Wirt sofort einen zweiten bestelle.

»Alice? Was treibt dich denn hierher?«

Sie drehte sich herum, und ihr niedergeschlagener Ausdruck traf ihn unerwartet.

»Max, hallo!«, sagte sie nur.

Er ließ sich neben ihr auf dem Barhocker nieder.

»Kein guter Tag?«

Ihre Finger umschlossen das Glas, das der Wirt ihr hingestellt hatte. »Nein«, sagte sie bitter. »Ich habe mich mit Emma gestritten.«

Überrascht schaute er sie an. »Na ja, das gibt es gelegentlich unter Geschwistern, oder?«, entgegnete er und bestellte sich ein Bier.

Sie schüttelte den Kopf. »So ein Streit war es nicht.« Sie wirkte nicht nur niedergeschlagen, sondern auch traurig. Er sah zu, wie sie nach dem zweiten Obstler griff und ihn erneut in einem Zug austrank.

»Was ist denn passiert?«

»Ach.« Sie winkte resigniert ab. »Wie geht's dir?«

Max zuckte die Achseln. »Gut.«

Sie musterte ihn und legte den Kopf schräg. »Du hast dich verändert«, stellte sie fest.

»Es ist eher so, dass sich das Leben um mich herum verändert hat. Ist einiges nicht so gelaufen, wie ich dachte«, versuchte er zu erklären.

»Weil du diese Stelle nicht bekommen hast?«

Er nickte. »Auch.« Sie schwiegen beide für einen Moment.

»Meinst du, sie haben hier Wodka?«, fragte ihn Alice plötzlich.

»Klar.«

Er winkte den Wirt herbei und bestellte zwei Wodka.

Sie stießen an und tranken das scharfe Getränk auf ex. »Wow«, sagte er.

Sie lachte, und er musste daran denken, wie sie vor vielen Monaten schon einmal zusammen hier im *Engelseck* gesessen hatten. Wie damals hatte sie auch jetzt einen leichten Schwips und offenbarte auf einmal einen weichen Zug, den etwas Melancholisches umgab und den sie sonst nie zu erkennen gab.

Sie berührte ihn am Arm. »Darf ich dich etwas fragen?«

»Nur zu!«

»Warum ist aus Emma und dir eigentlich nie ein Paar geworden? Ihr würdet doch gut zusammenpassen!«

Warum stellte sie ihm diese Frage? »Emma ist wie eine Schwester für mich«, erklärte er.

Sie blickte ihn an. »Und du würdest immer für sie da sein, oder?«

»Sicher.«

Sie schien zufrieden. »Ich glaube, ich bin etwas betrunken, aber lass uns trotzdem noch einen bestellen, ja?«, sagte sie mit einem Lächeln.

Er nickte und begriff, dass sie aus irgendeinem Grund heute genauso wenig nach Hause wollte wie er.

# EMMA

## 91

*Eine Woche später*

SIE WAR DIE GANZE WOCHE über für einen Auftrag in London gewesen. Eine Delegation Berliner Senatsmitglieder, die Emma als Dolmetscherin begleitet hatte, war dort mit englischen Abgeordneten zusammengekommen. Die Gespräche waren vor allem um das Chruschtschow-Ultimatum gekreist, das die Welt in Atem hielt. Die Telefon- und Telegrafenleitungen in Westeuropa und den USA standen seit der Forderung aus Moskau nicht mehr still.

Die Tage waren mit Arbeit angefüllt gewesen, und normalerweise hätte sie ihre knappe Freizeit zwischendurch genossen und London erkundet – sie liebte die Stadt –, aber sie hatte nur an ihren Streit mit Alice denken können.

Vielleicht hatte diese Auseinandersetzung schon lange zwischen ihnen im Raum gestanden. Es war das erste Mal gewesen, dass auch Emma sich nicht mit ihrer politischen Meinung zurückgehalten hatte. Dennoch hatte es sie verletzt, wie Alice reagiert hatte. *»Weißt du, vielleicht ist es besser, wenn wir uns nicht mehr sehen. Das denke ich schon länger …«* Ihre Worte geisterten noch immer durch Emmas Kopf, obwohl sie sich sicher war, dass Alice sie nicht ernst gemeint hatte. Bestimmt war nur auf einmal ihr impulsives Temperament von früher durchgebrochen. Dennoch hatten sie ihre Worte getroffen. In den ersten Tagen nach dem Streit war sie selbst furchtbar wütend gewesen. Vor allem Alices Bemerkung über Julius konnte sie ihr nicht verzeihen. Aber mit der Zeit, die verstrich, verspürte Emma eine immer größer werdende Traurigkeit. Sie liebte ihre Schwester. Neben Max war sie der einzige Mensch, der ihr noch wirklich nahe war, und im Grunde war es ihr gleichgültig, welche politische Meinung Alice hatte. Wieder und wieder spielte sich ihr Streit vor ihren Augen ab, und sie kam nicht umhin, über die Vorwürfe ihrer Schwester nachzudenken. Vielleicht hatte Alice mit manchem nicht ganz unrecht. Sie hatte sich nie die Mühe gemacht, die Einstellung ihrer Schwester zu verstehen, musste sie zugeben. Es war Emma stets absurd erschienen, man könnte ein System wie den Sozialismus gut finden, in dem es den Menschen nicht nur wirtschaftlich schlechter ging, sondern sie auch jeder individuellen Freiheit beraubt wurden. Sie hatte mit ihrer Schwester nie über politische Themen diskutiert, weil sie insgeheim davon überzeugt war, dass Alices Meinung allein auf ihre doktrinäre Erziehung in der DDR zurückzuführen war. Aber war es nicht tatsächlich überheblich, so zu denken? Emma fühlte plötzlich eine leise Schuld.

Als sie aus London zurückkehrte, traf sie sich mit Max. Zu ihrer Überraschung erzählte er ihr, dass er Alice an jenem Abend noch im *Engelseck* getroffen hatte. »Sie hat erwähnt, dass ihr euch gestritten habt, aber sie wollte nicht darüber reden.«

»Und wie hat sie auf dich gewirkt?«, fragte Emma bedrückt.

Max antwortete ihr nicht sofort. »Ehrlich gesagt, etwas niedergeschlagen und traurig, obwohl sie versucht hat, es zu verbergen«, sagte er schließlich und wich ihrem Blick aus.

Emma schwieg. Traurig! Genau wie sie selbst. Ein warmes Gefühl durchflutete sie. Am Ende waren sie doch Zwillinge.

Auf einmal schien ihr die gesamte Auseinandersetzung albern, und sie konnte Alice nicht mehr böse sein. Sie beschloss, den ersten Schritt auf ihre Schwester zuzugehen, und fuhr am nächsten Abend zu ihr nach Ost-Berlin.

Es war das erste Mal seit der Trennung von Julius. Am Übergang zum Ostsektor gab es Kontrollen, und sie war dankbar für ihren West-Berliner Pass.

Die Eingangstür des alten Hauses, in dem Alice wohnte, stand offen, und Emma stieg die Treppen in den vierten Stock hoch. Sie klingelte einige Male, aber es öffnete niemand. Enttäuscht wandte Emma sich wieder ab und hinterließ Alice eine Notiz im Briefkasten, sie sei hier gewesen und würde es morgen noch einmal versuchen.

Wahrscheinlich war ihre Schwester noch ausgegangen.

Doch am nächsten Abend war Alice wieder nicht da – und auch nicht am darauffolgenden. Niedergeschlagen stieg sie an dem dritten Abend die Treppe hinunter und wollte ihrer Schwester erneut eine Nachricht hinterlassen, als sie durch das schmale Sichtfenster des Briefkastens bemerkte, dass ihre anderen beiden Notizen noch nicht herausgenommen worden waren. War Alice die letzten Tage nicht hier gewesen? Aber sie fuhr nie weg. Zumindest nicht beruflich, und wäre sie privat verreist, hätte sie das bestimmt vorher erwähnt. Emma runzelte die Stirn und entschied sich spontan, wieder hochzugehen und bei den Nachbarn im selben Stockwerk zu klingeln.

»Ja?« Eine Frau in einer geblümten Kittelschürze riss die Tür auf.

»Guten Abend. Entschuldigen Sie, dass ich störe«, begann Emma.

»Ach, Sie sind's! Hab'n Sie was vergessen, Frollein Lichtenberg?«

Irritiert schaute Emma sie an, bis ihr klar wurde, dass die Frau sie für ihre Schwester hielt. »Ich bin nicht Alice, sondern die Schwester von Fräulein Lichtenberg, Emma Lichtenberg. Die Zwillingsschwester«, fügte sie auf den verwirrten Blick der Frau hinzu. »Wissen Sie vielleicht, wo Alice ist? Ich habe die letzten drei Abende bei ihr geklingelt, und sie war nicht zu Hause. Ist sie verreist?«

»Verreist? Nee, die is' doch ausgezogen. Schon letzte Woche!«

Emma glaubte für eine Sekunde, sich verhört zu haben. »Ausgezogen?«

Die Nachbarin nickte.

»Wer is' denn da an der Tür, Friede?«, rief eine tiefe Stimme. Ein Mann in langer Hose und Unterhemd trat zu ihnen.

»Das ist die Schwester von Fräulein Lichtenberg. Die Zwillingsschwester«, erklärte die Frau. Der Mann musterte sie verblüfft.

»Hat meine Schwester Ihnen eine Adresse hinterlassen?«

»Nein, leider nicht«, erwiderte die Nachbarin. »Das ging ja auch alles so schnell.«

»Wir hatten uns schon gewundert«, sagte der Mann. »Die hat sich nicht mal verabschiedet. Aber dass sie nicht mal Ihnen Bescheid gegeben hat!« Er schüttelte den Kopf. »Ein bisschen komisch war sie ja. Immer so verschlossen.«

Emma nickte beklommen. »Falls sie sich noch mal bei Ihnen meldet, könnten Sie ihr sagen, dass ihre Schwester hier war?«

»Sicher.«

Sie verabschiedete sich und versuchte die leise Angst zu ignorieren, die sich ihrer bemächtigte, als sie das Haus verließ. Wenn Alice letzte Woche ausgezogen war, dann musste sie davon bereits gewusst haben, als sie sich das letzte Mal gesehen hatten. Warum hatte sie nichts erzählt? Hatte der Streit sie daran gehindert?

Grübelnd fuhr Emma nach Hause und war froh, dass sie am nächsten Tag nicht arbeiten musste. Gleich morgen würde sie zur Akademie der Wissenschaften fahren und Alice dort aufsuchen.

Am nächsten Vormittag fuhr sie erneut nach Ost-Berlin.

Im Eingangsbereich der Akademie stellte sich ihr ein Pförtner entgegen, ein rundlicher Mann im grauen Hemd.

»Es tut mir leid, aber wenn Sie keine Mitarbeiterin sind oder einen Termin haben, kann ich Sie nicht hereinlassen!«, sagte er, als sie ihm mitteilte, dass sie ihre Schwester besuchen wolle.

»Aber sie arbeitet hier, und ich müsste sie dringend sprechen. Sie kennen sie bestimmt, Alice Lichtenberg?«, fragte Emma und versuchte es mit einem Lächeln, das ihn jedoch auch nicht erweichen konnte.

Stattdessen ging er mit strenger Miene zu einem Tisch und blätterte durch eine Liste.

»Also hier ist niemand mit diesem Namen verzeichnet«, sagte er kopfschüttelnd.

»Das kann nicht sein! Sie arbeitet hier. Ich kann Ihnen meinen Ausweis zeigen«, schlug Emma vor, der langsam aufging, dass er ihre Schwester tatsächlich nicht zu kennen schien – sonst hätte er die Ähnlichkeit zwischen ihr und Alice längst bemerkt. Sie holte ihren Ausweis aus ihrer Handtasche hervor. Der Pförtner warf einen kurzen Blick darauf, und seine buschigen Brauen hoben sich ein wenig. »Ach, West-Berlinerin?«

»Ja, und meine Schwester lebt hier in Ost-Berlin«, erwiderte Emma ungeduldig – der Mann benahm sich, als wollte sie hier irgendwelche Staatsgeheimnisse ausspionieren. In diesem Augenblick hörte sie Schritte hinter sich. Sie drehte sich um. Ein Mann kam die Stufen zum Gebäude hoch. Erleichtert erkannte sie, dass es Bernd war.

»Emma?« Er musterte sie fragend, weil er sich nicht ganz sicher schien, ob sie es war.

»Ja!«, bestätigte sie. Sie ging rasch auf ihn zu. »Kannst du mir helfen, Bernd? Ich muss mit Alice sprechen, aber euer Pförtner will mich nicht ins Gebäude lassen. Er behauptet, sie wäre nicht in der Mitarbeiterliste verzeichnet.«

»Walter ist neu. Er kennt Alice nicht.« Ein seltsamer Ausdruck glitt über sein Gesicht, und er zog Emma ein Stück zur Seite. »Weißt du denn nicht, dass sie nicht mehr hier arbeitet?«, fragte er irritiert.

Spätestens in diesem Moment begriff Emma, dass etwas nicht stimmte. »Nein. Das kann doch nicht sein«, sagte sie betroffen.

»Warum ist sie denn nicht mehr hier? Weißt du, wo sie jetzt arbeitet?«

Bernd schüttelte den Kopf. »Keine Ahnung. Wir haben uns ja schon vor einiger Zeit getrennt und seitdem nicht mehr so viel miteinander geredet. Ihre Kündigung kam sehr plötzlich. Für alle.«

Emma spürte, wie sie Panik erfasste. Seitdem sie Alice wiedergetroffen hatte, war das ihre größte Angst – dass ihre Schwester einfach wieder aus ihrem Leben verschwinden könnte, ohne dass sie etwas dagegen tun konnte. »In ihrer Wohnung wohnt sie auch nicht mehr. Sie ist letzte Woche ausgezogen. Und sie hat mir nichts erzählt«, sagte Emma.

Bernd schaute sie ungläubig an.

Plötzlich hatte sie Angst, dass ihrer Schwester etwas passiert war. »Könntest du mir einen Gefallen tun und bei deinen Kollegen nachfragen, ob jemand etwas gehört hat? Ich würde es selbst tun, aber man lässt mich nicht ins Gebäude, und ich weiß auch gar nicht, wer Alice näher gekannt hat.«

»Klar mache ich das«, sagte Bernd. Sie vereinbaren, sich am nächsten Tag um die gleiche Zeit noch einmal zu treffen.


92


Zwei Tage später lief Emma in unruhigen Schritten vor Max auf und ab, der auf dem Sofa saß, auf dem sie so oft zusammen mit Alice gesessen hatte, und ihr ungläubig zuhörte.

»Sie ist verschwunden! Wie vom Erdboden verschluckt. Ich verstehe das einfach nicht«, stieß sie hervor.

»Aber irgendjemand muss doch etwas wissen. Hat sie keine engen Freunde gehabt, die man fragen könnte?«

Emma schüttelte den Kopf. »Nein, niemand, nur Bekannte laut

Bernd«, sagte sie, und sie begriff erneut, wie wenig sie im Grunde über ihre Schwester wusste. »Ich habe Bernd heute noch einmal getroffen, und er hat sich für mich unter den Kollegen umgehört. Aber Alice hat mit keinem über ihre plötzliche Kündigung gesprochen, und als er schließlich bei der Akademieleitung nachgefragt hat, wurde ihm höflich erklärt, man dürfe ihm leider keine Auskunft geben.«

»Merkwürdig«, sagte Max nachdenklich.

Emma nickte, während sie fahrig ihre Finger knetete. »Das macht alles kein Sinn. Warum hätte Alice mir denn nicht sofort erzählen sollen, dass sie umzieht und eine andere Arbeitsstelle annimmt? Ich meine – vor unserem Streit ...«

»Sie wird sich melden, Ems! Wahrscheinlich braucht sie nach eurer Auseinandersetzung nur etwas Zeit«, versuchte Max sie zu beruhigen, aber er wirkte selbst besorgt.

»Du hast sie an dem Abend doch noch gesehen! Hat sie denn irgendetwas gesagt oder angedeutet?«, fragte Emma unglücklich.

»Nein, nichts. Wie gesagt, sie wirkte traurig und hat einiges getrunken, als hätte sie euren Streit vergessen wollen.« Er zögerte und wirkte, als wollte er noch etwas sagen, aber dann schwieg er.

»Was mache ich nur, Max?«, brach es verzweifelt aus ihr hervor. Tränen standen in ihren Augen. »Ich kann sie nicht noch mal verlieren!«

»Jetzt warte erst mal ab. Sie wird sich bestimmt melden.«

Emma hoffte, dass er recht hatte. Aber die Tage verstrichen – aus zwei Wochen wurden drei, und schließlich war eine vierte vergangen, ohne dass sie etwas von Alice gehört hatte. Inzwischen war Emma fest überzeugt, dass etwas nicht stimmte. Sie musste etwas unternehmen.

In ihrer Verzweiflung beschloss sie letztlich, etwas zu tun, was Max ihr damals vorgeschlagen hatte, als Alice nach ihrem ersten Wiedersehen aus der Wohnung gerannt war und sie befürchtet hatte, sie könnte sich nicht wieder bei ihr melden. Sie ging zu einer Privatdetektei, zur *Detektei Wagner & Söhne*. Die Anzeige hatte sie in einer Zeitung entdeckt. Ein unscheinbarer Herr mit Brille und schütterem Haar empfing sie und hörte sich aufmerksam an, was sie über Alices Verschwinden erzählte.

»Nun, das hört sich für mich erst einmal so an, als wäre Ihre Schwester einfach umgezogen«, sagte er nachdenklich. »Ich möchte Ihnen nicht zu nahe treten, aber könnte es nicht sein, dass Ihre Schwester wirklich den Kontakt zu Ihnen abbrechen möchte? Sie sagen selbst, sie beide hätten sich gestritten?«

»Ja, schon, aber das glaube ich trotzdem nicht«, erwiderte Emma. »Ich möchte auch nur wissen, wo sie jetzt ist«, setzte sie hinzu.

»Nun, verstehen Sie mich nicht falsch. Ich würde Ihnen gern helfen, und in West-Berlin oder der BRD könnte ich ohne Schwierigkeiten Nachforschungen anstellen. In Ost-Berlin und der DDR sind meine Möglichkeiten allerdings begrenzt. Ich könnte ein, zwei Leute in Ost-Berlin kontaktieren, aber versprechen Sie sich nicht zu viel davon.«

Sie nickte niedergeschlagen und sprach einige Tage später auch mit Georg darüber. Sie saßen in einer Kneipe in Friedenau, und Emma hatte sich einen Apfelwein bestellt, während er ein Bier trank.

»Du bist doch Journalist. Wie sucht man nach einem Menschen?«, fragte sie.

Er stieß nachdenklich den Rauch seiner Zigarette aus.

»Eigenartig, dass die Akademieleitung diesem Bernd keine Auskunft geben wollte. Das klingt fast, als hätte deine Schwester selbst darum gebeten oder jemand es angeordnet.«

Emma schaute ihn beunruhigt an. Über diese Möglichkeit hatte sie überhaupt noch nicht nachgedacht.

»Ich würde immer in der Vergangenheit eines Menschen anfangen«, erklärte Georg dann. »Meistens liegt dort der Schlüssel zu allem. Was weißt du denn über deine Schwester von früher? Ihr seid auf der Flucht aus Ostpreußen getrennt worden, oder?«

Emma nickte. »Ja, aber sie hat mir nicht viel erzählt. Das war immer ein Streitpunkt zwischen uns. Ich weiß nur, dass sie von einem sowjetischen Offizier aus dem brennenden Haus gerettet wurde und dann erst in Königsberg und später in Brandenburg ins Heim gekommen ist. Sie wollte nie darüber reden.«

»Ich kann deine Schwester verstehen«, sagte Georg zu ihrer Überraschung. »Ich bin während der Flucht aus Ostpreußen auch von meiner Familie getrennt worden. Es hat lange gedauert, bis ich überhaupt darüber sprechen konnte, und ich tue es immer noch nicht gern.«

Emma hatte unwillkürlich die Bilder ihrer eigenen Flucht vor Augen, die sich in ihr Gedächtnis gebrannt hatten und sie in ihren Albträumen manchmal noch immer verfolgten. Sie erinnerte sich, wie groß ihre Angst damals gewesen war, sie könnte in dem apokalyptischen Chaos ihre Mutter verlieren, und wie sie sich die ganze Zeit an sie geklammert hatte.

»Vor zwei Jahren habe ich eine Reportage darüber geschrieben: *Die verlorenen Kinder von Ostpreußen*«, riss Georg sie aus ihren Gedanken. »Es war wie eine Art Therapie für mich. Weißt du, wie viele Kinder damals von ihren Familien getrennt wurden?«

Emma schüttelte den Kopf.

»Zwanzigtausend! Alle ohne Eltern – allein und dem Hunger, der eisigen Kälte, der Einsamkeit und der Angst vor den Sowjets ausgesetzt! Viele haben versucht, sich durch die Wälder nach Litauen durchzuschlagen, weil sie hofften, dort etwas zu essen zu bekommen. Ich auch«, sagte er mit ernster Miene.

Georg erzählte weiter, dass es den Litauern jedoch bei strenger Strafe verboten war, den *Faschistenkindern* zu helfen oder sie bei sich aufzunehmen. Manche hätten ihnen trotzdem etwas zu essen gegeben oder sie ein, zwei Nächte bei sich schlafen lassen. »Die Kinder und Jugendlichen lebten oft über Monate verwildert wie die Wölfe oder fanden sich zu Notgemeinschaften zusammen. Die meisten waren traumatisiert. Es war furchtbar, was sich dort abgespielt hat.« Ein düsterer Schatten glitt bei der Erinnerung über sein Gesicht. Manche hätten Glück gehabt und auf einem der Höfe in Litauen Arbeit gefunden, berichtete er. »Aber sie durften nie ihren deutschen Namen nennen oder Deutsch sprechen. Man hat sie umbenannt.« Er selbst habe einige Zeit als Knecht unter falschem Namen gearbeitet. »Ich war dreizehn. Man hat mich geschlagen und wie einen Leibeigenen behandelt, sodass ich von dort schließlich mit einem anderen deutschen Jungen wieder geflohen bin. Wie durch ein Wunder haben wir es geschafft, uns bis nach Berlin durchzukämpfen. Einige Monate später habe ich meine Familie über das Rote Kreuz wiedergefunden. Aber dieses Glück hatten nur die wenigsten!«

Betroffen hatte Emma ihm zugehört. »Es ist so unvorstellbar, was damals passiert ist«, sagte sie schaudernd.

Georg nickte. »Und in den Heimen in Ostpreußen war es kaum besser.«

Emma schwieg. Wie schon so oft fragte sie sich, was ihre Schwester damals wohl durchgemacht hatte. Lag der Schlüssel zu ihr und ihrem Verhalten in der Vergangenheit, wie Georg vermutete?

# JULIUS

## 93

*Zeuthen, DDR, Januar 1959*

DIE FLURE DES INSTITUTS WAREN leer, und es brannte kaum noch ein Licht. Um diese Zeit waren die meisten schon auf dem Weg nach Hause. Doch Julius war eine ganze Woche nicht hier gewesen, da er an einem Kongress in Dresden teilgenommen hatte, und er ahnte, was in dieser Zeit auf seinem Schreibtisch liegen geblieben war. Es war allerdings nicht der einzige Grund, warum er noch hierhergekommen war. Julius hatte die abendliche Ruhe schon immer gemocht. Er konnte konzentrierter arbeiten, wenn nicht ständig jemand klopfte oder er zu einer Besprechung gerufen wurde – und es trieb ihn ohnehin nichts nach Hause.

Seinem Vater ging es glücklicherweise etwas besser. Er war geschwächt, aber wieder zu Hause, wo Frau Pestalowski regelmäßig nach ihm gesehen hatte, während er in Dresden gewesen war.

Julius schaltete das Licht in seinem Büro an und ließ die Tür zum Flur offen. Auf seinem Schreibtisch stapelte sich wie erwartet die Post. Für einen kurzen Augenblick ließ er seine Augen prüfend durch den Raum über die Möbel und jeden einzelnen Gegenstand wandern. Aber es befand sich alles an seinem Platz. Dieser Kontrollblick war ihm zur Routine geworden, obwohl er nicht davon ausging, dass man sein Büro erneut durchsuchen würde. Die Dinge hatten sich zu sehr verändert.

Er griff nach dem Stapel Briefe und ging ihn noch im Stehen rasch durch, als er ein Geräusch vernahm. Verwundert hielt er in der Bewegung inne, es hörte sich an wie ein Schluchzen. Julius legte die Post zur Seite und trat in den Flur hinaus. Da hörte er es erneut – er hatte sich nicht getäuscht. Es war tatsächlich ein Schluchzen, und es kam aus einem der anderen Büros. Jetzt bemerkte er auch, dass eine der Türen halb offen stand und dort Licht brannte. Zögernd ging er darauf zu. Als er über die Schwelle trat, sah er eine Frauengestalt, die auf dem Fußboden mit dem Rücken gegen die Wand gelehnt kauerte und ihren Kopf auf den angezogenen Knien vergraben hatte, sodass er ihr Gesicht nicht erkennen konnte. Ihr Körper wurde von heftigem Schluchzen geschüttelt.

Er räusperte sich vorsichtig. »Entschuldigung? Kann ich Ihnen helfen?«

Ihr Kopf fuhr abrupt hoch, und er glaubte, sein Herz würde stehen bleiben, denn er blickte in Emmas Gesicht. Verwirrt starrte er sie an.

»Julius?«

Es war etwas an der Art, wie sie seinen Namen gesagt hatte, eine winzige Nuance in der Betonung, die ihn wie in einer Zeitverzögerung begreifen ließ, dass es nicht Emma, sondern ihre Schwester Alice sein musste, die vor ihm saß. Vage erinnerte er sich wieder, wie Margot in dem Telefonat, das er von Dresden aus mit ihr geführt hatte, etwas von einer zusätzlichen Schreibfachkraft für das Institut erwähnt hatte.

»Ich dachte, es wäre niemand mehr hier.« Sie wischte sich hastig die Tränen aus dem Gesicht, und er merkte, dass er sich noch nicht wieder gefangen hatte. Die Ähnlichkeit zwischen den Schwestern war geradezu gespenstisch, und er verspürte einen jähen Schmerz, als er an Emma dachte.

Sachte ließ er sich auf einen Stuhl neben dem Schreibtisch sinken. »Was ist passiert? Warum weinst du denn?«, fragte er.

Sie schwieg und starrte mit geröteten Augen auf ihre Hände.

Julius griff nach einer Flasche Wasser und einem Glas, die auf einem Beistelltisch standen. Wortlos goss er ein und reichte es ihr.

Alice nahm zögernd das Glas entgegen, trank aber einen Schluck, bevor sie es neben sich auf dem Boden abstellte. »Ich bin schwanger«, sagte sie dann leise.

Er zog überrascht die Brauen hoch. »Ist das nicht etwas, worüber man sich freuen sollte?«

»Ich habe keine Beziehung mit dem Vater.«

Julius erinnerte sich, dass sie mit jemandem zusammen gewesen war, der auch an der Akademie gearbeitet hatte.

Er nickte, denn er verstand, dass das für sie problematisch war. »Vielleicht freut er sich trotzdem?«

»Ja, vielleicht«, erwiderte sie zurückhaltend, und er spürte, dass sie nicht weiter darüber reden wollte.

»Du arbeitest jetzt hier?«, fragte er, um das Thema zu wechseln.

Alice nickte. »Seit letztem Mittwoch.«

»Hat es dir an der Akademie denn nicht gefallen?«

Sie zuckte die Achseln, wischte sich noch einmal übers Gesicht und erhob sich vom Fußboden. »Doch, aber die Stelle war frei, und ich hatte Lust auf etwas Neues.«

»Dann willkommen im Institut!« Er streckte ihr in einer offiziellen Geste die Hand entgegen.

»Danke.« Die Andeutung eines Lächelns huschte über ihr Gesicht, als sie einschlug.

»Weißt du was? Um die Ecke ist eine kleine Kneipe. Wir hören jetzt beide auf zu arbeiten, und ich lade dich zu deinem Einstand auf ein Glas ein«, sagte er, da er die Verpflichtung verspürte, sie ein wenig abzulenken. »Und falls es dich danach gelüstet – einen hervorragenden Kartoffelsalat gibt's da auch.«

»Gut«, sagte sie, und dabei fiel ihm auf, wie vorsichtig und abschätzend ihr Ausdruck im Vergleich mit dem ihrer Schwester wirkte.

Sie gingen das kurze Stück zur Kneipe zu Fuß und nahmen an einem der alten Holztische Platz. Alice bestellte eine Limonade, er ein Bier, und sie aßen beide von dem Kartoffelsalat.

»Wie geht es Emma?«, erkundigte er sich, weil er nicht anders konnte.

Ein Schatten glitt über ihr Gesicht. »Das weiß ich nicht. Wir haben keinen Kontakt mehr.«

Er legte ungläubig die Gabel ab. Die Neuigkeit traf ihn unvorbereitet. »Aber warum das denn? Ihr wart doch so glücklich, dass ihr euch wiedergefunden hattet! Emma hat so oft darüber gesprochen, wie sehr sie dich in den Jahren davor vermisst hat und wie sehr sie dich liebt.« Nach der Trennung war es Julius tatsächlich ein Trost gewesen, dass Emma noch ihre Schwester hatte.

Alices Gesicht verschloss sich. »Es war meine Entscheidung«, erklärte sie knapp. »Wir sind einfach zu unterschiedlich. Emma kann nicht verstehen, dass ich an die DDR glaube, dass ich gern hier lebe und den Westen verachte. Sie hat mich gedrängt, mit ihr nach Westdeutschland zu ziehen.« Sie schüttelte leicht den Kopf. »Bei unserem letzten Treffen haben wir uns deshalb so gestritten, dass es zwischen uns eskaliert ist …«

Julius hörte ihr schweigend zu. Es klang, als würde noch mehr hinter diesem Kontaktabbruch stecken, aber er hielt sich mit weiteren Fragen zurück.

»Warum habt *ihr* euch eigentlich damals getrennt?«, riss ihn Alice aus seinen Gedanken.

»Aus ähnlichen Gründen, aber letztendlich bin ich einfach kein Mann für eine feste Beziehung«, erklärte er und dachte bei sich, dass Lügen eine seltsame Sache waren. Je öfter man sie wiederholte, desto mehr fing man an, sie am Ende selbst zu glauben.

# ALICE

## 94

DER ABEND MIT JULIUS HATTE ihr gutgetan und ihr ein Stück
ihrer Verzweiflung genommen. Sie hatten bis spät am Abend in
der Kneipe zusammengesessen und geredet.

»Warum sollte man ein Kind nicht allein großziehen?«, hatte
Julius sie gefragt, als sie noch einmal über ihre Schwangerschaft
sprachen. »Während des Krieges, und in den Jahren danach, haben das doch unzählige Frauen getan!«

Sie stimmte ihm zu, aber für die meisten Menschen war es ein
Unterschied, ob sich der Mann im Krieg befand, eine Frau ver-
witwet war – oder aber das Kind unehelich geboren war. Beklommen erinnerte Alice sich an den Besuch beim Arzt. Mit sach-
lich-nüchterner Miene hatte dieser ihr nach der Untersuchung
erklärt, sie befinde sich in anderen Umständen und er gratuliere
ihr. Dann hatte er sie nach dem Namen ihres Ehemanns gefragt.
Als sie gestand, dass sie nicht verheiratet sei, und ihm auch den
Namen des Vaters nicht nennen wollte, gab er sich keine Mühe,
sein Missfallen zu verbergen. Etwas Abfälliges und Verächtliches
hatte in seinem Blick gelegen, das sie noch immer deutlich vor
Augen hatte. Würde es ihr von nun an mit allen Menschen so gehen? Würde man sie stets geringschätzig behandeln und ihr Kind
gehänselt werden, weil es unehelich war? Unwillkürlich glitt ihre
Hand in einer beschützenden Geste zu ihrem Bauch. In ihr wuchs
ein Leben heran, und sie verspürte einen unerwarteten Trost dabei, denn in den vergangenen Wochen war sie durch eine Einsamkeit gegangen, die sie kaum hatte ertragen können. Seit dem
Bruch mit Emma fühlte sie sich innerlich wie zerstört.

Manchmal fragte sie sich, wie es ihrer Schwester wohl ging. Die Schuldgefühle, weil sie im Grunde nie ehrlich zu ihr gewesen war, quälten Alice jede Nacht. Es gab so unendlich viele Fehler, die sie begangen hatte, und die Scham, die sie bei dem Gedanken erfasste, was sie getan hatte, war schlimmer als alles andere – selbst als die Furcht vor Markov. Nachts wurde sie von Albträumen geplagt, und wenn sie am Morgen erwachte, empfand sie bei ihrem eigenen Anblick im Spiegel nichts als Abscheu. Sie hatte es nicht länger ertragen, ihre Schwester zu verraten, und sie hatte außerdem begriffen, dass sie Emma selbst über kurz oder lang mit ihren Spitzeleien in Gefahr bringen oder zumindest ihre Karriere zerstören könnte. Spätestens seit dem Abend, als ihre Schwester und Max über das Notizbuch gesprochen hatten, war Alice klar geworden, dass sie nicht auf diese Weise weitermachen konnte und durfte. Sie musste den Kontakt zu ihr abbrechen.

Der Streit hatte ihr schließlich als Vorwand gedient, mit ihr zu brechen. Später war sie zurück nach Ost-Berlin gefahren, hatte Sergej von einer Telefonzelle aus angerufen und um ein Treffen mit Markov und ihm gebeten.

»Bist du sicher, dass du nicht erst mal mit mir allein sprechen willst?«, fragte er.

Seit seiner Rückkehr aus Moskau war er besorgt, denn Alice hatte ihm erzählt, was Markov und Schröder von ihr verlangten. Nur mit welcher Drohung die beiden sie dazu gebracht hatten, ihre Schwester auszuspionieren, das hatte sie Sergej verschwiegen.

»Ich kann mir vorstellen, wie schwierig das für dich ist, Alice, aber im Grunde interessieren Markov und dieser Stasioffizier sich weniger für deine Schwester als für die Mitglieder der KgU. Sie wollen wissen, was aus ihnen jetzt wird, wo der Verband in Auflösung begriffen ist«, hatte er versucht sie zu beruhigen.

»Nein, ich muss mit euch beiden sprechen«, sagte sie.

Ihre Handflächen waren feucht vor Angst, als sie Markov und

ihm eine Stunde später in einem Hinterzimmer der russischen Botschaft gegenübertrat. »Ich habe mich mit meiner Schwester gestritten, weil sie möchte, dass ich mit ihr nach Westdeutschland ziehe. Unser Streit ist so eskaliert, dass wir den Kontakt abgebrochen haben ...«

Markov musterte sie kühl. »Nun, dann wirst du dich wieder mit ihr vertragen. Ich hoffe doch, dass ich nicht deshalb hierherkommen musste? Du hast sicher nicht vergessen, was wir beide einmal besprochen haben, Alice, oder?«, fügte er mit einer gefährlichen Ruhe in der Stimme hinzu.

Sie nahm ihren gesamten Mut zusammen und schüttelte den Kopf. »Ich kann das nicht mehr tun. Sie ist meine Schwester«, stieß sie hervor. »Und es bringt auch gar nichts. Emma ist viel zu vorsichtig. Sie muss Verschwiegenheitsklauseln für ihre Arbeit unterschreiben, und selbst wenn sie Notizen zu Hause hat, sind diese in Englisch verfasst, und ich kann sie nicht lesen ...« Sie hoffte, er würde diesen logischen Argumenten zugänglich sein. »Und was Max Weiß angeht, er ist schon vor Monaten aus der KgU ausgetreten. Es gibt keinerlei Verbindung mehr zwischen ihm und den anderen Mitgliedern«, fuhr sie fort.

Markovs Lippen verdünnten sich zu einem schmalen Strich, und für einen Moment war sie sich sicher, ihr Plan würde scheitern – einfach, weil er es nicht dulden würde, dass man sich ihm widersetzte. Verzweifelt versuchte Alice sich an die Worte zu erinnern, die sie sich vor dem Treffen sorgfältig zurechtgelegt hatte, aber die nun nicht ruhig und überzeugend, sondern in einem Schwall aus ihr hervorbrachen. »Ich bin immer loyal gewesen und habe gezeigt, dass ich an den Sozialismus glaube, sonst wäre ich längst in den Westen gegangen. Es gibt nichts, das ihr mir vorwerfen könntet! Aber ich werde keine Informationen mehr über meine Schwester beschaffen.« Sie spürte zu ihrem Entsetzen, wie ihr vor Furcht – nicht nur um sich selbst, sondern auch um Sergej – die Tränen in die Augen traten. »Bitte! Das schaffe ich einfach nicht. Ich mache alles andere. Ich bin auch bereit, meine Schwester nie mehr zu sehen, aber ich gehe eher ins Gefängnis, als sie weiter auszuspionieren ...«

»Es ist gut, Alice!«, unterbrach Sergej sie leise.

Markov drehte sich zu ihm. »Ist es das?« Dann wandte er sich wieder zu ihr. »Du enttäuschst mich.«

Sie senkte den Blick zu Boden.

»Markov, um der alten Zeiten willen! Um Stalingrad«, hörte sie Sergej sagen.

Aus den Augenwinkeln konnte sie sehen, wie Markovs Kopf zu ihm herumfuhr. Alice begriff nicht, was geschah, was der Blickwechsel zwischen den beiden Männern, in dem sich eine ganze Geschichte zu spiegeln schien, zu bedeuten hatte.

Und dann wurde sie aus dem Raum geschickt. Draußen im Flur hörte sie die Stimmen der zwei, wie sie miteinander diskutierten, Markov kalt und schneidend, mit erhobener Stimme, und Sergej bittend und argumentierend. Nur einmal drangen russische Wortfetzen zu ihr, die sie verstehen konnte. *»Für eine Deutsche!«*, hörte sie Markov voller Verachtung sagen, und sie fröstelte, weil sie vielleicht zum ersten Mal begriff, was Sergej für sie aufs Spiel gesetzt hatte und noch immer setzte.

Als man sie wieder hereinrief, wirkte sein Gesicht müde und grau. Markov hatte ihr den Rücken zugewandt und starrte aus dem Fenster. Schließlich drehte er sich zu ihr. »Wir werden eine neue Aufgabe für dich finden, aber enttäusche mich lieber nicht noch einmal, Alice!«, drohte er, bevor er ohne ein weiteres Wort den Raum verließ.

»Es ist alles in Ordnung. Du wirst nicht mehr zu deiner Schwester fahren müssen«, beruhigte Sergej sie, als sie allein waren.

»Wie hast du ...?« Fragend blickte sie ihn an.

»Eine alte Schuld. Ich habe ihm einmal das Leben gerettet – in der Schlacht um Stalingrad«, erwiderte er nur.

»Danke«, sagte sie leise.

Er musterte sie prüfend. »Bist du sicher, dass du bereit bist, keinen Kontakt mehr zu deiner Schwester zu haben? Darauf wird er bestehen!«

Sie nickte, obwohl sie der tiefe Schmerz, den sie bei dem Gedanken fühlte, innerlich zerriss. Doch es war der Preis, den sie zahlen musste. »Ja!«

Er schaute sie an. »Es tut mir leid, Alice. Unser Spielraum mit Markov ist nur noch sehr klein …« Er verstummte und verzog beunruhigt das Gesicht. »Manchmal denke ich, ich hätte dich damals in dem Heim in Königsberg nicht mehr besuchen dürfen. Es wäre für dein Leben vielleicht besser gewesen«, sagte er mit rauer Stimme.

Sie schüttelte den Kopf, und zum ersten Mal sah sie die Falten, die sich in den letzten Jahren in sein Gesicht gegraben hatten. »Sag das nicht. Ohne dich wäre ich verhungert und vor Einsamkeit gestorben.«

Ein sanftes, ein wenig trauriges Lächeln war über sein Gesicht geglitten.

Bei der Erinnerung daran fragte Alice sich, wie er jetzt wohl auf die Nachricht ihrer Schwangerschaft reagieren würde.

# EMMA

## 95

*West-Berlin, April 1959*

IHR BLICK SCHWEIFTE SUCHEND ÜBER die Gäste, die in dem Café saßen, bis sie Georgs Gestalt an einem der Tische entdeckte.

Eilig ging Emma auf ihn zu. Sie war am Vormittag erst aus Genf zurückgekommen, hatte sich jedoch gleich mit ihm verabredet, weil er ihr etwas erzählen wollte.

»Hallo, Georg!«

»Emma.« Er küsste sie freundschaftlich auf die Wange.

Erwartungsvoll blickte sie ihn an, nachdem sie neben ihm Platz genommen hatte.

»Hast du etwas über Alice herausbekommen?«

Nach wie vor war es Emma nicht gelungen, etwas über den Verbleib ihrer Schwester in Erfahrung zu bringen. Es verging kaum ein Tag, an dem sie nicht hoffte, Alice würde unvermittelt wieder vor ihrer Tür stehen; aber sie blieb verschwunden, und es gab nicht den kleinsten Hinweis, wo sie sein könnte.

»Herausbekommen wäre zu viel gesagt, aber ich habe vielleicht etwas für dich. Jemand, der deine Schwester früher gekannt hat«, sagte Georg, der sich für sie in den letzten Wochen immer wieder umgehört hatte. Er berichtete ihr, dass er mit einer Reihe von Leuten gesprochen habe, die er für seine Reportage interviewt hatte. Einige waren früher auch in Königsberg und Brandenburg im Heim gewesen. »Die meisten sind jedoch entweder jünger oder älter als du und deine Schwester. Ich dachte schon, es führt zu nichts, aber dann hat mir jemand von einer Frau erzählt –

Charlotte Zilinski. Sie ist vor einigen Jahren in den Westen geflüchtet und war zur selben Zeit in Brandenburg im Heim wie Alice. Sie lebt jetzt in Köln. Vielleicht solltest du dich mal mit ihr unterhalten.«

»Auf jeden Fall werde ich das tun«, sagte Emma, die sich an jeden Strohhalm klammerte.

Georg gab ihr eine Telefonnummer, unter der sie die Frau erreichen konnte, und sie rief Charlotte Zilinski noch am selben Abend an. Sie verabredeten sich für die kommende Woche, in der Emma für einen Auftrag in Bonn sein würde.

Charlotte Zilinski wohnte in einer neuen Reihenhaussiedlung am Rande von Köln. Emma durchschritt einen sorgfältig gepflegten Vorgarten, bevor sie an der Haustür klingelte. Eine Frau in ihrem Alter öffnete ihr. Auf dem rechten Arm hielt sie ein Baby, während an ihrem linken Bein ein kleiner Junge klammerte.

»Hallo, ich bin Emma Lichtenberg«, stellte sie sich vor.

Die Frau starrte sie an. »Wow, ich wusste nicht, dass Sie die Zwillingsschwester sind! Ich bin Charlotte, aber nennen Sie mich Lotte. Und das hier sind Susi und Karl.« Sie deutete auf das Baby und den Jungen. »Kommen Sie doch rein! Und du musst jetzt mal mein Bein loslassen, Karlchen«, sagte sie zu dem Jungen, der die Besucherin mit großen Augen anschaute.

Emma zwinkerte dem Kleinen zu und folgte Lotte ins Wohnzimmer, in dem der Tisch für den Nachmittagskaffee gedeckt war. In der Mitte stand ein üppiger Sahnekuchen. Lotte legte das Baby, das eingeschlafen war, vorsichtig in die Wiege und hob Karl in seinen Laufstall, der in der Mitte des Wohnzimmers stand.

»Sie haben süße Kinder!«, sagte Emma.

»Danke.« Lotte gab ihr ein Stück von dem Kuchen auf ihren Teller. »Haben Sie auch welche?«, fragte sie neugierig.

Emma schüttelte den Kopf. »Nein, noch nicht.«

Sie merkte, dass Lotte sie noch immer anstarrte. »Es tut mir leid, aber Alice und Sie sehen sich wirklich ähnlich. Eineiige Zwillinge, ja? Und Sie sind auf der Suche nach ihr?«

»Ja. Georg sagte mir, Sie kennen meine Schwester von früher?«

Lotte nickte. »Wir waren im selben Jugendheim. Viel kann ich Ihnen leider nicht über sie erzählen. Sie war immer eine Einzelgängerin. Es gab ein Mädchen, das etwas jünger war als sie, Irma, mit der war sie eng befreundet. Aber sie ist dann in ein *Spezi* gekommen. So ein Umerziehungsheim in der DDR, und Alice konnte sie von einem Tag auf den anderen nicht mehr sehen. Das hat sie mir mal anvertraut. Hat Alice sehr mitgenommen.«

Emma hörte ihr aufmerksam zu. »Und sonst hatte meine Schwester keine Freunde?«

»Nicht wirklich, nein«, erwiderte Lotte und trank nachdenklich einen Schluck Kaffee. »Im Nachhinein glaube ich auch, wir hatten alle ein bisschen Angst vor ihr, weil sie diese Sonderposition hatte.«

Emma versuchte zu verstehen, was sie meinte. »Sonderposition?«

»Na ja, sie war immer die perfekte Sozialistin, aber es gab Gerüchte und Anzeichen dafür, dass jemand von ganz oben sie protegierte. Wahrscheinlich dieser Russe, mit dem sie sich regelmäßig getroffen hat.«

Emma blickte sie irritiert an. »Alice hatte einen russischen Freund?«

Lotte schüttelte den Kopf. »Nein, dafür war er eindeutig zu alt und sie zu jung. Er wirkte eher wie eine väterliche Bezugsperson. Ich habe die beiden mal zusammen gesehen. Seiner Uniform nach zu urteilen war er ein hohes Tier bei der Armee. Sie hat ihn regelmäßig alle paar Wochen getroffen. Obwohl er sie nie direkt im Heim abgeholt hat, blieb das natürlich auf Dauer keinem verborgen … Aber niemand hat sich getraut, etwas zu sagen. Nicht mal die Erzieher. Die Sowjets stehen in der DDR ganz oben in der Hierarchie. Sie wissen schon ›Von *den Sowjets lernen heißt siegen lernen‹* und so.« Lotte machte eine wegwerfende Handbewegung und rollte mit den Augen. »Gott, was bin ich froh, dass ich da weg bin!«

»Alice hat mir nie von diesem Mann erzählt.«

»Na ja, vielleicht ist ihr das auch unangenehm gewesen, weil er Russe war?«

Emma erinnerte sich an Alices Wohnung, an die russischen Bücher, an die Werke von Marx und Lenin und daran, wie ihre Schwester ihr so von Moskau vorgeschwärmt hatte. Sie war auch Mitglied in dieser Gesellschaft für Deutsch-Sowjetische Freundschaft, hatte sie einmal erwähnt. Plötzlich schien das alles eine andere Bedeutung zu bekommen.

Nachdenklich verabschiedete sie sich von Lotte, nachdem sie sich für das Gespräch bedankt hatte.

»Ich habe das Gefühl, dass ich sie überhaupt nicht gekannt habe«, sagte sie, als sie – zurück in Berlin – Max berichtete, was sie von Lotte gehört hatte.

»Hast du denn sonst noch etwas in Erfahrung bringen können?«, fragte er.

Emma schüttelte entmutigt den Kopf. »Nein, und der Privatdetektiv konnte leider auch nichts herausfinden. Ich wünschte, ich würde jemanden in Ost-Berlin kennen, der sich für mich umhören könnte.«

Max nickte bedauernd. »Seit Fritz' Verhaftung habe ich leider auch keinen Kontakt mehr.«

Emma schwieg. Natürlich hätte sie Bernd noch einmal fragen können, überlegte sie, aber sie war sich relativ sicher, dass er nicht die richtigen Verbindungen hatte. Sie brauchte jemanden mit mehr Einfluss, jemanden, der mit der Akademieleitung sprechen konnte, da man dort etwas über Alices Verbleib zu wissen schien. Eine Person gab es, die ihr helfen konnte. Sie hatte den Gedanken bisher jedes Mal verdrängt, aber nun sah sie ein, dass es vielleicht ihre einzige Möglichkeit war.

»Ich werde Julius um Hilfe bitten!«, verkündete sie.

Max schaute sie ungläubig an. »Auf keinen Fall. Du warst über Wochen völlig fertig, nachdem er sich von dir getrennt hatte.«

»Ich bin über ihn hinweg«, behauptete sie, aber es klang nicht einmal für sie selbst überzeugend.

»Mach das nicht, Ems. Dieser Idiot hat dir das Herz gebrochen, du solltest ihn nie wiedersehen.«

»Es ist mir egal, verstehst du nicht, dass ich jede Möglichkeit ergreifen muss, um Alice wiederzufinden?«

Max schwieg. »Doch, natürlich«, sagte er schließlich.


## 96

Sie beschloss, am Wochenende zu ihm zu fahren, denn dann war die Wahrscheinlichkeit am größten, dass Julius sich zu Hause aufhielt. Ihre letzte Begegnung geisterte wieder durch ihren Kopf, der Moment, in dem er sie an der Tür so brutal abgewiesen und ihr gesagt hatte, sie solle nicht mehr versuchen, ihn zu kontaktieren. Es würde nicht leicht sein, ihm noch einmal gegenüberzutreten. Aber diesmal ging es um Alice – nicht um sie beide. Als Emma sich fertig machte, ertappte sie sich jedoch dabei, wie sie ein Kleid anzog, von dem sie wusste, dass es ihr stand, und sie mehrmals prüfend in den Spiegel schaute, bevor sie das Haus verließ. War es erbärmlich, dass sie gut aussehen wollte? Sollte es ihr nicht gleichgültig sein, was er dachte? Sie war ehrlich genug zuzugeben, dass es das nicht war.

Angespannt machte sie sich auf den Weg. Unterwegs in der U-Bahn sah sie die Bilder aus ihrer gemeinsamen Zeit wieder vor sich. Sie stieg in Ost-Berlin aus und lief wie früher das letzte Stück zu Fuß. Einige Meter vor Julius' Wohnhaus verlangsamte sie ihren Schritt, um sich zu sammeln. Sie würde sich keine Blöße geben, sondern ihn freundlich und so sachlich, wie sie konnte, um seine Hilfe bitten. Entschlossen straffte sie die Schultern und wollte gerade die Straße überqueren, als sie wahrnahm, wie kurz vor dem Haus ein ostdeutsches Auto hielt, ein Wartburg. Überrascht bemerkte sie, wer hinter dem Steuer saß: Julius, und er war nicht allein. Abrupt blieb Emma stehen und beobachtete, wie er aus dem Auto ausstieg, um das Fahrzeug herumlief und die Beifahrertür öffnete. Eine Frau stieg aus.

Emma erstarrte. Ihr Gehirn weigerte sich zu begreifen, was sie sah – denn die Frau war Alice.

Als ihre Schwester hinter dem Wagen hervortrat und auf den Hauseingang zuging, war nicht zu übersehen, dass sie rundlicher als früher wirkte. Sogar ihr Kleid schien enger zu sitzen. Julius hielt ihren Mantel und trug eine Tasche mit Einkäufen.

Die Vertrautheit zwischen den beiden traf Emma bis ins Mark. Das konnte nicht sein! Doch dann beobachtete sie, wie Alice unvermittelt stehen blieb und die Hand auf ihren Bauch legte. Julius wirkte besorgt und sagte etwas, aber sie schüttelte nur mit einem Lächeln den Kopf und griff nach seiner Hand, die sie vorsichtig auf ihren Bauch legte. Dorthin, wo zuvor ihre eigene gelegen hatte. Einen Augenblick lang standen die beiden still, bis über Julius' Gesicht ebenfalls ein Lächeln huschte. Erst da begriff Emma – als würden sich die zersplitterten Einzelteile dessen, was sie sah, plötzlich zusammenfügen. Alice und Julius waren ein Paar – und ihre Schwester war schwanger!

Entsetzt wich sie zurück und griff Halt suchend nach dem Stamm der alten Kastanie neben sich. Ihre Kehle schnürte sich zu, und ein leichter Schwindel erfasste sie. Sie drehte sich auf dem Absatz um und eilte, nein, rannte mit schnellen Schritten davon.

Das Bild, wie Julius die Hand auf Alices Bauch legte, wollte nicht vor ihren Augen verschwinden. Übelkeit erfasste sie. Mit einem Mal schien alles einen Sinn zu ergeben. Deshalb hatte Julius sich von ihr getrennt und ihre Schwester den Kontakt zu ihr abgebrochen. Wie lange waren die beiden schon ein Paar? Hatte Julius mit ihnen beiden zur gleichen Zeit ein Verhältnis begonnen und sich dann für ihre Schwester entschieden? Emma erinnerte sich auf einmal wieder an den Abend, als sie Julius kennengelernt hatte, wie Alice neben ihr gestanden und sie sich beide mit ihm unterhalten hatten. Emma war für einen Moment unsicher gewesen, für wen von ihnen beiden Julius sich interessierte. Zu Recht, wie sie jetzt voller Bitterkeit feststellte. Und in den Wochen danach, als sie mit Julius zusammengekommen war, hatte sie manchmal das Gefühl gehabt, eine leise Eifersucht bei ihrer Schwester zu spüren.

Voller Ohnmacht dachte sie daran, wie sie sich nach der Trennung bei ihr ausgeweint hatte! Emma hatte ihr vertraut. Alice war ihre Schwester! Wenn die beiden wenigstens ehrlich zu ihr gewesen wären.

Außer Atem blieb Emma an einer Straßenecke stehen. Sie befand sich in irgendeiner Seitenstraße, die sie nicht einmal kannte. Plötzlich merkte sie, wie sie jede Kraft verließ. Der letzte Rest ihrer Beherrschung brach zusammen, und sie begann bitterlich zu weinen. Wie konnten zwei Menschen, die sie innig liebte, sie derart verraten und hintergehen? Sie wollte sie beide nie wiedersehen!

# TEIL 8

# FREMDES LEBEN

# ALICE

## 97

*Zeuthen, dreizehn Monate später, Mai 1960*

SIE ZWANG SICH, DEN WÖCHENTLICHEN Bericht zu Ende zu schreiben und dabei nichts auszulassen. Im Grunde war es wie ein Protokoll, das sie verfassen musste. Sie führte auf, was sie gehört und gesehen hatte oder ob es irgendwelche besonderen Vorkommnisse im Institut gegeben hatte. Im Gegensatz zu früher ließ Alice dabei nichts unerwähnt. Sergej hatte sie eindrücklich davor gewarnt. »Du wirst nicht die einzige Quelle sein. Markov ist ein misstrauischer Mann, und der KGB hat an wichtigen Stellen immer mehrere Informanten. Wenn du etwas verheimlichst, wird er es wahrscheinlich herausfinden. Verstehst du?«

Sie hatte nur genickt, denn ihr war klar, dass Markov nur auf einen Fehler von ihr wartete.

Alice warf einen Blick auf die Uhr und griff nach einem Umschlag. Als sie den Bericht hineinsteckte, klopfte es an der Tür. Hastig steckte sie alles weg.

Julius' Kopf erschien im Türrahmen. »Soll ich dich mitnehmen?«

»O ja, ich bin eh schon etwas spät dran«, sagte sie und griff nach ihrem Mantel und ihrer Tasche.

Eine Viertelstunde später setzte er sie vor der Krippe ab, und sie merkte, wie sie den Tag hinter sich ließ.

»War alles in Ordnung mit Lisa?«, fragte sie Paula, eine der Krippenerzieherinnen.

»Ja, es geht ihr wunderbar.«

Alice nahm die Kleine vorsichtig entgegen, die ihr noch immer wie ein Wunder erschien: ihre zarten Finger und Füßchen, das weiche Haar auf ihrem Kopf und die großen blauen Augen, die sich nun vor Freude weiteten, als sie ihre Mutter erkannte. Sie stieß einen glücklich glucksenden Laut aus und streckte ihr die Ärmchen entgegen. »Ma-ma!«

Alice drückte sie liebevoll an sich. »Ja, mein Liebling, und jetzt geht's nach Hause!«

Als sie die Wärme ihres kleinen Körpers spürte, durchströmte sie ein tiefes Glücksgefühl – und Stolz. Die Stunden, die sie in reißenden Wehen gelegen hatte, und alle Schmerzen der Geburt waren vergessen, wenn sie ihre neun Monate alte Tochter im Arm hielt.

Ihre Freude über das Kind machte sie immun gegen die abfälligen Mienen und Seitenblicke, die sie von manchen Menschen erhielt, wenn sie erfuhren, dass Lisa unehelich war und keinen Vater hatte. Alice sprach nie über ihn. Keiner wusste, wer er war, und so sollte es auch bleiben. Selbst Sergej hatte sie nicht dazu gebracht, ihm den Namen zu verraten.

»Er spielt auch keine Rolle mehr in meinem Leben«, hatte sie ihm sanft erklärt, und es war schwer gewesen, seinem ungläubigen Blick standzuhalten. Ein Teil von Alice hatte befürchtet, Sergejs Achtung und Zuneigung zu verlieren, doch er war vor allem besorgt. »Du und auch das Kind werdet es nicht leicht haben ohne Vater«, hatte er gesagt.

»Ich weiß, aber wir werden es schaffen.« Davon war sie inzwischen überzeugt, und einmal mehr war Alice dankbar, in der DDR zu leben, wo es schon seit einigen Jahren gesetzlich verankert war, dass eine unverheiratete Mutter im vollen Besitz der elterlichen Rechte war. Lebte sie in der BRD, würde das Kind einer Amtsvormundschaft unterstellt werden.

Die Wochen, in denen ihr Bauch sich immer mehr zu runden begann, waren dennoch nicht leicht gewesen. Es war Julius, der ihr in dieser Zeit oft zur Seite gestanden hatte. Seit jenem Abend, an dem sie ihm von der Schwangerschaft erzählt hatte, hatte sich zwischen ihnen eine unerwartete Freundschaft entwickelt. Er sah regelmäßig im Büro nach ihr, und wenn es ihr nicht gut ging, weil sie von morgendlicher Übelkeit geplagt wurde, brachte er ihr einen Tee, oder er lud sie am Wochenende zu sich ein und kochte für sie, weil er der Meinung war, sie müsse für das Ungeborene mehr essen. Einmal wurde sie hinter der halb angelehnten Tür Zeugin, wie er eine Mitarbeiterin im Institut zurechtwies, als diese sich abschätzig über sie äußerte: »Die weiß ja nicht mal, von wem sie schwanger ist, dieses Flittchen!«

»Sie sollten sich in Grund und Boden schämen für eine derart gehässige und bourgeoise Äußerung über Ihre Kollegin«, erwiderte Julius daraufhin in einem so scharfen Tonfall, dass es Alices Herz erwärmte.

Obwohl sie sich auch privat trafen, sprachen sie fast nie über Emma.

»Deine Schwester würde sich freuen, wenn sie wüsste, dass du ein Kind erwartest«, sagte er nur ein Mal zu ihr. »Denkst du nie an sie?«

»Natürlich, aber es ist besser so«, entgegnete sie ausweichend.

Julius verstand sie nicht. »Warum hast du jeden Kontakt zu ihr abgebrochen? Ihr seid doch trotzdem Schwestern.« Falten zeigten sich auf seiner Stirn, als beträfe ihn der Bruch mit Emma in persönlicher Weise.

Alice blieb ihm eine Antwort schuldig, weil sie ihm schlecht die Wahrheit sagen konnte. Aber auch wenn sie nicht über Emma sprachen, schien ihre Schwester ein unsichtbares Band zwischen ihnen darzustellen, und manchmal fragte Alice sich, ob Julius und sie auch wegen ihr die Nähe des anderen suchten.

Auf dem Weg nach Hause wurde ihr bewusst, wie sehr sich ihr Leben verändert hatte. Ihre Tochter war das Wichtigste geworden, das es gab. Ihr Mittelpunkt, um den sich alles drehte. Lisa hatte ihr die Einsamkeit genommen, in der sie sich früher wie gefangen gefühlt hatte. Manchmal, wenn Alice in der Nacht wach lag und so sehr an Emma dachte, dass es wehtat, stand sie auf und betrachtete für einen Moment ihre schlafende Tochter. Dann kam es ihr so vor, als hätte das Schicksal ihr Lisa auch deshalb zum Geschenk gemacht, um sie zu trösten.

Alice fütterte und badete die Kleine, nachdem sie in der kleinen Wohnung angekommen waren, die sie in Zeuthen bewohnten. Lisa liebte es, im Wasser zu planschen, und sie lachten beide, bevor ihrer Tochter schließlich die Augen schon fast vor Müdigkeit zufielen. Alice brachte sie zu Bett. Leise sang sie ein Lied, das ihre Mutter ihr und Emma früher vorgesungen hatte, bis Lisa eingeschlafen war. Einen Augenblick saß sie neben ihr und betrachtete sie liebevoll.

Wie verabredet klopfte es wenig später an der Haustür. Es war ihre Nachbarin, Frau Küppers. Die Rentnerin passte manchmal auf die Kleine auf, wenn sie am Abend noch einmal aus dem Haus musste. »Es wird nicht lange dauern«, sagte Alice.

»Ich hab ja eh nichts Besseres vor«, erwiderte Frau Küppers mit einem warmen Lächeln.

Alice beeilte sich dennoch. Sie schlüpfte schon in ihren Mantel und griff nach ihrer Handtasche, in der sich die Papiere befanden.

## 98

KURZ DARAUF LIEF ALICE MIT schnellen Schritten die dunkle Straße entlang. Man hatte ihr die Stelle in Zeuthen aus zwei Gründen besorgt. Zum einen wollte der KGB genau wissen, woran die ostdeutschen Wissenschaftler in dem Kernphysikalischen Institut forschten. Zum anderen war man, gemeinsam mit der Stasi, an detaillierten Informationen über die politische

Haltung und das Leben der Angestellten interessiert, insbesondere der Wissenschaftler. Ein weiterer Fall von Verrat und Flucht wie bei Haushofer sollte unbedingt verhindert werden.

Nach dem Bruch mit Emma hatte Alice auf Anordnung von Markov zwei sozialistische Schulungen absolviert, bei denen sie auch gelernt hatte, auf welche Hinweise und Auffälligkeiten sie in ihrem Umfeld zu achten hatte. Sie war sogar einige Tage in Moskau gewesen. Es wäre nicht notwendig gewesen. Alice verabscheute noch immer, was sie tat, aber es war etwas anderes, als ihre Schwester auszuhorchen. Sie hatte immer eingesehen, dass man sich gegen den Einfluss des Westens, gegen seine Spionage und Manipulation wehren musste, und sie erachtete es vor diesem Hintergrund als richtig, Informationen über das Institut weiterzugeben.

Alice bog am Ende der Straße um eine Ecke und lief dann nach links weiter zu einem neueren Wohnblock, wo sie den Bericht jede Woche in einen Briefkasten warf.

Als sie den Umschlag aus ihrer Handtasche zog, trat aus der Dunkelheit ein Mann hervor. Sie zuckte zusammen, als sie ihn erkannte – es war Andrej, Markovs Adjutant.

»Er will dich sprechen«, sagte er auf Russisch. Sie folgte ihm, als er, ohne ihre Zustimmung abzuwarten, die Eingangstür öffnete und ihr bedeutete voranzugehen.

Sie stiegen in den vierten Stock hoch und liefen durch einen langen Flur, von dem eine Reihe von Wohnungen abgingen, bis sie ganz am Ende eine Tür erreichten, die Andrej aufschloss. Wie sie vermutet hatte, war die Wohnung unmöbliert. Markov stand im Mantel am Fenster und musterte sie stumm. Andrej ließ sie allein.

Alice hatte Markov seit Monaten nicht gesehen. Wenn es zusätzliche Fragen gab, sprach Sergej gewöhnlich mit ihr. »Genosse Grigorjew!«, begrüßte sie ihn und reichte ihm den Umschlag. Sie hoffte, dass Markov ihr Frösteln nicht bemerkte. Es war nie etwas Gutes dabei herausgekommen, wenn er allein mit ihr sprechen wollte – seit damals, als er ihr als Kind die deutschen Worte entlockt hatte und damit den Grundstein für die Feindseligkeit zwischen ihnen gelegt hatte.

»Wie ich deinen Berichten entnehmen kann, hast du neue Freundschaften geschlossen«, sagte er. »Mit dem ehemaligen Liebhaber deiner Schwester. Oder bist du jetzt seine neue Geliebte?«

Sie merkte, wie ihr seine abschätzigen Worte die Röte in die Wangen trieben. »Wir sind nur Freunde.« Es wäre gelogen gewesen, wenn sie behauptete, sie hätte Julius niemals als Mann wahrgenommen. Aber das lag lange zurück. Die Tatsache, dass er eine Beziehung mit ihrer Schwester gehabt hatte und sie selbst schwanger von einem anderen Mann gewesen war, als sie sich besser kennenlernten, hatte von vornherein etwas anderes als Freundschaft zwischen ihnen ausgeschlossen.

»Tatsächlich? Verstehe mich nicht falsch. Uns wäre es nur recht. Seiner Geliebten erzählt man mehr«, erwiderte er mit einem kühlen Lächeln.

Sie spürte, wie ihr Hass gegen ihn an die Oberfläche zu dringen drohte, und es kostete sie Kraft, eine neutrale Miene beizubehalten. »Das bin ich nicht!«

»Sieht er deine Schwester manchmal noch?«, erkundigte sich Markov beiläufig.

Alice schüttelte den Kopf. »Er hat jeden Kontakt mit ihr beendet.«

Markov warf einen kurzen Blick aus dem Fenster. Er wirkte nachdenklich. »Er war nicht immer ein so überzeugter Sozialist, oder?«

»Nein, er hat sich früher nicht für Politik interessiert. Das sagt er selbst, aber er hat sich verändert.«

»Was immer er sagt oder tut, ich will es alles in deinem Bericht sehen. Hast du verstanden?«, forderte er.

»Ja, natürlich.«

Er nickte als Zeichen, dass sie entlassen war. Auf dem Weg nach Hause erfasste Alice eine leichte Bitterkeit. So würde es immer sein, sie würde über jeden Menschen, der ihr nahestand, an Markov Bericht erstatten, wenn er es verlangte. Als hätte sie einen Pakt mit dem Teufel geschlossen. An guten Tagen sah sie die politische Notwendigkeit für diese Spitzeleien ein – und auch jetzt versuchte sie sich zu sagen, es sei nicht schlimm, mehr über Julius zu berichten. Was war schon dabei? Er war vorbildlich in seinem Verhalten und seinen Einstellungen. Aber ein Teil von ihr verspürte dennoch Schuldgefühle, weil sie die Menschen hinterging. Niemals würde sie mit jemandem eine völlig ehrliche Beziehung eingehen können.

Unwillkürlich beschleunigte sie ihren Schritt, um so schnell wie möglich wieder bei ihrer Tochter zu sein.

»Sie hat die ganze Zeit tief und fest geschlafen, wie ein Engel«, sagte Frau Küppers, als sie wenig später nach Hause kam. Alice dankte ihr und begleitete die Nachbarin noch zur Tür.

Auf dem Rückweg sah sie im Schlafzimmer nach Lisa. Die Kleine hatte sich von der Decke freigestrampelt, und ihr Mund verzog sich im Traum. Alice deckte sie vorsichtig wieder zu. Der Anblick ihrer friedlich schlafenden Tochter beruhigte sie etwas. Sie ging ins Wohnzimmer und wollte sich gerade aufs Sofa setzen, als es unerwartet an der Tür klingelte. Alice warf einen Blick auf die Uhr. Fast neun. Wer konnte das noch sein?

Sie öffnete. Julius stand vor ihr.

»Entschuldige, dass ich dich jetzt noch störe«, sagte er tonlos.

Sie erschrak, als sie den verzweifelten Ausdruck in seinem fahlen Gesicht sah. »Was ist passiert?«, fragte sie und ließ ihn herein. Erst jetzt bemerkte sie, dass Tränen in seinen Augen standen.

»Mein Vater ist heute Nachmittag gestorben.«

Entsetzt blickte sie ihn an.

# JULIUS

## 99

Es war ihm ein Trost, dass er seinen Frieden gemacht hatte und schon lange bereit gewesen war zu gehen. In den vergangenen Wochen war Julius sich manchmal nicht sicher gewesen, ob sein Vater überhaupt nur seinetwegen der Krankheit so lange getrotzt hatte.

Er verbrachte die Tage betäubt in seinem Schmerz, und als er bei der Beerdigung am Grab stand, konnte er es nicht fassen, dass er seinen Vater nie wiedersehen würde.

Die Trauer ließ ihn in einen gefährlichen Zustand geraten, denn er wurde nachlässig und unvorsichtig – zum ersten Mal, seitdem er in jener Nacht aus West-Berlin zurückgekehrt war. Wie gefährlich, wurde ihm eines Mittags bewusst, als sie in einer Gruppe zusammen in der Kantine beim Essen saßen. Anton, ein junger Wissenschaftler und Kollege, gesellte sich zu ihnen. Kameradschaftlich schlug er ihm auf die Schulter, bevor er sich setzte. »Mensch, du bist vielleicht taub. Ich habe dich gestern in West-Berlin gesehen, in Kreuzberg, und dir mehrmals zugerufen, aber du hast mich gar nicht gehört.«

Er spürte Felix' Blick auf sich.

»Da musst du dich getäuscht haben. Ich war nicht in West-Berlin«, entgegnete er gespielt gelassen.

Anton lachte auf. »Ach komm, ich bin ja nicht blind, natürlich warst du das!«

Julius legte sein Besteck ab. Plötzlich war ihm der Appetit vergangen. »Willst du mir sagen, ich wüsste nicht mehr, wo ich gestern gewesen bin?« Ohne Antons Antwort abzuwarten, stand er auf, obwohl er wusste, dass es die falsche Reaktion war. Er merkte es an der Art, wie ihn nicht nur Felix, sondern auch Alice und die anderen am Tisch anblickten. Doch es war nicht mehr zu ändern.

Julius brachte das Tablett mit dem fast unberührten Teller weg und ging zurück in sein Büro.

Wenig später kam Alice herein.

»Alles in Ordnung?«

»Ja, ich habe nur viel zu tun.«

Sie lehnte sich gegen seinen Schreibtisch. »Warum hast du dich so über Anton geärgert?«

»Weil ich nicht in West-Berlin war!«

Sie nickte. »Aber wenn, wäre es ja auch nicht schlimm gewesen«, sagte sie, bevor sie wieder hinausging. Julius starrte auf die Tür, als sie sie schon längst wieder hinter sich geschlossen hatte. Er musste den Pass und die Filme wegbringen, schoss es ihm durch den Kopf, und vor allem musste er sich zusammenreißen, sonst würde er alles gefährden.

Bei seiner nächsten Fahrt nach West-Berlin war er vorsichtiger. Er zog sich zu Hause um, nahm den Hinterausgang und ging erst zur U-Bahn, als er sich sicher war, dass ihm niemand folgte. An der Sektorengrenze betraten Kontrolleure den Waggon, und er las demonstrativ in der aufgeschlagenen *Neues Deutschland*. In den Schlagzeilen ging es um das jüngst über der Sowjetunion abgeschossene US-Spionageflugzeug. Obwohl Chruschtschow der Weltöffentlichkeit Beweise präsentiert hatte – den amerikanischen Piloten Francis Gary Powers, der rechtzeitig mit einem Fallschirm abgesprungen war, und Teile der Geheimdienstausrüstung –, weigerte sich Eisenhower, den Aufklärungsflug als einen aggressiven Akt der USA anzuerkennen. Daraufhin war es auf der Pariser Gipfelkonferenz der Alliierten, bei der über das Berlin-Ultimatum verhandelt werden sollte, zum Eklat gekommen, und alle diplomatischen Bemühungen schienen wieder am Anfang zu stehen.

Als Julius in West-Berlin ausstieg, faltete er nachdenklich die Zeitung zusammen. Sein amerikanischer Verbindungsoffizier, der sich Smith nannte, aber sicherlich anders hieß, wartete bereits in einem Hinterhaus in der Joachimsthaler Straße auf ihn.

Julius gab ihm die Filme, die er aus Vorsicht in einem Hohlraum in seinem Schuhabsatz transportiert hatte.

»Danke.«

Julius blickte ihn nachdenklich an. »Die Kopien der Unterlagen über das Institut werden Sie bestimmt enttäuschen. Wir sind weit davon entfernt, mit der BRD oder anderen westlichen Ländern konkurrieren zu können. Uns fehlt es an finanziellen Mitteln genauso wie an Materialien, um unsere Experimente voranzutreiben. Wir haben allein sechs Jahre gebraucht, um unseren Kaskadengenerator zum Laufen zu bringen ...«

Smith lächelte kühl. »Alles, was uns hilft, ein realistisches Bild der DDR zu bekommen, ist für uns von Bedeutung, Dr. Laakmann.«

Er nickte und berichtete ihm, wie bei jedem ihrer Treffen, was er bei diversen Treffen in der Akademie, der Wissenschaftlichen Abteilung des ZKs und auch im Institut erfahren hatte.

Smith notierte sich akribisch, was er erzählte. »Wir sind sehr zufrieden, dass Sie Ihre Karriere politisch so vorantreiben konnten. Ihre neuen Verbindungen sind für uns von immensem Wert«, sagte er abschließend.

Julius schwieg. Manchmal verwunderte es ihn selbst, wie leicht es gewesen war, bis in die Kreise des ZK-Kaders vorzudringen, seitdem er öffentlich die richtige politische Einstellung zeigte.

»Wie steht es mit Ihrem Teil der Vereinbarung? Haben Sie endlich etwas für Sigmund Haushofer erreichen können?«, fragte er schließlich.

»Wir halten unsere Versprechen, Dr. Laakmann«, erwiderte Smith. »Es gibt Gespräche, ihn über einen Agentenaustausch zurückzubringen. Unglücklicherweise haben die jüngsten politischen Ereignisse alle Verhandlungen mit den Sowjets momentan zum Erliegen gebracht. Aber das wird nur vorübergehend sein. Chruschtschow wird sich schon wieder einkriegen …«

Julius hoffte inständig, dass er recht behalten würde.

Plötzlich hatte er wieder jene Nacht im Notaufnahmelager vor Augen – als dieser Weber in den Raum gekommen war und die Amerikaner darüber informiert hatte, wer er war. Julius hatte instinktiv begriffen, dass sich sein Leben an einem Scheidepunkt befand.

Man hatte ihn mit einem Wagen in ein geheimes Büro des amerikanischen Geheimdiensts, der CIA, gebracht. In langen Gesprächen hatte man an seine Eitelkeit appelliert – und an sein moralisches Bewusstsein. Ob er nach seinen eigenen Erfahrungen nicht sähe, wie wichtig es wäre, das System der DDR zu stürzen, den furchtbaren Terror des Sozialismus zu beenden? Dass man dabei auf Männer wie ihn angewiesen sei. Welche herausragenden Dienste er für die Freiheit der Menschheit in dieser Welt leisten könne! Ob er nicht eine Verpflichtung fühle, diese Möglichkeiten zu nutzen? Ihm war schnell klar geworden, wie hervorragend geschult diese Agenten waren, denn als er zögerte, versuchten sie ihn zunächst mit einer lukrativen finanziellen Entschädigung und der Aussicht auf ein Visum für die USA zu locken, und als das nicht half, begannen sie, ihm zu drohen. Es läge durchaus in ihrer Macht, ihm jede Zukunftsmöglichkeit im Westen zu verbauen, wenn sie wollten. Er solle doch nur zwei oder drei weitere Jahre in der DDR bleiben und mit ihnen kooperieren. Das wäre eine kurze Zeit, und gäbe es Schwierigkeiten, würde er selbstverständlich sofort das Recht haben, in den Westen zu kommen. Sie bearbeiteten ihn in jeder nur erdenklichen Weise, und irgendwie gelang es ihnen im Laufe der Nacht, dass Julius sich bei dem Gedanken, ihr Angebot abzulehnen und stattdessen mit Emma in Westdeutschland ein neues Leben anzufangen, plötzlich egoistisch fühlte. Später hatte er sich oft gefragt, ob sie ihn gezielt auf diesen Punkt hingetrieben hatten, um erst dann ihren eigentlichen Trumpf auszuspielen: Sie fragten ihn, ob er kein Interesse habe, etwas zu tun, um Dr. Haushofer zu helfen. Der amerikanische Geheimdienst wusste, dass Sigmund sich in Moskau in Gefangenschaft befand. »Seien wir ehrlich, im Moment hat er keine Chance, auch nur einen einzigen Tag seines Lebens noch einmal in Freiheit zu verbringen«, sagte der CIA-Offizier, der sich bis dahin im Gespräch zurückgehalten hatte. »Die Lebensbedingungen in den sowjetischen Lagern und Zuchthäusern sind hart. Folterungen sind an der Tagesordnung. Haushofer wird vermutlich nicht alt werden und seine Frau jung zur Witwe und seine Kinder zu Halbwaisen machen. Ein Jammer! Aber wir könnten versuchen, ihn dort rauszubekommen ...«

Es war nichts anderes als eine perfide Form der Erpressung, aber Julius dachte an Martha und die Kinder – und die vielen, vielen Nächte, in denen ihm die Albträume über Sigmunds Schicksal den Schlaf geraubt hatten. Unabhängig davon, was alle sagten, er hatte nie aufgehört, sich wegen der Entführung seines Freundes schuldig zu fühlen. An diesem Punkt knickte er ein – und sie spürten es. Julius wollte wissen, was sie denn für Sigmund tun könnten. Sie erklärten, dass sie zwar Zeit bräuchten, aber ihn entweder freikaufen oder einen Agentenaustausch in die Wege leiten würden. Unter der Bedingung, dass er bereit sei, für sie zu arbeiten und in die DDR zurückzukehren.

Und so willigte Julius schließlich ein.

Die Amerikaner verkündeten, dass er als Erstes so schnell wie möglich wieder nach Ost-Berlin müsse, damit seine Flucht nicht auffalle. Sein amerikanischer Verbindungsoffizier werde in Kürze mit ihm Kontakt aufnehmen und ihn über die weitere Vorgehensweise unterrichten.

Zu diesem Zeitpunkt hatte Julius noch die Absicht gehabt, Emma alles persönlich zu erklären, aber diese Möglichkeit wurde ihm genommen. Zu seinem eigenen und dem Schutz der Frau müsse es eine überzeugende Trennung geben, die einer Überprüfung standhalte, und Emma Lichtenberg dürfe unter keinen Umständen etwas erfahren. Das würde alles gefährden. Es könne durchaus sein, dass die Stasi Nachforschungen anstelle. Eine Freundin in West-Berlin, selbst heimliche gelegentliche Treffen seien eine zu große Gefahr, warnten sie. Alles in ihm schrie in diesem Augenblick danach, sich gegen den Handel mit den Amerikanern und für ein Leben mit Emma zu entscheiden. Aber dann sah er wieder Sigmund vor sich, der vielleicht gerade misshandelt, gefoltert oder zu unmenschlichen Diensten in einem Arbeitslager gezwungen wurde. Seit Kindesbeinen waren sie eng befreundet, und Sigmund war wie ein Bruder für ihn gewesen. Niemals würde er damit leben können, nicht alles für die Freiheit des Freundes getan zu haben, was in seinen Möglichkeiten lag. Es war die schwierigste Entscheidung seines Lebens, eine, die er bereuen würde, weil sie ihm alles nahm – und doch die einzige, die er treffen konnte. Und so schrieb er Emma einen Brief.

Er hatte kein Recht darauf zu hoffen, dass sie auf ihn warten würde – drei Jahre waren eine lange Zeit, in der zu viel passieren konnte, und die Gefahr, der er sich aussetzte, war zu real. Doch manchmal, wenn die Sehnsucht übermächtig wurde, wünschte er sich tief im Inneren, sie würden sich eines Tages, wenn das alles hinter ihm lag, wiedersehen und noch einmal eine Chance bekommen.

Als er sich von Smith verabschiedete, machte er sich wieder auf den Rückweg nach Ost-Berlin. Dabei fragte er sich, wie lange er dieses Leben, in dem er sich selbst immer mehr verlor, noch durchhalten konnte.

Gelegentlich fuhr er nach seinem Treffen mit Smith heimlich in die West-Berliner Hausmeisterwohnung. Er deponierte etwas Geld und hatte auch einen gefälschten Pass dorthin gebracht.

Die Luft war muffig, und man konnte den Schimmel riechen, trotzdem hatte er das Gefühl, es wäre der einzige Ort, an dem er für einige Augenblicke er selbst sein konnte.

# MARKOV

## 100

*Zeuthen, Juni 1960*

AUS DEN VIELEN VERHÖREN, DIE er in seinem Leben geführt hatte, wusste er, wie schwer ein längeres Schweigen zu ertragen war. Es verunsicherte und steigerte die Furcht des Gegenübers. Markov musterte Alice mit einem ausdruckslosen Blick, den er über viele Jahre perfektioniert hatte, und bemerkte, wie sie dabei unruhig wurde. Gut! Sie sollte sich nicht nur fragen, warum sie hier war, sondern vor allem auch, was sie falsch gemacht hatte.

Normalerweise überließ er es Sergej, mit dem Mädchen zu sprechen; sie erzählte ihm mehr, weil sie ihm vertraute. Seine eigenen Gespräche mit ihr dienten nur dazu, den Druck auf sie aufrechtzuerhalten und sich ein Bild davon zu machen, ob er sich auf sie verlassen konnte. Die Berichte, die sie bisher abgegeben hatte, waren indessen korrekt und genau, musste er zugeben, und sie deckten sich auch mit denen ihrer anderen Quellen. Markov tauschte sich darüber regelmäßig mit Schröder von der Staatssicherheit aus, allerdings übermittelte er diesem nicht alle Informationen aus Alices Berichten.

Nur in ihren jüngsten Aufzeichnungen hatte sie etwas ausgelassen.

Er lehnte sich mit dem Rücken gegen das Fensterbrett und ließ eine weitere Minute verstreichen, in der er beobachtete, wie ihre Unsicherheit wuchs. Schließlich hielt sie es nicht länger aus.

»Warum wollten Sie mich sprechen, Genosse Grigorjew?«

»Ich habe deinen letzten Bericht gelesen!«

»Es tut mir leid, aber mir ist nicht bewusst, was damit nicht in Ordnung sein sollte ...« Sie brach irritiert ab.

»Nein?«, fragte er mit einer leisen Drohung. »Erinnerst du dich daran, was ich bei unserem letzten Treffen befohlen habe, dass du aufschreiben sollst, was immer Dr. Laakmann sagt oder tut?«

»Das habe ich!«

Markov griff nach dem Bericht, den er neben sich auf dem Fensterbrett abgelegt hatte. »Tatsächlich? Hier steht kein Wort davon, dass ihn einer seiner Kollegen in West-Berlin gesehen hat.«

Er sah Alice an, dass sie sich plötzlich erinnerte. »Das war nur eine Verwechslung. Julius, ich meine, Dr. Laakmann, war gar nicht dort, hat er gesagt.«

»Das glaubst du, nur weil er es behauptet hat?« Er schlug den Bericht auf und zitierte: »*Nachdem Anton Oswald sagte: ›Ach komm, ich bin ja nicht blind‹, stand Dr. Laakmann abrupt vom Tisch auf und verließ die Kantine ...*«

»Ich habe es nicht für wichtig erachtet. Es wird nicht wieder vorkommen«, beeilte sie sich zu versichern.

Markov musterte sie. Alices Aufgabe war es, Informationen zu sammeln und weiterzugeben, deren Auswertung oblag allein ihnen. Außerdem hätte sie von vornherein wissen müssen, dass sie keine Möglichkeit hatte, etwas auszusparen. Denn auch sie wurde beobachtet.

»Lass mich etwas klarstellen, worüber du gut nachdenken solltest. Sergej konnte dir einmal helfen. Ein zweites Mal wird es diese Möglichkeit nicht geben. Dein Verhalten wird Konsequenzen haben. Glaub mir, du würdest es bereuen, meinen Anordnungen nicht Folge geleistet zu haben.«

Mit einer gewissen Genugtuung bemerkte er die Furcht in ihrem Gesicht.

Nachdem er Alice entlassen hatte, machte er selbst sich wieder auf den Weg zurück nach Karlshorst.

»Am Nachmittag kam noch ein Anruf vom MfS«, sagte Andrej,

als sie im Wagen allein waren. »Es sei wichtig. Schröder hat einen Treffpunkt außerhalb des Ministeriums vorgeschlagen. Am üblichen Ort. Um zwölf Uhr.«

Markov nickte. Der Stasioffizier war ihnen loyal ergeben, und wenn es von Zeit zu Zeit Angelegenheiten gab, die nur für ihrer beider Ohren bestimmt waren, trafen sie sich in einem unscheinbaren Wirtshaus in Lichtenberg.

Als er sich am nächsten Tag in dem Lokal an einen Ecktisch zu Schröder setzte, war die Miene des Stasioffiziers ernst. Sie bestellten beide etwas zu essen, bevor Schröder ihm berichtete, warum er ihn hatte sprechen wollen.

Markov hörte ihm ungläubig zu. »Es gibt keine Zweifel?«

»Nein, der BND hat die Auskunft direkt von der CIA, und unser Informant dort ist absolut zuverlässig. Sie haben den Mann schon vor etlicher Zeit bei uns in Ost-Berlin eingeschleust. Auf hoher Ebene.«

Markov legte seine Gabel ab. Ein weiterer Spion! West-Berlin schien einen niemals versiegenden Vorrat davon zu haben. Manchmal fragte er sich, ob sie dieses Problem jemals in den Griff bekämen. Im letzten Jahr hatten sie zwar endlich diese subversive KgU in die Knie gezwungen, aber es gelang den westlichen Geheimdiensten weiterhin, einen konstanten Strom von Spitzeln bei ihnen einzuschleusen, die über die DDR auch in andere Ostblockstaaten und bis in die Sowjetunion vordrangen. Chruschtschow hatte im Zuge der Verhandlungen über die Berlin-Frage vehement gefordert, dass damit Schluss sein müsse.

»Und gibt es einen Hinweis darauf, wer es sein könnte?«

Schröder schüttelte den Kopf. »Nur, dass es ein Mann ist. Wir wissen noch nicht einmal seinen Decknamen, aber er soll Kontakte bis zum ZK haben.«

Markov starrte ihn ungläubig an. »Und wissen wir wenigstens, wo er eingeschleust wurde – ob in einer Institution, beim Militär oder in einem politischen Gremium?«

»Nein. Unser Informant konnte nur herausfinden, dass diese Operation ungefähr seit dem Frühjahr 1958 läuft.«

Markov verzog grübelnd die Stirn. Das Datum rief etwas in seiner Erinnerung wach. Wo hatten die Amerikaner den Mann angeworben? Hier in Ost-Berlin? Oder drüben im Westen? Ihnen war bekannt, dass die westlichen Geheimdienste in den Notaufnahmelagern überaus aktiv waren und sich bemühten, die Flüchtlinge für eine Agententätigkeit zu gewinnen, noch bevor sie zu den deutschen Behörden kamen. Die Stasi und der KGB versuchten natürlich auch, ihre Leute über diesen Weg in die BRD zu bringen. Frühling 1958, überlegte er erneut. Warum hatte er nur das Gefühl, das Datum würde ihm etwas sagen? Er würde Andrej bitten, die Akten aus dieser Zeit noch einmal durchzugehen.

# Julius

## 101

*Wandlitz, elf Monate später, Mai 1961*

Es war ein warmer Maiabend – und man hatte die Türen zum Garten weit geöffnet, der von Lampions erhellt wurde. Nach dem Hauskonzert hatten sich die Gäste an einem Buffet mit überraschend westlichem Warenangebot gütlich getan, und nun verstreuten sie sich mit einem Glas in der Hand in kleinen Grüppchen zwischen den Rosenstöcken und auf dem Rasen. Stimmengewirr und Gelächter, das mit zunehmendem Alkoholgenuss lauter wurde, erfüllten die laue Luft. Julius hatte unter der Politprominenz bereits einige bekannte Gesichter erblickt – nicht nur Walter Ulbricht, sondern auch Erich Honecker, eine schmächtige, ein wenig unscheinbare Gestalt mit Brille, der der neue mächtige Mann an seiner Seite war. Es war das erste Mal, dass Julius in der neuen Waldsiedlung in Wandlitz eingeladen war. Sie war eigens für Politiker des Zentralkomitees und ihre Familien gebaut worden. Er hatte die Einladung zu der illustren Privatfeier im Haus des Oberbürgermeisters über Johannes Hörnig von der Abteilung Wissenschaft des ZKs erhalten. Mit seinem politischen Engagement wuchsen auch seine Kontakte beständig, und als Physiker, der sich auf die zukunftsträchtige Kernforschung spezialisiert hatte, war er überall ein gern gesehener Gast. Er spielte seine Rolle so gut, dass es Augenblicke gab, in denen er selbst beinah vergaß, wer er wirklich war.

Nachdenklich zündete Julius sich eine Zigarette an. Vor zwei Tagen hatte er sich mit seinem Verbindungsmann der CIA getroffen. In die Verhandlungen über Sigmund war endlich wieder Bewegung gekommen. Der anstehende Gipfel in Wien, auf dem sich Chruschtschow und der neue amerikanische Präsident John F. Kennedy das erste Mal treffen wollten, hatte auch bei den Geheimdiensten für eine gewisse Entspannung gesorgt. Die Hoffnungen aller ruhten auf diesem Zusammentreffen.

Smith hatte ihn auch gebeten, Kopien von Plänen und Unterlagen der Institutsleitung zu machen. Doch das war leichter gesagt als getan. Tagsüber konnte er das Büro niemals unbeobachtet betreten, und gegen Abend war er zwar oft allein, aber die Tür verschlossen. Er hatte von Smith schon vor einiger Zeit eine kleine Spezialausrüstung ausgehändigt bekommen. Sie enthielt einen Satz Dietriche und Werkzeuge, mit denen man Türschlösser öffnen konnte, aber Julius gefiel der Gedanke nicht.

Er blies den Rauch seiner Zigarette aus, als sich ein untersetzter Mann mit aufgedunsenen Wangen, ein SED-Funktionär namens Memmler, dem er schon einige Male begegnet war, zu ihm gesellte.

»Ist das nicht ein Paradies hier draußen? Da könnte man glatt vergessen, dass wir unseren Siebenjahresplan bis in den Keller nach unten korrigieren müssen, was?«, stieß er mit einem meckernden Lachen hervor, das keinen Zweifel ließ, dass er dem Alkohol schon reichlich zugesprochen hatte.

»Na, der war auch recht ehrgeizig, oder?«, erwiderte Julius. Es war ein offenes Geheimnis, dass Ulbrichts vor zwei Jahren lautstark verkündetes Ziel, man werde die BRD im Pro-Kopf-Verbrauch bei den Konsumgütern und Lebensmitteln nicht nur ein-, sondern überholen, unerreichbar war.

Memmler hob den Zeigefinger und beugte sich mit einem leichten Schwanken zu ihm. »Ich sag Ihnen was! Wenn die Leute nicht ständig diesen westlichen Konsum vor Augen hätten, würden sie mit dem, was sie hier haben, viel zufriedener sein. An allem sind nur diese offenen Grenzen schuld. Die haben uns gezwungen, unseren Lebensstandard schneller zu erhöhen, als wir es volkswirtschaftlich konnten.«

Julius verkniff sich die Bemerkung, dass es doch etwas zu einfach schien, alles allein darauf zu schieben. Die Kollektivierung der Landwirtschaft und Betriebe, die hohen Subventionen und nicht zuletzt der riesige Machtapparat der Regierung und Staatssicherheit trugen mindestens ebenso sehr zu den wirtschaftlichen Problemen bei.

»Ich stimme Ihnen zu«, behauptete er stattdessen mit gespieltem Bedauern. »Aber mit West-Berlin werden wir wohl vorerst weiterleben müssen.«

»Das glaube ich nicht.« Der Mann grinste verschlagen und zog ein Feuerzeug hervor. Nach dem zweiten Versuch gelang es ihm schließlich, seine Zigarette anzuzünden. »Wenn Chruschtschow auf dem Gipfeltreffen mit diesem Kennedy keine Lösung findet, dann wird hier dichtgemacht. Ein für alle Mal! Dann ist Schluss mit zweihundertfünfzigtausend Menschen, die jeden Tag die Sektorengrenze hin und her überqueren.«

Julius ließ sich nicht anmerken, wie er innerlich aufhorchte, sondern lächelte. »Und wie sollte man das zustande bringen? Man kann ja schlecht mitten durch die Stadt eine Grenze ziehen.« Irgendjemand hatte ihm erzählt, dass Ulbricht durchaus schon darüber nachgedacht hatte. Chruschtschow hatte die Idee aber rigoros abgelehnt, weil sie schlichtweg nicht durchführbar war.

»O doch!« Memmler beugte sich zu ihm. »Es wird alles längst vorbereitet – und das Beste ist, die im Westen ahnen nichts davon.« Er grinste breit.

Julius blickte ihn an. Wie viel hatte der Mann getrunken? War Memmler nur irgendein Wichtigtuer, oder hatte der Alkohol dem Funktionär so die Zunge gelockert, dass er gerade Staatsgeheimnisse ausplauderte? Wobei dieser natürlich hier in Wandlitz davon ausging, sich unter seinesgleichen zu befinden.

»Eine Grenze zu West-Berlin wäre zu schön, um wahr zu sein. Aber würden nicht allein die Materialien, die man dafür bräuchte, die westlichen Geheimdienste sofort auf den Plan rufen?«, versuchte er Memmler weiter zum Reden zu bringen.

Der Funktionär stieß ihn verschwörerisch in die Seite und senkte die Stimme: »Nicht, wenn man die Bestellungen durch private Käufer vornehmen lässt!«

Julius starrte ihn ungläubig an, als er begriff, was der Funktionär meinte. Bevor er dazu kam, etwas zu erwidern, bemerkte er die Gestalt eines Mannes, die im Schein der Lampions auf sie zukam. Es war Schröder von der Stasi. Ausgerechnet!

»Guten Abend, die Herren.«

Schröder nickte Memmler knapp zu und wandte sich dann zu Julius. »Ich muss gestehen, Sie hier zu treffen hätte ich nicht erwartet, Dr. Laakmann.«

»Warum nicht? Ich bin über eine Einladung von Genosse Hörnig hier«, erwiderte Julius scheinbar gelassen und nahm einen erneuten Zug von seiner Zigarette. »Genosse Memmler und ich sprachen gerade über den nicht abreißenden Menschenhandel, der über West-Berlin läuft, und dass dagegen endlich etwas unternommen werden muss.«

Schröder musterte sie beide. »Nun, damit haben Sie zweifelsohne recht«, sagte er. Sein Blick blieb an dem angetrunkenen Funktionär hängen, und es schien ihm nicht zu gefallen, sie beide im Gespräch zu sehen.

# MARKOV

## 102

SIE HATTEN EINIGE ZEIT GEBRAUCHT, bis sie den richtigen Mann gefunden hatten. Günter Janosch war Mitte dreißig und schon vor einigen Jahren nach West-Berlin gezogen. Wegen der besseren Lebensbedingungen. Er arbeitete seit zwei Jahren im Notaufnahmelager für den Senat und war ein Glücksfall, denn er besaß Familie in der DDR – eine verheiratete Schwester in Thüringen, die mehrere Kinder hatte.

Markov hatte Andrej mit zwei ihrer Männer zu ihm geschickt. Sie hatten in seiner Wohnung auf ihn gewartet. Janosch war sofort in Panik verfallen, und es war ein Leichtes gewesen, ihm klarzumachen, welche unangenehmen Folgen es für die Familie seiner Schwester haben würde, falls er nicht bereit sei, ihnen einen Gefallen zu tun. Janosch, der zunächst befürchtete, dass man ihn nach Ost-Berlin verschleppen wollte, willigte sofort ein. Sie mussten nicht einmal besonders nachdrücklich werden.

Die Beschaffung der Informationen hatte jedoch eine Weile gedauert.

Im Schein der Laterne konnte man sehen, wie seine schmale Gestalt mit der Aktentasche zögernd auf den Wagen zukam. Andrej öffnete die Tür und stieg aus.

»Haben Sie die Namen?«

Janosch blickte ihn nervös an. »Den ersten Teil, bis zum Buchstaben M.«

Andrej musterte ihn ungehalten. »Wir brauchen die komplette Liste.«

»Das sind Tausende. Und ich muss alle Namen handschriftlich abschreiben.«

»Denken Sie etwas mehr an Ihre Schwester und Ihre Familie! Das wird Sie vielleicht anspornen ...«

Janosch atmete schwer. »Ich bemühe mich, wirklich, aber ich muss vorsichtig sein.«

Er solle die restliche Liste bis zum Buchstaben Z in zwei Wochen liefern, vereinbarten sie.

Andrej hatte den ersten Teil sofort zu Markov gebracht.

Nun blätterte er die seitenlange Liste durch. Jedes Jahr flohen um die zweihunderttausend Menschen in den Westen. Das waren im Schnitt ungefähr siebzehntausend Flüchtlinge. Da sie der Zeitraum des Frühjahrs 1958 interessierte, hatten sie ihre Suche auf die Monate März und April ausweiten müssen, und die Zahl hatte sich damit auf rund vierunddreißigtausend verdoppelt.

»Ich würde vorschlagen, mehrere unserer Leute darauf anzusetzen, damit wir schneller vorankommen«, sagte Andrej.

Markov nickte. Sie bemühten sich seit über einem Jahr, den Mann ausfindig zu machen, ohne dass sie bisher die geringste Spur von ihm hatten. Nachdem Markov von Schröder letztes Jahr das erste Mal über den Westagenten informiert worden war, hatte er Andrej die gesamten KGB-Akten aus dem Frühjahr 1958 durchforsten lassen. Doch sie hatten nichts gefunden. Schließlich war Markov wieder eingefallen, warum diese Zeit so in seiner Erinnerung verhaftet war – sie hatten damals Alice Lichtenberg auf ihre Schwester angesetzt. Später hatte sie sich geweigert, weiter Informationen über sie zu liefern. Es half ihnen leider nicht weiter, da sie von ihrem Informanten beim BND wussten, dass es sich bei dem Spion um einen Mann handelte. Außerdem verkehrte Alice nicht in den entsprechenden Kader-Kreisen. Er runzelte verärgert die Stirn.

Seit Monaten bekamen sie mit, dass Informationen an den

Westen durchsickerten, ohne dass sie etwas dagegen tun konnten. Sogar aus dem Institut in Zeuthen waren Berichte gestohlen worden. Aber sie konnten die Quelle nicht einmal näher eingrenzen. Er hoffte, dass ihnen die Namen aus dem Notaufnahmelager nun vielleicht weiterhelfen würden, auch wenn die Chance nicht groß war.

# ALICE

## 103

DER ANRUF, DASS DIE KLEINE erkrankt war, kam am Vormittag, als sie im Institut bei der Arbeit war.

»Nichts Schlimmes, aber Lisa hat plötzlich Fieber bekommen«, benachrichtigte sie die Krippenerzieherin.

»Ich hole sie ab«, sagte Alice sofort. Sie ließ alles stehen und liegen, griff nach ihrer Jacke und Handtasche und gab noch schnell Margot Bescheid, bevor sie sich auf den Weg machte.

Lisa war selten krank. Sicher, sie hatte die üblichen Erkältungskrankheiten durchgemacht, und als die ersten Zähnchen kamen, hatte sie wie viele Kinder hohes Fieber gehabt, aber sonst hatte sie sich immer als widerstandsfähig gezeigt.

Alice versuchte sich ihre Unruhe nicht anmerken zu lassen, als sie die Krippe erreichte.

Lisa hatte gerötete Wangen und weinte. Sie nahm sie auf den Arm und strich der Kleinen tröstend das Haar aus dem erhitzten Gesicht.

»Bestimmt nur ein Virus. Ihr war auch schlecht«, sagte die Erzieherin.

Alice nickte. Zu Hause kochte sie einen Tee, den sie mit Honig süßte. Nachdem Lisa ihn getrunken hatte, schlief sie sofort ein. Alice blieb an ihrem Bett sitzen, bis ihr Atem regelmäßig wurde, und sah dann in kurzen Abständen nach ihr. Als sie am frühen Abend noch einmal ihre Temperatur maß, war das Fieber glücklicherweise gesunken. Erleichtert atmete sie auf, küsste ihre Tochter sanft auf die Stirn und ging zurück in die Küche, um sich etwas zu essen zu machen.

Dabei glitt ihr Blick zu dem Kalender, der an der Wand hing. Es war Donnerstag und der Tag, an dem sie immer den Bericht für Markov wegbrachte, aber sie war noch nicht dazu gekommen, ihre Notizen in die richtige Protokollform zu bringen. Gewöhnlich tat sie das im Büro. Sie hielt ihr privates Leben, soweit es ging, getrennt von ihrer Tätigkeit für Markov. Plötzlich fiel Alice ein, dass sie die Notizen nicht mitgenommen, sondern im Büro liegen lassen hatte. Sie lagen in der unteren Ablage auf dem Schreibtisch. Sie war so in Sorge um Lisa gewesen, sie hatte nicht daran gedacht, sie einzuschließen.

Ein ungutes Gefühl erfasste sie. Was, wenn jemand an ihren Schreibtisch ging? Zwar notierte sie alles in Steno, aber zumindest die anderen Fachkräfte für Schreibtechnik beherrschten diese Kurzschrift genauso wie sie. Es genügte, dass eine von ihnen etwas in ihren Unterlagen suchte und die Aufzeichnungen fand.

Außerdem musste sie den Bericht für Markov heute noch schreiben. Alice unterdrückte ein Seufzen. Es half alles nichts, sie würde kurz zurück ins Institut gehen müssen.

Sie sah nach Lisa, deren Temperatur nur noch leicht erhöht war, und klopfte dann nebenan bei Frau Küppers.

»Entschuldigen Sie, meinen Sie, Sie könnten eine halbe Stunde auf Lisa aufpassen? Sie hat etwas Fieber und schläft. Ich lasse sie nur ungern allein, aber ich habe etwas Wichtiges im Büro vergessen.«

»Aber natürlich!«, erwiderte ihre Nachbarin.

Eilig machte Alice sich auf den Weg. Es war fast halb acht, als sie im Institut ankam.

»Guten Abend, Kurt«, grüßte sie den Pförtner, der im Radio ein Fußballspiel hörte. »Ich muss nur schnell noch mal hoch, weil ich etwas vergessen habe.«

»Sind auch alle schon weg. Nur Dr. Laakmann macht mal wieder Überstunden.«

Alice nickte. Ihr Büro lag im ersten Stock in einem der vorderen Räume. Sie ging eilig zu ihrem Schreibtisch, griff nach der Mappe mit den Notizen, die nach wie vor in dem unteren Ablagekorb lag, und steckte sie in ihre Handtasche.

Auf einmal kam ihr ihre Unruhe albern vor. Warum hätte jemand an ihren Schreibtisch gehen sollen? Sie schüttelte unbewusst den Kopf. Das war es, was sie an dem, was sie tun musste, am meisten hasste – die ständige Angst, entdeckt zu werden. Sie trat in den Flur hinaus und wollte noch schnell bei Julius vorbeigehen, dessen Büro etwas weiter hinten lag. Die Tür stand offen, und sein Mantel und seine Aktentasche lagen auf einem Besuchersessel, aber er selbst war nicht im Raum.

Suchend blickte sie den Flur entlang und wollte gerade nach ihm rufen, als sie bemerkte, dass die Tür zum Büro der Institutsleitung einen kleinen Spalt offen stand. Ein feiner Lichtstrahl drang von dort nach draußen in den Gang. Hatte der Pförtner nicht gesagt, außer Julius wäre niemand hier?

Zögernd ging sie den Flur hinunter. Sie hätte nicht sagen können, warum sie nicht einfach nach Julius rief, sondern stattdessen mit einer seltsamen Ahnung zu der Tür schlich. Sie spähte durch den schmalen Spalt in den Raum, und noch bevor sie etwas erkennen konnte, hörte sie das leise Klicken, das sich in schneller Abfolge wiederholte. Klick, klick, klick ... Es war das Geräusch einer Kamera.

Sie erstarrte, als sie Julius sah – er stand über den Schreibtisch des Direktors gebeugt und fotografierte Papiere. Etwas an der schnellen, zielstrebigen Art, wie er es tat, ließ keinen Zweifel daran, dass er es nicht zum ersten Mal tat.

Alles in ihr gefror. Voller Entsetzen wich sie von der Tür zurück. Anstatt ihn zur Rede zu stellen, bekam sie plötzlich Angst, er könnte sie bemerken. Sie drehte sich auf dem Absatz um und lief genauso leise, wie sie gekommen war, den Flur zurück zum Ausgang, immer schneller, bis sie schließlich rannte.

Ihr Herz raste, als sie die Treppe hinunterstürzte, es gerade noch schaffte, dem Pförtner zuzunicken, und nach draußen auf die Straße trat. Sie versuchte tief durchzuatmen, während sie sich weigerte zu glauben, was sie gerade gesehen hatte.

Julius war ein Spion?

Niemals hätte sie das geahnt. Übelkeit stieg in ihr auf, als sie Markov vor Augen hatte und seine Stimme hörte: »*Was immer er sagt oder tut, ich will es in deinem Bericht sehen. Hast du verstanden?*« Im letzten Jahr war das gewesen. Hatte die Stasi oder der KGB seitdem bereits einen Verdacht gegen ihn? Julius' entschlossene sozialistische Karriere, die er nach der Trennung von Emma eingeschlagen hatte – war das alles nur vorgetäuscht gewesen?

Wie betäubt lief sie nach Hause.

Als sie die Tür aufschloss und in die Wohnung trat, musterte Frau Küppers sie besorgt. »Sie sind ja ganz blass, Kind! Geht es Ihnen gut? Nicht, dass Sie auch noch krank werden.«

Alice schüttelte den Kopf. »Nein, ich bin nur etwas müde.« Sie zwang sich zu einem Lächeln und bedankte sich bei ihr, bevor sie Frau Küppers noch zur Tür begleitete.

Nachdem sie nach Lisa gesehen hatte, die friedlich schlief, sank Alice mit zittrigen Knien aufs Sofa. Sie musste an Emma denken, wie ihre Schwester ihr damals erzählt hatte, dass Julius mit ihr nach Westdeutschland kommen wolle. Dass alles besprochen gewesen sei und er sogar schon Wertsachen in West-Berlin deponiert habe. Plötzlich ergab alles einen Sinn. Ihre Kehle schnürte sich bei dem Gedanken daran, was er getan hatte, zu. Doch sie kam nicht dagegen an, dass sie sich trotzdem an die vielen Momente erinnerte, in denen Julius ihr zur Seite gestanden hatte – während ihrer Schwangerschaft und später, als Lisa zur Welt kam. Zwischen ihnen hatte sich eine Freundschaft entwickelt. Sie mochte und schätzte ihn als Menschen. Und dass im Institut niemand mehr wagte, ein Wort über ihr uneheliches Kind zu verlieren, hatte sie nicht zuletzt ihm zu verdanken.

Erstarrt blieb sie auf dem Sofa sitzen und wusste einfach nicht, was sie tun sollte.


## 104

DIE GANZE NACHT ÜBER WÄLZTE sie sich in ihrem Bett. Sie hatte Lisa zu sich ins Zimmer geholt, aber selbst der leise Atem der Kleinen schaffte es nicht, sie zu beruhigen. Es war eine seltsame Mischung aus Furcht auf der einen und Gewissensbissen auf der anderen Seite, die in ihr kämpfte und sie lähmte.

Tief in sich hatte sie immer geahnt, dass sie eines Tages wieder an den Punkt kommen würde, wo sich ihr Inneres weigern würde zu tun, was Markov von ihr verlangte.

Alice fröstelte. Sie wagte nicht, sich vorzustellen, wie er reagieren würde, wenn er jemals herausfand, dass sie ihn nicht sofort über Julius benachrichtigt hatte. Niemand konnte wissen, was sie gestern Abend gesehen hatte, versuchte sie sich zu sagen. Doch die Angst blieb.

Sie wollte Julius nicht verraten, aber sie wollte und durfte auch nicht zulassen, dass er weiter spionierte. Das konnte sie ebenso wenig mit ihrem Gewissen vereinbaren. Alice verurteilte zutiefst, was er tat. Tränen der Enttäuschung stiegen in ihr auf, während sie in der Dunkelheit wach lag und ihn wieder vor sich sah, wie er am Schreibtisch der Institutsleitung die Fotos gemacht hatte. Das Bild hatte sich für immer in ihr Gedächtnis gebrannt. Ihr fiel ein, in welchen Kreisen er verkehrte und dass zu seinem Bekanntenkreis sogar Mitglieder des ZKs gehörten, und ihr wurde immer klarer, welche Gefahr es bedeutete, dass er ein Spion war.

Fassungslos erinnerte sie sich an die politischen Gespräche, die sie gelegentlich mit ihm geführt hatte – Julius hatte immer völlig überzeugt gewirkt. Wieso war ihr nie etwas aufgefallen? War sie blind gewesen, weil er ihr so oft geholfen hatte und als Freund für sie da gewesen war?

Und sie konnte sich nicht einmal an Sergej wenden. Niemals würde er Verständnis dafür haben, dass sie Julius schützte.

Alice wischte sich die Tränen aus dem Gesicht und blickte zu Lisa, die etwas im Schlaf murmelte. Sie strich der Kleinen sanft über den Kopf. Wenigstens ihr schien es wieder gut zu gehen.

Alice begriff, dass es nur eine Möglichkeit gab. Sie würde Julius zur Rede stellen – er musste Ost-Berlin verlassen. So schnell wie möglich!

Am nächsten Morgen brachte sie Lisa, die kein Fieber mehr hatte, zur Krippe und ging dann ins Institut.

Julius war nicht in seinem Arbeitszimmer. Sie fragte Margot nach ihm.

»Er fühlt sich nicht so gut. Ich glaube, er arbeitet heute von zu Hause aus«, sagte sie. »Vielleicht geht etwas um? Ist deine Tochter wieder gesund?«

»Ja, das Fieber ist zum Abend wieder runtergegangen.« Alice blickte auf die Uhr. »Ich wollte heute Vormittag aber trotzdem noch mal mit der Kleinen zum Arzt«, log sie, um eine Ausrede zu haben. Sie musste mit Julius noch heute sprechen.

»Natürlich«, erwiderte Margot. »Mach dir keine Gedanken, ich sage allen Bescheid.«

»Danke.« Alice atmete erleichtert auf und machte sich sofort auf den Weg.

Auf der Fahrt nach Ost-Berlin legte sie sich ihre Worte zurecht. Die Eingangstür war nicht verschlossen, und sie stieg die Treppen hoch. Als sie im dritten Stock ankam, bemerkte sie verwundert, dass Julius' Wohnungstür halb offen stand. Geräusche drangen von dort in den Flur. Alice blieb zögernd stehen, als die

Tür unerwartet aufgerissen wurde. Ein Mann in Handwerkerkleidung tauchte vor ihr auf. »Kann ich Ihnen helfen, Fräulein?«

Sie konnte sehen, wie hinter ihm, in Julius' Flur, ein weiterer Handwerker stand.

»Ich wollte eigentlich zu Dr. Laakmann.«

»Der ist nicht hier. Wir renovieren gerade bei ihm. Wasserschaden«, erklärte der Handwerker. »Und Sie sind?«

»Eine Bekannte.« Ihre Augen wanderten zu den Händen des Mannes, die keinerlei raue oder rissige Stellen aufwiesen oder auch nur Flecken von der Arbeit. Sie passten genauso wenig zu einem Handwerker wie sein durchdringender Blick.

»Dann komme ich ein anderes Mal vorbei.« Alice wandte sich zum Gehen.

»Warten Sie! Wenn Sie mir Ihren Namen sagen, kann ich ihm eine Nachricht hinterlassen«, rief er ihr hinterher.

»Nicht nötig.« Sie machte eine abwinkende Handbewegung und stieg hastig die Treppe hinunter.

Die Männer waren niemals Handwerker. Sie spürte, wie ihr Herzschlag schneller ging. Als sie auf die Straße hinaustrat, sah sie einen weiteren Mann in Handwerkermontur, der vor einem Lieferwagen stand und eine Zigarette rauchte. Er musterte sie. Alice ignorierte ihn und zwang sich, so ruhig sie konnte bis zur nächsten Straßenecke zu gehen. Die Männer waren von der Stasi. Es war ein typisches Vorgehen für die Behörde, dass sie unter dem Deckmantel anderer Berufe Erkundigungen einzogen oder Durchsuchungen vornahmen. Aber wieso waren sie in Julius' Wohnung? Es musste jemand Verdacht geschöpft haben. Hatte noch ein Mitarbeiter des Instituts gestern etwas mitbekommen? Aufgelöst beschleunigte sie ihren Schritt und machte sich auf den Rückweg zum Institut.

# JULIUS

## 105

ER HATTE SCHON SEIT EINIGER Zeit ein ungutes Gefühl. Es hatte an dem Abend angefangen, als er vor zwei Wochen in Wandlitz gewesen war. Seitdem ließ ihn die Frage nicht los, ob man sich wirklich mit dem aberwitzigen Gedanken trug, die Grenze innerhalb Berlins zu schließen.

Er hatte Memmlers Behauptung zunächst nicht viel Glauben geschenkt, denn es wäre nicht das erste Mal gewesen, dass unter dem Einfluss von Alkohol großspurige Ideen und Pläne gesponnen wurden. Dennoch hatte Julius etwas an der Art alarmiert, wie der SED-Funktionär davon sprach »dichtzumachen«. In den letzten zwei Wochen hatte er daher bei den unterschiedlichen Kontakten, die er besaß, immer wieder versucht, das Thema geschickt in diese Richtung zu lenken. Es war nicht sonderlich schwierig gewesen. Sobald er eine Äußerung darüber gemacht hatte, man müsse den Zustrom der Flüchtlinge nach West-Berlin endlich abriegeln, hatten die meisten zu reden begonnen. Dass es in den Kreisen des Kaders etliche gab, die lieber heute als morgen eine Grenze zu West-Berlin gehabt hätten – oder noch besser, diesen Teil der Stadt sofort der DDR einverleiben wollten –, hatte Julius dabei nicht sonderlich verwundert. Doch wie detailliert einige der Funktionäre sogar über die technischen Herausforderungen informiert waren, die mit der Errichtung einer Grenze verbunden wären, traf ihn unvorbereitet. Julius begriff, dass er die CIA darüber in Kenntnis setzen musste.

Gestern war es ihm endlich auch gelungen, die Pläne und Unterlagen zu fotografieren, die er Smith heute sofort bringen wollte. Seit Wochen hatte er einen Zeitpunkt abgewartet, wenn er abends allein im Büro wäre, aber es war immer ein anderer Mitarbeiter mit ihm im Institut gewesen.

Als er heute Morgen dann ins Büro gekommen war, hatte er Margot erklärt, dass er sich nicht gut fühle, um eine Entschuldigung zu haben, und war wieder gegangen, um nach West-Berlin zu fahren. Auf dem Weg nach draußen wechselte er einige kurze Worte mit dem Pförtner, der etwas über ein Fußballspiel erzählte.

»Haben Sie gestern noch Fräulein Lichtenberg getroffen? Sie ist am Abend auch noch einmal ins Büro gekommen, weil sie etwas vergessen hatte.«

Julius schüttelte den Kopf und versuchte, sich seinen Schreck nicht anmerken zu lassen. Alice war im Institut gewesen? Als er in den Wagen stieg und nach Ost-Berlin fuhr, versuchte er sich damit zu beruhigen, dass sie wahrscheinlich nur schnell in ihrem Büro gewesen und dann wieder gegangen war. Sie ließ ihre Tochter ungern am Abend allein. Auf der Fahrt wuchs seine Sorge. Was, wenn sie ihn doch gesehen hatte? Zwar waren sie befreundet, aber Julius wusste auch, wie überzeugt Alice vom Sozialismus war.

Er parkte ein Stück entfernt von einer abgelegenen U-Bahn-Station und stieg aus. Julius war bereits einige Treppenstufen hinuntergestiegen, als er stehen blieb und sich entschied umzukehren. Er würde keine Ruhe haben, bevor er nicht mit ihr geredet hatte. Wenn er mit ihr sprach, würde er sofort merken, ob sie etwas wusste. Davon hing alles ab – ob er weitermachen konnte oder sofort nach West-Berlin flüchten musste.

Eilig fuhr er zurück.

»Ach, da sind S'e ja schon wieder«, sagte der Pförtner, als er etwas später zurückkehrte.

»Ja, es geht mir doch besser«, murmelte Julius. Alle seine Sinne waren plötzlich geschärft.

Er betrat das Gebäude, grüßte zwei Mitarbeiter, die ihm entgegenkamen, und bog in den Gang ein, in dem seine Abteilung lag. In diesem Augenblick öffnete sich die Tür zu Margots Büro, und Alice trat mit einigen Papieren in der Hand in den Flur hinaus. Sie blieb abrupt stehen, als sie ihn bemerkte. Ihre Blicke trafen sich, und er konnte an ihrem Ausdruck sofort erkennen, dass sie es wusste. Sie kam auf ihn zu. Es war eine Mischung aus Wut, Enttäuschung und Traurigkeit, die ihm aus ihren Augen entgegenschlug und ihn überraschend traf.

»Alice …«

»Wie konntest du«, zischte sie. Hastig zog er sie in ihr Büro und schloss die Tür hinter ihnen.

Sie riss sich sofort von ihm los und wich hinter ihren Schreibtisch zurück.

»Hör mir zu, ich weiß, was du denken musst, aber ich tue es nicht für mich«, versuchte er zu erklären.

Sie verschränkte die Arme vor der Brust. »Nein, Julius …«, setzte sie zu sagen an, als man das Geräusch eines heranfahrenden Wagens hörte und ihr Blick nach draußen glitt. Etwas in ihrer Miene veränderte sich jäh, und sie kam einen Schritt auf ihn zu. Fast so, als sei sie auf einmal besorgt. »Julius, hast du einen Wasserschaden in deiner Wohnung gehabt?«

Irritiert schaute er sie an. »Was? Nein.«

»Du musst sofort weg! Die Stasi, sie waren in deiner Wohnung, und sie kommen gerade hierher …«

Mit einem Schritt war er beim Fenster und sah die vier Männer, die aus einem Wagen ausgestiegen waren. Einer von ihnen war Schröder. Entsetzt begriff er, was das zu bedeuten hatte.

»Geh! Schnell.«

»Es tut mir leid, Alice«, stieß er hervor – es war die Wahrheit –, und dann war er auch schon aus der Tür.

Julius rannte den Flur in entgegengesetzter Richtung zum Eingang entlang und hastete am Ende weiter eine Treppe hinunter,

die ins Untergeschoss führte. Dort befanden sich auch einige La-
bore, und es gab noch einen Hinterausgang, den nur wenige
kannten. Er konnte nur hoffen, dass sie keinen ihrer Männer
dort hingeschickt hatten. Sein Herz raste, als er die Tür aufriss.
Zu seiner Erleichterung war keine Menschenseele zu sehen. Er
rannte weiter an dem Gebäude vorbei, in eine schmale Straße
hinein, dann nach links über einen Hof und weiter nach rechts.
Ihm würden fünf, maximal zehn Minuten bleiben, dann würden
sie ihm auf den Fersen sein. Dankbarkeit erfasste ihn, dass er
sich für genau diesen Fall gut vorbereitet hatte. Smith hatte ihm
gleich am Anfang dazu geraten. »Seien Sie immer für eine Not-
situation gewappnet, wenn Sie fliehen müssen. Entscheidend
wird in einem solchen Moment sein, ob sie sofort wissen, was Sie
tun müssen!«

Und das tat er. Mit der S-Bahn oder dem Bus konnte er nicht
fahren. An diesen Orten würden sie Kontrollen durchführen,
aber er hatte in einem nahe gelegenen Wäldchen ein Fahrrad versteckt, in dessen Sattel sich auch ein gefälschter Ausweis befand.
Damit würde er über Umwege nach Berlin fahren – die Strecke
hatte er im letzten Jahr ausgearbeitet. Sie führte zunächst gen
Süden in die entgegengesetzte Richtung Berlins über unscheinbare Feld- und Waldwege, auf denen ihn niemand vermuten
würde und er sich jederzeit verbergen konnte, um dann in einem
östlichen Bogen wieder zurück nach Berlin zu gelangen.

Die Grenze zwischen der DDR und Ost-Berlin würde er mit
dem gefälschten Pass in der Einsamkeit einer Landstraße überqueren, wo die Kontrollen meistens weniger streng waren. Julius
rannte weiter zu dem Wäldchen und schlug sich links durch eine
dicht gewachsene Reihe von Büschen, hinter denen er das Fahrrad deponiert hatte. Er musste es schaffen!

# ALICE

## 106

SIE HATTE DIE TÜR SOFORT hinter Julius geschlossen und war zurück zum Fenster gestürzt, wo sie nur noch die Köpfe von Schröder und seinen Männern sehen konnte, die unter ihr im Eingang verschwanden. Wie lange würden sie brauchen, bis sie festgestellt hatten, dass Julius verschwunden war? Sie hörte die schweren Schritte, als die Männer die Treppe hochkamen und in den Gang zu ihrer Abteilung einbogen.

Eilig setzte sie sich an den Schreibtisch, spannte einen Bogen Papier ein und begann, irgendein Anschreiben zu tippen. Draußen im Flur hörte sie Stimmen, Rufe und wie jemand laut einen Befehl erteilte, dann erneut schwere Schritte, diesmal schneller, als würden die Männer rennen. Ihre Finger zitterten beim Tippen, und sie machte zweimal einen Fehler. Es gelang ihr nicht einmal, die Anrede korrekt zu schreiben.

Alice zwang sich, tief durchzuatmen. Sie musste sich beruhigen. Man durfte ihr auf keinen Fall ihre Aufregung anmerken. Sie hoffte, Julius würde es schaffen, und wusste gleichzeitig, dass es falsch war, so zu empfinden. Wenn Schröder und Markov es jemals herausfanden … Sie kam nicht dazu, den Gedanken zu beenden, denn die Tür öffnete sich. Es war Margot. Ihre Miene war ernst.

»Alice? Hast du Julius gesehen?«

Sie nickte. »Ja, er war vorhin in meinem Büro, aber dann ist er ganz plötzlich rausgestürzt.« Eine Männergestalt schob sich an Margot vorbei in den Raum.

»Schröder von der Staatssicherheit«, stellte er sich knapp vor, so als würden sie sich nicht kennen, da Margot neben ihm stand.

»Alice Lichtenberg«, spielte sie seine Farce mit.

»Gab es einen bestimmten Grund, warum Dr. Laakmann so plötzlich Ihr Büro verlassen hat, Fräulein Lichtenberg?«, erkundigte er sich.

»Nein«, log sie. »Er hat aus dem Fenster gesehen und ist dann ganz unvermittelt, ohne ein Wort zu sagen, rausgelaufen.«

»Und das ist Ihnen nicht seltsam vorgekommen?«

»Doch.« Sie zuckte die Achseln und war dankbar, dass es ihr so leichtfiel zu lügen. »Ich nahm an, ihm wäre auf einmal etwas Wichtiges eingefallen.«

Schröders Blick durchbohrte sie.

»Warum war Dr. Laakmann überhaupt bei Ihnen im Büro?«

»Er hat sich nach dem Befinden meiner Tochter erkundigt«, antwortete sie, da ihr auf die Schnelle nichts Besseres einfiel.

»Fräulein Lichtenberg war heute Vormittag mit der Kleinen beim Arzt«, mischte sich Margot helfend ein.

»Dr. Laakmann und ich sind befreundet«, erklärte Alice, obwohl er das wahrscheinlich längst von Markov wusste.

»Warum wird er denn gesucht?«, fragte Margot.

»Verdacht auf Westspionage und Landesverrat«, erwiderte Schröder knapp und blickte Alice dabei noch immer an.

»Das ist ja schrecklich«, sagte Margot entrüstet.

»Nein!«, entfuhr es auch Alice, und sie hoffte, ihre Empörung würde halbwegs echt klingen.

»Da Sie befreundet waren, werden wir Sie später noch einmal gesondert befragen«, sagte der Stasioffizier, bevor er ihr Büro verließ. Sein höflicher Tonfall konnte nicht darüber hinwegtäuschen, dass es wie eine Drohung klang.

»Ja, natürlich.«

Die Tür schloss sich hinter den beiden, und Alice merkte, dass ihre Finger noch immer zitterten.

# SCHRÖDER

## 107

SEINE HALSSCHLAGADER POCHTE SCHNELL. Es kostete ihn
Mühe, sich zu beherrschen. Er war entkommen! Dabei konnte er
kaum mehr als ein paar Minuten Vorsprung gehabt haben. Der
Pförtner hatte ihnen versichert, es würde keinen Hinterausgang
geben. Die schmale Tür, die auf der Rückseite des Hauses einige
Stufen hinunter zum Untergeschoss führte, habe er nicht gekannt, hatte der alte Mann voller Angst beteuert. Schröder
musste zugeben, dass die Büsche an der Hauswand sie gut ver-
deckten. Grübelnd stand er an der Rückseite des Gebäudes und
versuchte nachzuvollziehen, wie Laakmann von hier aus geflohen war. Der Physiker war intelligent genug gewesen, nicht den
Wagen zu nehmen und anscheinend auch nicht die S-Bahn. Ihre
Leute hatten an allen Stationen der Linie Kontrollen durchgeführt.
Auch unter den Passanten hatte niemand einen Mann gesehen,
auf den die Beschreibung von Julius Laakmann passte.

Schröder nahm es persönlich, dass er den Physiker nach mehreren Überprüfungen als einen glaubhaften und überzeugend
loyalen Sozialisten eingestuft hatte. Dieser Mann, der in ZK-
Kreisen verkehrt hatte, war ein westlicher Spion. Ihm wurde
bewusst, was das bedeutete. Er erinnerte sich an den Abend
auf der Feier des Oberbürgermeisters – wie Laakmann dort mit
dem SED-Funktionär zusammengestanden hatte. Memmler
war ein enger Vertrauter von Genosse Honecker und unglücklicherweise bekannt für seine lockere Zunge, wenn er getrunken
hatte.

Seit über einem Jahr wussten die Stasi und der KGB, dass die

CIA es geschafft hatte, einen Spion einzuschleusen, einen Ostdeutschen, den sie mit Versprechungen oder Geld umgedreht hatten. Aber all ihre Nachforschungen, wer der Mann war, hatten über Monate nur ins Leere geführt – bis gestern Abend.

Grigorjew hatte ihn zu sich bestellt und ihm eine Liste der Westflüchtlinge des Notaufnahmelagers Marienfelde aus dem Frühjahr 1958 vorgelegt. Schröder hatte keine Ahnung, wie es ihm gelungen war, in den Besitz dieser Unterlagen zu kommen. Wie immer hatte der KGB-Offizier ihn beeindruckt.

Es waren viele Hundert, die unter den einzelnen Buchstaben alphabetisch aufgelistet standen.

»Sehen Sie auf der dritten Seite unter dem Buchstaben L nach!«, hatte Grigorjew befohlen, der mit ungnädiger Miene an einem Zigarillo gepafft hatte.

Schröder war die Namen durchgegangen, bis er die Zeile links unten erblickt hatte: *Laakmann, Julius, Physiker, 8. März 1958.* Die Zeile war durchgestrichen. Ungläubig hatte er daraufgeschaut.

»Laakmann?«

»Ja.«

Grigorjew war aufgestanden und einige Schritte durch den Raum gegangen. Der KGB-Offizier hatte sich genauso in dem Physiker getäuscht wie er. »Wir brauchen Beweise!«

Schröder nickte. »Ich werde mich darum kümmern.«

Er hatte sofort zwei Männer auf Laakmann angesetzt. Dieser war heute Morgen zum Institut gefahren, kurz darauf aber wieder umgekehrt und über Umwege nach Berlin zurückgekehrt. Seinen Wagen hatte er in der Nähe einer U-Bahn-Station geparkt. Schröders Mitarbeiter hatten kurz davor gestanden, ihn festzunehmen, weil sie befürchteten, er wollte sich in den Westen absetzen. Auf der Treppe zur U-Bahn-Station hatte Laakmann sich jedoch überraschend umgedreht und war zu seinem Auto gegangen, um wieder nach Zeuthen zurückzufahren.

Währenddessen hatten sie Laakmanns Wohnung von oben

bis unten durchsucht. Es hatte etwas gedauert, bis sie die lose Dielenleiste ausfindig machen konnten, unter der sich eine Kamera, diverse neue Filme und außerdem eine Spezialausrüstung mit einer Reihe von Dietrichen befanden.

Sie waren sofort nach Zeuthen gefahren, aber er war geflüchtet. Hatte er sie wirklich vom Fenster aus gesehen, oder war er zuvor gewarnt worden?

Schröder hatte angeordnet, die Aktivitäten sämtlicher Mitarbeiter in den letzten vierundzwanzig Stunden zu überprüfen. Als er am nächsten Morgen die Ergebnisse erhielt, informierte er Grigorjew und erzählte ihm auch, dass Laakmann Gast in Wandlitz gewesen war. Schweigend hörte der KGB-Offizier zu.

»Wenn man Laakmann in West-Berlin Glauben schenken sollte, wäre das so kurz vor dem Gipfeltreffen in Wien eine Katastrophe«, sagte er.

Der Stasioffizier konnte ihm nur zustimmen.

# ALICE

## 108

IN DEM AUGENBLICK, ALS SCHRÖDER angekündigt hatte, man werde sie noch einmal gesondert befragen, hatte sie gewusst, dass sie in Schwierigkeiten steckte. Ihr war klar, wie verdächtig ihre Freundschaft mit Julius wirken musste. Zumal er sich in ihrem Büro aufgehalten hatte, bevor er geflohen war. Dennoch, man konnte ihr nichts nachweisen, versuchte sie sich zu beruhigen.

Im Institut grüßte Margot sie indessen mit merklich kühlerer Miene.

Am Nachmittag wurde sie bei der Stasi vorgeladen. Markov und Schröder saßen im Verhörraum und auch ein bewaffneter Mitarbeiter. Markovs Blick ließ ihre Angst plötzlich in Panik umschlagen.

»Setzen Sie sich, Alice«, sagte Schröder. Vor ihm auf seinem Schreibtisch lag eine dicke Akte.

»Sie haben gestern Vormittag im Institut angegeben, Sie würden mit Ihrer Tochter zum Arzt gehen?«, begann er die Befragung.

»Ja, aber ich bin dann doch nicht hingegangen, weil es ihr besser ging.«

»Und wo waren Sie stattdessen?«

Sie konnte ihnen unmöglich die Wahrheit sagen. »Spazieren. Ich habe mich nicht gut gefühlt«, log sie.

Sie spürte, wie Markov sie vernichtend musterte. Er beugte sich zu ihr. »Du lügst. Du warst nicht spazieren. Du warst bei Laakmann!«

Ihre Hände wurden feucht. Sie begriff, dass sie irgendwie die Wahrheit herausgefunden hatten.

»Es hat keinen Sinn, weiter zu lügen. Unsere Leute waren in Laakmanns Wohnung, als Sie geklingelt haben«, mischte sich Schröder ein. »Sie konnten Sie anhand eines Fotos identifizieren.«

Alice starrte sie an. Vor ihr schien sich ein Abgrund aufzutun.

»Es war nicht schwer, eins und eins zusammenzuzählen«, fuhr Markov fort. »Du hast erkannt, dass die Handwerker keine Handwerker waren, bist sofort ins Institut zurückgefahren und hast Laakmann gewarnt, nicht wahr? Seit wann machst du gemeinsame Sache mit ihm?«

Alice schüttelte entsetzt den Kopf. »Nein! Das tue ich nicht. Wirklich …«

»Ihr wart beide gestern am Abend allein im Institut. Das wissen wir vom Pförtner.«

»Ich habe nur kurz etwas geholt und bin dann sofort wieder gegangen. Die Notizen für den Bericht über die Mitarbeiter«, versuchte sie zu erklären.

»Geben Sie zu, dass Sie mit ihm zusammengearbeitet haben«, forderte Schröder, ohne ihren Einwand zu beachten.

»Nein, das habe ich nicht. Ich verurteile zutiefst, was er tut!«, brach es aufgebracht aus ihr heraus.

Markov und Schröder wechselten einen kurzen Blick – und im selben Augenblick begriff sie, dass sie sich verraten hatte.

»Du wusstest also, dass er ein Spion ist!«, sagte Markov.

Alice spürte, wie ihr die Tränen in die Augen traten. Es hatte keinen Sinn, länger zu lügen. Sie hatte ohnehin keine Chance. »Nein. Zumindest nicht bis gestern Abend. Ich bin ins Institut gefahren, und Dr. Laakmann war auch noch dort. Ich habe beobachtet, wie er im Büro der Institutsleitung Papiere fotografiert hat …«

Markovs Augen verengten sich. »Und du hast nicht sofort die Behörden informiert?«

Alice unterdrückte ein Schluchzen. »Ich weiß, dass ich das hätte tun müssen, aber ich hatte Angst und habe nicht verstanden, wie er das tun konnte. Heute früh bin ich zu ihm gefahren, weil ich ihn zur Rede stellen wollte ...«

Die Kälte in Markovs Blick ließ sie verstummen. »Ich hatte dich gewarnt, dass du keine zweite Chance bekommst. Du hast einem Spion geholfen und seine Flucht ermöglicht. Das ist Hochverrat. Dafür müsstest du ins Zuchthaus kommen, aber du wirst anders dafür bezahlen.« Sein Ton ließ sie erschauern.

Markov nickte Schröder zu, der auf einen Knopf am Tisch drückte. Wenig später hörte man Schritte, und die Tür öffnete sich.

Eine Stasimitarbeiterin kam herein – an der Hand hielt sie Lisa. Das Gesicht der Kleinen war verweint. »Mama!«

Alice wollte vom Stuhl aufspringen, doch der bewaffnete Stasimitarbeiter hielt sie fest.

»Mama, zu dir ...« Sie streckte die Ärmchen nach ihr aus.

Voller Ohnmacht musste Alice mit ansehen, wie ihre Tochter versuchte, sich von der Stasimitarbeiterin loszureißen, und auf sie zurennen wollte, aber von der Frau mit hartem Griff daran gehindert wurde.

Lisa begann bitterlich zu weinen. »Mama ... Mama!«

Das verzweifelte Schluchzen ihrer Tochter brach ihr das Herz. »Alles wird gut, meine Kleine!«, versuchte sie Lisa zu beruhigen. Flehend blickte sie Markov an. »Bitte! Bitte tun Sie das nicht. Sie ist doch noch ein Kind und kann nichts dafür.«

Lisa wimmerte. »Mama!«

Alice strömten die Tränen über die Wangen. »Das ist nur ein Spiel, Lisa!«

Markov gab der Stasimitarbeiterin ein Zeichen. Sie hob die Kleine vom Boden hoch und verließ mit ihr den Verhörraum.

Durch die geschlossene Tür hörte man Lisas Schreie, die langsam leiser wurden. Niemals zuvor in ihrem Leben hatte Alice einen solchen Hass verspürt wie gerade auf Markov. Erst jetzt nahm sie wahr, dass der bewaffnete Stasimitarbeiter sie noch immer mit Gewalt festhalten musste.

»Ich denke, du weißt aus eigener Erfahrung, wie erbaulich sich eine Kindheit im Heim anfühlt«, sagte Markov. »Wenn du deine Tochter also jemals wiedersehen willst, wirst du ganz genau das tun, was wir dir jetzt sagen. Du wirst uns alles, aber wirklich alles über Laakmann erzählen, was du weißt. Jedes noch so kleine Detail!«

# JULIUS

## 109

*West-Berlin, drei Tage später*

ER SASS IN DEMSELBEN BÜRO, in dem er bereits kurz nach seiner Ankunft empfangen worden war. Mit den Holzmöbeln und Teppichen auf dem Parkettboden erinnerte es eher an einen kleinen Salon. Doch die wohnliche Atmosphäre war angesichts der Gespräche, die er hier seit zwei Tagen führte, eine Täuschung. Gestern waren nur Smith und ein CIA-Agent namens Lewis anwesend gewesen, aber heute war noch ein weiterer Agent dazugekommen. Er hieß Bishop und musterte ihn mit einem Blick, der Julius nicht gefiel. Er trank einen Schluck von dem Wasser, das man ihm hingestellt hatte, und versuchte den Mann zu ignorieren.

»Sie sind Anfang 1959, also vor gut zwei Jahren, in die SED eingetreten«, sagte Lewis, der der Ranghöchste der drei zu sein schien. »Dieses Aufnahmeprozedere dauert gewöhnlich ziemlich lange, aber Sie haben innerhalb kürzester Zeit eine Mitgliedschaft erhalten. Dabei gehören Sie nicht einmal der Arbeiterklasse an. Wie erklären Sie sich das?«

»Wissenschaftler genießen eine gewisse Bevorzugung, weil so viele von ihnen in den Westen geflohen sind. Man versucht daher, sie mit allen Mitteln zu halten. Aber das habe ich Ihnen ja bereits erklärt«, führte Julius ein wenig ungeduldig aus. »Ich verstehe nicht, warum wir darüber sprechen. Haben Sie nicht verstanden, was ich Ihnen erzählt habe? Dass es so aussieht, als würde es geheime Pläne geben, die Grenze zu West-Berlin zu schließen?«

Lewis lächelte knapp. »Solche Pläne gibt es schon seit Jahren, sie sind völlig unrealistisch.«

Julius blickte ihn irritiert an. Irgendetwas stimmte nicht. Noch gestern hatten die Amerikaner genauso besorgt wie er gewirkt. Vor allem, als er ihnen berichtet hatte, die ostdeutsche Regierung plane, die Materialien für den Bau der Grenze über Privatleute zu bestellen, um der Beobachtung der westlichen Geheimdienste zu entgehen. Im Laufe des Tages hatte sich jedoch etwas an der Stimmung verändert. Das Gespräch hatte sich mehr und mehr zu einem Verhör entwickelt, und Julius begriff nicht, warum. Es hatte kurz vor der Mittagspause angefangen. Lewis war unerwartet aus dem Raum gerufen worden, und als er zurückgekommen war, hatte er mit Smith und Bishop geflüstert, und sie hatten eine Unterbrechung vorgeschlagen. Nach ihrer Rückkehr hatten ihre Fragen dann einen völlig anderen Ton angenommen.

Julius fuhr sich mit der Hand durch sein Haar. Er war müde und erschöpft. Als er vorgestern Abend nach Stunden der Angst endlich West-Berlin erreicht hatte, war er nur erleichtert gewesen. Nach seiner Ankunft war er als Erstes zu der Hausmeisterwohnung im Wedding gefahren, wo er einige Wertsachen an sich genommen hatte, die er dort hinterlegt hatte. Ein zweiter gefälschter Pass und eine Pistole, die er schon vor etlichen Monaten auf dem Schwarzmarkt erstanden hatte, gehörten ebenfalls dazu. Julius beabsichtigte nicht, sich wehrlos zu ergeben, sollte er jemals in eine Situation wie Sigmund geraten. Anschließend war er zu einer Telefonzelle gegangen, um Smith anzurufen. Man hatte ihn zunächst in einem sogenannten *Safehouse* untergebracht, einem abgesicherten Haus. Aber gerade jetzt konnte Julius sich nicht des Gedankens erwehren, dass der Officer dort weniger zu seinem Schutz als vielmehr zu seiner Bewachung abgestellt worden war. In den Nächten hatte er kaum geschlafen. Die Ungewissheit, was jetzt mit seinem Leben geschehen würde, zerrte an seinen Nerven.

Smith und die beiden anderen CIA-Agenten hatten ihm zu seiner Flucht gratuliert. Er hatte alles im Detail schildern müssen. Außerdem hatte er ihnen die Filme von den Unterlagen der Institutsleitung gegeben, die sich noch immer in seiner Schuhsohle befunden hatten, und vor allem hatte er ihnen sofort berichtet, was er von Memmler über die mögliche Grenzschließung erfahren hatte.

Sie hatten aufmerksam zugehört, sich viele Notizen gemacht, und dann hatten sie begonnen, unzählige Fragen zu stellen: über seine Arbeit, seine Kollegen, die Forschung des Instituts, sein Privatleben.

Warum hatte sich aber nun ihre Haltung so verändert?

»Wie geht es jetzt für mich weiter?«, fragte Julius. »Ich würde gern gehen.«

Bishop, der sich bisher zurückgehalten hatte, lächelte kühl. »Wir sind leider noch nicht fertig.«

Smith griff nach mehreren Papieren aus einer Akte und schob sie ihm über den Tisch zu. »Wie sind die in Ihren Besitz gekommen?«

Julius starrte auf die erste Seite, es war der Grundriss eines Stockwerks. Oben stand in Druckschrift *Abhörstation Teufelsberg*. Er sah sich auch die anderen Papiere an. Es waren mehrere handschriftliche Zeichnungen, die den Zugang zu dem Gebäude aufzeigten.

»Was ist das?«, fragte Julius verständnislos.

Smith ließ seine Frage unbeantwortet und schob stattdessen weitere Papiere über den Tisch. Es waren getippte Notizen, stichwortartige Informationen über Personen, Amerikaner und Deutsche.

Julius zog die Brauen hoch. »Was soll das alles sein?«

Smith wechselte einen kurzen Blick mit Lewis und Bishop.

»Den hier kennen Sie auch nicht? Haben Sie sich damit Zugang zu den Unterlagen verschafft?«

Er schob einen Ausweis über den Tisch: Central Intelligence Agency stand ganz oben und darunter der Name David Johnson. Julius' Foto prangte darauf. Es war ein gefälschter CIA-Ausweis. Ein Anflug von Panik erfasste ihn.

»Woher haben Sie das alles?«

»Aus Ihrer Wohnung, Dr. Laakmann! Dieser heruntergekommenen Behausung oben im Wedding, von der Sie uns nie erzählt haben.«

Julius erstarrte. Er hatte ganz bewusst mit niemandem je über die Hausmeisterwohnung gesprochen. Von wem hatten sie davon erfahren? »Woher wissen Sie von der Wohnung?«

Smith lächelte schmallippig. »Wir haben einen Tipp bekommen und einige Hinweise zu Ihrer Person. Unser Gespräch mit Fräulein Lichtenberg war auch sehr erhellend.«

Julius starrte ihn ungläubig an. Sie hatten mit Emma gesprochen? Und dann fiel ihm plötzlich ein, dass sie die Einzige war, die von der Wohnung wusste. Als er damals in den Westen fliehen wollte, hatte er ihr erzählt, dass er dort Wertsachen deponiert hatte.

»Wie lange arbeiten Sie schon für die Stasi?«, fragte Lewis.

Julius blickte auf den gefälschten Ausweis und die Papiere, die vor ihm auf dem Tisch lagen, während sein Gehirn fieberhaft zu arbeiten begann. Jemand wollte, dass man ihn für einen Spion der Stasi hielt. Aber aus welchem Grund?

»Beantworten Sie unsere Frage!«

Julius nickte, um Zeit zu gewinnen. Er musste hier raus!

»Ich erzähle Ihnen alles, aber könnte ich vorher noch einmal die Toilette aufsuchen? Mir ist nicht gut.« Er fasste sich an den Bauch und sah ihnen an, dass sie es am liebsten verboten hätten, aber schließlich willigte Lewis ein.

»Agent Smith wird Sie begleiten!«

Dieser erhob sich und zog eine Waffe aus seinem Holster. »Damit hier keine Missverständnisse entstehen. Nach Ihnen.«

Sie traten in den Flur, an dessen Ende Julius zwei weitere Agenten bemerkte. An Flucht war hier nicht zu denken.

»Nach rechts«, befahl er.

Er bog in die angegebene Richtung, bis er eine als Toilette gekennzeichnete Tür entdeckte. Julius öffnete sie. Zu seiner Erleichterung hatte sie einen Vorraum mit Waschbecken und separater Kabine.

Er öffnete die Tür.

»Sie haben zwei Minuten, verstanden! Und es wird nicht abgeriegelt!«

Er schloss die Tür hinter sich. Eilig sah er sich um, es gab ein Fenster – groß genug, dass er hindurchgepasst hätte, wenn es nicht mit einem schmalen Holzbrett zugenagelt gewesen wäre, um genau dies zu verhindern. Julius unterdrückte einen Fluch und entschied, dass es nur einen Weg gab. Er drückte die Spülung, öffnete den Toilettendeckel und griff nach unten an seine Wade, um die Waffe aus dem Holster zu ziehen. Dann beugte er sich über die Toilette, die rechte Hand mit der Waffe an sich gezogen, und stöhnte laut, als wäre ihm schlecht.

Erst als er ein zweites und drittes Mal stöhnte und den Agenten mit dem Namen rief, öffnete Smith die Tür. Julius hatte ihm den Rücken zugewandt.

»Lassen Sie das Theater! Denken Sie, ich falle darauf herein?«

»Mir ist wirklich schlecht!« Julius stöhnte wieder laut und griff mit der linken Hand, mit der er sich auf dem Toilettenbecken abgestützt hatte, Halt suchend hinter sich nach Smith. Als er den Arm des CIA-Agenten zu fassen bekam, zog er sich gleichzeitig mit einem unerwartet schnellen Ruck in einer Drehung zu ihm und schlug ihm, bevor der überraschte Agent reagieren konnte, den Kolben der Waffe mit Wucht gegen die Schläfe.

Smith sank bewusstlos gegen die Kabinenwand. Julius schloss eilig den Toilettendeckel, stieg darauf und stemmte einen Fuß gegen die Wand, um das Holzbrett herauszureißen. Beim zweiten

Versuch gab es mit einem krachenden Geräusch nach. Einen Moment hielt Julius erstarrt inne. Sein Puls raste, als er gleich darauf das Fenster aufriss und sich nach oben stemmte. Sie befanden sich im zweiten Stock. Seine einzige Chance war die Regenrinne – für einen Sprung war es eindeutig zu hoch. Julius zwängte sich nach draußen, bis er in gekrümmter Haltung auf dem Fensterbrett sitzen konnte. Mit beiden Händen griff er rechts von sich nach der Regenrinne und stieß sich ab. Er rutschte einen halben Meter hinunter, bevor er sich halten und das letzte Stück kontrolliert hinunterklettern konnte. Als er den Fuß unten auf den Boden setzte, hörte er über sich Stimmen.

»Haltet ihn!«

Sie hatten ihn entdeckt! Er rannte los und bog um die erste Straßenecke, um so schnell wie möglich aus ihrem Sichtfeld zu verschwinden. Ein Stück weiter die Straße hinunter hielt gerade ein Bus. Julius lief auf ihn zu und stieg eilig ein. »Einmal!«

»Na, Sie sind ja gerannt wie ein Weltmeister, um den Bus noch zu bekommen.«

Julius nickte und drängte sich zwischen die anderen Fahrgäste. Als sie losfuhren, sah er, wie Agent Smith um die Straßenecke bog.

110

Er fuhr drei Stationen und wechselte dann den Bus. Als er eine halbe Stunde später ausstieg, hatte er keine Ahnung, wo er sich befand. Einige Schritte weiter gab es einen Kiosk, an dem er einen West-Berliner Stadtplan kaufte. Er ging damit in eine unscheinbare Kneipe und setzte sich an einen Tisch ganz hinten in der Ecke. Sein Puls ging noch immer schnell, und er bemühte sich, ruhig durchzuatmen.

»Was darf's denn sein?«, fragte der Wirt.

»Ein Kaffee und ein Mineralwasser.«

»Kommt sofort.«

Julius breitete den Plan aus. Er war in Steglitz, in der Flemmingstraße. Er zwang sich zu einer nüchternen Bestandsaufnahme. So wie es aussah, hatte er es geschafft, dass er innerhalb der letzten vierundzwanzig Stunden in beiden Teilen Deutschlands gesucht wurde. Wahrscheinlich gab es bald in der DDR und BRD Fahndungsfotos von ihm. Sein einziger Vorteil war, dass er zwei gefälschte Pässe und ausreichend Bargeld besaß, um sich einige Zeit durchzuschlagen. Dennoch war er Realist – es würde ihm langfristig nicht gelingen, den Behörden zu entkommen. Er musste seine Unschuld beweisen. Das war seine einzige Chance.

Er versuchte zu begreifen, wie Emma in diese ganze Sache verwickelt war. Wollte sie sich an ihm rächen? Eine Mischung aus Wut und Enttäuschung erfasste ihn, als er sich daran erinnerte, was Smith gesagt hatte: »*Unser Gespräch mit Fräulein Lichtenberg war auch sehr erhellend*!«

Es schien keinen Zweifel zu geben, dass sie irgendwelche Lügen über ihn erzählt hatte. Doch die Aufzeichnungen und den gefälschten Pass, die man in seine Wohnung gebracht hatte, musste jemand anderes beschafft haben. Grübelnd trank Julius einen Schluck von dem Kaffee, den ihm der Wirt gebracht hatte, und versuchte, die Angelegenheit so analytisch wie möglich anzugehen. Wer konnte nur ein Interesse daran haben, dass man ihn für einen Spion der DDR hielt? Und vor allem warum? Abrupt stellte er die Tasse ab, weil ihm plötzlich der Grund einfiel. Um ihn unglaubwürdig zu machen!

Von dem Augenblick an, als die CIA die gefälschten Beweise im Wedding gefunden hatte, hatten sie ihm nichts mehr geglaubt. Das würde bedeuten, dass die Stasi dahintersteckte. Aber woher hatten sie von seiner Wohnung gewusst? Er verspürte einen bitteren Geschmack im Mund, der nicht von dem Kaffee herrührte.

Es blieb dabei, nur eine Person konnte ihnen diese Information gegeben haben – Emma. Hatte sie mit ihnen zusammengearbeitet?

Hastig stand er auf und zahlte. Dann machte er sich sofort auf den Weg nach Wilmersdorf. Er würde sie zur Rede stellen.

Als er eine halbe Stunde später an ihrer Wohnungstür klingelte, öffnete jedoch niemand. Widerstrebend ging er weg.

Er suchte sich nicht weit entfernt eine billige Pension, in der man nur einen knappen Blick auf seinen gefälschten Ausweis warf und er drei Nächte im Voraus bezahlte. Später ging er noch einmal zu Emma. Wie an jenem Abend vor vielen Monaten, als er in einer Anwandlung von Sehnsucht zu ihr gefahren war, stand er in der Dunkelheit auf der anderen Straßenseite und schaute zu ihrer Wohnung hoch. Es brannte kein Licht.

Sie war beruflich immer viel unterwegs gewesen. Ihm würde nichts anderes übrig bleiben, als so lange wiederzukommen, bis sie zu Hause war.

Und genau das tat er in den nächsten Tagen. Am vierten Tag verspürte er außer Zorn eine zunehmende Verzweiflung, als sie immer noch nicht wieder zurück war.

Auf dem Rückweg zur Pension kaufte er sich eine Zeitung. Das Gipfeltreffen, das am kommenden Tag in Wien beginnen würde, prägte die Schlagzeilen. Er setzte sich in seinem heruntergekommenen Zimmer aufs Bett und las nachdenklich den Artikel. Und dann entdeckte er das Foto! Es prangte neben einem Bericht über eine Pressekonferenz, die im Vorfeld des Treffens zwischen Chruschtschow und Kennedy stattgefunden hatte. Er erstarrte. Ungläubig und voller Wut zugleich blickte er auf das Bild. Sie stand etwas am Rand neben den anderen, aber es gab keinen Zweifel – es war ihr Gesicht. Emma war in Wien!

# TEIL 9

# ZUSAMMEN GETRENNT

# EMMA

## 111

*Wiener Gipfeltreffen, 3. Juni 1961*

DIE STADT STAND KOPF. ANDERS konnte man es nicht bezeichnen. Emma drängte sich auf dem Weg zu ihrem Hotel durch die Menschenmenge, die von einer fiebrigen Aufregung ergriffen war. Sie war seit fast einer Woche in Wien, weil sie bereits im Vorfeld des Gipfels bei diplomatischen Gesprächen und Pressekonferenzen gedolmetscht hatte. Es war ein Höhepunkt ihrer Karriere, der auch mit Glück zu tun gehabt hatte. Eine andere, auf dem politischen Parkett erfahrenere Dolmetscherin war ausgefallen und sie an ihre Stelle gerückt. Emma musste in diesen Tagen oft daran zurückdenken, wie sie vor zweieinhalb Jahren in Berlin das Gespräch zwischen Brandt und den Amerikanern miterlebt hatte. Seit Chruschtschows Ultimatum hatten sich die Fronten des Kalten Krieges weiter verhärtet. Trotz diverser diplomatischer Verhandlungen und Treffen von Politikern hatte es nach wie vor zwischen Ost und West keine Einigung gegeben. Nachdem der sowjetische Ministerpräsident im vorletzten Sommer einer Einladung des amerikanischen Präsidenten Eisenhower gefolgt war, hatte es kurzfristig nach Entspannung ausgesehen, aber der Absturz des amerikanischen Spionageflugzeugs über dem Ural im Mai 1960 hatte alle Fortschritte wieder zunichtegemacht. Bei der Pariser Gipfelkonferenz der Alliierten war es noch im selben Monat zum Eklat gekommen. Alle Hoffnungen konzentrierten sich nun auf das Wiener Gipfeltreffen, bei dem es nicht nur um die Berlin-Frage, sondern auch um die Konflikte in Kuba und Südostasien sowie die Einstellung von Kernwaffentests der beiden Mächte gehen würde.

Ein Zeitungsjunge mit einer Sonderausgabe kam Emma entgegen, und sie kaufte ein Blatt. Vorn auf der Titelseite prangte ein druckfrisches Foto von dem heutigen Treffen zwischen Chruschtschow und Kennedy. Emma war vor ein paar Stunden selbst Zeugin geworden, wie sich die beiden mächtigsten Männer der Welt auf dem roten Teppich der Eingangstreppe zur US-Residenz das erste Mal gegenübergestanden und für das Heer von Fotografen und Kameramännern posiert hatten.

Rund eintausendfünfhundert Journalisten hielten sich zurzeit in der Stadt auf, um über jedes Detail des Gipfels zu berichten. Emma betrachtete das Foto in der Zeitung. Einen größeren optischen Gegensatz als zwischen dem jungen dynamischen John F. Kennedy und dem wesentlich älteren, stämmigen Nikita Chruschtschow, der dem Amerikaner gerade einmal bis übers Kinn reichte, konnte es wohl kaum geben. Emma war sich sicher, dass sie den beeindruckenden Moment, als die beiden sich die Hand gegeben hatten, nie vergessen würde. Wie ihren gesamten Aufenthalt in Wien. Die Atmosphäre der Stadt hatte etwas Euphorisierendes. Ihr Beruf hatte ihr in den letzten beiden Jahren oft über ihre persönlichen Tiefs und melancholischen Stimmungen hinweggeholfen. Seit es Julius und Alice nicht mehr in ihrem Leben gab, hatte sie sich verändert. Sie war innerlich härter geworden und hatte einen Schutz-wall um sich errichtet. Außer Max ließ sie nur wenige Menschen an sich heran. Sie wollte nicht noch einmal verletzt werden. Das und ihre umtriebige Arbeit waren vermutlich auch der Grund, dass sie noch immer keine neue Beziehung eingegangen war. Einige Zeit hatte sie sich bemüht, Georg eine Chance zu geben, aber letztlich hatte es zwischen ihnen nicht gefunkt, und so waren sie übereingekommen, es bei einer Freundschaft zu belassen.

Emma drängte sich an einer Gruppe von Journalisten vorbei, die über Kennedy diskutierten, und betrat das Hotel. An der Rezeption ließ sie sich den Schlüssel geben.

Für heute war ihre Arbeit erledigt. Als sie wenig später ihr Zimmer betrat, zog sie mit einem Seufzen die hohen Schuhe aus, in denen sie den ganzen Tag gelaufen war. Sie sehnte sich nach einem ausgiebigen Bad.

Eine halbe Stunde später schlüpfte sie entspannt in den flauschigen Hotelbademantel und frottierte sich die Haare. Als es an der Tür klopfte, blickte sie erstaunt auf. Sie erwartete niemanden.

»Ja?«, fragte sie durch die geschlossene Tür.

»Zimmerservice.«

Sie öffnete. »Ich habe aber nichts bestellt …« Emma erstarrte. Vor ihr stand Julius. Sie brachte keinen Ton hervor. Die widersprüchlichsten Gefühle kämpften in ihr. Erst dann sah sie, dass er eine Pistole in der Hand hielt. Ihr fiel der Besuch der beiden CIA-Agenten ein. Sie waren vor ein paar Tagen bei ihr gewesen und hatten seltsame Fragen nach Julius gestellt.

Emma blickte ihn voller Entsetzen an.

»Geh rein!«, befahl er und schob sie vorwärts.

»Was soll das?«, stieß Emma hervor, als er die Tür verriegelte. Abwehrend verschränkte sie die Arme vor der Brust.

Er schaute sie schweigend an und sie erschrak, als sie die kalte Wut in seinem Blick wahrnahm.

»Setz dich!« Er deutete auf einen der Sessel, die vor einem kleinen Tisch am Fenster standen.

Sie blieb stehen.

»Setz dich«, wiederholte er nachdrücklich. »Ich will nur mit dir reden.«

Sie sank auf den Sessel und beobachtete, wie er zum Fenster ging und einen Blick nach draußen warf, bevor er den Vorhang zuzog. Dann legte er die Pistole zur Seite und fuhr sich durchs Haar.

»Julius …«

»Arbeitest du mit der Stasi zusammen?«, unterbrach er sie, während er sich ihr gegenüber in den Sessel fallen ließ.

»Was? Bist du verrückt?«

»Du hast ihnen von der Wohnung erzählt!«

»Wovon redest du?« Sie versuchte zu begreifen, warum er so wütend und hasserfüllt war. Als hätte sie ihm etwas angetan.

Er beugte sich vor. »Davon, dass jemand belastendes Material in meine Wohnung im Wedding gebracht hat und man mich jetzt für einen Spion der Stasi hält. Du hast mein Leben zerstört, Emma!«, presste er voller Bitterkeit hervor.

Sie rang vergeblich um Fassung. »Man hält dich für einen Spion?«

Sein Ausdruck verhärtete sich. »Wolltest du dich rächen? Oder arbeitest du schon länger mit ihnen zusammen?«

Plötzlich fühlte sie, wie Zorn in ihr aufstieg. »Ich habe keine Ahnung, wovon du redest. Vielleicht erklärst du es mir einfach?«

Er lachte künstlich auf. »Du bist gut. Fast würde ich dir glauben, aber ich weiß von der CIA, dass du mit ihnen gesprochen hast. Dass sie Hinweise von dir bekommen haben!«

Sie schüttelte aufgebracht den Kopf. »Das stimmt nicht. Vor ein paar Tagen waren zwei CIA-Agenten hier bei mir im Hotel und haben mich nach dir ausgefragt, aber ich habe ihnen erklärt, dass ich dich das letzte Mal vor zwei Jahren gesehen habe. Ich habe ihnen gar nichts gesagt! Und von deiner Wohnung im Wedding habe ich nie jemandem erzählt!«

»Warum sollte ich dir das glauben?«, fragte er kalt.

»Weil du logisch denken kannst. Warum sollte ich mich Jahre später an dir rächen?«

»Aber wer hat der Stasi dann von der Wohnung erzählt?«

»Das weiß ich nicht. Was hast du überhaupt mit der CIA zu tun?«, fragte sie dann.

Julius zögerte. »Ich arbeite für sie, oder vielmehr habe ich das. Aber dann wurde ich in Ost-Berlin verraten und musste fliehen. Deshalb bin ich damals auch zurückgegangen.« Er erzählte ihr, wie er, um Sigmund aus der Gefangenschaft zu helfen, einen Handel mit den Amerikanern eingegangen war.

Emma schwieg für einen Moment. »Du bist nicht nur deshalb rübergegangen, oder? Sondern auch wegen Alice … und eurem Kind!«, warf sie ihm vor.

Er schaute sie verblüfft an. »Es ist nicht mein Kind. Wie kommst du darauf? Alice und ich sind nur befreundet.«

Sie wich seinem Blick aus. »Ich habe euch zusammen gesehen, Julius! Als Alice schwanger war«, fügte sie leise hinzu.

Er schüttelte den Kopf. »Dann hast du etwas missverstanden. Ich hatte nie etwas anderes als freundschaftliche Gefühle für deine Schwester. Sie war ganz allein, als sie entdeckte, dass sie schwanger war. Mit dem Vater war sie zu dem Zeitpunkt schon nicht mehr zusammen«, versuchte er zu erklären. »Es war die schwierigste Entscheidung meines Lebens, mich damals von dir zu trennen! Aber ich musste Sigmund helfen.«

Sie blickten sich beide an, und wie früher war zwischen ihnen wieder eine Spannung fühlbar. Plötzlich wurde ihr bewusst, dass sie hier im Bademantel saß, aber dann fiel Emma etwas ein. Sie erstarrte. »Julius, es gibt doch jemand, dem ich von der Wohnung erzählt habe – Alice!«

»Deiner Schwester?« Ein irritierter Ausdruck glitt über sein Gesicht. »Aber das verstehe ich nicht. Sie hat mich vor der Stasi gewarnt. Ohne sie wäre ich nicht entkommen.«

»Aber warum sollte überhaupt jemand Interesse daran haben, dich als Stasi-Spion hinzustellen?«

»Wahrscheinlich damit man mir nicht glaubt.« Er erzählte ihr, was er von der möglichen Grenzschließung zu West-Berlin erfahren hatte, als es unerwartet an der Tür klopfte. Sie verstummten beide.

Emma stand auf.

»Ja?«, fragte sie durch die geschlossene Tür.

»Agent Brooks und Agent Davidson!«

Emma und Julius wechselten einen schnellen Blick.

»Geh ins Badezimmer. Ich werde sie abwimmeln«, flüsterte Emma.

Sie öffnete die Tür.

»Guten Abend, Fräulein Lichtenberg, wir hätten Ihnen gerne noch ein, zwei Fragen gestellt«, sagte Davidson.

Sie nickte und deutete mit gespielter Verlegenheit auf ihren Bademantel. »Sicher. Wenn Sie erlauben, ziehe ich mir nur vorher etwas an. Könnten wir uns in zehn Minuten unten in der Empfangshalle treffen?«

»Selbstverständlich.« Die beiden CIA-Agenten hatten sich schon wieder zum Gehen gewandt, als Brooks noch einmal stehen blieb. »Sind Sie in den letzten Tagen zufälligerweise Dr. Laakmann begegnet?«

»Nein«, log Emma. »Wie ich schon einmal sagte, es ist zwei Jahre her, seit ich ihn das letzte Mal gesehen habe.«

Sie schloss die Tür und wartete, bis sich die Schritte der beiden Männer entfernt hatten.

Julius erschien auf der Schwelle zum Badezimmer. »Danke!«, sagte er leise.

Emmas Miene war ernst. »Ich werde versuchen, dir zu helfen, aber du musst hier so schnell wie möglich weg! Ich flieg' übermorgen wieder nach Berlin.«

Er nickte. »Ich melde mich bei dir!«, sagte er und blickte sie noch einmal an, bevor er aus der Tür hastete.

**112**

Eine Viertelstunde später sass Emma angezogen und mit getrockneten Haaren vor Brooks und Davidson. Sie hoffte, sie würden ihr ihren aufgewühlten Zustand nicht anmerken. Julius auf einmal so unerwartet gegenüberzustehen, noch dazu in dieser Situation, hatte sie emotional aus dem Gleichgewicht geworfen. Es gab tausend Fragen, die sie an ihn hatte.

»Sie haben Dr. Laakmann in den letzten Tagen wirklich nicht gesehen?«, wiederholte Agent Davidson seine Frage.

»Nein. Warum sollte er sich auch auf einmal bei mir melden? Noch dazu hier in Wien?«, entgegnete Emma.

»Sie sind eine der wenigen Bezugspersonen, die er im Westen hat. Immerhin wollte er für Sie aus der DDR flüchten«, erklärte Brooks.

»Und dann hat er sich damals anders entschieden und sich von mir getrennt.« Sie blickte auf die Uhr. »Bitte nehmen Sie es mir nicht übel, aber ich muss mich noch für die Arbeit morgen vorbereiten.«

Davidson nickte, als sie sich erhob. »Dr. Laakmann hat sich verändert. Sollte er sich bei Ihnen melden, seien Sie vorsichtig und kontaktieren Sie uns bitte umgehend!« Er reichte ihr eine Visitenkarte.

»Warum sollte ich vorsichtig sein?«

»Dr. Laakmann ist ein gefährlicher Mann, Fräulein Lichtenberg. Er arbeitet als Spion für die Stasi. Das sollten Sie wissen und ihm auf keinen Fall vertrauen«, erwiderte Brooks.

Sie bemühte sich, einen erschrockenen Ausdruck zu zeigen, bevor sie ging.

Als Emma in den Fahrstuhl stieg, um zu ihrem Zimmer hochzufahren, fragte sie sich, warum sie trotz der Warnung keinen Augenblick daran zweifelte, dass Julius die Wahrheit gesagt hatte und man ihn nur fälschlicherweise verdächtigte. Sie hatte gespürt, dass seine Verzweiflung echt war. Emma war ehrlich genug zuzugeben, dass sie nach wie vor etwas für ihn empfand. Auch nach zwei Jahren. Seltsamerweise erschütterte sie diese Tatsache fast ebenso sehr wie die Umstände, unter denen sie sich wiedergesehen hatten.

Sie versuchte die Fakten, die sie in dem kurzen Gespräch von Julius erfahren hatte, zu verarbeiten: Er war damals nicht in den Westen gekommen, weil er für die CIA gearbeitet hatte und einen Handel für Sigmunds Freilassung eingegangen war. Nun aber hatte er aus Ost-Berlin fliehen müssen und wurde von den Amerikanern verdächtigt, für die Stasi gearbeitet zu haben, weil man belastendes Material in seiner Weddinger Wohnung gefunden hatte. Von der hatten jedoch nur sie und Alice gewusst …

Nachdenklich sank sie auf einen Sessel. Sie sah Julius vor sich, wie er ihr vor Kurzem hier gegenübergesessen hatte. »*Es war die schwierigste Entscheidung meines Lebens, mich damals von dir zu trennen!*« Er war nie mit ihrer Schwester zusammen gewesen. Emmas Gedanken wanderten unwillkürlich zu Alice. Sie freute sich für ihre Schwester, dass sie ein Kind hatte. Aber sie verstand nicht, warum Alice nie wieder den Kontakt zu ihr gesucht hatte. Emma hatte den Bruch mit ihr in den letzten zwei Jahren immer auf ihre Beziehung mit Julius geschoben, doch wenn die beiden gar kein Paar gewesen waren, musste es einen anderen Grund geben. Grübelnd verzog sie das Gesicht. Ihre unterschiedlichen politischen Einstellungen konnten unmöglich die einzige Erklärung sein. Ihr Gespräch mit Lotte, mit der Alice damals im Heim gewesen war, ging ihr wieder durch den Kopf. Sie erinnerte sich, was diese von dem sowjetischen Offizier berichtet hatte, mit dem ihre Schwester regelmäßig Kontakt gehabt hatte. Ein Frösteln und eine plötzliche Sorge um Alice erfassten sie. Emma hatte immer das Gefühl gehabt, ihre Schwester hätte ihr etwas verheimlicht.

Am nächsten Tag wurde sie als Dolmetscherin bei einer Reihe von Interviews mit britischen und französischen Diplomaten und noch einer Pressekonferenz eingesetzt. Wo man auch hinkam, diskutierten und sprachen alle über Chruschtschow und Kennedy. Obwohl es noch keine offiziellen Verlautbarungen gab, hatten sich Gerüchte verbreitet, dass der Sowjet bei der ersten Begegnung der eindeutige Gesprächsführer gewesen sei. Kennedy sei auf die wortgewaltige Kraft und das unberechenbare Temperament Chruschtschows nicht vorbereitet gewesen, sondern ideologisch von diesem geradezu in die Ecke gedrängt worden.

»Heute haben sie wohl über die Berlin-Frage gesprochen und auch über den Friedensvertrag mit Deutschland, den Chruschtschow fordert«, berichtete Georg, der auch mit einem Team vom RIAS in Wien war und mit dem sie in einer kurzen Pause einen Kaffee trank. »Ein Kollege von mir hat mit einem US-Delegierten geredet; der sagte nur, es gäbe wahrscheinlich wieder keine neue Einigung. Chruschtschow droht, einen separaten Friedensvertrag mit der DDR abzuschließen und den Westmächten damit den freien Zugang zu West-Berlin zu verwehren. Die Kontrollrechte würden an die DDR fallen …«

Emma hörte ihm nur mit halbem Ohr zu. Sie dachte an Julius und fragte sich, wie er es schaffen sollte, wieder nach Berlin zu kommen. Die Unterhaltung mit den CIA-Agenten hatte ihr klargemacht, dass er wahrscheinlich überall von der Polizei gesucht wurde.

113

Einen Tag später flog Emma wieder nach Berlin.

Eine Woche verstrich, ohne dass sie etwas von Julius hörte. Besorgt fragte sie sich, ob man ihn vielleicht verhaftet hatte.

Als sie in der zweiten Woche nach ihrer Rückkehr morgens zum Einkaufen ging, stellte sie fest, dass draußen auf der Straße zum wiederholten Male ein grauer VW-Käfer parkte, in dem zwei Männer saßen. Einen von ihnen hatte sie in den letzten Tagen schon einmal vor ihrem Haus bemerkt. Keiner der beiden wohnte in der Nachbarschaft. Emma kannte alle Bewohner in der Straße.

Sie ahnte, dass sie wegen Julius überwacht wurde. Das bedeutete immerhin, man hatte ihn noch nicht verhaftet, aber andererseits würde er auch keine Möglichkeit haben, mit ihr Kontakt aufzunehmen. Auf dem Weg zum Einkaufen und später zur Arbeit sah sie sich mehrmals unauffällig um, ob man ihr folgte, aber man schien die Männer nur zur Überwachung ihrer Wohnung abgestellt zu haben.

Am Abend war sie bei Max eingeladen. Sie hatten sich seit ihrem Wienaufenthalt nicht gesehen. Im Flur stand ein Koffer. Frau Krämer, die Wirtin, begrüßte sie herzlich, als Max und sie zu ihr ins Wohnzimmer kamen, wo der Fernseher lief.

Die anderen Untermieter waren nicht zu Hause. »Der eine ist im Urlaub, und der andere hat seit letztem Monat eine Stelle in München. Schau mal, Ulbricht hat zur Pressekonferenz geladen«, sagte Max mit Blick auf den Fernseher.

Emma starrte den Mann mit der randlosen Brille und dem Spitzbart an, der darüber sprach, dass sich die »Freie Stadt« West-Berlin mit dem künftigen Friedensvertrag, den die DDR mit der Sowjetunion auszuhandeln beabsichtigte, dramatisch verändern werde. »Wir halten es für selbstverständlich, dass die sogenannten Flüchtlingslager in West-Berlin geschlossen werden und die Personen, die sich mit dem Menschenhandel beschäftigen, West-Berlin verlassen …«, teilte er mit seiner Fistelstimme mit. Emma fand allein seine geschwollene Art unerträglich.

Später beantwortete er die Fragen der Reporter.

»Herr Vorsitzender!«, fragte eine Frau, die Korrespondentin der Frankfurter Rundschau war. »Bedeutet die Bildung einer Freien Stadt Ihrer Meinung nach, dass die Staatsgrenze am Brandenburger Tor errichtet wird?«

Ulbricht verzog keine Miene, als er vom Podium zu der Frau hinunterblickte. »Ich verstehe Ihre Frage so, dass es in Westdeutschland Menschen gibt, die wünschen, dass wir die Bauarbeiter der Hauptstadt der DDR dazu mobilisieren, eine Mauer zu errichten … Mir ist nicht bekannt, dass eine solche Absicht besteht.«

Frau Krämer stand kopfschüttelnd auf. »Also, das kann man sich ja nicht länger anhören. Ich werde jetzt weiter packen und bin froh, für ein paar Wochen bei meiner Schwester in Westdeutschland zu sein.«

Emma wartete, bis sie den Raum verlassen hatte. Dann fasste sie Max hastig am Arm. »Ich muss dir etwas erzählen. Ich habe Julius in Wien gesehen!«

Er blickte sie ungläubig an.

»Julius steckt in Schwierigkeiten.« Sie berichtete Max von ihrem Gespräch im Hotel und auch von den CIA-Agenten, die sie befragt hatten. »Und nun habe ich festgestellt, dass ich überwacht werde, seitdem ich zurück bin!«

Max wirkte besorgt. »Du solltest vorsichtig sein. Glaubst du wirklich, dass es stimmt, was Julius gesagt hat?«

Emma nickte. »Ja. Anders macht es auch alles keinen Sinn.«

»Aber warum sollte man sich solche Mühe machen, ihn als Stasi-Spion hinzustellen?«, hakte Max nach.

»Das habe ich ihn auch gefragt«, erwiderte Emma, und sie schilderte Max, was Julius ihr vom Bau einer möglichen Grenze erzählt hatte und dass man deshalb versuche, ihn vor der CIA unglaubwürdig wirken zu lassen.

Max hörte ihr nachdenklich zu. »Das würde eine Erklärung bieten. Ich könnte Kai fragen, ob er weiß, was konkret gegen Julius vorliegt. Er ist doch inzwischen beim BND. Ich sehe ihn zwar kaum noch, aber in Gedenken an alte Zeiten hilft er mir vielleicht.«

»Das wäre gut.«

Auch in den nächsten Wochen hörte Emma immer noch nichts von Julius. Ihre Sorge wuchs. Wenn sie nicht nach wie vor gelegentlich die beiden Männer in dem VW in ihrer Straße gesehen hätte, wäre sie längst davon überzeugt gewesen, man hätte ihn verhaftet. Währenddessen traf sich Max mit Kai.

»Er meinte erst, er könne mir nicht helfen, aber dann hat er sich doch gemeldet«, berichtete er Emma, als sie sich einige Tage darauf trafen. »Er kennt jemanden bei der CIA, und der hat ihm gesteckt, dass sie in Julius' Wohnung so viel belastendes Material gefunden hätten, dass er dafür bis ans Lebensende ins Gefängnis kommen könnte. Seltsam fanden sie bei der CIA nur, dass Julius' Fingerabdrücke lediglich auf den Möbelstücken und einer alten Uhr zu finden waren.«

Emma blickte ihn an. »Weil jemand anderes diese falschen Beweise dort deponiert hat!« Aber wie konnte man das beweisen? »Ich frage mich, wo er steckt«, sagte sie niedergeschlagen.

Am nächsten Tag war sie auf dem Weg nach Hause, als sie an einem Kiosk stehen blieb. Ihr Blick wanderte in alter Gewohnheit über die Schlagzeilen der Zeitungen. Nach der Pressekonferenz von Ulbricht waren die Flüchtlingszahlen in den letzten Wochen stark nach oben geschnellt und höher als im gesamten vorigen Jahr. Emma kaufte sich einen *Tagesspiegel*. Wohin sollte das alles führen? Sie ging einige Schritte weiter und las noch im Stehen den Artikel auf der ersten Seite. In diesem Augenblick stieß jemand gegen sie. Ein Mann, der den Hut tief ins Gesicht gezogen hatte, stand neben ihr.

»Lies weiter! Ich weiß nicht, ob wir beobachtet werden«, raunte er leise. Emma erstarrte. Es war Julius.

»Wo warst du?«

»Es war schwierig, nach Berlin zurückzukommen«, erwiderte er, den Kopf nach vorn zu dem Geschäft gerichtet, als würde er die Auslage betrachten. »Und du wirst überwacht. Ich versuche schon seit zwei Wochen, einen Moment abzupassen, um mit dir zu sprechen. Wir müssen irgendwo in Ruhe reden«, fügte er leise hinzu.

»Ich weiß. Wir können uns bei Max treffen. Ich habe ihm alles erzählt. Du kannst ihm vertrauen.«

Sie nannte Julius die Adresse, und sie vereinbarten, sich später bei ihm zu treffen.


## 114

ALS SIE AM ABEND BEI Max die Tür öffnete und Julius sah, erschrak sie, wie müde und erschöpft er wirkte.

»Komm rein.« Sie zog ihn eilig in die Wohnung, damit ihn niemand von den Nachbarn sah.

Max hatte darauf bestanden, dabei zu sein. »Am besten erzählst du noch mal alles von Anfang an«, sagte er.

Sie setzten sich, und Julius schilderte erneut, was passiert war, seitdem er in jener Nacht vor drei Jahren im Notaufnahmelager angekommen und den Handel mit der CIA eingegangen war und wie er nun in beiden Teilen Deutschlands gesucht wurde.

Emma verzog anschließend nachdenklich die Stirn. »Wäre diese Information, dass die DDR eine Grenze zwischen West- und Ost-Berlin errichten will, vor dem Wiener Gipfeltreffen bis zu Kennedy vorgedrungen, wären die Verhandlungen auf jeden Fall anders verlaufen«, überlegte sie laut.

Max schilderte Julius, was er von Kai erfahren hatte.

»Ich weiß, dass ich irgendwie meine Unschuld beweisen muss«, erwiderte Julius niedergeschlagen. »Früher oder später werden sie mich sonst verhaften. Es ist ein Wunder, dass ich es überhaupt so lange geschafft habe unterzutauchen. In Wien bin ich nur knapp einer Kontrolle entgangen. Ich habe mich einige Zeit auf dem Land versteckt, bevor ich nach Berlin zurückgekehrt bin, und wechsle alle paar Tage die Pension.«

»Du kannst erst mal hier bleiben. In den nächsten zwei Wochen habe ich die Wohnung für mich allein«, bot Max ihm an.

»Danke!«

Sie waren sich alle drei einig, dass sie mit Alice sprechen mussten. »Ich wäre selbst schon längst zu ihr gefahren, aber die Gefahr, noch einmal zurückzugehen, ist einfach zu groß. Wenn ich verhaftet werde, dann lieber in West-Berlin.«

»Ich könnte fahren!«, entgegnete Emma.

»Aber Zeuthen gehört nicht zu Berlin. Du müsstest über die Grenze und hast nur einen West-Berliner Pass, wenn man dich kontrolliert«, wandte Max ein. »Es muss uns irgendwie anders gelingen, Alice zu kontaktieren.«

»Max hat recht«, sagte Julius.

»Ich könnte Bernd fragen, ob er mir hilft und Alice eine Nachricht überbringt.«

Es schien allen eine gute Idee, und so schrieb Emma noch am selben Abend einen Brief. Am nächsten Morgen fuhr sie zur Akademie, um Bernd abzupassen.

»Klar helfe ich dir«, willigte er sofort ein. »Ich hatte im letzten Jahr auch erfahren, dass Alice in Zeuthen arbeitet, aber ich wusste nicht, wie ich dich erreichen kann«, fügte er hinzu, als er ihren Brief entgegennahm. Emma hatte ihrer Schwester nur geschrieben, dass es um eine lebenswichtige Angelegenheit gehe und sie sie unbedingt sprechen müsse. Wenigstens noch ein Mal.

*11. August 1961*

Keinen von ihnen erstaunte es, als eine Woche verging, ohne dass Alice sich meldete.

Emma fragte noch einmal bei Bernd nach.

»Ich habe ihr den Brief gegeben, aber sie hat kaum mit mir gesprochen, sondern ihn nur schnell in ihre Handtasche gesteckt. Sie sah nicht gut aus, Emma!«

Sie nickte und dankte ihm trotzdem.

»Ich werde selbst mit ihr reden und nach Zeuthen fahren«, erklärte sie entschlossen, als sie später mit Max und Julius sprach. »Nicht nur, um dir zu helfen, Julius. Ich will auch wissen, warum meine Schwester den Kontakt zu mir abgebrochen hat.«

»Und wenn du kontrolliert wirst?«, entgegnete Max.

»Ich behaupte einfach, dass ich meinen Ausweis vergessen habe. Und wenn sie meine Personalien aufnehmen, gebe ich mich für Alice aus.«

Doch als sie sich am nächsten Morgen auf den Weg machte, war sie nervöser, als sie es vor den beiden zugegeben hatte.

Sie waren übereingekommen, dass Max – falls sie nicht bis zu einem bestimmten Zeitpunkt zurück wäre – Major Carter informieren sollte. Er würde ihr auf jeden Fall helfen. Julius hatte ihr auch gesagt, dass es sehr früh am Morgen in Richtung DDR weniger Kontrollen gäbe als umgekehrt. Der Rückweg sei schwieriger. »Am besten fährst du über einen Umweg zurück. Es gibt ein, zwei Bahnhöfe, wie im Norden in Velten, dort kannst du direkt über den Bahnsteig zur S-Bahn laufen. Die Kontrolleure steigen an einer späteren Station ein, aber wenn viel los ist, haben sie meistens nicht genug Zeit, von jedem den Ausweis zu verlangen.«

Emma hatte nur stumm genickt.

Als die Bahn auf der Hinfahrt an der Grenze von Ost-Berlin ins Umland hielt, bemerkte sie nervös, wie auf dem Bahnsteig zwei Kontrolleure standen. Sie blickten in ihren Waggon hinein, in dem außer ihr nur wenige Leute saßen. Emma legte sich in Gedanken schon ihre Ausrede zurecht, da es so schien, als würden sie einsteigen wollen. Plötzlich hielten die Kontrolleure jedoch einen Vorbeilaufenden am Bahnsteig an, der einen großen Reisesack bei sich trug. Angespannt beobachtete sie, wie der Mann ihn öffnete und seinen Ausweis vorzeigen musste. Einer der Kontrolleure begann, etwas aus dem Reisesack herauszunehmen, doch sie konnte nicht sehen, was es war, denn die Bahn setzte sich schon wieder in Bewegung. Erleichtert atmete Emma auf.

Eine halbe Stunde später erreichte sie Zeuthen. Es war kurz nach halb acht. Alice fing meistens früher als die anderen an, hatte Julius ihr erzählt. Emma stand verdeckt hinter einem Baum, die Augen auf den Eingang des Instituts gerichtet, und wartete. Was würde Alice sagen, wenn sie sie sah? Ihr wurde bewusst, wie sehr sie ihre Schwester vermisste. Es war beklemmend still in der Straße, als sie auf einmal Schritte hörte. Die Gestalt einer Frau näherte sich. Sie hatte den Kopf gen Boden gesenkt, aber Emma erkannte ihre Schwester trotzdem sofort. Eilig ging sie auf sie zu. »Alice!«

Der schockierte Ausdruck im Gesicht ihrer Schwester traf sie. Sie fand darin keinerlei Freude über das Wiedersehen, sondern nur Entsetzen. »Was machst du hier?«, stieß Alice hervor.

»Warum hast du nicht auf meine Nachricht reagiert? Ich muss mit dir sprechen.«

»Nein, du musst sofort verschwinden.« Alice blickte sich um, als fürchtete sie, sie könnten beobachtet werden.

»Auf keinen Fall.«

»Bitte, Emma, du verstehst das nicht. Wenn dir noch irgendetwas an mir liegt, dann musst du gehen«, flehte Alice. Sie wollte sich abwenden und die Stufen zum Eingang hocheilen, aber Emma hielt sie fest.

»Nicht bevor ich mit dir geredet habe. Es geht nicht nur um mich, Alice!«

Ihre Schwester schien zu erkennen, wie ernst sie es meinte. »Aber nicht hier. Ich komme heute Abend um acht in diese Bar, in der wir uns früher manchmal getroffen haben, direkt hinter der Sektorengrenze.«

»Gut, aber wenn du nicht erscheinst, stehe ich morgen wieder hier«.

Alice nickte, und Emma sah ihr hinterher, wie sie eilig im Gebäude verschwand.

Die Rückfahrt dauerte weitaus länger. Sie fuhr über Velten, einen der Bahnhöfe, die Julius ihr genannt hatte, und lief direkt über den Bahnsteig zur S-Bahn. Emma stieg in den Waggon, der am vollsten war, und drängte sich, soweit es ging, zwischen die Fahrgäste. Als sie wenig später am Kontrollbahnhof hielten, konnte sie die Anspannung der Menschen um sich herum fühlen. Zwei uniformierte Männer stiegen ein. Ihr Blick hatte nichts Freundliches, als sie die Fahrgäste musterten und willkürlich Ausweise zu sehen verlangten. Sie konzentrierten sich vor allem auf diejenigen, die größere Taschen und Gepäckstücke bei sich hatten. Ein Stück vor Emma wurde eine Frau kontrolliert, die Gemüse und Eier in ihrer Tasche hatte.

»Was wollen Sie denn damit in West-Berlin? Verkaufen?«, fragte einer der Uniformierten barsch.

Die Frau schüttelte den Kopf. Die Angst war ihr deutlich anzumerken. »Die sind für meine kranke Tante«, erklärte sie mit leiser Stimme. Der Kontrolleur musterte die Frau durchdringend. Doch dann hielt die Bahn, und er ließ von ihr ab. Die Männer stiegen aus.

An der nächsten Station waren sie in West-Berlin. Eine halbe Stunde später erreichte sie Max' Wohnung.

»Und, was hat sie gesagt?«, fragte Julius nervös, als sie in die Wohnung trat.

»Nichts«, sagte Emma nachdenklich. »Alice hat furchtbar ängstlich reagiert und mich angefleht zu gehen. Wir treffen uns heute Abend.«

»Ich komme mit«, erklärte Julius entschieden. Ein grimmiger Ausdruck lag auf seinem Gesicht. »Ich will wissen, warum sie der Stasi von der Wohnung erzählt hat. Sie ist die Einzige, die etwas wissen könnte, was mir hilft.«

Emma legte sanft die Hand auf seinen Arm. »Lass mich erst allein mit ihr sprechen. Sonst läuft sie gleich wieder weg.«

»Ems hat recht, und außerdem solltest du die Wohnung nicht verlassen. Du wirst überall gesucht«, pflichtete Max ihr bei. Widerwillig gab Julius nach.

# ALICE

## 116

Sie war in Panik geraten, als Emma auf einmal vor dem Institut gestanden hatte. Den Brief, der von Bernd überbracht worden war, hatte sie ignoriert. Aber sie hätte ihre Schwester besser kennen müssen, um zu wissen, dass sie alles unternehmen würde, um trotzdem mit ihr zu reden.

Alice würde noch ein letztes Mal mit ihr sprechen. Es war riskant, aber noch gefährlicher wäre es, wenn Emma erneut in Zeuthen auftauchen würde. Alice war froh, dass am Morgen niemand ihre Schwester gesehen hatte. Markov überwachte fast jeden ihrer Schritte und ließ sie für ihren Verrat, wie er es nannte, bezahlen. Sie durfte ihre Tochter nur noch zweimal in der Woche für zwei Stunden sehen. Würde sie sich noch einen einzigen Fehler erlauben, dann würde man ihr Lisa vollständig entziehen. Ihre Tochter war in einem Heim untergebracht worden und weinte jeden Tag. Es war Alices größter Albtraum und hatte sie innerlich gebrochen. Ihr einziger Trost war es, dass Sergej zwischendurch regelmäßig nach der Kleinen sah. Nur ungern erinnerte sie sich an die Auseinandersetzung mit ihm, nachdem er von Markov über ihre Taten ins Bild gesetzt worden war.

»Wie konntest du das tun?«, hatte er sie aufgebracht gefragt.

»Ich weiß, es war ein Fehler, aber Julius, er hat mir so oft geholfen … Ich konnte nicht mit der Vorstellung leben, dass er auch ins Gefängnis kommt«, gestand sie ihm unter Tränen.

»Und was hast du jetzt davon, dass du ihn geschützt hast? Markov hat dir dein Kind genommen«, stellte er erbittert fest.

Alice schwieg. Er hatte recht. Eine wirkungsvollere Strafe, als ihr ihr Kind zu entziehen, hätte es nicht geben können. Markov ließ sie weiter am Institut arbeiten, weil sie ihm dort am nützlichsten war. Sie hätte dafür dankbar sein müssen, aber es war ihr gleichgültig. Sie tat, was er verlangte, er hätte sie auch ins Gefängnis oder in den Gulag stecken können. Jede Nacht lag sie weinend wach und machte sich Vorwürfe, dass sie ihre Tochter nicht besser geschützt hatte. Nichts bedeutete ihr mehr etwas. Einzig die vier Stunden, die sie mit Lisa verbringen durfte, hielten sie am Leben.

Dass Emma gerade jetzt auftauchte, stellte eine Gefahr dar. Markov durfte sie auf keinen Fall hier sehen. Nur deshalb würde Alice sich noch dieses eine Mal mit ihr treffen.

Am Abend schlich sie sich hinten aus dem Haus, lief durch einige Nebenstraßen und nahm den Bus. Erst als sie sich sicher war, dass niemand ihr folgte, stieg sie nach einigen Stationen in die S-Bahn nach West-Berlin um.

Mit schnellen Schritten eilte sie zu der Bar.

»Alice!« Emma sprang von ihrem Stuhl auf, als sie hereinkam.

Alice erinnerte sich daran, wie sie sich hier nach ihrem Wiedersehen manchmal getroffen hatten. Sie liebte ihre Schwester und verspürte einen schmerzhaften Stich bei dem Gedanken, dass sie sich nach dem heutigen Treffen nicht mehr wiedersehen würden.

Zögernd setzte sie sich zu Emma an den Tisch.

»Ich bin so froh, dass du gekommen bist«, sagte ihre Schwester und fasste nach ihrer Hand. Alice entzog sie ihr sanft.

»Ich habe nicht viel Zeit, Emma. Wir können uns nicht mehr sehen. Ich werde dir erklären, warum«, beeilte sie sich hinzuzufügen, noch bevor ihre Schwester nach dem Grund fragen konnte. Und dann begann Alice, ihr stockend alles zu erzählen – dass Sergej sie damals aus dem brennenden Haus gerettet hatte und sie ihm ihr Leben verdankte, wie Markov später entdeckt hatte, dass sie eine Deutsche war, aber Sergej sich trotzdem weiter um sie gekümmert hatte, als sie ins Heim gekommen war. So nüchtern wie möglich schilderte sie Emma auch, wie Markov kurz nach ihrer schwesterlichen Wiederbegegnung schließlich von ihr verlangt hatte, Informationen über die KgU zu beschaffen. Zwar hatte er sie dabei unter Druck gesetzt, aber sie hatte auch aus Überzeugung gehandelt.

»Doch meine Gewissensbisse und Schuldgefühle wurden immer schlimmer«, sagte Alice mit brüchiger Stimme. Sie sah ihre Schwester nicht an, als sie darüber sprach, wie Markov sie dann gezwungen hatte, auch sie, ihre Schwester, auszuspionieren, und sie deshalb bei ihrem Streit den Bruch mit Emma provoziert hatte. »Und ich habe auch das Notizbuch auf Huberts Feier gestohlen …«

Emma hörte ihr fassungslos zu. »Du bist daran schuld, dass all diese Leute verraten und verhaftet wurden?«

Alice nickte. »Ja. Ich wusste nicht, was in dem Notizbuch stand, aber selbst wenn, hätte ich keine Wahl gehabt.«

»Aber du hättest in den Westen flüchten können.«

Alice schüttelte den Kopf. »Nein, Markov hat mir gedroht, dass Sergej dafür bezahlen müsste, und ich verdanke ihm zu viel.«

Emma lachte bitter auf. »Was denn? Dass du im Heim aufgewachsen bist und mit deiner eigenen Schwester brechen musstest?«

Alice schwieg. Sie nahm es Emma nicht übel, dass sie sie nicht verstand. »Ich wünschte, es wäre alles anders gekommen, Emma, aber ich habe nie so wie du über mein Leben bestimmen können«, erklärte sie dann und wollte aufstehen. Es war alles gesagt.

»Nein, warte!«, sagte Emma, die sie am Arm fasste. »Du hast ihnen auch von Julius' Wohnung erzählt, oder? Weißt du, dass er von der Polizei und dem Geheimdienst gesucht wird?! Man verdächtigt ihn, ein Spion der Stasi zu sein, weil man in seiner Wohnung gefälschte Beweise gefunden hat. Er könnte bis an sein Lebensende ins Gefängnis kommen. Du musst uns helfen, Alice!«

Sie starrte Emma an. Deshalb hatte Markov all diese Details über Julius wissen wollen? Man hatte sie über Stunden verhört. Jedes Gespräch mit Julius, jedes Wort, das ihre Schwester je in ihrer Gegenwart über ihn verloren hatte, hatte sie wiedergeben müssen. Alice hatte ihnen schließlich auch von der Wohnung berichtet und entsann sich noch immer des befriedigten Ausdrucks von Markov, der daraufhin über sein Gesicht geglitten war.

Ihre Schwester blickte sie noch immer bittend an. »Das kann ich nicht!«, sagte Alice leise.

»Ist es dir denn egal? Hast du gar kein Gewissen?«, entfuhr es Emma aufgebracht.

»Natürlich habe ich das. Deshalb habe ich den Kontakt mit dir abgebrochen und auch Julius gewarnt.« Alices Tonfall wurde unwillkürlich schärfer. »Aber ich bereue jeden einzelnen Tag, dass ich nicht sofort zu Markov gegangen bin und ihm gestanden habe, was Julius getan hat. Sie haben mir meine Tochter genommen, Emma! Ich darf sie nur noch vier Stunden in der Woche sehen. Lisa ist zwei Jahre alt und weint jeden Tag, weil sie nicht versteht, warum sie von mir getrennt ist.« Alice schossen die Tränen in die Augen.

Emma blickte sie entsetzt an.

»Ich erwarte nicht, dass du mich verstehst«, fuhr sie fort. »Aber du darfst nie wieder nach Zeuthen kommen. Wenn sie mitbekommen, dass ich noch Kontakt zu dir habe, werden sie mir Lisa ganz wegnehmen.«

»Alice …«

Diesmal ließ sie sich von ihrer Schwester nicht zurückhalten und stand auf.

»Bitte, wir finden eine Lösung«, sagte Emma.

Sie schüttelte den Kopf. »Es ist zu gefährlich! Das kann ich

Lisa nicht antun.« Eilig drängte sie sich zwischen den Tischen zum Ausgang durch.

»Alice!«

Sie ignorierte die Rufe ihrer Schwester und hastete nach draußen. Doch als sie sich nach rechts wandte, um weiter zur S-Bahn zu laufen, stellte sich ihr eine Männergestalt in den Weg. Es war Julius.

»Alice!«

Bevor sie wegrennen konnte, hielt er sie schon fest. »Du hast der Stasi von der Wohnung erzählt, nicht wahr? Warum?«, fragte er voller Zorn.

Schuldgefühle erfassten sie. »Man hat mich gezwungen, Julius. Es tut mir leid. Sie haben etwas gesucht, womit man dich hier belasten kann.«

»Das musst du der CIA erzählen. Sonst komme ich bis an mein Lebensende ins Gefängnis, Alice!«

Wenn sie das tat, würde sie Lisa nie wiedersehen. Panik befiel sie. »Das kann ich nicht. Es tut mir leid!« Mit aller Kraft entriss sie Julius ihren Arm und stürzte los – quer über die Straße. Ein Auto bremste ab, und jemand hupte. Doch sie achtete nicht darauf, sondern lief, so schnell sie konnte, weiter. Als sie sich umdrehte, sah sie, dass Julius und Emma ihr folgten. Sie bog um eine Ecke und überquerte eine Kreuzung, und dann stolperte sie. In der Dunkelheit hatte sie das Gleisbett der Straßenbahn nicht gesehen. Ein brennender Schmerz durchzuckte sie, als sie mit dem Knöchel umknickte und hinfiel.

»Alice!« Emma war sofort bei ihr. »Hast du dich verletzt?«

»Mein Knöchel. Ich kann nicht mehr auftreten.«

Vorsichtig halfen ihre Schwester und Julius ihr auf.

»Bitte lasst mich nach Zeuthen zurückfahren!«, flehte sie.

»So kannst du ohnehin nicht gehen. Wir rufen ein Taxi und fahren zu Max. Dort können wir deinen Knöchel versorgen – und dann reden wir«, sagte Emma.

# EMMA

## 117

ALS SIE IM TAXI SASSEN, schwieg sie, als hätte sie sich vorübergehend ihrem Schicksal ergeben. Emma nahm an, dass es der Schmerz war. Alices Gesicht war leichenblass.

Julius blickte wortlos aus dem Fenster. Er war ihr heimlich gefolgt. Emma konnte es ihm nicht verübeln. Es fiel ihr noch immer schwer zu begreifen, was ihre Schwester getan hatte. Alice hatte sie und Max ausspioniert. Sie empfand vor allem Enttäuschung, weil ihre Schwester sich ihr nicht anvertraut hatte, aber auch Mitleid.

Sie hielten, und Emma bezahlte den Taxifahrer. Alice musste sich auf Julius stützen, als sie die Treppe hochstiegen.

Max öffnete ihnen die Tür.

»Hallo, Alice! Was ist passiert?«

Überrascht beobachtete Emma, wie ihre Schwester verlegen seinem Blick auswich.

»Sie ist umgeknickt.« Max holte Eis, damit sie den Knöchel von Alice kühlen konnten, und dann setzten sie sich zu viert in die Küche.

»Ich muss zurück nach Zeuthen. Es geht nicht um mich, ich würde dir sofort helfen, Julius. Aber wenn Lisa mich nicht einmal mehr am Wochenende sieht … Ich weiß, wie es ist, im Heim aufzuwachsen und niemanden zu haben. Das kann ich ihr nicht antun«, erklärte sie verzweifelt.

»Sie haben dir Lisa weggenommen?«, fragte Julius entsetzt.

Alice nickte unglücklich.

»Du kannst ja zurück, aber du musst für Julius aussagen, um ihn zu entlasten«, sagte Emma.

Alice nickte erneut. »Dann komme ich wieder. Aber erst mal muss ich zurück.«

Julius schüttelte den Kopf. »Nein, auf keinen Fall. Dann sehe ich dich nie wieder.«

Max saß schweigend da, als hörte er gar nicht, was sie alle sagten, und starrte Alice an. Seitdem ihre Schwester die Wohnung betreten hatte, verhielt er sich merkwürdig.

Für einen Augenblick schwiegen sie alle vier.

»Wer ist der Vater von Lisa, Alice?«, fragte Max in die plötzliche Stille hinein, in einem Tonfall wie in einem Verhör.

Zu Emmas Überraschung wich Alice erneut seinem Blick aus. »Max …«, sagte sie.

»Könntet ihr uns einen Moment allein lassen«, bat Max, die Augen noch immer auf ihre Schwester geheftet.

Ungläubig drehte Emma den Kopf zu ihm, als sie begriff, was seine Frage an Alice zu bedeuten hatte.

»Komm!« Julius zog sie mit sich.

Fassungslos sank Emma im Wohnzimmer auf das Sofa von Frau Krämer. Aus der Küche drangen die Stimmen von Alice und Max, der einige Male laut wurde. Dann war es kurz still, bevor erneut ihre Stimmen zu hören waren.

»Ich dachte, Bernd wäre der Vater«, sagte Emma leise, die es noch immer nicht glauben konnte.

»Dachte ich auch«, erwiderte Julius.

Man hörte, wie die Küchentür aufgerissen wurde. Max kam zu ihnen. »Ich hole Lisa da raus. Alice bleibt zur Sicherheit hier und wird für dich aussagen!«, verkündete er wütend.

Ihre Schwester humpelte ihm aus der Küche hinterher. »Du kannst nicht einfach in die DDR fahren. Sie würden dich nicht mal ins Heim lassen, sondern wahrscheinlich gleich verhaften.«

»Sie ist meine Tochter!«

Emma und Julius schauten die beiden an, und für einen Moment herrschte betretenes Schweigen.

»Alice hat recht, Max«, sagte Emma dann. »Du würdest gar nicht zu Lisa kommen.« Sie drehte sich zu ihrer Schwester. »Aber ich! Ich fahre einfach mit deinem Ausweis rüber. Wenn wir Lisa haben, gibt es keinen Grund mehr, warum du nicht aussagen kannst.«

## 118

ES WAR EINE MEHR ALS riskante Aktion, dessen war sie sich bewusst. Alice hatte ihr die Haare so frisiert, wie sie sie trug, und sie hatten die Kleidung getauscht. Sie hatte ihr nicht nur ihren Ausweis, sondern gleich die ganze Handtasche gegeben.

Max bestand darauf, Emma dennoch zu begleiten.

»Es ist meine Tochter«, sagte er erneut, und Emma musste zugeben, dass sie froh war, ihn an ihrer Seite zu haben.

Julius küsste sie überraschend. »Seid vorsichtig, ja?«

Sie fuhren auf direktem Wege nach Zeuthen. Zu ihrer Erleichterung war die S-Bahn mit Ost-Berlinern gefüllt, die den Samstag für einen Ausflug ins Umland nutzten, und es war keine Schwierigkeit, den Kontrollen zu entgehen. Die Aufmerksamkeit schien ohnehin mehr auf der entgegengesetzten Richtung nach Berlin zu liegen.

Julius hatte ihnen seinen Autoschlüssel mitgegeben. »Der Wagen müsste noch am Institut stehen. Wenn ihn die Stasi nicht inzwischen konfisziert hat. Ich habe ein Stück die Straße hinunter geparkt, nicht im Hof. Das habe ich stets so als Vorsichtsmaßnahme gemacht, um im Notfall schneller wegzukommen.«

Sie durften mit dem Wagen zwar nicht nach West-Berlin fahren, aber würden zumindest schneller nach Velten kommen.

Alice besuchte ihre Tochter gewöhnlich jeden Sonntagvormittag. »Sie geben mir Samstag und Sonntag je zwei Stunden.

Ich darf das Heimgelände mit Lisa verlassen, um mit ihr spazieren zu gehen oder ein Eis zu essen, aber wir müssen im Kreisgebiet von Zeuthen bleiben.«

Max und Emma fuhren als Erstes mit der Bahn zum Institut.

»Und willst du mir nicht erzählen, wann du und Alice eine Affäre hattet?«, fragte sie unterwegs.

»Es war nur eine Nacht, nach eurem Streit, als wir uns in der Kneipe getroffen haben. Wir hatten beide etwas zu viel getrunken.« Max verstummte. »Ich kann nicht glauben, dass sie mir nicht erzählt hat, dass ich eine Tochter habe!«, stieß er hervor.

Den Rest der Fahrt schwiegen sie, bis sie das Institut erreichten.

Julius' Wagen stand tatsächlich noch auf der Straße und sprang auch an. Max war die Ruhe in Person, aber Emma konnte ihre Nervosität kaum verbergen.

»Am besten sagst du so wenig wie möglich, wenn du reingehst. Alice ist zurückhaltender als du«, riet Max ihr, als er vor dem Heim hielt.

Emma nickte, bevor sie ausstieg und das Gebäude betrat. Sie hoffte vor allem, dass Lisa mitspielen würde. Sie zeigte bei der Anmeldung ihren Ausweis, und eine Erzieherin ging das Mädchen holen.

Unruhig stand Emma im Wartebereich, als sie hinter sich schwere Schritte hörte.

Sie drehte sich um.

Vor ihr stand ein großer, kräftig gebauter Mann. Er trug eine sowjetische Uniform, und ein warmes Lächeln glitt über sein Gesicht, als er sie sah. »Alice.« Seine Hand legte sich auf ihre Schulter, und er sprach auf Russisch auf sie ein. Obwohl sie die Sprache beherrschte, verstand sie in ihrer Aufregung nur die Hälfte.

Sie zwang sich dennoch zu einem Lächeln und erwiderte einige Floskeln.

»So, da ist die Kleine«, ertönte die Stimme der Erzieherin, die zurückgekommen war. Ein kleines Mädchen kam freudig auf Emma zugelaufen. »Mama!«

Emma ging instinktiv in die Knie und breitete die Arme aus. Kurz vor ihr stoppte die Kleine ab. »Mama?«

Emma nahm sie rasch in die Arme und betete, dass Lisa nichts sagen würde. Sie spürte den prüfenden Blick des Mannes auf sich.

Die Kleine strahlte ihn währenddessen an. »Onkel Sergej!«, sagte sie.

Er lächelte zurück, und auf einmal begriff Emma, wer der Mann war. Schlimmer hätte es nicht kommen können.

»Nicht mehr als zwei Stunden, denken Sie daran«, sagte die Erzieherin.

Emma nickte. Sie wandte sich mit der Kleinen auf dem Arm zum Ausgang. Sergej folgte ihr.

»Bleib stehen«, sagte er draußen leise.

Sie erstarrte.

»Emma, nehme ich an?« Er musterte sie.

Die Kleine, die ihr Täuschungsmanöver ebenfalls erkannt hatte, versuchte sich aus ihren Armen zu winden.

»Das willst du nicht tun, Emma«, sagte er. »Gibt sie mir. Du würdest sofort verhaftet werden.«

Er nahm ihr vorsichtig das Kind ab und schäkerte dabei sanft auf Russisch mit der Kleinen. Voller Ohnmacht beobachtete Emma, wie Lisa vertrauensvoll den Kopf an seine Schulter legte.

»Ich werde nicht fragen, ob Alice davon weiß, sondern so tun, als ob das hier nie stattgefunden hätte, aber du musst jetzt gehen. Sofort«, befahl er mit einem so strengen Ausdruck, dass sie Angst bekam.

Hastig lief sie zu Max zurück. »Fahr. Schnell«, sagte sie.

»Wo ist Lisa?«

»Es ging nicht. Sergej war dort. Ich kann froh sein, dass er mich hat gehen lassen.«

Fluchend schlug Max auf das Lenkrad.

»Wir versuchen es morgen noch einmal.«

Auf der Rückfahrt waren sie still. Sie stellten den Wagen in der Nähe des Bahnhofs ab und fuhren über Ost-Berlin zurück. Es gelang ihnen erneut, der Kontrolle zu entgehen, doch in der S-Bahn fiel ihnen auf, dass es vermehrt Überprüfungen der Ausweise gab. Als sie in der Friedrichstraße umsteigen wollten, wurden auch sie kontrolliert.

Auf Max' Pass wurde nur ein kurzer Blick geworfen.

»Wo soll's denn hingehen, Fräulein?«, fragte man sie dagegen, als sie Alices Ausweis zeigte.

Sie hakte sich bei Max unter. »Nach West-Berlin. Ausgehen.«

Der Beamte schüttelte den Kopf. »Heute nicht. Fahren Sie mal schön nach Hause.«

»Aber warum denn?«

»Fluchtgefahr.«

Emma blickte ihn ungläubig an.

»Ach, bitte, ohne meine Verlobte kann ich auch nicht fahren«, mischte Max sich ein.

»Das steht Ihnen frei. Aber das Fräulein fährt nicht.«

»Wir probieren es woanders«, murmelte Max. »Das ist völlig willkürlich. Wahrscheinlich, weil die Flüchtlingszahlen in letzter Zeit so hochgeschnellt sind. Mir hat mal jemand erzählt, dass sie an manchen Tagen auch verstärkt bestimmte Personengruppen herausgreifen.«

Eine ältere Frau, die seine Worte im Vorbeilaufen mitgehört hatte, nickte. »Sie versuchen die Leute abzuschrecken. Gestern am Ostbahnhof, da haben sie willkürlich Reisende aus dem Zug geholt und einige sogar verhaftet«, sagte sie.

Beklommen blickten Emma und Max sich an.

Sie beschlossen, zum nächsten U-Bahnhof zu fahren, aber auch dort hatten sie Pech, und man wollte Emma nicht durchlassen.

»Ich habe vorhin auch schon so viele Kontrollen gesehen. Es liegt bestimmt daran, dass Samstagabend ist«, sagte Emma, die sich unwohl zu fühlen begann. »Ich werde nach Zeuthen zurückfahren. Alices Wohnungsschlüssel ist glücklicherweise in ihrer Handtasche. Dann komme ich morgen in aller Herrgottsfrühe, zu dieser Zeit gibt es mit Sicherheit keine Kontrollen. Du fährst am besten zurück.«

Max verzog das Gesicht. »Das gefällt mir nicht. Ich komme mit nach Zeuthen.«

Emma schüttelte den Kopf. »Nein, du hast keinen Ost-Ausweis, und außerdem werden Alice und Julius sich unglaubliche Sorgen machen, wenn wir nicht zurückkommen. Sie werden denken, dass uns etwas zugestoßen ist. Du musst nach West-Berlin und ihnen erzählen, was passiert ist.«

»Bist du sicher?«

»Ja, natürlich. Morgen früh, bevor ihr alle wach seid, bin ich bei euch.«

Nur widerstrebend stieg Max in die U-Bahn.


## 119

DIE FAHRT NACH ZEUTHEN VERLIEF ereignislos. Hätte sie doch noch über eine andere Strecke oder zu Fuß versuchen sollen, nach West-Berlin zurückzukommen? Aber wahrscheinlich wäre es ihr dort genauso gegangen. Es lag einfach an dem Tag oder der Uhrzeit, versuchte sie sich zu beruhigen. Manchmal waren die Kontrollen strenger, das hatte sie schon oft gehört, und mit Alices Pass in den Händen hatte sie nicht gewagt, sich auf eine Diskussion einzulassen.

Glücklicherweise stand die Adresse ihrer Schwester in ihrem Ausweis. Emma musste in Zeuthen einmal nach der Straße fragen, bevor sie das Haus fand. Im Hausflur grüßte sie eine alte Dame, die den Müll runterbrachte. »Und haben Sie Ihre Kleine gesehen?«

Sie nickte und erinnerte sich daran, was Max gesagt hatte, dass Alice zurückhaltender sei als sie. »Ja«, sagte sie daher nur.

»Die werden schon wieder zur Vernunft kommen«, sagte die Frau.

»Ich hoffe.« Sie schloss eilig die Tür auf.

Es war seltsam, in Alices Wohnung zu sein. Sie strich nervös durch die beiden Zimmer und blieb im Schlafzimmer vor dem Kinderbettchen stehen. Ein Stofftier lag darin, und eine Spieluhr hing an dem Holzgestell. Der Anblick des leeren Bettchens machte sie betroffen. Sie hatte das Bild von Lisa vor Augen, wie sie im Heim auf sie zugelaufen war. Emma hatte sie nur ein Mal gesehen und trotzdem sofort ins Herz geschlossen. Sie verstand, wie furchtbar und schmerzvoll es für Alice sein musste, dass man ihr die Tochter genommen hatte. Niedergeschlagen sank Emma auf den Bettrand. Sie mussten es schaffen, Lisa dort rauszuholen.

Aber erst einmal musste sie etwas schlafen. Emma stellte den Wecker auf Alices Nachttisch, um mit der ersten Bahn zurückzufahren.

Sie wachte um kurz nach fünf von allein auf und machte sich eilig fertig. Emma beschloss, wie am Tag zuvor vorsichtshalber über Ost-Berlin zurückzufahren.

Auf dem Weg zur Bahn traf sie keine Menschenseele. Kein Wunder, es war Sonntagmorgen. An den Stationen, die sie durchfuhren, stieg kaum jemand dazu. Erst als sie sich dem Zentrum näherte, füllten sich die Waggons etwas mehr. Emma bemerkte ein-, zweimal einige Leute auf den Bahnsteigen, die erregt diskutierten. Nachdem sie an der Friedrichstraße ausgestiegen war, wurde ihr jedoch klar, dass etwas nicht stimmte. Der Bahnhof war gedrängt voll mit Hunderten von Menschen. Sie saßen und standen zusammen, manche redeten und gestikulierten aufgebracht, andere wirkten wie versteinert. Die ungläubigen, verzweifelten Gesichter um sie herum ließen eine leise Angst in Emma aufsteigen. Es sah wie bei einer Evakuation aus. Eine alte Frau hatte die Hände vors Gesicht geschlagen und schluchzte.

»Was ist denn passiert?«, fragte sie einen Mann.

»Die haben die Grenze dichtgemacht. Es fahren keine Züge und Bahnen mehr! Überhaupt nicht mehr«, erklärte er mit finsterer Miene.

Emma schaute ihn erschrocken an. Das konnte nicht sein! Der Mann musste sich irren. Doch als sie sich umdrehte, entdeckte sie die Polizisten. Sie standen auf der Treppe, die zu den S-Bahngleisen hochführte, und blockierten den Weg. Eine junge Frau ging mutig auf sie zu. »Aber ich muss unbedingt nach West-Berlin«, erklärte sie.

»Damit ist es jetzt vorbei, Fräulein. Jetzt wird schön hiergeblieben«, sagte einer der Polizisten.

Nein … Emma lief eilig weiter. Am Zugang zur U-Bahn war es dasselbe. Sie hastete nach draußen.

– »*Die haben alles geschlossen. An den Straßenübergängen kommt man auch nicht mehr durch*«, hörte sie im Vorbeilaufen jemand sagen.

– »*Diese Schweine!*«

– »*Ich hab's dir gesagt, Günter, die lassen uns nicht ewig rüber. Jetzt ist es zu spät!*«

Emma rannte. Am Brandenburger Tor standen auf der anderen Seite immer Westpolizisten. Sie würde behaupten, sie hätte ihren West-Berliner Ausweis zu Hause vergessen. Dann würde man ihr bestimmt helfen. Unterwegs wurde sie von zwei offenen Lastwagen überholt, die Stacheldrahtrollen geladen hatten.

Als sie sich dem Brandenburger Tor näherte, konnte sie schon von Weitem die Menschenkette aus Vopos und Soldaten der NVA sehen, die jeden Durchgang nach West-Berlin versperrten.

Etwas weiter rechts hatte man angefangen, hölzerne Spanische Reiter aufzustellen, die mit Stacheldraht untereinander verbunden wurden. Emma wurde leichenblass.

»Ich bin West-Berlinerin, wie komme ich denn zurück?«, sprach sie einen Vopo an, der den arbeitenden Männern Anweisungen gab.

Er drehte sich zu ihr und war nicht mal unfreundlich. »Zeigen Sie mal Ihren Ausweis, Fräulein!«

»Den habe ich gestern nicht mitgenommen. Ich habe ihn zu Hause in West-Berlin vergessen.«

Der Vopo musterte sie streng. »Ohne West-Berliner Pass kommt keiner mehr rüber. Gehen Sie nach Hause, Fräulein, bevor ich es mir anders überlege und Sie festnehme!«

Voller Entsetzen blickte sie ihn an. Sie saß in der Falle!

# ALICE

### 120

ALICE SASS AUF DEM SOFA und starrte auf den Boden, Julius lief unruhig auf und ab. Sie hatten alle kaum geschlafen. Wenigstens war ihr Knöchel besser. Sie humpelte noch etwas, konnte aber schon wieder laufen. Gestern Abend nach Max' Rückkehr war sie in Tränen ausgebrochen. Verzweifelt hatte sie gehört, was geschehen war und dass Emma erst heute zurückkommen würde. Lisa war noch immer im Heim, und ihre Schwester war Sergej begegnet? Hatte er begriffen, was sie geplant hatten? Auch wenn er Emma hatte gehen lassen? In der Nacht hatte Alice auch seinetwegen geweint, weil sie noch immer fürchtete, Markov könnte sich an ihm rächen. Doch der Gedanke, dass ihre kleine Tochter eine Kindheit im DDR-Heim ertragen musste, war schlimmer. Sie musste Lisa schützen. Einmal hatte sie bereits versagt. Ein zweites Mal durfte es ihr nicht passieren. Insgeheim hoffte Alice, dass Markov Sergej nichts Schlimmes antun, sondern ihn höchstens in seiner militärischen Laufbahn degradieren würde.

»Willst du einen Kaffee?«, riss Max sie aus ihren Gedanken.

Sie nickte und sah ihm hinterher, wie er in der Küche verschwand. Er war noch immer wütend auf sie.

Zwar schien er ihr verzeihen zu können, dass sie ihn ausspioniert und auch das Notizbuch von Hubert gestohlen hatte, aber nicht, dass sie ihm Lisa verschwiegen hatte.

»Wie konntest du mir das verheimlichen? Sie ist genauso meine Tochter«, hatte er sie empört zurechtgewiesen.

Alice hatte geschwiegen und dabei ein schlechtes Gewissen

verspürt. Sie hatte nie darüber nachgedacht, Max etwas von Lisa zu sagen, weil sie nur diese eine Nacht mit ihm verbracht hatte, und das zu dem Zeitpunkt, als sie den Kontakt zu Emma gerade abgebrochen hatte.

Sie hörte, wie in der Küche ein Radio angestellt wurde und Musik spielte, während Schranktüren klapperten.

Julius blickte nervös auf die Uhr.

»Müsste Emma nicht längst zurück sein? Die erste Bahn fährt doch bestimmt schon um kurz vor sechs.«

Es war fast zehn. Die Radiomusik in der Küche war verstummt und stattdessen die Stimme eines Moderators zu vernehmen. Plötzlich klirrte es laut, als wäre eine Tasse hinuntergefallen, und Max kam durch den Flur gerannt.

Julius und sie schauten gleichzeitig zur Wohnzimmertür, wo er aufgelöst auf der Schwelle stehen blieb.

»In Ost-Berlin wurde heute Nacht die Grenze geschlossen. Die ganzen dreiundvierzig Kilometer! Sie haben es gerade im Radio gebracht. Kein Ost-Berliner kann mehr nach West-Berlin kommen. Alle Straßenübergänge sind abgesperrt, und es fahren keine S- und U-Bahnen mehr! Sie lassen nur noch West-Berliner heraus, die drüben zu Besuch waren, und die Ost-Berliner zurück, die hier waren …«

Sie blickten sich alle drei erschrocken an.

»Dann kann Emma mit deinem Ausweis nicht zurückkommen, Alice!«, sagte Julius entsetzt.

Sie glaubte für einen Augenblick, ihr Herz würde stehen bleiben. Julius hatte recht, Emma konnte nicht aus Ost-Berlin weg, und sie würden auch Lisa niemals von dort fortholen können. Sie musste zu ihrer Tochter. »Ich werde rüberfahren und sagen, mein Ausweis wurde gestohlen. Niemand wird glauben, dass das nicht stimmt. Dann kann ich drüben mit Emma die Pässe tauschen, und sie kann zurück. Bitte, Julius, du musst mich gehen lassen, sonst kommt Emma nie dort raus!«

Max blickte ihn an. »Sie hat recht. Vielleicht könnten Emma und ich bezeugen, was Alice erzählt hat, und dich auf diese Weise bei der CIA entlasten. Herr Aalbert, der Anwalt, für den ich arbeite, wird uns bestimmt helfen. Außerdem gibt es wohl keinen besseren Beweis dafür, dass du die Wahrheit erzählt hast, als das, was gerade geschieht …«

Julius nickte. »Sorg dafür, dass Emma zurückkommt«, sagte er zu ihr, und Alice stand eilig auf.

# EMMA

### 121

SIE WAR ERNEUT ZU ALICES Wohnung zurückgefahren, weil sie nicht wusste, was sie sonst tun sollte. Außerdem war es der einzige Ort, der ihr sicher schien und an dem die anderen sie finden würden. Sobald sie erfahren hatten, dass man die Grenze geschlossen hatte, würden sie bestimmt versuchen, jemanden mit ihrem West-Berliner Pass zu ihr zu schicken, versuchte Emma sich zu beruhigen. Doch es gelang ihr nur schwer, ihre Panik in den Griff zu bekommen.

Sie wusste nicht einmal, ob man noch von West-Berlin nach Ost-Berlin kam.

Wenn sie wenigstens die Nachrichten hören könnte. Hatte Alice ein Radio? Emma machte sich auf die Suche und fand in der Küche ein kleines Gerät, das einen furchtbar schlechten Empfang hatte. In den ostdeutschen Sendern wurde im pathetischen Ton von dem ersehnten Ende des Menschenhandels gesprochen und davon, dass man den Spionageagenturen des Westens endlich das Handwerk gelegt habe. Zwischendurch wurden immer wieder neu erlassene Dekrete verlesen.

Emma suchte weiter nach einem westlichen Sender. Nach einigem Rauschen hatte sie endlich den RIAS gefunden. Die erschütterte Stimme des Reporters jagte ihr einen Schauer über den Rücken: »*Unglaubliche Szenen spielen sich in Berlin ab. Familien, die nicht mehr zueinander können; Liebespaare, die getrennt wurden; Freunde, die sich nicht wiedersehen dürfen … Es ist ein dunkler Tag für die Freie Welt! Vielleicht der dunkelste für die Deutschen überhaupt. Empörte West-Berliner haben sich an der*

*Demarkationslinie eingefunden, während DDR-Grenzpolizisten nur wenige Meter vor ihnen mit Presslufthammern Löcher für Betonpfeiler bohren. Stacheldraht wird mitten durch die geteilte Stadt gezogen …«*

Entsetzt hörte Emma zu, als es plötzlich an der Tür klingelte. Sie sprang auf und hoffte, dass es Max oder Alice wäre. Ohne lange nachzudenken öffnete sie – und bereute es im gleichen Moment.

Ein Mann mit kantigen slawischen Gesichtszügen, der ein ganzes Stück größer war als sie, stand vor ihr.

»Hallo, Alice«, sagte er auf Russisch mit einer tiefen Stimme, die sie erstarren ließ. Auch nach all den Jahren erkannte sie ihn wieder. Es war der Mann, der sie kurz nach ihrem sechzehnten Geburtstag in Ost-Berlin Unter den Linden angesprochen hatte. Markov Grigorjew. Sie erinnerte sich an das, was Alice ihr von dem KGB-Offizier erzählt hatte, und betete, dass man ihr ihre Angst nicht ansah.

»Guten Tag«, begrüßte sie ihn auf Russisch.

»Willst du mich nicht hereinbitten?«

»Natürlich.«

Sie ließ ihn in den Flur und fragte sich, warum er an einem Sonntagvormittag bei Alice aufkreuzte.

Er ging voran, als würde ihm die Wohnung gehören. Das Radio lief laut. Siedend heiß fiel ihr ein, dass sie den RIAS, einen Westsender, eingestellt hatte. Sie schaltete hastig das Radio aus.

Er zog die Brauen hoch. »Warum hast du Lisa gestern nur so kurz besucht?«

»Mir war nicht gut«, versuchte Emma eine Ausrede zu erfinden. Er runzelte die Stirn. »Du sprichst anders!«

»Eine Erkältung.«

Er musterte sie mit einem seltsamen Blick. »Man hat dich am Bahnhof an der Friedrichstraße gesehen. Wolltest du in den Westen flüchten? Etwa ohne deine Tochter?«

»Ich war spazieren Unter den Linden und habe die Menschenansammlungen gesehen«, versuchte sie eine glaubwürdige Erklärung zu finden. Sie hoffte, ihr Russisch würde in etwa so klingen, wie wenn Alice sprach.

Er sah sich in der Küche um, in der eine Schüssel mit zwei verschrumpelten Äpfeln stand. Dann wandte er sich zu ihr und lächelte kalt. »Erinnerst du dich noch an das Heim in Königsberg, in dem du damals warst? Wie hieß es noch mal?«

Sie überlegte fieberhaft, ob Alice je etwas darüber gesagt hatte, aber ihr fiel nichts ein. »Der Name ist mir gerade entfallen.«

»Wirklich? Nun, das wundert mich nicht. Du warst ja auch nie in dem Heim, nicht wahr … Emma?«

Wie versteinert vor Angst blickte sie ihn an, als es ausgerechnet in diesem Augenblick an der Tür klingelte.

Markov griff nach seiner Waffe. »Öffne!«

Sie ging wie eine Marionette voran zur Tür.

Es war Alice. Schockiert schaute sie von ihrer Schwester zu Markov.

»Beide Schwestern zusammen. Wie reizend«, sagte er voller Sarkasmus. »Ihr Russisch kommt allerdings an deins nicht heran, Alice. Und jetzt würde ich gern eine Erklärung haben!«

Er bedeutete ihnen, ins Wohnzimmer zu gehen.

»Meine Schwester hat nichts damit zu tun, Genosse Grigorjew. Sie wollte nur mit mir sprechen«, sagte Alice leise.

Emma hatte ihre Schwester noch nie in einem derartig untertänigen Ton reden hören.

»Dir ist klar, dass du deine Tochter nie wiedersehen wirst, oder?«, entgegnete Markov.

»Nein, bitte!« Alice machte einen Schritt auf ihn zu. »Bitte, tun Sie das nicht.«

Voller Entsetzen sah Emma, wie ihre Schwester flehend vor ihm auf die Knie ging. Markov aber stieß sie grob weg, bevor er sich angewidert von ihr abwandte.

Dann ging alles so schnell, dass Emma später nicht hätte sagen können, was zuerst geschah. Alice – die nicht sie selbst zu sein schien – fasste, während sie aufstand, voller Verzweiflung nach einem schweren Messingkerzenständer, der sich neben ihr auf einem Tisch befand. Im selben Augenblick, als Markov sich zu ihr drehte, schlug sie zu. Sie traf ihn am Kopf. Er taumelte, und die Waffe fiel ihm aus der Hand. Ungläubig blickte er Alice an, als sie mit Wucht ein zweites Mal zuschlug und ihn seitlich am Kopf traf. Markov sackte ohnmächtig zusammen.

Alice stand wie im Schock vor ihm und rührte sich nicht.

Emma nahm eilig die Pistole an sich. »Wir müssen hier weg, schnell. Wer weiß, wann er wieder zu sich kommt.«

Sie riss ihre Schwester mit sich, war jedoch noch geistesgegenwärtig genug, Alices Handtasche mitzunehmen und auch die Haustür abzuschließen, damit Markov ihnen nicht sofort hinterherkommen konnte.

Sie stürzten die Treppe hinunter, so schnell es mit Alices verletztem Knöchel ging. »Nicht durch den Vordereingang. Dort steht bestimmt sein Wagen mit Andrej.«

Alice deutete zu einer Treppe, die in den Kohlenkeller führte, von wo aus sie über einen Hinterausgang nach draußen gelangten.

»Wir müssen Lisa holen!«

Emma nickte.

Und dann rannten sie erneut, ohne dass Alice auf ihre Schmerzen achtete.

Als sie vor dem Heim ankamen, schaute ihre Schwester auf die Uhr. »Wenn ich nicht in fünf Minuten mit Lisa zurück bin, dann musst du nachkommen und mir notfalls mit der Waffe helfen!«

»Gut.«

Emma schaute ihr nach, wie sie über die Straße ging und im Eingang des Heims entschwand. Noch nie in ihrem Leben waren ihr fünf Minuten so lang erschienen. Währenddessen fragte sie sich, wie sie aus Zeuthen wegkommen sollten. Wie lange würde Markov ohnmächtig bleiben? Ein paar Minuten?

Und selbst wenn sie entkamen und es bis zur Grenze schafften, wie sollten sie mit nur einem West-Berliner Pass die Grenze passieren? Emma starrte auf die Uhr. Drei Minuten! Julius hatte ihr in Wien erzählt, dass ihm die Flucht nur gelungen war, weil er einen Umweg weit um Berlin herum genommen hatte. Vielleicht sollten sie das auch tun? Sie sah erneut auf die Uhr. Vier Minuten! Emma begann, die Sekunden zu zählen. Die Zeit war um! Sie überquerte die Straße und öffnete die Handtasche, in der sie die Waffe versteckt hatte. Sie musste hoffen, dass der Anblick allein genügte, damit man ihnen Lisa übergab, denn sie hatte keine Ahnung, wie man sie abfeuerte. Ihr Herz raste, als sie auf das Heim zuging. In diesem Augenblick kam Alice mit ihrer Tochter heraus. Sie konnte sehen, wie sie beruhigend auf sie einsprach und lächelte, damit das Kind nichts merkte.

Emma rannte auf die beiden zu.

»Wir müssen uns beeilen«, sagte sie, als sie erschrocken wahrnahm, dass ein Stück weiter rechts ein sowjetischer Wagen stand. Wie hatte Markov ihnen so schnell folgen können?

»Alice!«, sagte sie mit gesenkter Stimme und deutete zu dem Fahrzeug.

Ihre Schwester drehte sich um.

Ein Mann in sowjetischer Armeeuniform stieg aus dem Fahrzeug aus und kam entschlossen auf sie zu. Doch es war nicht Markov, sondern Sergej.

Emma griff nach der Waffe in ihrer Handtasche. Sie hatten ohnehin nichts zu verlieren – sie mussten es wenigstens versuchen.

»Nicht, Emma!«, bat sie ihre Schwester, die mitbekam, was sie tun wollte.

Sergej blieb vor ihnen stehen. »Ich hatte mir gedacht, dass du heute kommen würdest, nachdem gestern deine Schwester hier war. Alice!« Sein Tonfall klang unerwartet besorgt.

Er blickte sie einfach nur an und strich Lisa beruhigend über den Kopf.

Tränen traten in Alices Augen. »Es tut mir leid, Sergej. Bitte verzeih mir. Aber ich muss es tun. Für Lisa … Bitte hindere mich nicht daran zu gehen!«

Sie wollte sich abwenden und ihn stehen lassen, aber Sergej hielt sie fest.

»Nicht! Kommt mit. Du auch«, fügte er an Emma gewandt hinzu.

Emma schüttelte den Kopf, sie wollte erneut nach der nutzlosen Waffe greifen.

»Sei nicht dumm, oder willst du noch mehr auffallen?«, fuhr er sie leise an. »Ich werde euch helfen. Ihr kommt hier sonst nicht mehr raus.« Er deutete zu seinem Wagen.

# ALICE

## 122

SIE KONNTE EMMA ANSEHEN, DASS sie es für keine gute Idee hielt, sich in den sowjetischen Wagen zu setzen.

Sergej sagte etwas zu seinem Fahrer, der daraufhin sofort losfuhr.

»Ihr kommt hier nicht mehr weg. Die Grenze ist vollständig abgeriegelt. Aber ich kenne einen Weg, wie ihr noch nach West-Berlin entkommen könnt. Ich werde euch dort hinbringen«, sagte er auf Deutsch, damit sie der Fahrer nicht verstand. »Markov wird dich nie in Ruhe lassen«, fügte er hinzu.

Sie blickte ihn an und dachte daran, was sie getan hatte. »Ich habe Markov niedergeschlagen. In meiner Wohnung. Er hat gedroht, mir Lisa für immer wegzunehmen ... « Stockend erzählte sie Sergej, was geschehen war und warum sie in der letzten Nacht in West-Berlin und Emma hier in Zeuthen gewesen war. Ihre kleine Tochter klammerte sich an sie, als spürte sie die Gefahr.

Sergej hörte ihr mit düsterer Miene zu. Sie merkte, wie angespannt er mit einem Mal war.

Sie erreichten das Zentrum von Ost-Berlin, als hinter ihnen Sirenen hörbar wurden.

»Schneller!«, befahl Sergej. Der Wagen bog mehrmals mit quietschenden Reifen um Straßenecken. Lisa begann zu weinen.

»Hört zu!«, sagte Sergej zu Emma und Alice. »Wir fahren zu einem Haus, das sich in sowjetischem Besitz befindet. Wir schleusen von dort manchmal unsere Leute in den Westen. Der Hinterhof und das Gebäude gehören zu Ost-Berlin, aber sobald man durch die Haustür nach vorn auf die Straße hinaustritt, befindet man sich in West-Berlin, in der Bernauer Straße.«

Die Sirenen hinter ihnen wurden lauter und kamen immer näher. »Das werden Markovs Leute sein«, sagte Sergej beunruhigt. »Er wird sich denken, dass ich euch dort hinbringe.«

»Was ist mit dir?«, fragte Alice. »Du musst mitkommen.«

»Ja«, sagte er nur.

Der Wagen fuhr eine Straße entlang und bog scharf in einen Hof ein, sodass sie sich alle festhalten mussten. Sie hielten an.

»Schnell! Schnell!«, forderte Sergej sie auf. Sie sprangen aus dem Wagen und hasteten zu der Hintertür.

Im selben Augenblick fuhren zwei sowjetische Armeefahrzeuge hinter ihnen in den Hof.

»Stehen bleiben!«, schrie jemand auf Russisch. Es war Markovs Stimme. Ein Schuss peitschte über den Hof und dann noch einer.

Lisa schrie, aber sie rannten weiter. Alice hielt schützend die Hand über ihren Kopf.

Sergej eilte voran und trat mit dem Stiefel mit mehreren Tritten die Tür ein. Das Holz zersplitterte krachend.

»Lauft!«, schrie er.

»Aber was ist mit dir?«, fragte sie erneut.

»Ich komme nach, ich halte sie nur etwas auf«, versprach er, als er mit finsterer Miene seine Waffe zog. Doch der Ausdruck in seinen Augen verriet ihr, dass er log.

»Alice, komm!« Emmas Stimme klang schrill. Sie nahm ihr Lisa ab. Sie waren kaum zwei Schritte durch den Flur gelaufen, da hörten sie erneut Schüsse und dann ein lautes Aufstöhnen. Alice drehte sich panisch um. Sergej war getroffen worden.

»Nein!« Sie eilte zurück. »Sergej …«

Er hielt sich die schmerzende Seite, aber er schaffte es, noch zweimal abzudrücken.

»Geh, Alice! Denk an Lisa«, sagte er harsch.

Entsetzt blickte sie auf das Blut, das durch seine Uniform

sickerte. Sie merkte, wie ihr die Tränen über die Wangen strömten, als ein weiterer Schuss fiel und Sergej sie mit sich zur Seite riss und erneut getroffen wurde.

Er stand noch immer, aber murmelte etwas auf Russisch, und plötzlich begriff sie, dass er sterben würde. Er rutschte am Türrahmen entlang nach unten. »Sergej, nein …«

»Alice!«, schrie Emma und zog sie an der Hand mit sich.

Schüsse schlugen über ihnen in der Wand ein, und sie rannten durch den dunklen Hausflur nach vorn zur Tür. Emma drückte die Klinke herunter, doch sie war verschlossen. Entsetzt blickten sie sich beide an.

»Sie kommen!«, stieß Alice hervor.

Markov, der einfach über Sergej hinweggestiegen war, stürmte mit wutentbranntem Gesicht hinter ihnen her.

Alice wandte sich mit Emma nach rechts, zu einer der Wohnungstüren, die halb offen standen.

Doch Markov war schon bei ihnen. »Du bleibst hier!«, befahl er, und im selben Augenblick spürte sie, wie er sie an der Schulter packte und zurückzerrte.

Alice schrie auf – und dann knallte erneut ein Schuss. Markovs Hand rutschte von ihrer Schulter ab, und er stürzte leblos zu Boden. Alice fuhr herum.

Am Ende des Flurs ließ Sergej, der sich noch einmal aufgerichtet und mit letzter Kraft geschossen hatte, die Hand mit der Waffe sinken. Ihre Blicke trafen sich. Dann sackte er zusammen und fiel vornüber.

»Halt!«, schrie einer von Markovs Männern, die nun ebenfalls ins Haus gerannt kamen.

Alice stürzte Emma hinterher, die in der unbewohnten Wohnung ein Fenster aufgerissen hatte und Lisa auf das Fensterbrett hob, bevor sie selbst sich hochstemmte. Sie lief zu ihnen. Emma sprang auf die Straße, und Alice reichte ihr die Kleine hinunter, bevor sie ihnen eilig folgte.

Einige vorbeilaufende Menschen, die die Schüsse gehört hatten, waren zu ihnen geeilt und halfen ihnen auf. Aus der Wohnung waren russische Flüche zu hören, aber sie achteten nicht darauf, sondern rannten weiter bis zur nächsten Straßenecke. Außer Atem blieben sie stehen. Lisa schaute sie mit großen Augen an.

»Wir haben es geschafft!«, stieß Emma hervor. Sie waren tatsächlich in die Freiheit entkommen.

# Epilog

*West-Berlin, 25. August 1961, zwölf Tage später*

EMMA SASS AUF EINER BANK in dem breiten Flur der amerikanischen Kommandantur. Die großen Flügeltüren vor ihr waren seit Stunden geschlossen und ihre Nerven zum Zerreißen gespannt. Alice war zwischendurch einmal herausgekommen, aber später wieder hineingerufen worden. Julius hatte sich nach ihrer Rückkehr freiwillig gestellt, und nun wurden sie alle verhört.

Draußen schien die Sonne unbeeindruckt von den Dramen und persönlichen Tragödien, die sich in der Stadt abspielten. Eine Mauer wurde quer durch Berlin gebaut, und Menschen flohen über die letzten noch verbliebenen Wege in die Freiheit – sie durchschwammen Seen, kletterten durch unterirdische Kanäle oder durchbrachen die Grenze an Stellen, die noch nicht gänzlich gesichert waren. Die ostdeutsche Regierung setzte alles dran, diese Schlupfwinkel zu schließen, und schreckte auch nicht vor Gewalt zurück. Gestern war der vierundzwanzigjährige Günter Litfin erschossen worden, als er versucht hatte, schwimmend über den Teltowkanal zu entkommen. Er war das erste Todesopfer, und Emma befürchtete, dass noch viele folgen würden.

Unruhig blickte sie erneut zu der Flügeltür. Max und sie hatten bereits gestern ihre Aussagen gemacht. Getrennt voneinander hatte man sie über Stunden verhört und dabei auch mehrmals gefragt, ob sie mit den Kommunisten sympathisierten. Ein CIA-Agent hatte Emma mehrere Fotos vorgelegt, die jemand vor Jahren auf der Ost-Berliner Feier an der Uni aufgenommen hatte. Sie zeigten sie im Gespräch mit Max, Alice und Julius – und auch beim Tanzen. Emma hatte kein Wort hervorgebracht, weil sie sich an diesen glücklichen, unbeschwerten Abend erinnerte, als wäre es gestern gewesen. Wie viel war seitdem geschehen, und was hatte vor allem Alice ertragen müssen. Emma konnte immer noch nicht glauben, dass ihnen die Flucht gelungen war.

Als sie an jenem Tag Max' Wohnung erreichten, hatte Julius sie nur stumm in die Arme gezogen und so fest gehalten, als wollte er sie nie wieder loslassen. »Ich bin verrückt vor Sorge gewesen. Wenn dir etwas passiert wäre. Ich hätte es mir nie verziehen. Ich liebe dich, Emma, das habe ich immer«, sagte er mit gebrochener Stimme und küsste sie dann.

Alice dagegen stand mit Lisa an der Hand vor Max. Es war einer der wenigen denkwürdigen Momente, in denen Emma den Freund sprachlos erlebte. Mit ungläubigen Augen sah er seine Tochter an und ging lächelnd vor ihr in die Knie. »Hallo, Lisa. Ich bin Max!«

Die Kleine schenkte ihm einen scheuen, neugierigen Blick, aber nur wenig später ließ sie sich von ihm an der Hand die Wohnung zeigen. Alice hatte ihnen lange hinterhergeschaut und war dann in einem der Zimmer verschwunden. Fast zwei Stunden war sie nicht herausgekommen, und Emma hatte sie um Sergej weinen hören. Man spürte ihre Trauer und sah sie ihr an. Erst seitdem sie ihre Schwester und Sergej zusammen erlebt hatte, verstand sie, wie tief die Beziehung der beiden gewesen war – und auch, dass er Alice wie eine Tochter geliebt hatte. Sie verdankten ihm beide ihr Leben.

In den folgenden Tagen, als Alice mit Lisa erst einmal zu ihr zog, hörte sie ihre Schwester in der Nacht manchmal leise schluchzen. Emma ging zu ihr, um sie zu trösten. »Es ist meine Schuld, dass er nicht mehr lebt!«, stieß sie von Selbstvorwürfen gequält hervor.

»Nein, Alice. Es ist allein Markovs Schuld«, widersprach

Emma. »Und Sergej hätte gewollt, dass du lebst und hier in Freiheit bist. Auch wenn er den Kapitalismus gehasst hat«, fügte sie etwas leiser hinzu. »Erzähl mir von ihm«, bat sie dann, und das tat Alice. Bis zum Morgengrauen saßen sie wie früher als Kinder zusammen im Bett, und Emma lauschte ihr gebannt. Am Ende empfand sie eine tiefe Dankbarkeit, dass es diesen Mann in Alices Leben gegeben hatte. Sie begriff auch, dass ihre Schwester keinen Ort zum Abschiednehmen hatte, und so ging sie mit ihr an einem Sonntag zu einem Gottesdienst in der Russisch-Orthodoxen Kirche am Hohenzollerndamm. »Ich glaube, er hätte missbilligend den Kopf geschüttelt«, sagte Alice anschließend mit einem traurigen Lächeln. »Er sagte immer, dass nicht Gott uns das Paradies bringe, sondern wir Menschen es uns selbst erschaffen und dafür kämpfen müssten.« Dennoch war es Emma so vorgekommen, als wäre es ihr danach besser gegangen.

Ein Knarren der Dielen riss sie aus ihren Gedanken. Ein Mann setzte sich neben sie auf die Bank. Es war Major Carter. »Es sieht gut aus für ihn«, sagte er. Nachdem Julius sich gestellt hatte, war Emma zu ihm gegangen, und er hatte seine Verbindungen spielen lassen, um ihnen zu helfen.

»Aber er ist schon Ewigkeiten da drinnen.«

Der Major klopfte ihr mit einem Lächeln auf die Schulter. »Keine Sorge! Das ist ein gutes Zeichen. Und ich habe noch etwas von Officer Dawson, meinem Kontakt bei der CIA, in Erfahrung gebracht. Wie es aussieht, wird Sigmund Haushofer freikommen. Es wird einen Agentenaustausch geben.«

Erfreut blickte Emma ihn an. »Das wird Julius glücklich machen.«

Als der Major schließlich wieder ging, hielt sie es nicht länger auf der Bank aus. Unruhig stand sie auf und lief einige Schritte hin und her. Vom Fenster aus konnte man in einen kleinen Hof mit Garten schauen. Man hatte Max erlaubt, dort mit Lisa zu spielen. Sie sah, wie die Kleine lachte, als er Faxen machte. Zwischen ihnen hatte sich innerhalb von wenigen Tagen ein vertrauensvolles Verhältnis entwickelt, und Max wirkte glücklich. »Es ist mir wichtig, als Vater in Lisas Leben zu sein, aber aus mir und Alice wird bestimmt kein Paar«, hatte er auf ihre vorsichtige Frage hin geantwortet. Emma war sich nicht so sicher, ob er auch noch dieser Meinung sein würde, wenn sich seine Empörung darüber gelegt haben würde, dass ihm ihre Schwester die gemeinsame Tochter verschwiegen hatte.

Alice trat durch die Tür. Sie kam auf Emma zu. »Ich habe alles erzählt. Julius ist noch bei ihnen. Wir wurden getrennt verhört.«

Emma nickte angespannt.

Alices Blick glitt wie kurz zuvor ihr eigener nach unten zu Max und Lisa. »Er wird ein guter Vater für Lisa sein. Vielleicht hätte ich ihm von ihr erzählen müssen, aber es ging einfach nicht«, sagte sie leise.

Eine Weile standen sie schweigend so beieinander, bevor Alice sich zu ihrer Tochter und Max nach unten in den Hof begab.

Eine weitere Stunde verstrich, und dann öffnete sich endlich die große Flügeltür. Julius kam heraus. Ein ungehaltener Ausdruck lag auf seinem Gesicht.

Emma stürzte besorgt auf ihn zu.

»Ich bin frei! Wir können gehen, wohin immer wir wollen«, erklärte er und legte den Arm um sie.

Sie schickten sich an, das Gebäude zu verlassen, als Emma stehen blieb. »Irgendetwas stimmt immer noch nicht, oder? Du schaust ganz grimmig«, sagte sie, von einer leisen Furcht erfüllt.

»Doch, es ist alles in Ordnung!«, erwiderte er entschlossen.

Irritiert schaute sie ihn an.

»Sie haben mich gebeten, dass ich weiter für die CIA arbeite – als Spion.«

Sie war fassungslos.

»Ich habe natürlich Nein gesagt!«

Erleichtert atmete Emma auf. »Gut, denn alles, was ich mir mit dir wünsche, ist ein langweiliges, normales Leben!«

Er lächelte.

»Ich auch«, sagte er, und dann küsste er sie.

# Danksagungen

ICH MÖCHTE AN DIESER STELLE all jenen danken, die mich auf dem Weg zu diesem Roman unterstützt und begleitet haben: meiner Familie und meinen Freunden; meiner Lektorin Carola Fischer, mit der mich eine langjährige Zusammenarbeit verbindet und die mit ihren Fragen und Anregungen auch dieses Buch wieder wertvoll bereichert hat; meinem Agenten Joachim Jessen für seine Unterstützung und wertvollen Literaturtipps; Britta Hansen und Carolin Klemenz vom Diana Verlag für ihr Vertrauen; Ingrid, die mir so lebendige Eindrücke von ihrer eigenen Flucht und vom Grenzverkehr zwischen der DDR und Berlin vermittelt hat; Liane, die zu meinen wichtigsten Erstleserinnen gehört und die letzten Kapitel dieser Geschichte in Brasilien gelesen hat – und schließlich in ganz besonderer Weise meinem Mann, ohne den auch dieser Roman nicht entstanden wäre und der meine fiktiven Welten von den ersten Entwürfen bis zum fertigen Manuskript ebenso teilt wie mein reales Leben.

Mein Dank gilt aber auch einer Reihe von wissenschaftlichen Autoren, deren Bücher wichtige und unentbehrliche Quellen für diesen Roman waren. Einige möchte ich hier exemplarisch nennen: Enrico Heitzer, der mir in *Die Kampftruppe gegen Unmenschlichkeit* (2015) einen wichtigen Einblick in die Entstehung, Arbeit und den Niedergang der KgU vermittelt hat; Susanne Muhle, die sich in *Auftrag Menschenraub* (2015) ebenso wie Wolfgang Bauernfeind in *Menschenraub im Kalten Krieg* (2016) intensiv mit den Entführungen in West-Berlin während der Fünfzigerjahre auseinandergesetzt hat; Paul Maddrell, der in *Spying on Science.*

*Western Intelligence in Divided Germany 1945–1961* (2006) beeindruckend über die Arbeit der westlichen Geheimdienste und die Rekrutierung von Spionen schreibt; Bettina Effner und Helge Heidemeyer (Hg.), die sich in *Flucht im geteilten Deutschland* (2005) genauso wie Keith R. Allen in *Befragung Überprüfung Kontrolle* eingehend mit dem Notaufnahmeverfahren beschäftigt haben; Frederick Kempe, der mir mit *Berlin 1961: Kennedy, Chruschtschow und der gefährlichste Ort der Welt* (2011) wie auch Hope M. Harrion in *Ulbrichts Mauer* (2003) ein tieferes Verständnis für die komplexen politischen und internationalen Zusammenhänge vermittelt hat, die zum Bau der Mauer geführt haben; Jens Gieseke, der in *Die Stasi 1945–1990* (2011) wichtige Fakten über die Geschichte und Arbeitsweisen der Staatssicherheit darlegt; Thomas Stange, der in *Institut X* (2001) detailliert über die Anfänge der Kern- und Hochenergiephysik in der DDR berichtet; Michael Lemke, der in *Vor der Mauer. Berlin in der Ost-West-Konkurrenz 1948–1961* (2011) eine wertvolle und detailreiche Darstellung der innerstädtischen Beziehungen liefert, und schließlich Andreas Kossert, der in *Damals in Ostpreußen. Der Untergang einer deutschen Provinz* (2010) ebenso wie Marion Gräfin Dönhoff in *Namen, die keiner mehr nennt. Ostpreußen – Menschen und Geschichte* (2009) ein informationsreiches und sehr bewegendes Bild über die Flucht aus Ostpreußen aufzeichnet.

Wichtige Quellen für diesen Roman waren auch zwei Ausstellungen: die Erinnerungsstätte Notaufnahme Marienfelde und das Stasimuseum Berlin.

Zum Abschluss möchte ich mich aber vor allem bei meinen Leserinnen und Lesern bedanken, die meine Romane erst lebendig werden lassen …

Claire Winter, im März 2020

# Wahrheit und Fiktion

Die Geschichte, die in »Kinder ihrer Zeit« erzählt wird, ist fiktiv, aber sie ist inspiriert von vielen Schicksalen jener Jahre, über die ich in Interviews gelesen und von Zeitzeugen gehört habe und die in Gesprächen im Familien-, Freundes- und Bekanntenkreis an mich herangetragen wurden.

Emma und Alice Lichtenberg, Max Weiß, Julius Laakmann und Sergej Tarassow hat es nie gegeben, aber historische Figuren wie Willy Brandt, Walter Ulbricht, Erich Honecker und auch Johannes Hörnig haben selbstverständlich wirklich gelebt.

Berlin befand sich während des Kalten Krieges bis zum Bau der Mauer in der einzigartigen Situation, dass man sich frei zwischen dem West- und Ostteil der Stadt bewegen konnte. Genau diese besondere Situation führte auch dazu, dass sich West-Berlin zu einer Hochburg der westlichen Geheimdienste entwickelte. Die Stadt wurde die Hauptbasis für alle geheimdienstlichen Operationen, die in die DDR, die Ostblockstaaten und die Sowjetunion führten, und gleichzeitig konnten hier ungefährdet Informanten und Agenten aus diesen Ländern empfangen werden. Experten schätzen, dass es Ende der Fünfzigerjahre mehr als achtzig Geheimdiensteinheiten der Amerikaner, Franzosen, Briten und Westdeutschen in West-Berlin gab.[1]

Eine große Zahl von Spionen und Informanten wurde von den Geheimdiensten direkt in den Notaufnahmelagern rekrutiert,

---

1 vgl. u.a. Paul Maddrell, *Spying on Science. Western Intelligence in Divided Germany 1945–1961.* 2006. S. 122ff.

ähnlich der Figur von Julius Laakmann, die im Roman angeworben wird. Die Flüchtlinge mussten dort ein umfangreiches Prozedere absolvieren und gleich zu Beginn bei den Alliierten Sichtungsstellen vorstellig werden. Hinter diesen verbargen sich die Geheimdienste der Westalliierten. Ihr Ziel war es, einerseits Spitzel der Stasi und des KGBs herauszufiltern und andererseits Flüchtlinge als Spione für ihre eigenen Dienste anzuwerben. Von besonderem Interesse waren Personengruppen aus der DDR, die im Bereich der Wissenschaften und Forschung, der Industrieproduktion oder beim Militär gearbeitet hatten. Gehörte ein Flüchtling diesem Berufsfeld an, versuchte man, ihn in Gesprächen zur Rückkehr zu bewegen. Im optimalen Fall konnte man dafür sorgen, dass der Betreffende sofort zurückkehrte und seine Flucht somit unbemerkt blieb.[2]

Es entspricht auch den Tatsachen, dass es Ende der Vierziger- und während der Fünfzigerjahre zahlreiche Entführungen aus West-Berlin gab, bei denen Menschen in die DDR und manchmal sogar in die Sowjetunion verschleppt wurden, wie es im Roman mit Sigmund Haushofer geschieht. Bis zum Mauerbau fanden sechshundert bis siebenhundert solcher versuchten und auch durchgeführten Entführungen statt. Allein vor dem Landgericht Berlin wurden um die zweihundert Fälle verhandelt. Nicht wenige dieser Entführungen fanden dabei unter dem Einsatz von roher Gewalt statt.[3]

In der Atmosphäre des Kalten Krieges, des Sich-Ausspionierens und des Kampfes der Systeme gegeneinander spielten in West-Berlin auch einige antikommunistische Organisationen eine Rolle. Eine von ihnen war die KgU, die »Kampftruppe gegen Unmensch-

---

2 vgl. ebd., S. 55ff.; Keith R. Allen, *Befragung Überprüfung Kontrolle*. 2013. S. 189ff.
3 Wolfgang Bauernfeind, *Menschenraub im Kalten Krieg*. 2016. S. 12–20. Susanne Muhle, *Auftrag Menschenraub*. 2015. S. 59ff.

lichkeit«, die es wirklich gegeben hat und für die sich im Roman die Figur von Max Weiß engagiert. Der Verband wurde u.a. von der CIA finanziert und entstand 1948 während der Berlin-Blockade. Damals kehrte eine erste Welle von Häftlingen aus den sowjetischen Speziallagern zurück, und die KgU berichtete auf öffentlichen Veranstaltungen über die schrecklichen Zustände und Misshandlungen, denen die Gefangenen dort ausgesetzt waren.[4] Der Verband suchte außerdem nach den vielen noch verbliebenen Deutschen, die in die sowjetische Besatzungszone verschleppt worden waren. Entlassene Häftlinge lieferten ihnen Namen von verstorbenen oder noch inhaftierten Gefangenen, und die KgU begann, mit diesen Informationen eine umfangreiche Such-Kartei aufzubauen. Dabei hielten sie in einer zweiten »Spitzel-Kartei« auch die Namen von Denunzianten und Informationen über Kommunisten fest. Ende 1955 war die KgU in dem beeindruckenden Besitz von 750 000 Karteikarten und 360 000 dazugehörigen Akten.[5] Wie im Roman beschrieben, unterhielt die KgU dabei auch eigene Beratungsstellen für Flüchtlinge und fertigte Gutachten mit politischen Einschätzungen über Flüchtlinge für die Behörden an. Die antisemitischen Tendenzen, die es bei der Beurteilung jüdischer Flüchtlinge gegeben hat, so wie im Roman bei dem fiktiven Fall von Kurt Goldmann geschildert, hat es auch in der Realität gegeben.[6]

Schon früh strebte die KgU danach, aktiven Widerstand auszuüben, um das SED-System zu destabilisieren und zu bekämpfen. Der Verband hatte eine eigene operative Abteilung, warb zahlreiche Informanten in Ost-Berlin und der DDR an und führte Aktionen aus, die von einfachen Flugblattverteilungen bis hin zu

---

4  vgl. u.a. Enrico Heitzer, *Die Kampftruppe gegen Unmenschlichkeit (KgU)*. 2015. S. 41–43.

5  vgl. ebd. u.a. S. 49ff.

6  vgl. ebd. u.a. S. 61ff. und 187ff. sowie Keith R. Allen, *Befragung Überprüfung Kontrolle*. 2013. S. 68ff.

571

Sabotageakten reichten, bei denen Strom- und Telefonleitungen zerstört und auch Sprengstoff verwendet wurde. Vielfach wurden sogenannte »administrative Störungen« ausgeführt, bei denen man Hunderte gefälschte Lebensmittelkarten oder Briefe mit falschen Anweisungen, Rechnungen oder Einladungen verschickte. Auch die im Roman erwähnte Störaktion, bei der Rüstungsaufträge der DDR gekündigt wurden, soll wirklich passiert sein.

Von Beginn an wurde die KgU deshalb auch mit hohem personellem Aufkommen von der Staatssicherheit der DDR und auch dem KGB bekämpft. Um die fünfhundert Personen wurden wegen tatsächlicher oder angeblicher KgU-Verbindungen verhaftet und in der DDR vor Gericht gestellt. Mindestens fünf von ihnen wurden hingerichtet.[7]

Mitte der Fünfzigjahre rückte die KgU durch ihr gefährlich amateurhaftes Verhalten zunehmend in die öffentliche Kritik. Eine ausschlaggebende Rolle spielte dabei u.a. auch der im Roman erwähnte Prozess gegen den Nachrichtenhändler Heinz-Werner Stephan. Dies führte schließlich zwischen 1958 und dem Frühjahr 1959 zur Auflösung und Liquidation der KgU.[8]

Eine Bemerkung noch zu der Flucht aus Ostpreußen, bei der Millionen Menschen ihre Heimat verlassen mussten und die auch im Roman eine Rolle spielt. Viele Kinder und Jugendliche verloren in den Wirren dieser Zeit ihre Geschwister, Eltern oder Großeltern und waren auf einmal ganz auf sich allein gestellt. Manche dieser Kinder, die später übrigens als »Wolfskinder« bezeichnet wurden, fanden sich in Notgemeinschaften zusammen, lebten versteckt in Wäldern und schlugen sich auf der Suche nach etwas zu essen bis nach Litauen durch, wie es die

---

7  vgl. Enrico Heitzer, *Die Kampftruppe gegen Unmenschlichkeit (KgU)*. 2015. S. 294ff. und 421ff.

8  vgl. ebd. u.a. S. 438ff. und S. 462ff. und Kai-Uwe Merz, *Kalter Krieg als antikommunistischer Widerstand*. 1987. S. 225ff.

Figur von Georg Sacher im Buch beschreibt. Rund zwanzigtausend bis fünfundzwanzigtausend Kinder irrten damals durch
das vom Krieg zerstörte Osteuropa und mussten, um zu überleben, ihre deutsche Herkunft zeitweise oder sogar auf Dauer ver-
schleiern.[9] Ihr Schicksal hat mich bei meinen Recherchen in ganz
besonderer Weise berührt.

---

9 vgl. u.a. Matthias Pankau in Spiegel Online, »*Wolfskinder: Ich dachte,
   Deutschland gibt es nicht mehr*«. 5.3.2010. Sonya Winterberg, *Wir sind die
   Wolfskinder: Verlassen in Ostpreußen.* 2012. S. 212ff.

# Eine tiefe Freundschaft und eine leidenschaftliche Liebe in einer gnadenlosen Zeit

Claire Winter, *Die verbotene Zeit*
ISBN 978-3-453-35921-5 · Auch als E-Book

London 1975: Nach einem schweren Autounfall sind Carlas Erinnerungen wie ausgelöscht, und sie setzt alles daran, die verlorene Zeit zu rekonstruieren. Der Journalist David Grant behauptet, sie sei auf der Suche nach ihrer Schwester gewesen, die vor sechzehn Jahren spurlos an der Küste von Cornwall verschwand. Doch kann sie ihm vertrauen? Und was verbergen ihre Eltern vor ihr? Die Wahrheit führt Carla weit zurück in die Vergangenheit, in das Berlin der 30er-Jahre, zu einer ungewöhnlichen Freundschaft und einer verbotenen Liebe, aber auch zu einer schrecklichen Schuld ...

Leseprobe unter diana-verlag.de

**»Eine hochspannende, emotionale und blendend recherchierte Jagd nach der Wahrheit. Ganz großes Kino.«** *Dora Heldt*

Claire Winter, Die geliehene Schuld
ISBN 978-3-453-36039-6 · Auch als E-Book

1949 blicken vier junge Menschen aus Deutschland einer hoffnungsvollen Zukunft entgegen. Doch die Vergangenheit lässt sie nicht los: Sowohl für Vera und Jonathan als auch für Marie und Lina werden die Folgen des Zweiten Weltkrieges zu einer ungeahnten Gefahr …

Leseprobe unter diana-verlag.de